國家社科基金重大招標項目

“明人別集稿抄本搜集、整理與研究”階段成果

東浙讀書記

上

李聖華　著

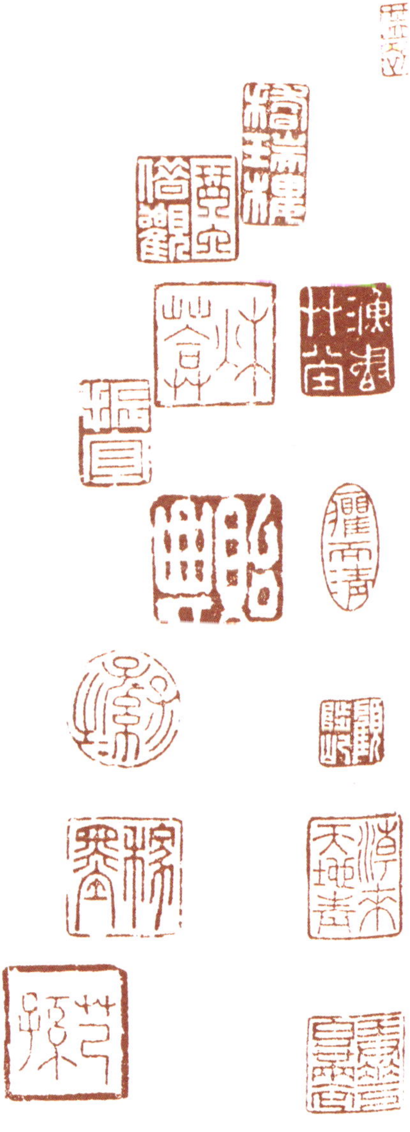

人民文学出版社

圖書在版編目（CIP）數據

東浙讀書記：全2册/李聖華著．—北京：人民文學出版社，2019
ISBN 978-7-02-014761-8

Ⅰ.①東… Ⅱ.①李… Ⅲ.①雜著—中國—明代—選集 Ⅳ.①Z429.48

中國版本圖書館 CIP 數據核字(2018)第278390號

責任編輯　葛雲波
裝幀設計　劉　遠
責任印製　王重藝

出版發行　人民文學出版社
社　　址　北京市朝内大街166號
郵政編碼　100705
網　　址　http://www.rw-cn.com

印　　刷　三河市中晟雅豪印務有限公司
經　　銷　全國新華書店等

字　　數　800千字
開　　本　880毫米×1230毫米　1/32
印　　張　28.75　插頁4
版　　次　2019年5月北京第1版
印　　次　2019年5月第1次印刷

書　　號　978-7-02-014761-8
定　　價　138.00圓(全兩册)

例言

一、是編收讀書劄記三百五十條。余自己丑遷居東浙，所讀書概有四類：一曰兩浙著述，爲研討浙學，蒐集文獻也；一曰明清集部，以明集居多，爲研治明清詩文也；一曰鄉邑之書，以金華、寧海著述爲多，爲編纂地方文獻也；一曰一家之書，爲整理或校閲一家之集也。逐錄所見偶得，十年間積至千二百條。其二百餘條約二十萬言，丙申歲已刊入《寧海叢書》。篋中所餘近千條，茲撮錄三之一，彙爲一編，題曰《東浙讀書記》。其餘擬更詳而考訂，萃爲《續編》。是編仍採寧邑之書數種，或纂輯《寧海叢書》，汰而未收；或當時裁剪太過，原稿尚有可取。文獻浩如烟海，余所能閲覽無幾。其一家之書，力求徧觀諸本，終力所未逮，訪求不得復常有之。一家著述，一書諸本，今著錄稍全者，不過高啓、朱右、黄宗羲、查慎行、全祖望等數家，亦未詳備也。如黄宗羲《埋學錄》尚未及訪，高啓《大全集》批校本數種猶訪之未得。

二、自《四庫總目提要》及阮元《四庫未收書提要》肇端，提要撰述日豐，晚近以來，蔚然大觀，已爲專門之學。大抵主於提玄鈎要，考訂撰者生平事蹟、版本源流、經籍内容，辨其得失，兼及糾謬訂誤，拾遺補闕。是編不離於此，然頗事蒐討異本，重於校讎，辨一書多本異同優劣，考述刻傳之況。較提要嫌於煩瑣，體例不類，故不以『提要』名之。然又不似孫詒讓《溫州經籍志》、張金吾《愛日精廬藏書志》、丁丙《善本書室藏書志》、陸心源《皕宋樓藏書志》、楊守敬《日本訪書志》、莫友芝《宋元舊本書經眼錄》、傅增湘《藏園羣書經眼錄》。諸家或記一室之藏，或載一方經籍，或述海外典藏；或專錄珍本，或兼及亡佚；或專述行款版式，撮錄序跋，或述其大概，事於考證。是編述傳本樣貌稍詳，兼事校讎考訂、提玄鈎要，雖略倣於周中孚《鄭堂讀書記》，體亦不類。既自記讀書所見偶得，姑名曰『讀書記』。冠以『東浙』，蓋以余北人而居於南，向慕浙學先賢，有志多讀其書，且近歲力爲『浙學』鼓吹也。

三、是編載舊槧舊鈔之流傳，以宋爲斷，下至於清。前刊《寧海叢書》，大抵按經史子集類分。是編初亦按四部類編，校改時頗覺未便。卷中述王應麟、高啓、朱朝瑛、黄宗羲、查慎行諸家，多至十餘條，甚乃數十條，析歸四部，嫌於凌亂，未便觀覽一家之書。且非大著作，止是讀書劄記，考訂彙編，不必嚴按四部分類。故略區年代先後編次諸家，一家之書則略按經史子集爲先後之序。共釐作十卷，卷一至卷二爲宋元之書，王應麟專作一卷；卷三至卷六爲明人之書，『吳中四傑』專作一卷；卷七至卷十爲清人之書，黄宗羲、查慎行各專作一卷。

四、是編所錄有稀見之本如《丹城稿》稿本、《缶鳴集》永樂元年刊本等，亦有習見《庫》本等。《庫》本大都隨附，爲辨衆本異同、《提要》誤說，而錄之不遺。其書已爲前賢時哲敘錄者，兹不避重複，間採舊說，述明己意。蓋取拾遺補闕之義。如《四庫總目》著錄唐之淳《唐愚士詩》，謂《會稽懷古詩》一卷『本於集外別行，然篇頁寥寥，今綴於集後』。《庫》本《唐愚士詩》實未見之。今訪得海内外藏本《唐愚士詩》《會稽懷古詩》數種，分作著錄。

五、一書而多本，乃至十餘本者，竝而錄之。不惟存其勝者，其不勝者亦存，以見諸本之異同優劣，庶幾備校讎之參酌，並見抄刻流傳之經過。

六、是編勤於考訂校讐。於著述事蹟、版本源流、刻傳批校，詳加考證。如舒岳祥著述多至二百八十六卷，謝鐸《赤城新志》等誤讀劉莊孫《行狀》，稱著述二百二十卷，迄今沿之。金履祥《仁山文集》，國圖藏明抄本卷端題曰：『蘭溪金履祥仁山著，後學喻良能香山校，門人熊鉌、熊瑞、林景熙、方逢辰、汪夢斗、陳淳、鄧虎、張侃、許棐、羅愿刊。』喻良能生北宋宣和初，登紹興二十七年王十朋榜進士，歿時，金履祥恐尚未生。方逢辰等則爲履祥同輩。『後學』及『門人』云云，乃後人杜撰，謬已甚。此本輾轉傳抄，未見辨而明之者。國圖、臺圖各藏翁方綱手批《敬業堂詩集》一部，批點文字多異，比勘而後，知國圖藏本係改定者，臺圖藏本爲初稿。

七、是編頗辨析諸書抄刻月日，訂正著録譌誤。所收書或不見於《中國古籍總目》《中國古籍善本書目》等著録，僅有館目。其藏於地方館者，甚而未曾編目。各書抄刻批校，今之書目及館目著録譌誤實多。蓋識斷不易，不讀原本，考證未細，遂不免於一本作多本，多本作一本，同一本著録相忤，以元刻作明刻，以明刻作清刻，以明抄作清抄，以清抄作明抄，以重修爲重刻，以補刊爲初刻，言某批校，實非其人，曰某評點，張冠李戴。如國圖藏林鶚《畏齋存稿》十卷殘本，《總目》著録作明嘉靖間刻本，校以萬曆五年林元棟刊本，知亦爲萬曆五年刊本。元棟重刻林鶚集，分内外編，二卷本爲其内編，十卷本合内外編，本無嘉靖間刻本。國圖藏殘本有清末林鼎批校，其人即撰《閩風集校勘記》者。《四部叢刊》景印《大全集》，本是正德、嘉靖間刻本，誤作景泰間刻本。閻若璩《潛丘劄記》傳本大都爲乾隆間大成齋重刻本，書目多著録作乾隆十年眷西堂刻本。諸如此類，不勝例舉。今比勘諸傳本，重作辨認，覈其正誤。其誤者雖已著於録，必不敢妄從，殆爲求是也。近編《浙學未刊稿》第一輯，中有今之著録顯誤者。余主於據實更定，爭者曰不可，蓋其書已申報國家或省級非遺名録，改之未便。合編之書，余不能自擅，自著則不必揖讓矣。清人邵晉涵嘗教翁元圻注《困學紀聞》曰：『子姑詳其所可詳，其未詳者，安知不有好學者更詳之乎？』今更定成説，亦是『詳其所可詳』而已。

八、是編雖事於訂正，然以前人之説爲主，偶及今人。此非重古輕今，亦非專爲今人諱。蓋前人之説，易爲後世所沿，承譌襲謬，誤人也深。今人之説，有待檢汰，而檢汰之事，後之人自有任之者。至於《中國古籍總目》之誤，則多正之，蓋常用工具之書，不得不及時辨明是非，多存闕疑。

九、是編所收諸書，其集外佚作，時或鉤稽掇拾，以與學者共詳之。諸書序跋，節録以爲考證之用，故尠全録。所引文獻如序跋等，以轉展傳寫，類多舛譌，或傳本蠹蝕，字蹟脱落，雖知其爲帝虎亥豕，不妄改易。文獻出處，關涉考證訂誤者，間作標注。一般據引，爲節省篇幅，不復注明。鑒用他人之説，則慎而注明。其不言何人云者，殆有訂正也。既爲今人諱，且免將來口舌之爭。

一〇、是編著録各書，依次列書名、卷帙、版本、批校、收藏及撰著者名氏。爲節省筆墨，收藏單位多用簡稱。國家圖書館省作『國圖』，臺灣『國家圖書館』省作『臺圖』，上海圖書館省作『上圖』，浙江圖書館省作『浙圖』，南京圖書館省作『南圖』，天津圖書館省作『天圖』，天一閣博物館省作『天一閣』，中國科學院圖書館省作『中科院圖書館』，北京大學圖書館省作『北大』，臺北故宫博物院省作『臺北故博』。大抵借用《中國古籍總目》省稱之例，略有不同。採録藏書少者之單位，則不省稱，如湖北省圖書館、臨海博物館等。近歲，區市易名甚驟，圖書館名因之而變，將來更不知爲何矣，兹姑作標示。《叢書》本之外，其不標者數條，則余所購書也。

一一、是編著録各書册數。同一版本，各館裝册每多不同。舊裝散亂，新裝或改易册數。故古籍册數亦須細作考證，以免淆亂。然考證不易，今不得已，檢裝册之況，并參酌館目，略載之。古籍寫本樣貌複雜，或有版匡而無界格，或版匡、界格皆有，或版匡、界格皆無。著録慣例多不言之，或標有界格以作區分。爲便於明晰著録，茲各記有無版匡、界格，區作三類：無版匡、界格；有板匡，無界格；有版匡、界格。後二類則述版匡之況。

一二、是編於常見避諱字，大都徑改，如『元』、『邱』之類。偶存諱字，别有屬意，存之略備考者參酌也。

目錄

例言……一
卷

羅赤城遺集不分卷　民國二十三年綠格抄本（章梫批校）（浙圖）　宋羅適撰　民國章梫輯……一
禹貢集解二卷　宋刻元修本（國圖）　宋傅寅撰……六
習學記言序目五十卷　清光緒六年刻、光緒十一年重修本（國圖）　宋葉適撰……九
習學記言序目五十卷　明抄本（清周星詒批校）（國圖）　宋葉適撰……一五
習學記言序目五十卷　清康熙間黑格抄本（國圖）　宋葉適撰……一七
習學記言序目五十卷　明黑格抄本（清嚴長明、唐翰題校）（國圖）　宋葉適撰……一九
習學記言序目五十卷《敬鄉樓叢書》本　宋葉適撰……二一
水心先生文集二十九卷（卷五至九配明抄）　明正統十三年黎諒處州刻本（國圖）　宋葉適撰……二三
水心先生文集二十九卷　明正統十三年黎諒刻、王直景泰二年序印本（國圖）　宋葉適撰……二六
水心先生文集二十九卷　明末刻本（國圖）　宋葉適撰……二七
水心先生文集二十九卷　明抄本（國圖）　宋葉適撰……二八
水心文集二十九卷　清乾隆二十溫州府學刻本（溫州市圖書館）　宋葉適撰……二九
水心先生文集二十九卷、補遺一卷　清光緒八年瑞安孫氏刻本（清末劉紹寬錄

清孫衣言校評)(溫州市圖書館) 宋葉適撰……三〇
水心先生別集十六卷 舊抄本(國圖) 宋葉適撰……三二
水心先生別集十六卷 清同治九年瑞安孫氏刻本(臨海市圖書館) 宋葉適撰……三五
閬風集十二卷 清乾隆間翰林院紅格抄本(四庫底本)(國圖) 宋舒岳祥撰……三六
閬風集十二卷 清末民初抄本(民國章梫批校)(浙圖) 宋舒岳祥撰……四一
閬風集十二卷 清光緒間竹書堂紅格抄本(清王棻批校)(黃巖圖書館) 宋舒岳祥撰……四三
閬風集十二卷、附錄一卷、補遺一卷 《嘉業堂叢書》本 宋舒岳祥撰……四五
閬風集九卷 清乾隆間存素堂黑格抄本(國圖) 宋舒岳祥撰……四七
仁山金先生文集四卷 明抄本(佚名批校)(國圖) 宋金履祥撰……四八
仁山金先生文集四卷 清抄本(佚名批校)(上圖) 宋金履祥撰……五二
仁山金先生文集三卷 舊抄本(臺圖) 宋金履祥撰……五三
仁山先生金文安公文集五卷 清末抄本(臺圖) 宋金履祥撰……五四
仁山金先生文集四卷、附錄一卷 清雍正三年春暉堂刻本(國圖) 宋金履祥撰……五六
仁山先生金文安公文集五卷、附錄一卷 清雍正間金律刻《率祖堂叢書》本(義烏圖書館) 宋金履祥撰……五八
仁山先生金文安公文集五卷 《金華叢書》本 宋金履祥撰……六〇

卷二

周易鄭康成注一卷　元後至元六年慶元路儒學刻、元明遞修本（國圖）　宋王應麟纂輯……六一
周易鄭康成注一卷　元後至元六年慶元路儒學刻、元明遞修、明嘉靖間南國子監補刊本（日本内閣文庫）　宋王應麟輯……六八
鄭氏周易三卷　清乾隆二十一年刻《雅雨堂叢書》本　（國圖）　宋王應麟輯　清惠棟增補……六九
鄭氏周易三卷　清乾隆二十一年刻《雅雨堂叢書》本（清陳鱣批校，並録清盧文弨、丁杰、孫志祖批校）（國圖）　宋王應麟輯　清惠棟增補……七三
詩攷一卷　元後至元六年慶元路儒學刻、元明遞修本（國圖）　宋王應麟撰……七六
詩攷一卷　元後至元六年慶元路儒學刻、元明遞修、明嘉靖間南國子監補刊本（臺圖）　宋王應麟撰……八一
詩地理攷六卷　元後至元六年慶元路儒學刻、元明遞修本（國圖）　宋王應麟撰……八三
通鑑地理通釋十四卷　元後至元六年慶元路儒學刻、元明遞修、明正德初南國子監補刊本（國圖）　宋王應麟撰……八七
通鑑地理通釋十四卷　元後至元六年慶元路儒學刻、元明遞修、明正德、嘉靖間南國子監補刊本、日本内閣文庫）　宋王應麟撰……九一
通鑑答問五卷　元後至元六年慶元路儒學刻、元明遞修本（國圖）　宋王應麟撰……九二
困學紀聞二十卷　元刻本（國圖）　宋王應麟撰……九四
困學紀聞二十卷　元泰定二年慶元路儒學刻本（國圖）　宋王應麟撰……九七
困學紀聞二十卷　元泰定二年慶元路

儒學刻本（清康熙間蔣杲批注，並錄清閻若璩、何焯等批注）（國圖）　宋王應麟撰　……………一〇七
困學紀聞二十卷　明萬曆三十一年吳獻台刻本（國圖）　宋王應麟撰……………………一一一
困學紀聞二十卷　清康熙間抄本（清佚名錄閻若璩批注）（國圖）　宋王應麟撰……………………一一三
困學紀聞二十卷　清乾隆三年馬氏叢書樓刻本（清錢大昕批注）（國圖）　宋王應麟撰……………一一四
困學紀聞二十卷　清乾隆間桐鄉汪垕桐華書塾刻本（清李集評點、李旦華批校、李富孫校勘）（國圖）　宋王應麟撰………………………一一九
校訂困學紀聞二十卷（三箋本）　清嘉慶九年刻本（天圖）　宋王應麟撰　清閻若璩、何焯、全祖望箋，屠繼序校補…………………一二四
校訂困學紀聞集證二十卷（七箋本）　清嘉慶十八年刻本（日本早稻田大學圖書館）　宋王應麟撰　清閻若璩、何焯、全祖望、方樂如、程瑤田、萬希槐、錢大昕、屠繼序等校補　………一二八
困學紀聞注二十卷　清道光五年餘姚翁氏守福堂刻本（天圖）　宋王應麟撰　清翁元圻輯　……………………………………一三〇
困學紀聞注二十卷（殘）　稿本（國圖）　宋王應麟撰　清翁元圻輯　…………………一三三
困學紀聞注二十卷　清道光五年餘姚翁氏守福堂刻本（清李慈銘批注）（國圖）　宋王應麟撰　清翁元圻輯　………………………一三五
玉海二百卷、附辭學指南四卷　元後至元六年慶元路儒學刻、至正十一年重修本（臺圖）　宋王應麟纂…………………………一三七
玉海二百卷、附辭學指南四卷　元後至元六年慶元路儒學刻、至正十一年重修、元明遞修本（日本京都建仁寺兩足院）　宋王應麟纂…………………………………一四七
玉海二百卷、附辭學指南四卷（殘）　元後至元六年慶元路儒學刻、至正十一年重修、元明遞修本（國圖）　宋王應麟纂　………一四九

玉海二百卷、附辭學指南四卷（殘）　元後至元六年慶元路儒學刻、至正十一年重修、明正德、嘉靖間南國子監補刊本（日本内閣文庫）　宋王應麟纂……一五〇
玉海二百卷、附辭學指南四卷　元後至元六年慶元路儒學刻、至正十一年重修、元明清遞修、清乾隆三年補刊本（日本内閣文庫）　宋王應麟纂……一五三
四明文獻集五卷　清康熙間抄本（國圖）　宋王應麟撰　明鄭真輯　明陳朝輔訂補……一六〇
王深寧先生文集五卷　清乾隆間黑格抄本（臺圖）　宋王應麟撰　明鄭真輯　明陳朝輔訂補……一六三
四明文獻集五卷　清乾隆間抄本（臺圖）　宋王應麟撰　明鄭真輯　明陳朝輔訂補……一六四
四明文獻集五卷　舊抄本（臺圖）　宋王應麟撰　明鄭真輯　明陳朝輔訂補……一六六
王尚書遺稿一卷　清抄本（國圖）　宋王應麟撰……一六六
四明文獻集五卷、深寧先生文鈔摭餘編三卷、附年譜三卷　《四明叢書》本　宋王應麟撰　明鄭真輯　明陳朝輔訂補　清葉熊摭餘　錢大昕、陳僅、張恕、張大昌等撰年譜……一六八

附三種

困學紀聞參注一卷　清光緒間陶福履輯刻《豫章叢書》本　清趙敬襄撰……一七一
困學紀聞補注二十卷　《四明叢書》本　清張嘉禄撰　張壽鏞輯録……一七五
玉海纂二十二卷　清順治四年王允明刻本（美國國會圖書館）　宋王應麟輯　明劉鴻訓纂……一七七

卷三

白雲稿十二卷（卷八至卷十二配抄

本）　明初刻本配抄本（國圖）　明朱右撰……一八三
白雲稿十二卷（存卷一至五）　明初刻、明重修本（臺圖）　明朱右撰……一八八
白雲稿十二卷（存卷一至五）　舊抄本（國圖）　明朱右撰……一八九
白雲稿十二卷（存卷一至五）　清乾隆間翰林院抄本（國圖）　明朱右撰……一九一
白雲稿五卷　《文淵閣四庫全書》本　明朱右撰……一九二
白雲稿十一卷（存卷一至三）　明烏絲欄抄本（臺北故博）　明朱右撰……一九三
白雲稿十一卷　清初抄本（靜嘉堂文庫）　明朱右撰……一九六
白雲稿十一卷　民國間抄本（王舟瑤校）（浙圖）　明朱右撰……一九七
白雲稿五卷、卷首一卷　民國間章梫抄本（章梫校，王舟瑤校並跋）（浙圖）　明朱右撰……一九九
蘿山集五卷　江戸寫本（日本國立公文書館）　明宋濂撰……二〇一
蘿山集五卷　元祿十年祖桂寫本（日本國會圖書館）　明宋濂撰……二〇五
胡仲子集十卷　明洪武十三至十四年王懋溫等刻、明重修本（上圖）　明胡翰撰……二〇五
胡仲子集十卷　明藍格抄本（國圖）　明胡翰撰……二〇九
胡仲子集十卷　清初朱彝尊家抄本（國圖）　明胡翰撰……二一〇
胡仲子集十卷　清初抄本（國圖）　明胡翰撰……二一一
胡仲子集十卷（存卷一至五）　舊抄本（清何焯校）（北大）　明胡翰撰……二一三
胡仲子集十卷　清抄本（靜嘉堂文庫）　明胡翰撰……二一五
胡仲子集十卷　舊抄本（臺圖）　明胡翰撰……二一六
胡仲子集十卷　舊抄本（臺圖）　明胡

卷四

正六年至七年間金檀文瑞樓刻本(國圖)
明高啓撰……………………………………二五一
青丘高季迪先生鳧藻集五卷　清雍正
間金檀文瑞樓刻本(吴梅抄補,並録清宋賓王
校)(國圖)　明高啓撰　…………………二五二
高太史大全集十八卷　明景泰間徐庸
刻本(國圖)　明高啓撰……………………二五四
高太史大全集十八卷　明景泰間徐庸
刻、成化五年劉以則重修本(吴慈培批校)
(國圖)　明高啓撰　………………………二五七
高太史大全集十八卷　明正德、嘉靖間
刻本(國圖)　明高啓撰……………………二五八
高太史大全集十八卷　明正德、嘉靖間
刻本(清蔣光焴批點)(國圖)　明高啓撰　……二六〇
重刻高太史大全集十八卷　明萬曆三十
七年陳邦瞻、汪汝淳刻《明初四家詩集》本
(臺圖)　明高啓撰　………………………二六二
高太史大全集十八卷　清康熙九年抄
本(臺圖)　明高啓撰………………………二六三
高太史大全集十八卷　清康熙間竹素
園刻本(佚名批注圈點)(哈佛燕京圖書館)
明高啓撰……………………………………二六四
高太史大全集十八卷　《文淵閣四庫
全書》本　明高啓撰　………………………二六九
高太史大全集十八卷　《摛藻堂四庫
全書薈要》本　明高啓撰……………………二七一
青丘高季迪先生詩集十八卷、遺詩一卷、
扣舷集一卷、附録一卷　清雍正六年至
七年間金檀文瑞樓刻本(國圖)　明高啓撰　……二七二
青丘詩集擷華八卷　清費仲子抄本(國圖)
明高啓撰　清費仲子輯　……………………二七七
輯注增補高青丘全集(卷首、詩集十八
卷、遺詩一卷、詩餘一卷、附録一卷)
日本明治三十四年青木嵩山堂排印本　明高
啓撰　清金檀輯注　日本南州近藤元粹評訂　…二七八
高青丘詩醇七卷　日本嘉永三年刊本

明高啓撰　日本齋藤謙編選……二八〇
高青丘詩鈔不分卷　日本明治二十年刻本　明高啓撰　日本廣瀨旭壯編選……二八二
靜菴集四卷　《文淵閣四庫全書》本　明張羽撰……二八四
靜菴張先生詩集不分卷　舊抄本（上圖）　明張羽撰……二八七
重刻張來儀靜居集四卷、附録一卷　明萬曆三十七年陳邦瞻、汪汝淳刻《明初四家詩集》本（臺圖）　明張羽撰……二九〇
靜居集四卷、附録一卷、補遺一卷、校勘記一卷、校勘續記一卷　民國胡思敬編刻《豫章叢書》本　明張羽撰……二九二
張來儀先生文集一卷　舊抄本（清盧文弨手校，清沈曾植跋）（臺圖）　明張羽撰……二九四
張來儀先生文集一卷　清光緒二十二年章壽康影抄本（國圖）　明張羽撰……二九六
張來儀先生文集一卷　清末章壽康影抄本（臺圖）　明張羽撰……二九七
張來儀先生文集一卷　清道光間虞山張氏抄本（國圖）　明張羽撰……二九七
張來儀先生文集一卷　清道光間小瑯嬛福地抄、咸豐間補抄本（臺圖）　明張羽撰……二九九
張來儀先生文集一卷　清道光間琴川張氏影抄本（上圖）　明張羽撰……三〇一
張來儀先生文集一卷、補遺一卷　清抄本（上圖）　明張羽撰……三〇二
張來儀先生文集一卷　清抄本（靜嘉堂文庫）　明張羽撰……三〇三
張來儀先生文集一卷、補遺一卷　民國間胡思敬編刻《豫章叢書》本　明張羽撰……三〇三
眉菴集十二卷、補遺一卷　明成化二十一年張習刻本（佚名批注）（國圖）　明楊基撰……三〇五
重刻楊孟載眉菴集十二卷、補遺一卷　明萬曆三十七年陳邦瞻、汪汝淳刻《明初四家

卷五

附坦行先生自誌一卷　清抄本（靜嘉堂文庫）　明蕭岐撰……三九一
浦舍人集六卷　舊抄本（國圖）　明浦源撰……三九四
浦舍人詩集四卷、附録一卷　民國間鉛印《錫山先哲叢刊》本（北大）　明浦源撰……三九八
資治通鑑綱目集覽鐫誤三卷、附綱目考異辨疑五條　朝鮮刻本（日本内閣文庫）　明瞿佑撰……三九九
樂全詩集一卷、附東遊詩一卷、樂全續集一卷　日本寫本（日本内閣文庫）　明瞿佑撰……四〇三
香臺集三卷　明藍格抄本（臺北故博）　明瞿佑撰　明徐柏齡注……四〇六
瞿宗吉詠物一卷　日本文政八年刻本（日本早稻田大學圖書館）　明瞿佑撰……四〇九
明詠物詩一卷　清康熙間賀光烈刻《三家詠物詩》本（佚名圈點）（國圖）　明瞿佑撰……四一三
瞿宗吉詠物詩一卷　清初抄本（清郭佩蘭校）（臺圖）　明瞿佑撰……四一四
詠物詩一卷　《武林往哲遺著》本　明瞿佑撰……四一六
歸田詩話三卷　明成化間刻本（民國董康批校）（國圖）　明瞿佑撰……四一六
存齋詩話不分卷　明藍格抄本（佚名批校）（國圖）　明瞿佑撰……四二〇
歸田詩話三卷　明末毛晉抄本（國圖）　明瞿佑撰……四二一
唐愚士詩不分卷　明藍格抄本（臺圖）　明唐之淳撰……四二三
唐愚士詩四卷　《文淵閣四庫全書》本　明唐之淳撰……四二五
唐愚士詩四卷　清末抄本（靜嘉堂文庫）　明唐之淳撰……四二七
會稽懷古詩一卷　清末抄本（靜嘉堂文庫）　明唐之淳撰　明戴冠撰……四二八

小學句讀六卷　明成化九年刻本（中國書店）　宋朱熹撰　明陳選集注……四六二
小學句讀六卷　明嘉靖三十三年刻本（國圖）　宋朱熹撰　明陳選集注……四六七
小學集注六卷　明崇禎八年内府刻本（國圖）　宋朱熹撰　明陳選集注……四六八
恭愍公遺稿不分卷　清初抄本（浙圖）　明陳選撰……四七一
陳恭愍公遺集一卷、外集一卷　清光緒十八年藍格抄本（清末張廷琛輯校）（臨海博物館）　明陳選撰……四七四
楓山章先生文集九卷、語錄一卷、實紀八卷、年譜二卷　明嘉靖九年張大綸刻、嘉靖至崇禎間增刻本（上圖）　明章懋撰　明章接編　實紀　明阮鶚撰年譜……四七六
楓山章先生文集四卷、附錄一卷　明嘉靖二十一年虞守愚刻、崇禎間章朝重修本（清抄附錄）（上海辭書出版社）　明章懋撰……四八一
楓山章先生文集四卷、實紀一卷　明嘉靖二十一年虞守愚刻本（四庫底本）（國圖）　明章懋撰……四八三
楓山章先生文集九卷、實紀八卷、年譜二卷　《金華叢書》本　明章懋撰　明章接編　實紀　明阮鶚撰年譜……四八五
朱靜庵自怡集一卷、附錄一卷　清乾隆間海寧吴騫抄本（臺圖）　明朱妙端撰……四八六
幘東集錄十卷（存卷一至五）　明嘉靖六年刻本（臨海博物館）　明秦文撰……四八九
台學源流七卷　清金文煒刻、同治八年同善會補刻本（浙圖）　明金賁亨撰……四九二
一所金先生集十二卷　清道光間影抄本（清張廷琛校）（臨海博物館）　明金賁亨撰……四九七
南禺外史詩一卷　稿本（浙圖）　明豐坊撰……四九九
白雲樓摘集四十卷　明萬曆五至六年真賞齋刻本（臺圖）　明陳公綸撰……五〇〇

白雲樓摛稿四十卷（存八卷） 清抄本（臨海博物館） 明陳公綸撰……五〇五
鹿城詩集二十八卷 明抄本（臺圖） 明梁辰魚撰……五〇六
鹿城詩集□□卷（存十三卷） 明抄本（臺圖） 明梁辰魚撰……五〇九
鹿城詩集二十八卷 明末抄本（國圖） 明梁辰魚撰……五一一
鹿城詩集十卷（存三卷） 明末抄本（蘇州博物館） 明梁辰魚撰……五一三
甓園詩草一卷 明末刻本（臨海博物館） 明項真撰……五一六
新刻項瘦奇喬松山樓詩稿五卷 明末刻本（臨海博物館） 明項真撰……五一九
新刻項瘦奇西湖遊草一卷 明末刻本（臨海博物館） 明項真撰……五二〇
括蒼遊草一卷 明末刻本（臨海博物館） 明項真撰……五二二

卷七

易學象數論六卷 清康熙間汪瑞齡刻本（浙江大學圖書館） 清黃宗羲撰……五二五
易學象數論六卷 《廣雅叢書》本 清黃宗羲撰……五三〇
易學象數論六卷（殘） 清初抄本（臺圖） 清黃宗羲撰……五三一
深衣考一卷 民國九年上海博古齋景印《借月山房彙鈔》本 清黃宗羲撰……五三三
孟子師説七卷 《適園叢書》本 清黃宗羲撰……五三四
黃梨洲先生留書一卷 清鄭性、鄭大節校抄本（天一閣） 清黃宗羲撰……五三七
明夷待訪録一卷 清乾隆間慈谿鄭氏二老閣刻本（國圖） 清黃宗羲撰……五三八
思舊録一卷 清雍正間慈谿鄭氏二老閣刻本（清丁敬批校）（臺圖） 清黃宗羲撰……五四一

南雷文定前集十一卷、後集四卷、附録一卷　清康熙二十七年靳治荆刻本（清徐時棟批校）（國圖）　清黄宗羲撰 …… 五八三
南雷文定前集十一卷、後集四卷、附録一卷、三集三卷、四集四卷　清康熙二十七年靳治荆刻、戴曾、戴晟、楊開沅續刻本（中科院圖書館）　清黄宗羲撰 …… 五八四
南雷文定前集十一卷、後集四卷、三集三卷、四集四卷、附録一卷　清光緒間馮祖憲耕餘樓重刻本（浙圖）　清黄宗羲撰 …… 五八八
南雷文定前集十一卷、後集四卷、三集三卷、詩曆四卷、附録一卷　《粤雅堂叢書》本　清黄宗羲撰 …… 五八九
南雷文定五集四卷　清乾隆二十六年程志隆刻本（南圖）　清黄宗羲撰 …… 五九一
黄梨洲先生南雷文約四卷　清乾隆間鄭性、鄭大節刻本（國圖）　清黄宗羲撰 …… 五九四
黄梨洲先生南雷文約四卷　清乾隆間鄭性、鄭大節刻本（民國劉乾粹批點）（天圖）　清黄宗羲撰 …… 五九七
南雷雜著不分卷　稿本（上圖）　清黄宗羲撰 …… 五九七
南雷集外文一卷　清光緒十五年蕭穆抄本（中科院圖書館）　清黄宗羲撰　清葉維幹編 …… 六〇〇
南雷餘集一卷　《風雨樓叢書》本　清黄宗羲撰　清葉維幹編 …… 六〇三
南雷文鈔不分卷　清康熙間抄本（民國馮貞羣批校）（天一閣）　清黄宗羲撰 …… 六〇五
南雷文案十卷、外卷一卷　清康熙十九年萬斯大刻本（國圖）　清黄宗羲撰 …… 六〇六
南雷文案十卷、外卷一卷　清康熙十九年萬斯大刻、清重修本（國圖）　清黄宗羲撰 …… 六〇八
吾悔集四卷　清康熙二十一年刻本（國圖）　清黄宗羲撰 …… 六〇九
撰杖集一卷　清康熙間楊中默刻本（國圖）

清黃宗羲撰……六一二

卷八

讀易畧記不分卷　清初抄本（國圖）　明朱朝瑛撰……六一五
讀尚書畧記不分卷　清初抄本（國圖）　明朱朝瑛撰……六一八
讀詩畧記不分卷　清初抄本（國圖）　明朱朝瑛撰……六二〇
讀周禮畧記不分卷　稿本（國圖）　明朱朝瑛撰……六二二
讀儀禮畧記不分卷　清初抄本（國圖）　明朱朝瑛撰……六二五
讀禮記畧記不分卷　清初抄本（國圖）　明朱朝瑛撰……六二六
讀春秋畧記不分卷　清初抄本（國圖）　明朱朝瑛撰……六二七
罍菴雜述二卷、附一卷　清康熙十一年劉子寧刻本（清陸思勄跋）（國圖）　明朱朝瑛撰……六二九
罍菴雜述二卷、附一卷　清康熙十一劉子寧刻本（清佚名批校）（國圖）　明朱朝瑛撰……六三三
金陵遊草一卷　明崇禎九年刻本（臺北故博）　明朱朝瑛撰……六三三
金陵遊草一卷　明崇禎九年刻本（民國程演生跋）（臺圖）　明朱朝瑛撰……六三六
崇禎大臣年表一卷　稿本（上圖）　清俞汝言撰……六三七
憺園文集三十六卷　清康熙間冠山堂刻本（雍正改元後印本）（國圖）　清徐乾學撰……六三九
憺園文集三十六卷　清康熙間冠山堂刻本（天圖）　清徐乾學撰……六四四
憺園文集三十六卷　清乾隆五十四年徐楫重修本（北大）　清徐乾學撰……六四五
憺園全集三十六卷　清光緒九年嘉興金吳瀾重刻本（國圖）　清徐乾學撰……六四七

遂園禊飲集三卷　清康熙三十三年徐乾學刻本（國圖）　清徐乾學輯……六五〇
潛丘劄記六卷　清乾隆十年眷西堂刻本（傳增湘校並跋）（國圖）　清閻若璩撰……六五二
潛丘劄記六卷　清乾隆十年眷西堂刻本（清孫馮翼等校，並錄程晉芳等批校）（上圖）　清閻若璩撰……六五六
潛丘劄記六卷　清乾隆間大成齋重刻本（首都圖書館）　清閻若璩撰……六五九
潛丘劄記六卷　《文淵閣四庫全書》本　清閻若璩撰……六六一
學箕初稿二卷　清康熙間黄氏家刻本（國圖）　清黄百家撰……六六四
黄竹農家耳逆草不分卷　清抄本（天一閣）　清黄百家撰……六六六

卷九

周易玩辭集解十卷　《文淵閣四庫全書》本　清查慎行撰……六六九
查他山太史日記不分卷（南齋日記）　稿本（上圖）　清查慎行撰……六七三
壬申紀游不分卷　稿本（浙圖）　清查慎行撰……六七八
陪獵筆記三卷（存卷一）　清乾隆五十七年吴昂駒抄本（國圖）　清查慎行撰……六八一
初白庵藏珍記不分卷　清抄本（國圖）　清查慎行等撰　清吴昂駒輯……六八三
聊以備忘四卷（存卷一至二）　清查慎行抄本（國圖）　清查慎行輯抄……六八六
廬山紀遊一卷　清康熙間刻本（國圖）　清查慎行撰……六八八
廬山紀遊一卷　清光緒間吴江沈氏世楷堂補刊《昭代叢書》本　清查慎行撰……六九二
人海記不分卷　清陳鱣抄本（清楊復吉校）（國圖）　清查慎行撰……六九三
人海記不分卷　清查瀚抄、陳元衡補抄本

（查瀚校，汲脩齋續校）（國圖） 清查慎行撰 …… 六九六
人海記二卷 清同治八年劉履芬抄本（國圖） 清查慎行撰 …… 六九七
人海記二卷（存一卷） 清南野草堂烏絲欄抄本（臺圖） 清查慎行撰 …… 六九九
人海記二卷 清咸豐間小嫏嬛山館刻本（天圖） 清查慎行撰 …… 七〇〇
人海記二卷 清咸豐間《小嫏嬛山館叢書》本 清查慎行撰 …… 七〇二
人海記二卷 《正覺樓叢刻》本 清查慎行撰 …… 七〇三
人海記不分卷 《昭代叢書》本 清查慎行撰 …… 七〇三
得樹樓雜鈔十五卷 民國初刻《適園叢書》本 清查慎行纂 …… 七〇四
東坡先生編年詩補注五十卷、卷首東坡先生年表一卷 乾隆二十六年查開香雨齋刻本（清吳騫校並跋，朱允達臨盧文弨朱筆批校）（國圖） 宋蘇軾撰 清查慎行補注 …… 七〇七
東坡先生編年詩補注五十卷、卷首東坡先生年表一卷 乾隆二十六年查開香雨齋刻本（清紀昀批點）（國圖） 宋蘇軾撰 清查慎行補注 …… 七一二
查悔餘文集不分卷 稿本（佚名批校）（北大） 清查慎行撰 …… 七一四
查初白文集不分卷 清嘉慶元年拜經樓抄本（國圖） 清查慎行撰 …… 七二〇
敬業堂文集三卷、別集一卷 《四部備要》本 清查慎行撰 …… 七二三
敬業堂詩集四十八卷 清康熙五十八年刻本（天圖） 清查慎行撰 …… 七二五
敬業堂詩集四十八卷、餘波詞二卷（敬業堂集五十卷） 清康熙五十八年刻、雍正元年補刊本（北大） 清查慎行撰 …… 七三〇
敬業堂詩集四十八卷、餘波詞二卷（敬業堂集五十卷） 清康熙五十八年刻、

雍正元年補刊、乾隆間查學、查開重修本（北大）清查慎行撰……七三二
敬業堂詩集四十八卷、餘波詞二卷（敬業堂集五十卷）清康熙五十八年刻、雍正元年補刊本（清翁方綱評點）（臺圖）清查慎行撰……七三三
敬業堂詩集四十八卷、餘波詞二卷（敬業堂集五十卷）清康熙五十八年刻、雍正元年補刊、乾隆間查學、查開重修本（清翁方綱評點）（國圖）清查慎行撰……七三六
敬業堂詩集四十八卷、餘波詞二卷《文淵閣四庫全書》本 清查慎行撰……七四〇
敬業堂詩續集六卷 清乾隆間查學、查開刻本（天圖）清查慎行撰……七四一
敬業堂詩集不分卷 稿本（清查慎行自評，清朱彝尊、姜宸英、唐孫華、陳曾藝、查嗣庭等評點）（上圖）清查慎行撰……七四四
敬業堂集補遺不分卷《涵芬樓祕笈》本 清查慎行撰 清許昂霄等輯……七五七
忍辱菴詩稿二卷 清同治元年樊彬抄本（抄清鮑倚雲批點）（國圖）清查慎行撰……七六〇
慎旃初集不分卷、慎旃二集不分卷 清康熙二十三年至二十四年刻本（佚名批點）（國圖）清查慎行撰……七六五
敬業堂詩鈔八卷 清抄本（佚名三色批校）（湖北省圖書館）清查慎行撰……七七〇
敬業堂詩鈔不分卷 清抄本（上圖）清查慎行撰……七七五
橘社倡和集一卷 清抄本（國圖）清查慎行、張雲章撰……七七七
初白菴詩評三卷、附詞綜偶評一卷 清乾隆四十二年張氏涉園觀樂堂刻本（國圖）清查慎行撰 清張載華輯……七八一

卷十

經史問答十卷 清乾隆三十年萬福刻本

（浙圖） 清全祖望撰……………………………… 七八七
經史問答十卷 清乾隆三十年萬福刻、嘉慶初重修本（紹興圖書館） 清全祖望撰 ………… 七九〇
鮚埼亭集三十八卷、卷首世譜、年譜一卷 《四部叢刊》景印清嘉慶九年餘姚史夢蛟借樹山房刻本 清全祖望撰 清董秉純撰世譜、年譜…… 七九二
鮚埼亭集三十八卷、卷首世譜、年譜一卷 清嘉慶九年餘姚史夢蛟借樹山房刻本（清丁桂批校，並錄清沈登瀛批校、楊鳳苞批注）（紹興圖書館） 清全祖望撰 清董秉純撰世譜、年譜 ……………… 七九八
鮚埼亭集三十八卷、卷首世譜、年譜一卷 清嘉慶九年餘姚史夢蛟借樹山房刻，同治十一年印本（章鈺批校並錄清嚴元照、吳騫、張瑛、丁國鈞等校評）（國圖） 清全祖望撰 清董秉純撰世譜、年譜 ………………………………………… 八〇〇
鮚埼亭集三十八卷、卷首世譜、年譜一卷 清嘉慶九年餘姚史夢蛟借樹山房刻，同治十一年印本（余嘉錫批校，並錄清吳騫、陳鱣、嚴元照、唐翰題、章鈺、丁國鈞等批校）（浙圖） 清全祖望撰 清董秉純撰世譜、年譜 ……………………………… 八〇四
鮚埼亭集外編五十卷 清嘉慶十六年杭州汪繼培刻本（清李慈銘批注）（國圖） 清全祖望撰 清董秉純、蔣學鏞編 清汪繼培重編 ……………………………… 八〇八
鮚埼亭集外編五十卷 清嘉慶十六年杭州汪繼培刻本（章鈺批校，並錄清嚴元照校評）（國圖） 清全祖望撰 清董秉純、蔣學鏞編 清汪繼培重編 ……………………… 八一一
鮚埼亭集外編五十卷 清嘉慶十六年杭州汪繼培刻本（余嘉錫批校，並錄清嚴元照、方東樹、戴鈞衡、蕭穆校評）（浙圖） 清全祖望撰 清董秉純、蔣學鏞編 汪繼培重編 ……………………………………… 八一三
鮚埼亭集三十八卷、卷首世譜、年譜一卷 清乾隆四十五年王友亮抄本（佚名批注）（國圖） 清全祖望撰 董秉純撰世譜、年譜 … 八一五
鮚埼亭集三十八卷（缺後八卷） 清抄

本(清陳勱批校)(國圖) 清全祖望撰 董秉純撰世譜、年譜……八二一
鮚埼亭集三十八卷、卷首世譜、年譜一卷 清抄本(國圖) 清全祖望撰 董秉純撰世譜、年譜……八二三
鮚埼亭外集五十卷、附讀易別錄、孔門弟子姓名表 清抄本(清佚名録蔣學鏞批注)(國圖) 清全祖望撰 清董秉純編……八二七
鮚埼亭集外編四十卷(缺卷六至卷二十五) 清抄本(清蔣學鏞批注)(國圖) 清全祖望撰 清蔣學鏞編……八三一
鮚埼亭詩集十卷 清四明盧氏抱經樓抄本(國圖) 清全祖望撰……八三六
鮚埼亭詩集十卷(存卷六至十) 清抄本(國圖) 清全祖望撰……八三九
鮚埼亭詩集十卷 清道光十四年鄭爾齡箋經閣刻本(清李慈銘批校並跋)(國圖) 清全祖望撰……八四〇
鮚埼亭詩集十卷 清道光十四年鄭爾齡箋經閣刻本(孫鏘批校)(國圖) 清全祖望撰……八四三
句餘土音三卷 清嘉慶十九年刻本(浙圖) 清全祖望撰 清董秉純重編……八四六
句餘土音六卷 四明張氏約園抄本(張壽鏞批校)(國圖) 清全祖望撰 清董秉純等注……八五〇
句餘土音補注六卷 《嘉業堂叢書》本 清全祖望撰 清陳銘海補注 劉承幹刪定……八五五
蘭江三家禮解鈔七卷 清道光十年刻本(金華博物館) 宋應鏞、邵淵、范鍾撰 清張作楠輯 清曹時校補……八五八
翠微山房數學十五種三十八卷 清嘉道間刻、同光間重修本(金華博物館) 清張作楠撰 清江臨泰撰……八六四
翠薇山房叢書(存一百二十五卷) 清翠微山房紅格抄本(金華博物館) 清張作楠輯……八七〇
翠薇山房文鈔不分卷 槁本(金華博物館)

清張作楠撰……八七三

翠微山房遺詩不分卷　民國十三年木活字本（金華博物館）　清張作楠撰……八七五

翠薇山房詩鈔不分卷（殘）　稿本（金華博物館）　清張作楠撰……八八〇

書後……八八三

卷一

羅赤城遺集不分卷　民國二十三年綠格抄本（章梫批校）（浙圖）

宋羅適撰，民國章梫輯。適字正之，號赤城，寧海人。少從學四明樓郁。兩舉鄉書，治平二年成進士。授桐城尉，薦移泗水令，改著作佐郎，知曹州濟陰縣。居數月，奪官。父老詣闕訴留，以天平軍節度推官還舊治。守臣以治最上，徙知陳留。遷知江都，薦知開封縣。宋哲宗詔曰：『豈弟廉平，出於天性，視民疾苦，如在于己。』治名大振。奔走使事十餘年，提點府界、兩浙、京西刑獄，兼相度京西等路水利。建中靖國元年卒，年七十三。羅適私淑胡瑗，傳安定之學，主治事，尤善水利。在江都修大石湖，民爲立生祠。劉攽、秦觀、張舜民敬愛之。蘇軾與往來書信論水利，嘗奏論駁之，然亦重其人。舒亶《宋故上護軍致政羅公墓誌銘》稱其『質直不華，臨事嶷嶷，信理直前，不肯爲利害俯仰』，『急人艱阨，勇往不倦，如赴嗜欲』，『論者以謂有古循吏之風』（《舒嬾堂詩文存》卷三）。宋台州循吏，羅適爲第一，與陳公輔、陳良翰並祠州學，時稱『台州三老』。陳振孫《直齋書錄解題》卷十七云：『爲吏健敏，頗爲蘇子瞻、劉貢父諸公所知。台士有聞於世，自適始。』羅適與徐庭筠並稱『台學源流之首』，開浙東之學先河。其好古强學，能詩文。舒亶《羅公墓誌銘》謂『當嘉祐、治平間，學者方事聲律，而公已能用意經傳。

然頗獨嗜《易》，其所爲注解合其他歌詩、章疏、碑碣、雜文，僅百卷』。嘉定《赤城志》載有《易說》《赤城集》行于世。尤袤《遂初堂書目》著錄《赤城集》，無卷數。《直齋書錄解題》著錄作十卷。《赤城集》蓋僅刻傳十卷。《易說》未見《宋史》《文淵閣書目》載及，久佚。《直齋書錄解題》又著錄羅適《傷寒救俗方》一卷。《赤城集》未詳佚於何時。清末民初，寧海章梫留心鄉邦文獻，既校刻舒岳祥《閬風集》，又蒐緝羅適詩文、仕履載記，編爲《羅赤城遺集》，將刊行而未果。

此爲章梫輯《羅赤城遺集》不分卷，民國二十三年綠格抄本（章梫《題識》及附編抄於紅格紙上），一冊。每半葉十行，行二十二字。内封題『羅赤城遺集』，又記曰『輯本無副稿』、『此要件』。集前有章梫民國二十三年春《題識》及《目次》。卷端題曰：『宋寧海羅適著，同縣後學章梫輯。』梫字立光，號一山，少從俞樾治經，復從學王棻。私淑章學誠，肆力於史，工詩文，兼善書。光緒三十年成進士，授檢討，歷任京師大學堂譯學館提調等職，爲徐世昌、張之洞所賞。清帝遜位，寓津、滬等地，傭書鬻字自給，以『遺民』自視。民國三十八年春，卒於杭州，年八十九。著有《一山經說》二卷、《一山文集》十二卷、《一山詩選》七卷、《康熙政要》二十四卷諸書，與修《德宗實錄》《浙江通志》。其《題識》云：『寧海山澤僻左，才不世出，其出而爲葉鎮之丞相、胡景參進士、方正學父子暨葉、鄭諸賢，皆人傑也。而爲台邦先導，在北宋則羅公正之，崛起孤寒，爲宋代循吏，仕至兩浙提刑而退。《宋史》不爲立傳，史官疏略之咎也。而其著述有《易解》，有《傷寒救俗方》，有《赤城集》（注：或稱五十卷，或稱一百卷），皆不傳。蓋縣地瘠窳，士鮮世業，鄉邦文獻之遺，無宗守之者也。然在宋代，莫不尊奉其學，崇之曰赤城先生。觀葉水心《三老先生祠堂記》、王伯厚《赤城書堂記》，可以見矣。自元之衰，至明初正學先生推尊鄉先哲，稱羅先生之行，縣志不載。已亦未及有《赤城集》之書，疑其時或已散佚耶？今距方先生五百餘年，距赤城先生八百年矣，搜求遺簡，限於聞見，僅此一卷。初冀尚有所獲，猝遭國變，一歲數徙，篋笥大半遺落。年力衰退，又恐并此而失之，因先付印行。倘薄海内外有藏其集而見告者，馨香拜禱矣。』集中詩附王棻案語一則、王舟瑶案語七則。章梫與摯友舟瑶鼓吹台學，商證邃密，搜集羅適佚作，蓋得其助力。

是集依次收羅適詩十九題二十一首，文得《桐山橋碑記》《永樂院碑記》《重修妙勝禪寺記》《灌頂行業記》等四篇，其下爲附編。《目次》首列序，當指集前章梫《題識》。其詩爲《遊碧照庵》《慈母石》《題天台天柱山》《崇教寺筠軒》《題慈雲院》《石橋栴檀像》《題潘幾道呆亭》《題萬年妙蓮閣》《游天台桐柏觀二首》《憶西橋寄昉師》《送致政太師文潞公》《題瑞相院》《題天台茅橋》《寄題池亭兼贈吕道正二首》《石橋》（按：陸心源《宋詩紀事補遺》卷十八所收《石橋》共二首，此爲第一首，第二首即上題《石橋栴檀像》）《題萬竹山》《試筆三首》《送裴饒游金庭觀》《巢父亭》。《憶西橋寄昉師》《送致政太師文潞公》《試筆三首》，已見於厲鶚《宋詩紀事》卷二十三，《憶西橋寄昉師》一首，《宋詩紀事》題作《過遠橋》。《遊碧照庵》《題天台天柱山》《崇教寺筠軒》《題慈雲院》《石橋栴檀像》《題萬年妙蓮閣》《游天台桐柏觀二首》《題瑞相院》《題天台茅橋》《寄題池亭兼贈吕道正二首》《石橋》等十一題十一首，已見於陸心源《宋詩紀事補遺》卷十八。《石橋栴檀像》《石橋》，《宋詩紀事補遺》題作《石橋》二首。元人陳世隆《宋詩拾遺》卷二十二錄《題石橋栴檀像》：『傳得栴檀相甚奇，紺容光徹照鬚眉。橋頭尊者來瞻禮，應憶靈山聽法時。』《石梁》：『飛瀑斷巖路，天然石似梁。始知融結日，便作聖賢鄉。水静魚龍樂，山林草木香。茶花本餘事，留跡示諸方。』句與題甚合。章梫誤將《石梁》作《石橋栴檀像》，題目顛倒。陸心源據《天台續集》收二詩，誤以二題爲一題。章梫新輯，較厲、陸多出《慈母石》《題萬竹山》《送裴饒游金庭觀》《巢父亭》等四首。然《題萬竹山》乃宋薛昂詩（按章梫注，輯自《天台續集》別編。檢李庚《天台續集》別編卷二，詩題作《題萬竹山》，作者薛昂字肇明。詩編於羅適《題瑞相院》後，章梫不察，誤以爲羅適詩），《送裴饒游金庭觀》爲唐羅隱作（按章梫注，此首輯自《天台山全志》。張聯元《天台山全志》卷十八錄之，作者爲羅隱（清康熙間刻本）。羅隱《甲乙集》卷九錄之，題作《送裴饒歸會稽》（《四部叢刊》景印宋本）。《全唐詩》等皆歸羅隱名下，無異辭），皆誤收，是集新輯詩僅多出《慈母石》《巢父亭》而已。《慈母石》一首錄自崇禎《寧海縣志》卷十一。陳世隆《宋詩拾遺》卷二十二已收之。明人李春熙《道聽錄》卷二『夔府二門石碑』條：『夔府二門石碑鐫《慈母石歌》。郡守張公廷柄序云：「瀘州江邊有石，名慈母。石上有歌，不傳名氏。予復刻于此。」』條末注：『寧海葉内山焯云作者羅適，由甲科官提刑，乃其鄉人。』陶元藻《全浙詩話》卷十一『羅適』條下：『《三台詩錄》：郡邑志載公《慈母石》古風一篇，今《陳白沙集》中亦有之。馮蒿菴辨白沙以徵聘辭歸終養，與詩中薄俸堪奉、雙親已逝語全不類，定爲公作。』《巢父亭》一首題下注：『戚鶴泉《回頭想》云汝州石刻，蓋官河南時所見。』畢沅《中州金石記》卷四《題巢父亭詩》云：『紹聖四年三月立，羅適撰。正書在汝州，詩云：「泊然一枝巢，常靜不待息。天地存遺井，聊以見清德。窺者見爾心，飲者養爾力。何爲病夏畦，俯仰無慙色。」字不甚工。今有巢父井，在汝州城西郭門外。《明一統志》云：旁有巢由廟，宋宗舜臣刻王通叟弔巢父文於石。』

所輯文四篇，《桐山橋碑記》注云：『見《赤城集》。』然林表民《赤城集》卷十四題作《桐山石橋記》（明弘治十年謝鐸刻本），且文字多異。《永樂院碑記》末注出處，蓋輯自陳耆卿嘉定《赤城志》。《重修妙勝禪寺記》輯自延祐《四明志》卷十八，然未如乾道《四明圖經》卷十所載《重修妙勝院記》版本佳。《灌頂行業記》從嘉定《赤城志》卷二十二《山水門四》按語輯得片語，注云：『不全。』

附編收秦觀《送羅正之兩浙提刑》《次韻羅正之惠綿扇》、張舜民《送羅正之年兄出使之浙》、舒岳祥《壬辰正月，胡子持、孫平叔、劉正仲諸友於雁蒼建赤城先生祠，賦唐律一十韻以紀其事》、《送羅提刑》（注：『見《天台續集》，失名。』）、章梫《謁鄉先正羅赤城先生墓》、秦觀《羅君生祠記》、葉適《三老先生祠堂記》、王應麟《赤城書堂記》、袁桷《跋劉貢父與羅正之手帖》、方孝孺《述羅正之先生事》、石簡《題羅提刑宗譜序》、舒亶《宋故朝散大夫上護軍致政羅公墓誌銘》、光緒《寧海縣志》（《人物傳》《藝文志》）、《重修揚州府志》（《宦蹟・羅適》、《山川・大石湖》）、李洣《書羅公墓誌銘後》、章梫《擬建羅正之先生祠於海游記》。所謂失名之《送羅提刑》，實宋人鄒浩所作《送羅正之爲兩浙提刑》（見《道鄉集》卷一，明成化六年刻本）。酬贈可增補者不少，如宋人黄裳《禱羅正之提刑城東賞花》（《演山集》卷一）、畢仲游《至曹州值羅正之著作部夫河上有阻會合以詩見意》《戲贈濟陰令羅正之》（《西臺集》卷二十）、趙挺之《送羅正之年兄出使二浙》、呂穆仲《送羅正之年兄出使二浙》、范鉞《送羅正之年兄出使二浙》（李庚《天台續集》別編卷一）、鄒浩《次韻羅正之提刑見寄》（《道鄉集》卷　）、《次韻羅正之朝散到臨潁見寄》（《道鄉集》卷八），可補入。

是集所存篇章寥寥，羅適政事文章庶幾略窺大端。其人學術有本末，通於世務，風節凛然，長於政事，所作深有根柢，不同凡俗。《慈母石》質實感人，《崇教寺筠軒》《題慈雲院》《題萬年妙蓮閣》性情高邁，《試筆》則見宋人議論之長。《桐山橋碑記》《永樂院碑記》《重修妙勝禪寺記》敘事有致，不事浮虛，並可稱道。

禹貢集解二卷　　宋刻元修本(國圖)

宋傅寅撰。寅字同叔,義烏人。幼嗜學,經史百家,悉能成誦。從唐仲友質疑問難,仲友曰:『吾益友也。』於天文、地理、明堂、封建、井田、律曆、兵制,世儒置而不講者,靡不窮究根柢,訂其譌謬,號曰《羣書百考》。呂祖儉閲其《禹貢圖考》,贊曰:『是書可爲集先儒之大成矣。』(《宋元學案·説齋學案》)性不樂仕,不屑治生産,講學鄉里,學者稱杏溪先生。陳亮論其『博通古書,特有隱趣』。年六十八卒。所著《禹貢集解》二卷,博引諸説,斷以己意,獨具見解,傳世有宋刻元修本、《通志堂經解》本、清退補齋刻《金華文萃》本等。此爲宋刻元修本二卷,六册。每半葉十一行,每行經文十八字,引諸家説,首行低一格,次行低二格,已説則概低三格。白口,雙魚尾,左右雙闌。卷端不題撰者名氏。集前有東陽喬行簡《杏溪傅氏禹貢集解序》,又有《禹貢山川總會之圖》《九河既播同爲逆河之圖》《三江既入震澤底定之圖》《九江東陵彭蠡北江之圖》。

清四庫館臣未睹宋本,而見《通志堂經解》本,又見《永樂大典》載其書有異,以爲《大典》當時所見即宋時原本,足以援據,《經解》本已有傳寫錯漏,致書名竄改爲『集解』,因取《大典》與《經解》本互勘,重爲輯録,釐分四卷,仍題《大典》所載《禹貢説斷》之名。《四庫全書》收《禹貢説斷》四卷,即重輯《永樂大典》本。《提要》云:『嘗從唐仲友游,仲友稱其「職方輿地盡在腹中」。是編其所著《禹貢圖説》也。案朱彝尊《經義考》,有寅所著《禹貢集解》二卷,《通志堂》嘗刊入《九經解》中。而《永樂大典》載其書，則題曰《禹貢説斷》，無「集解」之名。又，《經解》所刊本稱原缺四十餘簡。今檢《永樂大典》，不獨所缺咸在，且其《五服辨》三千餘言，《九州辨》千數百言，較之原注缺文多至數倍。又，《山川總會》及《九河》《三江》《九江》四圖，《經解》俱誤編入程大昌《禹貢論》中，與其書絶不相比附，而《永樂大典》獨繫之《説斷》篇内。蓋當時所見實宋時原本，足以援據，而《經解》刊行之本則已傳寫錯漏，致並書名而竄易之，非其舊矣。書中博引衆説，斷以己意，具有特解，不肯蹈襲前人。其論《孟子》「決汝漢，排淮泗，而注之江」爲古溝洫之法，尤爲諸儒所未及，洵卓然能自抒所見者。今取《經解》刊本與《永樂大典》互相勘校，補闕正譌，析爲四卷。仍題《説斷》舊名，而於補缺之起訖，各加注語以别之，庶幾承學之士得以復見完書焉。」

今按：宋刻元修本鈐「王止仲」、「玄敬」、「乾學」、「徐健菴」、「劉仁體」、「潁川劉考功藏書印」、「虞山瞿紹基藏書之印」、「菰里瞿鏞」、「鐵琴銅劍樓」諸圖記。劉體仁字公㦷，潁州人。順治十二年進士，官吏部郎中。此本舊爲所藏，徐乾學得觀之。乾學助納蘭性德刻《通志堂經解》，收《杏溪傅氏禹貢集解》二卷。對勘二本，通志堂本卷端雖無四圖，且冠以康熙丙辰納蘭性德《序》，然易知所據即此本也。此本卷下《五服辨》「馬融以爲甸服之□□里至」以下缺，通志堂本同。即行款，通志堂本亦倣之，字句鮮異，第校改時刊落數字（如卷一第二行「禹貢第一」，通志堂本删「第一」二字），改「尚書諸家説斷」作「杏溪傅氏禹貢集解」。館臣以爲《大典》本據於宋時原本，不知通志堂本亦據宋刻，僅元時修板刷印而已，「經解」之名非通志堂本竄改。

通志堂本納蘭氏《序》云：「其第一卷闕三十有七版，第二卷又闕其四版。驗少卿前後私印，則知當日已非足本。亟刊行之，俟求其完者，嗣補入焉。』此本卷一『杜氏曰：徒駭、鬲津、鉤盤、胡蘇四河』條以下缺三十七葉。通志堂本於條末注曰以下至七十一葉原本缺。《庫》本依《大典》所載增之，此條下注云：『按：以下至「九江孔殷」孔氏傳，刻本闕佚。今從《永樂大典》增入。』此本卷二《五服辨》『馬融以爲甸服之□□里至』以下缺，通志堂本仍之，不注。《庫》本依《大典》補之，且補闕字，《五服辨》題下注云：『按：以下刻本所闕，今從《永樂大典》原本增入。』《庫》本所補，是否即宋刻全帙，今難悉知。《永樂大典》亦散佚，《集解》闕佚賴《庫》本以存。《四庫提要》雖有誤解，《庫》本拾遺補綴之功不可沒也。《四庫全書薈要》所收《禹貢說斷》四卷，亦據《永樂大典》本寫錄。後世刻本，或據通志堂本，或據《庫》本，或參酌二本重刻。《金華文萃》本據通志堂本重刊（按：《中國古籍總目》未察，誤合《金華文萃》本與《庫》本等爲一條）。胡宗楙《金華經籍志》云：『《通志堂》本僅二卷，第一卷闕三十七葉，第四卷闕四葉，易名「集解」。四庫館聚珍板本據《永樂大典》補完，析爲四卷。《墨海金壺》據《大典》與《經解》刊本互校，補闕正訛，仍題「說斷」舊名。於補闕之起訖，务加注語以別之，較爲完善。』

按納蘭氏《序》：『惜乎是編流傳者寡，不見采於董氏之《纂注》，而焦氏《經籍志》、西亭王孫《授經圖》或以爲說，或以爲論，蓋未嘗見此書而著於錄者。是本爲吳人王止仲藏書，其後歸於都少卿穆。』此本爲王行舊藏，後歸吳人都止仲名王行，號半軒，與高啓諸子交厚，名入吳中派，牽入藍玉黨案死。穆。都穆刷印已缺四十一葉。入清歸劉體仁，後歸瞿氏鐵琴銅劍樓。《鐵琴銅劍樓藏書目錄》卷二著錄《杏溪傅氏禹貢集解》二卷『宋刊本』，即此本，云：『首列《山川總會》及《九河》《三江》《九江》四圖。《序》首行題曰「杏溪傅氏禹貢集解」，圖後又題曰「尚書諸家說斷」，次行曰「禹貢第一」。故《永樂大典》本曰《禹貢説斷》，而《通志堂經解》本曰《禹貢集解》，名遂兩歧也』，『諸家皆曰某氏，惟呂成公則稱東萊先生。疑同叔居義烏時，學於成公者也。書中「恒」、「桓」、「慎」字有闕筆，「貞觀」改作「正觀」，「魏徵」改作「魏證」，惟「惇」字不闕，當是孝宗時刻。此本爲王止仲所藏，後歸都玄敬、劉公戭，入傳是樓。今所傳《經解》本，即據之以刻者。所闕四十餘簡及《五服辨》《九州辨》，皆一一脗合，惟「尚書諸家説斷」六字，亦改作「杏溪傅氏禹貢集解」，爲失真耳。若四圖之編入程氏《禹貢論》中，乃裝書者之失，非刻本有誤也。觀成容若《序》自明（注：卷中有「王止仲」、「玄敬」、「劉仁體印」、「潁川劉考功藏書記」、「乾學」、「徐健菴」諸朱記）。』考辨精覈，然《傳是樓書目》未著録，其書是否流入傳是樓，尚可闕疑。

習學記言序目五十卷　清光緒六年刻、光緒十一年重修本（國圖）

宋葉適撰。適字正則，號水心，溫州永嘉人。乾道九年，入太學。孝宗屢詔求直言，葉適作《上西府書》，切中時弊。淳熙五年，以進士第二人及第，授平江節度推官，旋丁母憂。淳熙八年服闋，改武昌軍節度判官。史浩薦於朝，召不至，改浙西提刑司幹辦公事。召爲太學正，疏言亟需變國是、言論、人材，以舉大事，『講利害，明虛實，斷是非，決廢置』。孝宗覽劄，『慘然久之』。除太學博士，兼實録院檢討官。薦陳傅良等三十四人於丞相，後皆召用，時稱得人。光宗嗣位，由祕書郎出知蘄州。入爲尚書左選郎官，遷國子司業，力求補外，除太府卿，總領淮東軍馬錢糧。趙汝愚貶衡陽，葉適亦降兩官罷。起湖南轉運判官，知泉州。召入權兵部侍郎，丁父憂歸。服除，權工部侍郎。以用兵除知建康府兼沿江制置使，奪職歸，嘉定十六年卒，年七十四。謚忠定。《宋史》有傳。著有《習學記言序目》《水心先生文集》《水心先生别集》諸書。

此爲清人黄體芳校梓《習學記言序目》五十卷，清光緒六年刻、光緒十一年重修本，十二册。每半葉九行，行二十一字。白口，單魚尾，左右雙闌。内鐫『習學記言五十卷，曹啓淵謹篆』，牌記曰『光緒癸未刊於江陰』。各卷端不題撰者名氏。各卷末題『金匱華世芳、鎮江姚錫光、江陰曹佳同校』。集前有《四庫總目·習學記言提要》、葉適門人孫之弘嘉定十六年十月《序》、南昜道轂《題識》、黄體芳光緒十一年九月《序》及《目録》。集末有汪綱嘉定十六年十月《跋》（按：誤刻作『江綱』。汪綱字仲舉，黟縣人。授桂陽軍平陽令，歷知弋陽、蘭溪、太平諸縣，遷知高郵軍，知紹興府。宋理宗即位，召爲寶謨閣待制，後權户部侍郎，致仕）。其名『習學記言』，孫《序》云：『竊聞學必待習而成，因所習而記焉，稽合乎孔氏之本統者也。』

是書初有宋嘉定刻本，葉適子葉寀編次，紹興知府汪綱梓刻，孫之弘撰《序》。孫《序》云：『《習學記言序目》者，龍泉葉先生所述也。初，先生輯録經史百氏條目，名《習學記言》，未有論述。自金陵歸，間研玩羣書，更十六寒暑，迺成《序目》五十卷。子寀既以先志編次，諗今越帥新安汪公鋟木郡齋，又囑之弘揭其大指於書首。』汪《跋》云：『余曩得林德叟所傳水心《習學記言》前後兩帙，一自《書》《詩》《春秋》三經、歷代史記，迄《五代史》，大抵備史法之醇疵，集時政之得失，所關於世道者甚大；一自《易》《禮》《論》《孟》、五經諸子，訖《呂氏文鑑》，大抵究物理之顯微，著文理之盛衰，所關於世教者尤切。今孫偉夫攜至一本，乃用諸經史子前後排比次第，聚爲一書，總五十卷。發以序文，諗余鋟板郡齋。工未竟，趙振文來，具道水心著述前後，與余所得於德叟者同。余嘗反覆紬繹其故，此分彼合，要皆不爲無意，讀者幸有考焉。德叟名居安，瑞安人；偉夫名之弘，餘姚人；振文名汝繹，今居樂清，皆水心高弟云。』

嘉定刊本久不傳。元明間，書未再刻，傳本有明抄數種。孫詒讓《溫州經籍志》卷十七著録遜學齋藏明秦四麟抄本、祥符周氏藏明葉道轂抄本二種，云：『汪《跋》謂所見凡二本，一本分前後兩帙，出於林居安，一本合編爲五十卷。孫《敘》謂水心子寀所編次，汪氏據以刊行。今世藏書家展轉傳鈔，皆出汪本，林本遂不復傳。然以汪氏所述推之，林本先後分合義例，不甚可解，固不若孫本之精整。然今本書末亦有「學生林居安校正」一行，則汪刊雖依孫本，亦經林氏手校矣。又，四十六卷末孫氏坿記云：「按：諸子書惟《莊》《列》《文中子》不及論述。先生嘗答之弘書云：《記言序目》孫卿後僅有四卷。如《莊》《列》諸書，雖熟商量，莫知所以命筆，只得且放過。以此且欲將《文鑑》結尾，作了當去。」又云：「《莊》《列》《文中子》向本欲先下手，爲其當條理處太多，不勝筆墨，頗若煩碎，合爲一論，則又貫穿未易。」（此二書黎諒編《水心集》未載）是此書終《文鑑》，水心手定本固已如是。至云《荀卿》後有四卷，則與今本又不合（今本《荀子》在四十四卷後，四十五卷《管子》，四十六卷《孫》《吳》《司馬法》《六韜》《三畧》《尉繚子》《李靖問對》，四十七至五十卷並《文鑑》，凡六卷）。疑葉寀及門人編定時，或有分并矣。』

四庫館採録浙江巡撫採進本《習學記言》五十卷。《浙江採集遺書總録》閏集著録桐華軒寫本《習學記言》五十卷，云：『右宋龍泉葉適撰。適門人山陰孫之弘《序》，略云：先生輯録經史百氏條目，名《習學記言》，未有論述。自金陵歸，又更十六寒暑，乃成《序目》五十卷。其大旨根柢《六經》，折衷諸子，剖析秦漢，訖于五季，以《呂氏文鑑》終焉。』

黄體芳校刻《習學記言》，所據底本爲乃師孫衣言批校明抄本。體芳《序》云：『吾師孫太僕先生最服膺於鄉先正水心葉公，體芳昔在左右，或語及經濟文章，必爲言水心。《水心文集》《别集》，先生既先後刊之，其《習學記言》五十卷亦頗已散失，而先生及體芳處各有繕本，則以此事屬之於體芳。此體芳視學江蘇，欲刊是書，謀得他本校之，舛謬尤甚，乃求觀先生藏本，具皆先生所自校，毛髮差失，無不辨者。於是體芳更循讀一過，以光緒十年五月付刊，十二月刊成。』丁丙《善本書室藏書志》卷十八著録《習學記言序目》五十卷『馬笏齋藏明抄本』，即孫衣言批校本，云：『嘉定十六年門人山陰孫之弘序。又，癸未新安汪綱仲舉後跋。南陽道轂《題識》後記云：「《習學記言序目》，六本，共六百七張，用價□千八百文。崇禎丁丑歲冬十一月廿八日記。」瑞安孫衣言用朱筆校正，以之刊《永嘉叢書》，爲底本也。有「古鹽馬氏笏齋珍藏之印」。』今南圖藏《習學記言序目》五十卷抄本，孫衣言校並跋，丁丙跋。上圖亦藏抄本，孫衣言校，葉景葵校並跋。

是書説經凡十四卷，計《易》四卷，《書》一卷，《詩》一卷，《周禮》《儀禮》合一卷，《禮記》一卷，《春秋》一卷，《左傳》二卷，《國語》一卷，《論語》一卷，《孟子》一卷；説子史等凡三十六卷，計《老子》一卷，《子華子》一卷，《家語》《孔叢子》一卷，《戰國策》一卷，《史記》二卷，《漢書》三卷，《後漢書》三卷，《三國志》二卷（《魏志》一卷，《吴志》《蜀志》合一卷），《晉書》二卷，《南史》三卷（《宋書》一卷，《齊書》《梁書》《陳書》合爲二卷），《北史》二卷（《魏書》一卷，《北齊書》《後周書》合一卷），《隋書》二卷，《唐書》《五代史》合六卷，《荀子》《揚子》合一卷，《管子》一卷，《孫子》《吴子》《司馬法》《六韜》《三略》《尉繚子》《唐太宗李靖問對》合一卷，《吕氏文鑑》四卷。

葉適先是輯録經史百家條目，未有論述，後研治十六年，乃成是書。孫之弘《序》揭其大指云：『蓋學失其統久矣』，『近世張、吕、朱氏二三鉅公益加探討，名人秀士，鮮不從風而靡。先生後出，異識超曠』，『故根柢《六經》，折衷諸子，剖析秦漢，訖於五季，以《吕氏文鑑》終焉。其致道成德之要，如渴飲飢食之切於日用也』；指治摘亂之幾，如刺腧中肓之速於起疾也。推迹世道之升降，品目人材之短長，皆若繩準而銖稱之，前聖之緒業可續，後儒之浮論盡廢。其切理會心，冰銷日朗，無異親造孔室之閫深，繼有宗廟百官之富美，故曰稽合乎孔氏之本統者也。至於憂時慮國，不捨食息，思爲康濟。常追恨唐初務廣地而兆夷狄内侵之禍，中世廢府兵而縣官受養兵之患，本朝承平，未遑悛定，矧以舊虜垂亡，邊方數警，筆墨將絶，遂爲《後總》，特祕而未傳。嗚呼！誰能知先生之苦心哉。』陳振孫不滿於葉適之説，《直齋書録解題》著録《習學記言》云：『大抵務爲新奇，無所蹈襲。其文刻削精工，而義理未得爲純明正大也。自孔子之外，古今百家，隨其淺深，咸有遺論，無得免者。而獨於近世所傳《子華子》，篤信推崇之，以爲真與孔子同時，可與《六經》並考，而不悟其爲僞也。且既曰其書甚古，而文與今人相近，則亦知之矣。』稱其務爲新奇，義理未醇，又責其篤信《子華子》。葉適譏評古今，縱横博辯，時人及後世頗有議論。劉壎《隱居通議》卷十一『半山詠揚雄』條云：『水心葉公著《習學記言》，譏評古今，無全人矣，獨於雄傾心焉。』《四庫提要》頗信振孫之説，然贊賞葉適史識與經世之意，云：『所論喜爲新奇，不屑摭拾陳語，故陳振孫《書録解題》謂其文刻峭精工，而義理未得爲純明正大。劉克莊爲趙虚齋作《注莊子序》，亦稱其講學析理，多異先儒。今觀其書，如謂「太極生兩儀」等語爲文淺義陋，謂《檀弓》膚率於義理，而謇縮於文詞，謂孟子、子産不知爲政，仲尼不爲已甚，語皆未當，此類誠不免於駭俗。然如論讀《詩》者專溺舊文，不得《詩》意，盡去本序，其失愈多，言《國語》非左氏所作，以及考子思生卒年月，斥漢人言《洪範》五行災異之非，皆能確有所見，足與其雄辨之才相副。至於論唐史諸條，往往爲宋事而發，於治亂通變之原，言之最悉，其識尤未易及。特當宋之末世，方恪守洛閩之言，而適獨不免於同異，故振孫等不滿之耳。』黄體芳《序》亦辨云：『水心之書，其説經不同於漢人，而其於宋，亦蘇子瞻之流，要其微言大義，往往而在也。其爲一時憤激之言而不可以轉相師述者，如謂「太極生兩儀」等語淺陋之屬，《四庫提要》舉之。而近世鄉先輩黄薇香明經爲《葉氏經學辨》，於其駁曾子、子思、孟子，皆頗議其誣，而推見其所以言之故，具在《儆居集》中。然體芳猶以爲晚近學者蓋無慮乎其不信聖賢，乃病於視聖賢過高而自視過薄，則水心之説猶足以稍廣其意，而不至於猖狂者焉。』孫詒讓《溫州經籍志》論云：『水心論學，在宋時自爲一家，不惟與洛閩異趨，即於薛文憲、陳文節平生所素與講習者，亦不爲苟同。此書論辨縱横，説經則于《繫辭》《禮記·檀弓》《孔子閒居》《中庸》《大學》，咸有遺議，論史則不滿於史遷、班固，論文則不滿於韓愈、曾鞏。其詆苛前人，信不免太過。然其論太極先後天，及《尚書》《論語》《大學》無錯簡，則在講學家爲不聒于衆咻者。至于諸史，自《戰國策》《史記》迄《唐書》，諸子自《老子》《荀子》迄兵家七書，靡不該覽綜貫，抉其義藴，其淹博尤非陋儒所敢望，未可以陳伯玉所論遽譏其偏駁也。』可爲一時定評。

水心之學非在專爲新奇之説，謂其『無所蹈襲』，亦不盡然。其論學蓋不苟同宋儒獨遵《孟子》，昌言根柢《六經》，致道成德，切於日用，冀起時疾，期於宋室中興。《宋元學案》初列葉適入《永嘉學案》，全祖望乃别爲《水心學案》。水心之學得力於薛季宣、陳傅良爲多，於鄭伯熊則『登門晚矣，承教則疏』

（《水心集》卷二一八《祭鄭景望龍圖文》）。《宋元學案》定葉適爲鄭氏門人，未盡妥。祖望案云：『水心較止齋又稍晚出，其學始同而終異。永嘉功利之説，至水心始一洗之。然水心天資高，放言砭古人多過情，其自曾子、子思而下皆不免，不僅如象山之詆伊川也。要亦有卓然不經人道者，未可以方隅之見棄之。乾淳諸老既歿，學術之會總爲朱、陸二派，而水心斷斷其間，遂稱鼎足。然水心工文，故弟子多流于辭章。』

習學記言序目五十卷　明抄本（清周星詒批校）（國圖）

宋葉適撰。適有《習學記言序目》五十卷，已著録清光緒六年刻、光緒十一年重修本。此爲明抄本，清末周星詒批校，葉樹廉題識，十六册。無版匡、界格。每半葉十二行，行二十四字。紙心不寫書名及卷數、葉數。各卷端不題撰者名氏。集前《目録》存殘葉，疑其前原有序，已散佚。書後有汪綱《跋》，又有南昜道轂手書《題識》、周星詒手書《題記》。書中不避『玄』字，察其書風，可斷爲明抄。

道轂《題識》云：『癸卯之冬，檢水心先生《習學記言序目》，爲之一再觀，其得失參半，于宋人中頗爲不入頽流者矣。然自孟子以下，咸有疵責，不細推其所以然之故而發明之，而務以我爲是，而古人胥受裁焉，此宋人之大病也。余非故爲好異，特欲推崇古人，以不負乎好學深思之旨，則有獲矣。』鈐『歸來草堂』方印。道轂名葉樹廉（按：亦寫作『樹蓮』），字石君，洞庭東山人，僑居常熟。明季諸生，博學嗜古，精於鑒藏。何焯謂『書經石君評閲，眉目始出』（同治《蘇州府志》卷八十二《人物志》）。其藏書印有『葉樹廉印』、『石君』、『歸來草堂』等。崑山徐乾學慕其名，爲作《葉石君傳》：『葉石君者，隱君子也。性嗜書，世居洞庭山中，嘗游虞山，樂其山水，因家焉。所至必多聚書，嘗損衣食之需以購書，多至數千卷。會鼎革兵燹，盡亡其貲財，獨身走還洞庭』，『已，復居虞山，益購書，倍多于前』，『其所得書，條別部居，精辨真贋，手識其所由來，識者皆以爲當』，『年七十六，卒於家。』（《憺園文集》卷三十四）周星詒《題記》云：『壬申八月廿九日，在汀州校讀訖，更影寫副本，寄孫琴西觀察于江寧。』星詒字季貺，祥符人。孫衣言字紹聞，號琴西，瑞安人。其所得《習學記言》抄本之一種，即周星詒據此本錄副所贈。卷十、卷十八首葉皆鈐『孫從添印』、『慶增氏』。孫從添名慶增，號石芝，常熟人。康熙間人，著有《藏書紀要》一卷，與過臨汾同輯《春秋經傳類求》十二卷。此本爲葉樹廉舊藏，歸孫從添，後歸周星詒。丁丙《善本書室藏書志》卷十八著錄清人馬玉堂藏明抄《習學記言序目》，言前有孫《序》，後有汪《跋》，又有樹廉《題識》，《題識》後有『崇禎丁丑歲冬十一月廿八日』之記。樹廉《題識》云『癸卯之冬，檢水心先生《習學記言序目》』，癸卯即康熙二年。崇禎十年丁丑題記本，共六本，乃其明亡前所得，後歸馬玉堂，孫衣言朱筆校字。是樹廉得《習學記言》二種，皆明抄。其一今藏南圖，其一即此本，今藏國圖。孫詒讓《溫州經籍志》著錄祥符周氏藏明葉道觳抄本，即此本，實樹廉所購，非其寫本。周星詒據以錄副。《中國古籍總目》著錄此本作明抄本（清葉萬跋，清周星詒校並跋）。誤以葉樹廉爲葉萬。南圖藏本，《中國古籍總目》著錄作明崇禎十年抄本（清孫衣言校並跋，清丁丙跋）。今雖未見，然由樹廉崇禎十年題記，知乃購明抄，非其錄副，不當作崇禎十年抄本，應改『明抄本』。

此本朱筆批校，出周星詒之手。卷一首葉眉端批云：『案：《需》諸條皆有卦象，此疑脫。』說

《易》前三卷，卦象或有或無（按：江陰刊本前三卷皆無卦象，《庫》本皆有卦象，蓋爲校補）。周氏校勘字句，苦無善本可參，故多疑似語。今校以江陰刊本、《庫》本，略可見異文。如卷十四《孟子》『與梁、齊、滕文公論治』條『大抵民不能皆有田而盡力而農，學缺而上無教，乃當時之大患』，江陰刊本作『大抵民不能皆有田而盡力於農，學校廢缺而上無教，乃當時之大患』，《庫》本與江陰刊本同。同條『是時王政不行，諸侯往往通用什二（注：今取諸民猶禦，恐侯取之，不止什二）』，江陰刊本小字注作：『今之諸侯取之民猶禦，恐不止什二。』《庫》本小字注與江陰刊本同。今按：前後條異文，兩者皆通。又如卷十五《老子》『衆人熙熙』條：『我獨怕兮』，江陰刊本作『怕』，《庫》本作『泊』。同卷『上禮爲之』條『攘臂而仍之，入刑之謂也』句下注『老氏已先見，自其時言之，謂之弊救』，江陰刊本、《庫》本皆作『救弊』。今按：黄羣校刻《敬鄉樓叢書》本，前一條作『泊』，增小字注：『閣本、黄本皆作「怕」，誤。據《老子》校正。』後一條作『救弊』。當以『泊』、『救弊』爲止。

習學記言序目五十卷　清康熙間黑格抄本（國圖）

宋葉適撰。適有《習學記言序目》五十卷，已著録清光緒六年刻、光緒十一年重修本。此爲清康熙間黑格抄本，二十册。每半葉十行，行二十字。白口，單魚尾，左右雙闌。紙心上寫『習學記言』，中標卷數及葉數。各卷端不題撰者名氏。集前有孫之弘原《序》及《目録》。集末有汪綱《跋》、葉樹廉《題識》。卷一首葉鈐『褱玉私印』、『億孫父』、『鐵琴銅劍樓』三印。孫《序》首葉有朱筆題記：『《習學記言》，舊抄，二十本。』武進趙懷玉字億孫，號味辛，著有《亦有生齋文集》。此本舊爲懷玉所藏，後歸鐵琴銅劍樓。《中國古籍總目》未著錄。

《鐵琴銅劍樓藏書目録》卷十六著錄『舊抄本』《習學記言》五十卷，云：『此明人所鈔，舊藏毘陵趙氏。卷首有「懷玉私印」、「億孫」二朱記。』所著錄即此本，瞿鏞斷爲『明人所鈔』。今按：此本避『玄』字。卷四十六《太宗李靖問對》『靖言前代戰鬭』條，『謝玄』寫作『謝元』。葉樹廉《題識》筆蹟與正集抄寫出一手，按『癸卯之冬，檢水心先生《習學記言序目》，爲之一再觀』云云，葉氏題於康熙二年冬。此本抄寫工整，察其書風，亦不類明抄，故斷爲清康熙間抄本爲宜。

此本卷十四《孟子》『與梁、齊、滕文公論治』條『大抵民不能有皆有田而盡力而農，學缺而上無教，乃當時之大患』，前一『有』字衍，餘同周星詒批校明抄本，與後之《庫》本、江陰刊本異。同條小字注『今取諸民猶禦，恐侯取之，不止什二』，同於周星詒批校本。卷十五《老子》『衆人熙熙』條『我獨怕兮』，周星詒批校本作『怕』，《庫》本作『泊』，江陰刊本作『怕』。四十六《太宗李靖問對》『謂言前代戰鬭』條，周星詒批校本作『謂』同，他本或作『靖』。周星詒批校本，即葉樹廉舊藏並手題者。由是知此本蓋據國圖藏明抄本寫錄。明抄本校字未精，誤脱不免。此本沿之，偶增新誤。『兵法何必自黄帝起』條『借其名』下闕二字，此本沿之。『我獨怕兮』，『兮』誤作『弓』；『大抵民不能有皆有田而盡力而農』衍前『有』字，則爲新增之誤。

習學記言序目五十卷　明黑格抄本（清嚴長明、唐翰題校）（國圖）

宋葉適撰。適有《習學記言序目》五十卷，已著録清光緒六年刻、光緒十一年重修本。此爲明黑格抄本，清嚴長明、唐翰題校，十册。每半葉十行，行二十字。白口，單魚尾，左右雙闌。紙心上寫『習學記言』，中標卷數及葉數。各卷端不題撰者名氏。近人吴重憙封題：『宋葉水心習學記言五十卷（湖州嚴氏抄本）。』又題：『此書未見刻本，路氏、許氏均有抄本，孫仲容有秦西巖不全抄本。丙辰四月重裝，七十九翁石蓮記。』集前有孫之弘《敘》、汪綱《跋》及《目録》，集後無葉樹廉《題識》。集前又有唐翰題手書《題識》二則，集後有翰題手書《題記》、吴重憙手書《題記》各一則。鈐『嚴長明校藏印』、『歸求草堂珍本』、『鴝安校勘祕籍』、『新豐鄉人庚申以後所聚』、『海豐吴氏』、『石蓮闇所藏書』、『曾在趙元方家』、『無悔齋校讀記』諸圖記。嚴長明字冬友，號道甫，江寧人。乾隆二十七年南巡，以諸生獻賦，召試，賜舉人，授内閣中書，累遷侍讀學士。丁憂歸，引疾不出，築室三楹，顔曰『歸求草堂』，藏書三萬卷、金石文字三千卷。乾隆五十二卒，年五十七。著有《歸求草堂詩文集》《毛詩地理疏證》等書二十餘種（《國朝先正事略》卷四十二）。唐翰題字鴝安，嘉興新豐人。吴重憙號石蓮，海豐人。近人趙鈁字元方，『曾在趙元方家』、『無悔齋校讀記』爲其藏書印。此本爲嚴長明舊藏，後歸唐翰題。唐氏藏書散佚，吴重憙多購藏之，此其一也，後歸趙鈁。

集前唐翰題《題識》二則，其一在孫之弘《序》前，云：『越帥新安汪公綱仲舉父嘉定間於郡齋刻葉水心《習學記言序目》，刊本罕傳，傳出者率自寫本，輾轉爲之。此湖州嚴氏歸求草堂藏本，劫後散佚，余於東山吴氏骨董肆中搜得。卷中魯魚帝虎，不可勝校。首册寫手較整勅，故訛謬尚不多，而上下文聯屬者每多脱節，此不可解也。』末署『同治戊辰十月，翰題記』。其一在汪綱《跋》後，云：『余得是本于吴市，檢《藏書志》，補録是篇，竝補原抄序文闕字，校其異者于眉端。』署時『戊辰十月』。戊辰，同治七年。按唐氏所題，汪《跋》係其手補，孫《序》補闕字，亦出其手。集末翰題《題記》云：『是書世無刊本，所傳録者僅此，而誤字率同，無從校正，書以待訪。安得善本，一一勘之耶！戊辰四月得于吴氏書肆，因記。』吴重憙《題記》云：『自戊辰至今歲丙辰，又四十九年矣。病中展翫，因記歲月。』

此本『玄』、『丘』不避，蓋爲明抄，非吴重憙所云『湖州嚴氏抄本』明矣（按：《中國古籍總目》著録作清抄本（清唐翰題、清吴重憙跋；丁秉衡校），未確）。嚴長明校字於前，唐翰題校勘於後。檢卷十四《孟子》『與梁、齊、滕文公論治』條『惜無他書可以參看守。大抵民不能皆有田而盡力而農，學缺而上無教』，『守』字衍，周星詒批校明抄本、清康熙間黑格抄本無，『大抵』以下二句，三抄本則同，而異於《庫》本、江陰刊本。同條小字注『今取諸民猶禦，恐侯取之，不止什二』，周星詒批校明抄本、清康熙間黑格抄本同，異於《庫》本、江陰刊本。卷十五《老子》『衆人熙熙』條『我獨怕兮』，周星詒批校明抄本、清康熙間黑格抄本及江陰刊本皆作『怕』，《庫》本作『泊』。卷四十六《太宗李靖問對》『謂言前代戰鬬』條，周星詒批校明抄本、清康熙間黑格抄本亦作『謂』。此本與周星詒批校本文字鮮異，未詳孰本寫時更早。其墨筆校字大都出唐翰題之手。如卷一《屯》『然後昔之未可止者，終于其』，『其』字旁改作『止』，周星詒批校明抄本作『止』；『又明于患難，與無有師保』，校『患難』作『憂患』，『與無』作『故無』，周星詒批校本作

『憂患』、『故無』。卷四末有唐氏記云：『《易》四卷，庚辰八月，三次校讀記。』唐氏參校之本，與此本鮮異，故《題記》嘆云『而誤字率同，無從校正』。

習學記言序目五十卷　《敬鄉樓叢書》本

宋葉適撰。適有《習學記言序目》五十卷，已著錄清光緒六年刻、光緒十一年重修本。此爲《敬鄉樓叢書》本，近人黄羣校刊排印。每半葉十二行，行二十四字。白口，單魚尾，四周單闌。各卷端題曰：『葉適正則。』集前有孫之弘原《序》、黄體芳光緒十一年《序》及《目錄》。集末附汪綱《跋》、葉樹廉《題識》、《四庫總目・習學記言提要》、《宋元學案》摘語、《溫州經籍志・習學記言序目》、黄羣民國十七年六月《題識》及《正誤表》。黄羣《題識》云：『《水心先生《習學記言序目》五十卷，自宋嘉定刻本後，元明未嘗重梓。光緒十一年，瑞安黄漱蘭先生體芳據玉海樓孫氏所藏鈔校本重刻於江陰學署，印行數十部，未久而板毀，今學者鮮見其書矣。余藏有黄氏刻本及舊鈔善本各一部，擬重爲校刻而未果。曩居北京，此刻本、鈔本與他書畫碑搨由上海裝兩巨櫝舶運而北，海道不慎，悉付波濤，至可惜也。後復得此書黄刻一部，又鈔本兩冊：一自卷第六至卷第十，凡五卷，爲繡谷亭續藏本，杭州吳尺鳧氏焯之遺書；一自卷第四十四至卷第五十，凡七卷，不知誰氏物，鈔手皆精妙。比聞蕭山單不庵先生藏有鈔本，卷第五至卷第八，又卷第四十七至卷第五十，凡八卷，題爲餘姚黄梨洲先生校本，亟假閱焉。輒以黄氏刻本與三種鈔本校其異同，並假文瀾閣本對勘一過。而《宋元學案》卷五十四《水心學案》多採録此書，更取而彙校之。又所引經史諸子、《文鑑》中詞語及地名人名，每有疑誤，悉檢原書校正，以付排印。顧仍不免有文義難曉之處，雖知其必爲譌奪，則已難於考訂矣。蓋此書據莫郘亭《知見傳本書目》，謂有宋刻本在揚州某氏家，而未質言其人，無從搜訪。又常熟瞿氏《鐵琴銅劍樓藏書目録》謂有明鈔本，爲毗陵趙味辛氏舊帙，則未能借以覆校也。』吴氏繡谷亭續藏殘抄五卷（卷六至十），今未訪見，然得見臺圖藏繡谷亭續藏殘帙卷一至五，計九十葉，前有趙《序》殘葉及目録，抄寫精工。每半葉九行，行十八字。用黑格紙，白口，單魚尾，左右雙闌。鈐『吴城』、『敦復』圖記。吴城字敦復，號鷗亭，吴焯之子。黄鼒未曾見此五卷。

按黄鼒《題識》，此本排印依於黄氏江陰刻本，校以三種抄本殘帙及文瀾閣《庫》本、《宋元學案》。其稱江陰刻本爲『黄本』，文瀾閣本作『閣本』，吴焯繡谷亭續藏殘抄作『繡本』，《宋元學案》作『學案』。正集間有校記。卷十四《孟子》『與梁、齊、滕文公論治』條『大抵民不能皆有田而盡力於農，學校廢缺而上無教』，從黄本，無異文校記。同條小字注：『今之諸侯取之民猶禦，恐不止什二。』從黄本，無異文校記。卷十五《老子》『衆人熙熙』條『我獨泊兮』，江陰刊本作『怕』，同於周星詒批校明抄本、清康熙間黑格抄本，文淵閣《庫》本作『泊』，此本校記云：『閣本、黄本皆作「怕」，誤。據《老子》校正。』其校字蓋存闕疑，多無據依，偶可參酌。如卷十五《老子》『古之善爲士者』條『則雖智者不知不能也』句下校云：『疑當作「不能知也」。』國圖藏兩種明抄本及江陰刊本皆作『不知不能也』，原無歧義。又如卷十七《孔子家語》『又謂善學』條：『又曰：「言必信，行必果，硜硜（黄本脱一「硜」字，據閣本校補）然，小人哉。」』『孔子之所少（疑當作「小」，黄本、閣本皆作「少」），安得爲善學柳下惠也。』國圖藏兩種明抄本，俱合此條入上一條（『自《家語》《論語》及諸子』條），汀陰刊本刻爲兩條。周星詒批校明抄本，分作『硜』、『少』，明黑格抄本分作『硜硜』、『少』。

水心先生文集二十九卷（卷五至九配明抄）　明正統十三年黎諒處州刻本（國圖）

宋葉適撰。適有《習學記言序目》，已著錄。此爲其《水心先生文集》二十九卷，明正統十三年黎諒處州刻本，卷五至九配明抄，十册。每半葉十二行，行二十字。黑口，雙魚尾，四周雙闌。前二十八卷各卷端題曰『前集』、『章貢黎諒編集』，末一卷不題。集前有《水心先生文集總目》、趙汝讜《水心先生文集序》、黎諒正統十三年孟春《題識》。凡二十九卷，計奏劄一卷，狀表一卷，奏議三卷，詩三卷，記三卷，序一卷，墓銘十三卷，行狀、謚議、銘、青詞、疏文共一卷，祭文一卷，書、啓一卷，雜著一卷。卷四《財計下》《外論三》《外論四》僅存其目。鈐『黃葉邨莊』諸圖記，曾爲清初吳之振舊藏。

葉適門人趙汝讜編刊《水心文集》，用編年之法成集，收文始於淳熙九年，至葉適卒之嘉定十六年，計四十二年。編年是否經葉適手訂，汝讜續成，已難詳知。趙氏刊本不傳。晁公武《郡齋讀書志》著錄《水心先生文集》二十八卷，云：『門人趙汝讜序而刻之。』陳振孫《直齋書錄解題》卷十八云：『《水心集》二十八卷、《拾遺》一卷、《別集》十六卷，吏部侍郎永嘉葉適正則撰。淮東本無《拾遺》，編次亦不同。《外集》者，前九卷爲《制科進卷》，後六卷號《外稿》，皆論時事。末卷號《後總》，專論買田贍兵。』言及『淮東本』，殆宋刻非一，或有《拾遺》一卷，或無之，編次亦不同。孫詒孫《溫州經籍志》卷二十一云：『《黄氏日鈔·讀葉水心文》一卷，雖撮録大要，不能備載，而即其所録目次以校黎本，異者十九。原鈔不著何本，觀其有《别集》而無《拾遺》，蓋淮東本矣。』至明初，《水心文集》完帙罕睹，章貢黎諒乃重爲編刻。按黎諒《題識》，其幼從父授葉氏《策場標準集》，十亡七八，前後殘缺脱落，有不可讀者。正統中，任處州推官，訪求遺本，無有存者，間得一二篇或數十篇，歷八載始得《文粹》《葉學士文集》《水心文集》，合《標準集》殘帙，自爲謄録，『其各集中所作劄、狀、奏議、記、序、詩、銘并雜著成篇章者，得八百餘篇，編集彙次，分爲二十九卷。其所著經傳子史，編爲後集。總名曰《水心先生文集》，繡梓以永其傳』，『集中字義脱落，無可考者，不敢僭補，姑虚以待後之君子而正之』。如所云，前集、後集總名《水心先生文集》。後集今未見，未詳當時刻否（按：孫傳能《内閣藏書目録》卷三著録《水心先生文集》『凡二十八卷』。所載疑爲宋刻）。黎諒刊本變易編年體例，頗爲後世所譏。葉盛《書葉水心集後》云：『《水心文集》元有《外集》《别集》，多論治之書，豈即所謂後集邪？又不知編者妄作何等敘次，而今亦皆不復可見，又何其不幸也！』（《涇東小稿》卷九）四庫館採録朱筠家藏黎諒刻本《水心先生文集》。《四庫提要》云：『此本爲明正統中處州推官黎諒所編，前有自識』，『蓋已非宋本之舊，惟趙汝譡原《序》尚存。然汝譡實用編年之法，諒不加深考，以意排纂，遂至盡失其原次。其間如《財總論》田計諸篇，多論時事，當即《别集》佚篇，不在原集二十八卷之内，諒亦不能辨别也。』孫衣言《跋黎刻水心先生文集》：『然則明時先生傳本尚不止一種，而公允重刻，輕爲變亂，又不能標别其文之原在何集，使後人略識舊本梗概，此爲可惜』，『汝譡所編者，實以年爲次，而公允所稱前三種，何者爲汝譡編年集，今亦無可考。又，嘗見黄東發《日鈔》有《讀水心文》一卷，所録目次與此本迥異，然亦分類，豈宋時所傳二本之中固有分類之一本耶？抑趙蹈中《序》所謂編年者，特於分類之中略寓編年之例耶？惜不得宋本一覈之也。此本卷首標題皆曰「水心先生文集」，其下皆有「前集」二字，蓋以别於後集，似公允已并後集刻之，然後集他無所見。』（《遜學齋文鈔》卷十）宋刻原本不傳，葉適文集終賴此編廣其傳。

南宋高宗、孝宗、光宗、寧宗四朝，時局動蕩，講學興於林下，葉適載見聞，述獨議，世道消長、人才進退可從而觀之。此即趙《序》所云：『集起淳熙壬寅，更三朝，四十餘年中，期運通塞，人物散聚，政化隆替，策慮安危，往往發之於文，讀之者可以感慨矣。故一用編年，庶有考也。昔歐陽公獨擅碑銘，其於世道消長進退與其當時賢卿大夫功行，以及閭巷山巖、樸儒幽士隱晦未光者，皆述焉，輔史而行，其意深矣。此先生之志也。』吴子良《林下偶談》卷二『水心文可資爲史』條云：『水心文本用編年法，自淳熙後道學興廢，立君用兵始末，國勢汙隆，君子小人離合消長，歷歷可見，後之爲史者當資焉。』黎氏重編本難以具見矣。且篇目與《水心别集》重複者不少，蓋黎氏雖經勤蒐，仍未得《水心别集》完本。雖然，猶存《水心文集》大端。無編年可循，考之於史，亦可見一時道學興廢、政化隆替、世道消長之跡，足資於史。葉適爲文，藻思英發，峻潔而豪，卓然不羣。《四庫提要》論云：『適文章雄贍，才氣奔逸，在南渡卓然爲一大宗。其碑版之作，簡質厚重，尤可追配作者。適嘗自言：「譬如人家觴客，雖或金銀器照座，然不免出於假借。惟自家羅列者，即僅甆缶瓦杯，然都是自家物色。」其命意如此，故能脱化町畦，獨運杼軸。韓愈所謂「文必己出」者，殆於無忝。』其學遜於東萊，文則不遑多讓。李春龢《水心先生别集序》云：『宋乾淳間，永嘉之學盛於東南，屹然與新安、金華鼎足而立。其諸儒纂述之傳於世者，薛文憲之淵雅，陳文節之醇粹，葉忠定之閎博，可以想見一時之盛。而文章之工，尤以忠定爲最，同時講學諸儒，自東萊呂氏外，莫能及也。』詩詞之詠，葉適與陳亮出東萊上。葉適嘗賦《陳同甫抱膝齋》二首，陳傅良亦有抱膝之詠，朱熹《答陳同甫》論云：『二公詩皆甚高，而正則摹寫尤工，卒章致意尤篤，令人嘆息。所惜不曾向頂門上下一針，猶落第二義也。』（《晦菴集》卷三十六）抱膝詩尚非葉氏集中最佳者，他如《送馮傳之》《宿石門》《送謝學賓》，健宕奇肆，感激多端；《送龔叔虎》《送鄧諫從制幹》《題柳山人壁二首》《西山》，『用工苦而造境生』，於南宋詩人中不愧一家。

水心先生文集二十九卷　明正統十三年黎諒刻、王直景泰二年序印本（國圖）

宋葉適撰。適有《習學記言序目》，已著錄。其《水心先生文集》二十九卷，前已著錄明正統十三年黎諒處州刻本，曾爲吳之振舊藏。此爲正統十三年黎諒刻、王直景泰二年序印本，六册。集前首爲王直《重刊葉水心先生文集序》，接爲趙文譜原《序》、黎諒《題識》及《總目》，餘與吳之振舊藏本同。王直《序》云：『章貢黎諒字公允，早得先生之文讀之，固已起敬起慕，然恨不得見其全。及爲處州府推官，乃先生鄉郡，常行縣訪之士大夫，得奏議、記、序等作八百餘篇，手自讎校，分爲二十九卷，鋟梓以傳，而屬直爲序。』末署『景泰二年三月朔日，榮祿大夫太子太保兼吏部尚書泰和王直書』。鈐『鐵琴銅劍樓』圖記。《鐵琴銅劍樓藏書目》卷二十一著錄『明刊本』《水心先生文集》二十九卷，云：『趙汝譜《序》，明章貢黎諒編并跋，王直《序》。』以上二種，並有模糊漫漶葉，蓋皆後印本。

《四部叢刊》景印《水心先生文集》二十九卷，稱『上海涵芬樓借烏程劉氏嘉業堂藏明黎諒刊黑口本景印』。集前首爲趙汝譮《序》、黎諒《題識》，接爲王直《重刊葉水心先生文集序》及《總目》。《總目》首葉鈐『長洲張氏執經堂藏』圖記，知舊爲長洲張紹仁(字學安，號訒庵)所藏。其板經重修，《總目》字形與吳之振舊藏、鐵琴銅劍樓舊藏正統刊本略異。卷二十八《祭劉閣學文》題中『閣』字，吳之振舊藏本、鐵琴銅劍樓舊藏本爲墨釘，此即黎諒所云『集中字義脱落，無可考者，不敢僭補』。卷二十七《答吳明輔書》『何止超越輩流而已哉』，『輩』、『而已哉』，吳之振舊藏本、鐵琴銅劍樓舊藏本皆空四字。《四部叢刊》景印者蓋正統十三年刻、明重修本。臺圖亦藏正統刻本一部，裝爲二十四册，鈐『長洲張氏執經堂藏』圖記，亦張紹仁舊藏本。首爲《總目》，無序跋。卷二十八《祭劉□學文》，缺處爲墨釘，校補一『太』字。卷二十七《答吳明輔書》『何止超越□流□□□』，缺四字，校補『輩』、『而已哉』。集中墨筆圈點校勘，疑出張紹仁之手。

《中國古籍總目》著録《水心先生文集》二十九卷，明正統十三年黎諒刻本；明景泰二年刻小築印本；明景泰二年王直序刻本。今按：以上三本皆正統十三年刻本，王直《序》殆後增入，非景泰二年重刻也。

水心先生文集二十九卷　明末刻本(國圖)

宋葉適撰。適有《習學記言序目》，已著録。其《水心先生文集》二十九卷，前已著録國圖藏明正統十三年黎諒處州刻本。此爲明末刻本，六册。每半葉九行，行十九字。白口，無魚尾，四周單闌。各卷端不題撰者名氏，且不題『前集』。鈐『陽湖陶氏涉園所有書籍之記』、『四明張氏約園藏書』、『壽鏞』、『葛鼐私印』諸圖記。集前有王直原《序》、趙汝譫原《序》、黎諒《題識》、《宋史》本傳及《目錄》。正統刊本集前目錄爲總目，此則詳列卷目。依正統刊本重刻，無新增之篇，卷四《財計下》《外論三》《外論四》三篇仍僅存目。時變易諸篇次第。如卷二十七《代人上書》，正統刊本在《答少詹書》《答劉子至書》之間，此本則移於《上執政薦士書》《奏薦滕賢良書》之間。

黎諒《題識》謂集中脱落字義，無可考者不補，此本則多補之。如吳之振舊藏正統刊本卷二十七《答劉子至書》『寄示新詩，吟玩不能暫釋，友朋聞，皆□□傳説』，此本補『爲之』二字；『從來詩人，不問家數，大小皆模□可□□淵明、蘇州縱極力倣像，終不近似』，此本補『楷』、『法而』三字。《答吳明輔》『何止超越□流□□□□』，此本補『輩』、『而已哉』四字；『《詩》：「日就月將，學有□熙于光明。」』此本補『緝』字。卷二十八《祭劉□學文》，此本補作『太』。《祭子三郎文》『汝其誤□□□』，此本空闕；『彼固□之』，此本補作『離』；『□化則宜』，此本補作『變』。諸如類此，除依據集中所引書原出處補字外，其他未見其據。

水心先生文集二十九卷　　明抄本(國圖)

宋葉適撰。適有《習學記言序目》，已著録。其《水心先生文集》二十九卷，前已著録明正統十三年黎諒處州刻本。此爲明抄本，十六冊。無版匡、界格。每半葉九行，行十七字。各卷端大都不題撰者名氏，間題『章貢黎諒編集』。且各卷端首行不題『前集』。集前僅録趙汝讜原《序》及《總目》。鈐『平陽汪氏藏書印』。汪氏名士鍾，字春霆，號閬原，長洲人。《中國古籍總目》著録國圖藏清抄本一種，殆此本也。集中不避清諱，覩其書風，蓋寫於明時。正統刊本闕字，此本不補。如《祭劉□學文》、《祭子三郎文》『汝其誤□□□』，『彼固□之』，『變□則宜』等皆是。其據正統刊本，抑或明抄本寫録，尚未能詳。與正統刊本對勘，不足備參校。

水心文集二十九卷　清乾隆二十年温州府學刻本（温州市圖書館）

宋葉適撰。適有《習學記言序目》，已著録。其《水心先生文集》二十九卷，前已著録明正統十三年黎諒處州刻本。此爲清乾隆二十年温州府學刻本，十二册。每半葉十行，行二十字。白口，單魚尾，左右雙闌。各卷端不題撰者名氏，亦不題『前集』。集前僅録趙汝讜原《序》，增雷鋐乾隆二十年季秋《葉水心先生文集序》、朱椿乾隆二十年仲冬《序》、俞文漪乾隆二十年仲冬《跋重刊葉水心先生文集後》、《宋史》本傳及《水心文集目録》。雷鋐《序》云：『余甲戌校士至東甌，乃得《水心先生文集》而讀之，歎其峻潔醇雅，足爲學者程式，惜缺十之二三，蓋其後裔僅守此殘編也久矣。余屬郡學博士王君執玉，慫恿重刊，從武林藏書家覓得全本以補之。越一年，余再至，則剞劂已竣，校讎亦審。』朱椿《序》云：『先生裔孫賓上守其先集，肄業東山書院，黎本二十九卷又復佚去二三。乾隆甲戌，學使者副都御史寧化雷公按部至甌，搜求先賢遺集，從書院得之，惜其殘闕，命教授王君執玉於錢唐吴氏購得全書，謀重梓焉。郡之俊髦及葉氏後人咸歡然出貲相佽』，『即令板藏院中，俾諸生識有本之學，發爲文章，不可磨滅。』俞文漪《跋》云：『歲甲戌，學憲雷公按臨，留意先生之文，學博王君得之於其後裔，惜其缺而不全也，於武林藏書家覓完本，爲補其缺，以付剞劂。學憲暨觀察朱公俱爲作序，俾與王、陳二集並行。』按孫衣言《校刊黎本水心文集書後》所考，王執玉從武林藏書家所覓得全本，即清初大字本，而非正統刊本（按：余未訪得清初大字本，考其原委，姑從其說）。溫州府學刊本多有訛誤，又擅改竄，其誤皆自大字本出也。

水心先生文集二十九卷、補遺一卷　清光緒八年瑞安孫氏刻本（清末劉紹寬錄清孫衣言校評）（溫州市圖書館）

宋葉適撰。適有《習學記言序目》，已著錄。其《水心先生文集》二十九卷，前已著錄明正統十三年黎諒處州刻本。此爲《水心先生文集》二十九卷、《補遺》一卷，清光緒八年瑞安孫氏刻本，清末劉紹寬錄清孫衣言校評，十册。每半葉十三行，行二十三字。黑口，單魚尾，左右雙闌。内鐫：『水心文集二十九卷，補遺一卷，校注二卷嗣出。』牌記曰：『光緒壬午瑞安孫氏據明正統本校正，刻置詒善祠塾。』各卷端不題撰者名氏。集前有趙汝讜舊《序》、王直原《序》、黎諒原《序》、《宋史》本傳及《目錄》。集末有孫衣言光緒八年四月《校刊黎本水心文集書後》。黎諒原《序》即《題識》，原署『正統十三年』，此誤作『正德十三年』。

孫衣言《書後》云：『葉文定公集，余家所藏，但有乾隆時永嘉刻本，雷憲副《序》所謂於武林藏書家得全本補綴之者也。每病其多訛脱，又以意改竄，頗類淺人所爲。繼得方文輈《水心文鈔》本，又於士友處見國初大字本，則永嘉本之誤皆自大字本出，乃知雷《序》所謂全本，即此書也。訪求明正統時黎氏刻本，久而未獲。同治丁卯，主講杭州，於錢唐丁松生所得黎刻殘本，中有抄補數卷，未敢遂以爲據。後五年，以皖臬入覲，同年錢侍御桂森出此本見惠，首尾完善，意甚珍之。十餘年來，宦轍所至，輒以自隨』，『予編《永嘉叢書》，既刻《止齋集》《水心別集》，謀重刊此本。乃取《事文類聚》、《黄氏日鈔》、馬氏《通考》、周密《浩然齋雅談》、李心傳《道命錄》、吴子良《林下偶談》、劉壎《隱居通議》、景定《建康志》、咸淳《臨安志》、永樂《歷代名臣奏議》諸書所載水心詩文，補正闕誤。其他無可考，則永嘉本、大字本、方本與侍御元校本（注：不知校者何人，似反以永嘉本改易黎本，而其與永嘉本不同者，又似別有所據，今姑取其一二），亦有取焉。或缺誤顯然，可以文義推測，知爲某字，輒以意改定，蓋取便頌讀而已。至於各本文字，偶有不同，概不輕改，以存黎氏之舊。刻既竣，復爲《校注》二卷，附之於後，著其所以沿革之故，俾閱者得以訂其當否。字句之異，義可兩存者，亦並著之，以資參考。』永嘉刻本，即乾隆五十五年希古堂刻本。方文輈名棨如，其《水心文鈔》本，即所選《水心文鈔》十卷，傳世有乾隆二十年溫州府學刻本。此本補正闕誤，取證於《黄氏日鈔》等所載葉適詩文，是亦可取。爲便於誦讀，以文義推測而改者，仍不免多臆測。所作《校注》二卷，未附刻集後。

《補遺》一卷，共得文九首、詩一首。其文爲《歷代名臣奏議》所錄《奏劄》二篇、《建康志》所載《條陳堡塢五事》、《隱居通議》所載《送徐致中序》、《石洞貽芳集》所載《勸郭君德誼應辟書》。詩爲《石洞貽芳集》所録《石洞書院》一首、《宋詩紀事》所録《前日入寺觀牡丹，不覺已謝，惜其穠艷，故以詩悼之》一首。

今傳《水心先生文集》批校本，孫衣言、王韜批校最著。衣言批校又傳數本，此爲其一，清末劉紹寬墨筆録衣言評本，可與浙大圖書館藏、浙圖藏、平陽縣圖書館藏批校本相參看。

水心先生别集十六卷　舊抄本（國圖）

宋葉適撰。適有《習學記言序目》，已著録。此爲其《水心先生别集》十六卷，舊抄本，四册。無版匡、界格。每半葉九行，行十八字。各卷端題曰：『龍泉葉適。』集前有《目録》，無序跋。曾爲清初季振宜舊藏，後歸楊灝，再歸鐵琴銅劍樓，鈐『季振宜印』、『滄葦』、『季振宜藏書』、『楊灝之印』、『鐵琴銅劍樓』諸圖記。《鐵琴銅劍樓藏書目録》卷二十一著録《水心先生别集》十六卷『舊鈔本』，云：『題龍泉葉適撰。此書傳本絕稀見，陳氏《書録》、趙氏《讀書附志》分卷俱合，迺當時原本，黎氏所未見也（卷首有「季振宜印」、「滄葦」、「季振宜藏書」諸朱記）。』張金吾《愛日精廬藏書志》卷三十一所著録抄本《水心先生别集》十六卷係『從子謙姪藏舊抄本影寫』，云：『其爲原本無疑。明正統中，處州推官黎諒重編適集二十九卷，今世行本是也。其自識曰：「嘗求全書，竟不可得。」又曰：「訪求遺本，無有存者。」則原集之佚久矣。更四百年，原本復出，豈書之顯晦有時耶，抑適之精靈，實有以呵護之也！』四庫館臣未見是集，《四庫》僅收《水心先生文集》《習學記言序目》。《中國古籍總目》著録此本作清抄本。然集中不避『玄』字，寫於明時，抑或清初，未能遽定，今仍著録作舊抄本。

是集第一卷爲進卷《序發》一篇、《君德》二篇、《治勢》三篇。第二卷爲進卷《國本》《民事》《財計》各三篇。第三卷爲進卷《官法》三篇、《士學》二篇。第四卷爲進卷《兵權》二篇、《外論》四篇。第五卷爲進卷《總義》《易》《書》《詩》《春秋》《周禮》各一篇。第六卷爲進卷《管子》《老子》《孔子家語》《莊子》《揚雄太玄》《左氏春秋》《戰國策》《史記》《三國志》《五代史》各一篇。第七卷爲進卷《總述》《皇極》《大學》《中庸》各一篇。第八卷爲進卷《傳説》《崔寔》《諸葛亮》《蘇綽》《王通》各一篇。第九卷爲《廷對》。第十卷爲外稿《始議》二篇、《取燕》三篇、《息虚論》二篇、《實謀》一篇。第十一卷爲外稿《財總論》《經總制錢》各二篇，《和買》《折帛》《茶鹽》各一篇，《兵總論》二篇。第十二卷爲外稿《四屯駐大兵》《廂禁軍弓手土兵》各一篇，《法度總論》三篇，《資格》《銓選》各一篇。第十三卷爲外稿《薦舉》《任子》《科舉》《學校》《制科》《宏詞》《役法》各一篇。第十四卷爲外稿《新書》《吏胥》《監司》各一篇，《紀綱》四篇。第十五卷爲外稿《終論》七篇，淳熙十四年《上殿劄子》及《應詔條奏六事》。第十六卷爲《後總》。陳振孫《直齋書録解題》卷十八著録《别集》十六卷，云：『《外集》者，前九卷爲《制科進卷》，後六卷號《外稿》，末一卷號《後總》，專論買田贍兵。』《制科進卷》作於居母喪之際，後悔之，朱熹謂其板『亦毁得是』（《朱子語類》卷一百二十三）。然書已行世。《外稿》乃淳熙十二年入都備應召對所作，計四十餘篇，獲對後，藏於篋中。嘉泰四年，丁父憂，編次《外稿》，將日以授二子寀、宓。《後總》涉言嘉定朝間事。孫詒讓《温州經籍志》卷二十一云：『其《進卷》即今所傳《賢良進卷》。《外稿》據《自跋》蓋淳熙乙巳所作，將進之孝宗以備乙覽，皆後十九年爲嘉泰甲子，乃自爲編定，而附以《奏劄》二篇。然其書迄未奏進，故《東甌詩集》三載趙汝回《呈水心先生》詩有「外稿定於何日上，中興只在十年間」之句。其《後總》一卷，《自跋》未及。考孫之弘《習學記言敘》云：「先生常追恨唐初務廣地而兆夷狄内侵之禍，中世廢府兵而縣官受養兵之患，本朝承平，未遑悛定，矧以舊虜垂亡，邊方數警，筆墨將絶，遂爲《後總》，特祕而未傳。」是《後總》乃水心絶筆之作。三書本各自爲卷帙，水心卒後，門人乃合編爲一集耳。』

是集宋刻久佚。黎諒重編《水心先生文集》，所收《上孝宗皇帝劄子》、《法度總論》三篇、《資格》、《銓選》、《薦舉》、《任子》、《科舉》、《財總論》二篇等數十篇，與《别集》相重複。《直齋書録解題》稱《制科進卷》九卷。《進卷》實爲《别集》前八卷，第九卷乃《廷對》。《季滄葦藏書目》著録『宋刻《賢良進卷》八卷，二本』。《賢良進卷》今傳《宛委别藏》本四卷，卷一爲《序發》一篇、《君德》二篇、《治勢》三篇；卷二爲《國本》《民事》《財計》各三篇；卷三爲《官法》三篇、《士學》二篇；卷四爲《兵權》二篇、《外論》四篇，即此本前四卷。阮元《四庫未收書提要》卷四《賢良進卷四卷提要》云：『宋人《賢良進卷》甚多，如孫深《賢良進卷》十卷，錢公輔《賢良進卷》十卷，均載《郡齋讀書志》。而適書獨不存，唯前明葉盛《菉竹堂書目》經濟門有葉正則《賢良進卷》二册，即此書也。萬曆《溫州府志》載《水心文集》之外有《制科進卷》九卷、《外稿》六卷。疑此與《外稿》實係一種，故黄震《讀文集日抄》於適正集外，復著《水心外集》，其篇目摘要與此卷脗合。按《宋史·孝宗本紀》，淳熙十一年六月詔在内尚書、侍郎、兩省諫議大夫以上，御史中丞、學士待制、在外守臣監司，不限科舉年分，各舉賢良方正、能直言極諫一人。適此卷即于其時所進。蓋適抱匡時之用，故初年輪對，即以經世之説進。且觀其《上西府書》及

《執政薦士書》所舉陳傅良以下二十四人，如劉清之、陸九淵、章穎、吕祖謙、楊簡、項安世，皆一時賢傑，洵屬有心當世之士。即以文體而論，亦筆力橫肆，足以振刷浮靡。唯持論間有不純，如陳振孫譏其所作《習學記言》歷詆百家而篤信《子華子》，推崇之以爲真，黄震亦辨其行官田不能無害，則踳駁處正復不免，故朱子亦嘗移書與之辨論文體。至《日抄》推尊《别集》，以爲論治之書，極論天下之勢牽縮而不可爲，開闔數萬言，蔑能言之士莫能尚也。』

是集不啻論治書，極論治理與時弊，縱横開闔，不墮空談，足見葉適經世之學。李春龢《水心先生别集序》云：『蓋論治之言爲多，其論宋政之敝及所以療復之方，至爲詳備。春龢每讀此書，至於《資格》《銓選》《科舉》《學校》《新書》《吏胥》諸篇，蓋未嘗不掩卷歎息，以爲古今之有同患也。然則先生此書，豈徒以救宋之弊哉！士之有志經世者，誠能熟復而精擇之，上觀宋政以通之時務，而勿徒悦其文章之工。』孫詒讓《溫州經籍志》云：『水心負經世之略，晚年制置江淮，雖爲時不久，而經畫卓然。故此集論治諸篇，反覆暢明，切中時弊，《文獻通考》各門録之幾盡。其文筆雄偉，尤非掇拾陳言者可比。其《後總》專論買田贍兵，黄東發頗論其不可行。然治無成法，在乎其人，苟行之不善，則封建井田，聖人之大經，驟舉之，亦足以厲民而兆禍。水心買田之議，亦視行之何如耳，未可遽議其疏也。』

水心先生别集十六卷　清同治九年瑞安孫氏刻本（臨海市圖書館）

宋葉適撰。適有《習學記言序目》，已著録。其《水心先生别集》十六卷，前已著録舊抄本。此爲清同治九年瑞安孫氏刻本，四冊。每半葉十三行，行二十二字。黑口，單魚尾，左右雙闌。篆書鐫題『水心先生別集十六卷』，牌記曰：『同治庚午四月金陵開彫，十一月畢工，板臧瑞安孫氏。』各卷端題曰：『龍泉葉適。』集前有李春龢同治九年十一月《序》及《目錄》。封葉有王棻光緒元年十二月題記：『《水心別集》四冊，同治辛未孫琴西方伯詒我於金陵旅邸。光緒乙亥，予轉贈黄君子珍。是歲十二月十九日，黄巖王棻記。』孫衣言以此本贈王棻，王棻轉贈友人黄瑞，遂爲秋籟閣藏本。《別集》傳世寫本多種，大都爲清抄。刻板僅此一種，後收入《永嘉叢書》。李春龢《序》載梓事云：『至《別集》十六卷，則僅見於陳伯玉《書錄解題》，自黎氏編正集時，已不獲見其全。乾隆間，朝廷開四庫館，廣搜天下遺籍，而著於目錄者，亦僅黎編正集，則是書之湮沒蓋已久矣。春龢自乙丑冬攝令瑞安，瑞安爲先生故里，時吾師孫琴西先生方奉諱家居，所藏永嘉諸先生遺書至夥，因從段得《別集》寫本。讀之，歎其論治之精，有益於經世，欲爲重墨諸版，會代去，未果也。逮今年春，春龢復攝江山，而吾師亦以觀察需次江寧，因寄貲請校刻之，蓋世之學者自此可以讀先生之全書矣。』其校刻亦稱良善。

閬風集十二卷

清乾隆間翰林院紅格抄本（四庫底本）（國圖）

宋舒岳祥撰。岳祥字舜侯，以舊字景薛行，寧海閬風里人，學者稱閬風先生。七歲能古文，早會朱、陸之論，弱冠識陳耆卿。年二十六以文見吳子良，子良大奇之。寶祐四年成進士，授奉化尉，丁憂歸。陳蒙總餉金陵，辟入幕府。應謝堂之邀，與門人劉莊孫入都訂論《資治通鑑》。時賈似道當國，聞其名，將援用之。岳祥性簡直，毅然辭歸。宋亡不仕，築臺榭曰『篆畦』，教授鄉里。嘗與胡三省、劉莊孫寓四明，館袁洪家，有『天台二宿儒』之目。戴表元、袁桷從之受業。自重難進，贈詩王應麟云『從來明月無今古』，取東坡『浮雲世事改，孤月此心明』之意。應麟謝曰：『余不足以當之，而教我之意厚矣。「凡百君子，各敬爾身」，蓋朋友相勉之詩也，願相與切磋焉。』（《庫》本《閬風集》集前王應麟《序》）大德二年六月卒，年八十（劉壯孫《舒閬風先生行狀》）。《宋元學案》登岳祥《水心學案下》，列名吳門弟子，『季節五傳』。

岳祥通經史，並以文學見長。劉莊孫《舒閬風先生行狀》云：『公之文，其於南北者，今皆刊本。凡作於丙子以前者，有《蓀墅稿》四十卷、《史述》十八卷、《漢砭》四卷、《補史》一卷、《家錄》三卷。若《避地稿》《篆畦稿》《蝶軒稿》《梧竹里稿》《三史纂言》《談叢》《叢續》《叢殘》《叢傳》《叢肆》《昔遊錄》《深衣圖說》，總二百一十卷，皆丙子以後所作也。』（《嘉業堂叢書》本《閬風集》附錄，又見光緒《寧海縣志》卷二十《藝文》）永康胡長孺至大四年《閬風集序》云：『舒先生既捐館舍之十年，遺書有《夢蝶軒稿》《篆畦詩》，已鋟梓行世。獨號《閬風集》者，最爲大全。板本既栽於兵，子叔獻將復刊之，家窶甚，力不能任』，『則鄉黨朋從與異世慕用之士，相與出資貨，以給費《閬風集》。』王應麟貞元元年《序》：『余與舜俟別二十餘年，時得見其詩文。一日書來，以《辟地》、《篆畦》、《蝶軒》三稿惠教』，『《三史纂言》，考訂精確。』按莊孫《行狀》，參胡、王諸《序》，岳祥著作多至二百八十六卷（按：後世未審，謝鐸《赤城新志》、徐象梅《兩浙名賢錄》、崇禎《寧海縣志》等稱岳祥生平著述二百二十卷。今人猶沿之）。按《內閣書目》著錄，岳祥著述明初尚存《三史纂言》六卷、《篆畦集》九卷、《蜨軒稿》几卷、《避地稿》十卷、《蓀墅稿》三卷、《閬風家錄》三卷。焦竑《國史經籍志》著録《閬風集》『二十卷』。後世併此二十卷亦佚。

四庫館臣從《永樂大典》中輯岳祥詩文，復增補詩若干，釐爲詩九卷、文三卷，仍題《閬風集》，收入《四庫全書》。《提要》云：『檢《永樂大典》中所載岳祥詩文，間題《篆畦》《蝶軒》《蓀墅》諸集名，而題爲《閬風集》者居十之八九。似當時諸稿本分帙編次，而《閬風集》乃其總名。今原書卷第已爲《永樂大典》所亂，無可辨別。謹依類裒輯，釐爲詩九卷，雜文三卷，仍其總名，以《閬風集》名之。又，集中有《百一老詩序》，蓋即所賦老漁、老獵之類，似原本亦别爲一集。然所闕已多，不成卷帙，故亦不復分析焉。岳祥少時以文見吴子良，子良即稱其異秉靈識如漢終、賈。晚逢鼎革，遯跡終身，乃益覃思於著作。其詩文類皆稱臆而談，不事雕繢。集中有《詩訣》一首云：「欲自柳州參靖節，將邀東野適盧仝。」又云：「平原駿馬開黄霧，下水輕舟遇快風。」其宗旨所在，可以想見矣。』今按：據胡長孺《序》，《夢蝶軒稿》《篆畦詩》等集乃與《閬風集》並行之稿，《閬風》『最爲大全』，故館臣所見《永樂大典》載岳祥詩文『間題《篆畦》《蝶軒》《蓀墅》諸集名，而題爲《閬風集》者居十之八九』。《閬風集》雖非總名，以其庶幾大全，館臣仍題曰《閬風集》，亦無不可。

今傳世《閬風集》，皆據《永樂大典》本抄刻。著者爲清乾隆間翰林院紅格抄本十二卷；《四庫》寫本十二卷；法式善存素堂抄本九卷，僅録詩，編入《宋元人詩集》八十二卷；清光緒間竹書堂紅格抄本十二卷，清王棻批校；清末民初抄本十二卷，據王棻批校本寫，民國章梫批校；《嘉業堂叢書》本《閬風集》十二卷、附録一卷、《補遺》一卷。

此爲清乾隆間翰林院紅格抄本，共二册，即《四庫》底本，可見《永樂大典》收岳祥詩文及館臣校改之況。每半葉八行，行二十一字。白口，單魚尾，四周雙闌。紙心上寫『欽定四庫全書』，中寫『閬風集』及卷數，下寫葉數。各卷端題曰：『宋舒岳祥撰。』鈐『翰林院印』。無序跋及目録。詩文俱按體編排，卷一爲四言詩、五言古詩；卷二爲七言古詩；卷三至卷四爲五言律詩；卷五爲五言律詩、五言長律；卷六爲七言律詩；卷七爲七言律詩、七言長律；卷八爲五言、六言、七言絶句；卷九爲七言絶句；卷十爲序；卷十一爲記；卷十二爲跋、銘、墓誌銘、祭文。集中校簽甚多，標葉時錯亂重複，校改而未謄清也。按卷一《贈醫博士范心齋》校簽『謄録邵垣簽』，知謄録者爲邵垣。《庫》本集前增提要及胡長孺、王應麟二《序》，餘篇目、文字、行款大抵據於校改。

是書校改頗有訂訛、整齊之功，然亦多臆測擅改。卷一《十虫吟》并序，序後一行又題『續十虫吟』，其下爲詩二十首。校者勾乙『續十虫吟』之題，改入『虫有搏繩虎』等十首前，以前十首爲《十虫吟》，後十首爲《續十虫吟》。校簽二則，一云：『「虫」俱改「蟲」，下倣此。』一云：『「并序」二字旁注。』改後眉目清晰，第未詳前十首果爲《十虫吟》、後十首果爲《續十虫吟》否。《庫》本及後世抄刻從之。此尚無關大者，他如卷一《稻花桑花》『桑花雖無華，紅葚映紫手』，改『紫』爲『纖』；《題王德淵水西藁》『還有分别否，歸鴻没莫闌』，改『没莫闌』爲『没遠天』，皆有未當，而《庫》本從之。《聞鳩有作，喜爲晴兆也，是日開霽，又喜其占之有驗，再賦之以貽達善季辯，天色難保，惟快作詩爲應耳》『昏眼喜天晴，官書警字大』，改『官』爲『觀』，『警』爲『驚』，未詳其據，《庫》本從之。《放言》『人物生其中，短小日侏儒』二句，改『日』爲『一』；《失題》『我亦嘗出岫，不雨竟空歸。師今空雲去，密密闢窻扉』，改『空雲去』爲『恐雲去』，實有不必，而《庫》本從之。

是集於《永樂大典》外復增補詩若干。如卷一末一首《石臺紀遊》注：『案：此詩原本未載，今據《宋詩紀事》補入。』卷二《楊白花》注：『案：此詩原本未收，今據《宋詩紀事》《宋藝圃集》補入。』

岳祥磨礲浸灌於性命道德之説，學有根柢，遭際世變，寄意於詩文，爲一時名家。吴子良《舒閬風文集序》云：『癸卯秋八月，乃始得舒生，首示余兩編。余讀《蓀墅稿》，如登岱華，檜柏松椿，樅杉梗樟之幹，掀舞而偃踞，杈枒而陰森；如涉大海，龍蜃蛟螭，鯤鯨黿鼉，號風潠雨，叱霆捩電，朝莫變怪之百出；如觀武庫，戈甲犀利，光芒閃爍，毛髮森聳而膽爲寒；如步寒皋，眺遠渚，烟深月澹，雁嘈嘷而鶴孤唳。讀《史述》，如神禹隨山刊木，百川順逆之勢畢露；如季札觀周樂，聘列國，逆料其理亂興亡皆暗合；如馮婦徒手搏虎，如子路片言折獄。蓋其通達近誼，辯博近軍，贍鬱近觀，奇詭近賀，勁挺近今，清峭近居實。』（康熙《臨海縣志》卷十三《藝文》）岳祥詩文凡歷數變：早歲之作清峭奇肆，辯博贍鬱。子良盛贊之，復告以『奇勝正』、『華掩質』，有『狂』、『贅』之弊，『惟趨平實，則一祖孔氏，莊、列其誕者也；惟務正大，則一宗孟氏，屈、馬其靡者也』（吴子良《舒閬風文集序》）。岳祥因求『平實』、『正大』，中歲之作明潔清峻，麗密深雄。晚遭鼎革，遯跡山野，『詩益精妙，文益宏肆，大約如丹漆白玉，不假雕飾』，『日月之光景，烟雲之姿狀，出於自然，不可摹寫』（劉莊孫《舒閬風先生行狀》）。其詩友陶友杜，寄託不忘故國之意。如《杜鵑花》云：『杜陵野老拜杜鵑，念渠蜀王身所變。我今流涕杜鵑花，爲是此禽流血濺。嗟哉杜宇何其愚，萬事成敗皆斯須。一枰黑白翻覆手，揖讓放弑皆丘墟。汝初一身今百億，凝滯結戀胡爲乎？爾生不能存社稷，死怨謝豹何區區。至今有子不自保，寄巢生育非良圖。百億禽分百億花，數若恒河沙復沙。此花開時此鳥至，青楓苦竹爲其家。錦宫玉壘不可念，翠華黄屋天之涯（注：俚語云：謝豹勸杜宇遜位於其相開明，故怨之。今杜鵑若呼謝豹云）。不聞十月杜鵑鳥，只見十月杜鵑花。何必看花與聽鳥，老夫日日自思家。』《解梅嘲》云：『昨夜鵂鶹聲婉孌，斗覺春隨呼喚轉。今朝檢曆知立春，屋角梅花笑初囅。向人帶笑復含嗔，嗔我今爲異代民。我語梅花勿嗔笑，四海已非唐日照。爾花也是易姓花，憔悴荒園守空嶠。閬風自是可憐人，六十年來逢立春。安危治亂幾番見，到此三年哭斷魂。我是先朝前進士，賤無職守不得死。難學夷齊餓首陽，聊効陶潛書甲子。星回世換市朝新，頭白空山與鬼鄰。更有橫金拖紫客，臨危不死穩藏身。』子良少爲葉適所知，陶元藻《全浙詩話》論其『詩派上承篔窗，下開閬風』。岳祥得子良之教，其門人戴表元則爲東南大家，所謂『上承荆溪，下開帥初』，不愧矣。

閬風集十二卷　　清末民初抄本（民國章梫批校）（浙圖）

宋舒岳祥撰。岳祥《閬風集》，已著録清乾隆間翰林院紅格抄本。此爲清末民初抄本，民國章梫批校，共二册，用爲《嘉業堂叢書》本底本。無版匡、界格。每半葉九行，行二十一字。封題『閬風集』。各卷端題曰：『宋舒岳祥撰。』集前録《四庫總目·閬風集提要》一則。無序跋、目録。《嘉業堂叢書》本集前有章梫民國四年正月《重刻閬風集敘》，云：『光緒甲午以前，予從《四庫全書》中鈔出鄉先正《舒閬風集》十二卷。時海宇無事，從容文學，意以鄉賢遺著録之以資矜式，未及究其身爲遺臣，艱難困苦之若是也』，『全《四庫》是集輯自《永樂大典》，重録本誤字錯見，翰怡又別得一鈔本，校訂多處。』按所云，章氏嘗從《四庫》中抄出《閬風集》一部。此本無《庫》本集前胡長孺、王應麟二《序》。對勘清乾隆間翰林院紅格抄本（本條以下簡稱『《四庫》底本』）、《文淵閣四庫全書》本、王棻竹書堂批校本，可見其間異同。如卷一《春新浴》，王棻批校本題同，《四庫》底本不異，《庫》本則題作《春日新浴》。此詩末一句『篝燈度修竹』，王棻批校本同，《庫》本及《四庫》底本『燈』字作『烟』。《寇攘之餘，穀五斗才易一雞》『案能汙案席』句，校簽云：『上「案」字疑作「安」。』王棻批校本『案』字旁批『安』，眉批：『有誤。』《庫》本及《四庫》底本皆作『安』。《古意》『壯士不憂死』，校簽云：『「憂」，一作「畏」。』王棻批校本『憂』旁批『畏』，校簽云：『「憂」，《三台詩錄》作「畏」。』《四庫》底本作『憂』，《庫》本則作『畏』。又如卷二《春色》，王棻批校本詩題同，《四庫》底本、《庫》本皆題作《春雪》。卷十一第三篇《新建委羽洞天大有宮記》『知彼爲小有』句前，《庫》本有一『則』字，此本與王棻批校本及《四庫》底本皆無。第五篇《廣孝庵記》『季厂之子本』，『厂』筆畫殘闕，校簽云：『此處「季厚」，上作「季原」，疑有一悮。』王棻批校本此作『季厚』，校簽云：『此作「季厚」，上作「季原」，疑有悮。』《庫》本此作『季厚』，《四庫》底本塗改難識，改後作『季後』。由是知此本非徑從《庫》本抄出，當錄自王棻批校本。王棻批校本二冊爲舊裝，卷一至卷五爲第一冊，卷六至卷十二爲第二冊，卷前止錄《四庫提要》一則，無序跋、目錄。此本不異，亦可爲其錄自竹書堂抄本之證。

此本批校近二百條，十之八九轉錄王棻批校語。如卷十二《跋王達善梅畧附辯後》『非《召南》之梅□矣』，缺一字，校簽作：『「元作「名」，當作「明」。』王棻批校本原作『名』，旁校改作『明』。《四庫》底本、《庫》本原作『明』。《跋僧日損詩》『今春避地雁蒼，有損師者』，校簽云：『「有」下疑有「日」字。』王棻批校本校簽云：『「有」下當有「日」字。』《四庫》底本、《庫》本皆無『日』字。《跋劉正仲作潘君石林記》『載履皆石』，校簽云：『「載」似是「戴」。』王棻批校本校簽云：『「載」疑作「戴」。』『其載土者，輒產茶』，王棻校本眉批云：『「載土」，當作「戴土」。』此本未錄。《四庫》底本原作『戴履』、『戴土』，《庫》本亦然。《故豸峯應君墓誌銘》『孫男十，山立、山、高、延、建、垚、森、鑫、峷、嵱，建爲莊後』，校簽云：『衍「山」字。』王棻批校本校簽已標之。《四庫》底本原作『孫男十，山立、山京、高、延、建、垚、森、鑫、峷、嵱，建爲莊後』，且句讀如是。《庫》本同。蓋王棻批校本脱一『京』字，章梫批校本依之。王棻校字多鑒採清末林鼎《閬風集校勘記》而增訂之，林鼎、王棻校勘發明未多，章梫批校發明更尠。王棻批校本有注若干條，此本時亦錄之。

閬風集十二卷　清光緒間竹書堂紅格抄本（清王棻批校）（黄巖圖書館）

宋舒岳祥撰。岳祥《閬風集》，已著錄清乾隆間翰林院紅格抄本。此爲清光緒間竹書堂紅格抄本，清王棻批校，二册。每半葉十一行，行二十五字。黑口，單魚尾，四周雙闌。闌左下印『竹書堂校錄本』。封題『閬風集』，又題『宋寧海舒岳祥著，王棻評校鈔本』。各卷端題曰：『宋舒岳祥撰。』集前錄《四庫總目·閬風集提要》一則，無序跋、目錄。卷一至卷五裝爲上册，卷五末葉闌外，墨筆題『上册，共七十八頁』，朱筆題『光緒己亥二月朏，王棻粗校』。卷十二末葉題『二月初四日，王棻粗校』。己亥，光緒二十五年。此本校字，校簽用墨筆，隨書紙上用朱筆，注評則爲朱筆。

此本雖源出《庫》本，即館臣所輯《永樂大典》本，然異文時見，譌字不免，蓋非徑抄自《庫》本。其校字雖多，訂正抄寫訛誤外，可觀者終少。章梫批校《閬風集》，頗迻録其校語（見上條）。其注甚簡，略可備參酌。如卷一《續十蟲吟》末一首『蟲有搖櫓郎』詩末朱批云：『案：此即螳螂，俗名頭髮娘，以其能食人髮也。』卷二《潘少白前歲惠予零陵石一片，方不及尺，而文理巧秀，有山水烟雲之狀，予以作硯屏始成，因賦長吟以遺之，庚辰二月十八日》題下朱批：『案：庚辰，世祖至元十七年也。』同卷《憶笻竹杖詞》詩序後朱批：『案：丙子，宋帝昰景炎元年，元至元十三年也。』卷三《庚辰元旦試筆》眉端朱批：『庚辰，至元十七年。』又，『據此，則閬風生于宋嘉定十二年己卯也。』其注大都類是，隨手所記，非爲考證、品評也。

王棻字子莊，號耘軒，黄巖人。舉於鄉，恬於仕進，以發明學術、表彰先賢爲職志。邃於經史，工詩古文辭。著有《經説偶存》六卷、《六書古訓》六十四卷、《史記補正》三卷、《漢書補正》三卷、《重訂歷代帝王年表》十五卷、《台學統》一百卷、《大統平議》一卷、《大禮平議》四卷、《柔橋文集》四十六卷、《詩集》十卷等。林鼎撰《閬風集校勘記》，王棻朱筆增訂之，傳世有清末抄本。持以對勘王棻批校本，其校字大都見於是書。如《閬風集》卷一《放言》『天下一病軀』、『短小一侏儒』、『坐令豺虎横』、『頑疾久不治，臟腑生蟲蛆』諸句，林鼎校：『「下」，《三台詩録》作「地」。「一」，作「日」。「豺虎」，作「虎狼」。「頑」，作「玩」。「生」，作「胎」。』《寇攘之餘，轂五斗才易一雞》『案能汙案席』，林鼎校：『上「案」字，疑作「安」。』檢王棻批校本，校字大抵同，由是知其源自矣。林鼎校勘《閬風集》，頗採《三台詩録》，苦無良本可依，故大都臆推，王棻增訂亦然。

閬風集十二卷、附錄一卷、補遺一卷　《嘉業堂叢書》本

宋舒岳祥撰。岳祥《閬風集》，已著錄清乾隆間翰林院紅格抄本。此爲民國四年刻《嘉業堂叢書》本《閬風集》十二卷、附錄一卷、《補遺》一卷，二冊。每半葉十一行，行二十一字。黑口，單魚尾，左右雙闌。各卷端題曰：『宋舒岳祥景薛撰。』集前有吳子良《舒閬風文集序》（附王舟瑤案語）、章梫民國四年正月《重刻閬風集敘》、《四庫總目・閬風集提要》一則及《閬風集日錄》。集末有劉承幹民國四年立秋《跋》。

章梫《敘》云：『至《四庫》是集輯自《永樂大典》，重錄本誤字錯見，翰怡又別得一鈔本，校訂多處。王玫伯觀察又寄所錄《四庫》本所無詩文與吳子良《閬風集敘》諸篇，予並益以光緒《寧海縣志》所載《閬風行狀》，別爲補遺、附錄，附諸卷末云。』是集由章梫編錄，劉承幹參與校訂，按前所考，字句頗同於章梫批校本，而與《庫》本、《四庫》底本時異。其所用底本即章梫批校本，參校本爲承幹另得一抄本。章梫批校本錄自干棻批校竹書堂抄本，非徑抄自《庫》本。此其文字與《庫》本時異之由。章梫批校本多採王棻校勘，王棻又多鑒取林鼎校勘。如卷十一《月中桂子記》篇末注：『按：是歲爲丁丑，宋景炎二年，元至元十四年。』《愛問堂記》篇末注：『按：庚辰爲至元十七年。』《養志堂記》篇末注：『案：是歲爲辛卯，公年七十三矣。』《廣孝庵記》篇末注：『按：是歲爲壬辰，公年七十四。』卷十二《胡豸峰應君墓誌銘》文末汴：『案：是歲爲甲午，公年七十六矣。』皆並見於章梫批校本

（按：僅文字偶異），而章梫批注大都錄自竹書堂抄本，此則章《敘》未言及也。承幹《跋》亦不言之，其述重刻事云：『黄巖王玫伯觀察、寧海章一山檢討又從《宋詩紀事》錄詩三首，《三台文獻錄》《寧海志》錄文二篇。景薛少時以文見吴子良，又從《赤城後集》補吴子良《序》，别采《行狀》、府縣各志，輯其仕履一卷，可謂完善。景薛生負異才，身遭國變，流離坎坷，以終其身，生前之阨，可謂已甚。至於著書，見目錄者約十一種，屢經兵燹，蕩作寒灰，等身著述，一卷不存，身後之阨，不亞生前。今猶存此詩文十二卷，又得鄉後學裒益之，不至文采翳如，則又不幸中之幸也。』

章梫、劉承幹、王舟瑶諸子身爲故清遺老，謀刻《閬風集》，有寄託焉。章梫《敘》備言之：『自宣統三年辛亥八月，武昌變作，海内騷然。予官京朝，義不能去，風鶴迭警，一鐙熒然。是年臘月，下詔遜位，繼以兵變，自壬子以迄甲寅三年之閒，避地天津、上海、青島，嗣返故里，復寓上海。或以兵災，或以匪警，或以荒年，無所得食而去，流離瑣尾，困苦萬狀，與閬風遭宋末元初之變，入鄞入剡，寄居棠谿，逃匿荒山，窮途凍餓，無一不同。而其集中《書事》《即事》《避地》《貸食》《罪言》《雜言》，詠物託興，贈友感舊諸作，拳拳故國之思，仳離慘惻之狀，又無一不爲予寫照者。嗚呼！此非予親歷其境，何能知其心之痛耶！』烏程劉翰怡京卿侍其本生父澂如學士，避地上海，亦身遭此變者。其孤懷耿耿，搜求古籍甚備，校刻《嘉業堂叢書》，取《閬風集》刻入之，其不第爲表章鄉先哲遺著可知也。予又念寧海宋末多遺民，閬風與胡三省身之皆登寶祐四年文丞相天祥之榜，志行高潔，無愧於丞相。身之《通鑑注》失而復完，今行於世，其《竹素園稿》百卷則已無一字存矣。閬風著述百數十卷，僅存十一，翰怡爲梓行於六百年後大亂之餘，其猶不幸之幸與！予生閬風同縣，會遭斯變，先後同符，校讀一過，率述身世之大略如此，所謂千古傷心人，大都共此懷抱也。』由夷夏大防、夷夏之辨以觀，章氏比附閬風，實有不類。

此本參酌王棻諸家批校，校以劉承幹所得抄本，多釋舊疑。如《胡豸峰應君墓誌銘》『孫男十，山立、山京』云云，補章梫批校本、王棻批校本所脱『京』字。新作校改亦顯見。如卷十一《月中桂子記》，章梫批校本、王棻批校本及《庫》本、《四庫》底本皆題作《月中桂子》，此則添一『記』字。《愛閒堂記》，諸本皆作《愛閒堂説》，此則改『説』爲『記』。《新建委羽洞天大有宮記》『知彼爲小有』句前，《庫》本增一『則』字，章梫批校本、王棻批校本、《四庫》底本皆無，此本則增改爲『又』字。

附録一卷，輯袁桷《清容集》、《明一統志》、謝鐸《赤城新志》、康熙《浙江通志》、光緒《寧海縣志》所載岳祥仕履載記著述，及劉莊孫《舒閬風先生行狀》。《補遺》一卷，得《石臺紀游》《贈張景文聽松樓》《天門山》詩三首，《宗卿雲壑先生文集敘》《山中白雲序》文二篇。王舟瑶、章梫共輯，舟瑶按語附刻，《山中白雲序》一篇另附《台州文獻叢鈔》所收楊晨跋。《石臺紀遊》一首，《四庫》底本已增輯於卷一之末，文淵閣《庫》本沿之。王、章以所見抄本無之，遂重作輯補，舟瑶案云：『是詩見《宋詩紀事》《三台詩録》，《四庫》本未載。』此本雖較《庫》本稍爲富有，然補輯尚非完善，校勘仍未盡當。

閬風集九卷　清乾隆間存素堂黑格抄本（國圖）

宋舒岳祥撰。岳祥《閬風集》，已著録清乾隆間翰林院紅格抄本。此爲清乾隆間存素善黑格抄本《閬風集》九卷，一册。每半葉十二行，行二十二字。白口，單魚尾，四周單闌。紙心下寫『存素堂鈔本』，不寫集名、卷數、葉數。封題『宋舒岳祥閬風集』。各卷端題曰：『宋舒岳祥著。』無序跋、目録。鈐『梧門』、『小西涯齋印』、『詩龕墨緣』、『詩龕居士存素堂圖書印』、『詩裹求人，龕中取友，我裹如何，王孟韋柳』、『詩龕書畫印』、『詩龕鑑藏』、『小西厓』諸圖記，皆法式善藏書印。式善號梧門，又號小西涯居士。乾隆四十五年進士，改庶吉士，授檢討，累遷國子監祭酒、侍講學士。此本凡詩九卷，録館臣重輯《永典大典》本《閬風集》前九卷詩，收入法式善所編《宋元人詩集》。《四庫》底本、《庫》本於諸體詩前各標明詩體，此本删之。卷一《春新浴》，詩題同於《四庫》底本，文淵閣《庫》本作《春日新浴》。《幽犿》『城狐及杜鼠』，《四庫》底本改『杜』爲『社』，《庫》本從之，此猶作『杜』。《古意》『壯士不憂死』，《四庫》底本原作『憂』，《庫》本改作『畏』。此本寫録精工，間有朱筆校改抄寫誤字，顯非據文淵閣《庫》本抄寫。其果據《四庫》底本寫録，抑或據於翰林院其他謄抄之本，俟考。

仁山金先生文集四卷　明抄本（佚名批校）（國圖）

宋金履祥撰。履祥字吉父，號仁山，蘭溪人。宋亡不仕，隱居金華山中。大德七年卒，年七十二。至正十三年，謚文安。師何基、王柏，爲朱子嫡傳。與何基、王柏、許謙並稱『北山四先生』。著有《論語集注考證》《孟子集注考證》《夏小正注》《大學疏義》《書經注》《尚書表注》《通鑑前編》《通鑑前編舉要》，編纂《濂洛風雅》。詩文《仁山集》，未見元時有刻。

此爲《仁山金先生文集》四卷，佚名批校，明抄本，四册。有界格。每半葉八行，行十九字。封題

『金仁山先生全集』。前二卷卷端題曰：『蘭溪金履祥仁山著，後學喻良能香山校，門人熊鉌、熊瑞、林景熙、方逢辰、汗夢斗、陳淳、鄧虎、張侶、許棐、羅愿刊。』後二卷卷端『金履祥仁山』作『金仁山履祥』，『喻良能香山』作『喻香山良能』。集前有總目，無序跋。各卷端有卷目，後三卷卷目首葉皆鈐『求仲氏』、『韓氏藏書』圖記。總目鈐『鐵琴銅劍樓』圖記。《鐵琴銅劍樓藏書目録》卷二十一著録《仁山金先生集》四卷『舊鈔校本』，云：『題「宋蘭溪金履祥撰，後學喻良能校」，明韓求仲藏本。以朱筆校過，與文瑞樓刊本微有不同（注：卷首有「韓氏藏書」、「求仲氏」二朱記）。』其朱筆批校，未詳出何人之手。韓敬字求仲，號止修，歸安人。萬曆三十八年會試、廷對俱第一，授翰林院修撰，爲議者所中。遷行人，尋閑住，家居歿。

今按：喻良能字叔奇，號香山，學者稱香山先生，義烏人。生於北宋宣和初，登紹興二十七年王十朋榜進士，官至太常丞。著有《忠義傳》二十卷、《香山文集》三十卷。喻氏爲金華前輩人物，歿時，履祥恐尚未生。他如方逢辰等（《宋元學案》列方逢辰爲『魯齋學侶』），乃履祥同輩，年或長於履祥，非仁山門人。『後學』及『門人』云云，不知何人杜撰，謬至此。此本輾轉傳抄，爲後人鑒藏，其或有辨而明之者，余未曾睹也。

按王崇炳《重刻金仁山先生文集序》，履祥門人許謙及柳貫初輯履祥文稿，付之其家，吴師道購而藏之。繼有明人董遵萃散補遺，刻傳之。章藜照又於董本外，搜補遺脱，彙爲一編。金弘勳《仁山金先生文集序》云：『考先生遺集，出吴氏正傳所藏，爲《昨非存稿》《新稿》《亂稿》《噫稿》。幸里後學董君遵搜而編次之，亟爲表彰。一刻於止德朝，再刻於萬曆中，其不至泯沒者賴是。』胡宗楙《金華經籍志》云：『先生雜詩文若干卷，有曰《昨非存稿》者，弱冠以後、四十以前之作也。曰《仁山新稿》者，辛未至乙亥之作也。曰《仁山亂稿》者，丙子以後之作。曰《仁山噫稿》者，壬辰以後之作。其自題曰：「自丙子之難而生前之望缺，自壬辰哭子之慼而身後之望孤，曰亂，曰噫，所以志也。」董遵於吳禮部裔孫家借觀遺書，偶見先生手筆冊一編，亟求錄之，亦非全書。又於鄉賢諸集載先生詩文得若干首，并有及於先生者若挽若序之類，總曰《仁山文集》，第爲五卷。一至四皆自作，其五爲坿錄。見柳貫所作《行狀》及董遵《題後》。余於廠肆得舊鈔本三冊，前有呂喬年《序》、郝經《序》，題曰《仁山金先生文集》，次行標「蘭溪仁山金履祥著，後學香山喻良能校」，並坿刊者門人姓氏。卷一詩，卷二操、辭、箴、銘、贊、説、議、講義、序，卷三祭文、行狀、題跋。與雍正本互校，編次各異。」

按總目，是集卷一爲詩，得四言古詩三首，五言古風九首，五言律詩六首，五言絕句一首，七言并長短句、古風三首，七言律詩三十首；卷二爲詩文，得七言絕句二十八首，操一首，辭一首，箴一首，銘五首，贊二首，傳二首，説三首；卷三爲文，得議二首，講義二則，序五首，祭文四首；卷四爲文，得祭文十二首，行狀一首，題跋五首。卷二末有批者校增『講義』二篇，《帝命禹敘洪範九疇》《伊尹既復政，將告歸，乃陳戒于王》二篇，批校云：『《文廟祭儀》後加此二篇，爲二卷終。』卷二抄寫有脱誤，《作深衣小傳，王希夷有絕句索和語》一首有題無句，接下一首《題青岡時兄友山樓》有句無題。《仁山集》刊本大都祖於明正德間董遵編刻本。其本已佚，今存最早刊本爲萬曆二十七年刻本。《仁山集》諸傳本，雍正九年刻本收詩文一百五十一篇，其他多未及此數，此本亦然。諸抄刻本外，可增輯者多有之。如《倪少字公贊》《張仲友先生畫像贊》《克寧公贊》《驤宇鮑公像贊》《范寬公像贊》《瓊一公像贊》《題蘭江佳澤馮氏譜像說》《宋左丞相銓公贊》《孟節公真容贊》《十世祖諱檢公像贊》《始祖像贊》《巽齋像贊》《唐漁隱縈公像贊》《柳公像贊》《龍圖閣學士楊公諱邁贊》《雲源宗譜序》《瀫西范氏續修家譜序》《金蘭王氏筆基序》《葉氏譜跋》《章氏家乘跋》《題拱壽圖贈封君硯泉方先生》《題童氏世譜》等數十篇，並見於金華宗譜，署金履祥作，考其真僞，可補諸本所未有。

此本魯魚亥豕，多有譌謬，朱墨批校頗精。總目首葉眉批：『目錄須依刻本。』眉端朱批多校誤字。如卷一《北山之高，壽北山先生》『盤漢之將』，『漢』字顯誤，批校作『溪』；『既表經朱』，『經』字，批校作『程』；詩後云：『右《北山之高》十二章，二章八句，四章四句，三章九句，二章八句，一章十二句。』眉批云：『刻本作「三章八句」，誤。』皆確。

『北山四先生』不惟爲朱子道傳，亦東萊嫡派。仁山之學，經史並重，與東萊相合，且得東萊文獻之傳，詩文非所專精。其詩體性自得，有理學家氣。文章根柢經史，質實尚用，簡潔有度。徐用檢《序》云：『愚惟先生之文，析微徹義，自成一家言。律詩取意而不泥律，古風宣而語勁，純如也。其間復見天心之篇，次農之說，廣箕之操，過釣臺之題，歌古晉魏之章，辟之鴻隼之采，而羽翰戾天。』金弘勳《序》云：『今觀集中著述，講《易》則直窮羲畫，談理則嫡派新安，裁酌制度則有《深衣外傳》《弔服加麻》諸議，而證據古今，指畫形勢，則與趙明府言井田可行，及《中國山水總說》，俱非小儒淺學所能道隻字者。其他根柢之詞，經濟之術，體用具備，難更僕數，而要本於純粹以精之學，發爲篇章，學者尤不可不知也。』《四庫提要》云：『《仁山集》六卷，宋金履祥撰』，『履祥受學於王柏，柏受學於何基，基受學於黃榦，號爲得朱子之傳。其詩乃彷彿《擊壤集》，不及朱子遠甚。王士禎《居易錄》極稱其《箕子操》一篇，然亦不工。夫邵子以詩爲寄，非以詩立制。履祥乃執爲定法，選《濂洛風雅》一編，欲挽千古詩人歸此一轍。所謂華之學王，皆在形骸之外，去之愈遠。所作均不入格，固其所矣。至其雜文，如《百里千乘說》《深衣小傳》《中國山水總說》《次農說》諸篇，則具有根柢，其餘亦醇潔有法，不失爲儒者之言。蓋履祥於經史之學，研究頗深，故其言有物，終與空談性命者異也。』『北山四先生』獨標一格，世稱金華學派，金華文派亦同時隆興。

仁山金先生文集四卷　清抄本（佚名批校）（上圖）

宋金履祥撰。履祥《仁山金先生文集》，已著錄明抄本。此爲清抄本四卷，佚名批校，四冊。無版匡、界格。每半葉八行，行十九字。各卷端題曰：『蘭溪金履祥仁山著，後學喻良能香山校，門人熊鉌、熊瑞、林景熙、方逢辰、汪夢斗、陳淳、鄧虎、張佖、許棐、羅愿刊。』集前有潘府《仁山金先生文集序》。各卷篇目次第同於國圖藏明抄本，然國圖藏本批校增《帝命禹敘洪範九疇》《伊尹既復政，將告歸，乃陳戒于王》二篇，此本則無。卷端所題後學喻良能校、門人方逢辰等刊，乃前人杜撰，前已辯之。其朱筆批校，未詳出何人之手。潘府《序》應董遵之請所作，云：『今之《仁山集》，即金氏遺書也。金華四氏，獨仁山著述最富有，曰《尚書表注》，曰《大學疏義》，曰《論孟集注考證》《通鑑前編》，皆多裨來學。而此集特雜錄爾，然其形諸詩辭，發諸講義，亦未嘗或離乎道而苟作焉者。惜乎湮沒於世久矣，里後學東湖董遵得諸其家，因編次是集，而亟圖表章之，遂以序見屬，其亦仁山之靈啓之哉！』

仁山金先生文集三卷　舊抄本（臺圖）

宋金履祥撰。履祥《仁山金先生文集》，已著錄明抄本。此爲臺圖藏舊抄本三卷，一冊。無版匡、界格。每半葉八行，行十八字。封題「仁山集」，又題「咸豐八年六月一日得之」云云。集前有潘府《仁山金先生文集序》及總目，各卷前無卷目。各卷端題曰：「蘭溪金履祥仁山著，後學喻良能香山校，門人熊鉌、熊瑞、林景熙、方逢辰、汪夢斗、陳淳、鄧虎、張佋、許棐、羅愿刊。」鈐「曹溶私印」、「潔躬」、「鉏菜翁」、「黃錫蕃印」、「嘉興李聘」、「曾爲雲間韓熙鑑藏」諸圖記。《中國古籍總目》未著錄。

卷一爲詩，其詩見於國圖藏明抄本卷一、卷二； 卷二爲操、辭、箴、銘、贊、傳、說、議、講義、序，見於明抄本卷二、卷三； 卷四爲祭文、行狀、題跋，見於明抄本卷四。明抄本收七絕二十八首、序五篇，此本收七絕二十三首、序三篇。明抄本卷二《作深衣小傳，王希夷有絕句索和語》一首有題無句，接下《題青岡時兄友山樓》首有句無題，此本二首篇題字句完整。明抄本卷端所題「後學」、「門人」校刊云云，乃前人杜撰，此本沿之。集中誤字甚多，然非抄者新誤。如卷一《北山之高，壽北山先生》「盤漢之將」、「既表經朱」，明抄本原亦誤，眉批改「漢」作「溪」，改「經」作「程」。《華之高，美王子也，于是子王子七十，而獻是詩也》「予曰予耄」、「其反王子」，明抄本原亦誤，眉批改前「予」作「子」，改「反」作「及」。《景定甲子九月九日》一首誤字尤多，明抄本亦然，如「重險更崗嵂」，明抄本眉批改「崗」作「崮」； 「上上復扳拔」，明抄本眉批改「拔」作「援」； 「云胡予空中」，明抄本眉批改「予」作「半」；

『秉岡並遊客』，明抄本眉批改『秉』作『東』；『登天信有墓』，明抄本眉批改『墓』作『基』。此本皆未校改。間有朱筆改字，誤字大都未校出。

仁山先生金文安公文集五卷　清末抄本（臺圖）

宋金履祥撰。履祥《仁山金先生文集》，已著録明抄本。此爲臺圖藏《仁山先生金文安公文集》五卷，清末抄本，五册。無版匡、界格。每半葉九行，行二十字。各卷端題曰：『明董遵編次。』集前有《仁山先生金文安公文集目録》，詳列各卷目録。無序跋。鈐『别下齋藏書』、『紅蕤吟館吴氏藏書』圖記。集中避『玄』、『丘』、『醇』等字，知爲清末抄本。《中國古籍總目》未著録，臺圖館目作『抄本』。

是集卷一爲序、祭文、論；卷二爲講義、議；卷三爲傳、書、説、行狀、跋、辭、箴、銘、贊、操；卷四爲諸體詩；卷五爲附録。原爲董遵編次。董遵《奉章廷式先生書》云：『嘗抄得《仁山文集》一册，實出吴禮部家藏，後生又拾遺得若干篇，又得仁山行狀、挽章等篇，附録於後，粗已成編。潘南山孔修嘗作序矣，乞先生重加校正，并求後序。』《題仁山先生文集後》又云：『右《仁山先生金文安公文集》五卷，實遵所編校者』，『遵於禮部裔孫家借觀遺書，偶見所謂先生手筆册者一編，亟求録之，亦非前稿全書也。又嘗閲鄉賢諸集，間載先生之詩之文，得若干首，并有及於先生者，若狀若挽若序若書若詩若干首，總曰《仁山文集》。上虞潘孔修既爲之序，香溪章廷式復爲跋之。遵恒欲詮次以傳學者，乃未及也。今調官海外，間取而校之，第爲五卷。其一其二其三其四，皆先生所自作，其五則附録諸公爲先生而作者。』章品《題仁山先生文集後》應董遵之請所作，云：『仁山先生之著述，具在國朝《大全》者，固萬世而不可泯。至其遺文故稿，片言隻字，流落鄉邦者，迄今二百餘年，猶有存者』，『吾友董道卿得先生遺文二冊，上虞潘孔修既爲之序，又自溧陽寄予留都，復囑爲之跋。』

國圖藏明抄本卷三收序五篇：《送三蘇君序》《紫巖于先生詩集序》《通鑑前編序》《通鑑前編後序》《尚書表注序》。此本卷一收序六篇，多出《玉華葉氏譜序》一篇。明抄本卷二收說三篇：《答趙知縣百里千乘說》《中國山水摠說》《次農說》。此本卷三收兩篇，無《中國山水摠說》。明抄本卷三收講義《復其見天地之心》《孟子性命章解義》，卷二末又有校者增補《帝命禹敘洪範九疇》《伊尹既復政，將告歸，乃陳戒于王》。此本卷三講義，此四篇外，更有《四岳舉鯀治水，帝用之，戒曰欽哉》《命鯀子禹治水，玄圭告其成功》《太康尸位，黎民咸貳》《王隨先王滅寒氏能帥禹興夏道》《西伯演易於羑里》《魯侯弟濆弒其君幽公而自立，是爲魏公》《自衛巫監謗，王心戾虐，萬民弗忍，後三年，乃相與畔，襲王，王出奔于彘》《周衰自宣王始》《齊侯、宋公、魯侯、陳侯、衛侯、鄭伯、許男、曹伯侵蔡，蔡潰，遂伐楚，次于陘，許穆侯卒于師，楚屈完來盟于師，盟于召陵》《王使宰孔致胙于齊桓公，下拜登受》《齊侯使管夷吾平戎于王》《晉侯侵曹，晉侯伐衛，楚人救衛，晉侯入曹，執曹伯，畀宋人，晉侯、齊師、宋師、秦師及楚人戰于城濮，楚師敗績》《孔子如蔡》《九鼎震》等十四篇，通計十八篇。明抄本卷三收祭文四篇，卷四收祭文十二篇，共十六篇。此本僅卷一收祭文十二篇。明抄本所收《代王姊夫祭亡考散翁文》《代仲一諸姪祭其祖文》《爲兄祭妹文》《祭縣學土地文》等四篇，此本無。明抄本卷四收題跋五篇，此本卷四收跋四篇，較明抄本少《書包氏家訓後》一篇。明抄本卷一、卷二收詩七十首，其《題富陽嚴先生祠耕春堂》

一首，此本無，而此本卷四《東津旅中招友同遊高峯》《遊下靈洞》《上靈洞棲真寺聽琴贈立公》《奠何先生畢，與諸友遊北山》等四首，明抄本所無，餘則篇目、次第同，第篇題字句時相異。二本之不齊若是。明抄本源出何本，已難詳考。

仁山金先生文集四卷、附錄一卷　清雍正三年春暉堂刻本（國圖）

宋金履祥撰。履祥《仁山金先生文集》，已著錄明抄本。此爲國圖藏清雍正三年刻本《仁山金先生文集》四卷、附錄一卷，清金弘勳校輯，二冊。每半葉九行，行十九字。白口，單魚尾，左右雙闌。各卷端題曰：『後學金弘勳元功校輯。』集前有金弘勳雍正三年四月《仁山金先生文集序》、潘府正德三年二月原《序》、徐用檢萬曆二十六年冬舊《序》、趙崇善萬曆二十七年夏舊《序》、《仁山先生像》一幀（刻宋濂題贊）、《仁山自贊》一首、《元史》本傳及《目錄》。上圖藏本牌記曰：『桐溪金元功編輯，金仁山先生文集，春暉堂藏板。』徐用檢《序》云：『迨其著述散佚已多，則以嫡嗣無存之故。而所藏有《昨非存稿》《仁山新稿》《亂稿》《噫稿》，皆出自正傳吳子家。而遵道董子增入多篇，彙以成集者，愚向亦錄而珍藏之。茲歸自留常，適裔孫文學金應騶輩復持是集以愚序。』金弘勳《序》言董遵所編《仁山文集》，一刻於正德朝，再刻於萬曆中，『而魯魚帝虎之誤，互見錯出，毋亦先生之所未慰歟！勳於庭訓之下，得聞緒論，素有志於先生之學，因求先生之集輯之。初得正德間寫本，旋又得萬曆時刻本，合校之，爲謀開雕。惜不能竝購《表注》《疏義》暨合刻史編諸書，以廣其傳，而敬識其緍閱之大略如此。至於先生先後世系，則有枝山祝先生《金氏譜引》暨其裔孫所述《文安公纂略》，頗爲詳密，故併附錄於後云。時雍正乙巳孟夏朔日，後學金弘勳書於婁東春暉堂』。

此本卷一爲四言詩、五言古詩、七言古詩、五言律詩、七言律詩，　卷二爲五言絶句、七言絶句、操、辭、箴、銘、贊、傳；　卷三爲説、議、講義、序；　卷四爲祭文、行狀、題跋。其末附録一卷，爲祝允明《金氏譜引》、金文裕《文安公纂略》。按弘勳《序》，其校輯《仁山文集》，依於正德間抄本、萬曆間刻本。今檢詩目，有《題富陽嚴先生祠耕春堂》　首，餘與臺圖藏清末抄本同，而異於國圖藏明抄本。卷三收序五篇，與明抄本篇目次第胥同，而較清末抄本少《玉華葉氏譜序》一篇。卷三收講義二篇，即《復其見天地之心》《孟子性命章解義》。明抄本卷三收講義，亦止此二篇（按：　卷二末有批校者所增《帝命禹敘洪範九疇》《伊尹既復政，將告歸，乃陳戒于王》二篇，立『講義』之目）。清末抄本卷二收講義多至十八篇。此本卷四收祭文十六篇，與明抄本同，較清末抄本多出《代王姊夫祭亡考散翁文》《代仲一諸姪祭其祖文》《爲兄祭妹文》《祭縣學士地文》等四篇，且同者次第異。卷四收題跋五篇，與明抄本篇目次第胥同，較清末抄本多《書包氏家訓後》一篇，且同者次第異。是以知弘勳所見正德間抄本，與國圖今藏明抄本相倣。明抄本卷端題後學喻良能校、門人方逢辰等刊，顯係妄者杜撰，其果否爲董遵所編，尚大有可疑，弘勳則信謂董遵編矣。明抄本多有誤字，魯魚帝虎滿紙，此本則校讎頗精。

胡宗楙《金華經籍志》載其嘗於廠肆得舊鈔本《仁山金先生文集》三册，前有呂喬年《序》、郝經《序》，卷端題『蘭溪仁山金履祥著，後學香山喻良能校』，並坿刊者門人姓氏，『與雍正本互校，編次各異。此本詩多《景定甲子九月登高》一首、《題富陽嚴先生祠耕春堂》一首。説多《中國山水總説》一篇，序少《玉華葉氏譜序》一篇，祭文多四篇，題跋多《書包氏家訓後》一篇，講義少十六篇』，『雍正乙巳金弘勳刊本甚精。』（民國十四年夢選廔刊本。今按：『説多』前有脱文，疑爲『雍正本』三字）所謂雍正本，即金弘勳春暉堂本。然春暉堂本實有《景定甲子九月登高》《題富陽嚴先生祠耕春堂》二詩，雍正九年刻本無《題富陽嚴先生祠耕春堂》一首。《景定甲子九月登高》一首，春暉堂本《目錄》題作《遊三峯山紀事》。宗敝疏於檢覈，遂有誤説。

仁山先生金文安公文集五卷、附錄一卷　清雍正間金律刻《率祖堂叢書》本（義烏圖書館）

宋金履祥撰。履祥《仁山金先生文集》，已著錄明抄本。此爲《仁山先生金文安公文集》五卷，清雍正間金律刻《率祖堂叢書》本，二冊。每半葉十行，行二十字。白口，雙魚尾，左右雙闌。牌記曰：『雍正辛亥年刻，宋金仁山先生傳集，郡東藕塘賢祠義學藏版。』各卷端題曰：『後學東湖董遵編輯，十八世孫律重梓。』集前有金華知府馬日炳雍正十年五月《序》及《目次》。此本用雍正九年金律重刻板，增入馬日炳《序》。雍正九年單行本，集前有王崇炳雍正九年孟春《重刻金仁山先生文集序》及《目錄》，末附柳貫撰《行狀》。崇炳《序》云：『金華藕塘金太學孔時，仁山先生十八世孫也。平日收録先生遺書，若《大學疏義》《論孟考證》，既梓而布之矣，又有文集四卷，屬予校訂。予爲之次其編帖，正其訛誤與其錯簡重出而更定之，蓋將以次授梓』，『先生文稿凡四種，聚而散、散而復聚者，凡數次。其初輯而付之其家者，門人許白雲先生、柳文肅公也。其次購而藏之者，吳禮部也。又其次之萃散補遺而傳之者，東湖董道卿先生也。今於東湖原本之外，搜補遺脱而彙集之者，蘭谿章藜照也。諸先生於仁山非後裔也，重其文，惟恐失之，若家寶然。』日炳《序》則云：『雍正己酉，文安公之後裔孔時出其家藏手録之書，得《大學疏義》《論孟攷證》及《文集》五卷，鋟板行世。而猶以未睹許文懿公之書爲歉，因竭力搜羅，幸獲文集四卷，質諸何、王、金氏之言，文異而道同，皆所以接紫陽之踵，演洙泗之派』，『因以兩先生之書彙成一集，以副聖天子崇儒重道之至意，以見配享兩廡之有由，且可以識正學之有宗，而朱陸異同之辨亦瞭若指掌。異日倘得並集何、王二先生之書，與此合爲全集，於以紹前賢而啟後學，余更有望於有心斯道者。』

雍正三年，金弘勳校刻《仁山文集》，僅數年，金律重刻之，兩本又頗有差異。此本卷一爲序、祭文、論；卷二爲講義、議；卷三爲傳、書、説、行狀、跋、辭、箴、銘、贊、操；卷四爲諸體詩；卷五爲附録，即仁山諸門人撰行狀、挽詩等。集末另附柳貫撰《行狀》。前五卷篇目次第與臺圖藏清末抄本大抵同，所異者，清末抄本卷五末一篇爲柳貫《行狀》，此本《行狀》另附。此本卷一收序六篇，有《玉華葉氏譜序》一篇，春暉堂本、國圖藏明抄本皆無；卷一收祭文十二篇，春暉堂本、明抄本皆十六篇；卷二收講義十八篇，明抄本收兩篇，春暉堂本亦然。卷三收跋四篇，較明抄本、春暉堂本少《書包氏家訓後》一篇。卷三收説二篇，較明抄本、春暉堂本少《中國山水摠説》一篇。卷四收詩，無明抄本、春暉堂本《題富陽嚴先生祠耕春堂》一首。通計之，此本所收詩文，較春暉堂本多出講義十六篇、跋一篇、序一篇，祭文少四篇，説少一篇，詩少一首。附録則春暉堂本、明抄本所無。春暉堂本所附祝允明《金氏譜引》、金文裕《文安公纂略》，此本及清末抄本則未見。

仁山先生金文安公文集五卷　《金華叢書》本

宋金履祥撰。履祥《仁山金先生文集》，已著錄明抄本。此爲《仁山先生金文安公文集》五卷，《金華叢書》本，三冊。每半葉九行，行二十字。白口，單魚尾，四周雙闌。内封鐫『仁山集五卷，金華叢書』，牌記曰『退補齋開雕』。各卷端題曰：『郡後學胡鳳丹月樵校梓。』集前有胡鳳丹同治十三年三月《仁山集序》、王崇炳《重刻金仁山先生文集序》及《目次》。鳳丹《序》云：『按我朝《四庫書目》，先生集六卷。是編雍正朝先生十八世孫律重刻於家，首序者東陽王崇炳。依明弘治間董道卿大令所編文三卷、詩一卷、附録一卷，末附柳文肅所撰《行狀》。文肅，先生高弟子，衹云雜詩文若干卷，而卷數莫考。均非曩日全書，余復重鋟之，俾讀是集者知先生經史之學具有根柢，非空談性命者可等論而齊觀也。』

此本卷一爲序、祭文、論；卷二爲講義、議；卷三爲傳、書、説、行狀、跋、辭、箴、銘、贊、操；卷四爲諸體詩；卷五爲附録。用雍正九年金律刻本爲底本，未有增輯，故仍較春暉堂本多出講義十六篇，跋一篇、序一篇，祭文少四篇，説少一篇，詩少一首，附録亦春暉堂本所無。金律刻本卷五附録後，另附柳貫撰《行狀》，故《四庫總目》稱作『六卷』。此本《行狀》置於卷五末，仍爲五卷。春暉堂本《書包氏家訓後》《中國山水揔説》《題富陽嚴先生祠耕春堂》諸篇，此本不録，蓋胡氏未睹其本也。胡氏刻傳之功有之，校勘之功甚疏。

卷二

周易鄭康成注一卷　元後至元六年慶元路儒學刻、元明遞修本（國圖）

宋王應麟纂輯。應麟字伯厚，號厚齋，鄞縣人。其先浚儀人，自曾祖始居鄞。與弟應鳳同日生，九歲習誦《五經》。父王撝爲樓昉高弟子，性嚴急，每授題，命應麟、應鳳坐堂下，刻燭以俟，少緩輒呵譴，由是應麟爲文益敏疾。從學王埜。年十九成進士，初釋仕衢州西安簿，遷浙西提舉常平茶鹽主管帳司，調揚州教授。歎當世舉子沽名，委棄制度典章，非國家所望之通儒，於是閉門發憤讀書。寶祐四年，舉博學宏儒，旋被命覆考進士。是科取中文天祥、謝枋得、陸秀夫、黃震、胡三省、舒岳祥等人，號曰得人。歷遷太常主簿，陳對極言修攘當急。丞相丁大全諱言邊事，應麟遂歸。未幾，大全敗，起太常博士，因星變勸受直言。忤賈似道，欲令稍自貶，不顧。遷起居舍人，因冬雷極言防姦邪諸事，益忤似道，決計逐之。久之，起知徽州。召爲祕書監，兼史職，兼侍講。遷起居郎，兼權吏部侍郎。似道復謀逐之，適以母憂去。及似道潰師江上，德祐元年起於家，授中書舍人兼直學士院，累疏國家大計。轉禮部尚書，兼給事中。以丞相留夢炎援用非人，累疏劾之，不報，是年冬東歸。復起翰林學士，不赴。明年宋亡，杜門不出，自號深寧老人，著述止書甲子，示不臣於元。自爲誌銘，元貞二年卒，年七十四。《宋史》有傳。所著書三十餘種，有《深寧集》一百卷、《玉堂類稿》十三卷、《掖垣類稿》二十二卷、《詩考》五卷、《詩地理考》五卷、《漢藝文志考證》十卷、《通鑑地理考》一百卷、《通鑑地理通釋》十六卷、《通鑑答問》五卷、《困學紀聞》二十卷、《蒙訓》七十卷、《集解踐祚篇》《補注急就篇》六卷、《小學紺珠》十卷、《玉海》二百卷、《詞學指南》四卷、《詞學題苑》四十卷、《筆海》四十卷、《姓氏急就篇》六卷、《漢制考》四卷、《六經天文編》六卷、《小學諷詠》四卷及《補注王會篇》等，多成於鼎遷後。載於《宋史》者，凡二十三種，六百九十五卷。散佚甚多，今傳《四明文獻集》五卷、《困學紀聞》二十卷、《玉海》二百卷、《詞學指南》四卷、《漢制考》四卷、《漢藝文志考證》十卷、《周易鄭康成注》一卷、《詩考》一卷、《詩地理考》六卷、《通鑑地理通釋》十四卷、《通鑑答問》五卷、《六經天文編》二卷、《小學紺珠》十卷、《姓氏急就篇》二卷等。《四庫全書》收錄《周易鄭康成注》《增補鄭氏周易》《詩考》《詩地理考》《通鑑地理通釋》《漢制考》《漢藝文志考證》《通鑑答問》《六經天文編》《困學紀聞》《玉海》《小學紺珠》《姓氏急就篇》《四明文獻集》，至十四種之多。

宋元浙東號通儒之士，呂祖謙、王應麟最著。太常博士湯漢與應麟講道，論關洛、濂閩、江西同異，永嘉制度，沙隨古《易》，蔡氏《圖經》，西蜀史學，通貫精微，剖析幽渺，歎曰：『吾閱士良廣，惟伯厚甫爲真儒。』黄百家纂輯《宋元學案》，《深寧傳》原附《西山學案》，全祖望始別立《深寧學案》。《深寧傳》後，百家案云：『清江貝瓊言：「自厚齋尚書倡學者以考亭朱子之說，一時從之而變，故今粹然皆出于正，無陸氏偏駁之弊。」然則四明之學以朱而變陸者，同時凡三人矣，史果齋也，黄東發也，王伯厚也。三人學術既同歸矣，而其倡和之言不可得聞，何也？厚齋著書之法，則在西山真爲肖子矣。』祖望以應麟爲吕學大宗，由四明樓昉之傳，推原東萊。《同谷三先生書院記》云：『嗣是則王尚書深寧獨得吕學之大宗。或曰：「深寧之學得之王氏埜、徐氏鳳，王、徐得之西山真氏，實自詹公元善之門，而又頗疑吕學未免和光同塵之失，則子之推爲吕氏世嫡也，何歟？」曰：「深寧論學，蓋亦兼取諸家，然其綜羅文獻，實師法東萊，況深寧少師迂齋，則固明招之傳也。」』應麟《浚儀遺民自志》云：『學以先君爲師，伯仲自爲友，閉門讀書不妄交也。』然四明學者師陸，至應麟一變，以朱氏爲宗，應麟又得『中原文獻』之傳。故全氏之辨，獨具只眼。《深寧學案》首列全氏案語：『四明之學多陸氏，深寧之父亦師史獨善，以接陸學。而深寧紹具家訓，又從王子文以接朱氏，從樓迂齋以接吕氏，又嘗與湯東澗遊，東澗亦兼治朱、吕、陸之學者也，和齊斟酌，不名一師。』

此爲《周易鄭康成注》一卷，元後至元六年慶元路儒學刻、元明遞修本，一册。每半葉十行，行二十字，小字雙行同。白口，雙魚尾，左右雙闌。版心鐫『易注』及葉數，下標刻工姓字。卷端題曰：『浚儀王應麟伯厚甫。』後人以朱筆補『纂輯』二字。集前有應麟《自序》，集末有其咸淳九年四月《書後》。原板數經重修，此本重修痕跡明顯。臺圖藏至元六年刊《周易鄭康成注》，雖經修板，修補字畫遠少於此本，刷印爲早。其卷端『浚儀王應麟伯厚甫』下補刻『纂輯』二字，此本『纂輯』二字爲後人朱筆所補。蓋重修時反復增删，至有此異。《中國古籍總目》著録作元至元刻本，未確（參見本書『《玉海》二百卷』條考辨）。

是書初由慶元路儒學刻行，世稱《玉海》附刊本。應麟《玉海跋》後有其孫厚孫至元六年四月《題識》，云：『公著書大小三十餘種，此以失而復得，名尤著于時。浙東都事牟公始建議板行，今元帥資德公既至，即命刊布。又刊《詩考》《詩地理考》《漢藝文志考》《通鑑地理通釋》《集解踐阼篇》《補注急就篇》《王會篇》《漢制考》《小學紺珠》《姓氏篇》《六經天文編》《康成易注》《通鑑答問》諸書。厚孫等承命校勘唯謹，而董役者弗爲修改，遺誤具在，觀者審焉。』（見至正十一年重修本《玉海》書後）先是浙東帥府都事牟應龍首建議繕寫校讎《玉海》，將鋟諸梓，未就而去。厚孫乃請於宣慰都元帥也乞里不花，遂力行前議，於至元四年鳩工刻之。郡守張榮祖臨莅提督，教授王玹、學正薛元德董其役，凡二年而成。至元六年梓於儒學者凡十四種：《玉海》（附《詞學指南》）《詩考》《詩地理考》《漢藝文志考》《通鑑地理通釋》《集解踐阼篇》《補注急就篇》《王會篇》《漢制考》《小學紺珠》《姓氏篇》《六經天文編》《康成易注》《通鑑答問》。至正九年，阿殷圖埜堂抵任慶元路總管，以儒學所刊《玉海》訛誤甚多，厚孫前之校勘，董役者弗爲修改，乃命厚孫重加校讎，得誤漏六萬字，鳩工修補，再閱月而成，是爲元至正十一年重修本。至正《四明續志》卷七載《玉海》等十四種書板云：『《困學紀聞》二十卷，計板二百三十一片；《玉海》二百四卷，計板四千七百七十四片；《詩考》四卷，計板三十一片；《詩地理考》六卷，計板七十六片；《集解踐祚篇》，計板七片；《補注周易王會》，計板二十三片；《通鑑地理通釋》十四卷，計板一百九十六片；《漢藝文志考證》十卷，計板一百一片；《補注急就篇》四卷，計板八十九片；《小學紺珠》十卷，計板二百二十片；《六經天文編》二卷，計板七十二片；《漢制考》四卷，計板五十四片；《姓氏急就篇》二卷，計板五十四片；《通鑑答問》五卷，計板九十一片。右十四種，深寧先生尚書王公應麟所著。《困學紀聞》係泰定二年廉訪僉事孫楫命刊。《玉海》等書，先是浙東都事牟應復建議板行，至元五年宣慰使都元帥也乞里不花資德命刊。』所記《玉海》及附刻十二種書板（《困學紀聞》未計入）」，蓋至元六年鏤成之板。其未述及《康成易注》一種，未詳何故。入明，板藏南國子監。明正德、嘉靖、萬曆、崇禎間數次重修《玉海》，並附刊《康成易注》《詩攷》等十三種書。清康熙間，李振裕補刊《玉海》，又以其他十三種書五十餘卷，板皆朽蝕，悉爲補刊。乾隆三年，熊本等又補刊《玉海》《詩攷》等十四種書。

此本尾葉有旭齋手書《跋》：「癸酉四月，游杭返滬，見涵芬樓所藏元刊《玉海》殘本，僅存《周易鄭注》一卷，至爲精妙，與此書同出一源，因假歸以補缺損，亦快事耳！旭齋寫記。」瞿燿邦字旭初，號旭齋，常熟人，瞿啟中長子。此本爲鐵琴銅劍樓舊藏，殘缺處借涵芬樓藏元刊本補之。《四庫全書》收錄通行本，卷端題曰：「宋王應麟編。」集前無序，集末有《書後》。

按應麟《書後》：「康成注《易》九卷，多論互體，江左與王輔嗣學竝立。荀崧謂其書根源，顏延之爲祭酒，黜鄭置王。齊陸澄詒王儉書云：《易》自商瞿之後，雖有異家之學，同以象數爲宗。數年後，乃有王弼之說。王濟云：弼所誤者多，何必能頓廢前儒。河北諸儒專主鄭氏。隋興，學者慕弼之學，遂爲中原之師，唐因之。今鄭《注》不傳，此景迂晁氏所慨歎也。李鼎祚云：鄭多參天象，王全釋人事，易道豈偏滯於天、人者哉？合《彖》《象》於經，蓋自康成始。其說間見於鼎祚《集解》及《釋文》《易》《詩》《三禮》《春秋》義疏、《後漢書》《文選注》。應麟讀《易》之暇，輯爲此編，庶幾先儒象數之學猶有攷焉。癸酉季夏哉生明，汲古堂書。」癸酉爲咸淳九年，七年後宋亡。蓋此編先《玉海》《困學紀聞》成，《書後》後增改爲《自序》。厚孫校定此編，先人手澤，雖嫌於重複而不忍棄，並付剞劂。

《五經》傳注，《易》注極多，自秦、漢以來分爲二途，有義理之學，有象數之學。呂祖謙《書所定古周易十二篇後》云：『漢興，言《易》者六家，獨費氏傳《古文易》，而不立於學官。劉向以中古文《易經》校施、孟、梁丘經，或脱去「無咎」、「悔亡」，惟費氏經與古文同，然則真孔氏遺書也。東京馬融、鄭玄，皆爲費氏學，其書始盛行。今學官所立王弼《易》，雖宗莊老，其書固鄭氏書也。』(《東萊集》卷七）鄭玄《周易注》，《鄭志》載九卷。陸德明《經典釋文序録》曰：鄭玄《注》十卷，《録》一卷。《七録》云十二卷。《隋書·經籍志》謂九卷。《舊唐書·經籍志》曰：『《周易》九卷，鄭玄注。又，十卷。』鄭玄、王弼二注，南朝梁、陳間列於國學，齊傳鄭義，隋盛王注，鄭注浸微。至南宋，散佚不全。應麟乃有此編，《自序》云：『鄭康成學費氏《易》，爲注九卷，多論互體。以互體求《易》，左氏以來有之。凡卦爻二至四，三至五，兩體交互，各成一卦，是謂一卦含四卦，《繫辭》謂之中爻，所謂八卦相盪，六爻相雜，唯其時物，雜物撰德是也。唯《乾》《坤》無互體，蓋純乎陽，純乎陰也。餘六子之卦，皆有互體。《坎》之六畫，其互體含《艮》《震》，而《艮》《震》之互體，亦含《坎》；《離》之六畫，其互體含《兑》《巽》，而《兑》《巽》之互體，亦含《離》；三陽卦之體，互自相含；三陰卦之體，亦互自相含也。王弼尚名理，譏互體，然注《睽》六二曰：「始雖受困，終獲剛助。」《睽》自初至五成《困》，此用互體也。弼注《比》六四之類，或用康成之説。鍾會著論，力排互體，而荀顗難之。江左鄭學與王學並立，荀崧謂康成書根源，顔延之爲祭酒，黜鄭置王』，『河北諸儒，專主鄭氏。隋興，學者慕弼之學，遂爲中原之師，此景迂晁氏所慨歎也。《易》有聖人之道四焉，理義之學以其辭耳，變、象、占其可闕乎？李鼎祚云：鄭多參天象，王全釋人事』，『因綴而録之，先儒象數之學，於此猶有考云。然康成箋《詩》多改字，注《易》亦然。如「包蒙」爲「彪」，「豶豕之牙」爲「互」，「包荒」讀爲「康錫馬」，「蕃庶」讀爲「蕃遮」，「皆甲宅」之「皆」讀爲「解」，「一握爲笑」之「握」讀爲「屋」。其説近乎鑿，學者盍謹擇焉。厭常喜新，其不爲荄茲者幾希。』《四庫提要》云：『《隋志》載鄭玄《周易注》九卷，又稱鄭玄、王弼二注，梁、陳列於國學，齊代惟傳鄭義，至隋王注盛行，鄭學浸微。然《新唐書》著録十卷，是唐時其書猶在，故李鼎祚《集解》多引之。宋《崇文總目》惟載一卷，所存者僅《文言》《序卦》《説卦》《雜卦》四篇，餘皆散佚。至《中興書目》始不著録（案：《中興書目》今不傳，此據馮椅《易學》所引），則亡於南北宋之間。故晁説之、朱震尚能見其遺文，而淳熙以後諸儒即罕所稱引也。應麟始旁摭諸書，裒爲此帙，經文異字，亦皆並存。其無經文可綴者，則總録于末簡。又以玄注多言互體，並取《左傳》《禮記》《周禮》《正義》中論互體者八條，以類附焉。考玄初從第五元先受京氏《易》，又從馬融受費氏《易》，故其學出入於兩家。然要其大旨，費義居多，實爲傳《易》之正脈。齊陸澄與王儉書曰：王弼注《易》，玄學之所宗。今若崇儒，鄭注不可廢。其論最篤。唐初詔修《正義》，仍黜鄭崇王，非達識也。應麟能於散佚之餘搜羅放失，以存漢《易》之一綫，可謂篤志遺經，研心古義者矣。近時惠棟別有考訂之本，體例較密，然經營創始，實自應麟，其捃拾之勞亦不可泯。今並著於録，所以兩存其功也（謹按：前代遺書，後人重編者如有所竄改增益，則從重編之時代，《曾子》《子思子》之類是也。如全輯舊文，則仍從原書之時代。故此書雖宋人所輯，而列於漢代之次。後皆倣此）。』東萊力復《古周易》舊貌，應麟裒輯鄭《注》，亦可見浙東之學兼宗漢儒、二程。是編出，後世增纂鄭《注》，多本乎此。清儒獨尊鄭玄，競相輯其遺著，自惠棟增補《鄭氏周易》三卷後，孫堂纂《鄭氏易注》一卷、臧庸纂《鄭康成易注》二卷、丁杰纂《周易鄭注後定》、張惠言纂《周易鄭氏注》、陳春纂《周易鄭注》十二卷，莫不遠宗應麟，近取法惠棟。

周易鄭康成注一卷　元後至元六年慶元路儒學刻、元明遞修、明嘉靖間南國子監補刊本（日本内閣文庫）

宋王應麟輯。應麟《周易鄭康成注》，前已著録國圖藏元後至元六年慶元路儒學刻、元明遞修本。此爲日本内閣文庫藏明嘉靖間南國子監補刊本，與《六經天文編》卷下合裝一册。集前無《自序》，卷尾有《書後》。此本與國圖藏元明遞修本、臺圖藏元明遞修本、日本内閣文庫藏清康熙二十六年補刊、乾隆三年重修本，四者以臺圖藏元明遞修本最善，次之爲國圖藏本，未有補刊葉，再次爲此本，有嘉靖間補刊葉，至康熙二十六年補刊，原板印本片楮無存。

此本原板朽蝕，多漫漶殘損葉，摹勒字畫，補刊僅第二十一、二十二葉。補刊葉版心上鐫『嘉靖癸丑年補刊』。癸丑，嘉靖三十二年。是以知正德元年、二年間南國子監補刊《玉海》《詩攷》等十四種書，是書尚可修板刷印，不需多補葉。歷萬曆、崇禎、康熙間三次補刊，至康熙二十六年再補，原板印葉已蕩然無存。檢日本内閣文庫藏康熙二十六年補刊、乾隆三年重修本，可知原板朽蝕之大概：集前《自序》二葉，康熙二十六年補刊，版心上鐫『康熙丁卯年』，下刻字數。正集第一至二十二葉，康熙二十六年補刊。第二十三葉，萬曆十五年補刊，版心上鐫『萬曆丁亥年都察院補刊』，下鐫『黄一林，三百九十一』。第二十四至二十八葉，康熙二十六年補刊。嘉靖三十二年所補刊二葉，康熙二十六年重爲鏤板。萬曆十五年補刊尚未多，僅一葉，其時原板經修補，猶可刷印。至康熙間，朽蝕不當用矣。至歷次補刊主事及其大況，參見本書『《玉海》二百卷』條考證。

鄭氏周易三卷　清乾隆二十一年刻《雅雨堂叢書》本（國圖）

宋王應麟輯，清惠棟增補。應麟有《周易鄭康成注》，已著録。此爲《鄭氏周易》三卷，清乾隆二十一年刻《雅雨堂叢書》本，合《周易乾鑿度》二卷、《鄭司農集》一卷裝爲一册。每半葉十行，經文行二十一字，注文低一格。白口，單魚尾，四周單闌。版心上鐫『鄭氏周易』，中標卷數及葉數，下刻『雅雨堂』。牌記曰：『乾隆丙子鐫，鄭氏周易，雅雨堂藏板。』各卷端題曰：『浚儀王應麟撰集，東吳惠棟增補。』集前有盧見曾乾隆二十一年《鄭氏周易序》、鄭玄《易贊》及惠棟作《鄭氏周易爻辰圖》（《十二月爻辰圖》《爻辰所值二十八宿圖》）。不録王應麟《易康成注自序》及《書後》。鈐『會稽李氏困學樓藏書印』、『李慈銘讀』，原爲李慈銘舊藏。

應麟通《五經》，學綜漢、宋，長於治史考訂。清儒薄宋人談性理而疏考據，然於應麟不敢輕毁。《困學紀聞》一書，顧炎武《日知録》、閻若璩《潛丘劄記》、錢大昕《十駕齋養新録》頗沿述之。《周易鄭康成注》一書，惠棟增補《鄭氏周易》、孫堂補遺《鄭氏易注》，及臧庸《鄭康成易注》、丁杰《周易鄭注後定》、張惠言《周易鄭氏注》、陳春《周易鄭注》諸書，皆承緒而光大之。惠棟廣開清人易學宗漢鄭玄之門，增補《鄭氏周易》外，又撰《易漢學》《周易述》《易例》諸書。

是書又名『新本』或『增補』《鄭氏周易》。言『新』者，謂應麟所集尚有遺漏，惠棟增補九十餘條，應麟所輯未注出處，惠氏詳考注明，重爲編校。應麟《康成易注》節引經文，採《集解》《正義》諸書，不注明出處，惠棟則不然。如《康成易注》之《乾》云：『九二：見龍在田。二於三才爲地道。地上即田，故稱田也。九二利見九五之大人。』其下空一格，接云：『九三：君子終日乾乾。三於三才爲人道，有乾德，而在人道，君子之象。』此本於『乾』前標『周易上經』四字，『九二：見龍在田，利見大人』經文爲一行，『二于三才爲地道。地上即田，故稱田也（注：《集解》）。九二利見九五之大人（注：《正義》）。』注文另起一行，低一格。『九三，君子終日乾乾，夕惕若厲，無咎』經文爲一行，注文另起一行：『三于三才爲人道，有乾德，而在人道，君子之象（注：《集解》）。惕，懼也（注：《釋文》）。』不惟補經文引句，且注明輯注出處，並引《經典釋文》補應麟所未採者。又如『用九，見羣龍無首，吉』，應麟輯注云：『六爻皆體龍（注：一作「乾」），群龍之象也。舜既受道，禹與稷、契、咎繇之屬並在于朝。』惠棟增補云：『六爻皆體乾（注：一作「龍」），羣龍之象也。舜既受道（注：「道」，一作「禪」），禹與稷、契、咎繇之屬並在于朝（注：《後漢·郎顗傳》注、《班固傳》注）。』惠氏考據舊籍，詳而明之。盧見曾《序》云：『鄭氏之學，立于學官，自漢魏六朝，數百年來無異議者。唐貞觀中，孔穎達撰《五經正義》，《易》用王輔嗣，《書》用孔子國，而二經之鄭義遂亡，今傳者惟《三禮》《毛詩》而已。然北宋時，《鄭易》猶存《文言》《說卦》《序卦》《雜卦》四篇，載於《崇文總目》，故朱漢上震、晁嵩山說之俱引其說。至南宋，而四篇亦佚。于是浚儀王厚齋應麟始哀羣籍爲《鄭氏易》一卷。前明胡孝轅震亨刊其書，附《李氏易傳》之後。往余讀《五經正義》所采《鄭易》，間及爻辰，初未知爻辰爲何物。及考鄭注《周禮·太師》與韋宏嗣昭注《周語》，乃律家合辰，樂家合聲之法。蓋《乾》《坤》十二爻，左右相錯，《乾鑿度》所云間時而治六辰，故謂之爻辰也。漢儒說《易》，並有家法，其不苟作如此。第厚齋所集，尚有遺漏。吾友元和惠子定宇，世通古義，重加增輯，并益以漢上、嵩山之說，釐爲三卷。今依孝轅之例，仍附于李《傳》之後，用廣其傳于世。余學《易》有年，每講求漢儒遺書，以求印正，雖斷簡殘編，未敢有所忽略。此書之傳，雖不及《三禮》《毛詩》之完具，然漢學《易》義無多，存此以備一家，好古之士，或有考於斯。』

四庫館採錄江蘇巡撫採進盧見曾刊本。《四庫全書》收《增補鄭氏周易》三卷，卷端題曰：『宋王應麟輯，長洲惠棟考補。』集前錄《鄭氏周易贊》，不錄盧氏原《序》。《提要》云：『《新本鄭氏周易》三卷，國朝惠棟編。棟字定宇，長洲人。初，王應麟輯鄭玄《易注》一卷，其後人附刻《玉海》之末。雖殘章斷句，尚頗見漢學之崖略，於經籍頗爲有功。然皆不著所出之書，又次序先後間與經文不應，亦有遺漏未載者。棟因其舊本，重爲補正。凡應麟書所已載者，一一考求原本，注其出自某書，明其信而有徵，極爲詳核。其次序先後，亦悉從經文釐定。復搜採群籍，《上經》補二十八條，《下經》補十六條，《繫辭傳》補十四條，《說卦傳》補二十二條，《序卦傳》補七條，《雜卦傳》補五條。移應麟所附《易贊》一篇於卷端，刪去所引諸經《正義》論互卦者八條。而別據玄《周禮·太師》注作《十二月爻辰圖》，據玄《月令》注作《爻辰所值二十八宿圖》，附於卷末，以駁朱震《漢上易傳》之誤。雖因人成事，而考核精密，實勝原書。應麟固鄭氏之功臣，棟之是編，亦可謂王氏之功臣矣。』惠棟因應麟舊本而考求原本，《鄭氏周易》一書頗可稱道。

惠棟信古，專宗漢說，著有《周易述》《九經古義》《易漢學》《古文尚書考》《周易本義辨證》。乾隆二十三年卒，年六十二。錢大昕《惠先生棟傳》稱其『年五十後，專心經術，尤邃於《易》』，『漢學之絶者千有五百餘年，至是而燦然復章矣』。惠棟嗜訓詁考索，嘗標榜『四世漢學』。《易漢學自序》云：『《六經》定於孔子，燬於秦，傳於漢。漢學之亡久矣』，『棟曾王父樸庵先生，嘗閔漢學之不存也，取李氏《易解》所載者，參衆説而爲之傳。天崇之際，遭亂散佚，以其説口授王父，王父授之先君子，先君子於是成《易説》六卷。又嘗欲別撰漢經師説《易》之源流，而未暇也。棟趨庭之際，習聞餘論，左右采獲，成書七卷』，『然以四世之學，上承先漢，存什一於千百，庶後之思漢學者，猶知取證，且使吾子孫無忘舊業云。』《上制軍尹元長先生書》云：『自先曾王父樸庵公，以古義訓子弟，至棟四世，咸通漢學。以漢猶近古，去聖未遠故也。』所言『四世漢學』未盡爲實。其曾祖有聲，明季諸生，貢入國子監。所著《易》論不存，然研《易》殆備科舉之用。祖周惕爲汪琬高弟子，著《易傳》《春秋問》《三禮問》《詩説》，大抵以汪氏之學爲根柢。父士奇著《易説》六卷、《禮説》十四卷、《春秋説》十五卷，效吳中前輩，兼採漢宋。惠棟博蒐漢人之説證經，訓詁則參之《説文》《爾雅》《方言》，輕於宋詮，其學已與周惕、士奇有別。《上制軍尹元長先生書》所謂『十五年前，曾取資州李氏《易解》，反覆研求』，『乃知師法家傳，淵源有自』，足證錢大昕所言『年五十後，專心經術』爲不虛。皮錫瑞《經學歷史》云：『國朝經師，能紹承漢學者有二事：一曰傳家法，如惠氏祖孫父子。』亦未盡然。增補《鄭氏周易》三卷，即惠棟標幟漢學之一端也。

鄭氏周易三卷　清乾隆二十一年刻《雅雨堂叢書》本（清陳鱣批校，並錄清盧文弨、丁杰、孫志祖批校）（國圖）

宋王應麟輯，清惠棟增補。應麟有《周易鄭康成注》，已著錄。《鄭氏周易》三卷，前已著錄李慈銘舊藏《雅雨堂叢書》本。此亦《雅雨堂叢書》本，清陳鱣批校，並錄清盧文弨、丁杰、孫志祖批校，一冊。無牌記。集前有盧見曾《鄭氏周易序》、鄭玄《易贊》。惠棟《鄭氏周易爻辰圖》則列集末，與《四庫提要》所言『别據玄《周禮・太師》注作《十二月爻辰圖》，據玄《月令》注作《爻辰所值二十八宿圖》，附於卷末』合。鈐『得此書，費辛苦，後之人，其鑒我』、『仲魚圖象』、『仲魚手校』、『簡莊執文』、『簡莊』、『陳鱣印信』、『陳鱣疏記』、『海寧陳氏向山閣圖書』諸圖記。陳鱣字仲魚，號簡莊，海寧人。喜藏書，通經學，精於校讎。

盧見曾《序》前有陳鱣手錄盧文弨《重校周易鄭注序》，鈐『簡莊所錄』圖記。集末有陳鱣《跋》並手錄盧文弨、丁杰、孫志祖題記。盧記云：『乾隆庚子十月十七日，盧文弨手錄丁君所校畢功。此本亦丁君所贈。』丁記云：『庚子十一月，借抱經先生手鈔本過錄，辛丑正月校訖。丁杰記于京城宣南坊。』孫記云：『癸卯九月，孫志祖復校此書。中如「慊于无陽」之去「无」字，「需于沚」之作「泜」，「天命不佑」之作「右」，「妙萬物而爲言」之作「眇」，竝疑惠氏臆決，未有確據，尚須與小疋商定。』陳鱣《跋》云：『甲辰正月，丁君以是書屬爲校定，因妄參鄙見，寫正一本寄之。其經文次序依鄭氏原本，自《坤》

卦》以下，皆如《乾卦》之例，而退《文言傳》于《繫辭傳》後。乙巳九月，復合眾家本校錄一過。』庚子爲乾隆四十五年，明年辛丑。癸卯爲乾隆四十八年，明年甲辰。盧文弨《序》云：『《鄭康成注周易》九卷，《唐書·藝文志》作十卷，至宋《崇文總目》，則僅有一卷而已。晁、陳兩家，皆不著錄。南宋說《易》家所引用，已非全文。至於末年，四明王厚齋迺復爲之裒輯，以成此書。明胡孝轅附梓於李氏《集解》之後，故凡已見《集解》者不錄。姚叔祥更增補二十五則。皇朝東吳惠定宇棟復加審正，蒐其闕遺，理其次第，益加詳焉。蓋說經之道，貴於擇善而從，不可以專家自囿。況《易》含萬象，隨所取資，莫不具足。《鄭易》多論互體。《繫辭傳》曰：雜物算德，辨是與非，則非其中爻不備。又曰：物相襍，故曰文。此即互體之說所自出。王弼學孤行，遂置不講，而此書亦遂失傳。王氏蒐羣籍而緝綜之，功蓋不細，其不能無誤，則以創始者難爲功也。近者歸安丁小疋孝廉復因胡氏、惠氏兩本，重加攷定，舉向來以《鄭注易乾鑿度》之文羼入者，爲刊去之。以《漢書》注所云「鄭氏乃即注《漢書》者，非指康成」，又於字之傳譌者，如《小畜》之「輿說輻」當作「輹」，《夬》之「壯于頄」當作「頯」，一一正之。又，王氏次序，本多顛錯，胡氏、惠氏雖迭加更定，而仍有未盡。今皆案《鄭易》本文，爲之整比，復摭補其未備者若干則。扶微振墜，使北海之學大顯於世，此厚齋諸君子之所重有望於後賢者，而丁君實克纘之，非相違也，而相成也。豈與夫矜所獨得，以呰謷前人之所短者之可比哉！余於厚齋所輯若《詩攷》，若《鄭注古文尚書》及《論語》，若《左氏》賈服等義，皆嘗訂正，惟《詩攷》稍加詳。此書雖瞻涉，然精力不及丁君遠甚。今睹此本，老眼爲之豁然增明，歸時攜以諗吾黨之有力者，合梓之爲《王氏經學五書》，知必有應者乎』，『此書收拾於亡佚之餘，復經二三君子之博稽精覈，而後得以完然無憾，百世下讀是書者，其寶之哉！乾隆四十有五年陽月，杭東里人盧文弨序。』清乾隆六十年刻本《抱經堂文集》卷二收此文，題作《丁小疋杰校本鄭注周易序》。

書中朱、墨筆批校，『盧云』錄盧文弨批語，『孫云』錄孫志祖批語，『丁云』錄丁杰批語，陳鱣批校或標『鱣案』或不標。諸子皆熟於經學，長於考據、校讎，批校確能博稽精覈，補所未備，訂正譌誤。如鄭玄《易贊》眉批：『孫云：案：鄭氏此篇似出《六藝論》。《正義》引《易緯乾鑿度》而云鄭氏依此義作《易贊》及《易論》，云《易》一名而含三義云云。蓋全述《易論》之文，而《易贊》特牽連序及耳，當以《易論》標題，或仍《世説注》，作《序易》，不失其旨。今云《易贊》，恐誤以文體，而論亦似是論非贊。《因學紀聞》卷一誤書贊爲《易贊》，甚矣讀書攷訂之難也！』卷上《周易上經·乾》之『九二』條、『九三』條，眉批云：『丁云：「九二：見龍在田。」《文言》：「與時偕行。」《正義》並引先儒爻辰之説甚詳。定宇《易漢學》曰：所云先儒，謂康成、何妥諸人也。今附錄「九二：見龍在田」。《正義》曰：諸儒以爲九二當太簇之月，陽氣發見。案：李氏《集解》引在《文言傳》「天下文明」句下。「諸儒」作「先儒」，「發見」作「見地」。何妥語：直以初九當十一月，九三當三月，九四當五月，九五當七月，上九當九月。此不云九二當正月，而云太簇之月，蓋孔采鄭注之文，以該眾家。』《乾》『閑邪以存其誠（注：《會通》晁氏云）。』眉批：『丁云：晁氏《古周易》見在，不必取諸呂氏《古易音訓》也。呂氏《音訓》亦在，不必取諸董氏《周易會通》也。董書成于元文宗時，呂書出于南宋，晁書出于北宋，更在前。《閩書》載有葉味道《周易會通》，更在董前。』《坤》『龍戰于野』，陳鱣於『龍戰』前補『上六』二字，『于野』後補『其血玄黃』四字，並案云：『「上六」及「其血」句，《儀禮疏》既連引之，此當載入。』《泰》經文：

『初九，拔茅（注：音苗），茹以其彙，征（注：彙，音謂）。』批校『彙』字旁改作『夤』，『彙，音謂』下小字增注『《釋文》』一行，『《音訓》作「夤」。（《會通》）』一行。釋文：『彙，類也。茹，牽引也。茅，喻君有絜白之德，臣下引其類而仕之（注：《劉向傳》注）。』批校於『《劉向傳》注』後增注：『夤，勤也（同上）。』其下引盧氏云：『《釋文》不于「彙，音胃，類也」之下即引鄭注，而在「董作夤，出也」之下始見，可以知鄭本之亦作「夤」矣。』此條上有陳鱣眉批：『案：《漢書》注此條上列鄭氏曰「彙，音謂。彙，類也」云云。下接師古曰「此《泰卦》初九爻辭」云云。顯知鄭所釋者非《易》爻辭，故師古以《泰》初九實之。且康成音「茅」爲「苗」，訓「彙」爲「勤」，見于陸氏《釋文》、賈氏《音辨》、呂氏《音訓》、董氏《會通》等書。《音訓》《會通》又云：「彙，鄭作夤。」今《漢書》注所列鄭氏，不知其名，此注所列鄭說，即若人之《漢書》注耳。厚齋誤以爲《康成易注》，松崖未能是正。《揚雄傳》注引鄭氏曰：「童蒙無所知也。」亦非《康成易注》。北宋本《史記》注誤鄭氏曰爲鄭玄。』又如卷下《繫辭上傳》『有功而不置』注文：『「置」，當爲「德」（注：一作「誌」（《釋文》）。）』夾批云：『孫云：「一作『誌』」三字可刪。《玉海》本「誌」字亦「德」字刻誤耳。』諸如所引，批校所辨未必皆確，有補於鄭注輯考則無疑也。

詩攷一卷　元後至元六年慶元路儒學刻、元明遞修本（國圖）

宋王應麟撰。應麟有《周易鄭康成注》，已著錄。此爲《詩攷》一卷，元後至元六年慶元路儒學刻、元明遞修本，一册。每半葉十行，行二十字，小字雙行同。白口，雙魚尾，左右雙闌。版心鐫『詩攷』及葉數，下標刻工姓字。册端題曰：『浚儀王應麟伯厚甫。』集前有應麟《詩攷序》，集末有其《後序》。與同時所刻《詩地理考》《漢藝文志考》《通鑑地理通釋》等十三種書行款同，世稱《玉海》附刊本。明正德、嘉靖、萬曆、崇禎、康熙、乾隆間屢重修補刊《玉海》（附《辭學指南》），並附刊《詩攷》等十三種書。萬曆間錢塘胡氏刊《百家名書》（胡文焕輯），萬曆間刊《格致叢書》（胡文焕編），及明擁萬堂刊《古名儒毛詩解十六種》（鍾惺輯），並收是書，皆每半葉二十行，前有《自序》，無《後序》，不附《逸詩》。崇禎間毛氏汲古閣刊《津逮祕書》本，每半葉十八行。《庫》本《自序》《後序》文字有改易。清嘉慶十一年虞山張氏昭曠閣刊《學津討原》本（張海鵬輯），據汲古閣本重刻。清光緒九年浙江書局本，每半葉十行，依據《庫》本，參校《津逮祕書》本、《學津討原》本。

是書爲應麟摭取羣書，考《齊》《魯》《韓》詩説，以存三家逸文，並蒐討載籍，編《詩異字異義》《逸詩》《補遺》附後。至正《四明續志》卷七載《玉海》附刊『《詩考》四卷，計板三十一片』。所謂四卷，蓋《韓》《魯》《齊》各計一卷，其後《詩異字異義》《逸詩》《補遺》計作一卷。四庫館採錄直隸總督採進本《詩攷》一卷。《提要》云：『《隋書·經籍志》云：「《齊詩》魏代已亡，《魯詩》亡於西晉。《韓詩》雖存，無傳之者。」今三家《詩》，惟《韓詩外傳》僅存，所謂《韓故》《韓内傳》《韓説》者，亦並佚矣。應麟檢諸書所引，集以成帙，曰《韓詩》，曰《魯詩》，曰《齊詩》，以存三家逸文。又旁蒐廣討，曰《詩異字異義》，曰《逸詩》，以附綴其後。每條各著其所出。所引《韓詩》較夥，《齊》《魯》二家僅寥寥數條。蓋《韓詩》最後亡，唐以來注書之家引其説者多也。卷末别爲《補遺》，以掇拾所缺。其蒐輯頗爲勤摯。明董斯張嘗摘其遺漏十九條。其中《子華子》「清風婉兮」一條，本北宋僞書，不得謂之疏略。近人因應麟之書撰《三家詩拾遺》十卷，其所採錄又多斯張之所未蒐。併摘應麟所錄《逸詩》，如《楚辭》之《駕辨》、夏侯玄《辨樂論》之《網罟》《豐年》、《穆天子傳》之《黄竹》、《吕氏春秋》之《燕燕》《破斧》《葛天八闋》、《尚書大傳》之《晳陽》《南陽》《初慮》《朱于》《苓落》《歸來》《縵縵》，皆子書雜説，且不當錄及殷以前，所言亦不爲無理。然古書散佚，蒐採爲難，後人踵事增修，較創始易於爲力，篳路襤褸，終當以應麟爲首庸也。』撰《三家詩拾遺》之『近人』，謂會稽范家相。

是集纂輯遺説，各注明出處，不類《周易鄭康成注》簡省也。三家遺説，考證實屬不易。其纂述大旨，詳見應麟《詩攷序》：『漢言《詩》者四家，師異指殊。賈逵撰齊、魯、韓與毛氏異同，梁崔靈恩采三家本爲集注，今惟《毛傳》《鄭箋》孤行，韓僅存《外傳》，而《魯》《齊詩》亡久矣。諸儒説《詩》，壹以毛、鄭爲宗，未有參攷三家者。獨朱文公《集傳》，閎意眇指，卓然千載之上。言《關雎》，則取康衡；《柏舟》婦人之詩，則取劉向；「笙詩」有聲無辭，則取《儀禮》；「上天甚神」，則取《戰國策》；「何以恤我」，則取《左氏傳》。《抑》戒自儆，《昊天有成命》道成王之德，則取《國語》；「陟降庭止」，則取《漢書》注；《賓之初筵》飲酒悔過，則取《韓詩序》；「不可休思」，「是用不就」，「彼岨者岐」，皆從《韓詩》；「禹敷下土方」，又證諸《楚辭》。一洗末師專己守殘之陋，學者諷詠涵濡而自得之，躍如也。文公語門人：「《文選注》多《韓詩》章句，嘗欲寫出。」應麟竊觀傳記所述三家緒言，尚多有之，網羅遺軼，傳以《説文》《爾雅》諸書，稡爲一編，以扶微學，廣異義，亦文公之意云爾。讀《集傳》者，或有攷於斯。』《後序》則云：『《詩》四家異同，唯《韓詩》略見於《釋文》，而《魯》《齊》無所攷。劉向《列女傳》

謂蔡人妻作《芣苢》，周南大夫妻作《汝墳》，申人女作《行露》，衛宣夫人作《邶・柏舟》，定姜送婦作《燕燕》，黎莊公夫人及其傅母作《式微》，莊姜傅母作《碩人》，息夫人作《大車》。《新序》謂伋之傅母作《二子乘舟》，壽閔其兄作憂思之詩，《黍離》是也。楚元王受《詩》於浮丘伯，向乃元王之孫，所述蓋《魯詩》也。鄭康成注《禮記》，以「于嗟乎騶虞」爲嘆仁人，以《燕燕》爲定姜之詩，以「生甫及申」爲仲山甫、申伯，以商爲宋詩，「維鵜在梁」以「不濡其翼」爲才，「上天之載」讀曰「栽」，「至于湯齊」讀爲「躋」。注《周禮》云：「甸」讀與「惟禹陳之」之「陳」同。康成從張恭祖受《韓詩》，注《禮》之時，未得《毛傳》，所述蓋《韓詩》也。賈誼謂騶，文王之囿；虞，虞官也。歐陽子從之。韋昭注《國語》，謂《采菽》王賜諸侯命服之樂，《黍苗》道召伯述職勞來諸侯，與朱子《集傳》合。太史公以「薄伐獫狁，至於太原」、「出輿彭彭，城彼朔方」爲周襄王時之詩。班固謂「靡室靡家」之詩懿王時作，「城彼朔方」之詩宣王時作。《白虎通》以《相鼠》爲妻諫夫之詩，趙岐以《小弁》爲伯奇之詩。漢儒言《詩》，其説不一如此。《關雎》，正風之始也。《魯》《齊》《韓》以爲康王政衰之詩。揚子云：「傷始亂。」《鹿鳴》，正雅之始也。太史公云：「仁義陵遲，《鹿鳴》刺焉。」聖人刪詩，豈以刺詩冠《風》《雅》之首哉？揚子又云：「正考甫常睎尹吉甫矣，公子奚斯常睎正考甫矣。」正考甫得《商頌》而以爲作《商頌》，奚斯作「新廟」而以爲作《魯頌》。此皆先儒所不取。許叔重《説文》謂其稱《詩》毛氏皆古文也，而字多與今《詩》異。豈《詩》之文亦如《書》之有古今歟？併綴而錄之。』

宋儒説《詩》，大抵《毛》《鄭》爲宗。三家亡佚，難以詳爲考求。朱子不信《小序》，雖采《鄭箋》，仍欲博證諸家，所謂『《柏舟》婦人之詩，則取劉向；「笙詩」有聲無辭，則取《儀禮》』，即此類也。應麟以爲《詩集傳》閎意眇指，超越前人。復以爲朱子所徵猶多未及，三家遺説當詳爲訪求以備討論，故有《詩攷》之編，謂亦朱子『嘗欲寫出』之意。應麟推尊《詩集傳》，然不盡信朱子説《詩》。朱子詆《小序》世代名氏皆妄語，凡《序》云美某人、刺美事，必責《詩》中有某名、某事徵，不然即斥爲鑿空；若辭類他人他事，即以他人他事代，多以切直爲主。呂東萊《與朱侍講(元晦)》云：『《詩説》止爲諸弟輩看，編得訓詁甚詳，其它多以《集傳》爲據，只是寫出諸家姓名，令後生知出處。唯太不信《小序》一説，終思量未通也。』郝敬《毛詩原解·讀詩》云：『朱子詆前人師説爲鑿空，抑不知己之改作又何所據？則猶之鑿空耳。第如朱説淺率，其鑿空易；如古序深遠，其鑿空難。』應麟不篤信《小序》，又不株守朱子，《後序》備述疑義。《詩攷》發明朱子博徵之意，蒐討三家逸文，補《詩集傳》未備，復重訓詁考據，萃編《爾雅》《周禮注》等所載異字異義，據《禮記注》《左傳》《尚書大傳》《國語》《大戴禮》《史記》等所稱引以爲《逸詩》。初創未備，後世續拾補輯，如范家相《三家詩拾遺》十卷、胡文英《詩考補》二卷諸書，皆應麟之功臣。

宋儒輯佚三家成就，首推《詩攷》。應麟推尊朱子，後世因謂採輯三家由朱子啓之，其説不免誤解。東萊嘗歷時八年，纂輯《呂氏家塾讀詩記》，殁之明年，即淳熙九年，丘宗卿刻於江西漕臺。淳熙十三年，《詩集傳》始編定。朱子引三家寥寥，《讀詩記》徵引逾百五十條。呂氏採輯漢唐典籍及宋儒《詩》説所引三家《詩》，編入《讀詩記》，訓解外兼存三家異文異訓。至《詩攷》出，三家輯佚始呈大觀。

詩攷一卷　元後至元六年慶元路儒學刻、元明遞修、明嘉靖間南國子監補刊本（臺圖）

宋王應麟撰。應麟有《周易鄭康成注》，已著録。其《詩攷》一卷，前已著録元後至元六年慶元路儒學刻、元明遞修本。此爲臺圖藏後至元六年刻、元明遞修、明嘉靖間南國子監補刊本，一冊。明正德、嘉靖、萬曆、崇禎、康熙、乾隆間數次補刊《玉海》，並附刊《詩攷》等十三種書。此本有嘉靖三十六年補刊葉，即第三、五、七、八、十五、二十一、三十八、四十七、四十八、五十七葉，凡十面，俱四周雙闌，版心上鐫『嘉靖丁巳年』，下鐫『監生李愈芳刊』。第九至十四葉、第十六葉、第十八葉、第二十二葉、第三十七葉、第三十九葉、第五十一葉漫漶殘損，甚者難以識讀，然不補刊。據此本僅有嘉靖三十六年補刊葉，無正德補刊葉，則《詩攷》原板雖朽蝕，正德間尚可刷印。

又，國圖又藏元後至元六年刻、元明遞修本《詩攷》一卷，一冊。屢經修板，補字甚多。《詩攷序》前有應麟《玉海跋》並王厚孫《題識》一葉，用原板刷印，其葉原在至正重修《玉海》後。正集各葉有書耳，鐫『詩攷』二字。缺第十三、十四葉。版心處多闕字，不補。《詩攷》傳世元明遞修本漫漶缺損處，可據此本校字。

日本内閣文庫藏元後至元六年刻、至正十一年重修、明正德、嘉靖間補刊《玉海》殘本，所附《詩攷》首尾完整（按：與《詩地理攷》卷一裝爲一冊），原板印葉殘損漶漫處與此本同，第三、五、七、八、十五、二十

一、三十八、四十七、四十八、五十七葉爲嘉靖丁巳年李愈芳補刊，亦是嘉靖補刊本，第橅印不精耳。

日本内閣文庫藏元後至元六年慶元路儒學刻、至正十一年重修、元明清遞修、清乾隆三年補刊本《玉海》，附《詩攷》十三種書，共一百冊，大體完整，偶有缺葉。《詩攷》一種完整（按：與《詩地理攷》卷一至二裝爲一冊），然原板一葉不存，嘉靖補刊亦僅存兩葉。《詩攷序》爲康熙二十七年補刊，版心上鐫『康熙戊辰年補刊』。正集第一葉爲萬曆十六年補刊，版心上鐫『萬曆十六年』，下鐫『監生程猷召刊，四百四十四，胡榮』。第三至九葉爲康熙二十六年補刊，上鐫『康熙二十六年刊』，下鐫字數。第十葉爲萬曆十六年補刊，上鐫『萬曆十六年』，下鐫『監生程猷召刊，二百九十四，童銮』。第十一、十二葉爲康熙二十六年補刊。第十三、十四葉爲乾隆三年補刊，上鐫『乾隆三年刊』。第十五至十八葉爲康熙二十六年補刊。第十九葉爲萬曆十六年補刊，上鐫『萬曆十六年』，下鐫『監生顧一孝，三百四十八，彭中』。第二十葉爲康熙二十六年補刊。第二十一葉爲嘉靖三十六年補刊，上鐫『嘉靖丁巳年』，下鐫『監生李愈芳刊』。第二十二至二十五葉爲康熙二十六年補刊。第二十六葉爲乾隆三年補刊。第二十七至二十九葉爲康熙二十六年補刊。第三十葉爲萬曆十六年補刊，上鐫『萬曆十六年』，下鐫『監生羅應選，三百一十六，秦』。第三十一葉爲萬曆十六年補刊，上鐫『萬曆十六年』，下鐫『羅應選刊，二百四十八』。第三十二葉爲乾隆三年補刊。第三十三至三十八葉爲康熙二十六年補刊。第三十九葉爲萬曆十五年補刊，上鐫『萬曆丁亥年』，下鐫『監生項德純刊，三百四十，洪改』。第四十葉爲康熙二十六年補刊。第四十一、四十二葉爲乾隆三年補刊。第四十三至四十五葉爲康熙二十六年補刊。第四十六葉爲崇禎十一年補刊，上鐫『東廂王、南廂周同補』，下鐫『崇禎十一年助廳韋校刊』。第四十七葉爲康熙二十六年補刊。第四十八葉爲嘉靖三十六年李愈芳補刊。第四十九葉爲萬曆十六年羅應選補刊。第五十葉爲康熙二十六年補刊。第五十一葉爲萬曆十五年補刊，上鐫『萬曆丁亥年』，下鐫『監生項德純刊』。第五十二葉爲康熙二十六年補刊。第五十三葉爲乾隆三年補刊。第五十四年爲康熙二十六年補刊。第五十五葉爲萬曆十六年羅應選補刊。第五十六、五十七葉爲康熙二十六年補刊。萬曆十六年補刊，主之者爲常熟趙用賢，時任南京國子祭酒。康熙十二六年補刊，主之者爲吉水李振裕，康熙二十四年至二十六年間提督江南學政。正德、嘉靖、萬曆、康熙、乾隆補刊之事，參見本書『《玉海》二百卷』條考證。

臺圖藏明末虞山毛氏汲古閣刻《津逮祕書》本《詩攷》一卷，一冊。每半葉九行，行十九字，小字雙行同。白口，無魚尾，左右雙闌。版心上鐫『詩攷』，下刻『汲古閣』。集前有應麟《序》，題曰：『浚儀王應麟伯厚甫。』集末有應麟《後序》。鈐『長沙陶澍』、『賜書樓陶氏之記』、陶澍肖形印（左題『印心石屋主人』，右題『而眉龐，而頷長，仙心儒素而佛腸，手此一卷，烏奕書香』）諸圖記。汲古閣本殆據元本重刊，校刻甚精。間有朱墨批校，不知出何人之手，甚無足觀。以上傳本四種，附識於此。

詩地理攷六卷

元後至元六年慶元路儒學刻、元明遞修本（國圖）

宋王應麟撰。應麟有《周易鄭康成注》，已著錄。此爲《詩地理攷》六卷，元後至元六年慶元路儒學刻、元明遞修本，四冊。每半葉十行，行二十字，小字雙行同。白口，雙魚尾，左右雙闌。版心鐫『詩地』及卷數、葉數，下標刻工姓字。與同時《玉海》附刊《詩攷》等十三種書行款同，世稱《玉海》附刊本。各卷端題曰：『浚儀王應麟伯厚甫。』集前有應麟《自序》《地理總說》。卷一、卷二爲《國風》之攷；卷三、卷四爲《二雅》之攷；卷五爲《三頌》之攷。以上取鄭玄《詩譜》，分列爲十七處。末一卷題作《詩譜地理攷》，取《鄭譜》地名而歷考之如前例。其已前見者，但繫其目，注曰『見前』。

至正《四明續志》卷七載《玉海》附刊『《詩地理考》六卷，計板七十六片』。臺圖藏元後至元六年慶元路儒學刻本，修補字畫較此本爲少，蓋印時爲早。卷二首葉第一行有『詩地理攷卷第二』七字，係原刻，非後來所補，此本無之。日本内閣文庫藏明正德、嘉靖間補刊《玉海》殘本，所附《詩地理攷》首尾完整（按：《詩地理攷》卷一與《詩攷》裝爲一册，卷二至六裝爲一册），原板殘損，多補刊葉。《地理總說》後一葉爲嘉靖三十六年韓斗補刊，版心上鐫『嘉靖丁巳年』，下鐫『監生韓斗刊』。卷一首葉、第七葉、第二十一葉、第二十二葉爲嘉靖三十六年韓斗補刊，第八葉爲嘉靖三十二年補刊，版心上鐫『嘉靖癸丑年補刊』。卷二第九至十四葉、第十九至二十葉爲嘉靖三十六年韓斗補刊。卷三第十一葉爲嘉靖三十六年韓斗補刊。卷四第六至七葉爲正德二年補刊，版心上鐫『正德二年補刊』，下鐫『胡顒』，第十九葉爲嘉靖三十六年韓斗補刊。卷五第三、四、九、十二、十四、二十葉爲嘉靖三十六年韓斗補刊，第十九葉爲正德二年胡顒補刊。卷六第八、二十一、二十二、二十三葉爲嘉靖三十二年韓斗補刊。凡補葉二十九，正德補刊葉爲三，嘉靖三十二年補刊葉一，餘爲嘉靖三十六年補刊。其他字畫重摹、雕板開裂、漫漶殘損不一。蓋正德初，原板尚可刷印，嘉靖中朽蝕已甚。乾隆三年補刊《玉海》本，所附《詩地理攷》，計有嘉靖三十二年補刊，嘉靖三十六年韓斗補刊，萬曆六年補刊，萬曆十一年補刊，萬曆十六年羅應選、楊之德、吳允文、項德純、孫繼衡、嚴槃、方萬崙、孫應貴、陳君善、于泰衡等補刊，萬曆十七年朱一昌補刊，崇禎九年『署籍廂賴』補刊，崇禎十一年『東廂王、南廂周』補刊，康熙二十六年補刊，乾隆三年補刊。其中以康熙二十六年補刊葉最多，其次則萬曆十六年補葉、乾隆三年補葉，元刻原板一葉皆無，並正德補葉亦未見。

又，毛氏汲古閣《津逮祕書》本，每半葉九行，行十九字，小字雙行同。末一卷刪『詩譜地理攷』之名，改作『詩地理攷卷之六』。《學津討原》亦收此書。清光緒九年浙江書局本，卷首增《四庫總目·詩地理攷提要》，校刻亦良善。《宋史·藝文志》作《詩地理攷》五卷。周中孚《鄭堂讀書記》卷八著錄《玉海》附刊本，云：『蓋字之誤，否則所見本無末一卷也。』是書末一卷《詩譜地理攷》不標卷數，五卷、六卷歧說殆源於此，《宋史》作五卷，恐非字之誤或未見末一卷。

四庫館採錄通行本《詩地理考》六卷。《提要》云：『其書全錄鄭氏《詩譜》，又旁採《爾雅》《說文》《地志》《水經》以及先儒之言，凡涉於詩中地名者，薈萃成編。然皆採錄遺文，案而不斷，故得失往往並存。如《小雅·六月》之四章「玁狁匪茹，整居焦穫。侵鎬及方，至於涇陽」，其五章曰「薄伐玁狁，至於太原」，其地於周爲西北，鎬、方在涇陽外，焦穫又在其外，而太原更在焦穫之外，故劉向疏稱千里之鎬，猶以爲遠，孔穎達乃引郭璞《爾雅注》池陽之瓠中以釋焦穫。考《漢書》，池陽屬左馮翊，而涇陽屬安定，不應先至焦穫，乃至涇陽。又以太原爲晉陽，是玁狁西來，周師東出，尤乖地理之實，殊失訂正。又，《大雅·韓奕》首章曰「奕奕梁山」，其六章曰「溥彼韓城，燕師所完」，應麟引《漢志》「夏陽之梁山」、《通典》「同州韓城縣，古韓國」，以存舊說，引王肅「燕，北燕國」，又「涿郡方城縣有韓侯城」，以備參考。不知漢王符《潛夫論》曰：「昔周宣王時有韓，其國近燕，後還居海中。」《水經注》亦曰：「高梁水首受灅水於戾陵堰，水北有梁山。」是王肅之說確有明證。應麟兼持兩端，亦失斷制。然如《騶虞》，《毛傳》云「仁獸」，賈誼《新書》則曰「騶者，天子之囿」。「俟我于著」，《毛傳》云「門屏之間曰著」，《漢志》則以爲濟南著縣。「滮池北流」，《毛傳》云「滮，流貌」，《水經注》則有「滮池水」，《十道志》亦名「聖女泉」。兼採異聞，亦資考證。他如《二子乘舟》引《左傳》「盜待於莘」之說，「秦穆三良」引《括地志》「冢在雍縣」之文，皆經無明文，而因事以存其人，亦徵引該洽，固說《詩》者所宜考也。』

應麟既摭取羣書成《詩攷》一卷，復撰《詩地理攷》六卷。其《序》云：『《詩》可以觀廣谷大川異制，民生其間者異俗，剛柔、輕重、遲速異齊。聲音之道與政通矣，延陵季子以是觀之。太史公講業齊魯之都，其作《世家》，於齊曰「洋洋乎！固大國之風也」，於魯曰「洙泗之間，齗齗如也」，蓋深識夫子一變之意。班孟堅志地理，叙變風十三國，而不及《二南》，豈知《詩》之本原者哉！夫《詩》由人心生也，風土之音曰《風》，朝廷之音曰《雅》，郊廟之音曰《頌》，其生於心一也。人之心，與天地山川流通，發於聲，見於辭，莫不繫水土之風，而屬三光五嶽之氣。因《詩》以求其地之所在，稽風俗之薄厚，見政化之盛衰，感發善心，而得性情之正，匪徒辨疆域云爾。世變日降，今非古矣，人之性情，古猶今也。今其不古乎？山川能說，爲君子九能之一，毛公取而載於《傳》，有意其推本之也。是用据《傳》《箋》《義疏》，參之《禹貢》《職方》《春秋》《爾雅》《說文》《地志》《水經》，綱羅遺文古事，傳以諸儒之說，列《鄭氏譜》十首，爲《詩地理攷》。讀《詩》者觀乎此，亦升高自下之助云。』作此以爲讀《詩》之助，措意深矣。既非專爲考據所設，故採《爾雅》《說文》等，薈萃成編，案而不斷。《四庫提要》責其『兼持兩端』，亦有以也，然嫌於苛。《鄭堂讀書記》卷八云：『然皆采摭羣書，標目分隸，而不自下一語，故不拘其說，是非得失，一概並存，可謂博而寡要，勞而少功。昔何義門焯評其所著《困學紀聞》，動以詞科之學相詬厲，未免輕於立論。若此書，即以義門之評詆之，亦不枉也。』更失平恕。是書網羅諸說，其斷亦可窺見。存諸說而不自下案語，慎爲之也，且傳『中原文獻』之統。觀所著《通鑑地理通釋》及《辨餘姚郡》《辨鄮》《辨鄞》《辨句章》《辨甬東》《辨西湖》，知其長於地理攷釋。《詩地理攷》不自下一語，蓋以歲月久遠，文獻散佚，一一攷實不易，輕下斷語，反易致誤。復以身自南人，足不履北，山川莫由概覽，故網羅遺文古事，傳以諸儒之說。雖然，即此一編，已屬前所未有。後人踵事增修，則較創始易於爲功。

通鑑地理通釋十四卷　元後至元六年慶元路儒學刻、元明遞修、明正德初南國子監補刊本（國圖）

宋王應麟撰。應麟有《周易鄭康成注》，已著録。此爲《通鑑地理通釋》十四卷，元後至元六年慶元路儒學刻、元明遞修、明正德初南國子監補刊本，十一册。每半葉十行，行二十字，小字雙行同。白口，雙魚尾，左右雙闌。版心鐫『通釋』及卷數、葉數，下標刻工姓字。與同時《玉海》附刊《詩攷》等十三種書行款同，世稱《玉海》附刊本。各卷端題曰：『浚儀王應麟伯厚甫。』集前有《目録》及應麟《書通釋後》。《書通釋後》署『上章執徐歲橘壯之月』。至正《四明續志》卷七載《玉海》附刊『《通鑑地理通釋》十四卷，計板一百九十六片』。原板屢經重修，此本字畫摹勒之跡顯見，且多殘損葉面，間有補刊，稍失其真。如卷一第十四、二十葉爲正德二年補刊，版心上鎸『正德二年補刊』，下鎸『胡顒』。卷二第五葉爲正德二年胡顒補刊，版心上鎸『正德二年補刊』，下鎸『胡』。且首行第一字闕，次行第二字闕，檢臺圖藏本，知原板殘損，正闕此二字。卷二第六、九、十、十九葉爲正德二年盛儼補刊。卷三第五、六葉爲正德二年盛儼補刊。卷十四第十七、十八葉，亦正德初補刊。補刊葉行款不異，亦左右雙闌。臺圖藏元後至元六年刻本，係後印本，字畫絕少摹勒，葉面完好，偶有配補之葉，即卷四第十一、十二葉，卷十四第十七、十八葉，配清雍正後刻葉（『丘』字皆避作『邱』），四周雙闌。國圖藏本卷四第十一、十二葉尚爲原板修補。臺圖藏本印時甚早，遠較此本爲善。《中華再造善本》景印此本，徑稱至元六年刊本，不能無憾。

是書卷一至卷三爲《歷代州域總敘》；卷四爲《歷代都邑攷》；卷五爲《十道山川攷》；卷六爲《周形勢攷》；卷七爲《名臣議論攷》；卷八至卷十爲《七國形勢攷》；卷十一至卷十二爲《三國形勢攷》；卷十三爲《晉、宋、齊、梁、陳形勢攷》《河南四鎮攷》；卷十四爲《東西魏、周、齊相攻地名攷》《唐三州、七關、十一州攷》《石晉十六州攷》。四庫館採錄江蘇巡撫採進本《通鑑地理通釋》十四卷，《四庫提要》云：『是書以《通鑑》所載地名異同沿革最爲糾紛，而險要阨塞所在其措置得失，亦足爲有國者成敗之鑒，因各爲條列，釐定成編。首《歷代州域》，次《歷代都邑》，次《十道山川》，次《歷代形勢》，而終以《唐河湟十一州》《石晉十六州》《燕雲十六州》。書本十四卷，《宋史》本傳作十六卷，疑傳刻之譌也。其中徵引浩博，考核明確，而敘列朝分據戰攻，尤一一得其要領，於史學最爲有功。原書無序，後人以書後應麟《自跋》移冠於前。所云「上章執徐橘壯之月」，乃元世祖至元十六年庚辰八月。

是時宋亡已三年，蓋用陶潛但書甲子之義。書内稱「梓慎」爲「梓謹」，亦猶爲宋諱云。』

宋元之際，《通鑑》之學，東浙爲著，應麟與胡三省尤邃精。三省爲深寧門下首座，有《資治通鑑音注》二百九十四卷及《釋文辯誤》十二卷，應麟則有《通釋》十四卷、《通鑑答問》五卷。全祖望《胡梅磵藏書窖記》稱宋亡後，『梅磵以甲申至鄞，清容謂其日手鈔定注』，『當是時，深寧王公方作《通鑑答問》及《通鑑地理釋》，亦居南湖，而清容其弟子也，顧疑梅磵是書未嘗與深寧商榷，此其故不可曉。豈深寧方杜門，而梅磵亦未嘗以質之耶？要之，梅磵是書成於湖上，藏於湖上，足爲荷池竹墅之間增一掌故。而以帶水之間，兩宿儒之史學萃焉，新傳未替，湖上之後進所當自勵也』（《鮚埼亭集外編》卷十八）。三省詩文百卷不存，應麟入元詩文存者亦少，文獻不足徵，其相商榷否，未得悉知。應麟《書通釋後》作於至元十六年八月，即宋祥興二年，其時《通釋》蓋已成。全氏既稱三省至鄞在至元二十一年甲申，不得稱應麟『方作』《通釋》。

應麟作《詩地理攷》六卷，意在《詩》以觀世，作《通鑑地理通釋》十四卷，意在史以鑒世，寄意並深。蓋其經史著述，務求經世，非純爲訓詁考據設也。覽《書通釋後》所云：『余閒居觀《通鑑》，將箋釋其地名，舉綱提要，首以州域，次以都邑，推表山川，參以樂毅、王朴之崇論竑議，稽《左氏》《國語》《史記》《戰國策》《通典》所敘歷代形勢，以爲興替成敗之鑒。《大易》設險守國，《春秋》書下陽、彭城、虎牢之義也。河湟復而唐衰，燕代割而遼熾，述其事終焉』，『山河不改，陵谷屢遷，亦以發攬古之一慨云。』是書卷十四末所云：『唐宣宗復河湟，未幾中原多故，既得遄失。熙寧以後，取熙、河，取蘭、會，取湟、鄯，貪功生事之臣，迷國殄民，而甘、涼、瓜、沙汔不爲王土。周世宗取瀛、莫二州，而十四州終淪於異域。藝祖出《幽燕圖》示趙普，普以爲其難在守。宣和姦臣與女真夾攻，得燕山、雲中空城，而故都禾黍，中夏塗炭矣。《易·師》之上六曰：「小人勿用，必亂邦也。」余爲之感慨，而《通釋》終焉。』即可知矣。

宋英宗命司馬光論次歷代君臣事跡爲編年一書，神宗以鑑於往事，有資治道，賜名《資治通鑑》。《通鑑》專取關涉國家盛衰、生民休戚可爲鑒戒者，不徒爲紀事載言。朱子『崇經陋史』，浙東學者不然，呂祖謙、陳亮諸子遂屢爲朱子所譏。應麟、三省近接呂、陳，並重經史。如三省《新注資治通鑑序》云：『世之論者，率曰：「經以載道，史以記事，史與經不可同日語也。」夫道無不在，散于事爲之間，因事之得失成敗，可以知道之萬世無弊，史可少歟！爲人君而不知《通鑑》，則欲治而不知自治之源，惡亂而不知防亂之術；爲人臣而不知《通鑑》，則上無以事君，下無以治民；爲人子而不知《通鑑》，則謀身必至于辱先，作事不足以垂後。乃如用兵行師，創法立制，而不知迹古人之所以得，鑑古人之所以失，則求勝而敗，圖利而害，此必然者也。』《通鑑》卷帙浩繁，通讀已非易，應麟博採典籍，抉擿幽隱，薈萃爲書，可謂勞矣。《書通釋後》歷述疑義，云：『揚紆在冀，而《爾雅》以爲秦。盧水在濟北，而康成讀爲「雷」。漳水之爲潞，吳山之爲嶽，五湖混於具區，潁湛列於荊浸，此《職方》之疑也。豫章在江南，而江北之地未知；中牟在河南，而河北之地難攷；許田魯地，而非近許；鄢鄭邑，而非鄢陵；穀、小穀之有別，父城、城父之不同，此《春秋》之疑也。二地而一名者，若王城、葵丘、酒泉、貝丘、鍾離之類；一地而二名者，若白羽、夾谷、夷、垂葭、發陽之類；方城、細柳、丹水之有三，塗山、歷山、東陽、武城之有四。「瞻彼洛矣」，與東都之洛異；「導洛自熊耳」，與宜陽之熊耳殊；首陽、空桐、新城、石門、石城、丹陽、白沙、硤石之屬，其地非一』，『襲訛踵繆，不可殫紀』，『不可謂博識爲玩物，而不之攷也。』是書正可與三省《音注》《釋文辯誤》相發明。王鳴盛《十七史商榷》卷一百著錄《通釋》一書，云：『雖題曰《通鑑》，實是泛攷古今地理，不專釋《通鑑》。大略亦本《通典》，要足與胡三省互參，在宋人攷證書中，爲有根柢者。』是書或失於疏略，然應麟非不能考據，蓋其意不在徒爲地理方位、古今沿革之考釋。身在季世，終不肯置若罔聞，一趨於訓詁考索。

通鑑地理通釋十四卷　元後至元六年慶元路儒學刻、元明遞修、明正德、嘉靖間南國子監補刊本（日本内閣文庫）

宋王應麟撰。應麟有《周易鄭康成注》，已著錄。其《通鑑地理通釋》十四卷，前已著錄國圖藏元後至元六年慶元路儒學刻、元明遞修、明正德初補刊本。此爲日本内閣文庫藏元後至元六年慶元路儒學刻、元明遞修、明正德、嘉靖間南國子監補刊本，附正德、嘉靖間補刊《玉海》印行，裝爲四冊。

正德初補刊葉末多（見上條檢列），至嘉靖中，原板朽蝕已甚。此本補刊葉倍於前，正德初刊葉亦較國圖藏本爲多，且檷印不精，漫漶尤多。其補刊之況，舉例觀之。如卷一第二、十七葉爲嘉靖三十六年韓斗補刊，版心上鐫『嘉靖丁巳年』，下鐫『監生韓斗刊』，四周雙闌。第十四、二十葉仍用正德二年胡顒補刊。卷五第二、二葉爲嘉靖三十一年補刊，版心上鐫『嘉靖癸丑年補刊』。第三十一、三十二葉用嘉靖二十九年補刊，版心上鐫『嘉靖庚戌年』。卷十第三、四、七、八、九、十葉爲正德二年胡顒等補刊，國圖藏本則前二葉爲原板殘葉刷印，後四葉原板修補刷印。同卷第十七葉爲空葉，書耳注『原缺』，國圖藏本此葉不缺，第原板有殘損。同卷第十八、十九葉爲正德元年補刊，版心俱上鐫『正德元年補刊』，第十九葉版心又下鐫『監生易韋經』，國圖藏本此二葉用原板刷印。

萬曆、崇禎兩朝，是書原板再遞經修補。歷康熙二十六年補刊，至乾隆三年補刊，原板印葉已片楮無存矣（日本内閣文庫藏本）。正德補刊葉，皆左右雙闌。嘉靖、萬曆、崇禎補刊，皆四周雙闌。康熙二十六年補刊葉，四周雙闌、四周單闌、左右雙闌並有之。乾隆補刊葉，皆四周單闌。正德、嘉靖補刊，校讎未精，萬曆補刊亦然。康熙二十六年補刊，以未得善本讎校，不免於妄改原文。

通鑑答問五卷　元後至元六年慶元路儒學刻、元明遞修本（國圖）

宋王應麟撰。應麟有《周易鄭康成注》，已著録。此爲《通鑑答問》五卷，元後至元六年慶元路儒學刻、元明遞修本，五册。每半葉十行，行二十字，小字雙行同。白口，雙魚尾，左右雙闌。版心鐫『答問』及卷數、葉數，下標刻工姓字。與同時《玉海》附刊《詩地理攷》《通鑑地理通釋》等十三種書行款同，世稱《玉海》附刊本。各卷端題曰：『浚儀王應麟伯厚甫。』無序跋。

至正《四明續志》卷七載《玉海》附刊『《通鑑答問》五卷，計板九十一片』。原板屢經重修，此本字畫摹勒清晰可見，略失其真，時有殘葉，第無補刊。臺圖藏元後至元六年刻本，係正德、嘉靖間補刊，漫漶殘損甚多。卷三第七、八、十七、十八葉爲嘉靖三十二年補刊，版心上鐫『嘉靖癸丑年』；第三十二、三十四葉爲正德元年補刊，版心上鎸『正德元年補刊』，下鎸『監生易章經』；第三十三葉爲正德二年補刊，版心上鎸『正德二年補刊』；第三十六葉爲嘉靖二十九年補刊，版心上鎸『嘉靖庚戌年』。卷四第十二、十三葉爲嘉靖二十二年補刊，第十九、二十葉爲嘉靖三十四年補刊。卷五第八、十二葉爲正德二年翁寵補刊，第十三葉爲嘉靖三十四年補刊，第十四、十五葉爲補刊，未標月日，第二十二葉爲嘉靖二十九年補刊，第二十二葉爲正德二年補刊。此本以上諸葉，皆原板修補刷印，卷三第三十二、三十四葉及卷五第十四葉皆殘葉。是以知此本印時在正德元年前，較正德、嘉靖間補刊本更可見原板之貌。《中華再造善本》景印此本，徑稱至元六年刊本，未盡確。萬曆、崇禎、康熙、乾隆四朝並補刊是書。乾隆三年補刊本《通鑑答問》五卷，原板印葉片楮不存(日本内閣文庫藏本)。

應麟作《通鑑地理通釋》爲讀史之助，並爲經世之用，非炫飾博學者可比。復作《通鑑答問》五卷，設爲問答，評《通鑑》紀事，始於周威烈王，止於西漢宣元，殆未完之書。四庫館採錄通行本《通鑑答問》五卷。《提要》云：『此書乃《玉海》之末附刊十三種之一，始自周威烈王，終於漢元帝，蓋未成之本也。書以《通鑑答問》爲名，而多涉於朱子《綱目》。蓋《綱目》本因《通鑑》而作，故應麟所論出入於二書之間。其所評騭，惟漢高白帝了事以爲二家偶失刊削；孔臧元朔三年免太常一條，疑誤採《孔叢子》。其餘則尊崇新例，似尹起莘之《發明》；刻覈古人，似胡寅之《管見》。如漢高祖過魯祀孔子，本無可貶，乃反譏漢無真儒。文帝除盜鑄之令，本不可訓，乃反稱仁及天下。與應麟所著他書殊不相類，其真贋蓋不可知。或伯厚孫刻《玉海》時僞作此編，以附其祖於道學歟？然别無顯證，無由確驗其非，姑取其大旨之不詭於正可矣。』疑其書爲王厚孫託名，實是妄臆。應麟學崇漢儒，終不離於南宋朱、呂。

是書亦本於經世用實之意，縱論史事、人物、言論，取關涉盛衰、生民、治道、人心之大端，發覆《通鑑》之旨，以明帝王自治之源，防亂之由，治民之道，謀身之義，以及用兵行師之法制，跡古人往事緒論，鑒所得失。其中誠不免辭氣之長，終遠於浮廓之論。清儒或以是書主於論議，非考據之流，多詆譭之詞。王鳴盛《十七史商榷》卷一百著錄《通鑑答問》云：『王氏之學，主於攷據。此編卻純是空議論，至西漢宣元而止，實未成之書。』周中孚《鄭堂讀書記》卷三十五云：『考厚齋他所著書，主于考據。此編卻純是空議論，有類胡致堂之《讀史管見》、尹栣溪之《綱目發明》。大約南宋人有此刻覈新奇之談，厚齋尚未能免俗歟？』問學旨趣不同，其說難以爲信。

困學紀聞二十卷　元刻本(國圖)

宋王應麟撰。應麟有《周易鄭康成注》，已著錄。此爲國圖藏《困學紀聞》二十卷，元刻本，十六冊。每半葉十一行，行二十四字。白口，雙魚尾，左右雙闌。版心鐫『紀聞』及卷數、葉數，下標刻工姓字。與《玉海》附刊《詩攷》等十三種書行款略異(按：至元六年刊本《玉海》有王厚孫《題識》，歷述《玉海》附刻《詩地理攷》等書十三種，無《困學紀聞》)。各卷端題曰：『浚儀王應麟伯厚甫。』有《目錄》，無序跋。《目錄》前有應麟自識：『幼承義方，晚遇蓾屯。炳燭之明，用志不分。困而學之，庶自別于下民。開卷有得，述爲紀聞。深寧叟識。』《目錄》後有『伯厚甫』、『深寧居士』墨印二方。《中國古籍總目》著錄國圖藏元泰定二年慶元路儒學刻本，蓋謂此本。《中華再造善本》影印此本，亦稱元泰定二年慶元路儒學刻本。世傳大黑口十行本，或疑爲明翻刻本，實是嘉定二年刻本，書末刻『孫厚孫、寧孫校正』、『慶元路儒學學正胡禾監刊』二行。此本書末僅刻『孫厚孫、寧孫校正』一行。此本行款、字體頗異於大黑口十行本，當爲重刻本（參見下條考辨），具體刻於何時，俟考。

是書傳世元刻本二種，明刻有正統間刻本、萬曆三十一年刻本。清代樸學漸興，諸儒紛爲注評箋證。其批校、注評、考釋者，閻若璩（潛丘）、何焯（義門）、全祖望（謝山）、翁元圻（載青）、方棨如（樸山）、程瑤田（易田）、方粹然（心醇）、錢大昕（辛楣）、屠繼序（晃園）、萬希槐（蔚亭）、趙敬襄（竹岡）諸家爲世所知，閻若璩、何焯、全祖望、翁元圻尤富盛名。而外又有蔣杲、浦起龍、盧文弨、李集、李慈銘等人，未爲世人多留意。康熙間，閻若璩箋注《紀聞》，開啓風氣，乾隆三年祁門馬曰璐校刻閻本。何焯繼作箋注，乾隆間桐鄉汪垕以何本開雕，並收閻氏評注。全祖望合訂二本，删繁就簡，復增箋之。嘉慶初《校訂困學紀聞》刊行，世稱『三箋本』。翁元圻增注成《困學紀聞注》，世稱翁注本。四庫館採錄通行本《困學紀聞》二十卷。《庫》本收閻、何評注（集末有陸晉之《跋》及閻詠康熙三十七年《後序》），集前增《御製讀王應麟困學紀聞》。《提要》云：『是編乃其劄記考證之文，凡說經八卷，天道、地理、諸子二卷，考史六卷，評詩文三卷，雜識一卷。卷首有《自敘》云『幼承義方，晚遇艱屯。炳燭之明，用志不分』云云，蓋亦成於入元之後也。應麟博洽多聞，在宋代罕其倫比。雖淵源亦出朱子，然書中辨正朱子語誤數條，如《論語注》『不舍晝夜』『舍』字之音，《孟子注》『曹交，曹君之弟』，及謂《大戴禮》爲鄭康成注之類，皆考證是非，不相阿附，不肯如元胡炳文諸人堅持門戶，亦不至如明楊慎、陳耀文、國朝毛奇齡諸人肆相攻擊。蓋學問既深，意氣自平，能知漢、唐諸儒本本原原，具有根柢，未可妄詆以空言；又能知洛、閩諸儒亦非全無心得，未可概視爲弇陋。故能兼收竝取，絕無黨同伐異之私，所考率切實可據，良有由也。元時嘗有刻本，牟應龍、袁桷各爲之序，卷端題語尚鉤摹應麟手書，藏弆之家以爲珍笈。此本乃國朝閻若璩、何焯所校，各有評注，多足與應麟之說相發明。今仍從刊本，附於各條之下，以相參證。若璩考證之功十倍於焯，然若璩不薄視應麟，焯則動以詞科之學輕相詬厲。考應麟博極群書，著述至六百餘卷，焯所聞見，恐未能望其津涯，未免輕於立論，是即不及若璩之一徵。以其拾遺補罅，一知半解，亦或可採，故仍立存之，不加芟薙焉。』

應麟於宋亡後，究心實學，撮其讀經史百家及天道、曆數、詩文所得，纂爲是書，大抵爲零金碎玉之劄記。凡說《易》一卷，說《書》一卷，說《詩》一卷，說《周禮》一卷，說《儀禮》《禮記》《大戴記》《樂》合一卷，說《春秋》《左傳》合一卷，說《公羊傳》《穀梁傳》《論語》《孝經》合一卷，說《孟子》《小學》及歷代經說合一卷，說天道、曆數合一卷，說地理、諸子合一卷，攷史六卷，評文二卷，評詩一卷，雜識一卷。牟應龍《序》云：『忽其子昌世書來，曰：「吾父平生書最多，惟《困學紀聞》尤切於爲學者。今以其書視子，幸爲序所以作之之意，寘諸篇端。」蓋九經諸子之旨趣，歷代史傳之事要，制度名物之源委，以至宗工鉅儒之詩文議論，皆後學所當知者。公作爲是書，各以類聚，考訂評論，皆出己意，發前人之所未發，辭約而明，理融而達，該邃淵綜，非讀書萬卷，何以能之？』應麟門人袁桷《序》云：『世之爲學，非止於辭章而已也。不明乎理，曷能以窮夫道德性命之藴？理至而辭不達，茲其爲害也大矣。是故先儒有憂之』，『揚雄氏作《法言》，其亦有取夫是。後千餘年，禮部尚書王先生出，知濂洛之學淑于吾徒之功至溥，然簡便日趨，偷薄固陋，瞠目拱手，面墻背芒，滔滔相承，恬不以爲恥，於是爲《困學紀聞》二十卷，具訓以警，原其旨要，揚雄氏之志也。先生年未五十，諸經皆有説，晚歲悉焚棄，而獨成是書。其語淵奥精實，非紬繹玩味，不能解。』葉適縱論經史百氏，成《習學記言序目》。《困學紀聞》類之，然《序目》不免文章家氣，《紀聞》則多史家之習，經史互證，考訂制度名物，談詩論文，歸於實學，而辭氣和平。東浙學者深於理學而兼長考據，應麟與呂祖謙皆其著者。此書開後世學術劄記風氣，閻若璩不薄應麟之學，以爲宋人説部，《困學紀聞》爲第一家。

困學紀聞二十卷　元泰定二年慶元路儒學刻本（國圖）

宋王應麟撰。應麟有《周易鄭康成注》，已著録。其《困學紀聞》二十卷，前已著録國圖藏元刻本（白口十一行本）。此爲國圖藏元泰定二年慶元路儒學刻本，六册。每半葉十行，行十八行字，小字雙行同。大黑口，雙魚尾，四周雙闌。版心鐫『紀聞』及卷數、葉數。卷一卷端題曰：『浚儀王應麟伯厚。』卷二以下，始下有『甫』字。集前有牟應龍至治二年八月《序》並摹『牟應龍印』、『牟伯成父』、『儒林世家』印三方、袁桷泰定二年十月《序》及《目録》。《目録》前有應麟自識三十八字。《目録》後有『伯厚甫』、『深寧居士』墨印二方。卷二十末葉刻：『孫厚孫、寧孫校正』，『慶元路儒學學正胡禾監刊。』集末有慶元路儒學教授陸晉之泰定二年十二月《跋》。鈐『翠華軒收藏書畫圖記』、『陸時化印』、『潤之所藏』、『太倉陸潤之印』、『機雲餘韻』。太倉陸時化字潤之，號聽松老人。精鑒藏，家有翠華軒藏書。著《吴越所見書畫録》。

按袁桷《序》：『下世三十年，肅政司副使燕山馬速忽公、僉事保定孫公楫濟川分治慶元，振興儒學，始命入梓。桷遊公門最久，官翰苑時，欲悉以所著書進于朝廷，因循不果。今也二公謂桷知先生事爲詳，俾首爲序。庸書作書之本旨，亦以厲夫後之學者。』陸晉之《跋》云：『工費浩，事未得遂。泰定二年冬十月，淛東道憲司官行部蒞止，肅訪之暇，詢及是書，謂未有刊本，爲學校欠事。翰林學士袁先生亦專舉明，謂宜傳遠惠後學。於是具詞申請之于捴府，轉達于憲司，宣尉司都元帥府咸是所請。乃鳩工度費，於學儲給焉，工食之粟，則翰林學士袁先生倡助之，本學官及岱山長共助以足其用。凡書者、刊者、董者、觀者，莫不以是編得傳爲大喜幸，翕然集事。』是書初刻於泰定二年，袁桷越歲即謝世。陸晉之時爲慶元路儒學教授，監刊胡禾時任慶元路儒學學正。泰定三年八月，袁桷撰《慶元路重脩先聖廟記》，有『郡博士陸晉之、學正錄胡禾、毛文而言曰』云云（鄧文原《郭公敏行錄》，元至順間刻本）。至正《四明續志》卷二載教授陸晉之『泰定二年三月之任』，學正胡禾『至治三年鄉貢進士』。

大黑口十行本與元刊白口十一行本，行款、字體顯異，文字亦有小異。孰本究爲泰定二年原刊，民國初以來，頗有爭議。

大黑口本久爲鑒藏名家斷爲元刊本。瞿鏞《鐵琴銅劍樓藏書目録》卷十六著録『元刊本』《困學紀聞》二十卷，云：『此泰定二年弟子袁清容序而刻於慶元路學，距歿時三十年，爲是書初刻本。有牟應龍、陸晉之《序》。目後有「伯厚父」、「深寧居士」墨圖記二方。卷末有「孫厚孫、寧孫校正」、「慶元路儒學學正胡禾監刊」二行（舊藏太倉陸氏，卷首有「陸時化印」、「潤之所藏」二朱記）。』錢大昕批校《困學紀聞》（清乾隆三年馬氏叢書樓刻本），參校大黑口十行本，稱其爲『元板』（參見本書『馬氏叢書樓刻本《困學紀聞》』條）。孫星衍《平津館鑒藏書籍記》卷一著錄《困學紀聞》二十卷入『元版』，云：『題「浚儀王應麟伯厚」（注：卷二以下，下有「甫」字）。前有泰定二年門人袁桷《敘》，至治二年牟應龍《序》，後有「牟應龍印」、「牟伯成父」、「儒林世家」三木小方印。《目錄》前有深寧叟識語，後有「伯厚甫」、「深寧居士」二木方印。黑口版，每葉廿行，行十八字。此書後有泰定二年十二月癸卯慶元路儒學教授吴郡陸晉之《敘》，今缺。』《天祿琳琅書目》著錄《困學紀聞》二種入『元刊子部』，其一爲一函六冊，前有牟應龍《序》、袁桷《序》，後有陸晉之《序》；其一爲一函十一冊，無牟《序》、陸《序》。其載有諸序之本云：『按：顧炎武《日知錄》引陸深《金臺紀聞》曰：「元時州縣皆有學田，所入謂之學租，以供師生廩餼，餘則刻書。工大者，合數處爲之。故讎校刻畫，頗有精者。」今證以晉之所言，適相脗合，第此書槧印不佳耳。』彭元瑞《天祿琳琅書目後編》卷十著錄《困學紀聞》（四函十八冊）入『元刊子部』，云：『前有至治二年牟應龍《序》、泰定二年袁桷《序》，後有陸晉之《跋》。是時浙東肅政司副使馬剌忽、僉事孫楫檄刻是書，蓋桷所舉明而晉之方爲慶元路教授也。末刻「慶元路儒學學正胡禾監刊」。』莫友芝《宋元舊本書經眼錄》卷二著錄嘉興唐氏藏『元本』《困學紀聞》二十卷，云：『前載牟應龍、袁桷二《序》，蓋即桷《序》所謂馬速忽、孫楫濟川所刊本。半葉十行，行十八字。又于坊間見一本，亦同此。』陸心源《皕宋樓藏書志》卷五十六著錄『元刊本』《困學紀聞》二十卷，案云：『此元泰定刊本。每葉二十行，每行十八字，大黑口。卷末有「孫厚孫、寧孫校正」，「慶元路儒學正胡禾監刊」。』丁丙《善本書室藏書志》卷十八著錄『元刊本』《困學紀聞》二十卷，云：『前有至治二年秋八月牟應龍《序》，又泰定二年冬十月門人袁桷《序》。《目錄》前深寧白識後有「伯厚甫」、「深寧居士」印二方。末有泰定二年慶元路儒學教授吴郡陸晉之《敘》，及「孫厚孫、寧孫校正」、「慶元路儒學學正胡禾監刊」兩行』，『殁於元元貞二年，年六十有四。此距先生殁時正三十年，是最初之刻也。』張金吾《愛日精廬藏書志》卷二十四著録『元泰定刊本』《困學紀聞》二十卷，云：『浚儀王應麟伯厚撰，卷末有「孫厚孫、寧孫校正」、「慶元路儒學學正胡禾監刊」二條。牟應龍《序》，至治二年。袁桷《序》，泰定二年。《自序》。陸晉之《序》，泰定二年。』

以上諸家皆以大黑口本爲元泰定二年刻本。近人傅增湘、李盛鐸諸藏家始疑之，斷定白口十一行本爲『真元刊』，大黑口本爲『明初翻刊』。《四部叢刊》景印《困學紀聞》二十卷，即元刻白口十一行本，稱『上海涵芬樓景印江安傅氏雙鑑樓藏元刊本』，凡六册。傅增湘雙鑑樓藏本與國圖藏元刻白口十一行本同，集末有李盛鐸手書《跋》，景印更排印增附傅氏《題識》及閻若璩校記、瞿中溶校記各若干條。盛鐸《跋》云：『深寧居士《困學紀聞》，爲孯討經史者必讀之書。康乾以來，諸家校注，無慮十數，然刊正異同，往往誤認明黑口本爲元本。以黑口本亦有校正、監刊人名兩行，賈人多冒爲元刻，不知其字體、槧法之不類也。今春，臨清徐氏書散出，聞中有是書元槧，爲人購去，爲之悵惘。閲兩月，沅叔竟以重直展轉購歸，攜來展讀。開板宏朗，字體結構謹嚴，一望而知爲元代最初之刻。沅叔謂前人所校，惟潛丘閻氏所據之本確與此本相同。蓋是刻沉晦殆已二百餘年，亟屬沅叔付之景印，俾後之讀是書者，一洗烏焉亥豕之譌，亦蓺林一快事也。丙寅大暑後二日，德化李盛鐸。』增湘《題識》云：『《困學紀聞》二十卷，元刊本。半葉十一行，每行二十四字，次行低一格。板高九寸，闊五寸七分。白口，左右雙闌。板心上記字數，下記刊工姓名。刊工爲茅元吉、章宇、章子成、鮑成、王明、王子仁、張以方諸人。又各記一字者，有何、任、茅、胡、齊、張等姓，文、興、泉、觀、在等名。字體疏秀，倣松雪體。前「深寧叟識」大字占雙行，下接《目錄》，目後有「伯厚甫」、「深寧居士」篆文圖記二方。卷二十後有「孫厚孫、寧孫校正」一行。按：此書世傳元本極多，《天祿前後目》、各家書目均載之。惟《皕宋樓藏書志》記其行款爲十行十八字（今按：記十行十八字者，非僅陸氏一家，前已列之）。余家所儲及廠市寓目者，皆是刻也。然字體板滯，刻工粗率，印本多爲白棉紙，頗疑是正統、景泰間風氣，第因其卷尾校正人名後有「慶元路儒學學正胡禾監刊」一行，舉世皆目爲元刊，余亦無以難也。惟《天祿目》所收第二部言「此書板較大」，「刻手、印工較前部皆高一籌」，無仵應龍《序》及陸晉之《後序》。私疑此或爲真元板矣。嗣得錢竹汀評校閣刻本，瞿木夫更據元板勘定一過，凡閣氏所記元板作某，瞿氏以元板覆之，其違者十恒八九。緣是蓄疑愈甚，而苦無從證明。近者臨清徐氏書散出，聞有元刊本，行款與世行本殊異，多方探訪，始由徐君森玉持來。發函展視，板式寬大，繕刻精良，古香馣藹，與《天祿目》所言約略相似。持與閻、瞿二公所校互證，疑慮乃渙然冰釋。蓋閻氏所見與徐氏藏本正合，乃真元刊。瞿氏所見爲大黑口、四周雙闌之十行本，凡各家所藏與廠市所見，皆爲此刻，其爲明初翻刊，斷然無疑。今以閻校及瞿校異同，與真元刻對勘，列之左方，庶可瞭然矣。」

今按：此本即《鐵琴銅劍樓藏書目録》所著録『元刊本』，陸時化舊藏。刷印不佳，墨跡不清，與《天祿琳琅書目》著録『元刊』《困學紀聞》（一函六冊）所言『第此書橅印不佳耳』合。其字體稍嫌板滯，未若元刊白口本『字體疏秀，倣松雪體』，然繕刻亦精良，爲元人風格，非『正統、景泰間風氣』。國圖又藏大黑口本三部，與此本款式、刻工類。其一本六冊，夾簽有『《困學紀聞》二冊』云云，鈐清人馮文昌『金石錄十卷人家』圖記。文昌字硯祥，嘉興諸生，馮夢禎之孫。工詩，好古書畫。著有《吳越野民集》。其一本六册，清人蔣杲手批，内封題『舊本王氏紀聞（六册全）』，又題『蔣篁亭先生手批本』。鈐彭兆蓀『彭氏甘亭』藏書印。集前有兆蓀嘉慶十六年二月十八日手書《題識》『此深寧叟《紀聞》六册，予甫冠時，外舅時菴先生曾舉以授讀』云云。篁亭名蔣杲，字子遵，長洲人。康熙五十二年進士，歷戶部郎中，出知廉州府，以罣誤罷。後用薦監修海神廟，工垂竣而歿。其一本八册，卷三首葉鈐『一盉齋』圖記。日本早稻田大學圖書館藏大黑口本，原六册，存五册，缺第二册卷即卷三至卷五。以上四本，刻板皆經重修，重修字體各間有小異。持此本與四本相較，知其書板一也。如卷一第一葉開裂三處，五本皆同。此本槧印不佳，餘四本墨跡較爲清晰，其清晰處多係重修。蔣杲批注本、『一盉齋』藏本，刻板殘損甚，早稻田大學藏本缺一册，國圖藏夾簽『金石録十卷人家』本則有配抄。

書賈取《困學紀聞》舊板重修刷印，今所見傳者數部，皆非翻刻。傅增湘家藏大黑口本，今未訪得。其疑大黑口本爲『明初翻刻』，未有依據。諸本重修處，確屬『字體板滯，刻工粗率』，早稻田大學藏本尤可見之，傅增湘、李盛鐸諸藏家疑其『明初翻刻』，良有以也。今比勘諸本，知《天祿琳琅書目》卷六著録《困學紀聞》二種入『元刊子部』，當可信。其一函六册，有牟應龍《序》、袁桷《序》、陸晉之《跋》者，乃前刻也，梓於元泰定二年；其一函十一册，無牟《序》、陸《跋》者，乃後刻也。國圖藏元刊白口十一行本、《四部叢刊》景印傅增湘藏元刊白口十一行本，皆後刻，無序跋。至元間刊《玉海》，附刻《詩攷》《詩地理攷》等書十三種，《困學紀聞》重刻疑在此前後。《詩攷》《詩地理攷》諸書，或存應麟《自序》《後序》，或無序，而不録他序。《困學紀聞》或亦倣其例，不録牟、袁、陸諸家序跋。至正《四明續志》卷七載《玉海》附刊『《困學紀聞》二十卷，計板二百三十一片』，『《困學紀聞》係泰定二年廉訪僉事孫楫命刊』。

《天祿琳琅書目》著錄《困學紀聞》一函六册，即大黑口本，云：『闕補：卷二（三十七、三十八）；卷十一（十七）；卷十五（十二）。』檢陸時化舊藏本，卷二缺第三十六、三十七葉，早稻田大學藏本、國圖藏蔣杲批注本、『一盉齋』藏本及夾簽『金石錄十卷人家』本，皆缺此二葉。大黑口本第三十五葉末一條『春秋時郤缺之言九功九歌』條，至『觀射父之言重』止，第三十七葉首三行接之。第三十七葉末一條『《周禮·大司馬》注引』條，至『此謂書』止，第三十九葉首一行接之。元刊白口十一行本卷二『春秋時郤缺之言九功九歌』條至『《周禮·大司馬》注引』條，條目、文字悉同。檢陸時化舊藏本，卷十一缺第十七葉，早稻田大學藏本、國圖藏蔣杲批注本、『一盉齋』藏本及夾簽『金石錄十卷人家』本皆缺此葉。第十六葉末一條『虢鄶果獻十邑』條，至『外傳云皆子』止，第十八葉首行接云『男之國』云云。元刊白口十一行本卷十一『虢鄶果獻十邑』條與此同。檢陸時化舊藏本，卷十五第十二葉不缺，早稻田大學藏本亦不缺，蔣杲批注本、『一盉齋』本卷十五並缺第十二葉，夾簽『金石錄十卷人家』本卷十五係配抄，第十二葉不缺。蔣杲批注本等所缺第十二葉文字爲『仁宗閱審刑奏案』條『以記問取人，則許敬宗賢於竇德玄矣』句，下有『四瀆濟水獨絶』條、『紹興建儲』條、『范正獻公曰』條、『葛文康勝仲』條、『胡文定公』條（至『道義重而爵位輕』止）。元刊白口十一行本卷十五條目、文字與此本同。由是知前刻本、後刻本皆首尾完整。前刻本已有删改，標葉有缺而未修板。《天祿琳琅書目》著錄前刻本，卷十五缺第十二葉，卷二、卷十一雖標葉有缺而文字貫完整連貫。《書目》又誤記缺葉『三十六』爲『三十七』。

是書本無所謂『明初翻刻』本。明翻刻之説不始於傅增湘、李盛鐸二人，楊守敬先已言之。《日本訪書志》卷七著録『元刊本』《困學紀聞》二十卷，云：『明翻刊元慶元路本《困學紀聞》二十卷，卷末題「孫厚孫、寧孫校正」，「慶元路儒學學正胡禾監刊」，又有泰定二年陸晉之《跋》。據閻校本，閻詠《序》稱此本最善。唯誤「慶元」爲「應元」，豈閻氏有所避與？其中文字亦不盡與閻校合。第二卷「乃命三后」條，閻本脱「於禽獸」三字。第四卷「管子地員」條「次曰五弛」下，各本空三格，此不空。第五卷「猶《金縢》之新逆」，各本誤作「迎」。第八卷「陳烈」條注「前賢之讀書如此」，各本「前賢」作「古人」，義雖得通，然烈於伯厚爲前輩，則作「前賢」是也。第十卷引《尸子》「儉者爲獵者表虎」，各本「儉」作「狩」，此與《御覽》引合。第十四卷引《温彦博傳》「有時而僞」，各本作「賜」，此與《新唐書》合。凡此之類，必是伯厚原書，非經後人校改者。』

《四部叢刊》景印元刊白口十一行本，傅增湘題識於後，更排纂閻若璩、瞿中溶校記，欲以閻校、瞿校異同與『真元刻』對勘，以見大黑口本非『真元刊』。如：『卷二「《鄭語》」條注「秭規先凙」，瞿校云：「元板作『先澤』。」今元本正作「先凙」，不作「先澤」也。「雖有周親」下注「不如周家之少仁人」，瞿校云：「元板『少』作『多』，錢校以『多』爲誤字。」今元本正作「少」，不作「多」也。「堯舜之世」下「高弟皆爲一科」，閻注云：「元板作『第』。」瞿校云：「元板作『弟』。」今元本正作「苐」也。「若農服田力穡」，瞿校云：「元板作『農夫』。」今元本固無「夫」字也。「宋武帝留葛燈籠麻繩拂於陰室」，閻注云：「元本作『蠅拂』。」瞿校云：「元板作『繩拂』。」今元本正作「蠅拂」也。「因建極而雜糅正邪」，瞿校云：「元板作『邪正』。」今元本正作「正邪」也。』今按：檢元刊白口十一行本卷二「『《鄭語》』條注作『秭規先凙』，大黑口本作『先澤』；『雖有周親』條，白口十一行本作『少』，大黑口本作

『多』；『堯舜之世』條，白口十一行本作『弟』，大黑口本作『弟』；『若農服田力穡』條，白口十一行本無『夫』字，有『若』字，大黑口本作『農夫』，無『若』字；『禹有典』條，白口十一行本作『蠅拂』，大黑口本作『繩拂』；『因岱柴而封禪』條，白口十一行本作『正邪』，大黑口本作『邪正』。又如：『卷七「申棖」下，閻注云：「木行『申棠』，元板作『申堂』。」瞿校云：「元板作『申棠』。」今元本正作「堂」也。「子路以其私秩粟爲漿飯」，瞿校云：「元板作『極』。」今元本正作「漿」也。「愚以風爲諷」，閻注云：「何校本『愚』下有『謂』字。」今元本正有「謂」字也。檢白口十一行本卷七，『申棖』條末行作『申堂』，大黑口本作『申棠』；『韓非口』條，白口十一行本作『漿』，大黑口本作『極』；『王充云』條，白口十一行本作『愚謂』，人黑口本無『謂』字。由是知閻若璩所言『元板』爲元刊白口十一行本，瞿中溶所據『元板』爲泰定二年刊大黑口十行本。二本皆『真元刊』，大黑口本刻時在前。增湘附録閻校、瞿校，自不足爲大黑口本非元刊之據，然閻校、瞿校並舉，正以見二本文字異同。

今人承傅、李之説，或以爲大黑口本爲『明初翻刻』（《中國古籍善本書目》著録作明刻本，《中國古籍總目》亦然），或以大黑口本爲明正統間刻本。馬麗麗《〈困學紀聞〉元刻本考述》多所匡正，以爲藏書家堅信『無序跋本』爲真元刊，而疑『元泰定本』爲假元刻，實未有確；又謂大黑口本既有明翻刻本，亦有元泰定二年慶元路儒學刻本，泰定刊本今不見於國內，而流傳於東瀛，第不知今藏何處；復疑白口本早於大德間即已開雕，謂《困學紀聞》元代刻本當有兩種，其一開雕於元大德年間，因工費浩繁，未能刻成，後補刻完整，其版式寬大，倣趙孟頫體，繕寫工妙，其本久未爲所知，後由傅增湘景印，其一刻於元泰定二年，即『慶元路本』，内容當與前一種版本相合，閻若璩家藏有此本，閻詠稱其最善之本，後世流行『元泰定刻本』，則如黄丕烈、傅增湘所鑒定，實是明翻刻本（黄丕烈斷爲明弘治間刻本）。今按：翻刻本之説，誤人甚矣。閻若璩家藏本，乃元刊白口十一行本，即慶元路儒學後刻本，閻氏用以校《困學紀聞》。泰定二年刻本書板傳於坊間，書賈居爲奇貨，屢修板刷印，以修補漸多，遂嫌失真，致後世以爲明翻刻本。元泰定刻本傳本甚多，反校元刊白口本爲常見。應麟之子謀刻《困學紀聞》，時在大德間，開雕則在泰定二年。袁桷《序》、陸晉之《跋》言之詳矣，非有所謂大德刻本，慶元路儒學後刻本更非續成大德刻本。清人袁翼《邃懷堂全集》卷九《徵刻沈夢塘先生遺集啟》有『浚儀百萬言，合於泰定之世』句，注云：『「浚儀合刻泰定」：程瑤田《通藝錄·困學紀聞泰定本書後》：「右初刻《困學紀聞》二十卷，元泰定二年開雕於慶元路儒學者也。前有牟應龍、袁桷二《序》，又有慶元路儒學教授陸晉之之《後序》。其二十卷末署兩行『孫厚孫、寧孫校正』、『慶元路儒學學正胡禾監刊』十八字。近日祁門馬曰璐刻閻百詩校勘本，言是書初鏤板於大德間，明弘治、萬曆中俱有重刻本。又云以家藏大德本與閻本互勘。余考前後三《序》，實於泰定二年始開雕，安得泰定以前先有大德鏤本？今馬氏有之，必爲後世重刊本，假大德年號以誑人，否則，馬氏考之不審，誤爲大德本耳。」案：牟應龍《序》作於至治二年』，『序中明著始命入梓之文，則大德間未鏤益明矣。』（清光緒十四年袁鎮嵩刻本）今人整理《困學紀聞》（全校本），以清道光五年餘姚翁氏守福堂刻本爲底本，以《四部叢刊》景印本爲參校本，《校點説明》稱泰定二年刻本，世謂『慶元路儒學刻本』，民國時收入《四部叢刊》。乃亦以元刊白口本爲泰定二年本。其參校本中竟未列泰定二年刻本，可爲一憾。

困學紀聞二十卷 元泰定二年慶元路儒學刻本（清康熙間蔣杲批注，並録清閻若璩、何焯等批注）（國圖）

宋王應麟撰。應麟有《周易鄭康成注》，已著録。其《困學紀聞》二十卷，前已著録國圖藏元刻本、元泰定二年刻本。此亦國圖藏元泰定二年刻大黑口十行本，清康熙間蔣杲批注，並録清閻若璩、何焯等批注，彭兆蓀題識，六册。第一册封題『困學紀聞』，又題『明刻本，蔣篁亭録何校』。内封題『舊本王氏紀聞（六册全）』、『蔣篁亭先生手批本』。册端有彭兆蓀嘉慶十六年二月《題識》，云：『篁亭先生手校諸經史，不下數十百種，類皆丹黄精謹，蓺林所稱貯書樓本，得者藏弆以爲寶。此深寧叟《紀聞》六册，予甫冠時，外舅時菴先生曾舉以授讀。二十年來，胥疏江湖，葢無日離左右也。今貯書樓遺籍十佚八九，存者亦多蟫損，而此編在予行篋，尚完好如故。今春里居，爲重裝而庋之，片玉零璣，彌可珍惜矣。彭兆蓀識，旹嘉慶歲在辛未二月十八日，書於小謨觴館。』蔣杲號篁亭，生平見前條。此本卷一書尾有蔣杲康熙五十一年録何焯《跋》（作『附録義門師跋』），云：『己未冬日，謁曹侍郎秋岳先生于集福精舍。先生教之曰：「宋説家之書，莫如洪容齋、王伯厚爲優。然《困學紀聞》條理尤爲秩然，不可以不亟讀也。」退而謹識于研匣。至丙寅遊山陽，乃於肆中得之，沾溉之益，良非一二可竟，南北奔走，亦未嘗不偕也。丙戌春，爲故友閻百詩先生較此書，付之開雕，因加重閲，記諸第一卷之尾。』末題『壬辰季夏，杲校畢謹録』。此本白蔣杲貯書樓流出，先後爲彭兆蓀、趙鈁所藏。鈐『彭氏甘亭』、『曾在趙元方家』、

『趙元方收藏善本書籍』、『趙鈁珍藏』、『一廛十駕』、『元方審定』諸圖記。

《困學紀聞》自清初閻若璩、何焯批注以後，諸家批校評注日多。嘉慶九年刻本《校訂困學紀聞》牌記止標何焯、閻若璩、全祖望、方粲如、程瑤田五家。嘉慶十八年新刻《困學紀聞集證合注》，牌記增錢大昕、萬希槐之名。清道光五年刻本《困學紀聞注》，採閻、何、全、方氏父子、程、屠之説及萬希槐集證語，翁元圻自爲案語，間採葉紹楏、周邵蓮、王定柱、王煦校訂語及翁元堂之語。蔣杲批注，諸本未錄。蔣氏批注本錄閻、何注評，分作『閻云』、『何云』。閻氏、何氏批注並爲後世諸本所採，各或詳或略。此本採錄稍詳，且抄時爲早，其條目分屬、文字細處與後世諸本所錄者各有出入，故足存也。

如集前牟《序》，此本眉端錄閻評三條，其一云：『閻云：按宋德祐丙子，昌世甫十歲，則此時年五十六。』其二云：『閻云：按《元史・牟應龍傳》：祖子才仕宋，贈光祿大夫，謚清忠。父巘爲大理少卿。《宋史・王應麟傳》：父撝曾知徽州，民稱爲清白太守。按《宋史・牟子才傳》：嘉定十六年進士。則撝亦以癸未登第。』其三云：『又云：按《王應麟傳》：後二十年卒。則卒當于元成宗元貞二年丙申，下至泰定二年乙丑，整三十年。』牟《序》後又有一條：『又按：方回序《小學紺珠》，在大德庚子，自稱回年七十四。公長回六歲，是王氏生于宋寧宗嘉定十四年辛巳。』此條不署『閻云』，據『又按』，知爲閻氏語。馬氏叢書樓刻本，錄閻氏注評，牟《序》小字注採閻氏語計爲六條，其一云：『若璩按：宋德祐丙子，昌世甫十歲，則此時年五十六。』其二云：『按：《元史・牟應龍傳》：祖子才仕宋，贈光祿大夫，謚清忠。』其三云：『按《宋史・王應麟傳》：父撝曾知徽州，民稱爲清白太守。』其四云：『按《宋史・牟子才傳》：嘉定十六年進士。則撝亦癸未年登第。』其五云：『按《牟應龍傳》：父巘爲大理少卿。』其六云：『按《牟應龍傳》：先世蜀之井研人，後徙居吳興，學者因其所自號，稱曰隆山先生。』馬氏刊本第五條爲蔣氏批校本所無，蔣氏批校本第三、四條則馬氏刊本所未有。其他諸條分合及文字異同並可具知。此本袁桷《序》，無注評。馬氏刊本則有二條，其一云：『若璩按：《王應麟傳》：後二十年卒。則卒當於元成宗元貞二年丙申，下至泰定二年乙丑，整三十年。』其二云：『按《元史・袁桷傳》：至治元年，遷侍講學士。泰定初，辭歸。四年，卒，年六十一。謚文清。《敘》蓋作於慶元路家居時。』前一條爲蔣杲批注本牟《序》閻注第三條。嘉慶九年刻本牟《序》採閻注三條，其一云：『閻云：按《元史・牟應龍傳》：祖子才仕宋，贈光禄大夫，謚清忠。父巘爲大理少卿。《宋史・王應麟傳》：父撝曾知徽州，民稱爲清白太守。按《宋史・牟子才傳》：嘉定十六年進士。則撝亦以癸未登第。』即此本牟《序》閻注第二條。其二云：『閻云：按宋德祐丙子，昌世甫十歲，則至治二年時年五十六。』即此本牟《序》閻注第一條。其三云：『閻云：《牟應龍傳》：先世蜀之井研人，後徙居吳興，學者因其所自號，稱曰隆山先生。』則此本牟《序》閻注所無，而馬氏刊本牟《序》錄爲第六條。嘉慶九年刻本袁《序》採閻注三條，其一、二條云：『閻云：案《王應麟傳》：後二十年卒。則卒當於元成宗元貞二年丙申，下至泰定二年乙丑，整三十年。○方回序《小學紺珠》，在大德庚子，自稱回年七十四。公長同六歲，是王氏生于宋寧宗嘉定十四年辛巳。』即此本牟《序》第三、四條。其三云：『閻云：《元史・袁桷傳》：至治元年，遷侍講學士。泰定初，辭歸。四年，卒，年六十一。謚文清。《敘》蓋作於慶元路家居時。』此本無之。嘉定九年刻本錄閻注最全，然諸條分屬與此本又有不同（按：嘉慶十八年刻本牟《序》錄閻注三條，袁《序》錄閻注三條，何注一條，與嘉慶九年刻本同）。

馬氏刊本、嘉慶九年刊本各卷所收閻注，條目大體多於此本，且文字加詳。如卷一『五陽之盛而一陰生』條，此本眉批：『閻云：　王氏此論從劉元城來。』馬氏刊本此條末閻注云：『若璩按：　劉元城器之夏至日與門人論陰陽消長之理，以謂物禁太盛者，衰之始也。門人因曰：「漢宣帝甘露三年，呼韓邪單于稽侯狦來朝，此漢極盛時也。是年王政君得幸於皇太子，生帝驁於甲觀畫堂，爲世嫡皇孫，爲新室代漢之兆，此正夏至生一陰之時。」元城曰：「然。」王氏此條，純從劉元城論來。』嘉慶九年刻本與馬氏刊本同。『家聲之隤』條，此本無閻注，馬氏刊本此條末有閻注『若璩按：《通鑑》：　晉孝武帝太元九年』云云，嘉慶九年刻本則移閻注於『新平以爲恥』句後。

此本所見閻校，馬氏刊本、嘉慶九年刻本未採録者多有之。如卷一『致命遂志』條『命可制而法不可變』句，眉批：『「制」，閻校作「筷」。』『家聲之隤』條『新平以爲恥』句，眉批：『閻初校作「新平事未詳」，後校云：「恥」，當作「慚」。』（按：元刊白口十一行本作『平』、『恥』）馬氏刊本、嘉慶九年刻本皆無。

此本録何焯注評頗詳，有嘉慶九年刻本所無者，嘉慶九年刻本所收何注亦有不見此本者。如嘉慶九年刻本袁《序》録何焯評注一條：『何云：　袁公於學蓋無所得者，以《法言》況此書亦不類。』此本無。此本卷一『蔡澤』條『非苟知之』句，眉批：『何云：　當有「亦允蹈之」四字。』又，『後云：　此省文，不必添。』嘉慶九年刻本無。『乾坤之次屯』條末録何注：『何云：　晉收琅邪渡江之效，則失中有得。』嘉慶九年刻本作：『何云：　晉室八王樹兵，非不封建也，終收琅邪渡江之效，則失中有得。』『家聲之隤』條録何注：『何云：　新平事，見《晉書》載記，亦見《通鑑》晉孝武太元九年下。新平，今邠州。』嘉慶九年刻本此條因所録閻注已詳，省去何注。

於閣、何注評外，蔣杲自爲批注，注評大都書於地脚，偶書眉端，校語則書於地脚。如卷一『《易正義》云』條，眉批：『何云：揚子雲《解難》云：「伏羲氏之作《易》也，緜絡天地，經以八卦。文王附六爻。孔子錯其象而彖其辭。」似與《正義》及朱子之說異。顏師古《儒林傳注》亦云：傳，謂《彖》《象》《繫辭》《文言》《說卦》之屬。杲按：子雲之言與《正義》、朱子無異，惟文王附六爻，則并周公言之。孔子之錯象、彖、辭，即傳也。』辨何焯之說而發。同卷『日月爲易』條，眉端錄何注：『此說精審有味。朱子謂變日言月者，是月之冂也。則詩人何必屢變其辭哉！』地脚自爲補注：『杲按：三說以沙隨爲長。』『《說卦》釋文引荀爽九家集解』條『其《序》有荀爽、京房、馬融、鄭玄、宋衷、虞翻、陸績、姚信、翟子玄爲易義注。内又有張氏、朱氏，並不詳何人。荀悅《漢紀》云』諸句，眉端錄何注：『何云：荀悅《漢紀》，約班《書》爲之，又無《自敘》，二字蓋誤。』地脚自爲補注二條，其一云：『杲按：季長，東漢人。《漢紀》乃西漢事，不應有融、爽，且無《自敘》，其誤必也。』嘉慶九年刻本『荀悅《漢紀》』下錄何注，又錄全祖望注：『此在荀《紀》河平三年，有此數語。何氏讀荀《紀》不審，而反以此爲誤。』蔣注可備一家，終嫌於疏略。

困學紀聞二十卷　　明萬曆三十一年吳獻台刻本（國圖）

宋王應麟撰。應麟有《周易鄭康成注》，已著錄。其《困學紀聞》二十卷，前已著錄國圖藏元刻本、元泰定二年刻本。此爲明萬曆三十一年吳獻台刻本，六册。每半葉十行，行二十字。白口，單魚尾，四周雙闌。卷一、卷三、卷六、卷九、卷十二、卷十六卷端題曰：『浚儀王應麟伯厚甫。』餘不題。集前有吳獻台萬曆三十一年八月《重刻困學紀聞序》、牟應龍原《序》及《目錄》。《目錄》前有應麟自題三十八字，題作《自敘》。無袁桷《序》及陸晉之《跋》。鈐『查燕緒字翼夫』、『家在蘇州望信橋』、『雙鑑樓』諸圖記，蓋先後爲近人查燕緒、傅增湘所藏。

此本卷二『《鄭語》』條注作『秭規先澤』，『先澤』不作『先澤』；『雖有周親』條注『不如周家之多仁人』，『多』不作『少』；『堯舜之世』條『高弟皆爲一科』，『弟』不作『苐』；『農夫服田力穡』，『農夫』不作『若農』；『禹有典』條『繩拂』不作『蠅拂』，知此本據元大黑口本重刻。有明一代，《困學紀聞》重刻本甚少，明印本多爲遞修元刊白口十一行本、大黑口十行本。今人以大黑口本爲明人翻刻本，或曰『明初翻刻』本，或曰明弘治刻本，實未確也。余目力所見明人重刻者，僅此一種。其所用底本漫漶殘損，故新刻墨釘多有之。

吳獻台《序》述重刻由來云：『《困學紀聞》，宋尚書王伯厚生平學力畢具是編。余居越時，心鄉往之。邇四明余君房寄聲云：「此書漫漶甚矣，子盍再付之剞劂氏？」余因索別本觀之，其《自敘》曰：「炳燭之明，用志不分。困而學之，庶自別于下民。」旨哉！伯厚以晚年猶矻矻若此，況後學小子，未睹全牛，輒慙半豹。試難之，曰：「吾固舍吾筏也。」嗟夫！此奓言欺人耳。更難之彼岸爲何，口喻而不能張矣』，『因重鐫而廣之。』殆因時人習於空言，侈談性理禪悅，刻佈此書，以爲勸學。獻台字啓袞，莆田人。萬曆八年進士，授紹興推官，累遷江西右布政。陞順天府尹，未任。歸里倡爲詩文雅集，年八十餘卒。君房名余寅，鄞人。萬曆八年進士，授工部都水司主事，累遷山東左參政，加太常卿致仕。好詩古文詞，名入七子派。

丁仁《八千卷樓書目》著録《困學紀聞》二十卷四種：元刊本，明刊本，汪氏刊本，馬氏叢書本。元刊本，謂泰定二年刊大黑口本，馬氏叢書本即清乾隆三年馬氏叢書樓刻本（閻箋本），汪氏刊本即乾隆間桐鄉汪垕桐華書塾刻本（何箋本），明刊本當即萬曆三十一年吴獻台刻本。丁丙《善本書室藏書志》卷十八著録李明古藏『明刊本』《困學紀聞》，云：『前有至治二年牟應龍《序》、《自序》，後接《目録》。朱筆記：「丙戌春，爲故友閻百詩先生較此書，付之開雕，因記諸第一卷尾後。」』所言朱筆記，即何焯所記。

困學紀聞二十卷　清康熙間抄本（清佚名録清閻若璩批注）（國圖）

宋王應麟撰。應麟有《周易鄭康成注》，已著録。其《困學紀聞》二十卷，前已著録國圖藏元刻本、元泰定二年刻本。此爲清康熙間抄本，佚名録閻若璩批注，十册。無板匡、界格。每半葉十行，行十八字，小字雙行同。卷一卷端題曰：『浚儀王應麟伯厚。』卷二以下，始下有『甫』字。集前原有牟應龍《序》，缺。有袁桷《序》及《目録》。《目録》前有應麟自識三十八字，附校簽録閻詠《題識》：『右三十八字，乃尚書親筆，常熟毛黼季扆以視徵君，且曰：「盍摹勒諸卷首？」徵君欣然如其請。蓋徵君曾兩遣人至鄞縣訪其裔孫，求行狀、墓銘、神道碑，以補《宋史》列傳之略，不可得。又欲繪其遺像，亦不可得。今存其手蹟，猶前志也。閻詠臨并誌。』集末有『孫厚孫、寧孫校正』、『慶元路儒學學正胡禾監刊』

二行，無陸晉之《跋》。書中不避『玄』、『丘』，抄於清康熙間。卷二『《鄭語》』條注『秭規先澤』，『先澤』不作『先澤』；『雖有周親』條注『不如周家之多仁人』，『多』不作『少』；『農夫服田力穡』條，不作『若農服田力穡』；『禹有典』條『宋武帝留葛燈籠麻繩拂於陰室』，『繩拂』不作『蠅拂』，知此本源出泰定二年刻大黑口本。鈐『路工』圖記。

此本止錄閻若璩批注，或爲校籤，或書於葉面，未詳出何人手。所錄條目，與乾隆三年馬氏叢書樓刻本同。如袁《序》抄若璩注二條，其一在『下世三十年』句後，云：『若璩按：《王應麟傳》：後二十年卒。則卒當於元成宗元貞二年丙申，下至泰定二年乙丑，整三十年。』其一在袁《序》末，云：『按《元史·袁桷傳》：至治元年，遷侍講學士。泰定初，辭歸。四年，卒，年六十一。謚文清。《敘》蓋作於慶元路家居時。』馬氏刊本同。又如卷一『《淮南·人間訓》』條，附校籤『若璩按：「君子終日乾乾」爲句』云云，馬氏刊本刻於條末，文字同；『謹乃儉德』條，校籤云：『若璩按：召平有三，此必指爲蕭相國客者，但秦時封東陵侯，非士也。「伏生」下，「浮丘伯」上，宜增「高堂生」。高堂生，亦秦之博士。』馬氏刊本刻於條末，文字同。此本以藏者不謹，校箋散亂。閻氏批注不知具體錄於何時，然早於馬氏刊本。姑著錄爲一條，聊備檢校諸本之參考。

困學紀聞二十卷　清乾隆三年馬氏叢書樓刻本（清錢大昕批注）（國圖）

宋王應麟撰。應麟有《周易鄭康成注》，已著錄。其《困學紀聞》二十卷，前已著錄國圖藏元刻本、元泰定二年刻本。此爲清乾隆三年馬氏叢書樓刻本，清錢大昕批注，瞿中溶題記，六册。每半葉十一行，行二十字，小字雙行，滿行三十字。白口，單魚尾，左右雙闌。牌記曰：『閻百詩先生校勘，困學紀聞，蕺書樓藏板。』各卷端題曰：『浚儀王應麟伯厚甫。』各卷尾刻牌記曰：『閻百詩先生勘本，乾隆戊午春月，馬氏蕺書樓校刊。』集前有牟應龍《序》、袁桷《序》、陸晉之《序》、閻詠康熙三十七年六月《題識》及《目錄》，《目前》前有閻詠臨應麟自識三十八字並題記。陸《序》原爲大黑口本跋，此移於前。鈐『小玉山草堂』、『顧柷之印』、『緝禽』諸圖記。曾爲錢大昕所藏，集末有錢氏乾隆五十三年十月手補『孫厚孫、寧孫校正』、『慶元路儒學學正胡禾監刊』二行，並題記：『元板卷末有此二行。戊申十月己丑朔，竹汀記。』

閻詠《題識》云：『康熙戊午、己未間，家大人應博學鴻詞之薦入都。時宇内名宿鱗集，而家大人以博物洽聞，精於考據經史，獨爲諸君所推重，過從質疑，殆無虚日。或有問説部書最便觀者誰第一家，家大人曰：「其宋王尚書《困學紀聞》乎！近常熟顧仲恭以《演繁露》並稱，非其倫也。」由是海内始知尊尚此書。其後家大人返里門，遠近從游者各以此書來請丹黄，大人皆應之不厭，然其本特萬曆間刻者，不如詠家所藏慶元路本，出尚書兩孫厚孫、寧孫手，最勝。大人自壯至老，手自校讐，不啻五六過，訛者正之，遺者補之。常謂詠曰：「苟無訛可正，無遺可補，天下之能事畢矣。雖古人撰著，臻此亦難。」歲丁丑，大人間游江陰，從一故家得斷爛鈔本以歸，較多二十七條，其辭簡而義精，非尚書萬萬不能爲也。又檢王子充序《水經》歷引尚書言，有云「江水東逕永安宫南」五十一字，刊本、鈔本都失去，因知子充當日所見本尤完善，亟爲增入，歎惋者累日，其用心之勤如此。詠以端憂多暇，請鳩工授梓。大人復自矻矻者彌月，乃手之而喜曰：「續古人之慧命，啓來學之博聞，其在斯乎！」』卷尾有瞿中溶手書《題識》並録馬曰璐《後序》。中溶題云：『馬氏《後序》，此本偶逸去，韻龕屬萇生補録於後。時在潛研堂，己未十一月乙酉朔也。』己未，嘉慶四年。中溶字萇生，號木夫，嘉定人。官河南布政司理問。爲錢大昕婿，博綜羣籍，精於金石之學。曰璐《後序》云：『宋王尚書厚齋先生《困學紀聞》二十卷，初鏤板於元大德間，明弘治、萬曆中俱有重刻本。是書爲先生晚年所著，會粹羣籍，穿穴紛綸，學者每苦津逮之難。茲得太原閻百詩徵君箋釋各條之下，又得長洲何義門學士校閲本，暇日以大德本互爲勘對，有文義可兩存者，並注於後。因鳩工刻置家塾，而記其顛末如此。乾隆戊午八月，祁門馬曰璐書於叢書樓。」

今按：閻氏家藏《困學紀聞》慶元路本，即元刊白口十一行本，若璩所稱『元板』也。《困學紀聞》本無所謂大德本，前已辨之。馬曰璐用以參校者，乃嘉定二年刻大黑口本，誤以爲大德本，錢大昕斷此本爲『元本』。檢卷二《鄭語》』條注：『秭鳩先滜』，元刊白口十一行本作『秭規先滜』，大黑口本作『秭規先澤』。此本沿閻校本，然又改『規』作『鳩』。檢蔣杲批注大黑口本，『規』已改作『鳩』。『雖有周親』條注『不如周家之少仁人』，元刊白口本作『少』，大黑口本作『多』。『若農服田力穡』，元刊白口本同，大黑口本作『農夫服田力穡』。『禹有典』條『宋武帝留葛燈籠麻繩拂於陰室』，條末刻校記云：『「繩拂」，元板作「蠅拂」。』元刊白口本作『蠅拂』，大黑口作『繩拂』。蓋於文字異處，大抵主於元刊白口本，間取大黑口本。

馬氏以閻本開雕，間採何評以附之。所録閻注較蔣杲批注本爲多，然蔣杲所録閻校，此本多未刻入，前已例舉。錢大昕手作批注，尤當留意。《困學紀聞》批校評注，閻、何、全、翁爲名家，錢氏亦其著者。

大昕以大黑口爲『元板』，持校馬氏刊本，並詳爲補注。集前陸晉之《序》，錢校云：『元板此序在第二十卷之後。』卷一首葉眉端，錢批云：『元板每葉十行，行十八字。』其補注多述《紀聞》涉言人物生平著述，間及應麟文句、若璩注評得失，偶引全祖望詮評。如卷六『衛侯』條云：『「衛侯賜北宮喜謚曰貞子，賜析朱鉏謚曰成子」，是人臣生而謚也。魏明帝有司奏「帝制作興治，爲魏烈祖」，是人君生而謚也。』閻注云：『若璩按：孫盛謂此當年而逆制祖宗，未終而豫自尊顯是也。何屺瞻告余：「傾得宋槧本不全《左傳》，恰有昭二十年衛侯賜北宮喜事。杜注云：皆死而賜謚及墓田，《傳》終言之。較近刻少『未』字，而字意尤明，義尤協，似勝王氏所據之本。王氏本與吾輩今日同。」余擊節曰：「若果未死賜謚，是豫凶事，非禮也。杜當以爲譏，不應云終言之。一字之增，何啻霄壤！宋槧本真寶也。」』錢氏手批云：『何義門所見之本，予亦曾見之。蓋宋槧本文字互有異同，未可據以斷王所據本之必誤也。春秋二百四十餘年，大夫書謚，見于《傳》者多矣。謚皆出于君賜，然未有書某君賜某人謚曰某者。死而謚常事，例不書也。唯此兩人以未死而賜，故特志之。此左氏特筆，何、閻二君殆好異而未深思耳。相臺岳氏本亦有「未」字。』同卷『衛公叔發』條注云：『衛公叔發，注謂公叔文子。《論語》孔注作公孫拔，《集注》云公孫枝，蓋傳寫之誤。』閻注云：『若璩按：鄭氏注《檀弓》，亦云：「名拔，或作發。」』錢氏批云：『予見倪士毅《四書輯釋》載朱文公《集注》，亦是「拔」字。又引吳氏程云：「拔，皮八反。俗本作枝，誤。」乃知厚齋所見亦俗本，非考亭之原本。』

錢氏批注，刻入嘉慶十八年新鐫《困學紀聞集證合注》。如卷一『謹乃儉德』條，眉批：『「慎」作「謹」，避宋孝宗諱。』嘉慶十八年刻本眉端鐫：『錢云：「慎」作「謹」，避宋孝宗諱。』『張子曰』條，眉批：『横渠有《易說》三卷。』嘉慶十八年刻本眉端鐫：『錢云：横渠有《易說》三卷。』卷三『徐整』條，眉批：『徐整字文操，豫章人。吴太常卿。陸德明《釋文序錄》引其說。』『《序錄》』條：『《序錄》：子夏傳曾申，申傳李克。《讀詩記》引陸璣《草木疏》，以曾申爲申公，以克爲剋，皆誤。』眉批：『《讀詩記》，呂祖謙所撰。』嘉慶十八年刻本眉端皆鐫之。然錢氏手批，嘉慶十八年刻本間有未採。如卷一『魏相以《易》相漢』條，眉批：『魏相非匡衡比，不當深文詆之。』『五陽之盛而一陰生』條，眉批：『張舜民，字芸叟。』俱未採錄。

又，馬氏刊本，今存批校本多種，錢大昕批本外，尚有清盧文弨批校本、顧廣圻批校本、浦起龍批點本、顧震批校本、夏文燾批校本等。顧震批校本，今藏南圖，即丁丙《善本書室藏書志》卷十八所著錄顧敬齋校藏馬氏叢書樓刊本。《藏書志》云：『前有至治二年牟應龍《序》、泰定二年袁桷《序》，又陸晉之《序》、深寧叟自識，後接《目錄》、康熙三十七年閻詠識。後有乾隆戊午祁門馬曰璐重刊跋。又，顧敬齋震於乾隆甲午秋仲跋於濟寧南門外遇齋，云：「今春逗遛邗上，陳君繩之以馬氏本贈行。既而暫住任城，聊避炎暑，因於掌教盛同年秦川處獲見全謝山前輩批本，欣然假歸寓舍，即以馬本校錄。自七月十四日開卷，至八月十六日錄畢。盛本係汪氏所刊，兼載何義門、閻百詩兩家評注。予所攜馬氏本，專載閻批，然彼此多有互異，想傳寫之譌耳。其有與本書無所發明，徒誇徵引者，亦不盡錄。錄者以『何云』二字別之。謝山太史批注，似更精當。蓋於其鄉先生之書，更不敢率意下筆耳。同年盛君，學有根柢，間綴數語，亦並載之。旅居岑寂，頗少俗累，焚膏繼晷，得與此書相晤對者一月有餘，自幸福分爲不淺矣。爰記大略，附書卷尾。」震又號葦田，錢塘人。乾隆辛巳進士，官至刑部貴州司員外郎。著有《得一齋詩稿》。」

困學紀聞二十卷　清乾隆間桐鄉汪垕桐華書塾刻本（清李集評點、李旦華批校、李富孫校勘）（國圖）

宋王應麟撰。應麟有《周易鄭康成注》，已著錄。其《困學紀聞》二十卷，前已著錄國圖藏元刻本、元泰定二年刻本。此爲清乾隆間桐鄉汪垕桐華書塾刻本，清李集評點，李旦華批校，李富孫校勘，四冊。每半葉十一行，行二十五字，小字雙行，滿行三十四字。白口，單魚尾，左右雙闌。牌記曰：「何義門先生校本，困學紀聞，桐華書塾開雕。」各卷端題曰：「浚儀王應麟伯厚。」集前有牟應龍原《序》、袁桷原《序》、吳獻台重刊《序》、汪垕《題識》及《目錄》。《目錄》前有應麟三十八字自識，題作《自敘》。《目錄》末葉刻「吳興潘大有刊」。卷尾有李旦華手書《跋》、李富孫手書《跋》各一則。鈐「富孫勘本」、「臣光焴印」、「寅昉」、「鹽官蔣氏衍芬草堂三世藏書印」諸圖記，曾先後爲嘉興李富孫、海寧蔣光焴所藏。

國圖藏清康熙間蔣杲批注本，並錄閻、何批注。又藏有清康熙間抄本一部，止有閻注。乾隆三年，揚州馬氏據閻本刻《困學紀聞》二十卷，間附何注，牌記曰「閻百詩先生勘本」。桐鄉汪氏則據何本刊行，兼採閻注，牌記曰『何義門先生校本』。汪垕《題識》云：『宋厚齋王公《困學紀聞》二十卷，前明傳刻脱誤甚多。本朝何屺瞻太史與閻百詩徵君，往復契勘，補闕訂譌，加之評點。南潯董丈訥夫移謄一本，予從吴興萱田姚先生行篋中見之，亟取家藏舊本，共相讎校，重付開雕。其偏旁字畫，則董君暨之及姚君第五山甫佽助覆審焉。既而萱田客廣陵，於馬氏得見所收何公手批原本，復爲改正數十字。而是時馬氏已開徵君閱本，中閒頗采何語。是書所引徵君語尤詳，互文申義，固竝行而不相悖也。兹恐眉目混并，於閻、何二公語，各冠ㄙ云以別之，而又加「原注」二字於王公自注之上，不免妄作爲媿云。』

此本卷二『《鄭語》』條原注：『秭鳩先滜』，元刊白口十一行本作『秭規先滜』，大黑口本作『秭規先澤』。此本改『規』作『鳩』，同於馬氏刊本。蔣杲批注大黑口本，『規』已改『鳩』。『雖有周親』條原注『不如周家之少仁人』，元刊白口本作『少』，大黑口本作『多』。『若農服田力穡』，元刊白口本同，大黑口本作『農夫服田力穡』。『禹有典』條『宋武帝留葛燈籠麻繩拂於陰室』，大黑口本作『繩拂』，元刊白口本作『蠅拂』。其校字異同可概見。

汪氏刊本據於何本，兼採閻注。馬氏刊本據氏閻本，間採何注。汪氏刊本所收閻注雖不爲少，然省者更多。如卷一『《淮南・人間訓》』條『「終日乾乾」，以陽動也；「夕惕若厲」，以陰息也。因日以動，因夜以息，唯有道者能行之。』馬氏刊本條末僅收閻注：『若璩按：「君子終日乾乾」爲句，「夕惕若」爲句，「厲無咎」爲句，證以下《文言》「雖危無咎」，益驗句讀斷宜如此。不意《淮南子》誤讀，「厲」連上，至王輔嗣猶然。今朱子《本義》正之。』（此爲馬氏刊本正集所錄閻注第一條）此本條末則僅收何注：『何云：以惕爲息，最爲淺陋，先儒所以不之取。宏辭人說經，徒欲誇多鬭靡耳。』（此爲汪氏刊本正集所錄何注

第一條)『宏辭人』，謂王應麟。蔣杲批注本此條未收閻、何二注。『乾坤之次屯』條末錄何注：『何云：晉收琅邪渡江之效，則失中有得。』(此爲汪氏刊本正集所錄何注第二條)，馬氏刊本未收，蔣杲批注本有之，文字同。嘉慶九年刻《校訂困學紀聞》(『三箋本』)則作：『何云：晉室八王樹兵，非不封建也，終收琅邪渡江之效，則失中有得。』『《復》曰』條：『《復》曰「朋來」，所以致泰。《泰》曰「朋亡」，所以保泰。』條末錄何注：『何云：兩「朋」字義異。』此爲汪氏刊本所錄何注第三條，馬氏刊本未收，蔣杲批注本亦未見。諸本異同由此略可見之。

按馬氏刊本載閻詠《題識》，閻若璩應博鴻之試，歸里始箋《困學紀聞》，『自壯至老，手自校讐，不啻五六過』。按何焯《跋》，其於康熙十八年冬京師謁曹溶，曹溶教以讀《困學紀聞》；康熙二十五年游山陽，肆中得《紀聞》一書，自是隨偕不離左右；康熙四十五年，爲若璩校此書，又重閲一過。方粹然稱其『丹黄點勘，至於再四』。嘉靖九年刻『三箋本』卷尾錄何焯記云：『丙戌春日，重閲一過。其中徵引之書，仍有未能盡悉者，甚滋學荒記疎之懼。七月二十六日，以病在告，漫記卷尾。』閻、何箋本各有見解，然偏乖之見，冗漫之筆，誠閻氏所不免；高自標置，妄論前賢，則何氏之過。至其考索未明，各多有之。何氏校讀二十年，猶嘆卷中徵引之書，有未能盡悉者。其動輒以詞科輕詆應麟，爲世所不許。《四庫提要》稱何氏聞見未能望應麟津涯，輕於立論，不及閻氏，至其拾遺補罅，亦或可採。

此本有清人李集評點，李旦華、李富孫批校。旦華《跋》云：『此本桐鄉所刊閻、何二家合批，最爲精審。今細加校勘，百詩先生精於考據，有所駁正，實足補厚齋之闕；何氏畧無見解，時時强作聰明，日率意詆訶，殊非儒者氣象。二家學問優劣於此可見，殆不可以道里計也。申州寓齋，苦無他書可資校對，其中徵引之博，實有未能盡悉，誠如何氏所云「甚滋學荒記疎之懼」耳。旦華識。』富孫《跋》云：『余弱冠時，與從弟遇孫讀書於原學齋，從祖六忍老人教以根柢之學，嘗謂深寧叟《困學紀聞》博而能精，簡而有要，亭林先生《日知録》明體達用，具有經濟，二書不可不熟讀也。以手所評點及厚齋從叔校本分授孫輩。富於《日知録》曾讀十數過，而是書用力尚淺。近四明屠氏合閻潛丘、何義門、全謝山、方樸山、程易田諸先生評本，另爲校刊，黄岡萬氏復加注釋，爲集證一書。今秋復來婺州，於書肆購得二家本，寒牕無事，更取而參校之。其中所徵引者仍有未能盡悉，益歎深寧叟之博綜靡涯，且自媿十餘年來南北奔走，一無所成。回憶曩日耳提面命，益滋汗浹，再爲覆校，不勝撫卷太息云。戊辰嘉平二日，富孫書於婺郡署之三餘書屋。』並鈐『吾輩當惜分陰』圖記。富孫所云『從祖六忍老人』，即旦華父李集。集字繹初，嘉興人，李良年曾孫。乾隆二十八年進士，知鄖縣。晚精經學。著有《周易原學編》《尚書復古編》《毛詩無邪訓》《春秋明微》《孝經玉律》《六忍居詩文集》諸書。旦華字憲吉，優貢生。乾隆丁丑、壬午兩應召試，列高等。年二十九卒。著有《周易象義》《十六國世系表》《青蓮館稿》（光緒《嘉興府志》卷五十《嘉興列傳》）。富孫字既汸，嘉慶六年拔貢，與兄超孫、從弟遇孫有『後三李』之目，世人稱其足繼李良年、李繩遠、李符兄弟（光緒《嘉興縣志》卷三十六《叢談》）。著有《七經異文釋》《漢魏六朝墓誌纂例》《鶴徵前録》《後録》《曝書亭詞注》《説文辨字正俗》《校經廎文稿》諸書。遇孫字慶伯，旦華之子，嘉慶六年優貢生。經學淹通，晚官處州府訓導。著有《括蒼金石志》《金石學録》《天香録》《芝省齋詩文集》（光緒《嘉興府志》卷五十《嘉興列傳》）。按富孫《跋》，此本得於李集所授。卷尾有『乙巳三月十八日，點於六忍居』一行，係李集手書。富孫又繼旦華校之，其《跋》前有小字『庚申十月二十日，富孫再讀於虎林館寓』、『丙寅七月八日，重閲於婺州郡舍』二行。

集中朱批，出於李集、旦華父了，墨批蓋李富孫所爲。其批校亦富，惜未爲人所知。如卷一『薛氏』條：『薛氏曰：《易》以初爻爲七日者，舉前卦而云也。《復》之「七日來復」，《震》《既濟》之「七日得」，皆舉初爻。』朱批云：『此説難通。《復卦》七日，原指初爻，且承《剝卦》之後，「舉前卦」云云，亦本漢儒隔此純陰一卦之義，稍變其説，尚屬可通。《震》《既濟》七日，皆在二爻，與初爻無涉。若舉前卦言之，其數爲八矣，且與前卦漠不相干。薛氏似是而非之説，屺瞻取之，渠于《易》學殆茫然也。』『上蔡謝子』條，墨批云：『邵氏本方士也，觀此益信。』『邵子《觀物外篇》』條，墨批云：『不經之説。』『迂齋講易』條『伏羲未作《易》之前，天下之人心無非易』，墨批云：『此直野狐禪耳。』『《蒙》之初』條，何焯評有『劉屏山云：愚夫昧易』云云，眉端朱批云：『屏山之語已屬不經，屺瞻引以譏厚齋，不脱選時文習氣耳，可爲一咲。』卷二『盤庚之遷』條：『盤庚之遷也，曰：「天其永我命于茲新邑。」消息盈虚之運，哲王其知之矣。唐朱朴議遷都，以觀天地興衰爲言，謂關中文物奢侈皆極焉，已盛而衰，難可興矣，而以襄鄧爲建都極選。陳同父上書孝廟，亦謂錢塘山川之氣，發泄無餘，而以荆襄爲進取之機，其言與朴畧同。朴不足道也，豈亦有聞於氣運之説乎？』條末有何評：『何云：陳同甫而用，亦朱朴矣。○李尋亦有此議，其後光武果都洛陽。○此等議論，非不亹亹可聽，然如畫餅之不可噉也。宏辭人華而不實，專尚新奇，大約類此。』眉端朱批：『北宋承五代衰敗之餘，安居汴京四戰之地，馴致于亡。厚齋此條，爲此言之，不獨慨臨安之僻陋也。范文正曾有營洛之議，當日以爲迂恠。使建國之初，早有文正其人者，建議遷都，何至數傳之後，中原陸沉乎！此條議論，極有關係，屺瞻誚之，夏蟲疑

『厚齋冰，信夫！』『祖甲』條末有何評：『何云：邵子《經世書》豈足爲據，而妄引之乎？』朱批云：『厚齋引《經世書》爲據，實可咲。』卷三『艾軒』條：『艾軒曰：《九德》《九夏》，雅頌之流也。《貍首》，風也。《豳》之《雅》《頌》，猶《魯頌》也。薛士龍曰：《詩》之音律，猶《易》之象數。』末有何評：『何云：是二者蓋亦無害乎其不知也，況强以臆說求之，終亦不知而作而已。』眉端朱批：『薛氏說有病。《詩》以吟詠性情，古之音節既亡，原不必强求。若讀《易》而不知象數，則易道何所附麗乎？漢儒象數之學久已失傳，學者當爲痛惜，第勿惑于康節之說可也。如屺瞻之論，所謂因噎廢食，渠于《易》學茫無所知，輕肆大言，并屏山所譏「口易」而猶未逮者歟！』其批點或評應麟得失，或爲補注，或辨閻、何之說。何氏動輒以詞科譏應麟，戲稱『宏辭人』。李集等人爲鳴不平，斥何氏多夏蟲鄙見，然於何評，未盡黜之。

校訂困學紀聞二十卷（三箋本）　清嘉慶九年刻本（天圖）

宋王應麟撰，清閻若璩、何焯、全祖望箋，屠繼序校補。應麟有《周易鄭康成注》，已著録。其《困學紀聞》二十卷，前已著録國圖藏元刻本、元泰定二年刻本。此爲《校訂困學紀聞》二十卷，清嘉慶九年刻本，八册。每半葉十一行，行二十五字，小字雙行，滿行三十三字。白口，單魚尾，左右雙闌。牌記曰：『閻潛丘、何義門、全謝山三先生箋本（翻刻必究），校訂困學紀聞（本衙藏板），方樸山、程易田諸先生校本附，嘉慶九年三月開雕。』各卷端題曰：『浚儀王應麟伯厚。』卷一首行上云：『校訂困學紀聞三箋卷之一。』下云：「潛丘閻氏、義門何氏、謝山全氏三箋本，四明屠繼序校補。」集前首録《四庫總目・困學紀聞提要》，接爲牟應龍《序》、袁桷《序》、全祖望《序》及《目録》。《目録》前有應麟自識三十八字，題作《自敘》。

是書綜會諸家點勘評注。應麟自注標『原注』，閻若璩注標『閻云』，何焯注標『何云』，全祖望注標『全云』，方粲如評標『方樸山云』，方粹然評標『方心醇云』，程瑤田箋標『程易田云』，屠繼序校補標『繼序按』。自牟、袁二《序》、集前《目録》，至卷二十各條，附諸家校注，較原書尺幅已增倍。卷尾有何焯記（『丙戌春日，重閲一過』云云，見前引）、方粹然記各一條，及屠繼序嘉慶七年二月《題識》。方粹然記云：『何先生於前輩一話一言，奉爲格人元龜之訓，故丹黄點勘，至於再四，與閻先生校本合之爲兩美。承學之士，不可以一日不讀也。』屠繼序《題識》云：『潛丘、義門、謝山三先生，皆篤嗜此書，考訂釋箋，不遺餘力。而潛丘又三屬人入鄞訪求深寧之行狀、神道碑、墓志，欲附之卷尾，求其畫像，欲摹之卷首，而皆不可得。即以其自題三十八字勒諸目次之前，其風味更不可及已。前輩讀書，真實如此，後學胡可忽諸？又，按謝山《同谷書院記》云：深寧生平大節，自擬於司空圖、韓偓之間，良無所媿。而其學術獨得呂學之大成。或曰：深寧之學得之王氏埜、徐氏鳳（今按：此本誤作「幾」），王、徐本之西山真氏，實自詹公元善之門，爲朱子再傳派系，而深寧又頗疑呂學未免和光同塵之失，則子之推爲呂氏世嫡也，何與？曰：深寧論學，蓋亦兼取建安、江右、永嘉諸家，然其綜羅文獻，實師法東萊。況深寧少師迂齋，則固明招之傳也。因讎校三箋，而節録此記，溯其學統所由來云。嘉慶七年二月，古堇後學屠繼序識於粵東海陽縣署中。』

全祖望《序》署時乾隆七年二月，云：『深寧先生文集百二十卷，今世不可得見。其存者，《玉海》部帙最巨，尚有附刻於《玉海》之後者十餘種，而碎金所萃，則爲《困學紀聞》。顧其援引書籍奥博，難以猝得其來歷。太原閻徵君潛丘嘗爲之箋，已而長洲何學士義門又補之。斯二箋者，世宗憲皇帝居潛藩，皆嘗充乙夜之覽。近年祁門馬氏以閻本開雕，而閒采何説以附之，桐鄉汪氏又以何本開雕，誠後學之津梁也。潛丘詳於考索，其於是書最所致意，然筆舌冗漫，不能抉其精要，時挾偏乖之見。如力攻《古文尚書》，乃其平日得意之作，顧何必嘵嘵，攙入此箋之内，無乃不知所以裁之耶？義門則簡核，而欲高自標置，晚年妄思論學，遂謂是書尚不免詞科人習氣，不知己之批尾家當，尚有流露此箋，未經洗滌者。歲在辛酉，予客江都，寓寮無事，取二本合訂之，冗者删簡，而未盡者則申其説，其未及攷索者補之，而駁正其紕繆者，又得三百餘條。江西萬丈孺廬見之嗟賞，以爲在二家之上。予學殖荒落，豈敢與先輩爭入室操戈之勝，況莫爲之前，予亦未能成此箋也。胡身之謂小顔釋班史，彈射數十家無完膚，而三劉所以正小顔者，正復不少。是書雖經三箋，然闕如者尚多有之，又安知海内博物君子不有如三劉者乎？予日望之矣。』閻若璩自壯至老，校讐《紀聞》數過，何焯批校逾二十年，反覆再四。閻、何各有所得，然閻注失於偏乖冗漫，何氏則自我標置，二人考索未明者仍多有之。全氏取閻本、何本合訂，删冗就簡，發抉精要，補所未備，正其譌謬，遂成『三箋』。三家中閻氏長於考索，何氏以博聞著，全氏精於研史，各挾所長，以爲評注，皆足與應麟之説相發明。《紀聞》之文獻考釋、闡幽抉微，至『三箋』而大備。全氏問學遥接東萊、深寧一脈，别有所解。若攷史六卷，箋補尤可稱道。錢泰吉《曝書雜記》卷二云：『嘉慶甲子，客馮鷺庭太史家，借全謝山批本。太史有跋語，署云乾隆丁未夏四月京邸阮吾山侍郎，有此本，借閲一過，較閻、何兩家説爲長。』

此本又録方楘如、程瑤田、方粹然注及屠繼序校補。如卷十二『《滑稽傳》』條『齊使淳于髡獻鵠於楚』云云，方楘如注：『按《滑稽傳》，本無使髡獻鵠事，褚先生續傳乃有之。』屠繼序云：『繼序按：顔魯公《東方先生畫讃記碑陰》亦以續傳爲太史公書。』同卷『匈奴遺漢文帝書曰』條：『伊利俱盧設莫河沙鉢畧可汗』云云，程瑤田云：『伊利俱盧，所謂雙聲疊韻也。伊俱利盧爲雙聲，伊利俱盧爲疊韻。然以三十六字母言之，伊爲影母，屬喉，俱爲見母，屬牙。牙喉不同，今證之以此二字，不得別爲兩聲。蓋信戴東原斷以見爲喉之發聲，影爲喉之收聲，爲得自然之音位也。』同卷『韓信無行』條『則曰崇鄉里之化』，程瑤田云：『按《武帝本紀》，作崇鄉黨之化。』卷十三『范氏施御』條，方粹然云：『今《孟子》作範我馳驅。』同卷『習鑿齒』條云：『習鑿齒《漢晉春秋》，以蜀漢爲正。朱文公謂「《晉史》自帝魏，後賢盍更張」，然晉人已有此論。』屠繼序云：『繼序按：習氏處東晉，朱子處南宋，故帝蜀特不解郝經作《續後漢書》耳。』同卷『魏文帝』條云：『魏文帝詔曰：二世長者知被服，五世長者知飲食。』應麟原注：『言被服飲食難曉也，俗語有所本。』方楘如注：『宋人謂「三世仕宦，方會着衣喫飯」，此王氏所云俗語。』諸家拾遺補罅，並有可採。方楘如字文輈，號樸山，淳安人。康熙四十五年進士，授豐潤知縣，坐事免。薦舉博鴻，格於吏議，不得入試。經史淹洽，能古文，嘗輯鄭玄注爲《拾瀋》一卷，著有《集虚齋集》。子粹然，字心醰，少隨楘如居京師，主長洲何焯邸，後寓居歙城外之河西，號河西寓公。愛西湖之勝，久居錢塘。晚號雪瓢老人。卒年七十餘。著有《十三經注疏類鈔》一百卷、《禮服古制》二十卷，皆散佚。程瑤田字易田，又字易疇，歙縣人。師事方粹然、江永。

此本又偶錄馬曰璐校、盧鎬評。卷十二『爲呂氏右袒，爲劉氏左袒』條載盧月船云：『左右袒，明于文定說得最好，言所以安其反側之心，使以爲劉之跡自解；激其忠憤之志，使以爲呂之言爲辱也。詳見《讀史漫錄》。』卷十三『反鏡索照』條『周子前已有此語矣』載馬半查云：『元板「前」字上無「周子」二字。』盧鎬字配京，號月船，爲全祖望高弟子。馬曰璐字佩兮，號半查，乾隆三年據閻本刻《困學紀聞》。

校訂困學紀聞集證二十卷（七箋本）　清嘉慶十八年刻本（日本早稻田大學圖書館）

宋王應麟撰，清閻若璩、何焯、全祖望、方糜如、程瑤田、萬希槐、錢大昕、屠繼序等校補。應麟有《周易鄭康成注》，已著錄。其《困學紀聞》二十卷，前已著錄國圖藏元刻本、元泰定二年刻本。此爲《校訂困學紀聞集證》二十卷，清嘉慶十八年刻本，十二册。每半葉十一行，行二十五字，小字雙行，行字不等。白口，單魚尾，左右雙闌。牌記曰：『閻潛丘、何義門、全謝山、程易田、方樸山、錢辛楣箋本（翻刻必究），困學紀聞集證合注（掃葉山房藏板）』，萬希槐蔚亭氏輯集證校本附，嘉慶十八年春季新鐫。』各卷分上、下。卷一上卷端題曰：『浚儀王應麟伯厚，潛丘閻氏、義門何氏、謝山全氏、樸山方氏、易田程氏、蔚亭萬氏、辛楣錢氏、四明屠繼序仝校補。』卷一下以下無『辛楣錢氏』及『仝』字。嘉慶九年刻本原收方糜如、程瑤田、屠繼序箋，此更增錢大昕注，鐫於眉端，作『錢云』，殆後來補刊，故卷端多不署錢氏名，牌記則有之。集前首録陳嵩慶嘉慶十二年《序》及《目録》。《目録》前有應麟自識三十八字，亦題作《自敘》。繼列嘉慶九年刻本所録《四庫總目・困學紀聞提要》、牟應龍《序》、袁桷《序》、全祖望《序》。卷尾録何焯、方粹然記各一條及屠繼序《題識》，同於嘉慶九年刻本。

此本版式沿嘉慶九年刻本，以内容有變，故重爲鏤板。《目録》標明各卷條數，如卷一《易》，標一百八十條； 卷二《書》，下添小字『逸周書』，標二百一十條； 卷五《儀禮》標二十六條，《禮記》標一百十五條，《大戴記》標二十三條，《樂》標二十六條； 卷十一《考史》，下添小字『戰國策』，標二十八條，《史記正誤》仍舊刻小字注『全云： 卷首二十八條，乃論《戰國策》』，標八十八條； 卷十二《考史》，下添小字『史記』、『漢書』，標九十五條； 卷十三《考史》，下添小字『後漢』、『至隋』，標一百三十二條； 卷十四《考史》，下添小字『唐書』、『五代史』，標一百一條； 卷十五《考史》，下添小字『宋史』，標八十五條； 卷十六刪舊刻『考史』二字，改《考史》下小字『漢河渠，十七條； 歷代田制，十四條； 漕運，二十八條； 兩漢崇儒，十二條』爲大字； 卷十九《評文》，刪舊刻小字注『何云： 此所評者，應用之文，故别爲一卷』，改作小字注『應用之文』，標六十四條。此類改易，皆便於觀覽。

書中應麟自注仍曰『原注』，閻、何、全三家箋，仍曰『閻云』、『何云』、『全云』。其他仍作『方樸山云』、『程易田云』、『方心醇云』、『繼序按』，錢大昕批注補刻於各條眉端。與嘉慶九年刻本體例顯異者，乃在句中以小字增注應麟徵引出處，萬希槐輯集證隨附各條末，另起一行。如卷一『履霜戒於未然』條，增注徵引書名『《魏志・管寧傳》注引《傅子》』、『《魏志》杜襲本傳』。『《淮南・人間訓》云』條『唯有道者能行之』句後增小字注：『《淮南・人間訓》。』條末附集證一則，歷引《漢書・藝文志》《漢藝文志考證》及朱彝尊《經義考》，希槐按云：『《淮南道訓》，《隋志》不著録，書已久佚。其以陰陽言日夕，亦《道訓》之說歟？』萬氏集證甚詳，字數超諸家箋注，全書篇幅因以驟增。陳嵩慶《序》論諸家之功，云：『王氏是書徵事稍隱，間有自注。國朝閻潛丘、何義門、全謝山、方樸山、程易田皆有校本，時下己意，以析疑指。閻、全、程三君，其才博而亮，其義閎而雅，取資鴻駿，獨秀曩哲。何、方二君，雖有援據，多說事情，或又輕作辨論，用相訾詬。蟲生於木，還食其木，是所短也。然質而不惝，文而有理，皆王氏之諍臣矣。黄岡萬君尉亭，既鈔撮其全文，復廣援經傳，著明各條之下，名曰集證，遵㞾厥旨，勿取紛糅。昔范寧著《穀梁集解》，《正義》曰集解者，譔集諸子之言，以爲解也。今之所取義實同之。往見嘉定錢詹事大昕亦有是書校本，每下一籤，宣古義，蓋與閻、全、程諸子所見互相發明。收而輯之，是所望於雅才好博之君子。』

困學紀聞注二十卷　　清道光五年餘姚翁氏守福堂刻本（天圖）

宋王應麟撰，清翁元圻輯。應麟有《周易鄭康成注》，已著録。其《困學紀聞》二十卷，前已著録國圖藏元刻本、元泰定二年刻本。此爲《困學紀聞注》二十卷，清道光五年餘姚翁氏守福堂刻本，十二册。每半葉十一行，行二十字，小字雙行，滿行三十一字。白口，單魚尾，左右雙闌。牌記曰：『道光乙酉年開雕，困學紀聞注，餘姚守福堂藏版。』各卷端題曰：『餘姚翁元圻載青輯。』集前有《四庫總目·困學紀聞提要》、牟應龍《序》、袁桷《序》、閻詠《題識》及《目録》、全祖望《序》、黄徵乂道光五年八月

《敘》、翁元圻道光五年三月《敘》、《凡例》。《目錄》前有應麟三十八字自題，附閻詠題記並翁元圻案語。元圻案云：『全謝山《宋尚書王伯厚先生畫像記》云：「同學葛君巽亭爲予言榆莢邨王氏有先生像，亟喜往請而觀之。須眉惆悵，端居不樂，其當杜門謝客之際乎？惜不令百詩見之也。」』卷尾錄何焯、方粹然題記各一則，屠繼序《題識》。其後刻『男忠錫、孫孝濬、孝瀚校字』，又刻『道光五年乙酉正月開雕，八月竣工。杭州愛日軒陸貞一董刊』。

是書纂輯始末，見於翁氏《敘》：『王厚齋先生《紀聞》一書，蓋晚年所著也』，『而實集諸儒之大成。顧徵引浩博，猝難探其本源，雖以閻潛丘、何義門、全謝山三先生之淵雅，尚未盡詳其出處，蓋由宋人著述不能盡傳故也。元圻幼嗜此書，通籍後，備官禮曹，嘗質疑於中表邵二雲先生。先生教之曰：「閻、何、全之評注，略舉大意，引而不發，子盍詳注之，使覽者不必繙閱四庫書，而瞭然於胸中乎？」余對曰：「此非盡讀厚齋所讀之書者不能也。以元圻之淺陋，曷足以任此？」先生曰：「子姑詳其所可詳，其未詳者，安知不有好學者更詳之乎？」余諾之，而未敢必其成也。丁未之冬，揀發雲南，從此移黔移楚，未嘗不攜此書自隨。偶有所得，即細書於簡端』，『因另錄而編次之，凡三易稿，而仍多未盡。庚辰四月，改官京秩，因得借書於收藏家，稍有增補。旋自京旋里，就正於蕭山王穀塍同年，又詳數十條。穀塍力勸付梓，自念用心數十年，不忍棄之敝簏，因刻之，存於家塾。惜二雲先生墓木已拱，不及刪其繁而補其缺，以至於無遺憾也。』元圻爲中表邵晉涵所啓，歷時數十年注《紀聞》，補閻、何、全諸家所未詳，前後得二千餘條，付刻時年已七十五。黃徵乂《敘》云：『購書至萬餘卷，卿雲輪囷，覆護其上，燕寢公餘，手卷不釋。而其生平所最注意者，則尤在王氏《困學紀聞》一書。王氏蓋得朱門真氏之淵源者也。是書非博物君子不能作，亦非博物君子不能注，況注於三箋及萬氏集證後也！ 迺博覽羣籍，見於是書有足證明闡發者，輒手錄，爲之條分件繫，如肉貫弗，約計各門增輯，無慮二千餘條。其用功專且久，而所得若是。』

是書雖因於閻、何、全三家箋及萬氏集證等而爲增注，然非簡單具引，以爲發揮。其斟酌諸家所說之長，博徵典籍，取材用宏，以作證明闡發。《凡例》述云：『一、是書有太原閻百詩先生、長洲何義門先生、鄞縣全謝山先生評注，久已刊行。卷中於閻氏、全氏語皆全錄，何氏注有與閻氏同者，則存閻而刪何，以省煩瀆。一、閻注標「閻按」，何注標「何云」，從其舊也。全注則於首一條標「三箋本全云」，以後所云「全氏」，皆「三箋」所載也。其全氏另有所釋而不載於「三箋」者，另標出處，以清眉目。一、「三箋本」兼載方樸山、程易田、方心醇、屠繼序諸公之說，雖不全錄，亦標明姓氏。一、近刻有黄岡萬氏集證，卷中亦多採錄，仍一一標明，不敢掠美。一、元圻自注見於句下者，加「案」字以別之，總注於後者，加「元圻案」以別之，仍於上加一〇。或於自注後更引他人之說者，亦加〇以別之。一、徵引之書，不能不刪節字句。然有刪字，無增字，不敢妄竄古書也。一、是書就正於同志，如歸安葉中丞紹楏、江西周孝廉邵蓮、正定王刺史定柱、上虞王孝廉煦，間有論說，亦一一附載，仍標明姓氏。一、元圻仲兄名元堂，字緒昌，號静軒，長余四歲，幼從之學，嘗講授是書，有所論說，不幸困於場屋，年僅四十四而卒。今附載口授之語數則，以識鴒原之感。』錢泰吉、張之洞頗稱道翁注本。錢氏《曝書雜記》卷二云：『全氏《困學紀聞》三箋本，兼載程易田、方心醇、屠繼序諸家之說，又有黄岡萬氏集證，插架中皆未有也。然有餘姚翁方伯元圻注本，則諸家之精蘊皆備矣。方伯幼嗜此書，中表邵二雲學士教之詳注，用心數十年，凡三易稿而成，道光五年始刻於家塾，方伯年七十五矣。卷仍王氏之舊，注文數倍於前，讀者欲精熟是書，當以三年爲期。然讀此書既畢，而經史百家皆得其端緒，亦何惜三年之力哉！』張氏《書目答問》著録《翁注困學紀聞》二十卷（家刻本、長沙重刻巾箱本），云：『此注更勝「七箋本」。』翁注本能備諸家精蘊，自抒所得，覽者可省去繙閲羣籍之勞。惜嫌於堆砌，未刪繁就簡，且諸家發明未必盡見。此本雖出，『七箋本』仍不當廢也。

困學紀聞注二十卷（殘）　稿本（國圖）

宋王應麟撰，清翁元圻輯。應麟有《周易鄭康成注》，已著録。翁元圻纂輯《困學紀聞注》二十卷，前已著録清道光五年餘姚翁氏守福堂刻本。此爲稿本，缺卷一及序目，其他各卷間有缺葉，存十九冊。格紙抄寫，每半葉十一行，行二十字，小字雙行，滿行三十一字。白口，單魚尾，四周雙闌。版心上鐫『困學紀聞』，中寫卷數，下寫葉數。各卷端或題『餘姚翁元圻載青輯』，或不題。卷三末寫『男忠錫、孫孝濬、孝瀚校字』。與道光五年守福堂刻本行款大抵同。第一冊首葉始於卷二『宅嵎夷』條『曰今登州之地』，其前皆缺。卷末附何焯、方粹然題記各一則、屠繼序《題識》，與守福堂刻本同。蓋原總二十冊，集前序目、卷一乃第一冊，散佚。

此本爲翁注修改稿，多刪改之跡。如卷二『宅嵎夷』條末元圻案語『蓋峓誤爲銕，銕轉爲鐵也』後，原有『宋薛氏季宣《書古文訓》曰：嵎夷，青州東界』等十六字，塗刪。守福堂刻本另立爲一條，列

『《唐書・藝文志》』一條前，文字改作：『薛氏季宣《書古文訓》三：嵎夷，海隅諸夷。《虞書》暘谷之地，今登州也。』『五典克從』條元圻案語『孔安國，《漢書》無傳。《藝文志》：《古文尚書》者，出孔子壁中』，『孔安國』、『無傳』五字抹刪，守福堂刻本從刪改後。又，『晁氏《讀書志》卷一上：《伊川書說》一卷』，『卷一上』三字塗刪，守福堂刻本仍存此三字。『儆戒無虞』條『絜齋解云』，『絜齋』下小字注：『何云：袁燮。』守福堂本作：『閻按：絜齋，袁燮號。』條末元圻案語『今本作十二卷』後，此本校補『《經義考》□□見，《四庫□□》著錄』（按：空格爲葉面殘損），守福堂刻本有之：『《經義考》云未見，《四庫全書》著錄。』『《說文》引《虞書》』條，稿本原作：『《說文》引《虞書》曰：「仁覆閔下，則稱旻天（注：日部旻字注）。」蓋《虞書》說也（元圻案：《大禹謨》孔傳曰：「仁覆閔下，謂之旻天。」《正義》云毛傳文）。』前一『仁覆閔下』，乙作『仁閔覆下』。又裁格紙修改，粘簽原處，改後作：『《說文》（注：日部旻字下）引《虞書》曰：「仁閔覆下（注：何本作：仁覆閔下），則稱旻天。」蓋《虞書》說也（元圻案：《詩・王風・黍離》毛傳：「元氣廣大，則稱昊天；仁覆閔下，則稱旻天；自上降鑒，則稱上天；據遠視之，蒼蒼然，則稱蒼天。」疏曰：「以經傳言，其號不一。故因蒼天而摠釋之。當有成文，不知出何書。」又曰：「玄之聞也」，「秋氣或生或殺，故以旻下言之。」《玉篇》《廣韻》亦作「仁覆閔下」，故何本從之。然王氏既引《說文》，則當從《說文》，今從閻本）。』守福堂刻本從改後，『以經傳言』後增一『天』字，僅此之異。卷四《周禮》，首葉『周禮』題下，元圻案：『鄭畊老曰：《周禮》四萬五千八百六字。』守福堂刻本作：『鄭畊老曰：《周禮》四萬五千八百六字。晁氏《讀書附志》曰：《石經周禮》十二卷，經注一十六萬三千一百單三字。』此卷增補尤多，中數葉浮簽校改累累。如『鄭康成釋經』條，『其誤一』下，眉端增注：『何云：以《王制》爲孝文時博士作者，盧子幹一家之說。以《史記・封禪書》索隱所載劉向《七録》云「文帝所造書，有《本制》《服制》篇」者參觀，則非今《禮記》中《王制》也明矣。』又，『方樸山云：按：鄭氏每以《周禮》駁《王制》，謂《王制》爲殷禮，何曾以釋《周官》，徐氏妄説。』『其誤二』下，夾批增注：『方樸山云：古兵、農不分。』『鶴山謂：以末世弊法』之『鶴山』下，夾批增：『全云：魏文靖了翁，字華甫。』翁氏所增四條，守福堂刻本同，前三條文字不異，第四條後更增出處一條：『《瀘州贍軍田記》。』

元圻細書所得於簡端，後另録編次，三易其稿。改京秩及歸里後，屢有增補删改。此本爲另録者，近幾成稿。據校改之跡，對勘守福堂刻本異同，庶可見元圻前後箋注取舍增删之況及其著述大旨。

困學紀聞注二十卷　清道光五年餘姚翁氏守福堂刻本（清李慈銘批注）（國圖）

宋王應麟撰，清翁元圻輯。應麟有《周易鄭康成注》，已著録。其《困學紀聞》二十卷，前已著録國圖藏元刻本、元泰定二年刻本。此爲《困學紀聞注》二十卷，清道光五年餘姚翁氏守福堂刻本，清李慈銘批注，十三册。鈐『慈銘私印』、『越縵堂藏書印』、『越縵堂』、『李慈銘勘定圖籍之印』諸圖記。《目録》前有慈銘手書《題識》，云：『南宋説部夥出，向推洪野處《容齋隨筆》、王勉夫《埜客叢書》及此書爲最，而此尤傳於時。蓋深寧所著《玉海》，幾與《三通》抗行，其隨時論見，則盡載斯編，故所述皆元元本本，無逞私決肊之謬，又多貫弗其説，以便學者。國朝何義門頗以詞科之學目之，然其書實利於應舉業者，儒俗共口，良亦職此。余自十餘年前見而好之，時惟得嘉定錢氏大昕校本，内僅載何注，又苦板漫漶，勘讀數過，間有論識。後得餘姚翁方伯此本，則爲寠人解衣珠矣。今來京師，方伯曾孫巳蘭農部復出是編見贈，因識之如此。』翁元圻曾孫慶龍，原名琳，字巳蘭，幼隨父學濬居京師，以工書見推於道州何淩漢，與張之洞交篤。議敘爲戶部郎，改同知，分發江蘇。按慈銘所言，其初批注於錢大昕校本上，後得翁慶龍贈守福堂刻本，再批注於上。前著錄國圖藏馬氏叢書樓刻本《困學紀聞》二十卷，錢大昕手自批注，有瞿中溶題識，無慈銘手蹟。蓋錢氏批本非一。

《紀聞》『七箋本』、『翁注本』，收閻若璩、何焯、全祖望、翁元圻、方楘如、程瑤田、方粹然、錢大昕、屠繼序、萬希槐諸家注評，蔣杲、浦起龍、盧文弨、李集批注則未見，李慈銘批注後出，亦尠爲世人留意。諸家中其自視甚高，肆爲譏評者，前爲何焯，後爲慈銘。慈銘或論應麟得失，或論閻、翁諸家得失，或補釋諸家之説，條目亦多。如卷十三第一條『翟公巽』條，眉批：『慈銘案：此真妄人之論，其書幸不傳。』『明帝爲太子』條『不以聖人之道養性，而取諸黄老，謂之學通《尚書》，可乎』，眉批：『慈銘案：宋人此等議論最可厭。』『文苑傳』條：『文苑傳自東漢始，而文始卑矣。』條下有何、全語及元圻案：『何云：善論。全云：文之卑，亦不特以立傳故。○元圻案：東坡《與王庠書》曰：「西漢以文設科，而文始衰。自賈誼、司馬遷，其文已不逮先秦古書，況其下者？」』慈銘評應麟此條及何評『善論』，眉批云：『腐論。』『東漢三公』條：『東漢三公，無出楊震、李固之右，而始進以鄧、梁，君子以爲疵。故《易》之《漸》曰：「進以正。」』閻若璩評云：『鄧騭、梁商雖外戚，而皆賢。史稱騭辟楊震於幕府，天下復安；商辟李固爲從事中郎，京師翕然稱良輔。未可爲二公之疵，此論太刻，吾不取。』慈銘評『始進以鄧、梁，君子以爲疵』二句云：『慈銘案：鄧、梁以賢戚輔政，非癰疽寺人比也。此論殊可噴飯。』『孫峻薦諸葛恪』條：『孫峻薦諸葛恪可付大事，而恪終死於峻之手。《易》曰：「比之無首，無所終也。」漢昭烈託孤於孔明，而權乃託孤於恪，劉、孫之優劣於此可見。』何焯評云：『於時吴之舊德盡矣，權之悖尤在和霸交搆之會耳。』慈銘評云：『慈銘案：此亦瞽說。當是時，吴之羣臣才氣無及恪者，恪屢出師，威行魏境。其死也，以孫琳謀弒逆，不去恪，則亮不可廢，故先讒而殺之。恪非不可託孤者，厚齋以此定孫、劉優劣，乃兒童之見。』何焯以詞科輕詆應麟，慈銘雖有不同之見，時駁其議，然動輒指斥應麟『宋儒頭巾迂論』，乃至有『兒童之見』之譏，自視益高。其初得錢大昕校本，『内僅載何注』，議論不免爲何氏所左右。且以尊崇漢學，不喜宋儒闊論，並斥應麟，以爲猶多宋儒習氣。

玉海二百卷，附辭學指南四卷　元後至元六年慶元路儒學刻、至正十一年重修本（臺圖）

宋王應麟纂。應麟有《周易鄭康成注》，已著録。此爲《玉海》二百卷、附《辭學指南》四卷，元後至元六年慶元路儒學刻、至正十一年重修本，别附《詩攷》《詩地理攷》等書十三種六十一卷，共二百册。每半葉十行，行二十字，小字雙行同。白口，雙魚尾，左右雙闌。版心上鐫字數，中刻『玉海』及卷數、葉數，下標刻工姓字。各卷端題曰：「浚儀王應麟伯厚甫。」集前有東陽胡助至元四年四月《玉海序》、婺州李桓至元六年《序》、至元三年慶元路刊行文牒、《玉海目録》。《玉海》並《辭學指南》二百零四卷後有薛元德至元六年四月《玉海後序》、應麟《玉海跋》並附王厚孫《題識》。鈐『牧齋』、『碧梧紅豆山房』、『蕙石讀書記』、『堅廎祕笈，識者寶之』、『劉之泗』、『之泗嗣守』、『畏齋藏書』、『公魯』、『公魯校讀』、『寅伯』諸圖記。清人錢謙益號牧齋，家有紅豆山莊。近人劉世珩字蔥石，號聚廎，貴池人。光緒甲午舉人。子之泗字公魯，號畏齋，又號寅伯。此本先後爲錢謙益及劉世珩、之泗父子所藏。卷一首葉鈐『集賢閣學士趙孟頫』白文方印，至元六年《玉海》刻成時，趙孟頫下世已二十年，此印當爲後人所鈐。

按胡助《序》：『東南之士莫不知此書之奇，願見其全不可得，顧非一家之力所能刊行。浙東帥府都事牟君應復首建議繕寫校讎，將鋟諸梓，事未就而牟君去。今宣慰都元帥也乞里不花公寔來開閫承宣，嘉惠學者，於是力行前議，召工庀事，徵費于浙東郡縣學及書院，歲入之羨有差，郡守張公榮祖臨蒞提督，命教授王君弦、學正薛君元德董其役，凡二年而後成。』有『東陽胡助』、『古愚』墨印二方。李桓《序》云：『至元六年歲在庚辰，夏四月朔旦，慶元路儒學新刊《玉海》成』，『癸酉歲，浙東帥府都事牟君應復蓋嘗建議請命繕輯讎校而刻之，凡郡縣學與書院之在浙東者等其歲入之多寡，收其羨餘以爲助，移之部使者而給焉。於是聞者又皆喜幸是書之不泯。越四年，而事未克集，斯文之遇若將有待然。今宣慰元帥資德公也乞里不花以勳德之冑，膺方岳之寄，敦尚文雅，以爲政先。下車之始，載詢載咨，爰戒有司，俾速其圖。時則總管張侯塔海帖木兒徵財庀工，承命唯謹。明年夏，教授王君玹來蒞厥職，暨學正薛君元德躬自程督，上下協心，有作斯應，夙夜弗怠，遂底于成。』有『李恒』、『晉仲』墨印二方（按：李恒字晉仲，建康上元人，以鄉貢進士仕，累遷江浙儒學副提舉，以文名江東。《元史》有傳。吳澄《送李晉仲序》：『金陵李桓，字晉仲，爲上饒縣教諭。』謝應芳作有《贊見李晉仲提舉求啓》，見《龜巢集》卷十六）。薛元德《後序》云：『祕藏於家，迨今百有餘載。至元丁丑歲，淛東宣閫都元帥資德公知是書而發其祕，俾鋟梓以廣其傳。是時經歷賈君亨、都事耿君朶羅歹來贊賓幕，俱篤意斯文，以是書爲己任，盡心協力，克成厥功。而元德寔奉檄董其事，閲二載而刊始完。嗟夫！是書也，昔爲王氏家藏之書，今則爲天下之書矣。』王厚孫《題識》云：『公甚愛玩，且謂未既稾，難以示學者，故藏于家。後爲人竊去，先人白之憲司，書得復歸，而散軼頗多。鈔録者又復訛舛，懼無以承先志，於是裒輯緒次成卷如右。公著書大小三十餘種，此以失而復得，名尤著于時。浙東都事牟公始建議板行，今元帥資德公既至，即命刊布』，『厚孫等承命校勘唯謹，而董役者弗爲修改，遺誤具在，觀者審焉。』參攷慶元路刊行文牒，可悉是書刊刻始末。蓋是書久未刻，藏於家。應麟歿後，族黨分爭，爲人竊去，厚孫父訴於憲司，書得復歸，散佚已多。士人傳抄者多寡不同，俱非全書，抄録者又多訛舛。厚孫兄弟乃考訂詮次，裒輯成卷。至元三年，請於浙東道宣慰使都元帥也乞里不花，明年鳩工刻之。至元六年刻成《玉海》二百卷、《辭學指南》四卷。

至正九年，阿殷圖埜堂抵慶元路總管任。至正十一年，閲儒學所刻《玉海》，以訛誤甚多，厚孫前之校勘，董役者弗爲修改，命厚孫重加校讎，得誤漏六萬字，鳩工修補。阿殷圖埜堂至正十一年六月《序》云：『至正九年，余來守四明，公事之暇，因得遍觀郡學書籍。其所謂《玉海》者，宋尚書王公厚齋所著述也。公以碩學耆德，爲儒者宗，著述之書逾三十種，已鋟梓于郡學者，凡十有四，《玉海》其一也。惜其間訛誤者多，歷十餘年，未有能正之者。余迺命公之孫厚孫重加校讎，得誤漏六萬字，鳩工修補，再閲月而成』，『公之學傳於真文忠公，而《玉海》之書實本於博學宏辭。蓋公嘗擢是科，故其彙次最爲該洽。其它諸書，扶遺經之絕學，紬正史之要義，綜括於天道地理，辨徵於禮樂文章，明小學而廣異聞。

既已登名于朝廷志列史諜，則其書之已刊者不可以不完，觀者不可以不悉也。然則是書之成，固學者所共願也。因列其目於編首，又識其始末，以告來者，俾敬守勿壞。至正十一年六月初吉，嘉議大夫慶元路總管阿殷圖埜堂謹序。』慶元路儒學正王介至正十一年七月《序》云：『至正己丑春，太守嘉議公來領是邦，雖郡事鞅掌，必時造論堂，而扶衰拯弊加於昔，士君子賴焉。今年夏，因閱《玉海》數百卷，於魯魚亥豕之繆，命參校而正訂之者數萬言，使學者無惑於討論。是雖治教中之一事，然以海氛煽虐之秋，不以調給爲煩，且優游於文治，其急於學校可知』，『今也於《玉海》之刊誤有所感，故不可不推夫平日作新之盛心，以爲來者告。至正辛卯七月既望，儒學正王介謹識。』

按阿殷圖《序》所言『因列其目於編首』，《玉海》集前《目錄》乃至正十一年重修所增。《目錄》後列慶元路儒學刊造《玉海》書籍提調等官銜名：『教授王弦、桂克忠』，『學正虞師道、薛元德』，『學錄汪興、王壽朋』，『直學陳眉壽，學吏岑立道』。其後爲校正、書寫、刊字名氏：『校正對讀厚齋孫王厚孫、王寧孫』，『書寫王秉、王陞、楊德載』，『刊字生張周士等三十人』。其後又有二行：『翁洲書院山長曹性之重校正』，『紹興路高節書院山長金止善監督』。

《玉海》至元六年初刻本，傳世絕少。今所見者爲至正十一年重修本及後世遞修者。此本未見阿殷圖埜堂、王介二《序》，蓋散佚。細辨之，原板已多開裂，漫漶脱落處復多。由是知爲後印本，所據書板爲至正十一年重修者，第難確知是否元刊元印。以余目力所見，《玉海》及附刊《詩攷》等十三種書，《中華再造善本》景印國圖藏本十四種（不含《韓魯齊三家詩攷》《困學紀聞》二種）、日本内閣文庫藏《玉海》殘本及附刊《詩攷》諸書，書板皆經重修，遞修痕跡明顯。今人徑著錄作至元六年刻本，未確。《中華再造善本》影印《玉海》，乃元後至元六年刻、至正十一年重修、元明遞修本，《詩攷》等十三種書皆遞修本。日本内閣文庫藏本亦然。此本雖少阿殷圖埜堂、王介二《序》，然正集有漫漶處，間有字畫摹勒，然無補刊葉，較國圖藏本、日本内閣文庫藏本更見至正十一年重修原貌。所附《詩攷》諸書，亦大抵可睹原刊之貌。

至正《四明續志》卷七載：『《玉海》二百四卷，計板四千七百七十四片。』太平戴鏞補刊《玉海》，正德二年二月《題識》云：『右《玉海》，凡二百四卷，合五千板。』『五千板』云云，當是約數。明黄佐《南廱志》卷十八《經籍考》載：『《玉海》二百四卷。脱者四十五面，存者九千五百九十六面。』臺圖藏此至正十一年重修本，正九千五百九十六面，含《詩攷》《詩地理攷》等十三種書一千九百六十六面，《玉海》二百四卷計爲七千六百三十面。《四明續志》所言『四千七百七十四片』，戴鏞所言『五千板』，皆含《詩攷》等十三種書。按阿殷圖埜堂、王介二《序》，至正十一年重修者爲《玉海》二百四卷。未詳附刊《詩攷》諸書是否同時重修，因至正十一年前印本極罕見，尚難比勘而論定之。

清代藏家著録《玉海》諸書，或爲元刻元印，或爲元刻明修。陸心源《皕宋樓藏書志》卷六十一著録『元刊元印本』《玉海》二百卷、附《辭學指南》四卷，依次録胡助《序》、李桓《序》、王介《序》、阿殷圖埜堂《序》、慶元路刊行文牒、王應麟《玉海跋》、王厚孫《題識》、薛元德《後序》及應麟《辭學指南序》。所謂元刻，乃至正十一年重修本。莫友芝《宋元舊本書經眼録》卷二著録『元至元刻本』《玉海》二百卷（注：附刻諸種俱備），云：『行款與今通行本同，特板心稍人，字體秀勁，近趙吳興。首有胡助、李桓、阿殷圖埜堂、王介四《序》，及至正（今按：當作「至元」）三年慶元路刊行文牒及薛元德《後序》。又有伯厚之孫厚孫識語，在伯厚題跋後，謂其先祖且謂未脱稾，難以示學者，故藏于家云云』，『卷首有「張寬德宏之印」、「張任文芳之印」、「玉峯張氏世恩堂圖書」、「徐氏家藏」、「曾在汪閬源家」、「郁松年印」、「泰峯」七印。』（清同治間刻本）莫氏所見《玉海》，亦至正十一年重修本，非至元六年初刻。張金吾《愛日精盧藏書志》卷二十六著録『元刊本』《玉海》二百卷、附《辭學指南》四卷，列胡助《序》、阿殷圖《序》、王介《序》、李桓《序》、慶元路刊行文牒，並亦至正十一年重修後印本。洪頤煊《讀書叢録》卷二十四云：『《玉海》本二百卷，末四卷爲《詞學指南》。前有胡助、阿殷圖、王介、李桓四《序》，至元三年浙東道宣慰使司刊刻《玉海》指揮後有也乞里不花等銜名，《目録》後有慶元路儒學刊造《玉海》書籍提調官銜名。其《詩考》等十三種，據至元六年厚孫跋語，亦同時並刊，唯不在《目録》之中。每葉廿行，行廿字。閒有明正德二年、嘉靖庚戌至丁巳補葉。』所言當爲明正德、嘉靖間南國子監補刊本。元亡後，《玉海》諸書刻板藏南國子監，屢有補刊。所謂正德二年補葉，即南國子監監丞戴鏞董修羣籍時所補。其後嘉靖間、萬曆間、崇禎間數次補修。孫能傳《内閣藏書目録》卷四載：『《玉海》一百册，全。萬曆戊子南京國子祭酒趙用賢校刻。』周中孚《鄭堂讀書記》著録『重修明南監本』《玉海》二百卷，云：『《四庫全書》著録，倪氏《宋志補》、焦氏《經籍志》俱載之。焦氏作二百七十二卷，蓋併附刻書十三種在内也』，『其書雖嘗傳録於世，當元至順癸未，尚未刊行。浙東道宣慰司準國子監牒，始校正付梓。前有至元癸未指揮及胡助、李桓、王介、阿殷圖四《序》。至以萬曆己丑，南雍重修，祭酒趙用賢爲之引。入國朝，康熙丁卯，李振裕又爲重修而係以序，并有王式丹等《補刻例言》。越五十二年，乾隆戊午，其版旋復殘闕，振裕之甥熊本又補刊而爲之序。』清康熙間，李振裕重修《玉海》諸書，補刊尤多。

四庫館採録兩江總督採進本《玉海》二百卷、附《辭學指南》四卷。《提要》云：『是書分天文、律憲、地理、帝學、聖製、藝文、詔令、禮儀、車服、器用、郊祀、音樂、學校、選舉、官制、兵制、朝貢、宫室、食貨、兵捷、祥瑞二十一門。每門各分子目，凡二百四十餘類。宋自紹聖置宏詞科，大觀改詞學兼茂科。至紹興而定爲博學宏辭之名，重立試格，於是南宋一代，通儒碩學多由是出，最號得人，而應麟尤爲博洽。其作此書，即爲詞科應用而設，故臚列條目，率鉅典鴻章，其採録故實，亦皆吉祥善事，與他類書體例迥殊。然所引自經史子集、百家傳記，無不賅具。而宋一代之掌故，率本諸實録、國史、日曆，尤多後來史志所未詳。其貫串奥博，唐宋諸大類書未有能過之者。何焯評點《困學紀聞》，動以詞科詆應麟，特故爲大言，不足信也。其書元時嘗刊於慶元路，版已久佚。今江寧有南京國子監刊本，以應麟所著《詩攷》《詩地理攷》《漢藝文志攷》《通鑑地理通釋》《王會篇解》《漢制攷》《踐阼篇》《急就篇解》《小學紺珠》《姓氏急就篇》《周易鄭注》《六經天文編》《通鑑答問》等書附梓於後。案：明貝瓊《清江集》有所作應麟孫王厚孫墓誌，稱應麟著《玉海》，未脱稿而失，後復得之，中多闕誤。厚孫考究編次，請於閫帥鋟梓，並他書十二種以傳。據此，則諸書附梓實始於元代。惟瓊稱慶元初刻之時附書十二種，而今爲十三種。慶元刊書原序，亦言公書鋟於郡學者凡十有四，《玉海》其一。則十三種爲不誤，或《清江集》傳寫之訛歟？又卷首載浙東道宣慰司刊書牒文，稱《玉海》實二百卷，而今本乃合《辭學指南》爲二百四卷。婺郡文學李桓《序》所列卷目，已與今同，疑即當時校刊者所附入。相沿已久，今亦仍之。至他書之附刻者，則各從其類，別著於録焉。其曰《玉海》者，本於張融集名，實則仿梁武所集《金海》之例，而變其稱也。』今按：貝瓊爲王厚孫撰《故福建儒學副提舉王公墓誌銘》云：『尚書富於著述，

《玉海》最爲詳洽，未脱藁而失，後復得之，中多闕誤。公考究編次，請于閫帥鋟梓，并他書十二種以傳。袁文清公所撰《四明志》，或有讒于僉事苦思丁，將毁其板。公白太守王元恭，曰：「袁公中朝名臣，書法高古，不可毁也。」元恭持書以進，僉事驚悔，命與舊志並行，公爲成《續志》若干卷。』(《四部叢刊》景清趙氏亦有生齋本。按：明刻本《明文衡》卷八十四收此文，亦作『并他書十二種以傳』。鄭真《遂初老人傳》『尚書富于著述』至『屬老人成《續志》若干卷』，文句與貝瓊撰《墓誌銘》大抵同，亦作『并他書十二種以傳』)、至正《四明續志》卷七載《玉海》《困學紀聞》《詩攷》等十四書種板片數，無《易康成注》一種。王厚孫《題識》則言《玉海》附刊十三種，有《易康成注》，無《困學紀聞》一書。元時重刊《困學紀聞》，亦慶元路儒學刻本，蓋不在《玉海》附刊之列。貝瓊、鄭真所言『十二種』，恐亦有來歷。又，至元六年刊《玉海》附《辭學指南》四卷，卷次連貫，共二百四卷。至正十一年重修亦然。

應麟《玉海跋》云：『余幼好奇，耕獵詞圃，麗澤西山，詒我橅萬。《北堂》之鈔，《西齋》之目，披華啓秀，歷歷載腹。竊吹六題，叨榮兩制，汗顔前脩，皓首曲藝。斲輪不傳，屠龍無用，緘之青箱，以詔洛誦。』其有通儒之志，問學博大兼蓄，重於用實。早歲勤學，慕虞世南等編《北堂書鈔》，吴兢之作《西齋書目》，讀書抄録故實，博涉古今。《玉海》雖爲詞科應用而設，而不限於科目。如王厚孫《題識》所云：『《玉海》者，公習博學宏詞科，編類之書也。是科擬題爲文專務彊記，雖小而月日名數不可遺缺。惟衰世事變，不以命題。此書事類該廣，援據淵洽，非但施於科目而已。』後世或夸大其爲詞科所設，何焯等人動以詞科相詆，誤解深矣。《宋元學案·深寧學案》全祖望案語：『《宋史》但夸其辭業之盛，予之微嫌于深寧者，正以其辭科習氣未盡耳！若區區以其《玉海》之少作爲足盡其底緼，陋矣！』矯枉過正，且謂《玉海》爲少作，其説未可信。蓋應麟集數十年之力而成是書，規制遠逾爲詞科所設，後世稱之經世之書，無不可也。胡助《序》：『《玉海》，天下奇書也。經史子集、百家傳記、稗官小説，咸采摭焉。其爲書也至顯而至微，至精而至密，至高而至深，至博而至約。凡天地山川，古今事物，道德性命，律曆制度，文章禮樂，刑政兵農食貨，靡不畢備，寔故宋禮部尚書厚齋先生王公專精力，積卅年而後成者也。先生在宋季以詞學顯，融其天才絶識，有大過人者，且盡讀祕府所藏天下未見之書，故能博洽貫穿，網羅包括，著爲此書』，『先生平日著書特多，《玉海》其最鉅者』，『是書也，其殆集文學之大成者與！』李恒《序》云：『先生之著是書，網羅天下之見聞，包括古今之故實，將使學者覽之得以施諸用』，『自經史傳注，諸子羣集，以至於稗官小説、方技讖緯之書，誦之如流，言之如指掌。既皆涉其波瀾，而采其精英，故其爲書粹密淵深，區分畛列，靡所不載。惟無益於用，不足以備討論者，不以登於簡策。豈非所謂博而得其要者，偉乎述作，非若他書類事者之可儗倫也夫』，『後之人稽典禮者求焉，考制度者取焉，立政建事者資焉，監其因革而酌其時宜，可以裨謀議於朝廷，致治效於國家，不特廣問學、給文辭而已』，『書凡二百四卷，揔之以二十二門，曰律曆、天道、地理、帝學、聖文、藝文、詔令、禮儀、車服、器用、郊祀、音樂、學校、選舉、官制、兵制、朝貢、宫室、食貨、兵捷、祥瑞、辭學指南，析之爲二百六十一類，於斯備矣。』周中孚《鄭堂讀書記》云：『是書蒐羅典故，囊括舊聞，自天文以迄祥瑞，凡分二十一部，部各有門，通計爲二百四十餘門，門各以年代之先後爲次。其紀年則始於伏羲、堯舜，終於宋之末年。其摭集之書籍，則自《六經》衆史、百家子集、注疏傳記、譜牒藝術隱賾之書，靡有孑遺，間以所見疏列下方。纂次詳備，博而有要，體例與他類書迴殊。』諸家所評詳矣，多構允當。

應麟年三十四與弟應鳳舉博學宏詞，試前嘗編《辭學指南》。《指南》初爲梯階之作，藏於篋中，宋亡後補綴修訂，以存一代典章制度。《指南》初爲詞科設，後屢事删削，用意已非舊矣。至元六年慶元路儒學刊《玉海》二百卷，附《指南》四卷。《指南》附《玉海》行世，遂成舊例。前有應麟《辭學指南序》。第一卷首爲『編題』，述門目，述編體之法；次爲『作文法』，先引東萊之説，所述文法多取自南宋理學名家；次爲『語忌』，臚列兩宋名家心得；次爲『讀書』，引東萊諸子讀史語，舉隅誦讀各家之要，各體誦讀之名家或範文。第二卷至第四卷分述制、誥、散文、四六、詔、表、露布、檄、箴、銘、記、贊、頌、序諸文體，或舉文例，或列今題式，或列以往試題，明立意，辨文體，述流變，講法式，指點門徑，每欲詳盡。第四卷上末附《試卷式》《塗注乙》《辭學題名》。第四卷下附其寶祐四年博學宏辭試文六首（第一場二首、第二場二首、第三場二首），以及《博學宏辭所業》之制、誥、詔、表、露布、檄、箴、銘、記、贊、頌、序共二十四篇，後爲鄭真、葉熊先後採輯入《四明文獻集》《深寧先生文鈔摭餘編》。第一卷至第四卷上，卷端皆題曰『浚儀王應麟伯厚甫』，第四卷下題曰『從事郎新揚州州學教授王應麟』。蓋是書編於寶祐四年應試前，所涉應試及試後相關文字增補於後。是集爲博鴻科試垂正範，後世頗重之。所紀試題目及中選姓氏，足可存史。至於論文體，明流變，指點門徑，則可見其文章之論及爲文之法，霑被後人良多。

應麟於經學、史事、經制、典章、故實、藝文靡不探涉，兼及象數、天文、曆算，浙東通儒，東萊之外，未見其比。朱熹屢譏東萊學問博雜不純，應麟既傳朱子之學，又傳麗澤一脈，得東萊文獻之長。祖望稱其明招嫡傳，信不誣矣。

玉海二百卷、附辭學指南四卷　元後至元六年慶元路儒學刻、至正十一年重修、元明遞修本（日本京都建仁寺兩足院）

宋王應麟纂。應麟有《周易鄭康成注》，已著錄。其《玉海》二百卷、附《辭學指南》四卷，前已著錄臺圖藏元後至元六年慶元路儒學刻、至正十一年重修、元明遞修本，日本中文出版社據以景印入《合璧本玉海》（別附《詩攷》《詩地理攷》等書十三種）。今人方豪撰《序》云：『臺北「國立中央」圖書館庋藏《玉海》善本凡八部，殘闕者三部，餘五部或爲二百冊，或爲一百冊，有半葉十行二十一字者，有半葉十行二十字者，間有鈔配。天壤間現存最精之本，應推日本京都建仁寺兩足院所藏元至正十二年重刊本，雖小有闕損，已據東京靜嘉堂文庫藏本鈔補』，『承兩足院同意攝影，復蒙國立「中央」圖書館提供五種善本，以便參考影印。如此，合中、日兩國六種善本，相互配補，並附以三家所撰王氏年譜於卷首，謂爲《玉海》六百餘年來最精、最善之本，殆可以當之無愧。』合璧本拼湊中、日所藏《玉海》諸書，抄配之葉不標所據何本，致至元六年刻本、至正十一年重修本、元明遞修本錯雜，淆亂諸本已甚，而自許爲最善之本，實未稱也。今未見兩足院藏《玉海》原本，止據合璧本略述大概，其配補之況究有所未明。

集前依次爲胡助《序》、李桓《序》、阿殷圖《序》、王介《序》、應麟《玉海跋》並王厚孫《題識》、至元三年慶元路刊行文牒、《玉海目録》。《目録》後列刊造《玉海》書籍提調等官銜名及校正、書寫、刻工、重校者姓字。《玉海》附《辭學指南》後有薛元德《後序》。臺圖藏至正十一年重修本，應麟《跋》並厚孫《題識》在薛氏《後序》後，此則置王介《序》後。臺圖藏本胡助《序》有『東陽胡助』、『古愚』墨印，此則無。李桓《序》後『李恒』、『晉仲』墨印，二本皆有。臺圖藏本無阿殷圖、王介二《序》。然由其刻板斷裂磨損，知爲至正十一年重修後印本。此本《目録》後列刊造書籍提調官等，顯有修補之跡。臺圖藏本雖有漫漶處，然字畫摹勒爲少，無補刻之葉。此本字畫多補修痕跡，字形不盡相類。由是知此亦至正十一年重修後印本，刷印晚於臺圖藏本。其修補於何時，未能確知。

臺圖藏本卷一第三十七、三十八兩面錯裝第二十六面後，第二十七、二十八兩面則錯裝於第三十六面後，此本卷一無倒葉。第二十五至二十八面，板皆中裂，兩本痕跡同。

此本卷三『案：《崇文總目》：《天文星經》五卷。梁陶弘景校，合三垣列宿、中外官三百□九名，各設圖象。著巫咸、甘德、石申所記□□□以□□變□即弘景所定也』，『三百』後空一格，『所記』後空一格，『以』字前墨塊占三格，『以』字後空兩格，『變』字下空一格。臺圖藏本同。浙江書局刊本《玉海》作『三百十九名』；『石申所記』以下注『闕』，空三格；『以』字下注『闕』，空兩格；『變』字下注『闕』，空一格。檢《崇文總目輯釋》卷四：『《天文星經》五卷。梁陶弘景校，合三垣列宿、中外官三百十九名，各設圖象。著巫咸、甘德、石申所記。』此本空格及墨塊，未詳至元六年刊本已如此，抑至正十一年重修所改。

玉海二百卷、附辭學指南四卷（殘）　元後至元六年慶元路儒學刻、至正十一年重修、元明遞修本（國圖）

宋王應麟纂。應麟有《周易鄭康成注》，已著錄。其《玉海》二百卷、附《辭學指南》四卷，前已著錄臺圖藏元後至元六年慶元路儒學刻、至正十一年重修本。此爲國圖藏元後至元六年慶元路儒學刻、至正十一年重修、元明遞修《玉海》殘本，缺卷五、卷十至十三、卷十八至二十一、卷二十四至二十八、卷三十一至三十三、卷五十五至五十八、卷六十一至七十二、卷八十三至八十五、卷八十九至九十二、卷九十九至一百四、卷一百十一至一百十六、卷一百二十二、卷一百二十七至一百三十三、卷一百三十八至一百三十九、卷一百四十八至一百五十二、卷一百五十五至一百六十一、卷一百七十至一百七十二、卷一百八十七至一百九十一、卷一百九十四至二百一、卷二百四。《中國古籍總目》著錄作元至元六年慶元路儒學刻本，《中華再造善本》據以影印，亦稱至元六年刻本，皆未甚確。今人李致忠稱《再造善本》影印《玉海》並《詩攷》等十三種書爲『元後至元六年慶元路儒學刻、元明遞修本（其中《踐阼篇集解》《周書王會補注》用明初修補本）』，又謂『此本在元至正九年至十一年確實修補過。故著錄爲「元修本」亦屬完全可信』，『此版明時亦累經補修，故著錄爲「明修本」亦屬事實。總此，則此書版本著錄爲「元後至元六年慶元路儒學刻、元明遞修本」完全正確』（《中華再造善本總目提要》金元編），所言庶幾近之。然《玉海》元時重修在至正十一年，非至正九年至十　年。王介《序》『今年夏，因閱《玉海》數百卷，於魯魚亥豕之繆，命參校而正訂之者數萬言』，言之甚明。阿殷圖、王介二《序》僅言重修《玉海》，未提補刊《詩攷》等十三種書之事。《詩攷》等十三種書是否同時重修，有俟詳考。

此本殘損嚴重，自卷一第十四葉爲始，至卷二百三止，序跋、目錄等並缺。卷一第十四面至第二十面，版心鐫字數、書名、卷數、葉數及刻工姓字胥殘缺。版心左右各三行，字多缺損。日本建仁寺兩足院所藏至正十一年重修、元明遞修本，以上七葉，雖有字畫重摹修補之跡，然大抵完整，此則相去較遠。蓋國圖藏本刷印後於兩足院藏本。辨此小異，原不足存。特立一條者，殆以今人言國圖藏本，不細加分辨，徑以爲至元六年刻本故也。

玉海二百卷、附辭學指南四卷（殘）　元後至元六年慶元路儒學刻、至正十一年重修、明正德、嘉靖間南國子監補刊本（日本内閣文庫）

宋王應麟纂。應麟有《周易鄭康成注》，已著錄。其《玉海》二百卷、附《辭學指南》四卷，前已著錄臺圖藏元後至元六年慶元路儒學刻、至正十一年重修本。此爲日本内閣文庫藏元後至元六年慶元路儒學刻、至正十一年重修、明正德、嘉靖間南國子監補刊《玉海》（附《辭學指南》）殘本，合附刊《詩攷》等十三種書，共五十八冊。第一冊爲《玉海》（附《辭學指南》）、《詩攷》等十四種書目錄，日人手補。第二至三十八冊爲《玉海》殘本，至卷一百止，缺損大半。第三十九冊至五十八冊爲《詩攷》《詩地理攷》等十三種書。《玉海》集前有薛元德《玉海序》、應麟《玉海跋》並王厚孫《題識》，原在《玉海》附《辭學指南》

後，此據原刊本摹寫重爲上板。薛氏《序》原題作《玉海後序》，此改之。

書中原板字蹟漫漶，字畫缺損處，業已重修，其缺葉或正德間補刊，或嘉靖間補刊。《玉海》卷一至三裝爲第二冊。卷一首葉用原板，有補字。第二至九葉缺。第十葉補刊，版心上鐫『嘉靖乙卯年監生鍾鶴齡』。乙卯，嘉靖三十四年。第十一、十二葉用原板，已重修補字。第十三葉補，版心上鐫『正德二年補刊』。第十四葉至十六葉用原板，重修補字尤多，筆畫粗壯，幾失原貌。第十七葉補刊，版心上鐫『嘉靖庚戌年』，不題補刊者姓字。庚戌，嘉靖二十九年。第十八葉補刊，版心上鐫『嘉靖乙卯年監生鍾鶴齡刊』。第十九至二十一葉用原板，已重修補字。第二十二葉補刊，版心上鐫『嘉靖乙卯年監生鍾鶴齡刊』。第二十三、二十四葉補刊，版心上鐫『嘉靖庚戌年』。第二十五葉補刊，版心上鐫『嘉靖乙卯年監生鍾鶴齡刊』。第二十六葉用原板。第二十七葉補刊，版心上爲墨塊，不鐫月日及監刊人名，辨其刻字，知爲嘉靖間所補。第二十八葉用原板，字多修補。第二十九葉補刊，上鐫『嘉靖庚戌年』。第三十葉補刊，上鐫『嘉靖乙卯年監生王九思刊』。第三十一、三十二葉補刊，上鐫『正德二年補刊』。第三十三葉補刊，版心上鐫『嘉靖乙卯年監生王九思刊』。第三十四葉用原板，有補修。第三十五、三十六葉補刊，版心上鐫『正德二年補刊』。第三十七葉用原板，有補修。其下缺第三十八、三十九二葉。此本第三十七葉下接一葉，乃應麟《姓氏急救篇題辭》，誤附於後。卷二前缺十五葉。第十六至十八葉補刊，版心上鐫『嘉靖庚戌年刊』。第十九葉用原板，有修補。第二十葉補刊，版心上鐫『嘉靖乙卯年監生王九思刊』。第二十一至二十二葉補刊，版心上鐫『嘉靖庚戌年刊』。第二十三、二十四葉補刊，版心上鐫『正德二年補刊』。第二十五至二十七葉補刊，版心上鐫『嘉靖乙卯年監生王九思刊』。第二十八至三十葉補刊，版心上鎸『嘉靖庚戌年刊』。第三十一至三十二葉補刊，版心上鎸『嘉靖乙卯年監生王九思刊』。第三十三葉補刊，版心上鎸『嘉靖庚戌年刊』。第三十四至三十六葉補刊，版心上鎸『正德二年補刊』，第三十六葉版心下鎸一『梁』字。第三十七至三十八葉補刊，版心上鎸『嘉靖庚戌年刊』。第三十九至四十一葉補刊，版心上鎸『正德元年補刊』，下鎸『易韋經』。第四十二葉補刊，版心上鎸『正德元年補刊』，下鎸『監生易韋經』。第四十三至四十四葉補刊，版心上鎸『嘉靖庚戌年刊』。第四十五葉補刊，版心上鎸『正德元年補刊』，下鎸『易韋經』。第四十六至五十葉補刊，版心上鎸『嘉靖庚戌年刊』。第五十一、五十二葉用原板，原板已殘損甚。第五十三葉補刊，版心上鎸『嘉靖庚戌年刊』。第五十四、五十五葉補刊，版心上鎸『正德二年補刊』，第五十葉版心下又鎸『盛儼』。

《玉海》卷九十八至一百裝爲第三十八册。卷九十八第一、二葉用原板，有修補。第三、四葉補刊，版心上鎸『嘉靖丙辰年』，下鎸『監生谷有恒刊』。丙辰，嘉靖三十五年。第五至十二葉用原板，葉面多殘損。第十三、十四葉補刊，版心上鎸『嘉靖丙辰年』，下鎸『監生谷有恒刊』。第十五至十八葉用原板，有修補。第十九、二十葉補刊，版心上鎸『嘉靖丙辰年』，下鎸『監生谷有恒刊』。第二十一、二十二葉補刊，版心上鎸『正德二年補刊』，下鎸『翁寵』。第二十三至二十八葉補刊，版心上鎸『嘉靖丙辰年』，下鎸『監生谷有恒刊』。第二十九至三十二葉用原板，有修補。卷九十九第一至八葉用原板，有修補。第九葉補刊，版心上鎸『嘉靖丙辰年』，下鎸『監生谷有恒刊』。第十至十九葉用原板，字多漫漶。第二十至二十三葉補刊，版心上鎸『嘉靖丙辰年』，下鎸『監生谷有恒刊』。第二十四、二十五葉補刊，版心上鎸『正德元年補刊』，下鎸『監生朱賓』。第二十六至四十葉用原板，有殘損，字跡漫漶。第四十

一、四十二葉補刊，版心上鐫『嘉靖丙辰年』，下鐫『監生谷有恒刊』。第四十三至四十五葉用原板。補刊之葉，嘉靖間尤多。蓋原板至嘉靖中，殘損已甚。補刊諸葉，俱每半葉十行，行二十字，小字雙行同，白口，雙魚尾。正德初補刊葉，左右雙闌，嘉靖間補刊葉則四周雙闌。版心上大都鐫補刊月日及監刊姓字，以示區别。正德元年、二年補刊有監生易韋經、盛儼、朱賔、翁寵，嘉靖間補刊有監生鍾鶴齡、王九思、谷有恒等。正德初補刊葉，字形猶略倣原刻趙體，嘉靖補刊風格大變，不復字畫皆古。

洪頤煊《讀書叢錄》卷二十四所著錄《玉海》二百四卷『間有明正德二年、嘉靖庚戌至丁巳補葉』，即正德、嘉靖間補刊本。正德元年、二年補刊，南國子監監丞戴鏞董之，其《題識》云：『歲久曼漶殘缺，觀者病焉。鏞董修羣籍，次第及是，補遺易腐，新刻總四百三十五板，庶完其舊。』正德、嘉靖補刊本，校勘未精。趙用賢《玉海引》云：『《玉海》一書，篇帙繁浩，獨南雍自國初時有刻本，歲久朽蝕者過半。正德、嘉靖中，累有補緝，而校勘未備，譌舛爲多。』（乾隆三年補刊本《玉海》第一册）

玉海二百卷、附辭學指南四卷　元後至元六年慶元路儒學刻、至正十一年重修、元明清遞修、清乾隆三年補刊本（日本内閣文庫）

宋王應麟纂。應麟有《周易鄭康成注》，已著錄。其《玉海》二百卷、附《辭學指南》四卷，前已著錄臺圖藏元後至元六年慶元路儒學刻、至正十一年重修本。此爲日本内閣文庫藏元後至元六年慶元路儒學刻、至正十一年重修、元明清遞修、清乾隆三年補刊本，合附刊《詩攷》《詩地理攷》等十三種書，裝爲一百冊。前八十冊爲《玉海》附《辭學指南》共二百四卷。牌記曰：『吉水李醒齋先生校訂，玉海，全部二百四卷，附雜著十三種，板藏江寧學宮尊經閣，乾隆三年補刊。』集前有李振裕康熙二十六年仲冬《補刊玉海序》、胡助原《序》、阿股圖原《序》、王介原《序》、李桓原《序》、王式丹等擬《補刻玉海例言》、明萬曆十一年重修《玉海》官銜名、趙用賢萬曆十七年七月《玉海引》、浙東道宣慰司刊書原牒文、戴鏞正德二年二月《題識》、熊本乾隆三年八月《補刊玉海敘》、張華乾隆三年八月《序》及《目錄》（《玉海目錄》《詩攷目錄》《漢藝文志攷目錄》《通鑑地理通釋目錄》《周書王會補注目錄》《漢制攷目錄》《踐阼篇集解目錄》《急就篇補注目錄》《小學紺珠目錄》《姓氏急就篇目錄》《六經天文篇目錄》《周易鄭康成注目錄》《通鑑答問目錄》）。

周中孚《鄭堂讀書記》著錄『重修明南監本』《玉海》二百卷，有『至以萬曆己丑，南雍重修，祭酒趙用賢爲之引。入國朝，康熙丁卯，李振裕又爲重修而係以序，并有王式丹等《補刻例言》。越五十二年，乾隆戊午，其版旋復殘闕，振裕之甥熊本又補刊而爲之序』云云。熊本乾隆三年補刊，即此本。然所謂萬曆十七己丑南雍重修，言之未詳。萬曆間補刊，有萬曆十一年補刊葉、萬曆十三年補刊葉、萬曆十五年補刊葉、萬曆十六年補刊葉。李振裕補刊前，又有崇禎間補刊。蓋《玉海》及附刊諸書，正德、嘉靖、萬曆、崇禎、康熙、乾隆各有補刊。此本彙歷朝補刊而重補之。

正德、嘉靖間補刊之況，前已詳言之。萬曆間補刊，趙用賢《玉海引》謂正德、嘉靖中累有補刊，然校勘未備，『萬曆乙酉，金華瀫陽趙先生始議大加修刻，未幾擢去，所屬梓者，僅四百餘葉。丁亥秋，用賢亦謬得承乏，乃通核其文之漫滅者，尚四千有奇，而闕者五十八葉。於是遍索白下及三吳藏書家，凡半歲所，幾得其全，今所闕特二三而已。遂復以戊子之春仲，更爲繕刻。越明年己丑夏，凡得四千四百通。前刻蓋幾五千葉，寔居半矣。先是少司成余公參定，得四之一，已而祥符玉陽張先生繼來，乃總任校閲之事。故逾年而此書焕然，幾還舊觀，斯已勤矣。若鳩工授梓，則諸生皆與有助，而字櫛句比，不厭三復，則助教林焲章、學正陳王道、典籍吴聘執簡効勞，先後爲最多云』。末署『萬曆己丑秋七月朔日，祭酒吴郡趙用賢識』，並附監丞楊秉鉞、李衡、博士張廷相、唐應龍之名。金華瀫陽趙先生，即趙志皋，嘗官南京國子司業，陞祭酒，遷南吏部右侍郎。趙用賢繼爲南國子祭酒。志皋所屬補刊者，共四百餘葉。用賢令更爲繕刻，庶幾全備。萬曆十一年重修《玉海》官銜名，列南國子祭酒王弘誨、司業趙志皋校刊，監丞楊秉越、博士葉世治、臧懋循、助教莊文龍、周仕揩、黄應春、學正袁惟慶、彭師古、徐應箕、學録程淡、程熠仝校。又列繼事者助教林焲章、學正陳正道等人官銜名（按：趙用賢《玉海引》作『陳王道』。《玉海引》收入萬曆刊本《松石齋文集》卷十一，題作《書玉海後》，亦作『陳王道』）。

康熙間補刊之況，李振裕《補刊序》、王式丹等撰《補刊例言》載之已詳。李《序》云：『書刻於浙東，元至元六年始成，計五千板，號乃踰萬。明初南雍亦有刻本，歲久朽蝕者過半。萬曆中，祭酒趙公用賢鳩工補刊，是書賴以不泯。洎革命之秋，南雍廢爲縣學，典守者遂溺其職，日消月鑠，其朽蝕亦復過半。海内所藏又往往厄於兵火，士大夫欲購是書而不可得，喟然惜之』，『會天子下求書之詔，命所司網羅散逸，非經史之學、有裨治道者勿進』。振裕側聞兹命，乃蹶然而起』，『於是謀諸郡邑，出學租節省之餘，以給剞劂之費。計闕板三千一百六十，悉爲補刊。其文之漫滅者，亦皆依善本填刻，多至每板數十字。是役也，創始於丙寅，歷二載乃成。董其事者，松江守朱雯喬二。鳩工庀具，則上元訓導陸禬也。是書苦無善本，上元明經周銘篤學嗜古，家藏《玉海》，視世所得者爲最』，『互相讎校，十已得其六七。其不可知者，則攷所自出之書以補之。其致力可謂勤，而用心可謂精矣』，『又有遺書十三種，自《詩攷》至《通鑑答問》共五十餘卷，板皆在上元學，朽蝕亦如《玉海》，今悉爲補刊。別有《困學紀聞》二十卷，舊刻缺譌，亦當改鋟，他皆湮沒不傳。』末署『旹康熙二十六年歲次丁卯仲冬日南至，後學吉水李振裕維饒甫識於澄江官舍』。康熙補刊之役，李振裕主之，始於康熙二十五年，成於翌年，補闕板三千一百六十片。文字漫滅者，依善本補字，每板或多至數十字。所補諸板，有至元六年刻、至正十一年重修者，又有歷朝補刊者。苦無善本，校讎頗倚於上元周銘家藏《玉海》，其不可知者則『攷所自出之書以補之』。故此本與元刻本文字略異。振裕稱『明初南雍亦有刻本』，誤讀趙用賢《玉海引》『獨南雍自國初時有刻本』，以爲南監另有刻本，非元至元六年雕板。南監所藏，即元時所刊。王式丹等撰《補刻例言》亦傳此誤，云：『《玉海》一書，元時刻於浙東，原本已無傳。明代刻本藏在南雍，歷正德、嘉靖、萬曆、崇禎，屢有補刻，歲久朽蠹。今南雍改爲縣學，典守無人，其存者十之三耳。』此本猶存少量元時刻板印葉，如第六十册所收卷一百七十三共三十四葉，其第十五、十九、二十二、二十九、三十葉用原板。卷一百七十四共三十八葉，其第一、四、十八、二十九、三十四葉用原板。雖皆有修補，然用元板則無疑也。《例言》載康熙補刊始末、體例甚悉，云：『幸遇吉水李夫子奉命視學江南，興起文教，課士之暇，網羅舊聞，深懼是書失傳，因捐學租補刊。總計全部九千餘頁，今補六千一百餘頁，刻成刷印，復得朽壞者一百五十餘頁，悉皆補完。附書十三種，都無遺缺，較前代所刻，煥然改觀』，『補刊工費浩繁，經歷歲月，稽覈爲難。值李夫子內召期迫，鳩工督促竣役，字畫錯誤甚多。至舊板之存者，糢糊脫漏，亦復不少。幸覓有善本，互爲校勘，新板之錯誤者正之，舊板之糢糊脫漏者補之，字櫛句比，已得八九。至善本原有空白及字句脱訛者，如《十三經》《十七史》《杜氏通典》《文獻通考》之類，尋討根源，間有增補改正。若其引用未見之書，無從借觀，不得不闕之，以竢異日。至于宋朝事跡，多不著書名，即今《宋史》所載，恐未必一一符同，所有缺訛數處，有待博雅。宋時極重廟諱，是書中引用古人名姓事跡，遇諱，即嫌名亦必改易字面。如「桓譚」之爲「亘譚」，「荀勗」之爲「荀勉」，「魏徵」之爲「魏證」，及「貞觀」作「正觀」，「胤征」作「嗣征」，「宮縣」作「宮垂」，「桓圭」作「植圭」，「姤卦」作「遇卦」。此類頗多，與訛謬者不同，且改之不可勝改，故皆仍其舊。古字多有通用，如「藏」之爲「臧」，「鎮」之爲「填」，「執贄」之「贄」作「摯」，「蒼龍」之「蒼」作「倉」，「袞龍」之「袞」作「卷」，「斧扆」之「扆」作「依」，「崆峒」作「空桐」，「皋陶」作「咎繇」。此類難以枚舉，皆原本經史，不敢妄改。是書與《文獻通考》同源異派，《通考》綜其要，是書核其詳，故兩書相爲表裏。其中或一事而各門互見，數語而前後叠出，意在該博詳贍，亦各有取義，故惟校字畫，無所竄易。宋時有博學宏詞科，是書實後進資藉，而其中源流條貫，包蘊宏深，無所不有。引用 事，必錄書名，制作更改，並詳月日，期于開卷井然，易爲查核。稍有模糊脱漏，便失作者之意。故此番較勘，于書名、日月之類，雖不甚關事跡者，皆必一一訂正。第一百二十二卷第十一號，第一百三十九卷第二十七號，《紺珠集》第九卷第二十號，原本缺，今照舊用空白絲欄置卷中，以俟增補。明代補刻，萬曆本最精，字畫皆古雅可觀。嘉靖、崇禎本次之，正德本最爲紕繆。其不著年代者，初刻本也，卷中存者已無幾矣。今校正既畢，必當挖補，新板自可無慮，舊板歷年既久，木質不堅，以新木補入，始猶相附麗，一經刷印，水浸之後，或風吹霉濕，舊木易於腐壞，新木易于拆裂。所賴典守者加意庋置，時爲查點，庶可保全字畫，久而勿敝。』末署『門人寶應王式丹、上元周銘謹識，江陰徐世沐、江寧郭正宗、句容李藴、上元王時中仝校』。

乾隆三年補刊之況，熊本《補刊玉海敘》、張華《序》皆有載述。熊《敘》云：『康熙丙寅歲，舅氏吉水李公視學江南，見其朽蠹，捐俸而聿新之，貯之學宫。今數十年來，又殘闕矣。吾鄉晏一齋先生莅任安藩』，『以是書有功於史學，與郡守張公重脩，而屬余校讎之。又得善本於黄生惟吉家。惟吉即石公先生孫也，博學嗜古，相與昕夕校對，殘者補，訛者正，閱月復爲完璧。』張《序》云：『版藏上元學中，歷久廢缺。康熙年間補刊一次，迄今不數十年，又復朽蠹殘缺，已爲廢版。予典郡金陵，脩謁上元文廟，接見諸廣文，詢及學宫所藏書籍，因具悉是書廢興本末，慨然有志脩復。適大方伯晏公暨監司王、孔二公俱以名賢秉政是邦，具述所以，三公同捐資倡舉，以予敦事。因購求原本校對，幾不可得，閱二年，始得善本。邑中熊太史南州先生任校讎之責，郡紳汪子維周鳩工董成，諸僚佐及紳士輩，亦各踴躍贊襄，不數月而版成，補殘整舊，粹然完璧。』

此本所用舊板，有至元六年原板，至正十一年重修板，此即《補刊例言》所言『初刻本』。又有正德補刊、嘉靖補刊、萬曆補刊、崇禎及康熙補刊板片。初刻及歷朝補刊諸板，康熙間補刊已重修。乾隆三年補刊，於舊板又加重修。歷朝補刊葉，版心上大都注明月日，乾隆三年補刊亦然。

今對照日本内閣文庫所藏正德、嘉靖間補刊本（本條以下簡稱『正嘉補本』），略觀之。此本卷一至二裝爲第二册。卷一共三十九面，首葉爲康熙二十六年補刊，版心上鐫『康熙二十六年刊』，下標字數，正德補本則用原板。第二至五葉，康熙二十六年補刊。第六葉，萬曆十五年補刊，版心上鐫『萬曆丁亥年』，下鐫『監生盛世霖刊』。第七、八葉，康熙二十六年補刊。第九葉，乾隆三年補刊，版心上鐫『乾隆三年刊』，不標字數。正嘉補本卷一第二至九葉缺。第十葉，康熙二十六年補刊，正嘉補本第十葉嘉靖三十四年補刊。第十一葉爲康熙二十六年補刊，第十二葉爲萬曆十五年補刊，正嘉補本此二葉用原板。第十三葉，康熙二十六年補刊，正嘉補本爲正德二年補刊。第十四葉爲康熙二十六年補刊，第十五、十六葉爲乾隆三年補刊（第十六葉上鐫『乾隆三年刊』，下鐫『州同袁鈞補刊』），正嘉補本此三葉用原板。第十七葉，康熙二十六年補刊，正嘉補本爲嘉靖二十九年補刊。第十八葉，嘉靖三十四年補刊，正嘉補本同。第十九至二十葉，乾隆三年補刊，第二十一葉，萬曆十六年補刊，正嘉補本此三葉用原板。第二十二葉，康熙二十六年補刊，正嘉補本爲嘉靖二十四年補刊。第二十三、二十四葉，嘉靖二十九年補刊，正嘉補本同。第二十五葉，康熙二十六年補刊，正嘉補本爲嘉靖三十四年補刊。第二十六葉，萬曆十一年補刊，上鐫『萬曆癸未年補刊』，下鐫『昱，四百一十』，正嘉補本用原板。第二十七葉，康熙二十六年補刊，正嘉補本爲嘉靖間補刊。第二十八葉，萬曆十一年補刊，上鐫『萬曆癸未年補刊』，下鐫『武，四百一十二』，正嘉補本用原板。第二十九葉，康熙二十六年補刊，正嘉補本爲嘉靖二十九年補刊。第三十葉，康熙二十六年補刊，正嘉補本爲嘉靖三十四年補刊。第三十一、三十二葉，康熙二十六年補刊，正嘉補本爲正德二年補刊。第三十三葉，康熙二十六年補刊，正嘉補本爲嘉靖三十四年補刊。第三十四葉，康熙二十六年補刊，正嘉補本用原板。第三十五、三十六葉，康熙二十六年補刊，正嘉補本爲正德二年補刊。第三十七葉，萬曆十五年補刊，正嘉補本用原板。第三十八葉爲康熙二十六年補刊，第三十九葉爲嘉靖三十四年補刊，正嘉補本此二葉缺。類此檢校，可知歷朝補刊及《玉海》朽蝕之況。康熙、乾隆間兩次補刊，頗事校讎。康熙間補刊校改尤多，惜乏善本參酌，校讎雖亦持慎，然不免擅改。今元刻本完帙猶存，其校讎得失具可見之。

四明文獻集五卷　清康熙間抄本（國圖）

宋王應麟撰，明鄭真輯，明陳朝輔訂補。應麟有《周易鄭康成注》，已著録。此爲《四明文獻集》五卷，清康熙間抄本，四冊。無版匡、界格。每半葉十行，行二十二字。卷一、卷三卷端題曰：『後學鄭真輯。』卷四、卷五卷端題曰：『後學鄭真輯，後學陳朝輔訂補。』卷二不題。集前無序目，卷一首列鄭真撰應麟小傳，集末有陳朝輔《王深寧文集跋》。鈐『朱彝尊錫鬯父』、『梅會里朱氏潛采堂藏書』、『謙牧堂藏書記』、『兼牧堂書畫記』、『四明張氏約園藏書』圖記，爲朱彝尊、納蘭揆敘、張壽鏞遞藏。

此本卷一爲記、序、跋（卷一記起於《周山川圖記》，止於《德潤齋記》。其後《天禧編御集序》《詩攷語畧序》《跋袁潔齋答舒和仲書》編爲卷二，卷端題『四明文獻集卷之二，後學鄭真輯』。接下重列『卷二』，以赦文《咸淳三年郊祀大禮赦文首詞》爲始，蓋以序、跋歸入卷一也），末一篇《跋袁潔齋答舒和仲書》題下注『補』字，第一篇《周山川圖記》缺首半葉；卷二爲赦文、詔（起於《咸淳三年郊祀大禮赦文首詞》，止於《獎諭張世傑》）；卷三爲表、露布、檄；卷四爲制、祭文、青詞、樂章；卷五爲誥、誌銘、贊，誌銘得二篇，贊得一篇。《故觀文殿學士正奉大夫史宇之墓誌銘》題中『史宇之』三字，係校補增入，題下注云：『以下補入。』此篇與《史鄂州墓誌銘》《越大夫贊》爲補入，《越大夫贊》缺半葉。卷一《唐七學記》『玄』字皆作『元』，卷三《晉前鋒都督平兗青州露布》『玄』字作『元』，《擬國史院進光宗、寧宗實訓表》『玄』字缺筆，而外『丘』、『弘』字不避，當寫於清康熙間。或以爲朱彝尊抄本，恐尚俟考證。

《元史》應麟本傳稱所著有《深寧集》一百卷、《玉堂類稿》二十三卷、《掖垣類稿》二十二卷。後二種爲制稿，前一種爲文稿。延祐《四明志》作文集八十卷，又載内外制四十五卷，即制稿二種也（參見乾隆《鄞縣志》卷二十二《藝文》）。應麟《浚儀遺民自誌》云：『再入翰苑，三入掖垣，制稿凡四十五卷，才弱文不逮古也』，『其文稿曰《深寧集》，然不足傳也。』三稿不傳，非不足傳，實未刻行也。鄭真輯《四明文獻集》，首録應麟文五卷。張壽鏞《四明文獻集序》云：『文集凡百卷，世傳元時析產，割裂散佚。頗疑其間必多忌諱之作，而子孫燬之耳。不然，百卷之集僅存五卷，二十而存一，無是理也。』王存善《序》云：『全集一百卷，在元時子孫析產，各分如干卷，以致散佚。』張壽鏞所疑實無據。王厚孫元季嘗以《玉堂類稿》《掖垣類稿》傳鄭真。鄭真從學王寧孫，洪武十一年二月作《王先生叔遠行狀》：「先世手澤，宸章御墨，寶藏珍惜，凜如不勝。尚書公所著《深寧集》等書，累千百卷，先生與其兄厚孫遂初公同爲校讎，盹分目別，肄習成誦。其《玉海》及他書十二種，請於部使者鋟梓以傳。」（《滎陽外史集》卷四十二）厚孫、寧孫兄弟寶藏《深寧集》諸書。文稿散佚恐由元季兵火，非王氏後人不善藏守。鄭真字千之，號滎陽外史，鄞縣人。祖芳叔爲應麟門人。真與兄駒、弟鳳並以文學擅名。洪武四年，舉鄉試第一，授臨淮教諭，陞廣信府教授。著有《滎陽外史集》百卷。《四明文獻集》原爲鄭真元末所輯四明先賢詩文集，共六十卷，未刊行。崇禎十六年，鄞人陳朝輔得殘抄，因爲補輯。其《王深寧文集跋》云：『少從師授，得呂成公、真文忠之傳。所著書凡六百八十九卷』，『至手著序記、表誥、辭命、誌銘之類，闕焉未傳，誠爲憾事。歲癸未，余屏跡家門，友人劉君讓以鈔書見售，閲之，乃《四明文獻》也，採輯者滎陽外史鄭公真也，曷勝狂喜，不惜重貲以應寒士之請。把讀終卷，間有未經詳明者，僭爲補紹，有它處散見者，輒爲增益，以成全集。』《四明文獻集》經陳朝輔、張壽鏞補綴，存應麟文集五卷及董復禮、史彌遠、黄震等二十七人詩文十卷，合之僅十五卷。學者不加區分，致應麟一人之作冒總集之名。訛久成俗，今仍沿舊稱。

四庫館採錄浙江鮑士恭家藏本《四明文獻集》五卷，亦陳朝輔訂補抄本。《提要》云：『所著《深寧集》本一百卷，然《宋志》已不著録，焦竑《國史經籍志》亦不載其名，則散佚久矣。此本乃明鄞縣鄭真、陳朝輔所輯《四明文獻》之一種。故一人之作，冒總集之名也。通一百七十餘篇，制誥居十之七。蓋捃拾殘賸，非其真矣。應麟以詞科起家，其《玉海》《詞學指南》諸書，賸馥殘膏，尚多所沾溉。故所自作，無不典雅温麗，有承平館閣之遺，且所載事蹟，多足與史傳相證。如《宋史》應麟本傳謂度宗即位，應麟草百官表，循舊制請聽政四表，已上，一夕入臨，宰臣諭旨增撰三表。則此七表者，先進前四表，次進後三表也。考之是集，則第一表至第二表乃景定五年十月上，第三表至第七表乃十一月上，與本傳互異。又，《宋史・度宗本紀》載賈似道罷都督，予祠，在德祐元年二月，徙居婺州，又徙建寧，俱在七月。而由揚州責歸紹興，實在是年五月四日，見於是集《責賈似道歸里制》，亦足以補本紀之闕。則雖零章斷簡，固亦不以殘闕棄矣。』今按：鄭真《王先生叔遠行狀》載：『真時以子弟侍立，嘗爲論唐正衙内殿之制，詞科制誥、檄書、露布之體，以世之學者不暇致詳，而獨許真爲能學。宋景定末，度宗即位，尚書公以禮部郎官草百官表奏，舊制請聽政四表，已上，丞相賈魏公命增撰三道。尚書公至幄殿，一揮而就。』所記應麟一夕揮毫連表事，得自傳聞。《宋史》本傳所載及舊聞不足信，《提要》始辨明之。

提要當爲程晉芳所擬,《勉行堂文集》卷五《四明文獻集跋》有『伯厚《深寧集》一百卷,世久不傳。此本蓋浙人所蒐輯成者,得白七十餘篇,制誥居十之七。集前有小引,載同郡鄭真輯、陳朝輔補遺。《宋史》謂度宗即位,應麟草百官表,循舊制請聽政四表,已上,一夕入臨』云云(清嘉慶二十五年刻本)。鄭真當未得《深寧集》,以嘗得《玉堂類稿》《掖垣類稿》,並覽《辭學指南》,故《四明文獻集》制誥居十之七八。

應麟性介直,立朝恬靜,處家簡儉,治郡潔己愛民。宋社既屋,以遺民終老。其人志潔行高,其文醇正質厚。制詞典雅,切于體用,碑板正而奇,傳記簡而有致,頗有法度。茲集所存多高文典册,溫麗典雅,自是館閣之遺,然未可據以論定應麟文章。

王深寧先生文集五卷　清乾隆間黑格抄本(臺圖)

宋王應麟撰,明鄭真輯,明陳朝輔訂補。應麟有《周易鄭康成注》,已著錄。其《四明文獻集》五卷,前已著錄國圖藏清康熙間抄本。此爲臺圖藏清乾隆間黑格抄本《王深寧先生文集》五卷,亦即《四明文獻集》,四册。每半葉十行,行二十二字。白口,單魚尾,左右雙闌。各卷端題曰:『後學鄭真千之訂。』集前有《目錄》,卷一首列鄭真撰小傳。集末無陳朝輔《跋》。卷一至卷四篇目與清康熙間抄本同,卷一末一篇《跋袁潔齋答舒和仲書》,題下不注『補』字。卷五末較清康熙間抄本多出《悼袁進士鏞詩》一首,《故觀文殿學士正奉大夫史宇之墓誌銘》題下不注『以下補入』四字。此本亦源於陳朝輔訂補抄本。不題作《四明文獻集》,不致應麟一人之作冒總集之名。集中避『玄』、『丘』、『弘』字,臺圖館目作『舊抄本』，未確。鈐『鄭勳私印』、『谿上鄭勳』圖記。鄭勳字書常，號簡香，慈谿人。鄭梁玄孫，曾祖鄭性。師從蔣學鏞，家有『二硯窩』藏書。又鈐『丙辰徵士』。丙辰，乾隆元年。是年繼康熙十八年，再開博鴻。

四庫館採録鮑士恭家藏本《四明文獻集》五卷。《庫》本集前無應麟小傳，集後有陳朝輔《跋》。卷五末一首爲《悼袁進士鏞詩》。清康熙間抄本卷一《周山川圖記》首半葉闕，卷五《越大夫贊》亦缺半葉，此本與《庫》本皆不缺。《庫》本《唐七學記》『萃羣材』至『上下』之間缺文，注一『闕』字，康熙間抄本有『而樂育，菁莪之仁也。帝治時邕，成均肇建。有虞養老，庠分』二十二字。此本亦不缺，文字與康熙間抄本同，第題作《唐七學詩》，『詩』字訛。據此，此本非據《庫》本寫録。其篇目較康熙間抄本多出《悼袁進士鏞詩》一首，然編次有異。卷一爲記、序、跋，《天禧編御集序》《詩攷語畧序》《跋袁潔齋答舒和仲書》等序跋三篇，不似康熙間抄本重複列爲卷二。卷二爲赦文、詔、露布、檄。康熙間抄本，《晉前絳都督平袁青州露布》《唐劍南西川節度使同中書門下平章事破吐蕃露布》《漢丞相諭告巴蜀檄》《唐河東保寧等軍行營副元帥諭晉隰慈州檄》編入卷三表後。卷三爲表，不收其他諸體文；卷四爲制、祭文、青詞、樂章，與康熙間抄本不異。卷五爲誥、誌銘、贊、詩，即多出詩一篇。其間不齊若是。

四明文獻集五卷　清乾隆間抄本（臺圖）

宋王應麟撰，明鄭真輯，明陳朝輔訂補。應麟有《周易鄭康成注》，已著録。其《四明文獻集》五卷，前已著錄國圖藏清康熙間抄本。此爲臺圖藏清乾隆間抄本，一册。無版匡、界格。每半葉十行，行二十二字。前三卷各卷端題曰：「後學鄭真輯。」卷四、卷五卷端題曰：「後學鄭真輯，後學陳朝輔訂補。」集前無序目，卷一首列鄭真撰小傳。集後有陳朝輔《跋》。鈐「非昔過眼」、「曾在舊山樓」、「非昔居士」、「舊山樓」、「老屋三間，賜書萬卷」、「歙西長塘鮑氏知不足齋藏書印」、「錢大昕觀」諸圖記。常熟趙宗建號非昔居士，家有舊山樓藏書。「老屋三間，賜書萬卷」、「歙西長塘鮑氏知不足齋藏書印」爲鮑廷博藏書印。此本舊爲鮑氏所藏，錢大昕曾觀之，後歸趙宗建舊山樓。集中避「玄」、「丘」、「弘」字，當寫於清乾隆間。臺圖館目著錄作「舊鈔本」，未確。

此本收文篇目與臺圖藏清乾隆間黑格抄本無異，並無闕葉，且卷五末較清康熙間抄本多出《悼袁進士鏞詩》一首，然編次同於清康熙間抄本，與乾隆間黑格抄本有異。題下注明增補之況亦略不同。《詩敓語畧序》題下注「補」字，乾隆間黑格抄本及清康熙間抄本皆無。《跋袁潔齋答舒和仲書》題下注「補」字，清康熙間抄本同，乾隆間黑格抄本無之。卷五《故觀文殿學士正奉大夫墓誌銘》題中無「史宇之」三字，題下亦不注「以下補入」，乾隆間黑格抄本同，康熙間抄本則校增「史宇之」三字，題下並注「以下補入」。集末有趙宗建手錄至正二十四年靜如《題識》：「先兄淵如公素愛古先正文集，每得細紋白淨佳帋，必手錄，數十年間，共有百餘部，此其一也。世事遷流，中原不靖，先兄于韓賊入汴，殉節于家，所有書籍散失彌遺。有數種爲余帶至京寓，幸而獲存。重爲翻閱，悲從中來。今察罕將軍平定中原，狡如江南之朱禿賊，亦上書求哀，許其自新授官。而將軍中途被刺，禿賊蔑棄朝命，戮辱使臣，擬上書河南王，速勦絕其命，俾安我國家。因病未上也，噫！至正二十四年八月，靜如志于京寓。」

四明文獻集五卷　舊抄本（臺圖）

宋王應麟撰，明鄭真輯，明陳朝輔訂補。應麟有《周易鄭康成注》，已著録。其《四明文獻集》五卷，前已著録國圖藏清康熙間抄本。此爲臺圖藏舊抄本，五册。無版匡、界格。每半葉十行，行二十二字。前三卷卷端題曰：『後學鄭真輯，後學陳朝輔訂補。』集前有陳朝輔題《王深寧文集》，即清康熙間抄本集後陳《跋》。接爲《四明文獻集目録》。卷一首列鄭真撰小傳。鈐『臨清徐坊士言』、『徐坊之印』諸圖記，爲晚近徐坊所藏。集中文字不避『丘』、『弘』，『鄭玄』寫作『鄭元』，『玄』字或寫作『元』，或不避。臺圖館目作『舊抄本』，當爲可信。篇目與清乾隆間黑格抄本同，較康熙間抄本多出《悼袁進士鏞詩》一首，編次頗異。卷一記起於《周山川圖記》，止於《德潤齋記》，其下《天禧編御集序》《詩攷語畧序》《跋袁潔齋答舒和仲書》仍歸卷一，標『卷一，補』。卷二首列赦文、詔，次第與清乾隆間黑格抄本、康熙間抄本各異。卷三爲表、露布、檄。卷四爲制、祭文、樂章。卷五爲誥、墓誌、詩。此本以寫時較早，可備校勘。

王尚書遺稿一卷　清抄本（國圖）

宋王應麟撰。應麟有《周易鄭康成注》，已著録。此爲《王尚書遺稿》一卷，清抄本，一册。無版匡、界格。每半葉八行，行十六字。卷端題曰：『鄞江王應麟伯厚。』無序跋、目録。封題『王尚書遺稿（全）』。内封鈐『乾隆三十八年四月，兩淮鹽政李質穎送到馬裕家藏，王應麟遺稿壹部，計書壹本』，『王應麟遺稿壹部』及後一『壹』字，係填寫。鈐『翰林院印』、『犀盦藏本』圖記。錢桂森字馨伯，號犀盦，泰州人。道光三十年進士，選庶吉士，授翰林院編修，遷山西道監察御史（黄叔璥《國朝御史題名》）。累遷内閣學士，兼禮部侍郎（民國《續纂泰州志》卷二十四《人物仕績》）。此本乃兩淮鹽政進呈本，後爲錢桂森所藏。集中避『丘』字，寫於雍乾間。

是集僅收《鼈山》《天童寺》《望春山》《東錢湖》《唐開成年墓誌石》等詩五首，全録自《兩宋名賢小集》卷三百七十八《王尚書遺稿》。《兩宋名賢小集》收應麟詩亦止此五首。《鼈山》一首，即《四明文獻集》卷五末一篇《悼袁進士鏞詩》，臺圖藏舊抄本、清乾隆間抄本、清乾隆間黑格抄本俱有之，國圖藏清康熙間抄本無。胡文學編《甬上耆舊詩》卷二收此詩，題作《挽袁進士鏞詩》。此本題下有小注：『進士袁鏞抗節，死于此山。家人投山下溺死者，十有七人。』據於《兩宋名賢小集》。上列諸抄本皆無小注。

又，《四明叢書》本《四明文獻集》卷五詩收《悼袁進士鏞詩》一首。《深寧先生文鈔摭餘編》卷三收《元至元二十七年，城中握蘭橋旁民家築室，穿土得誌石一片，其文乃唐開成四年太原王夫人之墓誌，謂其曾祖王元浩在玄宗時拜諫議大夫、左庶子，慕巢由之志，辭疾不就，詩以紀事》《九里廟》二詩。前一首見於此本，即《唐開成年墓誌石》，詩序『元至元二十七年』云云，即《摭餘編》録詩題，『辭疾不就』後，詩序作『前宋尚書王應麟爲詩，以紀其事』。又，『王元浩』，此本作『王元涪』。《庫》

本《兩宋名賢小集》、乾隆《鄞縣志》作『浩』。《庫》本《宋詩紀事》、《四明叢書》本《王應麟先生年譜》（錢大昕編）作『涪』。此其小異。此本詩題並序抄自《兩宋名賢小集》。《摭餘編》所收《九里廟》與《摭餘編補遺》所收《東山詩》一首，此本無。此本所收《天章寺》《望春山》《東錢湖》三詩，則《四明叢書》本所無。

今整理本《四明文獻集》（外二種），依《四明叢書》本，收《悼袁進士鏞詩》《元至元二十七年，城中握蘭橋旁民家築室，穿土得誌石一片》《九里廟》《東山詩》等四首，據《兩宋名賢小集》補遺《天童寺》《望春山》《東錢湖》等三首，計七首。大都清雅醇厚，似其爲文。詩雖應麟餘事，且成就難及舒岳祥，然所存寥寥，不足論定其詩。

四明文獻集五卷、深寧先生文鈔摭餘編三卷、附年譜三卷　《四明叢書》本

宋王應麟撰，明鄭真輯，明陳朝輔訂補，清葉熊摭餘，錢大昕、陳僅、張恕、張大昌等撰年譜。應麟《四明文獻集》，前已著錄清康熙間抄本。此爲《四明叢書》本《四明文獻集》五卷、《深寧先生文鈔摭餘編》三卷、附年譜三卷，七册。每半葉九行，行二十一字。白口，無魚尾，左右雙闌。《文獻集》各卷端題曰：『宋慶元王應麟伯厚撰，明鄞縣鄭千之輯。』《摭餘編》各卷端題曰：『宋四明王應麟伯厚撰，里後學葉熊輯。』集前有張壽鏞民國二十一年十月《序》、王存善民國四年十二月《序》及鄭真《王厚齋先生小傳》。《文獻集》《摭餘編》集前各有目録。《摭餘編》後又有童槐道光九年八月《後序》、葉熊道光

九年二月《後序》。

壽鏞《序》云：『吾鄉學者，代不乏人，而文獻佚喪顧乃獨多，而先生與萬先生季野之文亡佚尤衆，豈非遭際之不幸哉！壽鏞既得朱竹垞舊藏《四明文獻集》及葉氏所輯《摭餘編》，謹校而重刊之。』此本《文獻集》據依朱彝尊舊藏清康熙間抄本，《摭餘編》據依葉熊補輯《深寧先生文鈔摭餘編》。葉熊《後序》云：『宋尚書厚齋王公遺集二種，一爲《四明文獻集》，前明千之鄭先生所輯。全集久佚，獨存公文五卷，采入《欽定四庫全書》中，雲壁王君奎藏其稾。一爲《摭餘編》，先刺史公命熊及二子培元、培誠積年捃拾，藏在家塾者，今屬漁山陳君僅、鐵峰張君恕，排纂爲三卷』，『熊因彙而梓之，爲《深寧先生文鈔》，凡八卷。』童槐《後序》云：『近乃有葉氏《摭餘編》，自省郡邑各乘所載，洎天一閣、抱經樓諸藏書家所留遺，靡弗蒐緝，亦裒足三卷。而鄭選底本適與並出，其前喆神明惠睠桑梓，耿然歷五百餘載，將終啟海東儒術邪！小山太守爰合二種梨之。』葉氏輯《摭餘編》，卷一收記、傳、序；卷二收後序、跋、書後、題辭、制、辨、銘、箴；卷三收贊、七及詩。民國四至五年間，仁和王存善借嘉業堂藏江都秦氏抄本以校葉氏本，鉛印《王伯厚尚書集》八卷行世，末附陳僅、張恕編《年譜》一卷，並增錢大昕、張大昌編《年譜》兩種。存善《序》云：『明初鄭教授真輯《四明文獻集》，中五卷爲尚書文。《四庫提要》言全集久佚，所著錄者，即此五卷本也。道光九年，鄞縣葉氏有刻本，附《摭餘》三卷、《年譜》一卷。至道光庚子，版亦燬於兵火，即葉刻亦稀如晨星矣。今年梁節堪京卿爲假得烏程劉翰怡京卿所藏江都秦氏寫本，取以相校，凡異文皆條注於本字之下。』

《摭餘編》後立『補遺』之目，收《東山詩》一首並徐恕題記一則。另附收《年譜》三種。《文獻集》

間附校記，雖以清康熙間抄本爲底本，文字時異，殆參酌諸本也。傳、箴、七體皆未見於《文獻集》，《摭餘編》得傳十篇，箴題二篇，七體一篇。此本合前後二集收詩並新輯，亦止四首。

清道光九年葉氏紫藤花館刻《深寧稱生文鈔八卷》、附《年譜》一卷，今傳。南圖又藏有清抄本《深寧居士集》八卷、附《王尚書遺稿》一卷，丁丙跋。《善本書室藏書志》卷三十二著録作『舊鈔本（汪魚亭藏書）』，云：『傳者惟鄭真所輯《四明文獻》五卷，《四庫》所收是也。此本乃嘉慶補輯底本，凡八卷。卷一爲記，卷二爲序，卷三爲赦文，爲詔，卷四爲制，卷五爲誥，卷六爲表，卷七爲露布，爲檄，爲青詞，爲樂章，爲箴，爲銘，爲贊，爲頌；卷八爲跋，爲墓志銘，爲詩。而終以《宋史》本傳。別有《王尚書遺稿》，僅詩五首，中有《鼇山》《唐開成年墓誌石》二詩，爲八卷本所無，因附以存焉。有「汪魚亭藏閲書」、「趙輯寧印」、「古歡書屋」三印。』汪憲字千陂，號魚亭，錢塘人。乾隆十年進士，累官刑部員外郎，家有振綺堂藏書。

今人編纂《全宋文》《全宋詩》及校勘《四明文獻集》，補遺詩《天童寺》《望春山》《東錢湖》等三首，賦《節鎮賦》一篇，佚文《閬風集序》《方壺存稿序》《趙茈民遺文序》《蘭皋集跋》《馬和之袁安臥雪圖跋》《書吳潛撰孫夢觀墓誌銘後》《毘陵重浚後河記》《登台橋記》《三十世四明始祖史惟則像贊》《浚儀遺民自誌》《故承務郎鄔君墓誌銘》等文十一篇，及《宋史》所載《論政疏》《論修攘疏》《冬霜上疏》《繳駁留夢炎擢用徐囊黄萬石疏》《乞罷疏》等殘文五篇。應麟爲葉夢鼎撰《信國公墓誌銘》，見於《寧海葉氏宗譜》，亦可補入。至於復輯遺佚，實有賴於博蒐家乘、碑刻也。

困學紀聞參注一卷　清光緒間陶福履輯刻《豫章叢書》本

清趙敬襄撰。敬襄字司萬，號竹岡，奉新人。嘉慶四年會魁，成進士，選庶吉士。散館，授吏部主事。乞歸終養，授徒講學。著有《竹岡詩文稿》《九岡九種》《闕廟輯略》《十七國分合表》《西江高士傳》《方輿直指》《算學錄》《識小錄》諸書。此爲所撰《困學紀聞參注》一卷，清光緒間陶福履輯刻《豫章叢書》本。每半葉九行，行二十一字。卷端題曰：「奉新趙敬襄竹岡著。」

《紀聞》箋證，自閻若璩發其端，何焯、全祖望諸子繼之，諸家批校注評夥矣。敬襄爲時風鼓動，撰爲《參注》一卷，記讀書所得，按《紀聞》次第，節引應麟書中語，時附需辨諸家注，末列己說。所錄《紀聞》卷十一《攷史》『屠岸賈誅趙氏』條引『閻云』、『何云』、『全云』、『萬云』，『《張釋之傳》』條引『何云』、『萬云』，卷十二《攷史》『王導之孫謐』條引『閻云』、『錢云』，卷十四《攷史》『唐宗室宰相十一人』條引『錢云』、『萬云』，卷二『若爾三王』條引『方云』、『萬云』，不見『翁云』或『元圻案』，由是知敬襄嘗見『七箋本』，未見『翁注本』。

其辨閻若璩、何焯、方粢如、萬希槐、屠繼序諸家之說，頗能發抒新見。如《紀聞》卷一『《易正義》

云：四月純陽』條：『《易正義》云：「四月純陽，陰在其中，而靡草死。十月純陰，陽在其中，而薺麥生。」《漢和帝紀》：「有司奏，以爲夏至則微陰起，靡草死，可以決小事。」與《月令》不同。』應麟原注：『《參同契》：「二月榆死，八月麥生。」』敬襄按：『按《魯恭傳》云：「初，和帝末下令麥秋得案驗薄刑，而州郡好以苛察爲政，因此遂盛夏斷獄。恭上疏諫。」然則此奏所云夏至，正謂麥秋，四月立夏之後，與《月令》合。王云不同，蓋承章懷注，誤以爲五月之夏至也。』嘉慶九年刊《校訂困學紀聞》止有原注。嘉慶十八年刊《校訂困學紀聞集證》增注出處，萬希槐集證云：『《參同契・卯酉刑德章》：「二月榆落，魁臨於卯。八月麥生，天罡據酉。」《西京雜記》載董子《雨雹對》：建巳之月爲純陽，薺麥枯，由陰殺也。建亥之月爲純陰，薺麥始生，由陽升也。《淮南子・墜形訓》：「木勝土，土勝水，水勝火，火勝金，金勝木。故禾春生秋死，菽夏生冬死，麥秋生夏死，薺冬生中夏死。」注：「禾，木也。木王而生，金王而死。菽，火也。火王而生，水王而死。麥，金也。金王而生，火王而死。薺，水也。水王而生，土王而死。」』清道光五年刊《困學紀聞注》，翁元圻案：『《後漢書・和帝紀》注曰：「《月令》：孟夏之月，「靡草死，麥秋至」。斷薄刑，決小罪。臣賢案：五月一陰爻生，可以言微陰起。今《月令》云孟夏，乃是純陽之月。此言夏至，與《月令》不同。」○董仲舒《雨雹對》曰：「建巳之月爲純陽，不容都無復陰也。但是陽家用事，陽氣之極耳。薺麥枯，由陰殺之也。建亥之月爲純陰，不容都無復陽也。但是陰家用事，陰氣之極耳。薺麥始生，由陽升也。其尤者，葶藶死於盛夏，款冬花於嚴冬，水極陰而有溫泉，火至陽而有涼焰。故知陰不得無陽，陽不容都無陰也。」』由萬至翁，愈釋愈繁，乃不知應麟所云。敬襄舉《後漢書・魯恭傳》，一語遂辨應麟之誤解。

又如《紀聞》卷十二《攷史》『《武紀》：元狩二年秋』條：『《武紀》：元狩二年秋，匈奴昆邪王降，置五屬國以處之。注不載五屬國之名（原注：《表》云三年）。攷之《地理志》，屬國都尉，安定治三水，上郡治龜茲，天水治勇士，五原治蒱澤，張掖治日勒。此武帝初置也。若金城、西河、北地屬國，置於宣帝時，不在五屬國之數。』嘉慶九年刊《校訂困學紀聞》於五屬國之名，止錄閻注一條：『閻云：按：日勒止注都尉治，不云屬國，其西河之美稷乎？注可見。』嘉慶十八年刊《校訂困學紀聞集證》『張掖治日勒』句增注云：『張掖郡縣十，日勒都尉治。』『不在五國之數』句末止引以上閻注一條。萬氏集證則云：『錢文子《補漢兵志》：「武帝征伐之餘，夷狄衰耗，於是即其歸義者，處之塞外爲屬國，置屬國都尉領之。」陳元粹注引《地理志》：「天水勇士，安定三水，上郡龜茲，西河美稷，五原蒲澤，皆屬國都尉治。」槐按：「閻說與《補漢兵志》注合。考《宣紀》五鳳三年，始置西河、北地屬國，以處匈奴降者。故王氏不數西河之美稷。又按《匈奴傳》：元鳳三年，張掖屬國都尉郭忠發兵擊匈奴。屬國千長義渠王騎士射殺黎汗王，忠封成安侯，自是匈奴不敢入張掖。是張掖已置屬國都尉矣。書此，俟詳考。」』清道光五年刊《困學紀聞注》於此條後引閻注、萬氏集證，翁元圻案：『《景武昭宣元成哀功臣表》：成安嚴侯郭忠，以張掖屬國都尉，匈奴入寇，與戰，斬黎汗王。侯，昭帝元鳳三年二月癸丑封。與《匈奴傳》合。』敬襄引閻、萬之說，案云：『《地理志》「張掖郡」下注云：「故匈奴昆邪王地。」則日勒都尉爲屬國可知。陳、閻二家未觀此注，徒見金城、北地郡下皆無屬國字，獨西河之美稷有之，故明知其置在後，而不能不以此當五屬國之數也。但張掖郡有三都尉，何以知爲日勒，而非番和、居延？蓋「番和」下注云：「農都尉治。」則非屬國都尉。「居延」下但云：「都尉治。」而《後漢志》張掖郡外，有張掖居延屬國，注云：「故郡都尉。安帝别領一郡。」是居延爲郡都尉，與郡守同設於太初元年，在元狩置屬國之後十七年。張掖屬國都尉之治日勒可知。深寧考據之精如此。』漢武帝元狩二年置五屬國之名，閻氏以西河之美稷當日勒，萬氏不能斷，存疑俟考，翁氏引郭忠事略補萬氏集證，亦是不能悉其實。敬襄所考五屬國有張掖，可備參酌。

又如《紀聞》卷十三《攷史》『孔子曰：故者毋失其爲故也』條：『蘇章借故人以立威，其流弊遂爲于禁、源懷。』嘉慶九年刊《校訂困學紀聞》録何焯評：『長者之言。』閻若璩注：『案：于禁斬平昌豨，時豨已降。源懷劾于祚、元尼須，僅罷官，亦似有别。』嘉慶十八年刊《校訂困學紀聞集證》同此。清道光五年刊《困學紀聞注》引何、閻評注同，翁元圻引《三國志・魏于禁傳》『太祖破紹，冀州平，昌豨復叛，遣禁征之』云云，案云：『《于禁傳》「太祖破紹，冀州平，昌豨復叛」，似以「平」字斷句。閻氏乃以平爲昌豨之姓，恐誤。』敬襄《參注》引閻注『于禁斬平昌豨』一條，案云：『按《三國志》「冀州平」，「平」字連上文讀，下云「昌豨」，乃姓昌名豨。謂豨姓平昌者，誤。』敬襄、元圻互不睹其所注《紀聞》，此條訂正閻注之誤相合。

《清續文獻通考》著録《豫章叢書》本《困學紀聞參注》一卷。《八千卷樓書目》著録《困學紀聞參注》二卷，謂有刊本、抄本。平步青《霞外攈屑》卷六著録《困學紀聞參注》一卷，云：『深寧是書，國朝人評注凡九家，閻、何、方文輈、全、錢、程、萬蔚亭、屠㫪園、翁鳳西也。趙竹岡前輩有《參注》一卷，未見翁書，而糾八家之失，頗有可採。惟卷十二「屠岸賈」條，萬云：「除處厚將作丞，所獲幾何，貽笑無極。」趙云：「宋未必趙孟之後，然旌獎義夫，亦是美事，何至貽笑無極？必从《左傳》加國姓，以中冓之醜，然後免於貽笑無極乎？」庸按：萬氏集證此二語乃指處厚乞立廟訪墓。絳州指太平縣他丘壟以應而言，非謂朝廷貽笑也。所獲亦指將作丞，後以干進不遂，挾怨羅織蔡□車蓋亭詩，以知漢陽軍，擢知衞州，爲論者所薄。蘇文忠北歸，《與子由》書云：「林子中病傷寒，十餘日便卒，所獲幾何，遺恨無窮，哀哉！哀哉！」亦猶萬氏譏處厚也。』

困學紀聞補注二十卷 《四明叢書》本

清張嘉祿撰，張壽鏞輯録。嘉祿號肖莽，鄞縣人。光緒三年進士，選庶吉士，授翰林院編修，補授山東道御史，累遷兵科給事中。此爲所撰《困學紀聞補注》二十卷，民國四明約園刻《四明叢書》本，二册。每半葉九行，行二十一字。黑口，無魚尾，左右雙闌。各卷端題曰：『清鄞張嘉祿肖莽著，男壽鏞校刊。』集前有象山陳漢章民國二十五年春《序》，集後有張壽鏞民國二十四年冬《後序》。

是書乃壽鏞輯録其父嘉祿手批《困學紀聞》諸條，彙成一編，嘉祿門人陳漢章嘗與校事。其書按《紀聞》次第，節録諸條之句，或爲補説，或爲正誤，多掌故舊聞之補葺，字釋音訓之辨明。趙敬襄《困學紀聞參注》一卷，則重於考覈應麟及諸家之説，舉其要者，訂正譌謬。此爲二書之異。如《補注》卷二十『《禮記》於禮之變』條『士之有誄自此始』句，嘉祿云：『案《文心雕龍·誄碑篇》：「自魯莊戰乘丘，始及於士。」』『劉夢得曰』條『於竊鈇而知心目之可亂』句下述『翁注引《列子》「扣其谷而得其鈇」』，嘉祿云：『案：「扣」，古「掘」字。』『王簡棲頭陀寺碑』條，嘉祿云：『案《入蜀記》，頭陀寺在鄂州城之東隅石城山後，有南齊王簡棲碑，唐開化六年建，韓熙載撰碑陰。』漢章《序》云：『自閻潛丘而後，有「三箋本」，有「七箋本」，至萬氏集證、翁氏輯注出，益爲學者所推重。然箋注雖多，俱不能及鄉前輩謝山先生。先師給諫張先生，生謝山後百餘年，當郎潛時讀是書，旁搜宋人說部及惠、王諸經說，博觀而約取，蠅頭細字，戢孴簡端，意在厚集諸儒遺言，以發明尚書之遺志。所謂識其大者，非徒考據之學也。世兄詠霓珍重手澤，錄爲補注二十卷，令漢章序之。』壽鏞《後序》云：『壽鏞既刻《困學紀聞補注》，爰拜手而書於後曰：嗚呼！先君子豈欲刻斯書哉？生平高氣節而不自名氣節，好問學而不自襮問學，著書立說，雖及門高弟有求觀而無從得之者』，『溯乙酉、丙戌、丁亥之交，先君子官詞曹，始讀《困學紀聞》，日有常課，隨讀隨檢書，筆而記之。壽鏞侍側，年方十一二三歲，但見書楣之上題綴殆徧，初不知先君子所以參攷互證者，蓋得之於全、翁諸家之外，意在厚集其說也。迨與臺選，益求有以經世者，不獲從容於著述。晚年多病，又復感憤時事，病時猶告壽鏞曰：「深寧學問，豈盡心於文字者？蓋將以明道也。《困學紀聞》一書，於君子小人消長之幾、人心風俗維繫之故，言之最切，吾是以致力於斯。汝輩誌之！」嗚呼！言猶在耳，而先君子之歿於茲三十有五年矣』，『先君子雖不欲刻斯書，而一生精神之所在棄置不存，又豈壽鏞所敢哉？注凡二十卷，依翁本之舊，壽鏞就所筆者錄之，未敢增損。原書謹藏於家，子孫其保守弗失。陳君伯弢爲先君子高第弟子，一再校斯注，俾小子稍免罪戾，有可感焉，因並及之。』壽鏞刻《四明文獻集》，民國二十一年《序》云：『壽鏞幼侍先公讀，先公方補注《困學紀聞》，書端題綴殆徧，詔小子曰：「此吾鄉深寧先生著述之一也。」且曰：「先生少沐吏部公之教，實出史獨善，而上接陸氏之傳，既從游王子文、樓迂齋及湯東澗，乃又兼承朱、呂之學。其師承淵源，章章可考者若此，而其成就，則又卓卓，幾媲高密、紫陽。所著書逾三十種，雖亡佚近半，其存者今猶不少概見。然當先生時，舉世以文章歸之，詔誥典策，半出其手，實未足以盡先生也。先生學行，盡在《困學紀聞》，汝其誌之！」忽忽四十餘年矣，先公補注者尚未及刊，而重刊先生文集。』

玉海纂二十二卷　清順治四年王允明刻本（美國國會圖書館）

宋王應麟輯，明劉鴻訓纂。應麟有《周易鄭康成注》，已著録。此爲《玉海纂》二十二卷，明劉鴻訓纂，清順治四年刻本，十册。每半葉九行，行二十字，小字雙行同。白口，單魚尾，四周單闌，無界格。版心上鎸「玉海纂」，中標卷數，下刻葉數。牌記曰：『長山劉青嶽先生授，玉海纂，金閶王允明梓。』各卷端題曰：『浚儀王應麟伯厚甫輯，長山劉鴻訓青岳甫纂，弟鴻采松皋甫、男孔中藥生甫編次，吴州後學鄧漢儀孝威甫、陸舜玄升甫較閲。』集前有龔鼎孳順治四年十月《玉海纂序》、陸舜《玉海纂序》、鄧漢儀順治四年十月《玉海纂序》、胡助舊《序》、李桓舊《序》、劉孔中《玉海纂凡例》及《玉海纂目次》。《目次》題『四素山房纂定』。

《四庫總目》據内府藏本著録《玉海纂》二十二卷入存目，《提要》云：『是編以王應麟《玉海》卷帙浩繁，因節録其要語，部分悉依原目，惟全删其《詞學指南》一類。《詞學指南》專爲當時詞科而設，删之亦可。至其全書，正以典核詳贍爲長，鴻訓删存十之一二，遂變爲記誦剽竊之本，非著書之初指矣。』

今按：《指南》初爲詞科設，後屢經修改，已逾其制。明人節删《玉海》，前有林文俊纂《京本玉海精粹》二十二卷（明嘉靖二十五年刻本），繼有劉鴻訓此編。明無博鴻科，且《玉海》已逾越詞科之用，與《三通》抗行。鴻訓節删此編，既爲科舉之用，復用弘實學，以捄時弊，非徒爲便於記誦。編纂大旨，具見集前龔鼎慈《序》、鄧漢儀《序》及其子孔中撰《凡例》。龔《序》云：『青岳先生以文章起家，致位宰相』，『而《玉海纂》一書，則讀禮時廬居所删定也』，『孝標之博極羣書，子政之殫精天祿，塚筆臼研，無此勤拳。是非《玉海》之書，而先生自著之書也。』鄧《序》云：『是以今人功業文章，事事遜於古，則大都弇鄙自守，不學無文之所致此。霍子孟云：「公卿大臣，須用有經術者。」而宋藝祖亦云：「宰相須用讀書人也。」近代以八股業進退天下士，天下士亦靡然從之。然徒掇春華，竟遺秋實；士不曉古，競爲捷塗。迺有《繁露》書成，大廷未對，比偶纔諳，主司旋舉者。嗟乎！科名即易得，能不令茂先輩笑人哉！宋王厚齋先生以詞科官宗伯，慮末學之淫靡失實，乃輯羣編，爰成《玉海》。顧以未及登梓，篇目散亂。至元而後，謀剞劂，訂訛補漏，聿成完書。然名物雖該，條例頗賾，學者展卷有不能盡讀，讀而不能盡識之嘆。唯我長山劉青岳相國，學淵識邃，邁絕等倫，每思典冊之高文，一捄時流之綺習，迺以太史氏讀禮山居，遂取《玉海》之書，用加纂定之力，雖極删汰，彌見精良。顧尋拜宮詹，又尋直内閣，又旋奉旨去國，謫雁門，此書雖存，究未刊布。中間饑饉兵火，屢歲纏連，園井爲墟，篋笥僅在。觀察劉藥生夫子捧書徬徨，繼以涕泣，謂先人手澤，珍惜宜勤，且此二十年來風雨哀涼，凋零畧盡，此書而猶在斷垣荒壁間，神物護持，允當不易』，『迺以政事之暇，特親研幾之勞，且命漢儀與同門陸舜較字序編，損俸授梓，歷三時而業乃告成焉』，『此書既成，於以嘉賴後學，紹述古徽，功當不小』，『雖源本厚齋，而評跋登黜，另有心裁。是爲長山之書，而非浚儀之書矣。』鴻訓父一相字惟衡，萬曆五年進士，知高平，擢南京吏科給事中，不滿於張居正枋國，遷陝西按察司僉事，謫茂山衛知事，終官陝西按察司副使。鴻訓字默承，號青岳，名入東林。萬曆四十一年進士，選庶吉士，授編修。天啓元年，以明神宗、光宗相繼崩，奉使頒詔朝鮮。遭母喪歸，天啓三年服闋，進右中允。明年，轉左諭德，以父喪歸。天啓六年冬，起少詹事，兼侍講學士，忤魏忠賢，斥爲民。崇禎即位，徵拜禮部尚書，兼東閣大學士，參預機務。崇禎元年還朝，力持正議，屢爲羣小所攻，是年十月革職，尋遣戍代州。崇禎七年五月，卒於戍所。著有《四素山房集》，纂輯《皇華集》《玉海纂》《困學紀聞鈔》諸書（參見《東林列傳》卷十八、《明史》本傳、道光《濟南府志》卷五十《人物六》）。《玉海纂》即鴻訓天啓間讀禮家居時所纂，孔中刻於易代後。孔中字藥生，中崇禎十五年副榜。順治初，避兵江南，多鐸薦授内院中書，知泰州，擢潁州道參議，坐誤漕事，落職歸。刻《玉海纂》，屬序於友人龔鼎孳，門人鄧漢儀、陸舜任校事。鼎孳字孝升，號芝麓，合肥人。崇禎七年進士，知蘄水，遷兵科給事中。入清，累遷禮部尚書。康熙十二年卒，年五十九。鄧漢儀字孝威，泰州人。名列復社。康熙十八年應試博鴻，特授内閣中書，放歸。康熙二十八年卒，年七十三。陸舜字玄升，泰州人。康熙三年進士，授刑部主事，累遷浙江提學。薦應博鴻，以疾不赴。

龔、鄧二《序》皆盛稱是書爲鴻訓著書，蓋以其勤於編選圈點，體例完備，『評跋登黜，另有心裁』也。孔中《凡例》云：『一、原本圈點寥落，且字句點畫不清，今俱加勘別。且文詞典麗者，悉爲颺贊，以便觀覽。一、先人是書，皆讀禮時親筆點定，楮墨尚存，非敢臆爲刪增，以滋厥戾。一、先人間附論斷，皆于時事有裨者，零墨斷簡，受護如珍，悉爲採入，以質海内。一、是書始事夏初，竣業冬仲。余門孝威鄧子、玄升陸子，襄事攸勤，卷首特載，餘未敢濫及。一、《詞學指南》爲有宋詞科而設，先人原未採錄，故不敢妄入。一、星宿、山川等名，不能盡爲旁豎者，中間以小點，以便覽誦。』是書間附鴻訓校勘、論斷。如卷一《天文》『五曰司祿，六曰司災』下，增小字注：『《史記》：五曰司中，六曰司祿。』『魁下六星，兩兩而比者，曰三能』，『能』字下增音注：『音台。』『左角李』下，增小字注：『李，法官也。』『藩西有隨星四』下，增小字注：『「隨」，史作「隋」。又曰「星五」。』卷二《地理》『大農以均輸調鹽鐵助賦，故能澹之』，『澹』字下增音訓：『贍通。』卷二十《食貨》之《漕運》『秦漢而下』一段文字後，有鴻訓之評：『四素居士曰：此邊塞屯田所由興也。又曰：馮奉世可稱最要之言。』卷二十《食貨》之《屯田》『漢金城屯田』後，附張幼學語：『張幼學曰：歷代之屯亦多矣，魏有司馬懿淮南北屯，開廣漕渠，且田且守。晉有杜預襄陽屯，引滍淯水以浸原田。有荀羡石鼈屯，起田東陽，公私交利。齊有桓崇祖芍陂屯，灌田萬頃，平殄賊寇。隋有趙仲卿長城以北屯，立堡營田，以實塞下。唐有竇靜太原屯，歲收數千，邊用饒給。有張公謹代州屯，長省餽運，不勞民力。有姜師度營州屯，灌通靈陂，廣收棄地。有郭元振甘州屯，利盡水陸，比歲大登。有王晙桂州屯，罷戍卒餉，沿江墾畝。有朱自勉嘉禾屯，曰雨曰霽，以溝爲天。有婁師德豐州屯，身衣皮袴，率士屯田。有劉昌北庭屯，軍有羨食，邊障安寧。有韓重華振武屯，出罪贓吏，使償所負。有高承簡郾城屯，多列防庸，無復水敗。有楊元卿涇原屯，屯築高垣，寇不敢犯。宋有陳恕河北屯，作爲方田，以限戎馬』，『有劉馥合肥之屯，單馬入城，興治陂田。有諸葛亮渭濱屯，分兵屯田，百姓安堵。而以金城屯爲詳。』幼學字詞臣，泰州人。順治三年舉人，知鄞縣。卷二十《食貨》之《府庫》『《爾雅》九府』條後，附丁日乾語：『丁日乾曰：此說亦出《淮南子》。太公九府，以九府爲九府者也。此九府，以天下之名山爲九府者也。然而此九府浮夸，不若前九府切要。』

日乾字謙龍，號漢公，泰州人。順治二年舉人。是書增注與圈點，可爲讀《玉海》之助。孔中所言間附鴻訓論斷『皆于時事有裨者』，亦有所據，第不免夸言。要之，是書有裨於學，非如《提要》所譏『遂變爲記誦剽竊之本』。

《玉海纂》傳世又有清光緒五年八杉齋刻本。内封題『重校玉海纂』，牌記曰『光緒己卯年仲夏八杉齋校刊』。每半葉九行，行二十四字，小字雙行同。白口，單魚尾，左右雙闌，無界格。版心上鐫『玉海纂』，中標卷數，下刻葉數及『八杉齋校本』。各卷端仍題作：『浚儀王應麟伯厚甫輯，長山劉鴻訓青岳甫纂，弟鴻采松皋甫、男孔中藥生甫編次，吳州後學鄧漢儀孝威甫、陸舜玄升甫較閲。』龔鼎孳諸家《序》外，另增會稽徐樹菱光緒五年《題識》。浙圖藏本裝爲十六册。

道光《濟南府志》卷五十《人物》稱鴻訓著有《困學紀聞鈔》行世。卷六十四《經籍》亦載鴻訓有是書。今未訪見傳本。按孔中門人陸舜《困學紀聞鈔序》：『第彼徵類該博，有見畢收，非漁獵之未精，實蒐羅之過密。所賴後之讀是書者，獲其膚而存其精，務去其陳言而標其新旨，考其異同而訂補其紕漏，而後彙羣書以成一書，且彙一書之精，以冠絕乎古今諸家之書，而後成爲一代一姓大醇無疵之業』，『兹宗夫子嶧龍劉公觀察汝陰，則出其書，爲之繙訂，以嚴其校讎。而閩藩大方伯元亮周公復再四遺書，以襄董其剞劂。夫子乃與同人共爲刪治，嘉意考覈』，『是鈔之成，夫子與周公揚扢于千里之外，而又與同人刪定于一室之内。既搜討乎羣書之精義微言，又裁制乎浚儀之深心大力，規之萬之，刀之尺之，非取其琴瑟而更張之，乃取其美錦而學製之也。』（《陸吳州集》）《困學紀聞鈔》乃孔中順治間所編，與周亮工反復商討，又與同人刪定之，非鴻訓所編書也。

卷三

白雲稿十二卷（卷八至卷十二配抄本）　明初刻本配抄本（國圖）

明朱右撰。右字伯賢，號白雲，又號鄒陽子，臨海人。博通羣籍，應試下第，遂刻意於學，爲詩古文詞。學於陳德永，受文法於李孝光。至正間，薦授慈溪教諭，調蕭山，因家上虞之五夫市。擢主簿，遷江浙行省照磨左右司都事，轉員外郎。洪武三年，重開元史局，徵朱右等十四人修史。閲六月，史成，不受官歸。六年八月，以宋濂薦入都，纂修《日曆》。書成，授翰林編修。明年，奏上《皇明寶訓》五卷，令入晉府講書。十一月，與修《洪武正韻》。十二月，令改古喪禮。八年正月，令考歷代后妃儀衛車從禮。秋，遷晉府右長史。尋奉命同宋濂定議王國禮樂。洪武九年，卒於官，年六十三。陶凱爲撰《行狀》，宋濂撰《故晉相府長史朱府君墓銘》。《明史》有傳。所著有《書集傳發揮》十卷（《書集傳發揮》六卷、《綱領始末》一卷、《指掌圖》一卷、《通證》二卷），《春秋傳類編》《三史鈎玄》《秦漢文衡》《性理本原》各三卷，《深衣考》《邾子世家》《李泌傳》《歷代統紀要覽》《禹貢凡例》《史概》各一卷，《元史補遺》十一卷（一作十二卷），又爲《元史編年》，未成。文有《白雲稿》。

宋濂撰《墓銘》稱『其雜著文有《白雲稿》十二卷，行於世』。楊士奇《文淵閣書目》卷二著録《白雲稿》一部，一册。弘治《赤城新志》謂有刻板在上虞，不言卷數。孫能傳《内閣藏書目録》卷三著録《白雲稿》一册（全），云：『元至正間天台朱右詩文，附有《深衣考》。』《千頃堂書目》卷十七著録《白雲稿》十二卷，《列朝詩集》《明史·藝文志》及雍正《浙江通志》亦稱十二卷。宋濂稱有十二卷行於世，其説可信。今國圖藏有明初刻本殘帙（卷一至卷七）。清末，寶應劉啟瑞得内閣藏明刻殘本（卷八至卷十二），章梫借以録副，《題識》云：『原刻本卷之八至卷之十一，皆已刻定，特十二卷卷之下，尚留黑方匡，未梓成。按：此殘本實初印，其模糊者，乃印工之不善耳。』劉氏所藏明刻殘本今未見，而見録副二種，一爲章梫手録者，一爲今配明初刻本七卷殘帙者。

又，《白雲稿》初刻於元末，明初增刻。故刻本有五卷、十卷、十二卷之别。十二卷本末卷爲《深衣考》，又别自成書，寫本或不録。故寫本有五卷、十一卷之别。《白雲稿》傳本，以余目力所見，有國圖藏明初刻本配抄本十二卷；臺圖藏明初刻、明重修本（存卷一至五）；臺北故博藏明烏絲欄抄本十一卷（存卷一至卷三）；静嘉堂文庫藏清初抄本十一卷；國圖藏舊抄十二卷殘本（存五卷）、清乾隆間翰林院抄殘本五卷；《四庫》寫本五卷；浙圖藏民國間抄本十一卷、民國間章梫抄本五卷（劉啟瑞藏明刻殘本録副）。臨海博物館藏清同治間抄本五卷，篇目與國圖藏舊抄十二卷殘本大抵同，今尚未見全本。

此爲國圖藏《白雲稿》十二卷，前七卷爲明初刻本，後五卷即劉啟瑞藏明刻殘本録副，共四册。皆每半葉十一行，行十九字。黑口，雙魚尾，四周雙闌。版心中鐫『白雲稿』及卷數，下標葉數。各卷端題曰：『天台朱右著。』集前有李孝光、張天英、危素、倪中、楊翮、宋濂六家《序》。李《序》署至元五年五月，張《序》署尚章協洽歲孟夏，即至正三年癸未四月，危《序》署至正甲申夏，倪《序》署至正十四年甲午二月，楊《序》署至正庚子三月。朱《序》無署時，據所云『及遊黄文獻公門』，『今已四十春秋矣』，作於洪武初。按《浙江採進遺書總録》壬集，採進四庫館寫本有『有至元、至正間李孝光、張天英、危素、倪中、楊翮、劉仁本六《序》』，此本無劉仁本《序》而有宋濂《序》。民國間，章梫欲校刻《白雲稿》，致書國立北平圖書館，得館藏清單：明初刻本十卷，存一至七，共七卷；明鈔本十一卷，存一至三，共三卷；《文津閣四庫》本五卷，全。所謂明刻殘本七卷，即此本前七卷也。

是集卷一爲騷賦；卷二至卷三爲雜著；卷四至卷五爲序；卷六至卷七爲記；卷八至卷九爲銘贊；卷十爲哀誄；卷十一爲《攖寧生傳》一篇，史館所作，末附劉基、張孟兼、朱廉、瞿莊、陶愷、林以義諸家題識；卷十二爲《深衣考》一卷。前七卷、後五卷，皆有脱葉，文字漫漶。章梫以爲劉氏藏本爲『初印』，或未盡然。集前有二目，一爲《白雲稿總目》，乃十卷刻本總目；一爲《白雲稿目録》，乃五卷刻本目録。是集卷九爲題跋，十卷本《總目》則作贊銘，其不合若是。十卷本、五卷本，未詳刻於何時，此本附《總目》《目録》蓋其原目。

朱右敏而嗜學。李孝光《序》云：『臨海朱伯賢好學而敏，嘗從吾甥叔夏游，又從於林景和氏三年，二氏之徒皆稱之。今年過余錢唐，出其所著《白雲稿》請於余』，『余觀伯賢生真所謂嗜學若不足者，吾無以易之。』朱右祖致中，學者稱春江先生，與同郡薛松年並爲王柏弟子。王柏傳朱子之學，主上蔡書院，二人從受性理之旨。朱右學有端緒，又師陳德永、李孝光，遍交海内名家。與宋濂相推挹，洪武初撰《潛溪大全集序》云：『金華宋先生景濂，素負材氣，積學纘言，以文章名世。往予承乏蕭山縣庠，辱寄示所著《潛溪集》若干卷，抽思騁辭，循蹈規矩，法度森嚴，而光燄自著。後數年，抵武林，獲睹其《後集》《續集》，若《辯諸子》三十八篇、《燕書》四十篇、《演連珠》五十首、《問對》四十二條、雜傳數十，至紀功表墓，談玄讚空，題詠贈送，隨物賦形，入無出有，浩乎江海之淵深，巍乎山嶽之峻拔，固有非管窺蠡測者，可得而彷彿也。』宋濂《白雲稿序》又見《鑾坡前集》卷八，云：『吾友朱先生伯賢，以純篤之資而留意於辭章，先秦、兩漢以至近代諸文，無不周覽。用功之久，灼見其是非之真。復取近正無疵者，聚而爲書，蠅頭細字，動至數十大冊，時出而諷詠之。已而歎曰：「學文不本諸經，其猶玩培塿之卑，而忽嵩華之高乎？」乃復致力於經，功益倍於前時。越數歲，胸中浩然，若有所得，操觚書之，凡陰陽盈虛之運，民物倫品之理，萬彙屈伸之變，皆隨事而著，源源乎罔知其所窮。且其爲體多而不冗，簡而有度，神氣流動，而精魄蒼勁，誠可謂粲然藻火之章矣。濂之有志爲文，不下於伯賢，古今諸文章大家亦多究心，及遊黄文獻公門，公誨之曰：「學文以《六經》爲根本，遷、固二史爲波瀾。二史姑遲遲，盍先從事於經乎？」濂取而溫繹之，不知有寒暑晝夜，今已四十春秋矣。用心之苦，雖與伯賢同，而伯賢之所造詣，濂固不能窺見其髣髴也』，『伯賢以《白雲稿》若干卷請余序，濂故具論之，使知伯賢之文壹以經爲本，而蹈襲近代以爲美者，其尚有所發也哉！』朱右嘗編《唐宋六先生文集》，以『三蘇』爲一家，析之則八家也。《四庫提要》謂『八家之目，實權輿於此』。其選唐宋文，亦有所本，即東萊之選。陳田《明詩紀事》甲籤卷六云：『余檢貝廷琚《清江集》，有《唐宋六家文衡序》』，『又謂《六家文衡》，損益東萊呂氏之選，則伯賢亦有所本矣。』

朱右學問博洽，文章精深，啟後世台學一脈。《四庫提要》云：『右爲文不矯語秦漢，惟以唐宋爲宗，嘗選韓、柳、歐陽、曾、王、三蘇爲《八先生文集》』，『其格律淵源，悉出於是。故所作類多修潔自好，不爲支蔓之詞，亦不爲艱深之語。雖謹守規程，罕能變化，未免意言並盡，而較諸野調蕪詞，馳騁自喜，終不知先民矩矱爲何物者，有上下牀之別矣。』王棻《白雲稿書後》云：『蓋其文導源秦漢，泛濫班馬，而滙歸於唐宋之八家。又能以經爲本，以道爲主，遠宗孔孟，近師程朱，而不專事虛車之飾。此其遺集所以長留天壤，而終不可磨滅也歟！』今觀集中諸作，本於經史，務去虛飾浮華，與宋濂同源，雖不足方駕，要亦肩隨，不愧浙東名家。

《白雲稿》僅收騷賦、序記、雜著，詩當另有結集，惜久佚，今存數十首。《列朝詩集》甲集卷十五選八首：《遺安軒雜詠》《遣興》《次韻答白雲悅禪師》《次劉伯溫都事感興》《憶鄉中諸故友》《春懷》《次韻悅兑元見寄二首》。《上虞縣志・文徵内編》收二首：《竹深燕客於壽樂堂，即席賦詩一章》《新居既成，重辱竹深、識趣二先生下訪，就用見貽之韻，以答來意》。《明詩紀事》甲籤卷六云：『《白雲稿》十二卷，《四庫》所收僅五卷，有《琴操》而無詩。余據魏氏《敦交集》、石倉《明興詩選》所錄差廣，然終不如得全稿之爲完備也。』收詩八首：《雩詠亭續蘭亭會補餘杭令謝滕（二首）》《席上次王交山韻》《客臨濠，奉寄竹深隱居》《過楊井山》《江上秋懷》（陳田按：『《列朝詩集》作楊子善詩，今據曹石倉《明興詩選》採入。』）《次韻奉謝竹深契友》《與竹深同舟過姚江，秋雨應候，涼氣襲人，陪飲守拙齋醉還，明日竹深以詩來，因次韻以答》。《石倉歷代詩選》卷三百三十六收詩十二首：《將歸操》《龜山操》《拘幽操》《履霜操》《殘形操》《過楊井山》《早起》《江上秋懷》《江夜》《憶鄉中諸故友》《春懷》《題畫蘭》。大都平淡無奇，殆以文章能事，詩難竝驅，亦與宋濂相類。

白雲稿十二卷（存卷一至五）　明初刻、明重修本（臺圖）

明朱右撰。右有《白雲稿》，已著録明初刻本配抄本。此爲明初刻、明重修本，存卷一至五，四冊。每半葉十一行，行十九字。黑口，雙魚尾，四周雙闌。版心中鐫『白雲稿』及卷數，下標葉數。各卷端題曰：『天台朱右著。』集前依録李孝光、張天英、楊翮、危素、劉仁本、宋濂六家《序》，無目録，集末附倪中《序》。危素、劉仁本、宋濂三家《序》係補抄。卷一爲騷賦；卷二至卷三爲雜著；卷四至卷五爲序。其篇目、次第、字句與明初刻本配抄本前五卷無異，然此爲後印本，多重修之葉。如卷四《贈崔元初序》，明初刻本配抄本缺一葉，此本重雕補之。同卷《春秋類編序》『不無人焉，求』以下，明初刻本配抄本缺，《送彭思貫憲史北上序》『方萬國，賴以爲安』以上，明初刻本配抄本缺，抄補以完，此本重雕補之。卷五《杜氏族譜序》一篇『或以號謚』至『池陽子』，明初刻本配抄本殘損甚，此本重雕補之。卷五《元朝文穎序》，明初刻本配抄本猶可識讀，此本已漫漶難識，朱筆補綴。《謌軒詩集序》一篇亦然。明初刻本配抄本卷五《贈弟伯良赴隴西縣丞序》『先祖春江府』以下缺，《西閣集序》全篇缺，抄補以完，此本皆爲重雕。其重修之時甚早，故頗可補明初刻本配抄本漫漶難識之不足。以其印時晚於明初刻本配抄本，所用舊板漫漶更甚，後人因以朱筆描寫補綴。集末所附倪中《序》，非補刻之葉，按其版心標葉『十』、『十一』，當在危素《序》後，與明初刻本配抄本相合。此本置於集末，蓋重裝時失序。

李孝光《序》首葉鈐『勞權之印』、『楝亭曹氏藏書』、『繡衣驄馬』、『玄冰室珍藏記』，倪中《序》末葉鈐『湘潭袁氏滄州藏書』，知曾爲曹寅、勞權、袁榮法等人舊藏。《中國古籍總目》未著録。

白雲稿十二卷（存卷一至五）　舊抄本（國圖）

明朱右撰。右有《白雲稿》，已著録明初刻本配抄本。此爲舊抄殘本，存五卷，一册。無版匡、界格。每半葉九行，行二十字。卷端題曰：『天台朱右著。』集前依録李孝光、張天英、危素、倪中、楊翮、劉仁本、宋濂等七家《序》及《目録》，諸《序》摹寫字蹟各異。李孝光《序》首葉鈐『翰林院印』。集中不避清諱（按：宋濂《序》及《目録》諱『玄』字，係後人抄補）。檢《浙江採進遺書總録》壬集：『《白雲稿》五卷，寫本。右元臨海朱右撰。原十卷，今缺後五卷。有至元、至正間李孝光、張天英、危素、倪中、楊翮、劉仁本六《序》。又，宋濂一《序》稱右著述甚多，所謂《書傳發揮》《春秋傳類編》《三史鉤玄》《秦漢文衡》《深衣考》《邾子世家》《元詩補遺》，皆不在集中。』此本即浙江當時採進四庫館寫本。寫本爲舊抄，館臣以爲《四庫》底本，增録宋《序》於諸序後，並重爲五卷之集編目。

是集卷一爲騷賦，收《廣琴操》一首、《九規》九首、《弔賈生賦》《預齋賦》《震澤賦》《麒麟閣賦》；卷二爲雜著，收《孫孝子傳》《釋交》《豢龍解》《柯君敘論》《尚德説》《復氏論》《梓宇説》《守拙辯》《深衣川誤》《物初論》《雷説》《九州論》《讀禹貢》《讀洪範》《圖書經緯》《後天圖説》《五宗説》《王祕承畫像贊》《河清頌》《進河清頌表》《原葬》《瑞芝頌》《古樵隱者傳》；卷三爲襍著，收《文統》《史概》《原習》《原志》《讀周頌》《讀中庸》《識畫》《靜淵祝辭》《題脈緒》《戒子箴》《杜真人傳》《李泌傳贊》《隱石生喻》《楊孝婦傳》； 卷四爲序，收《忠孝事寔序》《羽庭稿序》《檜庭後集序》《送浩遵道序》《送趙教諭序》《贈醫者序》《送因禪師序》《贈崔元初序》《和陶詩序》《覈田序》《送李主事序》《送胡總督序》《白沙詩序》《交山文集序》《送劉尚書序》《送張都事序》《春秋傳類編序》《送彭思貫序》； 卷五爲序，收《書傳發揮序》《三史鉤玄序》《杜氏譜族序》《聖節慶賀詩序》《送葛邏祿序》《六先生文集序》《元朝文穎序》《謂軒詩集序》《理性本原序》《統紀要覽序》《綱目考證序》《秦漢文衡序》《補蘭亭詩序》《南堂錄序》《洎川文集序》《潛溪大全集序》《全室集序》《贈弟伯良序》《西閣集序》。

《四庫總目》著錄浙江汪啟淑家藏本《白雲稿》五卷，云：『所著《白雲稿》本十卷，今世所傳僅存五卷，雜文之後僅有《琴操》而無詩。檢勘諸本並同，無可校補。朱彝尊《靜志居詩話》謂「後五卷嘗得內閣本一過眼，恨未鈔成足本」。則彝尊家所藏亦非完帙也。』

今按：《傳是樓書目》著錄《白雲稿》五卷，一本。阮元《文選樓藏書記》卷一著錄《白雲稿》五卷，刊本。《白雲稿》刊本有五卷、十卷、十二卷之别。五卷刊本今雖不傳，幸得明初刻本殘帙集前附五卷刊本《目錄》二葉。其卷一爲騷賦，與舊抄本篇目不異。卷二雜著，起《孫孝子傳》，止於《五宗說》。舊抄本《目錄》所載篇次同，其異者： 舊抄本《復氏論》，五卷刊本作《復氏說》； 五卷刊本《目錄》至《五宗說》止，舊抄本其下多出《王祕承畫像贊》《河清頌》《進河清頌表》《原葬》《瑞芝頌》《古樵隱者傳》等六篇。卷三雜著，五卷刊本詳目缺。卷四序起《忠孝事實序》，止於《交山文集序》。舊抄本《目錄》所載篇次同，其異者： 舊抄本《送浩遵道序》，五卷刊本作《送浩君序》； 《交山文集序》以下，舊抄本多出《送劉尚書序》《送張都事序》《春秋傳類編序》《送彭思貫序》等四篇。刊本卷五序，止列《書傳發揮序》《三史鉤玄序》《杜氏譜族序》三篇之目，舊抄本三篇後有《聖節慶賀詩序》《送葛邏祿序》等文十六篇。對勘明初刻本配抄本、明初刻、明重修本、明烏絲欄抄本《目錄》，舊抄本所有而五卷刊本《目錄》所無之篇，皆見於前。五卷川本、十卷刊本、十二卷刊本之間，有遞刻增刻之別。舊抄本當據十二卷本殘帙寫錄，非抄白五卷刊本或十卷刊本而有所增輯也。

《明別集版本志》未著錄此本。《中國古籍總目》著錄作清抄本（存卷一至五），國圖。此本雖由館臣補綴宋濂《序》及《日錄》，但寫時爲早，宜作『舊抄本』。

白雲稿十二卷（存卷一至五） 清乾隆間翰林院抄本（國圖）

明朱右撰。右有《白雲稿》，已著錄明初刻本配抄本。此爲國圖藏清乾隆間翰林院抄本五卷，一册。格紙抄寫，每半葉十行，行二十一字。白口，單魚尾，四周雙闌。卷一卷端首行寫『欽定四庫全書』，三行題曰：『明朱右撰。』謄寫格式，圈抹標識。集前依錄李孝光、張天英、危素、倪中、楊翮、劉仁本、宋濂等七家《序》，無目錄。收文與浙江採進舊抄本鮮異，所當留意者，舊抄本卷四《贈崔元初序》因所據之本殘損，止存後數句，此本徑刪之，題亦不存。此本當即據舊抄本寫錄，以爲《四庫》編纂之用。

舊抄本以底本模糊多空闕，此本頗臆補之。如《九規》之《惜逝》『帝賦予其不□兮』，此本補一『衍』字，《庫》本補一『薄』字，明初刻本、明烏絲欄抄本、民國間抄本作『遝』；『秦穆□□出師兮，終噬臍以害追。春秋儵儵遞序兮，□□□之□夕』數句，此本補作『秦穆公之出師兮，終噬臍以害追。春秋儵儵遞序兮，緬此日之將夕』，《庫》本補作『秦穆拂諫出師兮，終噬臍以害追。春秋儵儵遞序兮，忽朝曦之向夕』，民國間抄本作『秦穆□道出師兮，終噬臍以害追。春秋儵儵遞序兮，□□□□□夕』。明初刻本漫漶難辨，明烏絲欄抄本清晰可識：『秦穆伯其出師兮，終噬臍以害追。春秋儵儵遞序兮，幸白日之未夕。』『初服』前空五格，此本補作『庶幾返吾之』，《庫》本補作『庶幾修吾之』，民國間抄本作『□將復修吾』，明初刻本僅可辨『□將復脩吾』，明烏絲欄抄本清晰可讀：『退將復脩吾』。《九規》之《擬淵》『幽夢之斯須』前缺一字，此本補作『何』，《四庫》本補作『託』，民國間抄本空缺，校改作『協』，明初刻本不可識讀，明烏絲欄抄本作『而』。

衡以舊抄本、清乾隆間翰林院抄本、《四庫》寫本、明初刻本、明烏絲欄抄本、民國間抄本，知明初刻本、明烏絲欄抄本最佳。其他後來改易，大都難爲憑據。此本與《庫》本，闕文臆補，文字各異，無足可採。

白雲稿五卷　《文淵閣四庫全書》本

明朱右撰。右有《白雲稿》，已著録明初刻本配抄本。此爲《四庫》寫本五卷。集前依録李孝光、張天英、危素、倪中、楊翮、劉仁本、宋濂等七家《序》，無目録。所收騷賦、雜著、序，篇目次第與浙江採進舊抄本同。篇題與舊抄本及乾隆間翰林院抄本異者寥寥，所當留意者，則卷五《送郭囉洛易之赴國史編修序》，舊抄本題作《送葛邏祿易之赴國史編修序》，清乾隆間翰林院抄本題作《送格爾噌易之赴國史編修序》。《四庫總目》著錄浙江汪啟淑家藏本。《浙江採進遺書總錄》壬集載浙江採進寫本有李孝光、張天英、危素、倪中、楊翮、劉仁本六《序》，又稱「又宋濂一《序》稱右著述甚多」，復謂「檢勘諸本並同，無可校補」，似館中所備五卷殘本非一種。舊抄本多闕字，《庫》本補之，猶可見其闕處皆同。如舊抄本卷四《贈崔元初序》殘損，僅存末數句：「之所存何如耳。元初非爲異於時也，求合乎道者也。苟合乎道，天下將不可載，況後世乎？用書以爲贈。」此本卷四《崔元初序》題下注：「原闕。」空格後錄「之所存何如耳」諸句。清乾隆間翰林院抄本以此文缺損甚，徑刪之。

《庫》本補闕字亦多。前已例舉《九規》之《惜逝》「帝賦予其不□兮」，《庫》本補「薄」字，實當作「還」；「秦穆□□出師兮」，「□□□之□夕」，《庫》本補作「秦穆拂諫出師兮」，「忽朝曦之向夕」，據明烏絲欄抄本，宜作「秦穆伯其出師兮」，「幸白日之未夕」。「初服」前空五格，《庫》本補「庶幾修吾之」，據明初刻本、明烏絲欄抄本，當作「退將復脩吾」。《庫》本所補實無援據，取用不可不慎。

白雲稿十一卷（存卷一至三）　　明烏絲欄抄本（臺北故博）

明朱右撰。右有《白雲稿》，已著錄明初刻本配抄本。此爲明烏絲欄抄本十一卷，存卷一至三，一冊。與明初刻本配抄本十二卷，原皆國立北平圖書館舊藏。民國間，北平圖書館復章梫函，列館藏《白雲稿》清單三種，其一爲明鈔本十一卷，存一至三，共三卷。即此本也，楷書秀工。每半葉九行，行十八字。黑口，雙魚尾，四周雙闌。各卷端題曰：『天台朱右著。』集前有序目。《序》共七篇，撰者依次爲李孝光、張天英、宋濂、危素、劉仁本、楊翮、倪中。明初刻本存六《序》（諸序次第不盡同），無劉仁本《序》。《浙江採進遺書總錄》稱採進寫本有李孝光、張天英、危素、倪中、楊翮、劉仁本六《序》，較此本少宋濂《序》。劉《序》署時至正二十年十一月望日，云：『至正十九年，予以師旅事過其地，訪得之。既相見，出示所著《白雲稿》累十數卷，且曰：「吾在金鼇，白雲不能一日忘也。雖遠遊四方，而親舍之望，寧或慊於狄公乎？故當操觚命牘時，白雲之幽思遐情固已勃于胷臆，發于穎端矣。因之以名編，可與？」余聞其語，斐然興，懌然喻，盡日讀之，識其氣體渾厚，有西京裁制，而辭章嚴密典雅，不務險恠艱深。』

按集前《目錄》，是集卷一爲騷賦；卷二至卷三爲雜著；卷四至卷五爲序；卷六至卷七爲記；卷八爲銘贊；卷九爲題跋；卷十爲狀疏；卷十一爲傳《攖寧生傳》一篇。前三卷騷賦、雜著，與國圖藏明初刻本配抄本十二卷、靜嘉堂藏清初抄本十一卷、浙圖藏民國間抄本十一卷之前三卷篇題次第無異。卷九題跋收文十二篇，與明初刻本所配抄本、靜嘉堂藏清抄本、浙圖藏民國間抄本卷九篇數、次第同。然《跋胡李城記》《題白李清義福卷》二篇，『李』字，配抄本及清抄本正集皆作『季』字（浙圖藏民國間抄本後一篇題作《題白句清義貓卷》），『福』字作『貓』字。當以『季』、『貓』爲是，此本抄寫譌誤。

此本卷八、卷十存目與諸本相較，頗有異處。卷八目錄：《賈君傳贊》《陳節婦贊》《從善字贊》《敬齋銘》《調息齋箴》《陳處士墓銘》《壺金子贊》《韓節婦傳贊》《福源庵銘》《陳訥齋墓銘》《識趣軒銘》《鐘銘》《尚志齋銘》《井銘》《紅梅石硯銘》《瞻雲室銘》《真實尊者塔銘》《故馬恭人墓銘》《虞隱君墓銘》《董府史墓表》《陳節婦傳贊》，共二十一篇。清初抄本、民國間抄本目録：《賈循正傳贊》《陳節婦傳贊》《從善字贊》《敬聚齋銘》《朱子調息箴贊》《陳處士墓銘》《韓節婦傳敘贊》《福源庵銘》《陳訥齋墓銘》《識趣軒銘》《等慈寺鐘銘》《尚志齋銘》《瞻雲室銘》《真寔尊者一雨大師塔銘》《故馬恭人侯氏墓誌銘》《虞隱君墓表》《董府史墓表》《陳節婦傳贊》，共十八篇。此本較之多出《壺金子贊》《井銘》《紅梅石硯銘》三篇。明初刻本所配抄本卷八共二十葉，缺第三、十、十一葉。按其篇目，依次爲《賈循正傳贊》《陳節婦傳贊》《從善字贊》（下缺葉，當爲《敬齋銘》）《朱子調息齋箴》《陳處士墓銘》《壺金子贊》《韓節婦傳敘贊》《福源庵銘》《陳訥齋墓銘》《識趣軒銘》《等慈寺鐘銘》《尚志齋銘》（下缺葉，當爲《井銘》《紅梅石硯銘》）《瞻雲室銘》《真實尊者一雨大師塔銘》《故馬恭人侯氏墓誌銘》《虞隱君墓銘》《董府史墓表》《陳節婦傳贊》。此本卷八收文大抵同於明初刻本所配抄本。

卷十狀疏目録：《代申朱娥廟狀》《悼劉顯仁文》《郭公葵誄詞》《祭汪辰良文》《危學士哀辭》《泐季潭住中竺疏》《記大璞住普福疏》《良圓明再住童疏》《代謝玄教真人啓》，共九篇。『記』，當爲『玘』字之誤。清初清抄本、民國間抄本卷十爲哀誄：《悼劉顯仁文》《祭白野公文》《祭祝用和文》《堵君哀辭》并序、《李員外誄辭》《郭公葵誄辭》《祭汪辰良文》《危學士哀辭》《泐季潭住中竺方外交疏》《玘大璞住普福方外疏》《良圓明再住天童方外疏》《代謝玄教真人啓》，共十二篇。其同者八篇，此本《代申朱娥廟狀》，二抄本皆無。二抄本《祭白野公文》《祭祝用和文》《堵君哀辭》并序，則此本目録未有。明初刻本所配抄本卷十爲哀誄篇目，次第悉同於清初抄本、民國間抄本。明初刻本配抄本集前附《白雲稿總目》，卷十亦作『哀誄』，與此本所題『狀疏』不同。

由以上諸異以推，此本非據《白雲稿》十卷刊本或十二卷刊本寫錄。前三卷闕字甚少，惟藏皮不善，致多有模糊難辨字句。其可辨者，則可補諸本闕字。抄寫之訛時有不免，鑒取亦須審慎。《中國古籍總目》未著錄。

白雲稿十一卷　清初抄本（靜嘉堂文庫）

明朱右撰。右有《白雲稿》，已著錄明初刻本配抄本。此爲清初抄本十一卷，四冊。無版匡、界格。每半葉十一行，行二十字。各卷端題曰：『天台朱右。』集前有李孝光、張天英、危素、倪中、楊翮、劉仁本、宋濂等七家《序》及《目錄》。卷十一附明初宋濂、劉基、張孟兼、朱廉、瞿莊、陶愷、林以義等七家題識。集中『玄』字缺末筆，『丘』字不避，知爲清初抄本。李孝光《序》首葉有『曹氏巢南』、『歸安陸樹聲藏書之記』圖記。曹炳曾字爲章，號巢南，上海人。康熙末諸生，殁於雍正間。此本從曹氏『城書室』流出，後藏歸安陸氏，流入靜嘉堂文庫。

此本與浙圖藏民國間抄本《白雲稿》十一卷，皆據澹生堂藏舊抄本寫錄。《皕宋樓藏書志》卷一百十一著錄《白雲稿》十一卷，云：『舊抄本，淡生堂舊藏，明天台朱右撰。李孝光《序》（至元五年），張天英《序》，危素《序》（至正甲申），倪中《序》（至正十四年），楊翮《序》，劉仁本《序》，宋濂《序》。宋濂《跋》，劉基《跋》，張孟兼《跋》，朱廉《跋》，瞿莊《跋》，陶愷《跋》，林以義《跋》。案：是書《四庫》不全，此則足本也。』舊抄本後歸錢塘丁丙，《善本書室藏書志》卷三十五著錄『舊抄本』《白雲稿》十一卷，云：

『《四庫》著錄祇五卷，朱彝尊嘗於内閣見有後五卷，恨未鈔成。此本卷一騷賦；卷二、三雜著；卷四、五序；卷六記；卷七《遊雲門五記》《遊四明、東湖、諸山五記》及諸記；卷八銘贊；卷九題跋；卷十哀誄；卷十一《攖寧子傳》。附明初宋濂、劉基等七人題序。序其稿者，至元五年永嘉李孝光、清河張天英、至正甲申臨川危素、甲午藁城倪中、至正庚子上元楊翮、同郡劉仁本、金華宋濂。』今未訪得澹生堂舊藏舊抄本，而得睹此本與浙圖藏民國間抄本。

宋濂、林以義等七人題識明初刻本配抄本有之。澹生堂舊藏木蓋已多闕字，此本仍之。如卷八《陳處士墓銘》缺十七行，《壺金子贊》缺篇題及序。至於篇目與明初刻本配抄本、明烏絲欄抄本之異同，前已略述之。其抄校亦精，可與諸本相印證。《中國古籍總目》著錄作《白雲稿》十一卷，抄本，日本静嘉堂。

白雲稿十一卷　民國間抄本（王舟瑶校）（浙圖）

明朱右撰。右有《白雲稿》，已著録明初刻本配抄本。此爲民國間抄本十一卷，共四册。無版匡、界格。每半葉十一行，行二十字。各卷端題曰：『天台朱右。』集前有李孝光、張天英、危素、倪中、楊翮、劉仁本、宋濂等七家《序》及《目録》，卷十一後有明初宋濂、劉基等七人題識。此本與静嘉堂文庫藏清初抄本，皆據澹生堂藏舊抄本寫録。寧海章梫嘗借同年劉啟瑞藏《白雲稿》明刻殘本五卷（卷八至卷十二），録爲一編，其同年友黄巖王舟瑶民國九年《跋》云：『余後鈔得杭州丁氏舊鈔本，竟有十一卷，視

《四庫》本已踰一倍。然終以未得第十二卷爲憾。今一山同年段得寶應劉氏所藏舊刻本錄副寄示，竟有十二卷，忻憙過望，老眼爲之一明。迺據以校丁氏本，如卷八《陳處士墓銘》，丁本缺十七行；《壺金子贊》，丁本缺題及序，而此本皆不缺。其餘足以是正譌誤者亦不尠。惜第八卷以前，劉氏所藏已佚，不則足以校正者當更多也。』此本乃王舟瑤倩人據丁丙藏舊抄本寫錄，復據章梫錄副本五卷校補。如卷八《陳處士墓銘》中段及尾皆脫，舟瑤别紙補綴，注云：『此下據劉翰臣舍人所藏内閣大庫明刻殘本補。』《壺金子贊》一篇，《目錄》不載，正集實有贊語，所缺篇題并序，舟瑤手書補之，所據爲明刻殘本錄副。卷七《飲天衣寺臨清軒記五》一篇『固邀客回，客曰』以下原闕，清初抄本同。此本則有粘葉，乃章梫手書所補十八行。章梫注：『此係劉詩孫文學搜北平圖書館所藏明殘本補。』即章梫據劉啟瑞所抄寫以寄示舟瑤者。『北平圖書館所藏明殘本』，即國圖藏明初刻本殘帙（存前七卷）。舟瑤校字頗細，眉端校諸本文字異同，時有獻疑。

此本與清初抄本雖多闕字，然與諸本對勘，有裨於《白雲稿》校勘。如卷十《良圓明再往天童方外疏》一篇，『往』字，《目錄》作『住』。清初抄本《目錄》、正集皆作『往』。檢明初刻本配抄本及明烏絲欄抄本《目錄》，皆作『住』。舟瑤既見章梫錄副，知『住』、『往』二字小異，故此本正集葉眉標校『住』字。《中國古籍總目》著錄静嘉堂藏抄本，而遺此本。

據澹生堂藏舊抄本錄副者，又有黄巖王棻光緒間屬友人抄校本，未詳尚存天壤否。王棻光緒二十三年《白雲稿書後》云：『同治辛未，余集京師，假朱伯賢右《白雲稿》五卷，屬同縣蔡竹孫篪、李子篤慶、臨海周黍香郇雨、太平陳尹珊瑩、天台范聘石珍、仙居李天隱芳春，分卷繕錄，而同縣楊定夫晨、王丁裳詠霓、臨海葛逸仙詠裳、瑞安孫仲容詒讓爲之讐校。既畢攜歸，而臨海黄子珍瑞又覆校焉。考《四庫全書總目》，謂《白雲稿》本十卷，今世所傳僅五卷，是伯賢之文傳世者止於此矣。光緒甲午，錢塘丁松生丙以新刊《徐始豐稾》見贈，其附錄中有朱右《知學齋記》，爲五卷本所未有。乙未客杭，寓丁氏求己齋中，問所從得，則松生所藏《白雲稿》自六卷至十一卷燦然完備，《知學齋記》則卷六第一篇也。亟假其書，屬友人錄副以歸。蓋前五卷爲騷賦，爲雜著，爲序，計共九十六首。後六卷爲記，爲銘贊，爲題跋，爲哀誄及疏啓，爲傳，計共八十二首。總凡十一卷，不止十卷也。竊疑尚有詩一卷，故《列朝詩集》言《白雲稿》十二卷，則末卷爲詩無疑。今詩雖無存，而文具在，不已幸歟』，『余既幸獲其全稿，誦而傳之，因書於其後。光緒丁酉七月既望』。臆測《白雲稿》十二卷末一卷爲詩，未確也。

白雲稿五卷、卷首一卷　民國間章梫抄本（章梫校，王舟瑶校並跋）（浙圖）

明朱右撰。右有《白雲稿》，已著錄明初刻本配抄本。此爲浙圖藏民國間章梫抄本五卷，一册。章氏據同年寶應劉啟瑞藏明刻殘帙（存卷八至卷十二）副錄，手自校繕，欲并丁丙藏舊抄本錄副十一卷，刻爲《白雲稿》十二卷完本，未果。正集五卷，綠格紙抄寫，每半葉十行，行二十二字。白口，無魚尾，四周雙闌。各卷端題曰：『天台朱右著。』章梫封題『白雲稿』，又題：『明臨海朱右伯賢著。《白雲稿》五本，鈔本精校，繕刻不果。』又，『最要保存，辛巳秋，八十一叟記。』所謂『五本』，即丁丙藏舊抄本錄副四本、劉啟瑞藏明刻殘本錄副一本。

集前有章氏民國八年十二月校畢題記，集末有王舟瑤民國九年《跋》。梫題記云：『《白雲稿》錢唐丁氏鈔本，今歸金陵圖書館者，凡十有一卷，比《四庫》五卷本爲多。今從寶應劉翰臣同年啟瑞借鈔《白雲稿》八卷至十二卷内閣明刻殘本，内中有脱葉，鈔本空字皆其刻本模糊之處，非脱文也。原刻本卷之八至卷之十一，皆已刻定，特十二卷卷之下，尚留黑方匡，未梓成。按：此殘本實初印，其模糊者，乃印工之不善耳。己未冬十二月校畢，識於上海廣廬賜書樓，梫。』又，『翰臣殘本亦出内閣，或非竹垞當日之所見者。』梫謂此本可貴，手記反復言之：『此本極難得，又經王玫伯觀察校跋，尤可貴。如有人刻《白雲稿》，當刻入，以成完本。丁卯秋日，檢出重記於上海福壽廬。』又，『此本從劉翰臣同年所藏孤本鈔出，極貴重者。梫記，丁卯秋日。』惜刻貲難措，重梓未果。

卷首一卷，非章梫手録。紅格紙抄寫，每半葉九行或十行不等，行十八至二十一字不等。單魚尾，四周雙闌。收李孝光《序》、王棻《書後》、朱右撰著大略、《四庫提要》、《曝書亭集》卷六十二《朱右傳》、光緒《上虞縣志》卷十七《寓賢·朱右》、光緒《上虞縣志》所收朱右詩二首及朱右撰著大略、《臨海縣志》本傳及所載著述。卷首『《白雲稿》十二卷』一則云：『案：近得見錢塘丁氏所藏鈔本，凡十一卷。騷賦一卷，雜著二卷，序二卷，記二卷，銘贊、誌表一卷，題跋一卷，哀誄、疏啓一卷，傳一卷，都一百七十八首。視《四庫》本多六卷，然尚不足十二卷之數。後見寶應劉氏所藏原刻本，知第十二卷爲《深衣攷》。』朱彝尊《朱右傳》後，章梫按云：『寶應劉翰臣同年啟瑞舍人從内閣大庫得初刻殘本卷七至十二，《深衣考》爲一卷存焉，當寄王玫伯同年校鈔。存本跋稱伯賢之父本深研理學，故學有淵源。今屬玫伯之子毅侯舍人鈔前六卷，屬屈文六總長集資付刻。《白雲稿》全集十二卷，可復見於世矣。』

劉啟瑞藏明刻殘帙，今未見其存，存者爲録副二種。其一爲國圖藏明初刻本所配抄五卷，其一即此本。持二本對勘，篇題字句鮮異，脱葉缺文，皆一一對應。如配抄本卷八缺第三葉，《從善字贊》僅存『近朝文物』以上數句。此本『近朝文物』下接『死生榮辱。守一不貳，處和不乖。于嗟先生，其道無涯』，眉端舟瑶案云：『「物」下脱一葉。蓋《從善字贊》後有《敬聚齋銘》《朱子調息箴贊》，「死生」云云，乃《調息箴贊》末數語。』《陳處士墓銘》一篇，配抄本以所據底本模糊，空闕十餘字。此本據丁丙藏舊抄本録副校補，眉端云：『據丁氏本校補，下同。』《尚志齋銘》一篇，配抄本以原缺第十、十一葉，『専則藝精而道通』句以下闕。此本亦然，校云：『脱二葉。丁本亦脱。』

蘿山集五卷

江戸寫本（日本國立公文書館）

明宋濂撰。濂字景濂，金華潛溪人，遷居浦江。始師吴萊，繼游柳貫、黄溍之門。至正中薦授翰林編修，不赴，著書龍門山。朱元璋徵召金陵，除江南等處儒學提舉，命授皇太子經，尋改起居注。洪武二年，任《元史》總裁，除翰林學士。遷國子司業，坐事謫安遠知縣。五年召爲禮部主事。遷太子贊善，陞侍講學士。九年擢學士承旨，明年致仕。十三年，以長孫慎獲罪安置茂州，翌年五月卒於夔州。正德中，謚文憲。著有《潛溪前集》《潛溪後集》《蘿山集》《宋學士文粹》《宋學士續文粹》等集。

《蘿山集》五卷，日本江戸寫本，一册。無版匡、界格。每半葉十二行，行二十一字。各卷端題曰：『金華宋濂景濂作。』集前有鄭濤至正十三年十一月《宋太史詩序》。卷二末有宋濂自記一則：『右此卷，詩凡百餘首，皆乙未、丙申歲所作也。情寓于詞，頗多謬盭纖弱，謾鈔新藁後，以俟他日删去。濂志。』卷五末有《自題前、後、續、别四集，以識予愧，且□章允載，允載蓋從余學文者》云：『爲文本欲障頽波，一涉他歧便是魔。謾道有心關世教，支離言語不勝多。』允載爲濂友章溢之子。抄者未詳，眉端偶有批校。如卷四《題文隱軒》『文爲自之章』句，眉批：『「自」當作「身」。』檢祖桂抄本《蘿山集》，『自』作『身』。

明鄭楷《翰林學士承旨宋公行狀》稱『先生所著文有《潛溪集》四十卷、《蘿山集》五卷、《龍門子》三卷、《浦陽人物記》二卷，已傳於學者』。胡應麟《詩藪外編》卷六云：『宋承旨詩五卷，世不甚傳。萬曆初，喻邦相宰吾邑，雅意文獻，得刻本，捐俸梓之。』王長公東余云：「聞方校太史集，此公何幸？第不免足下神瞽耳。」蓋此集皆元作也。』是集蓋嘗再刻。陸深正德十四年己卯《題蘿山集》云：『潛溪宋先生景濂，開國文人第一，百五十年來，博學洽聞，未見其比也。深讀先生文最早，詩則無從得焉，妄意先生於此毋乃小有所讓，抑亦昔人所謂難兼以長者。近得《蘿山吟藁》五卷讀之，鍛鍊之精工，體裁之辨治，氣韻之偉麗，詞兼百家，亦國朝詩人之所未有也。欣慰累日，若還至寶。於是歎前輩之高雅，世未易盡知，而又以愧深之寡陋，徒相值於遲暮焉，而未暇學也。』是集刻本久佚，傳世日本寫本二種，其一爲此本，藏日本國立公文書館，其一爲元祿十年祖桂寫本，藏日本國會圖書館。

宋濂屢删詩稿，傳世猶五百餘首，惜爲學問、文章所掩。是集詩收四百六十二首，皆洪武元年前所作，其中三百餘首爲孫鏘編《宋文憲公全集》所無。以卜居浦陽青蘿山下，因以名集。卷四《蘭花篇》作於延祐五年，即九歲所賦。至正二十年，與章溢、葉琛、劉基徵召至金陵。卷四《賦日東曲十首，問海上僧，僧多不能答，時辛丑冬十月也》，即明年冬作於金陵。卷五《憶與劉伯溫、章三益、葉景淵三君子同上江表，五六年間，人事離合不齊，而景淵已作土中人矣，慨然有賦》，作於至正二十五年前後。

宋濂元季與劉基昌言復古。《猗歟詩》小序云：『予謂作詩必本於三百篇。自李陵專於五言，歷代因之，鮮有復于古者。晉、魏之間，雖有作者，音節韻趣，亦有難於言矣。方與劉先生伯溫同倡千古之絕學，適吴從善以其遠祖墓銘求題，欣然援筆賦之。』是集收近體律詩甚少，多古風、樂府，追蹤漢魏。如《清夜》辭氣慷慨，頗具風骨。《明詩評選》卷四評云：『如此作者，道氣、雅情、騷腸、古韻備矣。』他如《和劉伯溫秋懷韻二十二首》，與劉基同調，音節鏗然。鄭濤《序》記濂學詩於吴萊、黄溍、柳貫及屢删詩稿之事，云：『太史先生詩若干卷，簡雅贍麗，各因體成賦，聲調辭氣，精純弗雜。濤嘗傳至京師，翰林諸公莫不愛誦之，而揭文安公爲之評曰：「如寶鑑懸秋，隨物應象，無毫末不類。至其玄妙自得，即之非無，索之非有，瑩徹玲瓏，不可湊泊，足以照映古今矣。」而先生聞之，弗自以爲是也。初，先生在垂髫時即善吟，鄉里老生有所賡詠，輒肆筆繼其後，風翻雨駛，見者指爲神童。已而問學日衍，志氣日英發，頗自意前無古人，後絶來者矣。當是時，浦陽深裊吴公萊以能詩聞。蓋吴公受詩於同里仙華山人方公鳳，方公與粤謝君翺、括吴君思齊游，三君子皆以風雅相高，名重一時。若鄉先達内翰柳公貫、侍講黄公溍，咸就學焉。吴公，方公孫婿也，從幼隨杖屨，而其所得於三君子者最深。先生年二十時，槖其所爲詩往見之，吴公讀已，謂先生曰：「子欲應世用邪？則諸詩誠過人矣。若曰追轍古作，則未能窺其藩翰，況閫奥乎？」先生驚曰：「何謂也？」吴公曰：「學詩當本於《三百篇》，夙夜優柔饜飫，分別六義，有以識其性情之真。而後沉酣楚詞，潛泳漢魏諸什，以察其變；參摩六朝、隋唐，迄乎宋季，以審其別。所謂察之審之者，非獵襲之謂也。必窮其體裁，按其音節，考其辭句，觀其氣象，原其奥致，如權重輕，如分清濁，然後識精而見確，更加以深詣之功，日就月將，孜孜弗懈，始可以言詩也已矣。」先生不覺汗流浹背，於是悉焚其所爲稾，一依吴公之命而致力焉。及吴公既歿，先生復登柳、黄二公之門。二公之所傳授，與吴公不異。先生蓋務刻深爲之，二十年間，隨作隨焚，常有歉然不足之色。間語濤曰：「吾於詩極用功，而殊不能精。譬之陟泰山，至中觀自謂已至也，而不知天關猶在雲際。以此言之，其難於學文也，何翅十倍哉！」復出一編相示，曰：「子幸一觀，吾又將焚之矣。」濤因爲攜去，即文安公所評者也。自時厥後，濤再遊江南，求類先生之詩以傳。先生曰：「吾已焚去殆盡。子與吾學同師，知予用心獨苦，願爲之序，他日所賦或可觀，當書之以冠篇首。」濤惟先生七歲而善屬文，二十以文名四方。六藝經傳，無不精究，子史百家，山海經志，及方外之書，無不窮覽，當世之典故，先生長者之講說，又無不聞之，學信偉矣！發之聲詩，其有不精者哉！縱曰詩有別材，非學所能致，而先生襟韻之高敻，標格之勝雅，又非膠黏於訓故家可同日語也。其詩愈精，其言愈謙下者，何哉？惟其積功之久，故能知之愈至；知之愈至，故能識詩爲愈難耳。古之人所以横被六合，力敵造化者，無他焉，其用心亦若斯而已也。今之稱善吟者，家元、白而人曹、劉，其於學也，初奚有三載之功？既無深功，必鮮精識，所以視之爲其易，粗成篇牘，輒自謂方駕古人，其視先生之詩，果爲何如也？』其元末詩，蒼深見長，大抵主於復古。迨入明，應館閣之變，美盛德，頌太平，氣象雖猶具，惜醇厚雅粹有餘，拘束不靈矣。

蘿山集五卷　元禄十年祖桂寫本（日本國會圖書館）

明宋濂撰。濂有《蘿山集》，中土久逸，今存二本，藏於東瀛，前已著錄江戶寫本。此爲日本元禄十年祖桂寫本，二册。無版匡、界格。每半葉十二行，行二十字。各卷端題曰：『金華宋濂景濂作。』封題『羅山集』。集前有鄭濤《宋太史詩集序》及《羅山集目錄》。集末有祖桂自記：『元禄第十丁丑夏四月日，借齊雲棟公之書謄寫焉。祖桂識。』上、下册端各鈐「瑞巖圓光禪寺藏書」。按今人慈波《記新見宋濂〈蘿山集〉別本》考證，齊雲棟公即日僧齊雲道棟，此本原藏京都圓光寺。與江戶寫本收詩同，間有訛誤，然較江戶寫本爲佳。江戶寫本闕誤爲多，可據以校勘。有朱、墨筆批校。眉端墨批專釋音訓故，審其字蹟，亦出祖桂之手。

胡仲子集十卷　明洪武十三至十四年王懋溫等刻、明重修本（上圖）

明胡翰撰。翰字仲申，號仲子，金華人。父英仕元爲太平路總管府照磨，兼架閣事。胡翰從蘭溪吳師道、浦江吳萊學古文，復登許謙之門。黄溍、柳貫文名滿天下，見其文，贊不容口。遊大都，公卿交譽，余闕、貢師泰俱器之。或勸以仕，不應。既歸，遭時多虞，避地南華山。至正十八年，朱元璋下金華，置中書分省，召胡翰、許元、葉瓚玉、吳沈、汪仲山、李公常、金信、徐孳、童冀、戴良、吳履、張起敬、孫履會食省中。二十一年，被薦至金陵，授衢州教授。洪武二年，召修《元史》，分撰英宗、睿宗本紀及丞相拜住等傳。史成，將留之翰林，以疾辭，返衢州。七年，謝老歸居金華長山之陽，僦屋竹林間，與樵牧爲侶，著書自樂，學者稱長山先生。洪武十四年正月十日卒，年七十五（吴沈《長山先生胡公墓銘》。按：劉剛《後序》稱正月九日卒，與吴沈載異。《列朝詩集小傳》稱『史成，賜金帛遣歸，隱居長山之陽』，『洪武辛酉四月卒』，多誤説）。著有《春秋集義》《胡仲子集》諸書，編有《古樂府詩類編》四卷。按吴沈《長山先生胡公墓銘》：『所著有《春秋集義》，有文曰《胡仲子集》，詩曰《長山先生集》。』《四庫提要》云：『史稱其文曰《胡仲子集》，詩曰《長山先生集》。今合爲一集，豈剛等所併歟？』《長山先生集》不傳，今傳《胡仲子集》十卷，收文九卷、詩賦一卷。

此爲上圖藏《胡仲子集》十卷，明洪武十三至十四年王懋溫刻、明重修本，五册。每半葉十行，行二十一字。黑口，雙魚尾，四周雙闌。各卷端題曰：『門人同郡劉剛編。』集前有宋濂洪武十三年八月《序》及《目録》，集末有劉剛洪武十四年十一月望日《後序》。鈐『秀水朱氏潛采堂圖書』、『竹垞藏本』、『臣澂私印』、『子清』、『臧氏家藏』、『徐乃昌讀』、『海鹽徐氏夢錦樓珍藏印』、『徐亨謙觀』諸圖記。曾爲朱彝尊、朱澂、徐乃昌等人舊藏。檢國圖藏明刊本，有懋溫洪武十四年十一月既望《題識》，無劉剛《後序》。南圖藏明刊本，有劉剛《後序》、懋溫《題識》。此本非初刻，乃重修本。傅增湘《藏園羣書經眼録》作明洪武十三年王懋溫刊本，《中國古籍總目》作明洪武十三至十四年王懋溫刻本，悉未盡妥。

宋濂《序》云：『學子劉剛撰次成集，而王君士覺爲圖其傳，來請序之。濂不讓而書其首篇，所以嘆先生之善學，而幸天下之見其文也。』未言及胡翰之詩。劉剛《後序》云：『未幾，復以老辭還，處長山之陽。一日，盡以其所著書命剛曰：「吾老矣，將以斯文授子，子其勉之！」」『不幸先生以今年春正月九日卒家。於是慕先生之德，思誦其言有未得者，咸相與欷歔太息。剛也不敏，安敢祕先生之言而靳其德？敬倣荀卿、賈誼諸書，文居詩賦之首，編次成帙，號《胡仲子集》，通若干卷。既請太史公序其端，將與願學先生者同以爲法。而浦陽義門王氏復之父子，德先生之教言，遂謀刊梓以傳。』王懋溫《題識》云：『吾師特手類先生集，將欲圖諸不朽。家君遂與諸仲父謀爲之刊梓，迺告于大父，大父忻然從之。起手于洪武庚申夏六月，而畢工於明年冬十一月也。雜著文十卷，古近體詩二卷，附錄一卷，共九萬九千六百九十餘言。凡印生日用百須之具，大父則命懋溫專給之。家君既仕嶺南，重受方面之託，還書于家，俾克終先生集，不幸先生於今年春已易簀矣。』按所云，初刻凡文十卷、詩二卷，末附錄一卷。今明刊《胡仲子集》文存九卷，詩賦一卷（詩存古體），無附錄，不合於懋溫所記。懋溫親與刻事，不當杜撰或誤載。洪武十三年，胡惟庸案發。十月，宋濂以長孫慎牽累獲罪，械至金陵。其時誅戮甚眾，濂子璲、孫慎死之，濂安置茂州，十四年五月道卒夔州。宋璲從胡翰問業，今《胡仲子集》未載及宋璲、慎叔姪。蓋以獄案牽累，懋溫刻集後，有合併刪定十卷之事。後世傳《胡仲子集》明藍格抄本、清初抄本、《四庫》寫本、《金華叢書》本、清惠棟抄本、彭元瑞抄本等皆爲十卷。初刻十二卷本，今未見。

此本宋濂《序》末半葉重修，劉剛《後序》末一葉重修，其板框大小、刻工皆與前非一。卷九末二篇爲《商節婦誄》《友琴生朱原良小傳》，然《目錄》無二篇。卷九末一葉亦重修，《友琴生朱原良小傳》蓋新刻之篇。其重修於何時，今未能詳。國圖藏明刊《胡仲子集》十卷，裝爲四冊，集末有懋溫《題識》，其前劉剛《後序》僅存第一葉。鈐王聞遠『太原叔子藏書記』、傅增湘『雙鑒樓珍藏印』圖記。增湘《藏園羣書經眼録》云：『《胡仲子集》十卷，明胡翰撰，明洪武十三年王懋溫刊本，十行二十一字。黑口，四周雙闌。鈐有「太原叔子藏書記」。』鏤板與此本無異，亦爲明重修本，非初刻也。又，南圖藏明刊本四册，卷端有丁丙《題識》。鈐『黄居中印』、『千頃堂圖書』、『晉安徐興公家藏書』、『慕齋鑒定』、『宛平王氏家藏』、『燕越胡茨邨氏藏書印』、『胡氏茨邨藏書』諸圖記，曾爲黄居中、徐𤊹、胡介祉、王熙舊藏。宋濂《序》後摹刻『金華』、『宋氏景濂』、『觀物齋』圖記，較此本爲完好。

是集卷一收《衡運》《正紀》《尚賢》等文六篇；卷二收《慎習》《皇初》等文九篇；卷三收《擇術》《紀交》等文十五篇；卷四收序十三篇，末一篇《鄭氏義門詩序》，《目録》無；卷五收序十二篇、遊記一篇；卷六收碑、記十篇；卷七收記十一篇；卷八收頌、贊、銘、箴、辭、跋、書後、墓銘、像贊諸體文三十六篇；卷九收傳、墓表、墓誌銘九篇；卷十收詩賦四十三題。編集體例嫌於雜亂，疑懋溫初刻非如是，後删併十卷始然。

胡翰與宋濂、王褘、戴良並爲金華之學嫡傳，有『金華四先生』之目。論文主於合經史、用實爲一，《尚賢》《慎習》《井牧》《五行志序論》《皇初》《廣原道》《二生對》《越人對》《擇術》諸篇，卓有見解，每一篇出，讀者解頤。宋濂《序》云：『出言簡奥不煩，而動中繩墨。如夏圭商敦，望而知其非今世物也』，『先生嘗慕邵子、程子之爲人，所養甚深，極乎博而守則約，務乎大而不遺乎細』，『其所著《衡運》《井牧》《皇初》諸文，有習之之辭，而所得者非習之所及也。』吴沈《胡公墓銘》論云：『爲文章，簡潔清峻，不作則已，作則必高出於人。性嚴毅，寡酬應，未嘗輕有所毁譽。暮年請文者踵門，不苟隨也。』方孝孺《答王仲縉五首》其一云：『夫長山，今之賢而有道者也。其文章，方之當世，未肯多讓，求之古人，不在作者之後。使昔之大儒如虞公、黄公尚在，且當屈己避之，况眇爾之小子乎！』其文稍下宋濂一等，不愧名家。論詩不離東浙學統，主於詩爲『文之精』之説，尚於自然，欲探極人情物理，輕於研揣聲偶。《屠先生詩集序》云：『古詩變而爲選，選變而爲律，雖有作者，恒窘於聲偶研揣之間，患不足馳騁，以極乎人情物理之妙。』既以爲詩系一代之政，其用猶史，乃採編《古樂府詩類編》，以見政事興衰。《古樂府詩類編序》稱漢代之辭猶質而近古，後世趨文飾纖巧，追琢襞積，難返正聲。洪武初，在史館覽高啓《缶鳴集》，閱之累日，以爲可備史氏懲勸，『形容之妙，比興之微』，不失風雅遺意。其賦詠所長，亦在古體，《冬日何可愛》《南箕長好風》《命童》諸篇，蒼渾純古。前人論云：『至於五言古詩，超然夐邁，雖潛溪亦莫企及，餘子何足道哉！』(《列朝詩集小傳》)惜詩不多傳，《胡仲子集》存者不足盡見其造詣。《四庫提要》云：『故卷帙寥寥，而格意特爲高秀。』錢謙益、朱彝尊頗推尊之。《列朝詩集》爲選詩四十五首。《静志居詩話》卷二則云：『以詩論，吾必以仲申爲巨擘焉。』

胡仲子集十卷　明藍格抄本(國圖)

明胡翰撰。翰有《胡仲子集》，已著録明洪武十三至十四年王懋溫刻、明重修本。此爲明藍格抄本十卷，二册。每半葉十一行，行二十一字。白口，四周單闌，單魚尾。各卷端題曰：『門人同郡劉剛編。』集前有宋濂《序》及《目録》，卷末有王懋溫《題識》、劉剛《後序》。宋濂《序》首葉鈐『陽湖陶氏涉園所有書籍之記』、『四明張氏約園藏書之印』。曾爲陶湘、張壽鏞舊藏，後歸傅增湘。增湘《藏園訂補邵亭知見傳本目錄》云：『《胡仲子集》十卷，明胡翰撰，明藍格寫本，余藏。』

此本收文九卷、詩賦一卷，據王懋溫刻、明重修本寫錄。卷九《吳季可墓誌銘》自『數十年間，居積益』以下闕，《商節婦誄》一篇『哉！余雅辱交於淵』以上闕。《商節婦誄》一篇後，有《友琴生朱原良小傳》一文，抄寫字蹟略倣於明重修本之修補葉，行二十字。卷帙雖幾於完好，但倒葉、脱誤不免。卷一脱第十一葉；卷六第九、十二葉倒；卷八脱第十二葉；《書賈節婦傳》脱『固難也。鄙夫賤人能死事者鮮矣，而況婦人女子乎？是』一列。明重修本已多闕字及漫漶者，抄本闕字尤多。刊本卷四《古樂府詩類編序》『遂無復《雅》《頌》之音』，此本脱『無』字。卷九《吳季可墓誌銘》『洪武八年春，有旨遣貧民無田者至中都鳳陽養之』，此本作『洪武八年春月，旨遣貧民無田者至中都鳳陽養之』，『始家向源，被災，即踰山而西』，此本作『始家向□，被災，即踰山而西』。刊本卷十《招鶴辭》文字大都可辨，此本則多闕字留白。較諸其他舊抄本，此本寫時爲早，然質屬劣下。

胡仲子集十卷　　清初朱彝尊家抄本（國圖）

明胡翰撰。翰有《胡仲子集》，已著錄明洪武十三至十四年王懋溫刻、明重修本。此爲清初抄本十卷，二冊。無版匡、界格。每半葉十行，行二十一字。卷端題曰：『門人同郡劉剛編。』内封題云：『胡翰字仲子，一字仲申，金華人。洪武初以薦爲衢州府教授，事蹟具《明史·文苑傳》。』集前有宋濂《序》，集末有王懋溫《題識》、劉剛《後序》。鈐『朱彝尊錫鬯父』、『某會里朱氏潛采堂藏書』、『謙牧堂藏書記』、『兼牧堂書畫記』圖記，先後爲朱彝尊、納蘭揆敘所藏。傅增湘《藏園羣書經眼錄》云：『《胡仲子集》十卷，明胡翰撰，清初寫本，鈐有「朱彝尊錫鬯父」、「某會里朱氏潛采堂藏書」、「謙牧堂藏書記」各印，徐梧生藏。』徐坊字士言，號鉅菴，又號梧生，臨清人，家有歸樸堂藏書。《中國古籍總目》著録此本作清初抄本。

上圖藏明洪武十三至十四年王懋溫刻、明重修本，有『秀水朱氏潛采堂圖書』、『竹垞藏本』圖記，曾爲朱彝尊舊藏。此本寫録所據當即所藏之本，而集末增王懋溫《題識》一篇。刻本漫漶不清，其不可辨者，抄本多留空格，時爲補綴。如卷一《衡運》『六卦統一千有八年，是爲陰毳權□之運。《坤》，陰也，得陽育而生男。《乾》，陽也，□□□而生女。男歸於母，女應於父。《豫》也，《復》也，長男歸母□也。』『權□』，此本不補。明刊《信安集》、宋筠藏舊抄本作『行』。『□□□而生女』，此本作『得陰□而生女』，明刊《信安集》亦然，宋筠藏舊抄本作『得陰化而生女』，北大藏舊抄本、《金華叢書》本作『得陰育而生女』。『歸母□也』，此本與《信安集》、北大藏舊抄本、宋筠藏舊抄本皆作『歸母者也』。《井牧》一篇，刻本末四行缺六字，抄本未補。據《信安集》、北大藏舊抄本、宋筠藏舊抄本，可補『知也』、『吾知』、『其所』等六字。

胡仲子集十卷　清初抄本（國圖）

明胡翰撰。翰有《胡仲子集》，已著録明洪武十三至十四年王懋溫刻、明重修本。此爲清初抄本十卷，二冊。無版匡、界格。每半葉十行，行二十一字。卷端題曰：『門人同郡劉剛編。』集前有《目錄》，無宋濂《序》，集末有王懋溫《題識》、劉剛《後序》。鈐『友竹軒』、『筠』、『雪苑宋氏蘭揮藏書記』、『延古堂李氏珍藏』藏書印，知爲商丘宋筠（字蘭揮）友竹軒藏本，後歸李盛鐸延古堂。其前後字蹟不一，非一人所抄。集中不避清諱。《中國古籍總目》及國圖館目著録作清抄本。

此本寫録依於明重修本，以底本殘缺，抄本留以空葉、空格。與上圖、國圖藏明重修本及朱彝尊家抄本對勘，脫字甚少。如刻本卷一《衡運》『權□』，此本作『權行』；『□□□而生女』，此本作『得陰化而生女』。刻本卷五《心學圖說序》一篇，文字漫滅，其中『邵子曰：心爲太極。□□□宇宙分事，即吾分事；吾分事，即宇宙分事。其亦有□□此乎？張子曰：見聞之知，非德性所知。其所得者，亦有□於見聞之外乎？是自得也。苟自得之，揔方而議可也，□口所言可也』一段文字，『□□□宇宙分事』，此本作『陸子曰：宇宙分事』，《金華叢書》本同；『有得□此乎』，此本作『有得於此乎』，朱彝尊家抄本、《金華叢書》本同；『亦有□於見聞』，明藍格抄本、朱彝尊家抄本皆闕一字，此本作『出』，《金華叢書》本同；『□口』，此本作『横口』，朱彝尊家抄本、《金華叢書》本作『極口』。刻本卷三末一篇《與孔元夫按察書》計兩葉半，至『夫壯而學，學而行，老而休者，士之常也』止。此本接下尚有半葉，其文曰：『況加之以衰病，何惜而不曲全之也？人苦不自知，以鄧仲華之才，自揆不過郡文學耳走也，何人敢有過望？才薄而用大，力小而任重，古人所戒，又況有大不可者存焉！』前後文意連貫，由是知刻本脫半葉。以理校、他校考之，此本與臺圖藏舊抄本較其他抄本爲善。惟惜時亦有脫葉，如卷八《處約齋銘》一篇『華於黼黻』以下，《敬身齋銘》《無逸齋銘》《漢榱題研銘》《居易齋箴》《尚節齋箴》《嚴氏子字辭》《諸土文字説跋》《歐陽文忠公急就章跋》全篇，以及《朱文公書虞帝廟樂章跋》題目，皆空闕，計脱五葉。

明重修本卷九末葉重修，録《友琴生朱原良小傳》一篇。此本無，《目録》亦不列之。未詳其不脱處何據，然非擅以臆補甚明。如卷六《孔子家廟碑》《浦陽王氏義門碑頌》闕字甚多，不補。明重修本所收二文殘損闕字，闕處大都不同。今疑此本所據底本雖有殘葉，而非鏤板漫漶、重修後印之本。

胡仲子集十卷（存卷一至五）　舊抄本（清何焯校）（北大）

明胡翰撰。翰有《胡仲子集》，已著録明洪武十三至十四年王懋溫刻、明重修本。此爲舊抄本十卷，存卷一至五，清何焯手校。無版框、界行。每半葉十行，行二十一字。卷端題曰：『門人同郡劉剛編。』集前有宋濂《序》及《目録》，集末有劉剛《後序》、王懋溫《題識》。鈐『小長盧』、『朱彝尊錫鬯印』、『義門手校』、『汲古主人』、『揚州阮氏瑯嬛僊館藏書印』、『麐嘉館印』諸圖記。知爲毛晉汲古閣舊藏，歸朱彝尊小長盧，後歸何焯，繼流入阮元瑯嬛僊館、李盛鐸麐嘉館。其爲舊抄本無疑，第未詳寫於明末，抑或清初。《中國古籍總目》著録北大藏抄本二種，一爲清初抄本，一爲清抄本。所謂清初抄本，蓋即此本。其清抄本十卷，共二册，亦無版匡、界格。每半葉十行，行二十一字。集前有宋濂《序》，集後有王懋溫《題識》、劉剛《後序》。鈐『許焞收藏』、『個是醇夫手種田』、『臧氏家藏』、『李氏木齋』、『木齋審定』諸圖記，知曾爲清人許焞、臧庸收藏，後歸李盛鐸，經其手校。

此本僅存前五卷，以所據底本漫漶殘損，闕字不免，然較明藍格抄本、朱彝尊家抄本爲善。如卷一《衡運》，此本不闕字。王懋溫刻、明重修本『權□』、『□□□而生女』，此本分作『權行』、『得陰育而生女』。朱彝尊家抄本分作『權□』、『得陰□而生女』。國圖藏宋筠藏清初抄本分作『權行』、『得陰化而生女』。『得陰育』，《金華叢書》本同。明重修本卷五《心學圖說序》『邵子曰：心爲太極。□□□宇宙分事，即吾分事；吾分事，即宇宙分事。其亦有□□此乎？張子曰：見聞之知，非德性所知。其所得者，亦有□於見聞之外乎？是自得也。苟自得之，摠方而議可也，□口所言可也』，此本作『邵子曰：心爲太極。□□□宇宙分事，即吾分事；吾分事，即宇宙分事。其亦有□□此乎？張子曰：見聞之知，非德性所知。其所得者，亦有得於見聞之外乎？是自得也。苟自得之，總方而議可也，極口所言可也』，與朱彝尊家抄本同。明重修本卷三末一篇《與孔元夫按察書》至『夫壯而學，學而行，老而休者，士之常也』止。此本接下尚有半葉：『況加之以衰病，何惜而不曲全之也？人苦不自知，以鄧仲華之才，自揆不過郡文學耳走也，何人敢有過望？才薄而用大，力小而任重，古人所戒，又況有大不可者存焉！』刻本脫半葉，此本則全，與國圖藏清初抄本同，朱彝尊藏家抄本猶闕如故。

《胡仲子集》又有抄本數種。上圖藏清惠棟抄本十卷，二冊，每半葉十行，行二十一字，有『惠定宇手寫本』、『惠棟之印』、『字曰定宇』、『趙宗建印』諸圖記。清彭元瑞舊藏清抄本十卷，三冊，每半葉十行，行二十一字，後歸朱學勤結一廬。南圖藏清呂留良家藏舊抄本十卷，二冊，每半葉十行，行二十一字，有宋濂《序》、王懋溫《題識》，無劉剛《後序》，鈐『呂晚邨家藏圖書』、『明農草堂圖書』、『葆中』、『無黨』諸圖記，乃呂留良、葆中父子舊藏。後歸丁氏八千卷樓，有『八千卷樓藏書之記』圖記。卷首《欽定四庫全書總目提要》及『四庫簡錄』圖記皆後增也。今不及見，無從辨其源流、異同。

胡仲子集十卷　清抄本（靜嘉堂文庫）

明胡翰撰。翰有《胡仲子集》，已著錄明洪武十三至十四年王懋溫刻、明重修本。此爲清抄本十卷，共三冊。格紙抄寫，每半葉十一行，行二十字。白口，左右雙闌，單魚尾。卷端題曰：『門人同郡劉剛編。』集前有宋濂《胡仲子文集敘》，無《目錄》。集後有王懋溫《題識》，無劉剛《後序》。集中『玄』字避諱缺末筆。王懋溫《題識》後，朱筆記云：『嘉慶己未十月初二日校畢。』宋濂《敘》葉鈐『歸安陸樹聲藏書之記』。《皕宋樓藏書志》卷一百十一著錄《胡仲子集》十卷『舊抄本』，云：『劉剛《序》，洪武辛酉。王懋溫《跋》，洪武十四年。』此本有宋《序》、王懋溫《題識》，無劉《後序》，當非所云舊抄本。集中卷三末一篇《與孔元夫按察書》缺末一葉，小字校補以完，卷九末二篇爲《商節婦誄》《友琴生朱原良小傳》。

《胡仲子集》傳本雖多，各有闕字。此本原闕字甚多，朱筆校補，幾於完整。卷五《心學圖說序》『□□□宇宙分事，即吾分事；吾分事，即宇宙分事。其亦□□□此乎？張子曰：見聞之知，非德性所知。其所得者，亦□□於見聞之外乎？是自得也。苟自得之，揔方而議可也，□口所言可也』，朱筆依次補『陸子曰』、『有得於』、『有出』、『橫』諸字，與國圖藏清初抄本文字同。上圖藏明重修本卷十《招鶴辭》漫漶不清，如『世言鳥之壽者，必曰鶴。禀氣□□□游於陽，遠可千歲，誠羽族之宗長，仙人之

□□也。余家二鶴，其一縞而緇，頳頰而頂不丹，與《□□經》言不類」。其闕字，此本依次爲『於陰而』、『騏驥』、『石相』。『千歲』，此本作『千里』。國圖藏清初抄本此段不闕字，作『於陰而』、『騏驥』、『古相』及『千歲』。此本『石』，當『古』字抄寫之誤。上圖藏明重修本《東征詩》有序一篇，末六行漫漶難於卒讀，此本原不闕字，且文字與國圖藏清初抄本同。今推測國圖藏本所據非鏤板漫漶、重修後印之本，此本所據底本蓋亦然。其朱筆校補甚細，惜不知出何人之手。

胡仲子集十卷　　舊抄本（臺圖）

明胡翰撰。翰有《胡仲子集》，已著錄明洪武十三至十四年王懋溫刻、明重修本。此爲舊抄本十卷，四册。無版框、界行。每半葉十行，行二十一字。各卷端題曰：『門人同郡劉剛編。』集前有宋濂《序》及《目錄》。集後有劉剛《後序》、王懋溫《題識》。集中不避清諱。鈐『東吴王蓮涇藏書畫記』、『華亭王聞遠印』、『右軍後人』、『擁書豈薄福所能』、『帶經堂陳氏藏書印』、『揚州方氏退園書印』諸圖記，曾爲王聞遠、陳徵芝、方鼎鋭所藏。卷三末一篇《與孔元夫按察書》末一葉不闕。卷九末無《商節婦誄》《友琴生朱原良小傳》二文，篇目與《目錄》所載同。闕字甚少。卷五《心學圖説序》『陸子曰：宇宙分事』至『横口所言可也』一段，卷十《招鶴辭》『世言鳥之壽者』至『與《古相經》言不類』一段，同卷《東征詩》末六行，皆不闕，且文字與國圖藏清初抄本同。蓋二本同出一源，當非據鏤板漫漶、重修後印之本寫錄。如非卷九有闕文二篇，此本更善於國圖藏清初抄本。

胡仲子集十卷　舊抄本（臺圖）

明胡翰撰。翰有《胡仲子集》，已著録明洪武十三至十四年王懋溫刻、明重修本。此爲舊抄本十卷，四册。無版框、界行。每半葉十行，行二十一字。各卷端題曰：「門人同郡劉剛編。」集前有宋濂《序》及《目録》。集後有劉剛《後序》、王懋溫《題識》。鈐「查碩印」、「冠儒」、「苊圃收藏」諸圖記。集中不避清諱，臺圖館目作抄本，當作舊抄本爲宜。闕字亦少。卷三末一篇《與孔元夫按察書》末一葉不闕。卷九末無《商節婦誄》《友琴生朱原良小傳》二文，篇目與《目録》所載同，然留空白一葉，與臺圖另藏舊抄本同。卷五《心學圖説序》「陸子曰」、「有得於」、「有出」諸字不闕，與臺圖另藏舊抄本、國圖藏清初抄本同，然「極口」二字，臺圖另藏舊抄本、國圖藏清初抄本則作「横口」。卷十《招鶴辭》「世言鳥之壽者」至「與《古相經》言不類」一段，同卷《東征詩》末六行，皆不闕字，且與臺圖另藏舊抄本、國圖藏清初抄本同，蓋同出一源。

胡仲子集十卷　《文淵閣四庫全書》本

明胡翰撰。翰有《胡仲子集》，已著録明洪武十三至十四年王懋溫刻、明重修本。此爲文淵閣《庫》本十卷。四庫館採録浙江採進本《胡仲子集》二卷「刊本」，《浙江採進書總録》癸集上云：「右明教授金華胡翰撰。此集又名曰《信安集》。别有門人劉綱編集十卷，未見。』《四庫總目》著録浙江汪汝瑮家藏本《胡仲子集》十卷，《提要》云：『是集乃其門人劉剛及浦陽王懋溫所編，以洪武十四年刊板。今印本罕傳，惟寫本猶存於世。凡文九卷，詩一卷。史稱其文曰《胡仲子集》，詩曰《長山先生集》。今合爲一集，豈剛等所併歟？』當時四庫館採進非一種。其一爲浙江採進本《信安集》二卷，明弘治十六年沈傑刻本。其一爲汪汝瑮家藏本《胡仲子集》十卷，館臣未明言其爲何本，然由『今印本罕傳，惟寫本猶存於世』以推，蓋爲抄本。

《庫》本集前有宋濂原《序》，集末有劉剛《後序》，無王懋溫《題識》。卷三《與孔元夫按察書》一篇至『士之常也』止，以下闕，與明重修本同。與明重修本相較，其間有數異：此本卷一無《正紀》篇，卷二無《慎習》篇，以明重修本《皇初》爲卷二第一篇。明重修本卷四《缶鳴集序》凡有兩篇，一在《三老圖序》後，板刻清晰，一在《黄巖戴氏合族詩序》後，漫漶不清，此本《缶鳴集序》則在《三老圖序》後。文字偶異，如明重修本《文官花贊》『揚采代榮』，『代』字，此本作『敷』；《懷素墨蹟跋》『藏真見夏雲隨風』，『夏』字，此本作『山』。底本闕字，此本擅作補綴。如明重修本《招鶴辭》『世言鳥之壽者，必曰鶴。稟氣□□□游於陽，遠可千歲，誠羽族之宗長，仙人之□□也。余家二鶴，其一縞而緇，赬頰而頂不丹，與《□□經》言不類』一段文字，此本依次補『最清，恒』、『控馭』、『相鶴』。衡論諸寫本良莠，此爲最下者。至於何以未收《正紀》《慎習》二篇，《四庫》底本未見，今莫能詳。

胡仲子集十卷　《金華叢書》本

明胡翰撰。翰有《胡仲子集》，已著録明洪武十三至十四年王懋溫刻、明重修本。此爲《胡仲子集》十卷，清同治間胡鳳丹刻《金華叢書》本，四册。每半葉九行，行二十字。白口，單魚尾，四周雙闌。各卷端題曰：『明胡翰撰，郡後學胡鳳丹月樵校梓。』内封鐫『胡仲子集十卷，金華叢書』，牌記曰『退補齋藏板』。集前有胡鳳丹同治十二年四月《胡仲子集序》、宋濂舊《序》及《目録》。集末有王懋溫《題識》、劉剛《後序》。正集十卷，卷帙次第同於明重修本。

胡鳳丹《序》云：『是編借鈔于應敏齋方伯，係寫本，間有殘闕，無從校補。其中訛舛，姑就其可考者正之，餘仍缺如。』是集據應寶時藏抄本校梓，以無他本可校，殘闕處無從補完，訛舛者則力爲考而正之。然所補闕字多臆測。明重修本卷一《尚賢》『其見聞之□』，闕字此本作『廣』。檢弘治刊本《信安集》、國圖藏清初抄本，闕字作『博』。明重修本卷四《吴氏家慶集序》『羣而居者，莫親於父子』原不闕字，『羣』字，此本作『萃』。同卷《歷代易覽序》『不待紬金匱石室之藏』，明重修本原不闕字，『紬』字，此本補作『窺』。諸如此類，終與原文相違。於諸本中，此本與《庫》本皆下一等。《豫章叢書》本《張來儀先生文集》，嘉靖四十年刊本《遜志齋集》，皆以所據原本殘缺，闕文力作補綴，遂失本來面目。此本亦有此弊。應寶時字可帆，號敏齋，永康人。道光二十四年舉人，崇尚樸學。咸豐初佐貳，需次江蘇，隨侍郎龐鍾璐辦團練，復松江府城。浙江再陷，上海防務益急，與蘇紳等聯合西人，設會防局，迎李鴻章東下。擢道員。同治四年，任蘇松太道，乞養去官卒。

胡仲子先生信安集二卷　明弘治十六年沈傑刻本（臺圖）

明胡翰撰。翰有《胡仲子集》，已著録。此爲《胡仲子先生信安集》二卷，明弘治十六年沈傑刻本，二册。每半葉十行，滿行二十字，行刻十九字。黑口，三魚尾，左右雙闌。卷端題曰：『金華胡翰仲申著。』集前有宋濂《序》，即原《胡仲子文集序》，又有開化吾哻弘治十六年二月《序》，缺首葉。《目録》散缺。鈐『吴興劉氏嘉業堂藏』、『二介軒』、『沈葆禎印』諸圖記。信安，即衢州。南朝陳永定三年，置信安郡，隸縉州。隋大業三年廢。唐天寶元年，改衢州爲信安郡。乾元元年，復衢州。至正二十一年，朱元璋招羅賢才，胡翰被薦金陵，授衢州教授。《與孔元夫按察書》云：『往歲朝廷急於求才，過聽人言，移文見徵，有司敦迫就道。及至金陵，入覲主上，退謁今相國李公于中書』，『留省署兩月，察其學與才，益又知其迂濶不及事者也，遂以學校之職授之，特不欲以儒見棄耳。』洪武二年，召修《元史》。八月，史成，詔職詞垣，以備顧問，力以疾辭，復返衢州任（劉剛《胡仲子集後序》）。洪武七年，始辭歸。先後在衢十餘年，率衆講學，作興斯道。有明衢郡文教之興，胡翰實發其端，衢人懷之。

弘治間，《胡仲子集》刊本已罕見，衢州知府沈傑惜之，訪於衢人，得文若干篇，編刻《信安集》二卷。吾哻《序》云：『文集舊刻于浦陽王氏，歲久湮晦，學者有不得而見。吾衢邦伯沈公重其人，愛其文，而惜其不行於世，以先生嘗爲衢庠師，訪求於衢之人，得其作凡若干篇，將鋟梓以行。謀於佐郡賀公，志相協也，遂刻之，名曰《胡仲子信安集》。工甫訖，適進士都君玄敬以全集屬邦伯廣其傳，邦伯甚喜，將續刻並行焉。』是集卷上收《衡運》《正紀》《尚賢》《井牧》《五行志序論》《犧尊辨》《慎習》《皇初》《廣原道》等文九篇，俱見於《胡仲子集》前二卷；卷下收《二生對》《醫前論》《醫後論》《敬齋說》《讀喪禮》《琴釋》《與許門諸友論宗法》《與孔元夫按察書》《答汪秀才書》《羅文質公集序》《送徐文昭序》《贈楊載序》《送張傑夫序》《送葉通判詩序》《悅親堂記》《知本堂記》《白雲亭記》《青霞洞天游記》《孔氏家廟碑》《畏所記》《怡顏齋銘》《處約齋銘》《居易齋銘》《朱文公書虞帝廟樂歌跋》《王子端書服胡麻賦跋》等文二十五篇，《擬古詩九首》、《示順生》四首、《張節婦》、《青霞洞天偕章三益僉事觀石橋》等詩十五首，詩並文俱見於《胡仲子集》卷二至卷十，篇題異者甚少，偶有之。如《送張傑夫序》，《胡仲子集》卷五題作《送張傑夫赴廣陵序》。沈氏刻《信安集》，初未見《胡仲子集》，訪求於衢人，篇目無新增。蓋訪求不易，胡翰官衢所作或未見收。按吾哻《序》，刻集未竣，都穆寄以全集，沈氏將續刻以行。國圖藏明刻殘本《胡仲子集》十卷，倣前刻重新鏤板，未詳鳩工何人，是否即沈氏，今尚未悉。洪武初刻、明重修本《胡仲子集》漫漶闕字，此本雖無逸出之篇，然各篇文字完整，頗可資於校勘。沈傑字良臣，長洲人。成化二十年進士，知歸德州，入爲右軍都督府經歷。弘治十一年，遷衢州知府。正德元年，擢山西左參政，進河南右布政使。忤劉瑾歸，卒於家。

《金華經籍志》卷十九著錄《信安集》二卷，云：『見《國史經籍志》《絳雲樓書目》。未見。』今見《胡仲子先生信安集》傳本數部。臺圖藏兩部，館目俱作明弘治十六年衢州刻本。此著錄其一。另一部二卷，一冊，鈐『葉德輝鑒藏善本書籍』、『觀古堂』、『莋圃收藏』諸圖記。有葉德輝光緒二十二年手書題記：『《天一閣書目》集類有《胡仲子文集》十卷，云明胡翰著，宋濂序，序多脱字。《四庫全書總目》别集類著録本同，《提要》云凡文九卷，詩一卷。此本祇上、下二卷，詩寥寥數章，附于下卷末』，『《天一目》所載爲綿紙藍絲闌鈔本，《提要》亦云今印本罕傳，惟寫本猶存于世，則十卷本固不易得，得此二卷本，亦略見先生詩文之大概已。』國圖所藏一部二卷，一册，吾哻《序》、《目録》完整，缺宋濂《序》。鈐『蓮涇』、『太原叔子藏書記』諸圖記，知爲王聞遠舊藏。《中國古籍總目》著録國圖藏《信安集》一種。

卷四

缶鳴集十二卷　　明永樂元年周立刻本（靜嘉堂文庫）

明高啓撰。啓字季迪，號青丘子，又號槎軒，吳縣人。性警敏，讀書過目成誦，究心羣史。嗜吟詠，清俊不俗。與楊基、徐賁諸子結北郭詩社。饒介慕其才，召至幕下。張士誠聘爲記室。後卜居吳淞江上。洪武二年，應徵修《元史》。八月史成，留京師教功臣子弟。明年二月，授翰林院編修。七月召對，擢戶部侍郎，力辭不受，給金幣放歸。洪武五年十月，魏觀知蘇州，器其才，與相往來。翌年，觀重修蘇州府治，爲作《郡治上梁文》。蔡本、張度等誣魏觀有異志，詞連高啓，逮金陵。洪武七年九月棄市，年纔三十九。所賦詩結集《吹臺集》《江館集》《青丘集》《鳳臺集》《槎軒集》《缶鳴集》《南樓集》《姑蘇雜詠》《勝壬集》，文結集《梟藻集》五卷，詞結集《扣舷集》一卷。景泰間，徐庸會梓《大全集》十八卷。雍正初，金檀輯注《高青丘詩集注》，附刻《扣舷集》，又鋟梓《梟藻集》。

此爲《缶鳴集》十二卷，明永樂元年周立刻本，六冊。每半葉十二行，行二十字。黑口，單魚尾，左右雙闌。卷一卷端題曰：『後學思姪周立公禮校正重編。』餘各卷卷端題曰：『後學周立校正編次。』或『後學周立校正重編。』集前有胡翰洪武二年七月《缶鳴集序》、王禕洪武三年三月《序》及《目錄》。集末有謝徽洪武三年十二月《缶鳴集後序》、周立永樂元年七月《跋》。鈐『周詩頌印』、『廷俞珍藏』圖記。周詩頌字廷俞，武進人，萬曆進士周詩雅之弟。天啓元年舉人。此本曾爲黄丕烈舊藏，集末有黄氏乾隆五十九年四月手書《題識》，云：『余家向藏高季迪先生《缶鳴集》，係從東城顧氏得來者，裝潢精雅，楮墨具帶古香，想舊刻難得，故珍重如斯。今甲寅初夏十日，適遇郡中迎神賽會』，『偶步至學餘書林，披覽羣籍，無一當意者。見架底有破書兩本，古色黝然，視之則舊刻《缶鳴集》也。問其直，索青蚨五星，因以八折歸之。攜歸後，與素藏者相對，字跡清朗，首尾完善，竟爲此勝於彼。且前後胡、王、謝三人之序，彼係鈔補，而此屬刻本，并多校刻周立公禮《後序》二葉，是可喜已，擬亦裝潢而並藏諸篋笥云。』丁丙《善本書室藏書志》卷三十五著錄五硯樓藏『永樂刊本』《缶鳴集》十二卷，云：『是集乃先生存日手自訂定之詩，《目錄》下注：「卷一之十二卷，詩凡一千首。」殆《明詩統》所稱侍郎坐法死，所爲詩幾千首，自薈萃爲集，凡四冊，號《缶鳴集》。《列朝詩集》所稱詩凡二千餘篇，自選得《缶鳴集》十二卷，歿後無子，其妻周氏藏其遺稿，授姪立，於永樂元年鏤版。有洪武庚戌王禕、洪武二年胡翰《序》，洪武三年謝徽《後序》、周立《跋》。此本王、胡、謝三《序》鈔補，周《跋》已佚，有「五硯樓」、「廷檮之印」、「袁氏又愷」「五硯樓收藏金石圖書印」。此先生刻本之最先者也。』（按：永樂間，建寧知府芮麟繼刻《缶鳴集》十二卷，亦爲『永樂刊本』，未刻胡翰《序》。五硯樓藏『永樂刊本』究爲周立刻，抑或芮麟刻，俟考）《姑蘇雜詠》今存洪武刊本，然收詩未多。《缶鳴集》刻時最早者，則爲周立刻本。收詩凡一千首。《目錄》首葉首行刻：『卷一之十二卷，詩凡一千首。』卷一爲擬古十二首、樂府六十四首；卷二爲樂府八十二首；卷三爲五言古體六十九首；卷四爲五言古體七十四首；卷五爲五言古體六十八首；卷六爲五言古體二十首、七言古體十六首；卷七爲七言古體二十七首；卷八爲七言古體十二首、長短句體十八首、五言近體四十一首；卷九爲五言近體一百二十首；卷十爲七言近體一百首；卷十一爲五言絶句一百十七首、七言絶句六十九首；卷十二爲七言絶句七十六首、六言詩八首、聯句五首。

又，永樂間刻本，尚有一種，不知尚存天壤否。吴寬爲明介石堂刊本作《重刻缶鳴集序》，云：『故廬陵楊文貞公評諸詩，獨誇其樂府、擬古及五言律爲勝，其意亦可識矣。是集又聞嘗刻于建寧郡齋，未見行世。』建寧刊本，楊士奇嘗見之，《高季迪缶鳴集二集跋》二則其一云：『右高季迪《缶鳴集》，建寧知府芮麟刻之郡齋。惜其謬誤頗多，未嘗校正，金華胡仲子嘗爲作序，又不知以冠篇首，蓋出一時率爾之爲。芮来京時，以此冊見遺。芮聞余言甚喜，將歸成之，未行而遽卒，亦可惜也。』其二云：『右高季迪近體詩，余舊録於陸伯陽。季迪近體五言律勝，其古體則樂府及擬古勝。爲文長於敘事。』（《東里續集》卷十九）吴寬『又聞』云云，記其讀士奇跋語。芮麟字志文，宣城人。洪武中，以太學生累知台州。以詿誤被逮，謫戍。建文間，以薦授建寧知府。秩滿赴京，以疾卒（參見《閩書》卷五十六）。檢弘治《八閩通志》卷四十四《建寧府》『府學』條：洪武二十四年燬於火，『永樂三年，知府芮麟、教授張信改建今所』。由是知建寧刊本亦刻於永樂間，距周立編刻《缶鳴集》未久也。

《缶鳴集》曾屢經高啓手訂。其《缶鳴集序》云：『故累歲以來，所著頗多。近客東江之渚，因間始出而彙次之，自戊戌至丁未，得七百三十二篇，題之曰《缶鳴集》。自此而後著者，則別爲之集焉。』（《鳧藻集》卷三）初編《缶鳴集》，收至正十八年至二十七年詩七百三十二首，是年明兵下平江，俘張士誠。洪武二年，修史入都，重作補訂，明年釐爲十二卷，計九百三十七首。王禕《序》云：『高季迪詩十二卷，凡爲樂府、五七言近古體九百三十七首。』洪武三年秋歸里，復有增刪。是集收詩止於洪武三年冬，仍爲十二卷。謝徽《後序》云：『季迪之詩甚多，有《吹臺集》《缶鳴集》《江館集》《鳳臺集》，凡爲詩幾二千首，皆當世之儒先君子序其端。今年冬，予訪之吳松江上，季迪出其詩示余。蓋取舊所集諸詩，益加刪改，彙稡爲一，摠題曰《缶鳴集》。自古樂府、歌行而下，至五七言諸體，得詩九百餘篇，皆其精選，富矣哉！亦可謂不易矣！然是編也，特以今年庚戌冬而止，及後有作，當別自爲集。』集未刻，歿後二十餘年，始由姪周立重爲編集，梓行於世。周立《跋》云：『先姑夫槎軒高先生平生著述甚富，其詩則有《鳳臺》《吹臺》《江館》《青丘》《缶鳴》《南樓》《姑蘇》《勝壬》等集，文則有《鳧藻集》，詞則有《扣舷集》也，幾二千餘篇。天資穎悟，志行卓越，當元季，挈家累侍吾先祖仲達父，隱居吳淞江上，閉戶讀書，混跡於耕夫釣叟之間，而與吾父思敬，諸父思齊、思義、思恭、思忠日相親好，酣暢歌詠，以適其趣。所賦者《江館》《青丘》等集，皆在是也。獨《鳳臺》一集，入我聖朝，洪武初爲史官時作也。後選諸集中詩九百餘篇，總而名之曰《缶鳴》。時多好者，欲爲板行，先姑夫恐其致聲益隆，乃止之。立記髫年進侍几席，辱顧愛之，見其氣貌充碩，衣冠偉然，言論誦讀，音韻如鐘，靜處一室，圖史左右，日事乎著作，餘不暇顧也。』『先姑夫迨今沒且二十餘年，不幸無後以傳，四方之士，莫不仰慕風裁，爭錄其藁而傳誦之，然而傳寫之訛，不得真者多矣。茲幸吾姑尚無恙，藏其手筆親藁在焉，因不揆庸陋，益加考訂，校正重編，足一千首，俾學子李盛繕寫成帙，用繡諸梓，貽于不朽，非惟以成吾先姑夫之志，抑且與夫學者共之矣。』蓋高啓手訂《缶鳴集》，初錄元季十年詩爲一集，修史金陵及辭歸後，再兩增刪，得九百餘首。周立因之重爲編校，增至一千首。

按謝徽《後序》，洪武三年冬前，高啓詩有《吹臺集》《缶鳴集》《江館集》《鳳臺集》，幾二千首。周立《跋》則稱有《鳳臺》《吹臺》《江館》《青丘》《缶鳴》《南樓》《姑蘇》《勝壬》諸集，《江館》《青丘》等集爲高啓挈家居吳淞江上所作。張泰成化十四年撰《槎軒集序》云：『先生之詩有《缶鳴集》《姑蘇雜詠》，行世已百年矣。又有《江館》《鳳臺》《槎軒》三集，迨今未壽諸梓。』《姑蘇雜詠》乃洪武四年後之作，未編入《缶鳴集》。《鳳臺集》應召入都所作。洪武三年，高啓手訂《缶鳴集》，已選《鳳臺》之詩。至正中，高啓入北郭社，徐賁嘗編次其詩，干彝題作《高季迪詩集》，並撰《序》：『高季迪詩集若干卷，郯郡徐賁所編次，而稽丘干彝題其帙，曰《高季迪詩集》，而爲之序焉。』集未刻行。景泰間，徐庸彙刻《大全集》，輯《缶鳴》集外詩，增至一千七百餘首。成化間，張習校刻《槎軒集》，取《江館》《鳳臺》《槎軒》未刻之詩，合爲十卷。其諸集原本罕傳，後世刻本分合若是，致學者多有未解。如吳寬《重刻缶鳴集序》云：『洪武史官高季迪氏有詩千篇，號《缶鳴集》。其夫人之兄子周立公禮嘗板刻于所居之甫里，正統末燬于火。郡人徐用理復取刻之，增多倍于舊，而《姑蘇雜詠》在焉。按《缶鳴》公自爲序云：「自戊戌至丁未之作，得七百三十二篇。」及公歸田後，又益以戊申至庚戌之作，蓋得二百廿八篇，乃合十三年之詩而成此編。《序》又云：「自此而後著者，當別自爲集。」蓋明年辛亥作《雜詠》，甲寅公死于法矣。今考《雜詠》，統百廿二篇。而用理所增僅三年之詩也，凡九百篇，一何多哉！嘗觀謝翰林玄懿《序》，謂公初爲四集，删改會粹，始成《缶鳴》。則今所增入，豈多昔所弃去者猶存于世，錯置其間歟？不然，作于三年者悉取而未及删歟？』

高啓爲元明詩壇巨擘。陳璋《大全集序》稱其『冠於明，勝於元』。王世貞《藝苑卮言》卷五云『才情之美，無過季迪』。《四庫提要》則云『天才高逸，實據明一代詩人之上』。陳田《明詩紀事》有『允爲明三百年詩人稱首』說，皆非溢美。其早年喜放言高論，談兵說劍，自念當世進不能有爲，退不能守畎畝，與其嗜世俗末利，汲汲爭騖，不若專意爲詩，『舉世之可樂者，不足以易之』（《缶鳴集自序》）。賦《青丘子歌》云：『躡屩厭遠遊，荷鉏懶躬耕。有劍任羞澀，有書任縱横。不肯折腰爲五斗米，不肯掉舌下七十城。但好覓詩句，自吟自酬賡』，『朝吟忘其飢，暮吟散不平。當其苦吟時，兀兀如被酲』，『不問龍虎苦戰鬪，不管烏兔忙奔傾』，『叩壺自高歌，不顧俗耳驚。』所作衆體畢備，尚情自然。《青丘子歌》《登金陵雨花臺望大江》諸篇，辭氣跌宕，風華穎邁，足當王褘『秋空飛隼』、謝徽『秋空素鶴』之評。《唐昭宗賜錢武肅王鐵券歌》《明皇秉燭夜遊圖》《題李德新中宗射鹿圖》諸篇，縱横百出，膽識卓犖。以生於亂世，歷經鼎革，詩以載史，《送陳秀州》《聽教坊舊妓郭芳卿弟子陳氏歌》《送流人》《答余新鄭》《贈楊滎陽》諸篇，頗有史裁。又好變化出新，兼師衆長，所作或雄宕豪俊，或清麗幽婉，能造佳境。至其由元入明，詩因之一變。舊作如《悲歌》《吴越紀遊》十五首，格調蒼楚；新作如《登金陵雨花臺望大江》《晚登望都邑宫闕二首》，暢恣奇麗；舊作如《青丘子歌》《贈醉樵》，縱横放拓；新作如《禁中雪》《聖壽節早朝》，筆調深穩；舊作如《過奔口戰場》，筆鋒銛利；新作如《早至闕下候朝》，意思含婉。後世或歎其未鎔鑄自成，若《四庫提要》所云『擬漢魏似漢魏，擬六朝似六朝，擬唐似唐，擬宋似宋，凡古人之所長，無不兼之』，『然行世太早，殞折太速，未能鎔鑄變化，自爲一家，故備有古人之格，而反不能名啓爲何格。此則天實限之，非啓過也。』其說未可盡信也。

缶鳴集十二卷　明介石堂刻本（天圖）

明高啓撰。啓有《缶鳴集》，已著録明永樂元年周立刻本。此爲明介石堂刻本十二卷，二册。每半葉九行，行二十字。白口，單魚尾，左右雙闌。版心上鎸『缶鳴集』，下鎸『介石堂』。各卷端題曰：『古吴高啓季迪著，同里拂雲居士校。』集前有謝徽《缶鳴集原序》、吴寬《重刻缶鳴集序》、高啓《缶鳴集自序》及《目録》。《目録》首葉首行刻：『共十二卷，詩凡一千首。』此本據永樂元年刊本重刻，收詩篇目次第不異。所謂謝徽《原序》，即永樂元年刊本《後序》。此本首尾完整，殆原未刻胡翰、王禕二《序》及周立《跋》。臺圖亦藏介石堂刻本一部，謝徽《原序》脱。介石堂刻本，國圖館目作『清介石堂刻本』，臺圖館目作『明末介石堂刊本』，《中國古籍總目》作清張氏介石堂刻本，當以明介石堂刻本爲正。

吴寬《序》又見明刊本《匏翁家藏集》卷四十九，題作《題重刻缶鳴集後》，云：『周嵦仲英者，甫里人也。老而好文，謂《缶鳴》爲里中故物，而公之手也（按：『手』下疑脱一字。正德刊本《匏翁家藏集》『手』下有一『選』字），慨然重刻。又以舊版缺公《自序》，更補之。汲汲走予，請一言。』周立刻板正統末燬于火，未幾有吴人徐庸會梓《大全集》，周嵦猶重刻《缶鳴集》，其意蓋如吴寬所云。《缶鳴集》出高啓手訂。周嵦重刻《缶鳴集》，當在明成化、弘治間，今未見其本。此本非周嵦所刻，觀其書風，殆刻時爲晚。拂雲居士究爲何人，亦未能詳。

潘祖蔭《滂喜齋藏書記》卷三著録明刻《缶鳴集》十二卷（一函四册），云：『舊爲虞山張芙川藏書，黄琴六《跋》云：明永樂元年周立所刻，正統末燬於火。甫里周仲英重刻，吳文定爲之序，即此本是也。吳《序》失，惟存謝徽一《序》』，『是此編爲青丘子手定本。今所行《大全集》，景泰中徐庸編刻，詩雖倍之，非其舊矣。明竺塢文氏、國朝蔣文肅、汪東山、馮二癡、曹彬侯、趙秋谷皆有收藏鑒定印，其「臣伊一印」，則文肅公尊人也。其首册附裝琴六《與芙川書》，乞借皇山人手鈔《續談助》。其書後歸士禮居，今藏虞山瞿氏，完好無恙。據士禮《題跋》，謝徽《序》外，尚有胡、王二《序》，又有公禮《後序》，今皆脱之。』今按：潘氏所載或爲周晅刻本。其據黄丕烈跋臆測刻本原有胡、王二《序》及周立《跋》，殆難爲信。丕烈《題識》自稱從東城顧氏所得《缶鳴集》有胡、王、謝三人之序，『係抄補』，又稱永樂元年刊本多出周立《後序》同，非謂原刻『尚有胡、王二《序》，又有公禮《後序》』。

缶鳴集十二卷　　明刻本（國圖）

明高啓撰。啓有《缶鳴集》，已著録明永樂元年周立刻本。此爲明刻本十二卷，六册。每半葉十一行，行二十字。白口，單魚尾，左右雙闌。版心鐫『缶鳴集』及卷數、葉數。卷一卷端題曰：『後學愚姪周立公禮校正重編。』卷二卷端題曰：『後學周立校正編次。』卷三至卷八各卷端題曰：『後學周立校正重編。』卷九以下不題。集前有《目録》，集末僅有謝徽《缶鳴集後序》（按：《原國立北平圖書館甲庫善本叢書》景印底本，集末謝氏《後序》殘闕不完，卷中間有缺葉。哈佛燕京圖書館亦藏一部，臺北故宫博物院所藏一部，即其首尾完整，殆原無胡翰、王禕二《序》及周立《跋》。鈐『曾在趙元方家』、『曾在無悔齋中』圖記，俱近人趙鈁藏書印。《目録》首葉首行刻:『卷一之十二卷,詩凡一千首。』集中詩篇目次第與周立永樂元年刊本不異。觀其書風,此本殆刻於明嘉隆間。究爲何人所刻,尚難考知。

永樂元年刊本校勘頗精,此本差强人意。如永樂刊本卷十二《雨中登天界西閣》末句『不關春樹雨溟濛』,『不』字,此本與介石堂本誤作『下』。同卷《送葉山人》,此本與介石堂本目録作『葉』字,正集作『樂』字,誤。卷八《與劉將軍、杜文學晚登西城》末二句『相期俱努力,天地正烽塵』,此本缺『天地』二字,介石堂本不缺。卷十一《寒夜與家人坐語,憶客中時》首句『茶屋夜燈青』,此本與介石堂本缺『茶』字。

槎軒集十卷、附録一卷　明成化間張習刻本(國圖)

明高啓撰。啓有《缶鳴集》,已著録。此爲其《槎軒集》十卷、附録一卷,明成化間張習刻本,二册。每半葉十一行,行二十一字。黑口,單魚尾,四周雙闌。版心鐫『槎軒集』。卷一至三卷端題曰:『吴郡高啓季迪著。』卷四至六卷端題曰:『吴門高啓季迪著。』卷七至九卷端題曰:『古吴高啓季迪著。』卷十首葉缺。集前有張泰成化十四年二月《槎軒集序》及《目録》,《目録》後附《太子少師姚廣孝讀高季迪詩集》三首。集末有張習成化十三年十二月《跋》。卷十尾葉木行刻:『婁東莫宗源刊。』

張泰《序》云:『先生之詩有《缶鳴集》《姑蘇雜詠》,行世已百年矣。又有《江館》《鳳臺》《槎軒》三集,迨今未壽諸梓。吾友儀部員外郎張君企翱,自幼得之鄉長老所,玆於公暇,每誦而愛之,謂非他爲詩者可及，爰爲較録，合古今體製，類成十卷，總名之曰《槎軒集》。量節俸資，圖欲與前二集並傳，授余爲之序』，『或疑先生之詩，其粹已在前二集，兹特其魄耳，殆不然。李、杜二大家，無一之不載，莫不有意味存焉。譬之多藏之家，消歇之餘，尚足以副中家之假貸，蓋所從來者遠矣。企翺編行之意，不爲無謂，觀者自有得焉。』高啓最後手訂《缶鳴集》，得詩九百餘首，收詩止於洪武三年冬。永樂元年，周立重爲編刻，增至千首。《姑蘇雜詠》作於洪武四年後，刻行在洪武間。所謂『行世已百年』，計自洪武初。張習蓄志刻『吴中四傑』之集，數十載悉心蒐討。是集合《江館》《鳳臺》《槎軒》未刻之詩，分體重爲編排，總名曰《槎軒集》。《江館》等集原爲張習父受於高啓門人吕勉。張習《跋》云：『先生寓江滸時，有吕勉功懋者，實從之學。痛先生死非其辜，矧已抱王哀之戚，乃徙城西之南濠，依族人以居，絶不道詩書，所以謹於保身也。至永樂中，世尚彌文，禮重賢士，始謂人曰：「吾高槎軒之徒也。」先贈承德府君時年弱冠，即以詩求益，爲改數語甚當，談及先生履歷甚詳，出示先生手稿，曰《江館》等集，併其所作傳洎諸公贊哀祭悼衆作，曰：「此吾師之蹟也，後生其領之！」先君謹受而藏之篋笥，垂三十年，迨不肖稍有知，將請質，先君已棄背矣。兹又四十年，併録梓之。』張習字企翺，吴縣人。成化己丑進士，授禮部主事，歷員外郎，出爲廣東提學僉事。好詩古文詞，搜輯郡中遺文故實，號爲博雅。

是集卷一爲樂府；卷二至卷三爲五言古體；卷四爲七言古體；卷五爲七言古體、長短句體；卷六爲五言律、排律；卷七爲七言律；卷八爲五言絶句、六言絶句(僅一首)；卷九至卷十爲七言絶句。附録一卷，收吕勉《高太史先生傳》，杜寅撰贊，張適撰哀辭，王行、方彝撰祭文，徐賁、劉彦昺、楊基、張羽、浦源、梁時、秦衡、金珉、錢復、偶桓、吴泰等撰哀悼之作。所收詩録自《江館》《鳳臺》《槎軒》

三集。《江館》《鳳臺》之詩，高啓已删選入《缶鳴集》，《槎軒》乃洪武三年後之作，皆《缶鳴集》所未有者。

又，先是景泰間，徐庸會梓《大全集》，收詩較《缶鳴集》多七百餘首，《江館》《鳳臺》《槎軒》三集原未收之作，多編入集中。如此本卷五收長短句題十二題，共十六首，《釣臺歌，送嚴陵徐尊生太史回》一首外，餘皆見景泰刊本《大全集》卷十一。張習亦見《大全集》，猶重編刻《槎軒集》，其意正如張泰《序》所云刻集之外詩，『莫不有意味存焉』。而外，《大全集》不免誤脱，張習所得之本詩題字句不無相異。如卷五長短句《題黄大癡天池石壁圖》，《大全集》題作《題大黄癡天池石壁圖》，『大黄癡』誤；《雪齋爲述僧賦》，《大全集》作《雪齋爲述上人賦》；《清泠閣爲陳協律題》，《大全集》作《清泠閣》；《約王汝器看梅》，《大全集》作《約王孝廉看梅》；《題滕用衡畫》，《大全集》作《題滕用衡所藏山水圖》；《謝海雪道人贈張仙像》：『雖有三女兒，豈足慰乃翁。』《大全集》題作《余未有嗣，海雪道人以張仙畫像見贈，蓋蘇老泉嘗禱而得二子者，予感其意，因賦詩以謝》，詩云：『雖有三女兒，豈足慰乃公。』《贈鍛師劉生歌》注云：『嘗爲李鍊師製三隅鐵剉藥刀，求謝此。』《大全集》作《贈劉生歌》，注云：『生善鍛，爲李鍊師製三隅鐵剉藥刀，求歌贈之。』《五禽言和張子宜水部》其三云：『郭公郭公，天寒水空，朝飛暮宿蒹葭中。蒹葭中，啼不息，千載魂應怨亡國。』《大全集》作《五禽言和張水部》，其三云：『郭公郭公，天寒水空，朝飛暮棲蒹葦中。蒹葦中，啼不息，千載魂應怨亡國。』高啓手訂其詩，曾反復修改，生前雖未刻，而傳寫已廣。周立《跋》言高啓歿二十餘年，四方爭録其稿，『傳寫之訛，不得真者多矣』。張習以《江館》諸集傳自高啓門人吕勉，謂得其真矣，故重爲編行。

又，《目録》後附《太子少師姚廣孝讀高季迪詩集》三首，其一云：『對君長自誦君詩，只爲君曾許我知。今日相看雖客裏，一編讀盡夕陽時。』其二云：『吟塲處處擅名魁，愛我頻將卷帙開。好並韓詩與杜集，讀時元不爲愁來。』其三云：『吹臺長别最傷情，詩句流傳到遠林。此夜雪窓開帙看，宛同北郭對床吟。』高啓牽入魏觀案死。姚廣孝早入北郭社，與高啓相友重。靖難後，廣孝貴顯，刻其題詠，亦爲播傳之一助。

槎軒集十卷（缺卷九）　明抄本（臺圖）

明高啓撰。啓有《缶鳴集》，已著録。其《槎軒集》，前已著録明成化間刻本。此爲明抄本十卷，缺卷九，共四冊。無版匡、界格。每半葉九行，行十八字。卷一至三卷端題曰：『吴郡高啓季迪著。』卷四至六卷端題曰：『吴門高啓季迪著。』卷七至八卷端題曰：『古吴高啓季迪著。』卷十卷端題曰：『姑蘇高啓季迪著。』鈐『吴興張氏韞輝齋曾藏』、『祖詒審定』、『希逸』、『吴興張氏圖書之記』諸圖記。

此本首尾殘缺，張泰《序》及《目録》、張習《跋》及附録一卷俱無，各卷前詩目係抄者所補。黄丕烈偶得他本，抄補十七葉，即卷一之目及前七葉（至《燕覆巢》前半首），卷十後十葉（《梨園按樂秉燭夜遊二圖》其一『閣外莫陳』以下）。封題『槎軒集』，亦出黄氏之手。卷尾有黄氏《題識》，云：『青丘《槎軒集》世行本甚少，余于數年前得諸東城顧氏，係舊抄，惜首尾略缺，以素紙闕疑，久而無可借補。今春閉門養靜，有書友攜一本來，抄雖不及向藏之舊，而首尾缺者多在，因遂手補之，字跡潦草，一種自然之趣，却還可合。抄畢之日，爲中春十日，大雪盈庭，春寒逼硯，閒居清味，亦自可人。復翁記。』又云：『戊辰二月，從三益堂書坊攜來本補首尾，共十七葉。《目録》後及十卷後附録，不及寫矣。』其抄補所據寫本原有全目及附録姚詩、附録一卷，皆不及寫。今此本缺卷九，疑黄氏當日所藏不缺，其後始逸。

集中詩篇題次第與成化刊本不異。黄氏抄補避『玄』字，舊抄則不避『檢』、『校』、『玄』等字，當爲明抄本。《明别集版本志》未著録，《中國古籍總目》著録作清抄本。

槎軒集十卷 明抄本（臺圖）

明高啓撰。啓有《缶鳴集》，已著録。其《槎軒集》，前已著録明成化間刻本。此爲明抄本十卷，二册。無版匡、界格。每半葉十二行，行二十六字。卷一卷端題曰：『吴郡高啓季迪著。』餘九卷不題撰者名氏。集前有張泰《序》及《太子少師姚廣孝讀高季迪詩集》三首，無目録及附録一卷、張習《跋》，各卷前亦無詩目。鈐『文瑞樓』、『金星軺藏書記』、『結一廬主』、『朱學勤印』諸圖記，曾爲金檀、朱學勤等人舊藏。金檀輯注《青丘高季迪先生詩集》十八卷、《遺詩》一卷，參酌長洲顧嵩齡藏本《槎軒集》，補《大全集》所未載，《例言》云：『若《槎軒》一集，鈔自吕勉功懋氏，成化中張習企翱氏編行，云即《江館》等集。昨借得東巖顧君崧齡藏本，按係《缶鳴集》外更益以庚戌後四年詩。凡《大全集》所不載，今補列諸體後。』此本亦不避『檢』、『校』、『玄』等字，與黄丕烈題跋本同爲明抄。

槎軒集十卷　明抄本（北大）

明高啓撰。啓有《缶鳴集》，已著録。其《槎軒集》，前已著録明成化間刻本。此爲明抄本十卷、附録一卷。無版匡、界格。每半葉十一行，行二十至二十一字不等。卷一至三卷端題曰：『吴郡高啓季迪著。』卷四至六卷端題曰：『吴門高啓季迪著。』卷七至九卷端題曰：『古吴高啓季迪著。』卷十卷端題曰：『姑蘇高啓季迪著。』卷十卷尾末一行曰：『婁東莫宗源刊。』集前有《目録》及附《太子少師姚廣孝讀高季迪詩集》三首，末見張泰《序》。集末有張習《跋》。此本據明成化刻本寫録，不避『檢』、『校』、『玄』等字，察其書風，可斷爲明抄。《中國古籍總目》著録此本作『清抄本』。以上著録三種，皆爲明抄，略可備參校。

姑蘇雜詠一卷　明洪武三十一年刻本（國圖）

明高啓撰。啓有《缶鳴集》，已著録。此爲其《姑蘇雜詠》一卷，明周傅校刻，明洪武三十一年刻本，一册。每半葉十三行，行二十字。黑口，雙魚尾，四周雙闌，無界格。版心不鐫書名。卷端題曰：『郡人周傅叔訓編。』集前有高啓洪武四年十二月望日《姑蘇雜詠序》，集末有周傅洪武三十一年五月《跋》。卷尾别紙附硯石山長唐翰題手書《題記》。鈐『陸氏深父』、『檇李項藥師藏』、『鴝安校勘祕籍』、『新豐鄉人庚中以後所聚』、『周暹』諸圖記。

高啓《自序》云：『吴爲古名都，其山水人物之勝，見於劉、白、皮、陸諸公之所賦者衆矣。余爲郡人，暇日蒐奇訪異於荒墟邃谷之中，雖行躅殆徧，而紀詠之作則多所闕焉。及歸自京師，屏居松江之渚，書籍散落，賓客不全，閉門默坐之餘，無以自遣。偶得郡志閲之，觀其所載山川臺榭、園池祠墓之處，余向嘗得於烟雲草莽之間，爲之躊躇而瞻眺者，皆歷歷在目。因其地想其人，求其盛衰興廢之故，不能無感焉，遂采其著者，各賦詩詠之。舊所嘗詠者，則不復焉。雖詞語蕪陋，不足以傳于此邦，然而登高望遠之情，懷賢弔古之意，與撫事覽物之作，喜慕哀悼，俛仰千載，有或足以抒勸戒而考得失，猶愈於飽食終日，而無所用心者也』，『因不忍棄去，萃次成帙，名曰《姑蘇雜詠》。合今古諸體，凡一百二十三篇云。』此文又見《鳧藻集》卷三，末署『洪武四年十二月日』（明正統刊本）。周傅《跋》云：『右《姑蘇雜詠》一百二十三首，鄉先生高太史季迪所作也。蘇爲江南名郡，自周太伯封地爲吴，至壽夢而始大，歷漢、唐、宋以迄于元，其間人物之盛衰，風俗之厚薄，學者所當知也。山川之清古，宫室之廢興，學者所當考也。然欲知之者，不但知其粗，必欲知其精。欲考之者，不但考其事，必欲驗其跡。因其跡以究其精，此《雜詠》所以作也』，『我聖明受命，涵煦生民，三十餘年，雖昔宫室之有廢興，然山高而水清者，固自若也。人物之有古今，然風淳而俗美者，猶自如也。弔古追覽之際，能無所感乎？此《雜詠》所以人傳誦而不已也。錫山蔡伯庸氏得其全集，謀鍥諸梓。慮其傳寫之訛，屬傅編次而校正之，復需言識于簡末。』唐翰題《題記》，非專爲《姑蘇雜詠》所作。

高啓先是有《江館》《吹臺》《鳳臺》諸集，手訂一編，題曰《缶鳴集》。洪武三年秋，自京歸隱，閑閲郡志，俯思舊遊，賦詠吴中風俗、古蹟、祠廟、冢墓、山水、泉石、園亭、寺宇、橋梁等，自成一集，題曰《姑蘇雜詠》。傳世有洪武四年初刻、殷幢補刊本，明洪武三十一年刻本，皆一卷；明洪武四年刻、成化間增刻本，正集一卷、附録一卷；明末《姑蘇雜詠合刻》本，明末刻本（衛拱辰輯），明清蔭堂刻本，清康熙間濂溪書院刻本，並二卷。徐庸刻《大全集》，收録是集詩。《列朝詩集》甲集卷五下選《姑蘇雜詠》詩百首。

此本已屬《姑蘇雜詠》重刻，收詩實一百三十五首，非高啓《自序》、周傅《跋》所云『一百二十三首』。洪武四年刻板收詩一百三十六首，較此本多《顧榮廟》一首。蓋高啓初編《雜詠》爲一百二十三首，繼有增入，而《自序》未改也，周傅仍沿之。此本自《吴趨行》至《甫里即事》共一百二十三首，與洪武四年刊本次第大略同，其後《瓊姬墓》《涵空閣》《陽山》《白馬澗》《言公井》《虞山》《石屋》《飛來峯》《五丈石》《短簿祠》《天池》《垂虹橋》等十二首，洪武四年刊本則分屬祠墓、園亭、山水、橋梁諸詠。按周傅所言『編次而校正之』，改易出周傅之手。後世刻抄《姑蘇雜詠》，多改高啓《自序》、周傅《跋》『一百二十三篇（首）』作『一百三十六篇（首）』。此本字句及題下小注，與洪武四年刊本鮮異，然與後來刊本頗有不同。

高啓與修《元史》，授翰林編修，勇退難進，思歸林下。《池上雁》自喻云：『野性不受畜，逍遥戀江渚。』洪武三年七月召對，奬諭良久，擢户部侍郎。終以年少未習理財辭之（《鳧藻集》卷五《志夢》）。既歸，閲郡志，作此以存勸戒，考得失。前在金陵所作《鳳臺集》，拘於時局，不得騁其情。是集則俯仰感喟，多自得之意。如《長洲苑》注云：『在太湖北岸，闔閭遊獵處也。』詩云：『中國久無伯，闔閭思騁功。講蒐開別苑，訓武出離宮。宰嚭應參乘，巫臣寔禦戎。鼓鳴深谷應，罝掩廣場空。遠曳捎雲旆，高彎射月弓。三驅儀已畢，七伐步還同。甲騎從輿後，蛾眉侍幄中。煮胎須紫豹，胹掌得玄熊。樂事方難極，英圖忽易窮。城迷歌黍客，地屬采蕘童。輦道崩秋雨，旗門失晚風。犬亡毚肆狡，人去雉爭雄。草樹迎蕭索，湖山罷鬱葱。猶疑見燐火，寒燒夜深紅。』《響屧廊》注云：『在靈岩山，吳王使西施步屧於此寺中，今以圓照塔前小斜廊爲之。』詩云：『廊虚應屧鳴，響細識腰輕。誰道吳强國，唯銷舉足傾。苔間滅故跡，月下歇餘聲。此夕人空聽，山僧曳履行。』《貞娘墓》注云：『在虎丘寺，吳名妓也。』詩云：『金釵葬小墳，楊柳寺前村。已斷花間信，空歸月下魂。山鶯留曲韻，草露帶啼痕。車馬逢寒食，還來酹酒樽。』《齊雲樓》注云：『在子城上，今燬。』詩云：『境臨烟樹萬家迷，勢壓樓臺衆寺低。斗柄正垂高棟北，山形都聚曲欄西。半空曾落佳人唱，千載猶傳醉守題。刧火重經化平地，野烏飛上女垣啼。』其身歷世變，金陵修史復與宋濂、胡翰諸子討論元之興廢，歸閲郡志，而有此編，《姑蘇雜詠》殆亦其治史之餘緒。楊士奇《姑蘇雜詠跋》云：『右《姑蘇雜詠》一册，前史官高啓季迪譔，刻板在毘陵，王達善學士以見贈者。其詩備諸體，每一披誦，恍然如親游闔閭故墟，歷覽陳跡，興懷古人，可感可慕，不自知其慨歎之至矣。』今未詳王達善贈士奇者，究爲洪武四年初刻，抑或洪武三十一年刻本耳。

姑蘇雜詠　卷　明洪武四年刻、殷輊補刻本（國圖）

明高啓撰。啓有《缶鳴集》，已著録。其《姑蘇雜詠》，前已著録洪武三十一年刻本。此爲洪武四年刻、殷輇補刻本一卷，一冊。每半葉十行，行二十字。黑口，雙魚尾，四周雙闌。版心鐫『姑蘇集』。卷端題曰：『高啓季迪著，後學殷輇校刊。』集前有高啓《姑蘇雜詠序》及《目錄》。卷前卷尾，各有題跋手蹟若干。鈐『貽典』、『振宜』、『滄葦』、『振宜珍藏』、『芑孫』、『稽瑞樓』、『汪繹別字東山』、『紅藥山房收藏私印』諸圖記。

高啓《序》前有孫原湘、袁克文、袁勵準《題記》各一則。孫原湘題云：『道光丙戌長至前三日，芙川攜來，快讀一過。心青居士。』袁克文題云：『《姑蘇雜詠》，青丘自刊詩，與《大全集》頗有異同。予所藏本，楮墨佳於此冊，惟缺前序二葉及三十五、四十一兩葉，因假於沅叔，屬梅真影寫補完。乙卯初秋，寒雲記。』袁勵準所題，記真賞社第二集，非專爲此集而作。《目錄》末葉後三行，依次題曰：『癸丑九月，仁和吳蕊園讀。』『道光甲午中秋後十日，蔣因培假觀。』『道光乙巳清和月下浣，魏亨逵讀三復誌。』卷尾末葉題曰：『泰興季氏珍藏。』『明洪武年單刻善本，古虞陸氏藏書。』『乾隆乙卯中秋，道華席佩蘭讀。』其後有黃廷鑑、繆荃孫、吳昌綬、陳曾壽等人題識。黃廷鑑道光辛丑冬十一月《識題》云：『是書洪武年間有二本，一刻于四年辛亥，再刻于末年戊寅。然四年本出公手定，尤爲祖刻足貴。迨後景泰中，《大全》本盛行，而此單刻寖微。國朝康熙間，雖有周氏、金氏兩家重鋟，然祇據流傳俗本，未獲見初刻付梓，是以錯亂訛脱，皆無足觀。今秋，芙川參軍出是本屬題，古香盈紙，字蹟圓整，洵與元槧無二。舊爲吾鄉陸勅先暨泰興季滄葦藏書，輾轉流傳，卷之首尾，圖記重重。以今視洪武初刻，已閱五百年，當與宋槧同珍矣。第此本初刻，而非初印，卷首題撰人及校刊姓氏兩行，係出補刊。其殷鏜未詳在何時，玩其字刻，與全書迥異，似屬景泰後成弘間人。明眼人當一覽而知，不爲所惑也。』繆荃孫題識云：『此書罕見，琴川黃先生跋語至詳至確。殷鐺補二詩，云出《大石志》。按：大石，陽山支峰，湧出山腰，如蓮花。《志》，明中葉人所撰（注：佚攷人名）。既見此志，則非明初人矣。然《大全集》以前單刻本無不絕佳，況遞爲名家收藏，望而知爲瓌寶。』此本後歸傅增湘，陳曾壽從而見之，題云：『青丘集當時行世者，有《吹臺集》《江館集》《鳳臺集》《婁江集》《姑蘇雜詠》等編。自景泰初，徐用理薈萃各編，刊爲《大全集》，凡一千七百七十餘首，稱爲完備。然自《大全》出，而單行諸編遂渺不可得見。茲獲睹此帙，猶是洪武原刻，筆法鐫工，猶具元代規範，至可珍玩。況校之後來刊本，字句迥不相侔，題下小注，亦景泰以後本所無。祕笈孤本，雖與宋元珍槧等量齊觀可也。頃來都門，訪沅叔先生於藏園長春室中，出此相示，展觀移晷，粗攷源委，題於卷首，以志眼福。』

先是成化間，張習得洪武四年刻板，重印時補刻附錄一卷。附錄周傅《跋》、己作六題及成化二十二年《跋》，又補遺《弔七姬冢》一首並作《題識》。殷輅繼補刊《姑蘇雜詠》，盡刪張習補刊附錄。黃廷鑑《識題》謂殷氏『似屬景泰後成弘問人』。傅增湘致友人尺牘則稱所藏此本『末葉乃嘉靖補刻，且增詩一首。又首葉添刻殷輅名，是爲嘉靖補印本矣』（國圖藏洪武四年刻、張習補刊本附）。此本集末《雨中過憩龍山》二首詩後注云：『憩龍，即輅之新阡也。偶閱《大石誌》，得此二首，故并錄之。』此詩及卷端題『高啓季迪著，後學殷輅校刊』，係殷輅補刊。

《雨中過憩龍山》二首不計，此集收詩一百三十六首。其字句及題下小注，與洪武三十一年本鮮異，而與後來刊本頗有不同。又，《顧榮廟》注云：『晉侍中顧彥先有墓并祠，在長洲皇天蕩之東，久而廢爲淫祀。縣令周君復之，爲賦是詩。』詩云：『軍司吳國秀，機神夙超朗。弱冠遊洛師，已蒙南金賞。

崎嶇諸王幕，沉湎務遵養。中罹廣陵艱，計服匪誠枉。風雲一揮扇，義旅臻同響。事成恥言勳，飄然理歸鞅。晉社始東遷，群賢悉收獎。道謁真感會，矯翼丹霄上。德聞一代稱，跡泯千齡往。時屯乏良佐，英謨益堪想。墳祠託荒郊，蕭然並榛莽。蕘童侵雨隧，淫巫闖塵幌。大夫過停幰，式瞻爲含愴。衣冠復故貌，筵几陳新享。寡劣忝鄉人，因歌表遐仰。』此篇不見於洪武三十一年刊本。其山水之詠，二本皆有《天池》一篇，俱注云：『在華山。《老子枕中記》云此地可度難，池中生千葉蓮，服之羽化。』此本又有《花山》一篇，注云：『同臨川公遊而作。絕頂有池，歲旱不涸。池傍有石名龜巢，又有雲門集仙壇、張公洞。《老子枕中記》云池生青蓮花，服之羽化。』洪武三十一年刻本亦有此篇，題作《天池》。臨川公饒介，與高啓交厚。明兵下平江，饒介以士誠近屬見殺。《花山》原本舊作，洪武三十一年刻本改作《天池》，并删改題注，蓋有所飾也。《吳都文粹續集》卷二十收此詩，亦題作《華山》。《大全集》收錄，題作《陪臨川公遊天池三十韻》。

此本與洪武三十一年刊本相較，各篇次第頗異。如《吳王井》在《姑蘇臺》後，三十一年刊本在《百花洲》後。三十一年刊本《甫里即事》四首後爲《璚姬墓》《涵空閣》《陽山》《白馬澗》《言公井》《虞山》《石屋》《飛來峯》《五丈石》《短簿祠》《天池》《垂虹橋》，此本則分屬祠墓、園亭、山水、橋梁諸詠，蓋周傳重爲編次。

《中國古籍總目》著錄此本作明成化二十二年張習刻、殷堂重修本。《明别集版本志》著錄作明成化刻、殷堂增修本，云：『此本即成化刻本。卷端原題「吳郡高啓季迪著」一行鏟去，易作現題。四十三頁末二行起增刻《雨中過憩龍山》二首，其後識曰：「憩龍，即堂之新阡也。偶閱《大石志》，得此二首，故並錄之。」原刻後頁之周傳識記暨附錄悉略去。間有頁係補刻。繆荃孫跋曰：「大石，陽山支峰，湧出山腰如蓮。《志》，明中葉人所撰。」『殷堂』當作『殷轄』。此本非張習刻、殷轄重修，前原無周傳識記，張習補刊刻入附錄。《總目》沿其說誤矣，《版本志》益增訛謬。

姑蘇雜詠　卷、附錄一卷　明洪武四年刻、成化間張習增刻本（國圖）

明高啓撰。啓有《缶鳴集》，已著錄。其《姑蘇雜詠》，前已著錄洪武三十一年刻本。此爲國圖藏洪武四年刻、張習補刊本《姑蘇雜詠》一卷、附錄一卷，一册。《缶鳴集》《姑蘇雜詠》刻行已久，張習以《江館》《鳳臺》《槎軒》三集未梓，編刻《槎軒集》十卷、附錄一卷。又覓得《姑蘇雜詠》洪武四年刻板，補刻之。集前高啓《序》及《目錄》前半葉係近人影抄。《目錄》後二葉半，正集自《吳趨行》至《甫里即事》凡一百三十六首，皆據舊板印行。每半葉十行，行二十字。黑口，雙魚尾，四周雙闌。版心鐫『姑蘇集』。卷端題曰：『吳郡高啓季迪著。』附錄周傳《跋》，原見洪武三十一年刊本。附錄六題，則張習所作而新增者，其題爲《讀書臺》《鬱林石》《虞雍公墓》《石湖》《鶴山書院》《瑞芝亭》。末有張習成化二十二年二月《跋》，云：「吳中故跡頗夥，國初高槎軒先生詠之殆徧，尚有遺者。惜乎後生小子，莫如先生之才之清豪博贍，弗克繼承遺響。然不可已者數題，曰《買臣讀書臺》，可以勉後學之進；曰《陸績鬱林石》，可以激鄙夫之貪；雍公事業弘大，德學醇正；鶴山有功道學，先儒論其當入祀典；石湖履歷無疵，著述可法；清獻詞翰高出人表，實皆斯文命脈。吾邦英乂，義當表而出之，爲鄉人訓。茲愧未能即舉，益久則將委諸草莽，莫有聞而訪識之者矣。習爲是懼，勉各賦一詩，附先生成集之後。』張習所附已作六首及《跋》，皆每半葉十二行，行二十一字。黑口，雙魚尾，四周雙闌。版心仍鐫『姑蘇集』。《跋》後又附補遺半葉，殘損其半。細辨之，則爲高啓《弔七姬冢》一首，及張習《題記》。其詩云：『疊玉連珠棄草根，仙遊應逐馬嵬魂。孤墳掩夜香初冷，幾帳留春被尚温。佳麗總傷身薄命，艱危未負主多恩。爭妍無復呈歌舞，寂寂蒼苔鎖院門。』《題識》云：『茲因空方，錄補之，非敢後也。』《弔七姬冢》見於景泰刊本《大全集》卷十五，《姑蘇雜詠》洪武四年刊本、三十一年刊本皆未錄。《列朝詩集》選《姑蘇雜詠》百首，錄此篇。

其後，殷𩋫補刊《姑蘇雜詠》一卷，盡刪張習補刊附錄，且挖改首葉次行、三行，作『高啓季迪著，後學殷𩋫校刊。』傅增湘嘗覽此本，未能購藏，致友尺牘云：『《姑蘇雜詠》，歲杪有人持來，初擬存此複本，得藉以互補所缺。繼而思之，一人而據此二紗，未免傷廉，不若與公分存之爲得計，故仍以奉告。但此本前缺隸書《序》二葉，又《目錄》半葉，異日可依敝藏本補之。而敝藏本末葉，乃嘉靖補刻，且增詩一首。又首葉添刻殷𩋫名，是爲嘉靖補印本矣。此本尚是洪武原刊早印，其附錄六詩爲成化張習補刻，爲敝藏本所無，即周傅序亦失去，則佳勝固遠出敝本之上。竢公收得後，有暇更假我補錄之，當蒙概諾也。』

此本封題『姑蘇雜詠一卷，明成化刊本』，實有未確。《中國古籍總目》著錄作明成化二十二年張習刻本，與洪武三十一年刻本合爲一條，亦未當。《明別集版本志》著錄作《姑蘇雜詠》一卷、附錄一卷，明成化刻本，曰『十行二十字』，並未確。

姑蘇雜詠二卷　明末周希夔、周瑄校刻《姑蘇雜詠合刻》本（山東大學圖書館）

明高啓撰。啓有《缶鳴集》，已著録。其《姑蘇雜詠》，前已著録洪武三十一年刻本。此爲《姑蘇雜詠》一卷，明末周希夔、周瑄校刊《姑蘇雜詠合刻》本。每半葉八行，行十八字。白口，單魚尾，左右雙闌。版心上鐫『姑蘇雜詠』，中鐫『渤海』，即高氏郡望也。各卷端題曰：『長洲高啓季迪著。』集前有高啓《姑蘇雜詠序》及《目録》，末附周傅《跋》。《目録》、卷上末葉刻：『後學周希夔校梓。』卷下末葉刻：『郡後學周希夔校梓。』《姑蘇雜詠合刻》四卷，收高啓詩二卷、周南老詩二卷。集前有吴人錢允治萬曆四十六年仲冬《姑蘇雜詠合刻序》，長洲陳元素手書上板。錢《序》云：『漢唐、宋元以來，過者弔古興悲，咸有所作，兹襍詠之所由始也。青丘高啓季迪詠凡一百三十六篇，汝南周南老正道續詠如之，而後小增其目。二詠流傳郡中，爲郡志附庸。版近漫漶，覽者病焉。高因魏守事株累禍殞西市，子孫散逸。周文獻獨存，雲仍緜遠，十世孫希夔好文述祖，既建先祠，併二書重付剞劂。冬杪訖工，問序於余』，『第高爲若敖，而周紹箕裘，續刻於一百五十年之後，有羹墻風木之思焉。然季迪《缶鳴》《鳧藻》與兹詠具存，亡而不亡也；正道則隨珠和璧，愈洗愈明，均之不亡者也。』

《四庫總目》據浙江巡撫採進本列《姑蘇雜詠》二卷入存目，《提要》云：『明周希孟、周希夔同編。上卷爲高啓原唱，下卷爲其祖南老續作。啓詩凡古今體一百三十六首。南老復因其題，各賦五言六韻，末又增《疊韻吴宫詞》一首，補遺四首，續附詞二首。案：啓所作已具見本集中。南老追其後塵，未能聯步，合而刊之，殆有蒹葭玉樹之目。南老字正道，自號拙遺子，亦明初人也。』《姑蘇雜詠合刻》則釐爲四卷，高、周各二卷，與館臣所見略異也。

是集卷上起於《吳趨行》，止於《黄姑廟》，凡五十三首；卷下起於《闔閭墓》，止於《甫里即事》，凡八十三首，通計一百三十六首。高啓《序》、周傅《跋》原作『一百二十三篇（首）』，此本高啓《序》、周傅《跋》改作『一百三十六篇（首）』。所收啓詩篇目次第與明洪武四年刊本、三十一年刊本各異。如祠廟之詠，洪武四年刊本依録《至德廟》《子胥廟》《春申君廟》《三高祠》《顧榮廟》《短簿祠》《聖姑廟》《白龍廟》《三賢堂》《范文正公祠》《黄姑廟》等十一題十三首。洪武三十一年刊本，依録《至德廟》《子胥廟》《春申君廟》《三高祠》《聖姑廟》《白龍廟》《三賢堂》《范文正公祠》《黄姑廟》，集後録《短簿祠》一首，共得十題十二首。洪武三十一年本收詩一百三十五首，較洪武四年本少《顧榮廟》一首。此本依録《至德廟》《子胥廟》《春申君廟》《三高祠》《顧榮廟》《短簿祠》《聖姑廟》《白龍廟》《短簿祠》《三賢堂》《周元公祠》《范文正公祠》《黄姑廟》，共十一題十三首，較洪武四年本少《顧榮廟》，而增《周元公祠》。《周元公祠》注云：『在吳縣胥臺鄉，宋嘉定間元公四世孫和州觀察使興裔奏立，後遭兵火，僅存遺址焉。』詩云：『邈哉宋周子，襟懷迥無塵。精微闡太極，默契心自純。遠摹羲皇畫，示我羲皇人。道既倡東南，濬然韜吾真。祠燬罹兵燹，祀廢遘時屯。臨風仰景行，恍惚如陽春。』（按：此詩不見於景泰刊本及文淵閣《庫》本《大全集》。同治《蘇州府志》卷三十七載之，無題注，詩句有二異：『濬然韜吾真』，《府志》作『闇然韜吾真』；『臨風仰景行』，《府志》作『臨風一俯仰』）又若冢墓之什，洪武四年本依録《闔閭墓》《要離墓》《吳女墳》《瓊姬墓》《干將墓》《梁伯鸞墓》《吳桓王墓》《石崇墓》《顧野王墓》《貞娘墓》《綽墩》《韓蘄王墓》等十二首。三十一年本依錄《闔閭墓》《要離墓》《吳女墳》《干將墓》《梁伯鸞墓》《吳桓王墓》《石崇墓》《顧野王墓》《貞娘墓》《綽墩》《韓蘄王墓》,《璠姬墓》編於集後,亦十二首。此本冢墓之詠得十三首,末一首爲《周興裔墓》,餘十二首序次與洪武四年本同。《周興裔墓》注云:『在虞山東麓,宋高宗憫公殉節,給轉字圩山地十四畝勑葬焉。』詩云:「高宗南渡後,觀察死封疆。畫策無遺算,禽胡不避彊。數窮身遇害,名重骨猶香。賜葬虞山勝,恩褒萬古揚。』(按:此詩不見於景泰刊本及文淵閣《庫》本《大全集》。同治《蘇州府志》卷五十載之)《周元公祠》《周興裔墓》雖不見於洪武刊本,然收詩之數未增,其間異同可覘知。

又,周南老《姑蘇雜詠》和高啓詩,亦有《周元公祠》《周觀察墓》二篇,後者即詠周興裔墓。《明別集版本志》《中國古籍總目》俱未著錄此本。

高太史梟藻集五卷、附扣舷集一卷

《四部叢刊》景明正統九年鄭顒、邵昕刻本

明高啓撰。啓有《缶鳴集》,已著録。此爲其《梟藻集》五卷、附《扣舷集》一卷,明周立編,《四部叢刊》景明正統九年鄭顒、邵昕刻本,二册。每半葉十行,行二十字。黑口,雙魚尾,四周雙闌。文集版心鐫『梟藻』及卷數,詞集版心鐫『扣舷』。各卷端皆題曰:『後學周立編輯。』集前有周忱正統九年六月望日《高太史梟藻集序》、李志光《高太史傳》。

周立編刻《缶鳴集》,《跋》云:『文則有《梟藻集》,詞則有《扣舷集》也。』文集、詞集當時未梓。宣德間,周忱訪求高啓文於周立,得其手抄《梟藻集》五卷,鄭顒屬邵昕刻之。周忱《序》云:『其詩有

《缶鳴集》，有《婁江吟藁》，有《姑蘇雜詠》，皆已久傳於世，四方之人莫不知其詩名，而獨未見其文也。予來姑蘇，訪求於先生之内姪周立，得其手抄先生之文曰《鳧藻集》，凡五卷。因取而讀之，愛其意精而深，辭達而暢，有温純典則之風，而不流於疎略，有謹嚴峻潔之度，而不涉於險僻。該洽而非綴緝，明白而非淺近，不粉飾而華彩自呈，不追琢而光輝自著。蓋由其理明氣昌，不求其工而自無不工也。讀之不忍釋手，自是其集留予所者十有餘載。今年春，監察御史錢唐鄭公士昂過予，公館中論及先生之詩，而亦以未見其文爲慊。予因出是編相示，鄭公讀之既卷而歎曰：「古人論文章，謂一代不數人，一人不數篇。先生没已七十年，是數篇者幸而尚存，豈易得哉！是不可以無傳。」乃屬司訓張素略加校正，命長洲縣丞邵旿以公錢刻置郡學，且徵予爲之序。』《四部叢刊》稱『上海涵芬樓借江南圖書館藏明正統九年周忱刊本景印』，《中國古籍總目》著録正統九年刻本作『鄭顒、邵旿刻本』。按周《序》，校正者爲張素。丁丙《善本書室藏書志》卷三十五著録『正統刊本』《高太史鳧藻集》五卷、附《扣舷集》一卷，云：『啓詩才富健，爲一代詞宗，而古文則不甚著名。然生於元末，去宋未遠，猶具前輩典型。集末有《魏夫人宋氏墓誌銘》，實魏觀之母也。啓爲觀作蘇州府治《上梁文》坐法，則末年所作已盡於此。仍題周立編輯，當亦其姑周氏所授，或即啓所自編。正統九年，工部侍郎周忱撫蘇時，得其鈔集於周公禮家。藏且十年，適監察御史錢塘鄭士昂過而見之，乃屬司訓張素校正，命長洲縣丞邵旿以公錢刻置郡學，忱爲之序。並列洪武乙卯同里李志光所撰《高太史傳》於前，而附《扣舷集》於後。尚有鄭顒一跋，已缺。桐鄉文瑞樓金檀所刻者，即據此本也。』後世刻抄《鳧藻》《扣舷》二集，此爲祖本。雍正間，金檀據正統刊本重刻《鳧藻集》五卷，《扣舷集》則附《青丘高季迪詩集》後。

《凫藻集》卷一爲論二篇、記十五篇； 卷二爲序十八篇； 卷三爲序十八篇； 卷四爲傳五篇、贊八首、箴一首、銘八首、賦二篇、題三篇、跋十篇、評史六篇； 卷五爲雜著十五篇、墓誌八篇、哀辭一篇。卷二序多入明之作，卷三序多元末之作。若《元史曆志序》《元史列女傳序》，元史館所作。《代送饒參軍還省序》《送蔡參軍序》，至正間淮張據吴時所作，洪武朝觸於時忌，幸得後刊，不至割裂。書簡一首不存，傳僅得五篇，箴、哀辭各存一篇，知所逸夥矣。

元明之際，吴中詩盛於東浙，東浙文盛於吴中。『吴中四傑』詩號爲『吴中體』，世所共知，然高啓、張羽能文，尠論及者。高、張文章不足匹敵宋濂、王禕，要亦不愧一時名家。啓文騁其志趣，善發議論，清峻通脱，不乏深沈之思，無枯槁、險僻之習。《煮石山房記》《槎軒記》《遊靈巖記》《送徐先生歸嚴陵序》《獨菴集序》《南宫生傳》《杏林叟傳》洵爲名篇。楊士奇《高季迪缶鳴集二集跋》贊其『爲文長於敘事』（《東里續集》卷十九）。

填詞之事，高啓、楊基並稱擅場。《扣舷集》收《念奴嬌・自述》《眉嫵・夫差女瓊姬墓》《多麗・弔七姬》《卜算子・京師早起》等詞三十二闋，苦調爲多，遭際喪亂使然也。然大都格致清新，姿態横生，詞句俊麗。如《卜算子・京師早起》：『窗燈漸漸昏，樓皷頻頻打。不是寒宵不肯明，想是鄰雞啞。冰生半井泉，霜散千家瓦。强起披衣逐早朝，門外聞珂馬。』吴平後，徐賁謫臨濠，洪武元年放歸。高啓賦《賀新郎・喜徐卿遠訪》云：『人事浮雲變。爲如何、忽然而别，偶然而見。今古這些離合夢，多少酒愁詩怨。君共我、仕隨蓬轉。當見望窮天際眼，却今宵、看熟燈前面。談笑處，兩忘倦。 淮鄉楚澤知遊徧。問江南、歸時誰有，故家庭院？ 拂了征衫舊塵土，再整賞箏吟卷。隨處裏、山留水戀。

作个東坡來往友，算平生、富貴非吾願。舉此酒，祝長健。』可稱一時絶調。

高太史鳧藻集五卷　明嘉靖間刻本（國圖）

明高啓撰。啓有《缶鳴集》，已著録。其《鳧藻集》五卷、附《扣舷集》一卷，前已著録《四部叢刊》景明正統九年鄭顒、邵昕刻本。此爲明嘉靖間刻本《鳧藻集》五卷，五册。每半葉十行，行二十字。黑口，雙魚尾，四周雙闌。版心鐫『鳧藻』及卷數。各卷端題曰：『後學周立編輯。』集前有周忱《高太史鳧藻集序》、李志光《高太史傳》。集末抄附鄭顒正統九年六月既望《書鳧藻集後》。鈐『吴同遠印』、『公望』、『盱眙吴氏望三益齋藏書之印』圖記，曾爲近人吴同遠舊藏。

此本據正統九年刊本倣刻，玩其字刻，一望即知嘉靖間刊也。《中國古籍總目》未著録此本，而著録國圖藏正統九年刊本《鳧藻集》殘帙（存卷一至三，卷一前十六葉及集前序、傳並缺）。鄭顒《書後》，《四部叢刊》景正統刊本亦無，其云：『予在京師，嘗得高先生季迪所著詩曰《缶鳴集》《姑蘇雜詠》者，讀之愛其清淳典雅，得詩人之旨趣，意其文當稱是。既而奉命出按吴中，暇日因過巡撫亞卿周公寓所，又得先生之文曰《鳧藻集》。觀之反復再四，見其能闡造化之祕，發義理之微，窮人事之變，引物連喻，導𢾭規諷，貫穿經史百氏之言，一本諸至理，而氣以昌之，可以明人事吉凶禍福之幾，監古今成敗得失之迹。視彼絺繪藻琢，不明乎至道，無關乎世教者，烏在其爲文哉！爰命鋟梓，欲其與詩而並傳也。』

此本校字未如正統本之精，然亦良善。間有誤字，如正統刊本卷五《丁志恭墓誌銘》『變彼婦兮與兒』之『變』，此本誤作『變』。

青丘高季迪先生鳧藻集五卷　清雍正六年至七年間金檀文瑞樓刻本（國圖）

明高啓撰。啓有《缶鳴集》，已著録。其《鳧藻集》五卷、附《扣舷集》一卷，前已著録《四部叢刊》景明正統九年鄭顒、邵昕刻本。此爲清雍正六年至七年間金檀文瑞樓刻本《青丘高季迪先生鳧藻集》五卷，二冊，合《青丘高季迪先生詩集》十八卷、《遺詩》一卷裝爲十冊。每半葉十一行，行二十二字。白口，單魚尾，左右雙闌。版心中鐫『鳧藻集』及卷數，下鐫『文瑞樓』。卷一卷端題曰：『桐鄉金檀星軺重輯，姪成鼎梅均、男宏熹開霞仝校。』餘卷不題。集前有陳璋雍正六年臘月中浣《序》、金檀雍正六年重陽前三日《序》、周忱原《序》及《日録》。集末有鄭顒《書鳧藻集後》。金檀《序》云：『余既校訂《高青丘先生詩》，爲之注而序之，凡一十八卷。嗣又得先生《鳧藻集》文五卷，乃復訂而爲之序』，『若是集，爲周公禮氏手鈔，人方以未見其文爲憾，賴周文襄、鄭侍御亟謀，與詩並傳。且集中有誌魏夫人篇，似距其没時不遠，亦不爲存什一于千百。原刻舛譌實甚，今悉正其校之疎。觀者合詩集讀之，如雙環，如兩劍，庶以知先生文之必傳于後，亦以知明初文之盛，殆虞、揭諸公之遺也夫！』

此本卷一爲論二篇、記十五篇；卷二爲序十八卷；卷三爲序十八篇；卷四爲傳五篇、贊八首、箴一篇、銘八首、賦二篇、題三篇、跋十篇、評史六篇；卷五爲雜著十五篇、墓誌銘八篇、哀辭一篇、書簡一首。書簡一首，係從《至正庚辛唱和詩》補入，餘篇題次第皆同正統九年刻本。雖題金檀重輯，實罕其勞。卷五收雜著十五篇，《目錄》誤標作『十六篇』。梓刻依於正統九年刻本，《青丘高季迪先生詩集·例言》云：『《鳧藻集》五卷，購得周文襄公舊刻原本，校正授梓。《扣舷》一集，附於詩後。』金檀《序》稱『原刻舛譌實甚，今悉正其校之踈』，夸大言之。因無他本可校，所謂校改，則不免於臆測。

又，四庫館採録兩江總督採進本《鳧藻集》五卷，《四庫提要》云：『啓詩才富健，工於摹古，爲一代巨擘，而古文則不甚著名。然生於元末，距宋未遠，猶有前輩軌度，非洪、宣以後漸流爲膚廓冗沓，號台閣體者所及。是集不知誰所編，以其詩集例之，殆亦啓自定』，『蓋平生古文，盡於此集矣。初無刻本，周忱爲蘇州巡撫時，始得鈔本於郡人周立。立之姑即啓婦也。正統九年，監察御史錢塘鄭士昂又得本於忱，因命教授張素校刊之，而忱爲之序。此本爲雍正戊申桐鄉金檀所刻，即因鄭本而正其訛，多所校正。檀即注啓詩集者，故併刻是集，成一家完書云。』今按：《鳧藻集》五卷，正統刊本題周立編輯，丁丙《善本書室藏書志》疑『或即啓所自編』，然無依據。疑館臣當時未見正統刻本。又，《提要》謂金檀『多所校正』，殆沿金檀《序》語，未細察也。

青丘高季迪先生鳧藻集五卷

清雍正間金檀文瑞樓刻本（吳梅抄補，並録清宋賓王校）（國圖）

明高啓撰。啓有《缶鳴集》，已著録。其《鳧藻集》五卷、附《扣舷集》一卷，前已著録《四部叢刊》景明正統九年鄭顒、邵昕刻本。此爲清雍正間金檀文瑞樓刻本《青丘高季迪先生鳧藻集》五卷，吳梅抄補，並録清宋賓王校，一冊。每半葉十一行，行二十二字。白口，單魚尾，左右雙闌。版心鐫『鳧藻集』。卷一卷端題曰：『桐鄉金檀星軺重輯。』餘卷不題。集前有周忱原《序》及《目録》。集末有鄭顒《書鳧藻集後》。篇目次第與清雍正六年至七年間金檀文瑞樓合刻詩集本不異。詩文合刻本卷五收雜著十五篇，《目録》誤標作『十六篇』，此本則標『十五篇』，不誤。

卷三、卷四、卷五多有缺葉，長洲吳梅抄補以完。鈐『吳某之印』、『瞿安』、『長洲吳氏藏書』、『老瞿』圖記。集末録叓水宋賓王《題識》，云：『雍正五年四月二十又三日，于吳郡桃花塢之文瑞樓較元版《鳧藻集》一次。』吳梅手書《題識》云：『甲子秋九，余自南京得此殘帙，缺頁至十四番之多，而《目録》又經書賈割補，以賤值購之。歸吳門時，因假許博明藏宋賓王較本繕録之，别裝成冊。惟宋氏所云元版《鳧藻集》，余頗疑焉。文中用洪武五、六年號者甚多，豈有刻此集時，翻在洪武前耶？』吳氏不明『元版』謂正統九年原本，誤以爲元刊本。金檀《序》署時雍正六年九月，若吳梅録宋賓王《題識》無誤，金檀重刻《鳧藻集》在雍正五年前。

金檀未能博蒐，止從《至正庚辛唱和詩》輯書簡《與水西資聖寺雪廬新公》一首附後，『重輯』名實不符。《鳧藻》集外文可輯補者不乏，若《珊瑚網》卷三十五所收高啓題評王蒙《溪山深秀圖》，卷六所收題高彦敬《雲嶺烟樹軸》；《鐵網珊瑚》卷十所收《春草堂記》；《石渠寶笈三編》所收題評宋克臨《急就章》；錢曾《讀書敏求記》卷三所收跋趙奕手書《太乙星書》等皆是（參見史洪權《高啓詩文摭遺》）。

高太史大全集十八卷　明景泰間徐庸刻本（國圖）

明高啓撰。啓有《缶鳴集》，已著錄。此爲其《高太史大全集》十八卷，明景泰間徐庸刻本，間有配抄葉，十冊。每半葉十一行，行二十字。黑口，單魚尾，四周雙闌。版心鐫『高大全集』及卷數。各卷端題曰：『吳郡高啓季迪著，南州徐庸用理編。』集前有劉昌景泰元年十二月《高太史大全集敍》、胡翰《缶鳴集序》、王禕《缶鳴集序》、謝徽《缶鳴集序》。胡、王所撰原爲《缶鳴集》舊《序》。謝徽所撰原爲《缶鳴集》之《後序》，此本移於前。劉昌《敘》云：『故嘉議大夫、戶部侍郎、前翰林國史院編脩官、授諸王經青丘先生高啓文集二十四卷，舊一千若干篇，今二千若干篇，儒士徐庸字用理之所廣也。用理既以類廣先生文集，乃以示昌，昌謹爲序之。』所謂『文集二十四卷』，合《大全集》十八卷、《鳧藻集》五卷、《扣舷集》一卷而言之。此本曾爲崑山葉盛所藏，有葉盛及其八世孫棐手識，鈐葉國華『葉德榮甫世藏』圖記。胡翰《序》後，葉盛《題識》云：『前輩文章家，其集多手自編定，或自命名，如前、後、續、別之類，蓋皆有微意存，非如今之人苟簡無謂之爲也。高先生嘗選諸集爲《缶鳴集》，凡九百三十七首。周公禮足成一千首，既失之矣，徐庸以多爲尚，又爲創號「大全」，至以《姑蘇雜詠》妄自刪易其題，拆補其中，尤爲可咲，是豈知前輩不以誇多鬬靡爲尚哉！　及菴誌。』集末葉棐《題識》云：『《高太史大全集》爲先世所遺，篇首有八世祖文莊公手筆誌，尤宜加意珍藏，我後人其勉之焉！　康熙丁丑年七夕後一日，八世孫棐敬書。』

此本卷一末葉刻『常熟錢允言助刊』，卷二末葉刻『常熟錢允輝助刊』，卷三末葉刻『崌王宗器助刊』，卷八末葉刻『常熟陳宗盛助刊』，卷九末葉刻『常熟陳原錫助刊』。《中國古籍總目》著録此本作『明景泰元年劉宗文等刻本（明葉盛、明葉棐跋）』。葉棐爲清人，當作『清葉棐跋』。此本未鐫劉宗文助刊，明景泰間徐庸初刻、成化五年劉以則重修本卷十四末葉則刻『常熟劉宗文助刊』。成化五年重修本有高德《題高太史大全集後》云：『吾邑漕溪思學劉公宗文昔既助刊，歷歲滋久，字畫漫滅』云云。《大全集》重修本非一，劉宗文助刊，未詳何時。景泰刊本是否爲劉宗文助刊，未能遽定。《總目》著録《大全集》，又有北大圖書館藏『明景泰間南州徐氏刻本』，今未訪之，未詳其爲初刻，抑或重修本。

高啓手訂詩集，有《吹臺》《江館》《鳳臺》《婁江》《缶鳴》《姑蘇雜詠》等。《缶鳴》初收元季十年詩，修史入都及明年秋歸里，凡再增删，得詩九百餘篇，未刻。永樂元年，周立爲重編剞劂，增至千首。未收之作尚多，《姑蘇雜詠》不録外，尚有《槎軒》未收，《江館》《鳳臺》詩亦多有未刻者。徐庸欲求其備，遂會梓之。《大全集》十八卷，傳世有明景泰間徐庸刻本；明景泰間刻、成化五年重修本；明萬曆間刻《明初四家詩》本；清康熙間竹素園刻本；《四庫全書薈要》本；《四庫全書》本；清光緒十四年木活字本等。

是集卷一爲古樂府；卷二爲樂府、辭、三言詩、三四言詩；卷三至卷七爲五言古詩；卷八至卷十爲七言古體；卷十一爲長短句體；卷十二爲五言律詩；卷十三爲五言律詩、五言排律；卷十四爲聯句、六言律詩、七言近體；卷十五爲七言律詩；卷十六爲五言絶句；卷十七至卷十八爲七言絶句。得詩一千七百六十九首，較周立刻《缶鳴集》多出七百六十九首。葉盛責徐庸「以多爲尚」，妄自删易《姑蘇雜詠》，拆補其中。今就徐庸增輯以觀，確多佳作，且高啓詩誇多亦無不可。徐庸分《姑蘇雜詠》詩入諸體，雖非得已，然不得辭割裂之咎。《長洲苑》（「中國久無伯」）一首，分見於卷五五言古詩、卷十三五言排律，重出未察。輯補復有考證不精而誤收者。若卷十八《虎丘》云：「望月登樓海氣昏，劍池無底鎮雲根。老僧只恐山移去，日落先教鎖寺門。」本唐人張籍詩，誤作高啓。金檀輯注本、《庫》本等承譌襲謬，未能剔除。

是集號曰「大全」，仍多罣漏。如張習編刻《槎軒集》卷五《釣臺歌，送嚴陵徐尊生太史回》一首，不見於此集。金檀刻《青丘詩集》，增輯二百四十餘首，頗有蒐輯之功。然即金氏增輯之外，猶可拾遺。《詩淵》所收啓詩十餘首即是。

此本篇題字句與成化刊本《槎軒集》、洪武刊本《姑蘇雜詠》二種時異。如《題大黄癡天池石壁圖》，成化本《槎軒集》題作《題黄大癡天池石壁圖》；《清泠閣》，《槎軒集》作《清泠閣爲陳協律題》；《約王孝廉看梅》，《槎軒集》作《約王汝器看梅》。篇題各有所示，然《大全集》不免校字之誤。《姑蘇雜詠》題下原注，或簡或詳，皆有可觀，《大全集》删略之。如《長洲苑》注云：「在太湖北岸，闔閭遊獵處也。」《響屧廊》注云：「在靈岩山，吴王使西施步屧於此寺中，今以圓照塔前小斜廊爲之。」《大全集》並删之。葉盛譏之，良有故也。至其校字未精，茲不例舉。

高太史大全集十八卷　明景泰間徐庸刻、成化五年劉以則重修本

（吴慈培批校）（國圖）

明高啓撰。啓有《缶鳴集》，已著録。其《高太史大全集》，前已著録明景泰間徐庸刻本。此爲明景泰間徐庸刻、成化五年劉以則重修本，吴慈培批校，間配抄葉，八册。每半葉十一行，行二十字。黑口，單魚尾，四周雙闌。版心鎸『高大全集』及卷數。各卷端題曰：『吴郡高啓季迪著，南州徐庸用理編。』卷一末葉刻『常熟錢允言助刊』，卷二末葉刻『常熟錢允輝助刊』，卷三末葉刻『崐王宗器助刊』，卷九末葉刻『常熟陳原錫助刊』，卷十四末葉刻『常熟劉宗文助刊』。集前有胡翰《缶鳴集序》、王禕《缶鳴集序》、謝徽《缶鳴集序》、高啓《缶鳴集序》、周立《缶鳴集序》、李志光《高太史傳》。胡翰《序》前缺四葉，當爲劉昌《高太史大全集敘》。集末有常熟高德成化五年十二月朔《題高太史大全集後》。謝、周二《序》，原爲永樂元年刊本《缶鳴集》後序及跋，胡、王二《序》爲舊序。周立《序》後附刻王益《題識》：『《缶鳴集》乃永樂初周公禮始刻，詩一千首。至景泰初，徐用理重刻，詩二千首，印行久矣。今用理以板付益藏之，乃增太史公并周君《序》于前，李志光《傳》于後，庶知此集權輿於公禮，盡美於用理也。姑書此記始末，俾讀詩者鑒知。戴溪王益謹識。』集前補刻數葉，皆黑口，雙魚尾，版心鎸『高大全集』。高德《題後》云：『是集也，吾邑漕溪思學劉公宗文昔既助刊，歷歲滋久，字畫漫滅。厥胤以則慮久而湮泯，又恐傳之不廣，而四方學之者鮮得觀習，重行補割，以廣其傳。來屬序於予，故不以鄙

陋辭，謹書此于末簡，俾世之人知劉氏世德之相紹而不歿人善如此，則太史是集亦賴以傳之永久而不朽焉。』景泰本屢經重修，劉宗文助刊未詳何時，此則其後人劉以則重修本。集中補刊痕跡易見，如原板卷八末葉刻『常熟陳宗盛助刊』，此本刪之。卷十前十葉殘損，抄補以完。劉昌《敘》四葉，未補抄。

此本有批校及朱筆圈點。批校或書於眉端，或附校簽。如卷十五《送人出鎮》『鴈門擒勇舊功成』，校云：『「擒勇」，作「擒虜」。』《陪林川公遊天池》，眉批：『「林川」，作「臨川」。』景泰刻本，前一條原作『擒勇』，後一條原作『臨川』。由是知『林川』乃重修補葉之誤。檢傅增湘舊藏白口本《大全集》（《四部叢刊》景印白口本），前一條作『擒虜』，後一條作『臨川』。此本亦曾爲傅增湘舊藏，鈐『藏園』、『藏園祕笈』、『雙鑑樓主人』、『雙鑑樓藏書記』諸圖記。增湘檢録是集，卷十八末葉手記云：『全集共一千七百六十九首。戊寅八月杪，藏園檢記。』卷尾有吳慈培手書《題識》，云：『傅丈先得白口本，無刻書序跋，審字體，似出正德、嘉靖間。繼又得此本，因以前本歸余。甲寅冬初，借此本相勘，改正白口本誤字二百有奇，補脫四十一字，補闕百九十三字。而此刻亦誤五十餘字，脫二字，賴白口本補正。又，白口本多詩三首，俱書於夾籤。十月望日勘畢，十八日還瓻并識。』集中批校，審其字跡，出吳慈培之手。

高太史大全集十八卷　明正德、嘉靖間刻本（國圖）

明高啓撰。啓有《缶鳴集》，已著録。其《高太史大全集》，前已著録明景泰間徐庸刻本。此爲明正德、嘉靖間刻本，四冊。每半葉十行，行二十字。白口，無魚尾，四周單闌。版心鐫『高大全集』及卷數。各卷端題曰：『吳郡高啓季迪著，南州徐庸用理編。』集前有劉昌《高太史大全集敘》、胡翰《缶鳴集序》、王禕《缶鳴集序》、謝徽《缶鳴集序》。白口本行款頗異於景泰刊黑口本。鈐『會稽鈕氏世學樓圖籍』、『無悔齋藏』、『曾在無悔齋中』諸圖記。明人鈕緯號石溪，會稽人。嘉靖二十年進士，授祁門令，累遷江西僉事，尋降直隸常熟丞，陞山東僉事。家多藏書，名世學樓。此本當刻于正德、嘉靖間，先於萬曆三十七年汪汝淳等重刊《高太史大全集》。

《四部叢刊》景印《大全集》十八卷，稱『上海涵芬樓借江南圖書館藏明景泰間徐庸刊本景印，原書版匡高營造尺五寸九分，寬四寸』。然所據即此白口本，非徐庸原本。蓋當時未察，以致誤斷。

此本倣刻景泰本，然卷十八篇目次第顯異，詳見本書『清康熙間竹素園刻本《高太史大全集》』條。景泰本及成化五年劉以則重修本，誤字不免，此本訛誤尤多，校勘難稱精良。如《長洲苑》一首，仍分見卷五、卷十三。《林卜晚步》《東皋林下》二詩，字句全同，一詩而有二題，重出於卷十八。復如卷十八《送徐山浩師還郭二首》，按『客巾僧衲影翩翩，同逐秋風上別船』句意，徐氏與浩師本二人，景泰本題作《送徐山人、浩師還郭二首》爲是。又如卷一《羅敷行》『不是知音者』，『知音』，景泰本、成化五年重修本作『知心』。卷三《登海昌城樓望海》『魚龍變莫測』，景泰本、成化五年重修本作『難測』。校以永樂元年刊本《缶鳴集》，分作『知心』、『難測』，知此本校讎未細。然間亦訂正景泰本譌誤。如卷三《擬古》十二首其六『君雖有棄捐』，『捐』字，景泰本、成化五年重修本均誤作『損』，永樂刊本原作『捐』。此本又多闕字。如卷十四《虎丘聯句》：『金精□虎氣』，『妖魄憐埋玉，仙詩看勒□□□登廚有供』，

『林□□□新』，『步□方循□』，景泰本、成化五年重修本不缺，依次作『銷』、『珉(行)年』、『暄夏果』、『策』、『潤』。

傅增湘先得白口本，繼得黑口本，即成化五年劉以則重修本，遂以白口本歸吴慈培。黑口本卷尾有慈培手書《題識》，稱審字體，白口本『似出正德、嘉靖間』，對照黑口本，改正白口本誤字二百餘字，補脱四十一字，補闕一百九十三字，黑口本亦誤五十餘字，脱二字，可用白口本補正。又稱白口本多詩三首。

《中國古籍總目》著録此本作『明刻本』。《原國立北平圖書館甲庫善本叢書》景印《高太史大全集》十八卷，亦是白口本，今藏臺北故宫博物院。白口本卷十四《虎丘聯句》缺九字，卷十五《答蓟丘聶才子》缺三字，接下《廉上人水竹居》缺二字。同卷《詠梅次衍師韻》第一首缺三十七字，第二首缺三十六字，卷十八收詩與景泰刊本、康熙間竹素園刊本皆異，故易識也。

高太史大全集十八卷　明正德、嘉靖間刻本（清蔣光焴批點）（國圖）

明高啓撰。啓有《缶鳴集》，已著録。其《高太史大全集》十八卷，前已著録明正德、嘉靖間刻本。此亦正德、嘉靖間刻本，清蔣光焴批點，四册。卷十八末葉有彭孫遹記：『康熙壬申秋八月上浣，羨門閲畢。』壬申，康熙三十一年。孫遹字駿孫，號羨門，又號金粟山人，海鹽人。順治間進士，授中書舍人。康熙十八年舉博學鴻儒，授編修，累官吏部右侍郎。著有《松桂堂集》。此本先爲彭孫遹所藏，後歸蔣光焴，鈐『臣光焴印』、『寅昉』、『鹽官蔣氏衍芬草堂三世藏書印』圖記。集中朱墨筆批校，審其字蹟，殆出蔣光焴之手。光焴字繩武，號寅昉，硤石人，家有衍芬草堂藏書。

蔣氏批點，兼論詩之字法、句法、篇章，眉端行間皆滿。如卷一首葉『古樂府』下批云：『青丘承元舊習，其樂府較雁門稍清，較鐵崖稍止，然薩之峭拔，楊之奇麗，高亦不及也。』此爲總評。眉批則云：『濟南擬古樂府爲人所嗤，然擬漢魏古題，詞致清薄，豈能稱邪？庶幾仿張、王及白諸曲，尚可以清快取勝耳。』《長門怨》一首，題下評云：『極合唐人樂府。』『苔滋銷履跡，花遠度鑾音』二句，眉批云：『刻意此等語，便開後來鍾譚詩派。』《碧玉詞》一首，眉批云：『此等詩易成率易。』《李夫人歌》一首評云：『是長吉、義山派，然詞致只近張、王。』《燕歌行》一首評云：『起調意不警，字不古。率入經語，無煅煉。』《短歌行》一首評云：『不奇不質，是近人語。』《白馬篇》一首評云：『那及陳思之古贍。』《宛轉行》一首評云：『雖平卻合。』《遊俠篇》一首評云：『竟體平率。』《鞠歌行》一首評云：『詞意淺薄。』《王明君》一首評云：『古人佳作林立，此詩不能擅場。』卷四《詠荆軻》一首評云：『議論亦屬前人說過，而詩格頗高勁不入俗。』《春草軒雨中懷王太史》一首評云：『韋柳句法。』《孤鶴篇》一首評云：『通首是比。』卷五《長洲苑》一首評云：『此詩當入排律，後半殊工秀。』《干將墓》一首評云：『起四句矯異。』《天池》一首評云：『此青丘正派。』《靈巖寺響屧廊》一首評云：『急調促節，古有此體。』卷九《贈治冠梁生，乞作高子羔舊樣》一首評云：『率成之章，亦不俗。』卷十八末一首《慰人悼亡》後二句：『鏡臺窓下櫻桃樹，應是當時折剩春。』評云：『有致。』其逐首品評，累書所得，雖時失公允，嫌於尖刻，然頗多可採。

重刻高太史大全集十八卷 明萬曆三十七年陳邦瞻、汪汝淳刻《明初四家詩集》本(臺圖)

明高啓撰。啓有《缶鳴集》,已著録。其《高太史大全集》,前已著録明景泰間徐庸刻本。此爲《重刻高太史大全集》十八卷,明萬曆三十七年陳邦瞻、汪汝淳刻《明初四家詩集》本,有抄配葉。每半葉十行,行二十字。白口,單魚尾,四周單闌。卷一卷端題曰:『吴郡高啓季迪著,高安陳邦瞻德遠訂,新都汪汝淳孟樸校。』餘卷端題曰:『吴郡高啓季迪著,高安陳邦瞻德遠校,新都汪汝淳孟樸仝校。』集前有劉昌《高太史大全集敘》、王禕《缶鳴集序》、謝徽《缶鳴集序》及《目録》。

《四家詩集》,《大全集》外,餘三種爲《重刻楊孟載眉菴集》十二卷、《補遺》一卷,《重刻張來儀静居集》四卷,《重刻徐幼文北郭集》六卷,合裝爲二十四冊。集前有陳邦瞻萬曆三十七年五月《重鋟明初四家詩序》、謝肇淛萬曆三十七年季夏《重刊四名家詩集序》。集末有汪汝淳萬曆三十七年仲夏《合刻國初四先生全集後序》。又有近人王蒼虬手書《題識》。王蔭嘉字直夫,號蒼虬,吴縣人。其《題識》云:『明初吴中四家集,固以成化張習刊本爲最善,此萬曆陳邦瞻本,僅《眉菴集》一種據張本,而高集則據景泰刊《大全》本,餘亦别有所祖,非能全得張本而重刊之也。所據既異,亦安得以改易舊第爲訾病乎? 似此初印完編,在今日誠罕見者,況標葉舊題,尚是沈朗倩手蹟乎? 得者寶諸。癸酉四月初十日,殷泉主人王蒼虬記。』

先是成化間，張習編刻《槎軒集》十卷、楊基《眉菴集》十二卷、徐賁《北郭集》十卷，弘治四年又刻《靜居集》六卷，並稱『明初四家詩』。萬曆中，舊刻漫漶。陳邦瞻、汪汝淳重刻『四家詩』，於張習舊刻諸本，《北郭集》重編爲六卷，《靜居集》重定爲四卷，《眉菴集》仍爲十二卷，《槎軒集》棄而不取，而採徐庸彙刻《大全集》十八卷。蓋《大全集》兼合《缶鳴》《槎軒》《姑蘇》三集，雖有罣漏，庶幾大全略備也。此本校讎稍精，略勝於明正德、嘉靖間刻本。

高太史大全集十八卷　清康熙九年抄本（臺圖）

明高啓撰。啓有《缶鳴集》，已著録。其《高太史大全集》，前已著録明景泰間徐庸刻本。此爲清康熙九年抄本，八册。每半葉十行，行二十字。卷端題曰：『吴郡高啓季迪著，南州徐庸用理編。』集前有胡翰、王禕、謝徽三人《缶鳴集》之序。集末記云：『康熙九年清和月三日抄畢。』鈐『仲魚圖像』、『海寧陳鱣觀』諸圖記。

《大全集》景泰本屢修板刷印，又有正嘉間刻本、萬曆間重刻本，《缶鳴集》刻傳亦多，故《大全集》集明抄今不多見。此本於清抄本中抄時爲早。卷四《鳴山書舍圖，爲黄君伯淵賦》，『鳴』字誤。景泰刊木、成化重修本皆作『鴻』，正嘉本則誤作『鳴』。又，卷十五《答蓟丘聶才子》缺三字，接下一首《廉上人水竹居》缺二字。同卷《詠梅次衍師韻》第一首缺三十七字，第二首缺三十六字。諸如此類，皆與明正嘉間刻白口本相合，以是知其據正嘉間刻本寫録。

高太史大全集十八卷　清康熙間竹素園刻本（佚名批注圈點）

（哈佛燕京圖書館）

明高啓撰。啓有《缶鳴集》，已著録。其《高太史大全集》，前已著録明景泰間徐庸刻本。此爲清康熙間竹素園刻本，佚名批注圈點，十冊。每半葉十行，行二十字。白口，單魚尾，左右雙闌。版心鐫『大全集』。卷端不題撰者名氏。牌記曰：『重訂原本，高季迪先生大全集，竹素園藏板。』集前有劉昌《大全集序》、李志光《高太史傳》及《高季迪先生大全集總目》。按《總目》，卷一爲樂府一百零三首；卷二爲樂府六十八首、琴操四首、辭三首、三言一首、三四言一首；卷三爲五言古詩八十八首；卷四爲五言古詩八十四首；卷五爲五言古詩六十八首；卷六爲五言古詩九十一首；卷七爲五言古詩五十八首；卷八爲七言古詩四十二首；卷九爲七言古詩四十三首；卷十爲七言古詩四十九首；卷十一爲長短句體四十一首；卷十二爲五言律詩一百八十三首；卷十三爲五言律詩七十九首、五言排律二十三首；卷十四爲聯句六首、六言律詩九首、七言律詩七十一首；卷十五爲七言律詩一百五十首；卷十六爲五言絶句一百八十八首；卷十七爲七言絶句一百六十一首；卷十八爲七言絶句一百六十三首。通計一千七百七十七首。

《總目》後附竹素園主人《題識》：『青丘高先生所著詩甚夥，當時行世者，有《吹臺集》《缶鳴集》《江館集》《鳳臺集》《婁江吟稿》《姑蘇雜詠》等編。明景泰間，徐用理先生彙而刻之，共得樂府、近體詩一千七百七十餘首，名曰《大全集》，凡使後之賞音者無遺珠之嘆云爾。自後簡編銷蝕，傳者絕少。獨《缶鳴》一集已刊行於世，較之茲刻，詩僅十之五六，而《姑蘇雜詠》不與焉。今板已漫滅，頗多舛譌，披覽之下，不無遺憾。乙亥春，購得茲本，因而重加校讎，其間序次悉遵原板，間有闕文一二，亦姑仍之，而未敢遽改。嗚呼！既備一家之言，又無三豕之謬，可謂盛矣。不敢獨祕，公之同好。至於詩格高妙，則自有知音者在，奚煩予之贅言。」集中「玄」字避，「丘」、「曆」不避。乙亥，當爲康熙三十四年。竹素園主人名許廷鑅，字子遜，長洲人。康熙五十九年舉順天鄉試。雍正六年，知武平，未幾罷。性豪放，論史事慷慨激發，善弓馬刀槊，詩才綺麗。歸田後，與沈德潛輩相往來。著有《竹素園詩集》，德潛撰序。又有《竹素園古文》一卷（參見同治《蘇州府志》卷八十八、卷一百三十七，乾隆《長洲縣志》卷二十，乾隆《汀州府志》卷十八）。

許氏稱購得徐庸景泰刊本，重加校讎，序次悉遵原板，然此本詩題字句及諸篇次第與景泰本顯多異處。如卷十八詩《宣和所題畫》「疎枝野鳥怨秋風」，「疎」字景泰本作「棘」，明正嘉間刻本亦作「棘」。《送徐山浩師還郭》，景泰本作《送徐山人、浩師還郭二首》，正嘉本作《送徐山浩師還郭二首》。徐山人與浩師本二人，《送徐山浩師還郭》題中脫「人」字。《蜀山書舍圖》「碧浪湖頭放船去」，「船」字景泰本作「舟」，正嘉本作「船」；《題理髮美人圖》一首下接《託流人寄書家兄》，景泰本二詩間尚有《林卜晚步》一首：「荒徑空林落葉聲，尋常唯有野人行。如何授簡梁園客，詩句時來此處成。」竹素園本同卷後録《東臯林下》，字句與《林下晚步》全同。正嘉本卷十八則分録《林下晚步》《東臯林下》二詩，蓋題異而重出，前一首序次同於景泰本，後一首序次同於竹素園本。《晚過清溪，史言隋人殺張麗華於此》，景泰本題作《晚過青溪》，題下注云：『史言隋人殺張麗華於此。』正嘉本詩題同於景泰本，題下注『殺』字闕。《江上晚歸》一首下接《題瀑布泉》，景泰本兩詩間尚有《晚晴》一首：『楚天無物不堪詩，登眺惟應有遠思。秋樹江山人別後，夕陽樓閣雨晴時。』此詩又見景泰本卷十七，題作《晚晴遠眺》，僅第二句有異，作『登眺唯愁動遠思』。竹素園本卷十七《客中憶二女》《寄徐記室》二詩間亦收《晚晴遠眺》一首，與景泰本詩題字句同。正嘉本與竹素園本同，《江上晚歸》《題瀑布泉》二詩間無《晚晴》一首，而編其詩入卷十七，題作《晚晴遠眺》。《聞諸友遊城北女冠院看杏花》，景泰本題作《聞諸君遊城北女冠院看杏花》，正嘉本題作《聞諸遊城北女冠院看杏花》，脱一『君』字。《客舍暮春》『細雨殘花尚一枝』，景泰本同，正嘉本缺一『枝』字。

又，竹素園本卷十八《客舍春暮》以下諸詩爲《四皓圖》《題湘君圖》《倪元鎮墨竹》《王架閣家畫馬》《己酉初度》《過北塘道中》四首、《夜雨江館寫懷》二首、《讀韋蘇州詩》《送丁孝廉之錢塘，就簡張著作、方員外》《金徽士雨中見過留宿》（一首）、《東皋林下》《遊幻住精舍》《效香奩》二首、《江上逢舊妓李氏見過》四首、《九月八日對菊》《舟行晚過張林》《送葉山人》《冬盡無雪，連日大風苦寒》《慰徐參軍喪子》《醉後贈張架閣歸自京師》《看梅漫成》三首、《夜至陽城田家》《送劉將軍》《贈醫師徐亨甫》《慰人悼亡》《杏園圖，爲沈日新先生題》《閏三月有感》二首、《癸卯九日》《題畫送人歸覲》《樓上》《管夫人墨竹》《答王仲廉》《吳王井》《消夏灣》《雞陂》《苦酒城》《三高祠》三首、《織女廟》，凡五十一首。

景泰本《客舍春暮》以下諸詩爲《閏三月有感》二首、《癸卯九日》《題畫送人歸覲》《樓上》《醉後贈張架閣歸自京歸》（按：當作『歸自京師』）《管夫人墨竹》《答王仲廉》《四皓圖》《題湘君圖》《倪元鎮墨竹》

《王架閣家畫馬》《己亥初度》《二喬觀兵書圖》《期袁卿見過，因出失值，寄詩謝之》《宿蟾公房》《陌上見梅》《東歸至楓橋》《江行》《戲和徐七見寄臥聞鄰槽酒聲之作》《見燕至》《背面美人圖》《對梨花》《和楊、余諸君在讁中憶往年西園聽歌》《重過南寺尋悟公不值》《過流通院二首》《風雨早朝》《過北塘道中四首》《夜雨江館寫懷二首》《金徽士玫雨中見過，留宿二首》《送丁孝廉之錢塘，就簡張著作、方員外》《遊幻住精舍》《效香奩二首》《江上逢舊妓李氏見過四首》《九月八日對菊》《舟行晚過張林》《送葉山人》《明皇按樂圖》《冬盡無雪，連日大風苦寒》《慰徐參軍喪子》《看梅謾成三首》《夜至陽城田家》《館娃閣》《吳王井》《西施洞》《酒城》《雞陂》《三高祠》三首、《黄姑廟》《綽墩》《女墳湖》《銷夏灣》《二喬圖》《贈醫師徐亨甫》《陳宫》《杏林圖，爲沈日新先生題》《慰人悼亡》，凡七十一首。《織女廟》詩句與《黄姑廟》同，一詩而二題。

正嘉本卷十八《客舍春暮》以下詩爲《閏三月有感》二首、《癸卯九日》《題畫送人歸覲》《樓上》《醉後贈張架閣歸自京歸》（按：當作『歸自京師』。）《管夫人墨竹》《答王仲廉》《四皓圖》《題湘君圖》《倪元鎮墨竹》《王架閣家畫馬》《己亥初度》《過北塘道中四首》《夜雨江館寫懷二首》《讀韋蘇州詩》《送丁孝廉之錢塘，就簡張著作、方員外》《金徽士玫雨中見過，留宿一首》《東皋林下》《遊幻住精舍》《效香奩二首》《江上逢舊妓李氏見過四首》《九月八日對菊》《舟行晚過張林》《送葉山人》《冬盡無雪，連日大風苦寒》《慰徐參軍喪子》《看梅謾成三首》《夜至陽城田家》《陳宫》《贈醫師徐亨甫》《杏林圖，爲沈日新先生題》《慰人悼亡》，凡四十三首。　較景泰本少《二喬觀兵書圖》《期袁卿見過，因出失值，寄詩謝之》《宿蟾公房》《陌上見梅》《東歸至楓橋》《江行》《戲和徐七見寄臥聞鄰槽酒聲之作》《見燕至》《背面美人圖》《對梨花》《和楊、余諸君在謫中憶往年西園聽歌》《重過南寺尋悟公不值》《過流通院二首》《風雨早朝》《明皇按樂圖》《館娃閣》《吳王井》《西施洞》《酒城》《雞陂》《三高祠》《黄姑廟》《綽墩》《女墳湖》《銷夏灣》《二喬圖》諸篇。

三本間篇題字句、分卷次第差異若此，竹素園本接近正嘉本，遠於景泰本。正嘉本缺字及顯誤，竹素園本校改之，有確有不確。由是知許氏所謂購得原板，當爲正嘉白口本，而非景泰黑口本。

竹素園本重加校讎，其剔去重出，訂正譌謬，間有可採。然讎校終非精良。金檀輯注《青丘詩集》，頗不以爲然，《例言》云：『坊本所謂竹素園、拂雲居士等，或亦以未經校正，無庸挂名。』其言不免過矣。

此本有朱筆批注圈點，未詳何人所爲。如卷十二《送鮑翰林遷官陝右》題下朱筆注云：『鮑頫字尚絅，歙人。洪武初，薦修《元史》。陞翰林修撰，出爲耀州同知。』『褰帷漢使君』句，眉批云：『後漢賈琮爲冀州，傳車垂赤帷裳。琮曰：「刺史當遠視廣聽，糾察美惡，何乘帷裳以自掩乎？」命褰之。』金檀注，不注鮑翰林何人。『褰帷』句注，亦如此本眉批，引《後漢書》載賈琮事。又增二條，分注『濁流河驛雨』、『高樹嶽祠雲』二句。同卷《夜訪芑、蟾二釋子，因宿西澗聽琴》眉批云：『韓愈有《聽穎師彈琴》詩，李賀有《聽穎師彈琴歌》。』金檀注此首，亦止一條：『韓愈有《聽穎師彈琴》詩。又，李賀有《聽穎師彈琴歌》。』同卷《錢塘送馬使君之吳中》，眉批云：『樟亭，在錢塘，今浙江驛，其址也。漢鄭弘遷淮陰太守，白鹿夾轂而行，主簿黄國曰：「三公車轓畫鹿，明府必爲宰相。」「凝香句」，蘇州守韋應物詩。』金檀注此首，計爲五條，相關者三條，較此爲繁。如第一條：『《杭州府志》：樟亭，在錢塘縣舊治南五里，今浙江驛，其故址也。』又如卷十八《雨後偶讀王待制詩》『不知君在夜郎西』句末朱筆注云：『貴州普安州，古夜郎地。』金檀注較此爲詳，中有『《一統志》：貴州普安州，古夜郎地。』同卷《王架閣家畫馬》眉批云：『王濟性好馬，而所乘馬駿駃，意甚愛之。』金檀注此首共二條，此爲第一條。由是知此本批注，大都節錄金檀注，偶有增補。

高太史大全集十八卷　《文淵閣四庫全書》本

明高啓撰。啓有《缶鳴集》，已著錄。其《高太史大全集》，前已著錄明景泰間徐庸刻本。此爲文淵閣《庫》本。集前有劉昌《大全集序》、李志光《高太史本傳》。卷端題曰：『明高啓撰。』徐庸刻《大全集》十八卷，後世刻抄祖之。《四庫全書總目》據副都御史黄登賢家藏本著錄《大全集》十八卷，《提要》云：『自選定爲《缶鳴集》十二卷，凡九百餘首。啓没無子，其姪立於永樂元年鏤版行之。至景泰初，徐庸掇拾遺佚，合爲一編，題曰《大全集》，劉昌爲之序，即此本也。』

今按：《庫》本寫錄所據何本，館臣言之未明。對勘《大全集》傳世諸本篇目次第、詩題字句，知《庫》本所據爲康熙間竹素園刻本。如卷十八《客舍春暮》以下諸詩爲《四皓圖》《題湘君圖》《倪元鎮墨竹》《王架閣家畫馬》《己酉初度》《過北塘道中》四首、《夜雨江館寫懷》二首、《讀韋蘇州詩》《送丁孝廉之錢塘，就簡張著作、方員外》《金徵士雨中見過留宿》（一首）、《東臯林下》《遊幻住精舍》《效香奩》二首、《江上逢舊妓李氏見過》四首、《九月八日對菊》《舟行晚過張林》《送葉山人》《冬盡無雪，連日大風苦寒》《慰徐參軍喪子》《醉後贈張架閣歸自京師》《看梅漫成》三首、《夜至陽城田家》《送林生往海上》《贈醫師徐亨甫》《慰人悼亡》《杏園圖，爲沈日新先生題》《閏三月有感》二首、《癸卯九日》《題畫送人歸覲》《雲巖東院》《管夫人墨竹》《答王仲廉》《吳王井》《消夏灣》《雞陂》《古酒城》《三高祠》（三首）、《織女廟》，凡五十一首。而景泰刊本爲七十一首，正嘉刊本爲四十三首，僅竹素園本爲五十一首。《庫》本所收五十一首，篇題、字句、次第與竹素園本略有差别，然頗異於景泰本及正嘉本。《己酉初度》注云：『時年三十四。』詩云：『風雨空齋誦蓼莪，今年初度客中過。人生七十尋常壽，未過還憐一半多。』景泰本及正嘉本題作《己丑初度》，竹素園本題作《己酉初度》。按高啓生卒，『己酉』是，『己丑』誤。《醉後贈張架閣歸自京師》一首，景泰本及正嘉本題作《醉後贈張架閣歸自京歸》，竹素園本與《庫》本同，當以『歸自京師』校改爲是。《送林生往海上》云：『藥囊詩卷又辭親，風雨孤舟渡晚津。此日遠游君莫怨，亂離無限别家人。』此詩不見於景泰本及正嘉本，竹素園本亦無。竹素園本《夜至陽城田家》《贈醫師徐亨甫》二詩間有《送劉將軍》一首：『朔風吹沙復吹雪，笑解吳鉤初欲别。酒酣擊筑和悲歌，將軍出關車騎多。』正嘉本編於卷十七《逢吳秀才，復送歸江上》《十宫詞》二題間，《庫》本則編爲卷十末一首。《雲巖東院》一首，正嘉本、竹素園本題作《樓上》。《織女廟》一首，景泰本及正嘉本題作《黄姑廟》，竹素園本題作《織女廟》。《黄姑廟》原見《姑蘇雜詠》。《古酒城》一首，原見洪武四年刊本及洪武三十一年刊本《姑蘇雜詠》，題作《酒城》。酒城，吳中俗呼『苦酒城』，『古』字誤。景泰本及正嘉本、竹素園本皆題作《苦酒城》。《庫》本卷十末二首爲《靈巖琴臺》《送劉將軍》。《送劉將軍》原見正嘉本卷十七、竹素園本卷十八。《靈巖琴臺》詩云：『美人玉琴何處游，遺譜寫入風泉秋。落葉無人登舊榭，滿山明月烏啼夜。』原見正嘉本及竹素園本卷十七。

如上條所考，竹素園本大都依於正嘉本。對勘諸本，則可見《庫》本大抵依於竹素園本，而非景泰本。館臣是否見景泰初刻，亦大可疑。《四庫全書》收錄《鳧藻集》一卷，即未據正統九年初刻，而依於金檀文瑞堂刻本。金檀輯注《青丘詩集》十八卷、《遺詩》一卷、附《扣舷詞》一卷，沿《大全集》規模，增輯詩二百餘首，並詳爲十八卷詩注。館臣當已覽文瑞堂本，舍而不用，細紬其故，殆以金注繁瑣、啓詩尚不必錄注耶？

高太史大全集十八卷　《摛藻堂四庫全書薈要》本

明高啓撰。啓有《缶鳴集》，已著錄。其《高太史大全集》十八卷，前已著錄明景泰間徐庸刻本、文淵閣《庫》本等。此爲《摛藻堂四庫全書薈要》本，與文淵閣本並據清康熙間竹素園刻本寫錄。所異者，集前序、傳略有增改，正集則不妄改易。集前據《樂善堂全集》定本錄《御製秋夕讀高青丘大全集》一首，列《大全集目錄》。劉昌《序》後不錄李志光《高太史本傳》。御製詩云：『碧潭秋水清，寒山月華白。水月兩澄明，中有靜觀客。披襟樂容與，爽籟生几席。偶讀青丘詩，尚友獲莫逆。短作紛珠璣，長歌戛金石。不事追琢巧，渾渾含光澤。伊余豈能詩，對此仰高格。撫卷吟寒空，中心聊自適。』其《目錄》曰：卷一爲樂府一百零三首；卷二爲樂府六十八首、琴操四首、辭三首、三言一首、三四言一首；卷三爲五言古詩八十八首；卷四爲五言古詩八十四首；卷五爲五言古詩六十八首；卷六爲五言古詩九十一首；卷七爲五言古詩五十八首；卷八爲七言古詩四十二首；卷九爲七言古詩四十三首；卷十爲七言古詩四十九首；卷十一爲長短句體四十一首；卷十二爲五言律詩一百八十三首；卷十三爲五言律詩七十九首、五言排律二十三首；卷十四爲聯句六首、七言律詩七十一首；卷十五爲七言律詩一百五十首；卷十六爲五言絶句一百八十八首；卷十七爲七言絶句一百六十一首；卷十八爲七言絶句一百六十三首。與竹素園本《目録》同。集中篇題字句、排纂次第頗少改易。如《庫》本《雲巖東院》，此仍題作《樓上》；《古酒城》，此仍作《苦酒城》；《靈巖琴臺》《送劉將軍》位置依竹素園原本，《庫》本則移入卷十之末。《庫》本增《送林生往海上》一首，此本無。

青丘高季迪先生詩集十八卷、遺詩一卷、扣舷集一卷、附録一卷

清雍正六年至七年間金檀文瑞樓刻本（國圖）

明高啓撰。啓有《缶鳴集》，已著録。其《高太史大全集》十八卷，前已著録明景泰間徐庸刻本。此爲《青丘高季迪先生詩集》十八卷、《遺詩》一卷、《扣舷集》一卷、附録一卷，清雍正六年至七年間金檀文瑞樓刻本，八册。每半葉十一行，行二十二字，小字雙行，行三十二至三十四字不等。白口，單魚尾，左右雙闌。版心中鐫『青丘詩集』或『青丘遺詩』、『青丘扣舷集』，下鐫『文瑞樓』。詩集卷一卷端題曰：『桐鄉金檀星軺輯注，姪成鼎梅均、男宏熹開霞仝校。』餘十七卷不題，《遺詩》一卷亦不題。《扣舷集》卷端題曰：『桐鄉金檀星軺重輯，男宏羆次維、宏檦儲良仝校。』集前爲《總目録》，接爲陳璋雍

正六年十二月《序》、金檀雍正六年七月《序》、高啓《婁江吟藁自序》、《缶鳴集自序》《姑蘇雜詠自序》、胡翰《缶鳴集序》、王褘《缶鳴集序》、王彝《高季迪詩集序》、謝徽《缶鳴集後序》、周立《缶鳴集跋》、劉昌《高太史大全集敘》、吳寬《重刻缶鳴集序》，接爲《例言》十二則、《詩評》、《鳧藻集》附李志光撰本傳、《槎軒集》附呂勉撰本傳，接爲《青丘先生小像》一幀並像贊、贊、傳贊若干首，接爲金檀撰《青丘高季迪先生年譜》并小引。詩詞集末有《書後》，錄周傳、楊士奇、張習、王益等人題跋。其《詩集》《補遺》《詞集》之目錄，各列於前。《遺詩》卷端附朱紹《三先生詩集》所收曾棨原《序》、樓宏原《跋》。《遺詩》卷尾有金檀雍正七年上元《跋》。

其集名用『青丘』，不用『高太史』，亦自有故。金檀擬《例言》第十則云：「刻本多稱高太史某集。按：先生早隱吳淞之青丘，自號青丘子。後召修《元史》，以詞職被擢，辭歸復居青丘，始終以青丘著，合稱《青丘高季迪先生詩文集》。」

按《總目錄》，《詩集》卷一爲樂府一百三首；卷二爲樂府六十七首（注：『今從諸書補入四首。』）、琴操四首、辭三首、三言一首、三四言一首；卷三爲五言古詩八十八首；卷四爲五言古詩八十四首；卷五爲五言古詩六十八首；卷六爲五言古詩九十一首；卷七爲五言古詩五十八首（注：『今補入一十八首。』）；卷八爲七言古詩四十二首；卷九爲七言古詩四十四首；卷十爲七言古詩四十八首（注：『今補入十首。』）；卷十一爲長短句體四十一首（注：『今補入一首。』）；卷十二爲五言律詩一百八十首；卷十三爲五言律詩八十一首（注：『今補入四首。』）、五言排律二十三首（注：『今補入二首。』）；卷十四爲聯句六首、六言律詩五首、七言律詩七十首；卷十五爲七言律詩一百五十首（注：『今補入十五首。』）；卷十六爲五言絶句一百八十八首（注：『今補入三十六首。』）、六言絶句七首； 卷十七爲七言絶句一百六十首； 卷十八爲七言絶句一百六十三首（注：『今補入五十一首。』）。《補遺》爲古今體詩一百四首（注：『從朱紹《三先生詩集》補入，原序跋附。』）； 詩餘爲《扣舷集》一卷； 附録一卷爲哀誄、雜記。

金氏編集所據，《例言》第一則云：『永樂初，周立公禮氏訂定千首鏤板，又非原本，嗣益失其舊。今通行本爲景泰改元徐庸用理氏以類分彙曰《大全集》，後率因之，各種集均不復見原本久矣。故編次仍依《大全集》。』第二則云：『《姑蘇雜詠》間有舊刻單行，中多脱謬處。國朝康熙己卯周氏本，鋟板亦潦草。若《槎軒》一集，鈔自吕勉公懋氏，成化中張習企翱氏編行』，『凡《大全集》所不載，今補列諸體後。』於拾遺補闕，第七則云：『詩或有散佚，今查《姑蘇志》《虎丘志》及諸書所載題詠，凡《大全集》所無，一一補入。仍恐見聞不廣，尚有遺珠，惟祈博覽者毋靳惠補。』於自作詩注，第三則云：『今以字義之訂譌斥僞，未免爬羅剔抉，繁蕪之剪，自媿未盡。惟古人事或先後合轍，列其切近者，他不多及語。或先後同源，亦止録其醒豁者，或全或節，俱摭拾前人，不參己意。』第四則云：『事實多有重出，已注於前者，後必云見某卷某詩，以便查閲。或史傳全見於前，後有重者，必云見某處。或全傳見於後，而先有事實在前者，必節取以釋本詩之義，而後復詳注之。蓋取詳略得宜，並非重注。』第五則云：『詩中有用古事暗切時事者，必拈古事，按時事，以並注此比賦之有根柢，時恐牴牾，不敢少略。或時事未詳者，竊不自揆，纂有《年譜》，并佐考證。』第六則云：『全本注釋，合計之覺前詳後略，蓋由再見則更節，事熟或全省也。苟次第全覽，詳密之外，以漸而及可節可省處，前非瑣雜，後非割裂，自是井然。』於文字校勘，第八則云：『刻本字樣，互有不同，意義相近者，以某一作某兩存之，譌謬者必改正。』第九則云：『此注爲陶陰亥豕，務盡讎校，積字成注，積注成書。蓋先生詩非崑體之撏撦，注或可省，刊誤實所難已。淺學識力，非自附注家也。坊本所謂竹素園、拂雲居士等，或亦以未經校正，無庸挂名。顧自《大全集》行後不爲不久，舊刻亦不少，何猶使作者真面目晦昧於行間字裏！略舉一二，足爲深慨。如卷四《約同宿鶴瓢山房》詩「阿咸」作「何臧」，卷五《驅瘧》詩「笑嗤」作「爽塏」。其餘字音相似，「金」作「經」，「音」作「陰」，「市」作「恃」之類；字形相似，「雲」作「露」，「誰」作「惟」，「賤」作「錢」之類，乍難枚舉，雖明悟，其能會意乎？茲購書賈本靡遺，借收藏家不一，始克參校釐正。』

《大全集》收詩一千七百餘首，此集更增至二千篇。金氏以《吹臺》《江館》《鳳臺》諸集原本不復見，乃取景泰刊《大全集》爲底本，《姑蘇雜詠》等集之詩不見於《大全集》者，掇補諸體後。詩後附《扣舷》詞集，據於正統九年刊本。金氏輯本體例可稱允當，拾遺補闕，用力甚勤，《大全集》前十八卷即補一百三十七首。刻集工竣之時，又得江陰朱紹、朱積兄弟編《三先生詩集》，乃引拾遺之例，輯爲《遺詩》一卷。金氏《跋》云：『按：青丘之集流傳固多，逮以次考定，並紙板紛殊，亦悉對勘。工竣之時，自謂庶無罣漏。未幾，得《明初二先生》一刻，爲江陰朱善繼紹偕弟積所編，以季迪爲之冠，次楊孟載，次包師聖』，『又稱高集存者别有《觀光》之名。計是書編就，距青丘沒未遠，及鋟自宣德間，樓氏《跋》猶未忘矜慎，其足資考據，是又奚疑？爰查朱本所收，新刊所少約百有餘首，另補一帙。惜朱本不早得，猶幸獲睹於今，幾如神物之合。且《吳越紀遊詩》，竊意自至正十八年始，朱本載有先生小序，益爲游蹤徵信，今列《年譜》中。惟是搜羅究未克徧，致引拾遺之例，仍用自愧，冀覽者鑒茲懵昧云。』金氏補遺雖富，猶可葺補。《詩淵》所收啓詩二百餘首，即有《鏡中見白髮》《雙椿堂爲郎左司賦》《存善堂》《過徐山人隱居》《江居》等十餘首在金氏輯本外。景泰本《大全集》卷十八《虎丘》絕句一首，乃唐人張籍詩，金氏未能剔除。

金氏詩注，頗爲詳密。其前詳後略，緣再見則更節、事熟或全省，而非前瑣雜、後割裂，《例言》已縷辯之矣。然所注詳於舊典故史，乃至繁蕪，而缺於今典時事之考證。雖著《年譜》以咨參證，猶多有憾。青丘詩中所涉人物、職官、史事、時政，金氏鮮有注解，殆由文獻缺乏，力亦不能勝。僅援舊典故史以釋啓詩，不察當時史事時政，讀者惑猶不明，甚而致誤解。至於校字，所改正及兩存者，時可援據。自謂『購書賈本靡遺』，然實猶有遺者；誇言『謬誤者必改正』，改正或不足據。雖然，金氏輯注本勝於徐庸編刊《大全集》矣。

趙翼《甌北詩話》嘗責徐庸刻本編次錯互，失編年考訂之義，云：『景泰時有徐庸字用理者彙而刻之，共一千七百七十餘首，名之曰《大全集》。青丘詩之在世者，惟此本最爲完備，然編次尚多錯互。既分體爲卷，自不專在編年，然分體中亦須隨其年之先後，閲者始了然。今則中年之作或雜於少時，元季之作又入於明初，使人悶悶』，『如此類者，不一而足，前後倒置，不勝披尋。至如五排及七律，皆以明初在朝之作冠於首，而先後里居、客居詩在後。此固明人習氣，好以承明著作壓卷，以爲冠冕。然五七古則又以里居、客居詩編在前，五律又以在朝之作編在中間，而里居、客居詩分列前後，七絕又將車駕、享太廟、還宫等作編在卷後，體例皆不畫一。明人刻書，不加考訂，往往如此。』《大全集》按體分卷，前後之作錯雜，確令人讀之不快。金氏長於考據，既爲青丘詩注，宜細加考訂，明其先後。今由詩注及《年譜》以觀，金氏大都自亦未明。今若以編年責之，亦過矣。殆非其不欲，實未能也。

又，《四部備要》本《高青丘詩集注》，上海中華書局據金檀刻本校印，依録卷首、正集十八卷、補遺一卷、詩餘一卷、附録一卷。王雲五編《國學基本叢書》，收《高青丘詩集》，亦據金檀輯注本排印。

青丘詩集擷華八卷　清費仲子抄本（國圖）

明高啓撰，清費仲子輯。啓有《缶鳴集》，已著録。此爲《青丘詩集擷華》八卷，清費仲子選輯，八册。青丘詩選家甚衆，總集之選以俞憲、錢謙益、汪端三家爲著，單行者，《青丘詩集擷華》則可稱道。此本無版匡、界格，楷書精工。每半葉九行，行二十四字，小字雙行，行三十六至三十八字不等。各卷端不題撰者名氏。集前無目録，有沈德潛乾隆三十三年三月《費仲子手鈔高青丘詩擷華序》、錢陳羣乾隆三十四年五月《費仲子手抄高青丘詩擷華序》、何發乾隆二十九年十月《費仲子手抄高青丘詩擷華序》。沈氏撰序時，年九十六。錢陳羣撰序時，年八十四。

是集選詩，依於金檀輯注本，節取金氏詩注，庶幾簡當。卷一爲樂府及三四言，選《吴趨行》《城虎詞》《廢宅行》《牧牛詞》《養蠶詞》《打麥詞》《賣花詞》《照田蠶》等詩； 卷二至卷三爲五言古詩，選《擬古》《吴越紀遊》《池上雁》《始遷西齋》《長洲苑》等詩； 卷四爲七言古詩、長短句體，選《唐昭宗賜錢武肅王鐵券歌》《江上看花》《聽教坊舊妓郭芳卿弟子陳氏歌》《明皇秉燭夜遊圖》《姑蘇臺》諸詩； 卷五爲七言古詩，選《張中丞廟》《青丘子歌》《贈醉樵》《登金陵雨花臺望大江》等詩； 卷六爲五言律詩、五言排律； 卷七爲八言律詩、七言律詩； 卷八爲五言絶句、七言絶句。名篇鮮遺，頗見選家手眼。沈《序》云：『古人名集，後代好學者恒心摹手追，編録成帙，字跡既工，越千百年，而珍藏家以爲希世之寶。若謝在杭之鈔謝薖《竹友集》，周榮起之鈔王逢《梧溪集》，郎成之鈔張翥《蜕庵集》，吴匏菴之鈔獨孤及《毘陵集》，張秋紹之鈔浦源《東海生集》是也。吾友費仲子，性嗜吟詠，兼善臨池，嘗取高青丘詩，摘其尤者，録爲《擷華》』，『仲子披沙揀金，得青丘之真面目，而筆畫端逸，風流婉約之中，自具剛勁堅凝之致。』錢《序》云：『學侶費子雲谿長于書，而尤精于小楷，平日蠅頭細書，初無厭倦意。年甫逾艾，懷才未遇，壈坎以歿。戊子仲冬，令嗣文若詣予，出其手録青丘詩一編，曰：「此先人手澤也，願得一言以爲寵。」余取閱之，見其楷法工善，知其書學之深，方之昔人，庶幾待詔之流風餘韻。』何發《序》云：『每見藏書家得元明人抄本，急登諸插架，重其人，兼重其書，如見其意之精專焉。吾友費仲子以直少偕予遊，治舉子業，暇輒試爲詩，清新可挹，動多驚人語。已而别十餘年，甲子秋，相遇於京師，出囊中詩見示，訝所詣之精到也。叩其所得力，三唐而外，最喜高青丘。按之神韻頗相肖，非優孟衣冠，襲其貌者也』，『令子文若示以所抄青丘詩四帙曰《擷華》，編蒲截柳，含咀英華，積數年而始成，其用意之勤懇，猶想見於行墨間。』

輯注增補高青丘全集（卷首、詩集十八卷、遺詩一卷、詩餘一卷、附録一卷）

日本明治三十四年青木嵩山堂排印本（近藤元粹評訂）

明高啓撰，清金檀輯注，日本南州近藤元粹評訂。啓有《缶鳴集》，已著録。此爲《輯注增補高青丘全集》，凡卷首、詩集十八卷、遺詩一卷、詩餘一卷、附錄一卷，日本明治三十四年青木嵩山堂排印本（明治二十年初印，明治三十四年重印），共五帙二十一册。每半葉十二行，行二十四字。白口，單魚尾，四周雙闌。版心上印『青丘詩集』，下印『嵩山堂藏板』。版匡葉分上下欄，上欄細窄，印評語。牌記曰：『清金檀輯注，日本南州近藤元粹先生評訂，輯注增補高青丘全集，版權所有，青木嵩山堂出版。』各卷端題曰：『清桐鄉金檀星軺輯注，日本伊豫近藤元粹純叔評訂。』

集前有小野湖山明治二十八年《金注高青丘詩集序》、近藤元粹明治二十八年五月《例言》。《例言》凡三則，其一云：『近日余得金注本於書佔嵩山堂，晨夕誦讀，頗慰生平之渴望，自以爲快焉。雖然，又自謂希世之珍既歸掌中，不如分愛于天下也，乃慫恿嵩山堂，付之聚珍版，以問于世。』其二云：『編古人詩文，不附評語及批圈，則不足清人眉目。廖柴舟評文說云：「文章之妙，作者不能言，而吾代言之，使此文更開生面。他日人讀此文，感歎其妙，而不知評者之功之至此也。」余謂評者之有功于作者，詩文一也。故余不自揆，臨校此書，一一附評語及批圈焉。』其三云：『前年余得《大全集》，書中自首至尾有批圈焉，有評語焉，而評語精詳深切，其書體跡遒麗不凡，余斷以爲海西人所作也。近日小野湖山翁來觀，亦以余說爲是，而卷中不錄其姓名，故不知其成于何人之手也。余之評此書，固出于鄙意，然間或有據舊評，或檃括，或節錄，或全載者，而不復別標明之。蓋不得已也，讀者其諒之。』

元季以迄於清，啓詩諸家之評富矣。金檀注本卷首摘錄詩評，略備大端。批點著者，有何焯批校本，劉熙載批校本，沈德潛、吳翌鳳等批校本，袁枚、黄仲則批校本，張廷濟批校本，葉廷琯批校本等。近藤好青丘詩，評點批圈自有所得。若詩集卷十四《瓊姬墓》評云：『清婉可喜。』《甫里即事四首》第一首評云：『格調不凡。』第二首評云：『清真而意恬，音韻天成。』第三首評云：『又新又奇，如行繪畫屏風中。』第四首評云：『丰骨超然，亦是一箇天隨子也。』《送沈左司從汪參政分省陝西，汪由御史中丞出》一首評云：『此種詩意高律細，在盛唐中亦不多見，應推壓卷。首二句直起，一篇皆自這裏生出。第三句承「分陝」，第四句承「威儀」。第六句寫到陝，最妙絶。七、八迴抱，歸板籍，見衣冠矣。』《寄題安慶城樓》一首評云：『第三句承「高」字，第四句承「空」字，更妙。第五句城外襯寫「氛空」，第六句樓中襯寫「戰終」。第七句結「戰」字，第八句結「氛」字。』其又不拘詩法、用字、用意之評，以嘗得竹素園刊本，時據以校金檀輯注本，衡二者得失。偶亦論《大全集》編次得失。如《甫里即事四首》評云：『《大全集》此間載《江村樂四首》，體皆爲六言絶，失編纂之體。是書分載于絶句部，得之。』又，『《大全集》是詩後插入三絶句，亦爲失體。』是集評點批圈，非盡出近藤一人。其摘錄舊評，未標明出處，難以區分。雖曰不得已，然區分字體，或別作標識，猶可供後人取裁，悉知其何爲自我發明。此本評點批圈，雖集前序、卷首、附錄，不使有遺。雖嫌於迂，亦可見其真好青丘詩也。

高青丘詩醇七卷　日本嘉永三年刊本

明高啓撰，日本齋藤謙編選。啓有《缶鳴集》，已著錄。此爲《高青丘詩醇》七卷，日本嘉永三年刊本，四冊。每半葉十行，行二十字。白口，單魚尾，左右雙闌。版心上鐫『高青丘詩醇』。牌記曰：『拙堂先生選，高青丘詩醇，嘉永三年新鐫。』各卷端題曰：『伊勢齋藤謙有終錄，美濃梁緯公圖、紀伊菊池保定士固閱。』集前有齋藤謙天保丙申十二月《續詩醇序》及嘉永己酉孟秋又識、《明史》本傳及《目次》。卷一爲五言古詩三十六首；卷二爲七言古詩五十八首；卷三爲五言律詩一百十四首、五言排律五首；卷四爲七言律詩一百四十五首；卷五爲五言絶句六十首、六言絶句二首；卷六爲七言絶句一百三十八首；卷七爲《姑蘇雜詠》古今體六十四首。通計六百二十二首。

高啓號爲元明詩大家，海内選本已多，扶桑選本亦有可觀。日人好青丘詩，江户而後，有齋藤謙《高青丘詩醇》、廣瀨旭莊《高青丘詩鈔》、中島棕隱《高青丘詩選》等行於東瀛，其間又以《詩醇》最著。近藤元粹《輯注增補高青丘全集・例言》云：『高青丘之詩，冠絶于近世，人皆喜誦讀焉。而其全集，所謂《大全集》者，世不多有。而清金星軺輯注增補本，所謂《青丘高季迪先生集》者，最少。是以人之欲見高詩者，不得不據前人選本。而選本板行者有數種，就中世最推齋藤拙堂、菊池溪琴等所選《高青丘詩醇》爲善本。雖然，全部二十卷，選爲僅僅六七卷，不無遺漏，且如以樂府概爲古詩，編入古詩部中，則疎謬殊甚，故不足窺一斑以品其全豹也。中島棭軒則能刻金注本，其功甚大，而僅刻其絶句、律詩二體耳，則未能無望蜀之憾，且顛倒其編次之前後，亦未免爲失體。』

是集於高啓樂府僅錄《宛轉行》《寄衣曲》二篇，題爲五言古詩，不免疎謬。然單列《姑蘇雜詠》古今體之目，則有識見。檢前二卷，所選《吳越紀遊》十五首、《悲歌》《野田行》《築城詞》《廢宅行》《牧牛詞》《養蠶詞》《青丘子歌》《聽教坊舊妓郭芳卿弟子陳氏歌》《明皇秉燭夜遊圖》《唐昭宗賜錢武肅王鐵券歌》《穆陵行》《蝟蜼子歌》《張中丞廟》《贈醉樵》《登金陵雨花臺望大江》等，皆膾炙人口，庶可當『詩醇』之名。齋藤《續詩醇序》云：『論名手者，必期於六家。六家者誰，李、杜、韓、白、蘇、陸是也。唐宋作者蓋數千家，而獨取此六家，拔乎其萃，使覽者有盪胸決眦之快，是乾隆《詩醇》之所以卓也。夫唐宋間既有此六人，金元明清何獨不然。余嘗歷覽求之於四朝七百餘年間，作者之衆，倍蓰唐宋，乃其傑然於一時者亦不尠，欲拔取其尤者以配六家，未有所定焉。吾友美濃梁公圖，深於詩者也，嘗談及於此，共論定之，於金取元好問，於元取虞集，於明取高啓、李夢陽，於清取吳偉業、王士禛，又得六家。遂各分三家鈔之，去其疵而存其醇，凡若干卷，以續乾隆之編』，『遺山之豪健，青丘之高逸，北地之雄鷙，或將揖韓、白而進；道園之簡健，梅村之華贍，漁洋之雅醇，雖不及蘇、陸之大，而其高或過之。配之前六家，無不可也。』又識云：『余已製此序，取元、高、王三家鈔之。適菊池士固自南紀來，見喜之，言與其所見符同。如遺山之詩，已鈔而刻之，余乃舉《青丘詩醇》，屬以校訂。士固欣然受之持歸，頗加刪補，命工淨寫，以繡梓自任。有故未果，忽忽十餘年，余亦職劇身忙，不遑問也。府下書賈文錦生，聞余有青丘選本，來乞梓行。余爲東士固，請稿本，士固喜甚，即郵寄見還付。乃書其由，附原序之後，併付文錦生以刻之。』此本爲東瀛人所喜誦。明治三十二年，青木嵩木堂重爲印行。

高青丘詩鈔不分卷　日本明治二十年刻本

明高啓撰，日本廣瀨旭莊編選。啓有《缶鳴集》，已著錄。此爲日本廣瀨旭莊編選《高青丘詩鈔》不分卷，明治二十年刻本，二冊。每半葉十行，行二十字。白口，單魚尾，四周單闌。版心上鐫『高青丘詩鈔』。卷端題曰：『清李笠翁評，日本廣瀨淡窗批點，廣瀨旭莊撰。』牌記曰：『清李笠翁評，日本廣瀨淡窗點，廣瀨旭莊撰，高青丘詩鈔，大坂書肆同盟書堂上櫻，明治二十年十二月刻成。』上冊選五言古詩二十六首、七言古詩二十二首、五言律詩二首。下冊選錄五言律詩二首、五言排律二首、六言律詩二首、七言律詩五十七首、五言絕句九首、七言絕句二十六首、五言律詩三十五首。通計一百八十四首，體例稍嫌雜亂，樂府未録。

集前藤澤恒《序》云：『青丘高氏，才既俊異卓絕，語亦奇警清秀，傑然于四杰中，余平素愛而誦之。此抄有李笠翁評，清潔簡勁，頓悟之妙具焉。余友竹涯中尾君所珍襲，將出而梓之，謀之于予。』集末竹涯中尾《跋》云：『此本先輩廣瀨淡叟、梅墩二翁之所批選，上載李笠翁之評語。』又謂此本『簡而精也』。刻本板框上評語若干條，謂出於李漁。其評語，如《梅花》（『瓊姿只合在瑤臺』）一首云：『意新格俗。』《送沈左司從汪參政分省陝西，汪由御史中丞出》一首云：『用意寫景，選詞鍊格，無不入妙。七言近體，以此爲冠。』《聽教坊舊妓郭芳卿弟子陳氏歌》一首云：『與少陵《觀公孫大娘弟子舞劍器歌》同一感慨。倦倦故國之思，意不教坊弟子也。而詩格則入元和、長慶之間。』皆有可觀。明末李卓吾、徐文長、陳眉公評點之書盛行海內，其間多書賈僞託。清初笠翁評點盛行，其中亦有僞託。是集所載笠翁評點，真僞未可遽斷。鄭州大學圖書館藏竹素園刻本有朱墨筆批點，《聽教坊舊妓郭芳卿弟子陳氏歌》詩後朱筆評語云：『與少陵《觀公孫大娘》篇同一用意。蓋倦倦故國之思，意不教坊弟子也。而詩格則在元和、長慶之間。』與此本所謂笠翁評點大抵同。是集惜校字不精，即如聽陳氏歌一篇，『歌』字誤作『哥』；『郭芳卿』誤作『郭芳鄉』。

靜菴集四卷　　《文淵閣四庫全書》本

明張羽撰。羽字來儀，後以字行，更字附鳳，潯陽人。既壯，從父宦游江浙，受《易》於山陰夏仲善。兵阻不得歸，僑寓杭州。喜吳興山水，與友徐賁約隱，卜居戴山之東。領鄉薦，授安定書院山長，再徙居吳中。洪武四年，以儒士徵至京，應對不稱旨，放還。再徵授太常司丞。十六年，命撰滁陽王廟碑，稱旨。以事謫嶺南，未半道召還。十八年六月，自知不免，投龍江死，年五十三。童冀撰《太常司丞張來儀墓銘》。博學好古文，工詩畫。著有《靜居集》。今有《庫》本《靜菴集》四卷；舊抄本《靜菴張先生詩集》一卷；明弘治四年張習刻本《靜居集》六卷、附錄一卷；明萬曆間重刻本《靜居集》四卷；清抄本《張來儀先生文集》不分卷；清抄本《張來儀先生文集》一卷、《補遺》一卷等傳本十餘種。《盛明百家詩》選《張來儀集》一卷，清抄《石研齋七律鈔選》選《張來儀七律鈔》一卷。明弘治刻六卷本，誤收元釋英《白雲集》詩百餘首，明萬曆重刻四卷本沿之。

此爲《四庫》本《靜菴集》四卷，一題作《靜居集》。《提要》著錄據浙江巡撫採進本。按《浙江採集遺書總錄》癸集上：「《靜居集》四卷，刊本。右明太常司丞潯陽張羽撰。張企翱云：明初以高、楊、張、徐比唐四傑，不惟文才之似，其末路亦不相遠。眉菴、盈川，令終如一；太史之斃，同乎賓王；北郭雖不溺海，僅全首領，而非首丘；司丞自投龍江，又與照隣無異。羽自號靜居，因名其集。」民國胡思敬輯刻《豫章叢書》，所收《重刻張來儀靜居集》四卷，據明萬曆間陳邦瞻、汪汝淳刻本。《四庫》寫本四卷，分卷、篇目頗異於萬曆刻本四卷、弘治刻本六卷。明刻所誤收元釋英詩，此本不見。此本卷三末收五言排律八首，即《送秦縣丞》《送鄭主簿》《十月一日從幸太平門閱武應制》《元日曉祀》《元夕錢塘懷古》《春雨軒》《杏隱》《竹雨軒》。據詩句以推，當爲羽作。按弘治刻本目次，卷四末爲五言排律《眠雲軒》《綠水園燕集》《雪》《春寒》《立春試筆》《題談太守藏御書》《送秦縣丞》《送鄭主簿》《元夕錢唐懷古》《春雨軒》《杏隱》《從幸閱武》《元日陪大祀》等十三首，然正集僅爲《眠雲軒》《綠水園燕集》《詠雪》《春寒》《立春試筆》《題太守談侯藏御書》等六首，《送秦縣丞》以下諸篇皆未見。萬曆刻本從之。《眠雲軒》《綠水園燕集》當爲羽作。館臣已知《靜居集》刻本誤收釋英之詩，寫本顯非據明刊本謄錄而剔其誤入者也。其所據之本今尚存，即上圖藏舊抄本《靜菴張先生詩集》不分卷。

是集收詩四百零六首。《提要》云：『顧其詩名尤著，故編集者亦僅錄其詩，而文則未之及也。』諸詩按體編排，卷一爲五言古詩一百二十三首；卷二爲七言古風、樂府、歌行、長短句共五十四首；卷三爲五言律詩四十八首、七言律詩四十四首、五言排律八首；卷四爲五言絕句七十五首、七言絕句五十四首。弘治刻本、萬曆重刻本皆以誤收而僞，《庫》本收詩真且略備，故較諸本爲善。

羽性喜靜，《雨中試筆》《大雨山中作》《雨夜》《雨後望西山》《雨夜偶成》《雨後登望》《夏雨新霽圖》《雨中言懷》《答黃孝廉雨中見寄》《雨後戴山遊眺，偕黃孝廉、陳茂才》皆以雨爲題，述靜者之趣。亂世中，羽甘於隱逸，處賤若貴，抱素而榮，寄情山水，入明亦然。《月夜舟行入金山》一首，王夫之《明詩評選》卷四評云：『平淡，不慚小謝。』又云：『「皓月懸高天，廣川散飛霜」，千古金山，只此十字。』至正丁未六月，羽在吳城圍中賦《懷友詩》二十三首，紀寫亂離，不勝其哀。徐賁《題張來儀懷友詩後》

其一云：『亂前草草别相知，亂後風光不盡思。惟我與君今日見，不堪來讀卷中詩。』城陷，羽幸脱兵火，諸友或隱或謫，乃賦《續懷友詩》五首。高啓、徐賁、楊基相繼罹難，羽悲慟而歌。《於書簏中得吹臺所寄詩遺稿》云：『拂塵啟緘篋，忽覽故人詩。撫迹疑若存，驚逝杳難追。』『收竟一長慟，林風響余悲。想當寫寄日，茲感君詎知。』《列朝詩集小傳》云：『十六年，上親稿滁陽王事實，命來儀撰廟碑。當時以大製作推任如此。』《明史》本傳沿之。所謂『以大製作推任』，實誇大之辭。蓋羽之一生，以靜者自居，生於憂患，死於幽憤。

吴中詩家，才情互不相掩。羽爲大家，高啓嘗效作《和張羽懷吴興舊遊之作效其體》，極見推重。程嘉燧稱羽詩『學杜學韋，各有神理』。《明詩評選》卷四論其性情沉雅，『良宜五言』，『顧恒苦意言之繁』，《雜言》詩能『一致不淫，即已高茂』。又云：『季迪之近體，來儀之古詩，雙羽淩空，是鶴是鳳。』朱彝尊略有微詞，《靜志居詩話》卷三云：『來儀五古，微嫌鬱轖。』《四庫提要》辯云：『五言古體低昂婉轉，殊有瀏亮之作，亦不盡如彝尊所云。』其説可信。羽亦兼擅諸體，《百索詞》《聽蟬曲》《溫泉宫行》《咸陽宫行》《王元章墨梅》諸篇才情華茂，善於託物喻意。《藝苑卮言》卷五論其『如鄉士女，有質有情』。彝尊服膺羽歌行，《靜志居詩話》卷三云：『駸駸欲度季迪前，固當含超幼文，跨躡孟載。』其近體清圓朗淨。五律《尋春》《尋梅》《涼夜》《遊虎丘》《約徐隱君幼文同隱吴興》《隱者山房》，具俊脱之美，得靜者之樂。七律《寄王止仲、高季迪》《燈花》《閩中春暮》《答山西楊憲副故舊見寄》，有清圓之態。後世論四傑詩，大都首推高啓，次楊基，次張羽、徐賁。或謂張、徐遠遜高、楊。嘉燧駁斥云：『或謂楊不如高，又謂張、徐不及高、楊，皆耳食之論也。』酸咸之嗜，因人而異。不必吞剝他人之説，但細味羽詩，會心其妙，從而平實論之可矣。

靜菴張先生詩集不分卷　舊抄本（上圖）

明張羽撰。羽有《靜居集》，前已著録《庫》本。此爲舊抄本《靜菴張先生詩集》不分卷，即《四庫》寫本之底本。無版匡、界行。每半葉九行，行十八字。無序跋，卷端首行題『靜菴張先生詩集』，不署撰者名氏。

是集多校改之迹，『玄』、『弘』原不避，皆改之。收詩四百零數篇，按體編排，篇目次第與《庫》本大體不異，偶有不同，乃館臣校改所致。五言古詩《擬古》，校改於題下增『二首』，《四庫》本無『二首』。《雜詩》十一首小序云：『予屏處閒默，久絶篇章。維時新春，偶感歲月，慨然興言，既度自課成袟，輒書之以見襟抱。隨事爲篇，雜出無倫，題曰《雜詩》。』『偶感歲月，慨然興言，既度自課成袟』，校改作：『偶感歲月既度，慨然興言，自課成帙。』《四庫》本未改。弘治刻本《靜居集》卷一《雜言》作『予屏處閒默，久絶篇章。維時新春，偶感歲月，慨然興言，既復自課成袟，輒書以見襟抱。隨事爲篇，雜出無倫，故云。』此本『既度』，當爲『既復』之誤。校改者未見弘治刊本，因其未通，遂理校之。《四庫》本存其未通之舊，顯未參酌明刊也。《雜詩》第一首末四句云：『不傷華髮衰，但恐志葉消。業成在永久，期之於後凋。』『葉』，校改作『業』。《四庫》本以有兩個『業』字，改『志業消』爲『志氣消』。弘治刻本作『不傷華髮衰，但恐志業消。學成在永久，期之於後凋。』蓋『業成』乃『學成』之誤，遂致有《四庫》本之改易。第四首『玄夏苦霖潦，良苗奄離披。至今畎澮間，餘波渺相圍』四句，『玄夏』不通，校改四句作：『立夏苦霖潦，良苗奄離披。至今畎澮間，餘波渾渺瀰。』《四庫》本改『圍』字作『思』，『玄』字缺筆以避。弘治刻本四句則作『玄冬苦霖潦，良苗奄離披。至今畎澮間，餘波渺相圍。』當可爲據。《答黄孝廉雨中見寄》一首『賴此几上書』後闕字，下接『能獨幽襟』，『要我西山岑』後闕字，下接『未遂陟』。校改作『賴此几上書，能舒幽獨襟』，『要我西山岑。山岑未遂陟』。《四庫》本不改。弘治刻本作『賴此几上書，時能祛煩襟』，『要我西山岑。山岑未遂陟』。卷一《人閒》一首後空數行，下接《山中送悟澹隱君還蜀山》《獨寒》《寄金、許二文學》《題春山瑞靄畫扇》《松竹軒》諸篇。《賦得麴院風荷贈别》一首原在後，校改移於《人閒》《山中送悟澹隱君還蜀山》二詩間。《四庫》本《人閒》一首下接《雨中試筆》《山中送悟澹隱君還蜀山》《懷舊》《夜坐》《獨夜聞雪》《雪後》《郭上舍讀書處》《寄金、許二文學》《題春山瑞靄畫扇》《松竹軒》諸篇，其詩非加多也，實變易次第而然。

據此可知，是集爲《四庫》寫本之最初底本。館臣據之迻録别本，以作校改。此本校改，不知出何人之手，館臣未採用。《四庫》寫本改易之況，可據此本詳知。此本多脱誤之字，或因原據底本已殘，或爲抄者手誤。其不據明弘治、萬曆二本抄録或校改，蓋未見二集也。張習編刻《静居集》，《後志》有『吴中鈔本所謂《静居集》者，什惟二三』，『不免文梓垂畢，又得吴興本，較之雖曰加倍，猶未完備』云云。疑此本據於吴中鈔本，俟再考證。

又，《中國古籍總目》著録《静菴張先生詩集》一卷，清初抄本（《四庫全書》底本）。謂《四庫》底本，不誤，然一卷云云，恐不當。至於其抄於清初，抑或明末，未可遽斷。四庫館採録兩淮馬裕家藏本，列《静菴集》一卷入存目，《提要》云：『此本删存原集四分之一，改名《静菴集》，不知何人所選，其去取亦爲精當。』此爲别一寫本，其詳難明。

静居集六卷、附録一卷

明弘治四年張習刻本（國圖）

明張羽撰。羽有《静居集》，前已著録《庫》本。此爲明弘治四年張習刻本《静居集》六卷、附録一卷，今存羽集最早刊本也，與張習編刻成化十三年至十四年本《槎軒集》十卷、成化二十一年本《眉菴集》十二卷、《補遺》一卷、成化二十三年本《北郭集》十卷，並稱『明初四家詩』。此本每半葉十一行，行二十一字。黑口，單魚尾，四周雙闌。版心鐫『静居集』。各卷端題曰：『潯陽張羽來儀著。』集前有左贊弘治元年冬《静居集敘》及《目録》。集末有張習弘治四年八月《後志》。卷一爲五言古體二百三十六首；卷二爲樂府、歌行，共四十五首；卷三爲七言古體、長短句，共四十二首；卷四爲五言律詩一百零五首、五言排律六首；卷五爲七言律九十九首；卷六爲五言絶句一百零五首、六言律絶三首、七言絶句一百十五首，通計七百五十六首。五言排律，按《目録》爲十三首，正集僅六首，然非闕葉。附録一卷，收童冀《太常司丞張來儀墓銘》、吕勉《静居先生挽詩》。

是集收詩較《庫》本多出三百五十一首。其間誤收元釋英《白雲集》詩甚多，見於和刻本《白雲集》四卷者，凡一百四十四首，釋英詩爲一百四十一首，餘三首爲《白雲集》附釋英友人唱和（按：楊鐮《元佚詩研究》述及，惜統計多誤，楊鑄《明初詩人張羽〈静居集〉版本考辨》更詳而考之）。若卷一誤收《觀李仲賓侍郎墨竹》，卷二誤收《陌上花》《鳳兮吟》《公無渡河》，卷三誤收《奉贈李仲賓侍郎》《遊鄒縣嶧山》，卷四誤收五律七十五首，卷五誤收七律十五首，卷六誤收五絶十七首。後世鮮察，此爲全本，遺誤甚矣。清人汪楫《使琉球雜録》云：『《白雲集》者，元僧英所作。英俗姓厲，字實存。集有牟巘、趙孟頫、胡汲《序》。國人鏤板譯字以行，然中國人購之殊不易。讀之，則多屬明初張羽詩，而牟《序》又與《陵陽集》所載不同，殊不可解。』竟疑羽詩誤入《白雲集》。今汰除誤入者，仍較《四庫》寫本多出一百零六首。考其事蹟，味其詩意，大都羽作。其中是否尚篡入他作，有待詳加考訂。

張習編刻《靜居集》而誤，殆因刻求完備而失察也。《後志》云：『吴中鈔本所謂《靜居集》者，什惟二三。生自幼抵老，求之靡得其全，不免文梓垂畢，又得吴興本，較之雖曰加倍，猶未完備，亦併刊入。尚祈博識同志，畀足成之，尤爲幸甚！』《四部叢刊三編》據傅氏雙鑑樓藏明成化本原刊景印《靜居集》六卷，即此本。集末傅增湘《跋》云：『余與《眉菴》《北郭》二集，同獲於滬肆。曾取豫章新雕本對勘一過，是正極多』，『此集之變易舊式，實始於陳邦瞻之覆刻。迨張本傳世既稀，後人遂不知原編之爲六卷，良足慨矣。』惜未知集中誤收《白雲集》詩甚多也。

重刻張來儀靜居集四卷、附録一卷　明萬曆三十七年陳邦瞻、汪汝淳刻

《明初四家詩集》本（臺圖）

明張羽撰。羽有《靜居集》，前已著録《庫》本。此爲《靜居集》四卷、附録一卷，明萬曆三十七年陳

邦瞻、汪汝淳刻《明初四家詩集》本。每半葉十行，行二十字。白口，單魚尾，四周單闌。版心上鐫『靜居集』。卷一卷端題曰：『潯陽張羽來儀著，高安陳邦瞻德遠訂，新都汪汝淳孟樸校。』餘各卷端題曰：『潯陽張羽來儀著，高安陳邦瞻德遠校，新都汪汝淳孟樸仝校。』集前有《目録》。梓刻所據爲明弘治四年刊本《靜居集》六卷，重釐爲四卷。卷一收五言古體；卷二收五言古體、樂府、歌行；卷三收七言古體、長短句、五言律詩、五言排律、七言律；卷四收七言律、五言絶句、六言律絶、七言絶句。附録爲童冀《太常司丞張來儀墓銘》、呂勉《靜居先生挽詩》，同於弘治刊本。

此本略事補輯。卷三《吳興八景》《夜投白蓮寺》、卷四《瓊姬墓》《過彭江》《離離烟樹》等十二首，皆弘治刊本所無，分編於各體後。《吳興八景》題注云：『見《湖州府志》，補。』《夜投白蓮寺》題注云：『寺在甫里，增。』《瓊姬墓》《過彭江》皆題注：『增。』《離離烟樹》題注云：『宣和畫瓶中折枝木犀。補，出瞿宗吉《存齋詩話》。』弘治刊本誤收元釋英《白雲集》中詩百四十四首，陳、汪不知。所增《夜投白蓮寺》一首云：『飲別東家叟，行投西寺僧。無風收閣幔，有月罷廊燈。竹夜聲偏集，池寒色自凝。無端值詩景，清興覺逾增。』其詩又見於徐賁《北郭集》卷五（明成化刻本）。正德《姑蘇志》卷二十九、錢穀《吳都文粹續集》卷三十三、錢謙益《列朝詩集》甲集卷十、徐崧《百城烟水》卷一皆謂徐賁作。蓋誤入此本。所增《瓊姬墓》一首云：『館娃宫裏已堪愁，況值泉臺闕小丘。月冷寶奩無復曉，池空玉鴈不知秋。蘿間舊屋僧來往，竹下新亭客過遊。不有佳名留郡志，誰能識此爲停舟。』錢穀《吳都文粹續集》卷三十七、徐崧《百城烟水》卷三、乾隆《長洲縣志》卷三十四、同治《蘇州府志》卷四十九俱録此，謂徐賁作。陳田《明詩紀事》甲籤卷十七按語引此詩，歸徐賁名下。其詩究爲張羽作，抑或徐賁作，俟考。民國胡思敬輯刻《豫章叢書》，據萬曆刻本重刊《靜居集》，遺誤亦多。四庫開館徵書，浙江採進此本，館臣未用，已屬幸矣。

靜居集四卷、附録一卷、補遺一卷、校勘記一卷、校勘續記一卷

民國胡思敬編刻《豫章叢書》本

明張羽撰。羽有《靜居集》，前已著録《庫》本。此爲民國間胡思敬編刻《豫章叢書》本《靜居集》四卷、附録一卷、《補遺》一卷、《校勘記》一卷、《校勘續記》一卷，民國五年冬月據明萬曆間陳邦瞻、汪汝淳刻《靜居集》重梓者也。《豫章叢書目》載：『《靜居集》四卷、附録一卷、《補遺》一卷、附《校勘記》一卷、《校勘續記》一卷，明潯陽張羽撰，《校勘記》，民國魏元曠撰，《續記》，民國胡思敬撰。』此本每半葉十行，行二十字。黑口，無魚尾，左右雙闌。各卷端鐫『重刻張來儀靜居集』，題曰：『潯陽張羽來儀著，高安陳邦瞻德遠訂，新都汪汝淳孟樸校。』集前有《四庫總目·靜居集提要》一則、吳興張睿卿萬曆三十一年《序》及《目録》。四卷詩按體編排，附録一卷爲童冀《太常司丞張來儀墓銘》、呂勉《靜居先生挽詩》，悉沿萬曆刻本。《補遺》得張羽《懷友詩》二十三首。《校勘記》校訂萬曆刻本之誤，南昌魏元曠撰。魏氏未見弘治刊本，故《校勘記》多爲理校所得。

是集正集、附録悉本於萬曆重刊本。萬曆刊本分卷次第，變易舊式，頗異於弘治刻本六卷。傅增湘景印弘治刊本，取新刻《豫章叢書》本對勘一過，《跋》云：『曾取豫章新雕本對勘一過，是正極多。

舉其大者言之，如卷一《擬古》第三首「庭前有佳樹」以下，別爲一章。第五首「薄游上東門」以下，亦別爲一章。《娟淨軒》及《倪雲林畫》二詩缺文二十九字，賴明本得以補完。《高郵城》詩「兩機不容髮」下，補「豈暇慮殺傷。一朝謗書行，將殞兵亦亡。嗟哉三里城」四句。全分卷次第，尤爲迥異。《文淵閣》著錄爲四卷，豫章本因之。此本原編六卷』，『咸依各體以爲卷第，不似後來之但取篇葉齊等，任意歸併也。明人刻書，往往師心自用，不顧義例，勇於改編。』胡思敬、魏元曠亦未知萬曆刊本誤收元釋英等人詩。

又，萬曆刊本略事補輯，增《吳興八景》《夜投白蓮寺》《瓊姬墓》《過彭江》《離離烟樹》等詩十二首。《夜投白蓮寺》當爲徐賁作，萬曆刻本誤收。《瓊姬墓》一首爲徐賁詩，抑或張羽詩，有待詳考。此本沿刻，不作辨析。《瓊姬墓》詩題下失注一『增』字，其他諸首題注沿於萬曆刊本。此本復更事增輯，《補遺》一卷收張羽《懷友詩》二十三首，錄自《三希堂石渠寶笈法帖》。《懷友詩》至正丁未吳城圍中作，分詠友人牛諒、馮允實、王欽、韓柏、華野、陳恂、陳堯咨、莫世安、方彝、牟魯、葉廣居、唐肅、安處善、朱武、宇文材、董在、倪瓚、僧懷渭、沈夢麟、胡鉉、潘牧、李訥、周復。明人李日華嘗覽之，《六研齋三筆》卷一云：『周敏仲攜示一卷，雲林蕭疏，烟岫出沒，乃平遠之佳者。來儀詩澄淡婉逸，與徐幼文、張伯雨並行。卷中有《懷友詩》二十三首，人占其一，然獨及倪山人瓚，而幼文輩不與。想此詩作于蘄黄盜起後，各自避戎離散，因而興懷，故所舉不同耳。來儀書法纖婉有異趣，彷彿謝莊《月賦》，亦墨寶中結璘火齊也。詩本集逸去，今錄於此。』詩末署時『至正丁未六月一日』。時平江被圍半載，張羽與徐賁諸友城中日相弔問，故未及之。日華未詳其故也。

張來儀先生文集一卷 舊抄本（清盧文弨手校，清沈曾植跋）（臺圖）

明張羽撰。羽有《靜居集》，已著録《庫》本等。《靜居集》僅録詩，文未見。其文集題作《張來儀先生文集》。明清兩世，傳世僅有抄本。臺圖藏抄本三種：一爲舊抄本；一爲清道光間小嫏嬛福地抄、咸豐間補抄本；一爲清末章壽康影抄本（按：臺圖館目誤作舊抄本，《中國古籍總目》未著録）。此爲臺圖藏舊抄本一卷，一册，清人盧文弨手校，沈曾植跋。無版匡、界行。每半葉九行，行十八字。卷端題曰：『先生姓張諱羽，號靜居，潯陽人，又號靜菴。』無目録、序跋。鈐『四明盧氏抱經樓藏書印』、『潛庸』諸圖記。上圖藏舊抄本《靜菴張先生詩集》，不署撰者名氏，字迹與此本同，抄寫行款相類。《中國古籍總目》著録作清抄本《張來儀先生文集》一卷。其是否寫於清初，未可遽斷，作舊抄本爲宜（臺圖館目作舊抄本）。

是集依次收録賦、贊、箴、銘、跋、記、序、祭文、墓銘諸體文，共五十七篇。後六篇《陋居記》《錢氏園記》《贈何孝廉字仲章序》《祭徐幼文》《祭經歷張國瑞文》《故車清叔墓銘》，國圖藏清道光間虞山張氏抄本、臺圖藏清道光間抄、咸豐間補抄本《張來儀先生文集》皆無。沈曾植手《跋》云：『《四庫》録《靜居集》，有詩無文。丁氏藏士禮居抄本《張來儀先生文集》，題目與此同，而殘缺已甚。《竹深亭記》脱文，至藉厲氏《東城雜記》填補之。今此本《亭記》無脱文，餘亦完善可讀。爲盧學士抱經廔藏書，卷中朱筆，皆其手蹟，可珍也。宣統壬子，李鄉農檢書記。』此本爲盧文弨舊藏，卷中偶有朱筆校字，出於其手，因無他本可校，卷中闕文如故。盧氏校字，時有未確。如《辯寶一首》『乃有蜀卓宛孔之侶，齊刁魯之倫』句，『魯』後小字旁補一『内』字；『稟仰德高深，綜合天地』，『德』字前旁補一『道』字；『汙穢日稍』，『稍』校改作『消』。『齊刁間公』與『蜀卓宛孔』齊名，見《漢書》卷九十一《貨殖列傳》。又有

『曹邴氏』以鐵冶巨富，見《史記》卷一百二十九《貨殖列傳》。『曹邴氏』，或又稱『魯邴氏』（見宋潘自牧《記纂淵海》卷一百三十八《物理部》）。『齊刁魯之倫』，可校改作『齊刁間（公）之倫』，或作『齊刁魯邴之倫』。盧氏校作『魯内』（清光緒二十三年章壽康影抄本同），恐未當。檢國圖藏清道光間虞山張氏抄本，此處作『魯邴』，當可據。『稟仰（道）德高深』二句，清道光間虞山張氏抄本作『稟仰道德』，清道光間小嫏嬛福地抄本亦作『稟仰道德』。『汙穢日稍』，盧氏校『稍』作『消』。清道光間虞山張氏抄本、道光間小嫏嬛福地抄本皆作『消』。由是知何焯手校舊抄本若非落水殘損，其較盧氏手校舊抄本爲善。

又，此本與國圖藏何焯手校本略異。《中國古籍總目》著録《張來儀先生文集》不分卷三種：一爲清抄本（清何焯批校，清黄丕烈跋），國圖；一爲清道光間小嫏嬛福地抄本（過録清何焯批校、清黄丕烈跋，清道光十年鈞翁跋），臺圖；一爲清光緒二十三年章壽康抄本（清章壽康校跋，并録清黄丕烈題識），國圖。國圖藏何焯批校本當作清道光間虞山張氏抄本，臺圖藏清道光間小嫏嬛福地抄本，當作清道光間小嫏嬛福地抄、咸豐間補抄本，二者俱據何焯手校舊抄本過録，後者增《補遺》，乃據勞格輯補，又據黄丕烈録副校改數字。章壽康抄本非據前二本寫録，而據臺圖藏盧文弨手校本寫録。諸本各異，當分作著録。

『吳中四傑』，楊基、張羽、徐賁三子擅詩、書、畫三絶，高啓工詩、書，畫非所長。『四傑』文章復多可觀，高、張皆有文集傳世，工力相敵。今羽文存者，大都序記、題跋之作。其人習静，才高興逸，故文

得靜者之趣，格致清奇，雋秀脱俗。序記尤佳，若《芙蓉莊記》《橘樂軒記》《方氏園記》《方氏東園記》《靜觀軒記》《晚翠軒記》《竹齋記》《滄洲吏隱齋記》《水北山居記》《來鶴軒記》《梅雪軒記》《尚絅齋記》《竹深亭記》《漏月齋記》，頗有可觀。《明文海》《明文英華》諸集不收張羽文，殆未見其集。

張來儀先生文集一卷　　清光緒二十三年章壽康影抄本（國圖）

明張羽撰。羽有《張來儀先生文集》，已著録臺圖藏舊抄本。此爲國圖藏清光緒二十三年章壽康影抄本《張來儀先生文集》一卷，一册。封題『張來儀文集一卷』，又題『四明盧氏本影寫，丁酉三月』，有『壽康讀過』圖記。無版匡、界行。每半葉九行，行十八字。卷端題曰：『先生姓張諱羽，號靜居，潯陽人，又號靜菴。』無目録。寫録依於臺圖藏盧文弨手校舊抄本。卷末又有『壽康讀過』圖記，並記曰：『丁酉三月二十日校讀。』丁酉，光緒二十三年。集前録黄丕烈嘉慶二十五年庚辰九月二十七日《題記》、庚辰十月五日《續記》及跋三則（『《山雉賦》起，《漏月齋記》止』一則、『余近日收書』一則、『書籍最惡硬褙』一則），乃據傳寫何焯手校本《張來儀先生文集》過録。悉置於前，令不亂也。黄氏題跋後，壽康記云：『光緒丁酉三月，以舊鈔景副。校畢，録蕘翁《跋》於商鼎漢竟之室。』

此本鈐『積學齋徐乃昌藏書』、『乃昌校讀』、『積餘祕笈識者寶之』、『會稽章氏式訓堂藏書』、『布衣暖，菜根香，詩書滋味長』、『壽康手校』圖記。蓋壽康影寫，存於章氏式訓堂，後歸徐乃昌。徐氏《積學齋藏書記》著録《張來儀文集》一卷，云：『此係亡友章碩卿手景四明盧氏本，並過録黄復翁跋五則。碩卿名壽康，會稽人。此本即碩卿所贈，有「會稽章氏」白文方印，「會稽章氏式訓堂藏書」朱文長方印，「壽康讀過」白文方印，「壽康手校」朱文方印，「布衣暖，菜根香，詩書滋味長」朱文方印。』壽康影寫頗肖，無删增，闕字不校補。惟盧氏校正訛字，則據以逕改（如《芸香室賦》『浩烟海之無垠』，盧氏校改作『垠』，此本逕作『垠』）；影寫錯訛，壽康用小字旁改；需避諱者，旁改之，如『醇』改作『醕』。

張來儀先生文集一卷　清末章壽康影抄本（臺圖）

明張羽撰。羽有《張來儀先生文集》，已著録臺圖藏舊抄本。此爲臺圖藏清末章壽康影抄本《張來儀先生文集》一卷，一册。無版匡、界行。每半葉九行，行十八字。臺圖館目著録作舊抄本，今與國圖藏清光緒二十三年章壽康影抄本細作比勘，知亦壽康據盧文弨手校舊抄本影寫，收賦、贊、箴、銘、跋、記、序、祭文、墓銘諸體文五十七篇，《中國古籍總目》未著録。此本鈐『費念慈印』、『瑯邪費氏』、『屺懷父』、『西蠡所藏』、『鍥不捨齋』諸圖記，知爲近人費念慈舊藏。底本偶有闕字，影寫不補。影抄誤字，旁作校改。然無壽康圖記，亦未過録黄丕烈題記、跋語五則。

張來儀先生文集一卷　清道光間虞山張氏抄本（國圖）

明張羽撰。羽有《張來儀先生文集》，已著録臺圖藏舊抄本。此爲國圖藏清道光間虞山張氏抄本

《張來儀先生文集》一卷，一册。無版匡、界行。每半葉九行，行二十一字。卷端題曰：『先生姓張諱羽，號來儀，潯陽人，又號靜居。』與臺圖藏盧文弨手校舊抄本略異。集前錄黄丕烈嘉慶二十五年九月二十七日《題記》、十月五日《續記》，集末錄黄氏《跋》三則。《題記》云：『余向藏《靜居集》，係明初張習刊本，未載其文也。國朝《四庫》但載詩四卷，云其文不傳。然《明史》附《高啓傳》盛稱其文，而洪武時命作《滁陽王廟碑》，又吾郡《七姬權厝志》亦羽撰文，見於行世搨本，則羽固非不以文著名者也。頃書估（按：他本作友）攜故書數種來，中有《張來儀先生文集》，雖殘毁已甚，余詫爲得未曾有，因出重直購之。至於書之霉爛破損，係經水濕蒸潤，故裱托爲之。此又何義門歸舟落水故事』，『物主謂文氏抄本，故索重直。余見不之及，其信然乎？抑否乎？』《續記》云：『續又檢及《文瑞樓書目》，於明人集部洪武朝「張羽《靜居集》四卷，一本」後，又「《文集》一卷，鈔，一本」。知金星軺家有是文集矣，未知即此本否。』集末《跋》其三云：『此義門手校舊鈔本《張來儀先生文集》。余于去秋，友人錢唐何夢華介歸海虞張君月霄，夢華錄副，易償他書之直。』張金吾字慎旃，號月霄，昭文人。丕烈所得何焯手校舊抄本歸金吾。此本卷端『張來儀先生文集』行下，有『道光癸未上元日，從義門校舊抄本勘過』之記，知據何焯手校舊抄本錄副。鈐『蓉鏡珍藏』、『虞山張氏』、『趙宗建印』、『非昔居士』、『曾在舊山樓』圖記，知曾爲張蓉鏡藏，後爲趙宗建所得。宗建字次侯，一字次公，號非昔居士，常熟人。有《舊山樓藏書記》。歿後，藏書多歸盛宣懷、莫友芝、丁丙等人。

此本起於《山雉賦》，止於《漏月齋記》，凡五十一篇，共七十葉。黄氏《跋》云：『《山雉賦》起，《漏月齋記》止，通計存七十番。』較臺圖藏盧文弨手校舊抄本少《陋居記》《錢氏園記》《贈何孝廉字仲章序》《祭徐幼文》《祭經歷張國瑞文》《故車清叔墓銘》等六篇，其餘篇目次第同。盧文弨手校本已有闕字，此本以所據底本落水爛損，多闕字，《芙蓉莊記》以下十九篇，幾不能讀。蓋何焯手校本不慎落水，重爲裝褙，殘損已甚。張金吾《愛日精盧藏書志》卷三十四著録云：『《張來儀先生文集》一卷，舊抄本，何氏義門手校，明張羽撰。案《明史·文苑傳》云羽文精潔有法，則羽固非不以文著名者。世行本止有詩集四卷，文集則未之見。此本始《山雉賦》，終《漏月齋記》，凡文五十一篇。《文瑞樓書目》有張羽文集一卷，注鈔，未知即是本否。《畫屏贊》云：「白雲蔭軒，飛嵐入榥。」何氏以朱筆改作「幌」，仍以墨筆改作「榥」，而注云：「榥，《廣韻注》：讀書牀也。」黄氏蕘圃《跋》云此字義門幾交臂失之，又云讀天下書未遍，不可妄下雌黄。』何焯手校舊抄本後從虞山張氏逸出，不知是否尚存天壤。

《中國古籍總目》著録此本作清抄本（清何焯批校，清黄丕烈跋），未確。此本實非何焯手校舊抄原本，當作清道光間虞山張氏抄本。《總目》又著録臺圖藏清道光間小嫏嬛福地抄本。臺圖藏本據此本倣寫，當作清道光間小嫏嬛福地抄、咸豐間增寫本。

張來儀先生文集一卷　清道光間小瑯嬛福地抄、咸豐間補抄本（臺圖）

明張羽撰。羽有《張來儀先生文集》，已著録臺圖藏舊抄本。此爲臺圖藏清道光間小嫏嬛福地抄本《張來儀先生文集》一卷，一册。據何焯手校舊抄本録副，集前《張來儀先生文集目》爲咸豐間補抄。無版匡、界行。每半葉九行，行二十一字。卷端題曰：『先生姓張諱羽，號來儀，潯陽人，又號靜居。』

道光間虞山張氏抄本集前録黄丕烈《題記》二，集後録黄氏《跋》三，此本移於卷末（並校改前本寫録之誤），而删黄氏《跋》第三首（即『此義門手校舊抄本《張來儀先生文集》』一首），增蔣因培（字伯生）《跋》、單學傅《跋》各一。學傅《跋》云：『舊鈔《張静居文集》一册，何義門朱筆點校，舟行落水，濕蒸爛損，裝褙成帙。嘉慶中，黄復翁珍藏士禮居。及歸吾邑張月霄愛日精廬，芙川詞兄因得倩工影寫此册，并臨黄《跋》，而藏之小嫏嬛福地。蔣《跋》言裝褙極精，乃指原本耳。今原本不復知所在，此册爲絶無僅有之寶。其文章清逸絶塵，古雅中特標新雋，真可謂「冰雪浄聰明」也。遵義門校筆改寫，而仍有脱謬，或校之未細，否又誤寫耳。予隨讀隨籤，得二十餘處。後半册缺文既多，姑置勿問。辱兄所委跋尾，因述來歷及鄙見如此。至向少傳本，黄《跋》已詳，不贅。道光十年六月，鈞翁跋。』學傅字師白，號鈞翁，常熟諸生，少從同邑吴蔚光遊。著有《鈞渚詩選》《海虞詩話》。何焯手校舊抄本落水殘損，重裝本後歸黄丕烈，再歸張金吾。此即張蓉鏡據張金吾藏本倩工影寫者，與國圖藏清道光間虞山張氏抄本同出一源，皆録副也。何焯手校原本旋從張氏逸出。

此本起於《山雉賦》，止於《漏月齋記》，凡五十一篇，共七十葉。何焯朱筆手校頗慎，不敢妄下雌黄。其本落於水，後二十餘葉幾不可讀，其他缺字殘損亦甚。單學傳訂正何氏校改脱謬，隨讀隨籤，得二十餘處。至於後半册闕文，則置勿問。此本雖與國圖藏清道光間虞山張氏抄本同爲何焯手校舊抄本録副，然校改略異。如第二篇《芸香室賦》缺字不補，景寫殘畫，清道光間虞山張氏抄本則有改補。臺圖藏盧文弨手校本較何焯手校本多出六篇，然前五十一篇鮮有差異。即《芸香室賦》一篇，臺圖藏盧氏手校本僅闕一字（『槁而□』句），何氏手校本亦僅闕同一字（按：篇中其他闕文乃落水殘損所致）。清道光間虞山張氏本改補，僅『緣』、『與』字未定，尚留空格或殘畫。所校補『仙』、『爲』、『盍其』、『何』、『沒』、『韓』皆當無誤。然實據理校、本校以成之，非有别本完帙可參。

此本卷端有『蓉鏡珍藏』圖記，『張來儀先生文集』下有『咸豐辛酉月河丁白重整遺籍』牌記，卷後有『手鈔積萬卷，數世之苦心。流落不知處，壁出絲竹音』圖記。丁白字芮樸，號竇書，歸安人。家有月河精舍藏書。卷端首葉又有校記，謂抄自琴川張氏，咸豐二年壬子六月，勞季言寄示士禮居校者，取以對勘，略填數字，勞氏又輯文若干首，抄附於後。蓋集前目錄乃丁氏補抄。按目錄，集末補《王氏潔養堂記》《滁陽王廟碑》《七姬權厝志》《跋張貞居雜詩冊》《丘太卿畫像贊》等五篇，然實無文，或别紙附行，或重裝殘缺，今未得其詳。

張來儀先生文集一卷　清道光間琴川張氏影抄本（上圖）

明張羽撰。羽有《張來儀先生文集》，已著録臺圖藏舊抄本。此爲上圖藏清道光間琴川張氏影抄本《張來儀先生文集》一卷，與清道光間虞山張氏抄本、小瑯嬛福地抄本並據何焯手校舊抄本録副。有界欄，每半葉九行，行二十一字。無序目。封題『張靜居先生文集』，又題『傳録義門校本，小瑯嬛福地藏』。卷端題曰：『先生姓張諱羽，號來儀，潯陽人，又號靜居。』有『小瑯嬛福地』『味經』諸圖記，知亦虞山張氏抄本。集前有江寧知府魏亨逵《題記》，云：『道光乙酉七月，因查勘火災，過虞山，順訪芙川世大兄先生於小瑯嬛福地』，『從何義門落水本影寫，其缺字不敢妄補。』集中校字黏簽以附，校記多臆測，非有别本可據。收文篇目次第與張氏其他抄本不異。集末録黄丕烈《題記》二、《跋》三（「《山雉賦》起」一則，「余近日收書」一則，「書籍最惡硬褙」一則）、蔣因培《跋》，及同治三年七月十九日唐瀚題手《跋》。唐氏《跋》有「芙川先生於庚申秋避髮逆於飛來峰」，「余以癸亥初夏來此」，「間出示祕笈，精槧古本，率皆銘心絶品，此其一也。此册相傳爲何義門先生落水本。芙川先生攜其次子渭濱北來時，中途舟漏，祕笈半濡於水」云云。蔣氏《跋》又見小嫏嬛福地抄本。蓋張蓉鏡倩工影寫落水本多部。

張來儀先生文集一卷、補遺一卷　清抄本（上圖）

明張羽撰。羽有《張來儀先生文集》，已著録臺圖藏舊抄本。此爲上圖藏清抄本《張來儀先生文集》一卷、《補遺》一卷。《補遺》一卷，清勞格輯。無版匡、界行。每半葉九行，行二十一字。集前有黄丕烈《題記》二及《目録》，集末録黄氏《跋》三則。《跋》後爲《補遺》。正集亦據何焯手校舊抄本（落水本）寫録，始於《山雉賦》，終於《漏月齋記》，文字殘缺一如虞山張氏録副三種，惟誤字略少，稍精於虞山張氏抄本。《補遺》得《王氏潔養堂記》《滁陽王廟碑》《七姬權厝志》《跋張貞居雜詩册》《丘太卿畫像贊》等五篇。《敕賜滁陽王廟碑》又見於《明文衡》卷六十四、《明名臣琬琰錄》卷一、《明文在》卷七十一，《七姬權厝志》見於《吴都文粹續集》卷三十九，《跋張貞居雜詩册》見於《珊瑚網》卷十一，《王氏潔養堂記》見於《珊瑚木難》卷五，《丘太卿畫像贊》則罕見載録。

張來儀先生文集一卷　清抄本（靜嘉堂文庫）

明張羽撰。羽有《張來儀先生文集》，已著錄臺圖藏舊抄本。此爲靜嘉堂文庫藏《張來儀先生文集》一卷，一册。無版匡、界行。每半葉九行，行二十一字。無序跋、目錄。卷端題曰：『先生姓張諱羽，號來儀，潯陽人，又號靜居。』卷端有『歸安陸樹聲藏書之記』圖記。收文五十一篇，起於《山雉賦》，終於《漏月齋記》，文字殘缺一如虞山張氏錄副三種，亦據何焯手校舊抄本（落水本）寫錄。國圖藏虞山張氏抄本《張來儀先生文集》略有補字。臺圖藏小瑯嬛福地抄、咸豐間補抄本，除單學傅『予隨讀隨籤，得二十餘處』外，餘不補字。此本不補字，寫錄亦精，落水本殘損字畫，時有簡省，不似臺圖藏小瑯嬛福地抄本竭力刻畫。衡之諸本，此本與臺圖藏小瑯嬛福地抄本更近於落水本原貌。

張來儀先生文集一卷、補遺一卷　民國間胡思敬編刻《豫章叢書》本

明張羽撰。羽有《張來儀先生文集》，已著錄臺圖藏舊抄本。此爲民國間胡思敬編刻《豫章叢書》本《張來儀先生文集》一卷、《補遺》一卷，民國五年冬月與《靜居集》四卷同梓行。《豫章叢書總目》載：『《張來儀先生文集》一卷、《補遺》一卷，明潯陽張羽撰。據士禮居鈔本。』此本每半葉十行，行二十字。黑口，無魚尾，左右雙闌。卷端題曰：『潯陽張羽著。』集前有黃丕烈庚辰九月二十七日、十月

五日《題記》二則及《目録》。正集後附黄氏《跋》三則。《補遺》後有南昌魏元曠（潛園）民國六年五月《跋》、胡思敬（退廬）《跋》。正集起《山雉賦》，止於《漏月齋記》，共五十一篇。所據『士禮居鈔本』，即何焯手校舊抄本落水重裝者。先歸黄丕烈，繼歸張金吾。胡思敬蓋據録副本刻入《豫章叢書》。魏元曠與校事，復蒐得《滁陽王廟碑》（據《明文在》補）、《七姬權厝志》（據明搨本補）二文，編爲《補遺》一卷。集前《目録》亦新增。

何氏手校舊抄本以落於水，濕蒸爛損，後十餘篇下半葉多闕文。胡、魏爲補一千二百餘字，皆用陰文別之。魏氏《跋》云：『是集原抄舊本，每行二十一字。卷後十數篇，每頁下半多無字，其餘中間亦多缺落，或僅存半字，其爲落水霉爛損失之跡顯然。審爲補改，凡涉疑似及不可强通者，悉依原本闕之。增其目録。退廬覆校，更詳加訂補，於是不可讀者，纔四五篇而已。行少一字，殘缺之跡因與舊本不同。』胡《跋》云：『右集余與潛園補一千二百餘字，皆用陰文別之，蓋創例也』，『原編將《安定書院約》附入疏類，非是，當改歸雜著。』又，《橘樂軒記》第十九行「以物爲弈」下，於文義當重四字方順，未及補正，姑記於此。』陳乃乾《跋》云：『密韻樓主人以六十金購得抄本《張來儀集》，爲張芙川手寫，斷畫缺字，悉依原本。卷末蕘翁三《跋》，摹寫亂真，蓋鈔本中之至精者。胡刻所據，乃從黄本輾轉傳抄，故脱訛特多，其校補諸字，亦多不合。』

今按：魏、胡補改一千二百餘字，皆意推以通文義，非有校本可據。若《山雉賦》『聊引□於深幽』，補作『吭』字，檢臺圖藏舊抄本，原作『迹』；『豈饑渴之□□』，補作『爲害』，臺圖藏舊抄本原作『無時』。《漏月齋記》一篇，起一段『去義興七十里而近，有地曰方□，吳君公器世居之。公器生若干年，不幸父處士君沒。母夫人朱氏賢而有才能，誓志不嫁，躬白負勞苦，持門戶，教育孤兒，無少寬縱，惟恩其不立，以墮吳氏之宗。』今以□標者，皆魏、胡陰文所補。舊抄本完好，此段原作：『去義興七十里而近，有地曰方莊。吳君公器世居之。公器生若干歲，而其父處士君沒。母夫人朱氏春秋方盛，能誓志不嫁，躬自負勞苦，持門戶，教育孤兒，無所不至，惟恩其不立，以墜吳氏。』魏、胡所補，用力甚勤，止能使其可讀而已，與原文所去甚遠。所謂補缺並以陰文別之創例，實不可效。蓋歷時既久，後世以譌傳譌，豈不當慎哉！此本既經魏、胡校補缺字甚多，且爲《補遺》一卷，自别是一本，與何焯手校舊抄本、清道光間影抄諸本頗異，故著録於此。

眉菴集十二卷、補遺一卷　明成化二十一年張習刻本（佚名批注）（國圖）

明楊基撰。基字孟載，號眉菴。其先嘉州人，祖、父宦游江左，遂家吳中。弱冠工詩古文詞，試儀曹不利。會天下大亂，隱赤山。張士誠辟掌記室。平吳後，安置臨濠。洪武元年，授滎陽令。明年，改太常典簿。去官寓句容，薦起江西行省幕官，得罪落職。六年復起用，奉使湖廣。召授兵部員外郎，出爲山西按察副使，進按察使。十三年前後，被讒奪職，供役京師卒，年未及六十。詩詞兼擅，工繪山水竹石。著有《眉菴集》，傳世有刻本、抄本數種。

此爲明成化二十一年張習刻本《眉菴集》十二卷、《補遺》一卷，佚名批注，共四冊。每半葉十一行，行二十一字。黑口，單魚尾，四周雙闌。版心鐫『眉菴』二字及卷數。卷端題曰：『姑蘇楊基孟載著。』或曰：『吴郡楊基孟載著。』集前有江朝宗成化二十年六月既望《眉菴詩集序》及《目録》，卷末有張習成化二十一年八月《眉菴集後志》。正集十二卷，卷一爲五言古體；卷二至卷三爲七言古體；卷四爲歌行；卷五爲長短句體；卷六爲五言律；卷七爲五言律、五言排律；卷八至卷九爲七言律；卷十爲五言絶句、六言絶句附六言律一首；卷十一爲七言絶句；卷十二爲詞曲。《補遺》一卷，得《懷舊業》《小孤山》《南浦歌》《感春》二首、《一窓秋影》《滕王閣圖》《冰》《燈夕觀妓戲作艷語》《栽竹》《王蒙畫西山圖》《春夢》三首、《絹扇》《半身美人圖》等詩十六首。張羽《後志》云：『然先生詩甚富，皆率意爲之，畧不存稿。嘗見先生《自序》一袟云：「因吾友方君不得見予全集爲恨，故留此以示之爾。」則是先生盛年，稿已散失。今流傳人間者，十無二三，況皆抄本，又無序志，家異而人殊。後至天順間，郡人鄭教授嘗爲刊行，間多訛謬，矧諸奇作失載，識者病焉。習在髫齡，即愛誦先生之詩，偏假抄録，覬圖彌盈。及長而仕，偕以出入有年，猶每隨訪隨録，卒莫致其全。兹官嶺表，念齒已邁，爰命庠生顔恭文起會各本，録就，請前翰林學士西蜀江君序諸首，重圖鍥梓以傳。』張習刻集前已有天順間鄭鋼刻本，今不傳。習嗜『四傑』詩，集力數十年，編刻四家詩，《眉菴集》即其一。以『隨訪隨録』，既彙十二卷，復輯其餘爲《補遺》一卷。是編按體分卷，略次其履歷，雖未詳爲考訂先後，然大體次第不亂。

是集雖得《補遺》一卷，張習當時未見者亦有之，明人項元汴舊藏《楊孟載手録眉菴集》不分卷即是。楊基手録集中《歲暮收家書，用方員外韻》《早春出省掖見新柳》等十餘篇，《補遺》未載。今人楊世明、楊售整理《眉菴集》，既據楊基手錄詩集輯佚，又據倪瓚《清閟閣集》輯《題雲林竹》《題倪元鎮竹》（按：後一首題《倪高士竹石坡亭圖卷》所作，見《大觀錄》），據賴良編《大雅集》輯《夏夜有懷》，據《詩淵》輯《書寄舍弟均》《題碧桃白練》《紅瓤瓜辭》《送蟾書記之虎丘》，據偶桓編《乾坤清氣集》輯《春衣行，送陶栗夫之杭》，據《古今詞統》輯《西湖竹枝》二首，復據《詩淵》補遺詞《荷葉杯》二首、《浣溪紗》二首。《題碧桃白練》云：『斜尾參差白練分，馬嵬坡下舊香魂。君王西去無消息，疏雨桃花半掩門。』此首已見於成化刻本卷十一，即《二白練圖》二首其一，僅有詩題及『斜尾』作『戟尾』之異。《西湖竹枝》二首其一云：『採蓮女郎蓮化腮，藕絲衣輕難剪裁。瞥然一見唱歌去，荷葉滿湖風雨來。』其二云：『春來芳草踏成蹊，半是車輪半馬蹄。多謝清明三日雨，舊痕新綠一般齊。』前一首已見於成化刻本卷十一，題作《夢遊西湖》一首，詩句不異。後一首即成化刻本卷十一《故山春日》七首之第六首，亦詩句不異。《詩淵》收《送蟾書記之虎丘》，題下曰『本前人』，前人謂『楊孟再』，即楊孟載。詩云：『色相終壞滅，佳人能久妍？斷碑山寺裏，小冢竹林邊。蘭葉春風帶，苔花莫雨鈿。情屈吳苑客，夢逐楚臺仙。高僧方宴坐，身在散花天。』徐庸編刻《高太史大全集》卷六首錄此篇，題作《賦得貞娘墓，送蟾上人之虎丘》，詩句僅『屈』作『留』之異。《列朝詩集》《石倉歷代詩選》選此，皆歸高啓名下。高啓與蟾上人相往還，徐賁有《同高記室訪虎丘蟾、包二上人》詩。《送蟾書記之虎丘》一首究爲高啓詩，抑或楊基詩，俟再考證。

又，成化刻本詩題字句，與《楊孟載手錄眉菴集》《詩淵》所收諸詩頗異。如《詩淵》收《送冒仲智之海濱》云：『十月肅霜寒未嚴，片帆歸去雨纖纖。鴈飛空闊雙斜影，山隔蒼茫一翠尖。自咲揚雄登館閣，誰憐膠鬲在漁鹽。到家爲我寒暄問，汝伯遥應雪滿髯。』此本卷八題作《送趙智之海濱，兼柬乃伯元鼎》，『寒未嚴』作『霜未嚴』。《詩淵》收《送謝雪坡之武林》云：『湖上春容列畫船，鳧鷖鴻鴈滿晴川。舊游未覺英雄老，遺愛猶思太守賢。春樹籠葱烟雨裏，江花零落晚風前。遥知不著登山屐，先向閶闔問倒懸。』此本卷八題作《送雪坡太守之武林》，『湖上春容列畫船』作『湖上烟飛開畫船』，『滿晴川』作『滿前川』，『春樹籠葱烟雨裏』作『驛樹籠葱春雨裏』。楊基手錄《眉菴集》詩題字句之異，詳見以下『《楊孟載手錄眉菴集》不分卷』條。

國圖所藏此本，附錄末有明嘉靖間王玉芝題記：『嘉靖乙卯臘月廿六日，志于疊翠軒。』張習《後志》末又題記：『弘治丁巳五月，鄉達張企翱先生餽此書。』據知此蓋爲初印本。其後又有黄丕烈嘉慶己未冬十月五日手《跋》。尾葉鈐『陽湖陶湘字蘭泉號涉園之印』。《四部叢刊三編》據武進陶氏涉園藏明成化刊本影印，即此本也。黄丕烈《跋》云：『余藏明初人集，高、揚、張、徐四家，獨闕《眉菴》一種。向書估從太倉收來者，非企翱所梓，故不之取。今香巖周丈慨然以此冊贈余，可云四美具矣。始得徐集於顧八愚家，次得張集于顧聽玉家，次得《缶鳴集》於書肆，兹又得此，合四集于一處，其收羅不煞費苦心耶！後之讀此四家詩者，勿謂原刻之易得也。』《四部叢刊三編》本有傅增湘《跋》，云：『成化本《眉菴集》十二卷，爲吳郡張習所刻吳門四家之一。癸丑歲，余得之蘇州鳴琴室楊叟馥堂之手。同年董授經大理喜其有黄蕘翁手跋并明嘉靖王玉芝題字，愛不釋手，因以歸之。不數年，又展轉以歸於陶君蘭泉，聞之輒爲悵惘。近歲薄遊南中，又見企翱此集刻本，兼有《静居》《北郭》二家，因急收入篋。既慰珠還，兼欣璧合，於兹集信有宿緣矣。』

此本前二冊有批注，未詳出何人手，多注明楊基諸詩用韻，偶釋字義。如卷一《季迪病目，醫令止酒，因作此勸之》『買置數斗醝』，眉批云：『醝，白酒。』『而乃止酒那』，眉批云：『那，何也。』眉批又注明『錢選』、『錢全選』，謂錢謙益《列朝詩集》已選錄。又，《中國古籍總目》著錄北大藏有明成化二年吳中張氏刻本《眉菴集》十二卷。今雖未見其本，然張習刻集乃在成化二十一年，蓋著錄未確。

四庫館採錄安徽巡撫採進本《眉菴集》十二卷、《補遺》一卷，即萬曆三十七年陳邦瞻、汪汝淳刻《明初四家詩集》本。《提要》云：『其詩頗沿元季穠纖之習。都穆《南濠詩話》摘其佳句十二聯，其所品題，得失參半。李東陽《懷麓堂詩話》謂「孟載《春草》詩最傳」，「然綠迷歌扇，紅襯舞裙，已不能脫元詩氣習。至『簾爲看山盡捲西』，更過纖巧」；「『春來簾幕怕朝東』，直豔詞耳」。故徐泰《詩談》謂其「天機雲錦，自然美麗。獨時出纖巧，不及高啓之沖雅」。王世貞《藝苑卮言》謂其「情至之語，風雅掃地」。朱彝尊《靜志居詩話》亦摘其詩語類詞者至數十聯，而獨推重其五言古體。然近體之佳者，亦自清俊流逸，雖不能方駕青丘，要非餘子所及也。』

楊基睹元政之衰，嘗著《論鑒》十萬餘言，今不傳。張習《後志》稱其攜試儀曹，值元季兵興，弗果就職。張士誠降元，基聘記室。雖然，自傷進退失據，思爲太平隱士。《漫興》云：『野情欲買滄浪屋，醉詠鳧鷖歌太平。』白號眉菴。眉者，無用於身。王行《眉喻》云：『無有用之心，故不屈也』，『以無用自處，乃所以爲大有用者與！』其專意好詩，與高啓、張羽、徐賁以詩相期，每得佳作，奔走見示，得意處輒自詫。元季從楊維禎、顧瑛遊，維楨少許可，而服膺基，時有『老楊少楊』之稱。入明飽歷坎壈，厭倦仕宦，思歸赤山，每賦詠嘆云『富貴非吾願，文章非我能』，於時頗有哀怨。其詩合在山林，不合在館閣，偶爲應制，實非所長。所作不媿吳中派大家，七言古、歌行、律絕兼擅，才情卓異，清雋意深，兼具穠麗。張羽《挽楊憲副孟載二首》其一云：『千篇留得平生稿，半似蘇州半郢州。』胡應麟《詩藪續編》卷二嘆其《芳草》與高啓《梅花》、袁凱《白燕》爲明初少見。基詩《鐵笛歌》《宜秋軒桂》《宜秋軒梅》，皆入能品。都穆《南濠詩話》亟稱其詩律精切。顧起綸《國雅品》稱其『六朝舊恨斜陽裏』之句『髣髴唐中興語』。然論者亦不乏貶語。李東陽《懷麓堂詩話》稱『已不能脱元詩氣習』，詩句時入『纖巧』。王世懋《藝圃擷餘》云：『楊、張、徐故是草昧之雄，勝國餘業，不中與高作僕。』其説與朱彝尊並黜『大楊小楊』，未足全爲憑據。基又工詞，《藝苑卮言》卷五、《靜志居詩話》卷三嘗論其以詞爲詩，或褒或貶，各具道理。後世尚有『詞勝於詩』之説，未爲信然。

重刻楊孟載眉菴集十二卷、補遺一卷　明萬曆三十七年陳邦瞻、汪汝淳刻《明初四家詩集》本（臺圖）

明楊基撰。基有《眉菴集》，已著錄明成化二十一年張習刻本。此爲明萬曆三十七年陳邦瞻、汪汝淳刻《明初四家詩集》本《眉菴集》十二卷、《補遺》一卷，共四冊。每半葉十行，行二十字。白口，單魚尾，四周單闌。版心上鐫『眉菴集』。卷一卷端題曰：『姑蘇楊基孟載著，高安陳邦瞻德遠訂，新都汪汝淳孟樸校。』餘卷端題曰：『姑蘇楊基孟載著，高安陳邦瞻德遠校，新都汪汝淳孟樸仝校。』集前有江朝宗舊《序》及《目錄》，集後有張習《後志》。

此本依於明成化刻本重梓，卷帙、篇次、字句雖大抵不異，然脱誤不免。傅增湘《眉菴集跋》已言之：『傳世者當以張刻爲最舊，次則有萬曆陳邦瞻校訂本。余嘗取兩本粗事校閲，知陳本脱誤弘多。如陳本卷二終《月灣秋影》詩，此本尚有《贈蕭處士别》《哭翟好問》二首，則陳本於卷末奪去一葉又二行矣。又，各卷詩後，往往有旁注。如卷一《望新塗城》下云：「以上仕江西作。」《瀟湘八景》下云：「以上在金陵并右使湖南作。」卷二《聞蟾》下云：「以上在吳中作。」卷七《贈道士徐介之》下云：「以上在山句曲作。」《送沈自誠任武康縣丞》下云：「以上赴河南途中作。」《和宋大參對雪》下云：「以上在山西作。」卷八《梅花夢》下云：「以上元末在吳中作。」《梅杏桃李》詩下云：「右仕在京并閑居秣陵江畔作。」如此者凡數十則，皆於孟載出處事蹟攸關，陳本悉爲芟落，殊不可解。其他字句違異者，尚難縷述。則陳本所標爲校訂，要未足信。學者讀孟載之詩，試取企翱此本而勘之，知不徒以版刻之古、傳世之稀爲足珍矣。』所言甚是。《贈蕭處士别》《哭翟好問》見於萬曆刊本集前《目録》，正集無之。其删略旁注，尤爲可惜。又如成化刻本卷一《至太原》詩後注云：『以上三首，赴山西時作。』三首謂《至太原》及其上《過長平有感》《登三夏故城》三題共四首，此本删詩注。又，《明别集叢刊》第一輯影印明萬曆刊本，又略異，一則無《補遺》一卷；二則篇章字句偶有未完。如《目録》卷一末一首《至太原》小字注：『少。』正集無此篇。卷六《方氏園居》其十末句『□翁恐姓龐』句，缺一『而』字，成化刻本及臺圖藏萬曆刻本皆不闕。知《明别集叢刊》所據底本當爲後印本，更下一等矣。

《四庫總目·眉菴集提要》云：『集初爲鄭鋼版行。成化中吳人張習重刻，嘉州江朝宗爲之序，習爲《後志》云。』隻字不言萬曆刊本。校閲《庫》本與成化刊本、萬曆刊本，知其悉沿萬曆本，非成化本也。如卷二止於《月灣秋影》一首，成化本此下尚有《贈蕭處士别》《哭翟好問》二首。成化本『以上在吳中作』、『以上在金陵并句曲作』等旁注數十條，皆關涉楊基出處事蹟，《庫》本未載，非其不欲存，蓋所據底本已悉爲芟落。

眉菴集十二卷　清末抄本（静嘉堂文庫）

明楊基撰。基有《眉菴集》，已著録明成化二十一年張習刻本。此爲清末抄本《眉菴集》十二卷，共四册。無版匡、界格。每半葉八行，行二十一字。各卷端題曰：『明楊基撰。』集前有《四庫總目·眉菴集提要》、江朝宗《眉菴詩集序》，無目録。至卷十二終，無《補遺》一卷及張習《後志》。《提要》葉端鈐『歸安陸樹聲藏書之記』圖記。集中『玄』字缺末筆，『醇』寫作『醕』，知爲清末抄本。萬曆重刻本《眉菴集》脱誤頗多，如成化刻本卷二《月灣秋影》後有《贈蕭處士别》《哭翟好問》二首，萬曆重刻本缺，此本亦然。萬曆重刻本頗删成化刻本詩後旁注。如成化刻本卷一《霧中望新淦城》詩後注云：『以上仕江西作。』萬曆重刻本卷一題作《霧中望新淦縣》，删詩後注，此本亦然。由是知此本據萬曆重刻本寫録而增集前《提要》一則，且所據底本已缺《補遺》一卷及張習《後志》。今《明别集叢刊》影印萬曆重刻本《眉菴集》，亦缺《補遺》，然末有張習《後志》。此本無甚可觀，止備傳世一本耳。《中國古籍總目》著録作抄本，其合清光緒三十四年有正書局影印抄本等爲一條，有所未當。

楊孟載手錄眉菴集不分卷　清光緒三十四年上虞羅氏石印本(國圖)

明楊基撰。基有《眉菴集》，已著錄明成化二十一年張習刻本。此爲《眉菴詩集》不分卷，清光緒三十四年上虞羅氏石印楊基稿本，二冊。無版匡、界行。每半葉十行，行十九至二十四字不等。此本嘗爲項元汴舊藏，鈐『子京所藏』、『子京』、『墨林』、『墨林祕玩』、『子京父印』、『神游心賞』、『退密』、『寄敖』諸圖記。冊首有項子京籤題『楊孟載手錄眉庵集』。集前有羅振玉光緒三十四年二月《題記》，云：『《眉庵詩集》二冊，明秀水項氏所藏眉庵手寫本。此冊秀水項氏舊藏，每葉有項氏印章，計二冊，共七十七葉。冊首籤題「楊孟載手錄眉庵集」』，『手書字蹟淵雅，爲明人書無疑。項氏所題，或有所據也。冊中不分卷，計五言古三十九首、七言古四十首、五言律百十有一首、五言排律十六首、七律八十四首，都計一百九十首』，『冊末有「翁嵩年印」、「蘿軒書畫」二印。木匣上有吾鄉許滇生先生刻字，曰：「楊孟載手錄眉庵集，滇生所藏。」冊尾又有乾隆戊申十一月質莊親王題五古一篇，並手錄《明史稿》本傳。是此冊由項氏復歸翁氏，歸質邸，歸錢唐許氏，予又得之吳中顧氏，此是冊之流傳大略也。』集末有質莊親王永瑢乾隆五十三年手書五言古一首並手錄《明史稿》本傳一則，有『皇六子書畫印』、『永瑢』圖記。其詩云：『詩人大嵬仙，學作吳趨弄。偶遇東維子，鐵笛寄吟諷。遂令四傑名，盈川與伯仲。雄詞飽軍旅，秀句出饑凍。何止醉樵歌，曾博鎰金送。當年北郭友，瑞世若芝鳳。變局倏滄桑，往往含沙中，幸脫文字厄，敢覬天門羾。微官蟬翼輕，奇冤鬼薪痛。茲本出手書，幾禿筆一甕。清如老鶴鳴，勁抵怒騶控。墨林稱好事，鈐硃補其空。差無寒具涴，誰肯青瑤礱。彈指黄葉秋，閲盡悲歡夢。』

項元汴、永瑢等謂《眉菴詩集》乃楊基手書。羅振玉重印是集，以爲明人書無疑，意項氏所題有所據，然未敢必也。今人賈繼用《楊基〈眉菴集〉版本源流考述》疑原稿非楊氏手書，以爲『吉林省博物館藏楊基於至正十九年秋七月既望寫鄭元祐作《陶煜行狀》，筆蹟與手抄本絶不相類（見《中國書法全集·元代卷》（四七），榮寶齋出版社）』，推斷『此本爲明人抄本當屬無疑，然絶非楊基手書』。今按：楊基手書《陶煜行狀》爲行楷，效鐵崖書法，此本爲行草，並皆清奇。細察筆蹟，《陶煜行狀》與楊基《自識》筆勢相通。《詩集》與楊基《聯艇論詩圖》題畫手蹟筆勢亦相通。楊基手書，又有《憫獨賦》帖可參證（余持此本與楊基手書《陶煜行狀》《憫獨賦》及《聯艇論詩圖》圖片詢於友人楊爾、張建軍二書家，楊爾先生書學鐵崖，觀之曰：『從書蹟看，楊基書法深受鐵崖影響，《行狀》與《自識》書風略有不同，《自識》較平和，其中有筆勢相通者。如《自識》之「矧」字。《自識》當爲作者手蹟。《自識》與題畫，「老鐵」字蹟接近。』建軍先生觀之曰：『整體看，寫本與《憫獨》帖及題畫相一致。寫本書法不似帖精妙，亦未如題畫瀟灑，此亦自然現象，寫本需空間上壓縮，由此製約筆畫伸展，且抄寫要稍快，儘量均匀。但諸篇之間，結體和用筆習慣基本一致。』）。由此可斷定，石印本所據爲楊基手稿。今稿本不知流落何處，是否尚存天壤間。《中國古籍總目》著録《楊孟載手錄眉菴詩集》二卷，清光緒三十四年上虞羅氏影印楊氏寫本，國圖、北大、南京。此爲一條，又一條著録《眉菴集》十二卷，明成化二年吴中張氏刻本，北大；清光緒三十四年有正書局影印抄本，復旦、遼寧；抄本，日本靜嘉堂。吴中張氏刻本當爲明成化二十一年刻本，前已述之。光緒三十四年石印本二册，原不分卷，既非二卷，更非十二卷，且石印本與十二卷刻本、抄本非一本，不當合爲一條，且與前條已重複。

是集按體編排，收五言古體、七言古體（含長短句體）、七言絶句、五言律詩、五言排律、七言排律諸體詩。《詩集》前有楊基《自識》並五言古一首。《自識》云：『余自離吴門，未嘗作詩。間有所述，隨詠隨失，不復存藁。邇來西江，意或得追理舊業，而案牘山積，官事蝟集，雖罷竭駑鈍，猶不及十之一，矧從容筆硯間哉！固知有愧於穆之輩也。冬十一月，宜春侯上猶臨江，余奉省檄，執鴈謁軍門，修聘禮。自己未至丙寅，往返者八月，凡目所睹，心所歷，念慮所思，得爲短章五七言古律絶句四十首。讀之如春山早鶯，初出深谷，久不吟弄，而舌强語澁，殊不成音。欲棄置水中，復念余友方君以常每以不得見舊藁爲憾，姑存此以貽方君。君長於詩，尤工唐人五言，余友張羽來儀爲倡和友，張亦甚精云。吴人楊基識。』詩云：『今夕復何夕，夢我平生友。握手無所言，但道别離久。覺來聞秋蟲，空堂竟何有。不知千里道，君魂果來否。當年亦如夢，聚散一回首。起坐誰與親，鍾鳴月穿牖。』『冬十一月，宜春侯上猶臨江』二句，王士禎《香祖筆記》卷四録之，注云：『冬字至侯一勾，下又一圈，句疑有誤。』按集中詩《觀宜春侯平上猶，還京師》『瘴地收蠻後，烟江棹槳過』，『喜氣浮三峽，軍聲動九河』，蓋『宜春侯』後脱，『平』字。《自識》及賦詩不見於《眉菴集》刻本。

是集收詩不止四十首，羅振玉略作統計，曰都一百九十首，實未確。賈繼用《楊基〈眉菴集〉版本源流考述》辯云：『按：羅氏所記有誤。是集實收五言古詩自《感懷》至《久雨》三十七首，七言絶句自《題芭蕉仕女》至《傾杜伯定移菊》八十一首（其中一首爲高啓和詩），餘皆同羅氏所説，實際收詩三百二十九首。』亦有未確。

今按：是集首録五言古體，得《寓懷》十二首、《秋懷》五首、《顥聽松軒》《送資深陳君歸廣州》

《賦得瓶送衍上人》《賦得南昌亭送丁子讓之山陽》《望南岳》《魏夫人》《衡陽逢丁泰》《發衡州三十二韻》《湘竹篇》《瀝潤灘》《晚發祁陽劉啓賢》《懷舊業》二首、《雨後過上藍寺，簡東園居士，兼示横泉上人》《送方員外之廬陵》《送陳管勾之鄱陽》《贈瘍醫馮》《過長沙，吊賈太傅》《送方以亨還吴興》二首、《晞髪》《久雨》，共三十九首。羅説是，賈説誤。

接爲七言古體，中含長短句體，得《宜秋軒東古桂一株，花已爛熳，人無知者，偶夜坐，聞有香自東來，旦起訪之，得於荒庭廢苑中，余既嘆其不爲人所賞識，而復佳其不以無人而不香也，遶樹嗟悼，慰之以詩》《九日袁贊府松軒賞菊》《過劒江，聞岸上鷄鳴，時已二更》《聞鄰船吹笛作吴音》《樟樹鎮舟中作》《題宋周曾秋塘圖》《元日立春試筆》《題尚梅軒》《詠北山梨花》《千葉梨花》《清明日憶北山梨》《同方員外看花》（又重題作《邀方員外看花》）《白雲書舍》《漁樵閑話》《贈故人王全孫》《清溪漁隱》《野雲樵者》《省掖觀梅，和宋草堂韻》《癸丑元日雲積陰，至人日大雨，新正來，氣候雲物，殊令人悶悶，穀日陰晴，又未可卜，諺云上八看參星，下八夜看紅燈，因賦近體一首，以爲元夕霽朗之占云》（長短句體）《湖中見春鴈》《舟抵南康望廬山》《彭蠡阻風》《題長江萬里圖》《春江對雪》《春江霽雪》《黄鶴樓雪》《雪中再登黄鶴樓》《登岳陽樓望君山》《湘陰廟梨花》《憶左掖千葉梨花》（長短句體）《湘中四詠》四首、《西省海棠》《祁陽行》《皂角灘，在陵零縣西南》《留題湘山寺》《聞蟬》《泊桑落洲，望五老峰》。共四十首。其中《白雲書舍》《漁樵閑話》《野雲樵者》《癸丑元日雲積陰，至人日大雨，新正來，氣候雲物，殊令人悶悶，穀日陰晴，又未可卜，諺云上八看參星，下八夜看紅燈，因賦近體一首，以爲元夕霽朗之占云》《舟抵南康望廬山》《憶左掖千葉梨花》等篇爲長短句體，羅氏未言及。

繼爲七言絕句，自《題芭蕉仕女》起，至《煩杜伯定移菊》，共得八十四首。羅氏未言之，賈説八十一首，未確。又，《題芭蕉仕女》後附高季迪詩一首：『紅蕉包露月中開，酒渴初尋出徑苔。憑仗小龐休吠影，深宫那得外人來？』高啓詩不見於徐庸景泰刻本《大全集》。

繼爲五言律詩、五言排律。五律自《東閣對雨》二首起，至《贈秦侍儀》止，共一百十一首。五言排律自《水邊見新燕》起，止《送查孟容戍營丘》止，共十六首。羅説是。

末爲七言排律，實即七律，自《感秋》起，至《元夕次楊廉夫韻》一首止，共八十四首。羅説是。

以上諸體詩，都計三百七十四首，復計以《自識》末附五言古一首，則爲三百七十五首（另附高啓詩一首，不計入）。既非羅説都一百九十首，亦非賈説都三百二十九首。

此卷雖《自識》有『姑存此以貽方君』云云，然非爲贈方以常所書詩卷。集中既有奉省檄，謁軍門，修聘禮，往返八月間所作，又有前此舊作，顯非『得爲短章五七言古律絕句四十首』之舊。其詩非作於一時一地，合爲一編，殆楊基手選詩稿，雖爲新編，仍冠以舊作《自識》。稿本按體編次，嫌於雜亂，蓋由散佚，已非楊基原稿面貌。《香祖筆記》卷四載：『李方伯紫瀾（濤）自桂林歸，求爲母夫人作傳，貽予《楊孟載手錄眉菴詩集》五大冊。雖書法未爲當家，然先哲故物，可寶惜也。每幅有「子京墨林」、「項叔子」、「琴書清暇」等印，蓋禾中項氏藏本也。卷首《自識》行末有「業字號」三字，云：「余自離吳門，未嘗作詩，間有所述，不復存藁。……」其詩分體不分卷，凡若干首，不止序所云奉使四十首也。按孟載始以薦爲江西行省幕官，此蓋江西時所自書。首卷起《寓懷》十二首，與今本同，但今本作《感懷》耳。』按《眉菴集》中有《秋日懷方員外》詩，《張静居集》亦有《元日雪，懷方員外以常》《送方員外歸吳興》詩，所云「晴春入舊臘，積雪含清暉」是也。方蓋吳興人。』所言與石印之底本甚合。《自識》行末正有『業字號』三字。

石印所據稿本，乃今楊基傳世最早之集。持以對勘明成化刻本《眉菴集》十二卷，其詩題字句頗見差異。如稿本五言古《晚發祁陽劉贊賢》，『贊』字旁改作『啓』。成化刻本卷一題作《晚發祁陽，別劉啓賢》。《雨後過上藍寺，簡東園居士，兼示横泉上人》，成化刻本卷一題作《雨後過上藍寺，東方員外及泉上人》，東園居士爲方以常，即詩題中『方員外』。横泉上人，省作『泉上人』。《聞鄰船吹笛作吳音》，成化刻本卷三題作《聞鄰船吹笛》。七言古《宜秋軒東古桂一株》一首，詩題即序，成化刻本卷二題作《宜秋軒桂》，『軒東古桂一株』以下爲詩序。《清明日憶北山梨》，成化刻本卷三題作《憶北山梨花》。長短句體《白雲書舍》，成化刻本卷五題作《水雲居爲劉文丙賦，時予有山西按察司副使之命，末語及之》。《漁樵閑話》，成化刻本卷五題作《漁樵問話圖》。《泊桑落洲，望五老峰》，成化刻本卷三題作《泊舟桑落洲，望廬山》。七律《山中獨步，有懷滎陽道中，用灰字韻》，『步』字，旁改作『坐』，成化刻本卷九題作《雨中獨坐，有懷滎陽道中，用寄潛齋夜坐韻》，稿本首聯第二句『雨聲蟲響互相哀』，成化刻本作『雨聲蟲響互悲哀』。《題芭蕉仕女》一首云：『兩樹紅蕉映綠池，晚涼攜伴試羅衣。金鈴小犬迎人吠，應恡秋來出院稀。』成化刻本卷十一題作《紅綠蕉二仕女圖》，共二首，其一前二句作：『兩樹紅蕉隔禁扉，曉涼攜伴試羅衣。』其二云：『爲折芙蓉向御溝，碧羅衣薄又驚秋。侍兒剛道新涼好，不解芭蕉與扇愁。』

稿本原有殘損，故石印本偶有闕字。如七律《秋懷》：『□□□□肅高秋，萬里銀河入海流。西楚人材多用晉，□□豪傑暫依劉。久無翠羽供王貢，時有彤弓賜列□。□昔漂漂雙鬢短，也應江漢一輕鷗。』成化刻本卷九題作《渡漢江》，詩云：『九天灝氣肅高秋，萬里銀河入海流。西楚人才多用晉，中原豪傑暫依劉。久無翠羽供王貢，時有彤弓賜列侯。自惜飄飄雙短鬢，也随江漢一輕鷗。』又如《元夕次楊廉夫韻》：『□□□□影參差，盡道風光勝舊時。珠果亂抛人□□，銀花交射玉連枝。星緣燈照看偏密，月爲□□下轉遲。白髮老仙逢盛事，綵臺仙詠太平詩。』成化刻本卷八題作《元夕次韻鐵崖先生》，實二首，此爲其一，詩云：『千輪萬騎影參差，盡道風光勝舊時。珠果亂抛金並蔕，銀花交射玉連枝。星緣燈映看偏密，月爲人留下轉遲。白髮老仙逢盛事，綵毫先詠太平詩。』另一首云：『星斗斕斒落絳河，魚龍瀲灩出滄波。尋常巷陌皆車馬，到處笙歌盡綺羅。人意尚嫌春夜短，燈光更比月明多。謾教胡女傞傞舞，細按吳兒宛宛歌。』成化刻本可補稿本殘闕，如『人□□』，『人』字本爲『金』，因稿本殘損，止存半字。然亦有篇題、字句之異，如『綵臺仙詠』，成化本作『綵毫先詠』，皆通，然未詳『綵毫先詠』爲楊基自訂，抑或後人校改。若此並須留意。

《歲暮收家書，用方員外韻》《早春出省掖見新柳》《十六夜觀燈》《上巳》《江邊摘新茶》《留題城山順濟廟》《觀宜春侯平上猶，還京師》《豫章正月景物如吳中春分時，穠花細柳，妍媚可觀，觸景感舊，情見乎辭》《寒食對雨》《初夏過僧繩金寺》《省掖夜歸對雨》等詩，皆不見於成化本。

是集收詩不見於成化刻本《眉菴集》者雖未多，亦十餘首。整理本《眉菴集》輯佚，得《歲暮收家書，用方員外韻》《早春出省掖見新柳》《十六夜觀燈》《上巳》《江邊摘新茶》《留題城山順濟廟》《觀宜春侯平上猶，還京師》《豫章正月景物如吳中春分時，穠花細柳，妍媚可觀，觸景感舊，情見乎辭》《寒食對雨》《初夏過僧繩金寺》《省掖夜歸對雨》諸篇。然遺集前《自識》所附五言古『今夕復何夕』一首。

北郭集十卷　明成化二十三年張習刻本（國圖）

明徐賁撰。賁字幼文，其先蜀人，居常州，徙平江，居北郭望齊門。張士誠據吳，辟爲記室。至正二十四年，偕張羽隱吳興。張羽居菁山，徐賁於弁山南十里蜀山築精舍。明兵伐吳，乃返吳門。至正二十七年，平江陷，與楊基同謫臨濠。洪武元年放歸，再隱蜀山。七年薦起，命廉訪山西。還授給事中，改監察御史，巡按廣東。尋改刑部主事，出爲河南布政司左參政，進左布政使。下獄瘐死。所著《北郭集》，行世有明成化二十三年張習刻本十卷；萬曆三十七年刻《明初四家詩集》本六卷；舊抄本十卷；《四庫》寫本六卷。嘉隆間刻《盛明百家詩》選錄《徐幼文集》一卷。清抄本《石研齋七律鈔選》錄《徐幼文七律鈔》一卷。

四庫館採錄安徽巡撫採進本《北郭集》六卷。《四庫提要》云：『賁字幼文，其先蜀人，徙常州，再徙平江。張士誠開閫，辟爲屬官。賁與張羽俱避居湖州之蜀山。洪武七年，被薦至京。嘗奉使晉冀，有所廉訪。及還，檢其橐，惟紀行詩數首。太祖悅，授給事中，歷官河南左布政使。會征洮岷兵過其境，坐犒勞不時，下獄死。《明史・文苑傳》附載《高啓傳》中。賁善畫，亦工於書。李日華《六研齋筆記》稱其楷筆秀整端慎，不爲沓拖自恣。詹景鳳《小辨》亦稱其小楷法鍾兼虞，然皆拘拘法内。蓋其天性端謹，不逾規矩。故其詩才氣不及高、楊、張，而法律謹嚴，字句熨貼，長篇短什，並首尾溫麗，於三家别爲一格。其客吳時，嘗居城北之齊門，故名集曰《北郭》。舊本爲吳人張習編次。今是集前後無序跋，題曰陳邦瞻校。蓋萬曆間重刻之本，又非習所編之舊矣。』

今按：賁字幼文，一字以文。高遜志有《答徐以文》詩，見《明詩綜》卷十八，注云：『金俊民云：以文名用章，上虞人。有詩見魏仲遠《敦交集》。或刻作「徐幼文」，誤也。』俊民此說未確。高啓《凫藻集》卷三《送徐以文序》，爲徐賁作也。貝瓊《清江詩集》卷四《徐給事山水歌》詩序有『給事中徐以文善山水』云云，詩云：『吳門故人徐給事，一山一水構絶藝。』亦可證之。又，《明史》本傳：『張士誠辟爲屬。已，謝去。吳平，謫徙臨濠。洪武七年，被薦至京。九年春，奉使晉冀，有所廉訪。及還，檢其橐，惟紀行詩數首。太祖悅，授給事中。改御史，巡按廣東。又改刑部主事，遷廣西參議。以政績卓異，擢河南左布政使。大軍征洮岷，道其境，坐犒勞不時，下獄瘐死。』其說不免於誤。張士誠據吳，徐賁爲記室。士誠自立，賁遂隱蜀山。至正二十五年冬，徐達、常遇春、馮國勝移師攻吳，水陸並進。徐賁居蜀山不二載，即避亂平江，復參謀軍事。張羽《續懷友詩》其五《徐軍咨》云：『草草從軍旅，悠悠去鄉邑。』明兵下平江，徐賁謫臨濠。洪武元年秋冬之際，得放歸。高啓有《徐記室賁北歸，見訪南渚，復送還城》《徐記室謫鍾離歸後同登東丘亭》，後詩云：『同上高亭一賦詩，喜逢君是謫歸時。』《明史》蓋沿《列朝詩集小傳》甲集《徐布政賁》之誤。《小傳》又稱徐賁等『洪武二年放歸』，『徐未知何官，當亦此時銓授』，並誤。又，張習《北郭集後錄》：『至大明洪武丙辰，始用薦者出。』閔珪《北郭集序》：『至洪武九年，始用薦入朝。』皆誤。《列朝詩集小傳》『洪武七年用薦起家』，不誤，然稱洪武九年二月廉訪晉冀，未確。奉使晉冀實始於洪武八年秋，其《晉冀紀行》可證之。

徐賁自題其詩《北郭集》。又有《悟澹集》，久佚。吕敏《題徐幼文惠山圖》云：『偶見漪瀾堂上畫，猶看悟澹卷中詩。』附題識云：『幼文已矣，而畫獨存。道機徵題，感歎賦此。幼文所製樂府詩文若干卷，籤題《悟澹集》』，『無錫縣庠吕志學題，寔洪武庚申七月也。』《明詩紀事》甲籤卷八云：『詩集稱《北郭》，而吕志學《跋幼文惠山圖》云：「幼文所製樂府詩文若干卷，簽題《悟澹集》。」此又讀幼文詩者所當知也。』

此爲明成化二十三年張習刻本《北郭集》十卷，二册。每半葉十一行，行二十一字。黑口，雙魚尾，四周雙闌。各卷端題曰：『吴郡徐賁幼文著。』集前有吴興閔珪成化二十二年秋仲初吉《序》及《目録》。《目録》後附高啓《讀徐七記室北郭詩集有感》、周履道《讀故友徐幼文詩集有懷》二詩。集末有張習成化二十三年八月《北郭集後録》。閔珪《序》云：『先生之詩名《北郭集》，有樂府、五七言古體、近體、排律、五言、六七言絶句、五言聯句，共十卷。先生去今百餘年之久，集未有傳，廣東僉憲張君企翱始壽諸梓。以予吴興人，知先生有素，書來請序于篇。』張習《後録》云：『先生平昔所作甚富，已成大家，所存殆不止此。其散亡之餘，習自幼借録以觀，得之私淑者夥矣。兹已老，更加編校，圖梓以傳。』《後録》述賁仕履、生卒歲多誤。《四部叢刊》據傳增湘雙鑑樓藏明成化本原書影印，末增《北郭集補遺》，得《泰山紀遊》三首（據李日華《六硯齋三筆》輯）。增湘《跋》云：『此集爲企翱所編，刻于成化二十三年丁未，蓋在刻《眉庵集》之後、《静居集》之前。行格同式，所鈐印記亦正相同。分卷爲十，前有成化丙午吴興閔珪《序》，末有張習《自跋》。』

是集凡十卷，有詩無文。卷一爲樂府；卷二至卷三爲五言古體；卷四爲七言古體；卷五至卷六爲五言律、五言排律；卷七爲七言律；卷八爲五言絶句、六言絶句；卷九爲七言絶句；卷十爲七言絶句及聯句（僅《恠石聯句》一題）。張習悉心蒐輯徐賁詩，雖幾近於全，猶有可拾補者。《泰山紀遊》三首外，舊抄本《北郭集》十卷可補十餘首。《趙氏鐵網珊瑚》卷十所録《物故盧氏母周夫人輓歌辭》、卷十四《題倪雲林畫》（又見《清閟閣全集》卷十二附詩）、卷十五《題耕漁軒二首》之詩序及第二首（第一題見《北郭集》，題作《徐山人耕漁軒》），《珊瑚網》卷三十所録《題趙子固墨繪水仙花》一首、卷三十二《題高彦敬烟嶺雲林》、卷三十六《題竹窗風雨圖》，《式古堂書畫彙考》卷三十七《題龍塢春雲圖》、卷四十四《題江貫道長江圖》、卷五十四《題天香深處圖》，郁逢慶《書畫題跋記》卷二《題心上人得拙無爲所藏燕侍郎畫山水圖歌》，《御選題畫詩》卷五十三《題淵明醉像》、卷十二《題高房山畫》、卷九十八《白翎雀圖》，無錫博物館藏《峰下醉吟圖》題詩，以及悼高啓『昔别會有期』一首，與高啓、杜寅遊白蓮寺《病柏聯句》，與高啓、張羽、王行《虎丘聯句》等，皆可補也。

徐賁名入北郭十子，有俠士風，應聘淮張記室。偕北郭諸友舉詩壇酒會，及隱蜀山，邀高啓、王行作記。王行《蜀山書舍記》云：『爲人清介有氣節，立志高遠，博學多聞見，喜爲文詞古詩歌以自適。年甫壯，遭時多虞，不克施其志，乃避地于吴興之蜀山，立屋以讀書焉。』山居讀書，終憂時難安。後謫臨濠歸，將終老山林而不可得。洪武七年與張羽應薦出，正高啓、王彝絶命之歲。其詩感時傷懷，雋句絡繹，工力與楊、張相敵。《和高二啓聞鄰家琵琶之作》《詠三蟲》哀怨動人，《次韻看花》《聽笛》風神淒朗，樂府則輕俊而有思致。閔珪《北郭集序》論云：『其詩之清也，秋空皓月，丹桂分香；其古也，商鼎周敦，宛存法象。』傅增湘《北郭集跋》稱《晉冀紀行》『筆力堅勁，法度謹嚴』甚是，又謂『力矯元季綺靡之習』，殆未然也。

重刻徐幼文北郭集六卷　明萬曆三十七年陳邦瞻、汪汝淳刻《明初四家詩集》本（天圖）

明徐賁撰。賁有《北郭集》，已著録明成化間張習刻本。此爲《重刻徐幼文北郭集》六卷，明萬曆三十七年陳邦瞻、汪汝淳刻《明初四家詩集》本，四冊。每半葉十行，行二十字。白口，單魚尾，四周單闌。版心上鐫『北郭集』。卷一卷端題曰：『吳郡徐賁幼文著，高安陳邦瞻德遠訂，新都汪汝淳孟樸校。』餘卷端題曰：『吳郡徐賁幼文著，高安陳邦瞻德遠校，新都汪汝淳孟樸仝校。』陳、汪重刻『四傑』之集，《靜居集》《眉菴集》《北郭集》皆據張習舊刻，《大全集》則據徐庸會梓本。汪汝淳萬曆三十七年《合刻國初四先生全集後序》云：『匡左陳先生秉憲於浙，屬淳物色。季迪集，先生已得之洪給諫。來儀、幼文二集，尋得之吳興楊氏。』

是集雖據成化本《北郭集》十卷重刻，然變易體例，重釐爲六卷。卷一爲樂府、五言古體；卷二爲五言古體；卷三爲七言古體、五言排律；卷四爲五言律；卷五爲七言律；卷六爲五言絶句、六言絶句、七言絶句。篇目次第大抵不異。《四庫全書》收録《北郭集》六卷，即據此本。《明史・藝文志》《千頃堂書目》卷十七著録《北郭集》六卷，亦此本。《千頃堂書目》注云：『一作十卷。』殆未見成化刻本。《四部叢刊》影印成化本，傅增湘《跋》云：『《文淵閣》著録本爲六卷，所據乃陳邦瞻重刊本。《提要》謂：「其前後無序跋，非習所編之舊式。」知企翱原本二百年前已爲罕覯矣。』

《中國古籍總目》著録《北郭集》十卷，一爲明成化二十三年張習刻本，一爲明萬曆三十七年新都汪氏刻本，一爲《合刻國初四先生全集》本。萬曆三十七年刻本即《合刻國初四先生全集》本，且爲六卷，非十卷。《總目》復著録《重刻徐幼文北郭集》六卷，《明初四家詩》本（萬曆刻）；《四庫全書》本（乾隆寫）。《明初四家詩》本即萬曆三十七年刻本。

北郭集十卷　舊抄本（臺圖）

明徐賁撰。賁有《北郭集》，前已著録明成化間張習刻本。此爲舊抄本《北郭集》十卷，二册。每半葉十一行，行二十一字。有版匡，無界格。黑口，單魚尾，四周雙闌。各卷端題曰：『吴郡徐賁幼文著。』集前有閔珪《北郭集序》，無目録。集末有張習《北郭集後録》。

此本影寫成化刻本。與成化本對勘，然有數異：成化本集前有目録，此本無。分卷體例與成化同，而篇目略增。卷三末增補《劉伶臺》詩、《蜀山書舍序》文。《劉伶臺》云：『伯倫尚澹默，獨以好飲名。千策既不報，欣然肆高情。每乘蒼鹿車，出入攜酒甕。結交嵇阮徒，陶陶過平生。誓神紿妻諫，謂言何足聽。常使荷鍤隨，自曰能遺形。家產忘有無，萬物同浮萍。當時飲酒臺，仍在淮陰城。千年土花白，猶疑壘麴城。至今臺下草，春風吹不醒。我未乏杯酒，臨高酹其靈。』成化本卷三《賦得劉伶臺，送丁掾之淮安》云：『劉伶沛國人，獨以好飲名。每乘蒼鹿車，出入攜瓶罌。結交嵇阮徒，陶然過平生。妻言不足聽，自謂能忘情。常使荷鍤隨，已覺累爾形。如何飲酒臺，却在淮陰城。千年土花白，尚疑壘麴成。至今臺下草，春風吹不醒。君行戒晨裝，淮泗千里程。登臺勿酹酒，當誦周觴銘。』即同詩也。影抄本並録之，蓋以字句頗異。卷五末增五律《登陶丘與高季迪同賦》《庚戌歲元日立春》《送沈判州北上》共三首。《庚戌歲元日立春》則見於成化本卷八，作五絶二首，字句有異。卷七自《送馬敬常縣丞》一首以下，有補抄數葉，非影寫者，而詩之次第、題目與成化本時異。卷八《庚戌歲元日立春》詩下增一葉，爲《軍裝十詠》。卷十《廣州雜詠和劉主事子高》較成化本多二首，卷末增《賦草送别》《十四夜》。至於字句，並多異者。如成化本卷二《舟行崑山懷陳惟寅山人》，舊抄本作《舟行崑山懷方、張二山人》。成化本卷三《晉冀紀行十四首》注云『洪武九年』，舊抄本作『洪武八年』。考貢仕履，當以舊抄爲是。成化本卷七《寄酈尚德、王汝器》，乃舊抄本《次韻金子肅卜居二首》第二首；《登崑山次易九成諸友韻》，舊抄本題作《登崑山次韻彭伯圻、方叔文聯句詩》。成化本卷九《十一月一日始見菊花》，舊抄本題作《九月十一日始見菊花》。蓋舊抄本又别有所據，非僅據成化本也。校勘《北郭集》，此本可備參酌。《中國古籍總目》《明别集版本志》俱未著録。

卷五

柳莊先生詩集一卷　明永樂間刻本（日本内閣文庫）

明袁珙撰。珙字廷玉，號柳莊，鄞人。元翰林檢閲官士元子。早學儒業，涉獵九流百氏。得相人之術於僧别古崖，以善相聞。以邑人金忠薦，朱棣密召至燕邸，舉靖難師，其言多驗。拜太常寺丞。永樂八年卒，年七十六。贈太常少卿。先是金華戴良作傳，歷叙其相術奇驗。歿後，姚廣孝誌其墓。子忠徹字静思，官尚寶丞，陞少卿。《明史·方伎傳》並有傳。袁珙著有《柳莊集》。《國史經籍志》卷五著録《柳莊集》一卷，又《符臺集》一卷。《萬卷堂書目》卷四著録《柳莊集》一卷、《符臺外集》一卷。今《符臺集》未見。忠徹有《符臺外集》五卷及《鳳池吟稿》《拙休稿》，見《千頃堂書目》卷十八。《四庫總目》於珙父子之書，僅據浙江范懋柱家天一閣藏本收忠徹編《古今識鑑》四卷，《提要》云：『史稱所著有《人相大成》，今未見。是編乃宣宗命採古來相人有驗者，裒爲一書，至景泰二年始奏進。所録上自三皇，下迄明代，又自作《象人賦》一首附之。夫相術精微，心傳神會，捃拾典故，僅得其粗。且其編次體例頗嫌淆混，如以季友、老聃以上屬之三代，以孔子、顔曾而下系之列國，殊爲强生分别。至宓羲蛇身人首，神農人身牛首諸説，緯書妄記，本屬荒唐，亦並列之，尤失持擇。若乃文君臉似芙蓉，眉如遠山，亦入相法，則幾於笑具矣。』

《柳莊先生詩集》一卷，一題作《柳莊集》，今傳明永樂間刻本、明崇禎間袁茂蘭黑格抄本、明抄本及清同治十一年徐氏烟嶼樓抄本等。此爲日本内閣文庫藏明永樂間刻本，一冊。每半葉十行，行二十一字。黑口，雙魚尾，四周雙闌。版心鎸『柳莊詩集』。卷端不題撰者名氏。集前有姚廣孝永樂九年長至日《柳莊先生詩集序》及《目錄》。姚《序》後有『太子少師姚廣孝圖書』、『壽椿堂』二摹印。廣孝所居曰『壽椿堂』，《平安南頌》并序末署『永樂六年春二月望日，寿椿堂之南牕寫。』（《逃虚子集補遺》，清抄本）此本間有殘損脱字。楊士奇《文淵閣書目》卷二著錄《袁柳莊集》一部一冊，晁瑮《晁氏寶文堂書目》著錄《柳莊先生詩集》（不標卷數），朱睦㮮《萬卷堂書目》、焦竑《國史經籍志》皆著錄《柳莊集》一卷。《中國古籍總目》等著錄作明刻本。

是集按體編排，收五言古詩十首、七言古詩十首、五言律詩十八首、七言律詩七十三首、五言絶句五首、七言絶句三十三首，共一百四十九首，末有續附九首，通計一百五十八首。姚廣孝《序》云：『承直郎太常寺丞柳莊袁先生歿之明年，其子中書舍人忠徹錄先生平日所作之詩，古詩五言十、七言長短句十、律詩五言一十八、七言七十三、絶句五言五、七言三十三，凡百四十九，裒爲一冊，題曰《柳莊先生詩集》』，『所錄之詩，得其藁之存于家者。若夫四方題詠遺逸者甚多，卒亦未暇訪求。然此集行世，先生之名亦足以播於無窮也。』廣孝當時未見續附九首。續附疑爲忠徹刻集增錄，以未暇詳爲訪求，遺逸多有之。

《明史》本傳載袁珙占事奇驗。嘉靖《寧波府志》卷二十九《傳五》云：『而珙術人至今神之。其法常于夜二鼓或五鼓，人神澄氣定，張炬而燭之，以其形狀氣色，參之生平，配之五行，定其禍福，如合符契。其貌人必望而得其心，善必吉，惡必凶，恆反覆化導，俾避禍以集福。一時達官貴人，爭求鑒焉。』此可不論。其爲人方直，不苟交接，篤孝友，善畫竹，好學能詩，非俗之術士者流。蓋元季多奇士，珙與劉基及姚廣孝皆其人。廣孝《序》論其詩云：『柳莊先生爲人剛毅端方，多讀書，惟古是學，不近於聲勢，不混於流俗』，『先生喜爲詩，凡感物懷遠，燕會遊矚，無不有作。其詩才宏而氣豪，律嚴而趣遠，宜與古作者抗衡。蓋先生有得於雅頌比興之遺意而然爾』。珙詩才宏氣豪，律嚴趣逸。《贈童中州先生》《暝色舟中懷獨菴禪師》諸詩可見之。至其爲人出處，詩亦可觀之。《述懷》五首其一云：『贏得閑時閑便休，免朝慵起五更頭。日餐子祿黃粱飯，時着天恩綠綺裘。自信杜陵常作客，誰言李廣不封侯。太平獨幸心無事，管領熏爐與茗甌。』其二云：『贏得閑時閑便休，高情一旦屬林丘。松根坐看雲生石，竹裏行吟月滿樓。欲放清狂如賀監，愧無捷對似楊脩。蕭蕭門巷今岑寂，不掃落花從客遊。』其三云：『贏得閑時閑便休，半生功業愧前脩。且甘白髮臥雲石，曾着朱衣拜冕旒。負郭有田還種秫，臨流無事任垂鈎。晚來雨過南軒下，坐對荷花看紫騮。』朱彝尊《靜志居詩話》卷六云：『其父彥章仕元爲翰林國史檢閱，世稱菊村先生，嘗作《布衣歌》云：「我家頗讀書，初非田舍翁。」蓋其實也。寺丞於九流百氏，靡不涉究，歌詩亦能入格，不失菊村家數。』

柳莊先生詩集一卷　明抄本（臺北故博）

明袁珙撰。珙有《柳莊先生詩集》，已著錄明永樂間刻本。此爲舊抄本，一冊。無版匡、界格。每半葉十行，行二十一字。卷端不署撰者名氏。集前無目録，有姚廣孝《序》，末摹『太子少師姚廣孝圖書』、『壽椿堂』二圖記。抄寫行款及字形，倣於永樂刊本。第一篇《古意三首》其一『玄冬霜雪繁』，『玄』字不避。蓋寫於明時。《中國古籍總目》《明别集版本志》未著録。

永樂刊本收詩一百五十八首（含續附九首），止於《題張子房像》一首，尾葉末行刻『柳莊袁先生詩集終』。此本集後增《壬申歲十月二十七日小雪聞蛙》《題王平章友仁梅二首》《題忠佑廟》《贊協佑侯》《贈衛知事鄭自强》《送衛知事鄭自强朝京》《寄湖廣都司都事莊叔明》《挽湖廣都司都事莊叔明》《挽胡仲厚先生》《刺沈公瓛》《和黄友仁苦雨韻》《贈徑山莊敬中》《中秋約友泛江》《次韻丁卯七月二十八日夜大風颶》《悼天童左菴良原明二首》《夜宿翠山寺，與前住原無象聯句》《題湛然軒，爲謝茂之賦》《賀陳中孚先生新居》《秋日有感》《哭子忠敉，從軍運糧回至萬里長沙，舟覆而死》《次中秋臥病甑月韻》《題三友軒》《輓府學許教授汝霖》《洪武二十三年九月，敬蒙燕府差人取至北平，感懷偶成律詩三首，命弟廷珪書于典膳所壁》等二十八首。永樂刊本未暇廣爲訪求，遺逸尚多，此本所增未詳何人輯録。

又，浙圖藏有抄本《柳莊先生詩集》一卷，一册。無版匡、界格。亦每半葉十行，行二十一字。集前有姚廣孝《序》。《題張子房像》一首後有補遺詩。明抄本《洪武二十三年九月》三首其二『平生鴻鵠沖天志』句，前四字筆畫皆有殘損，浙圖藏本摹之，由是知據明抄本寫録。浙圖藏本亦不避清諱。天一閣藏清同治十一年烟嶼樓徐時棟抄本一卷，一册。亦每半葉十行，行二十一字。集前有姚廣孝《序》。集末有徐時棟《題識》，云：『《柳莊詩集》一卷，同治十一年四月從抱經樓借鈔。吾友袁萼齋明經，其裔孫也。久覓此集不得，當使傳鈔之。」

姑蘇雜詠二卷　明末周希夔、周瑄校刻《姑蘇雜詠合刻》本（山東大學圖書館）

明周南老撰。南老字正道，號拙逸子，長洲人。濂溪之後，其先宋季徙吳。南老元季用薦授永豐縣學教諭，改當塗，代還。會天下亂，省臣奏爲吳縣主簿，尋辟浙省掾。遷兩浙鹽運司知事，進淮南行省照磨，改江浙行省，進權本省理問。洪武初，徵議郊祀禮。禮成，發臨濠，放還卒。其人端毅好學，通經學，熟於制度。魏觀知蘇州，闢孔廟，舉鄉飲，嘗聘周南老、王行、徐用誠教授，貢穎之定儀節，高啓、王彝、張羽闡文學。所著有《易傳集説》《喪祭禮舉要》《姑蘇雜詠》《拙逸齋稿》。《千頃堂書目》著錄《易傳集説》《喪祭禮舉要》《拙逸齋稿》三種，皆不標卷數。《拙逸齋稿》等書久佚，所傳惟《姑蘇雜詠》一集。

此爲《姑蘇雜詠》二卷，明末周希夔、周瑄刻本，合高啓《姑蘇雜詠》二卷爲《姑蘇雜詠合刻》。每半葉八行，行十八字。白口，單魚尾，左右雙闌。版心上鐫「姑蘇雜詠」，中鐫「春陵」，以其先本道州人也。各卷端題曰：「吳郡周南老正道著。」集前有孫作洪武十年冬《姑蘇雜詠原敘》、南老洪武十年孟夏《姑蘇雜詠自敘》及《目錄》。集後有盧熊洪武十年五月《姑蘇襍詠後序》。《目錄》及卷上、卷下末葉並刻：「裔孫瑄校梓。」《百川書志》卷二十著錄《姑蘇雜詠》一卷、附錄一卷，云：「皇明拙遺老人周南老正道撰，十門百首，俱古體。」按孫作《敘》、南老《自敘》及盧熊《後序》，疑南老《姑蘇雜詠》初刊於洪武間，《百川書志》所載或爲初刊本。今傳明末《姑蘇雜詠合刻》本二卷，清抄本《姑蘇褋詠》一卷、附録一卷。

是集卷上起《吳趨行》，止於《周觀察墓》，凡詩五十一首；卷下起《虎丘》，止於《鶴山書院》，凡詩六十四首。集末續附詞二闋：《水龍吟·題裴莊故業》《玉蝴蝶·晚步後園有感》。《四庫總目》列《姑蘇雜詠》二卷入存目，《提要》云：『明周希孟、周希夔同編。上卷爲高啓原唱，下卷爲其祖南老續作。啓詩凡古今體一百三十六首。南老復因其題，各賦五言六韻。末又增《疊韻吳宫詞》一首，補遺四首，續附詞二首。』所謂『南老復因其題，各賦五言六韻』、『末又增《疊韻吳宫詞》一首』，未確。高啓詩卷下橋梁之詠末一首《垂虹橋》，南老集中未見此題。《疊韻吳宫詞》一首注云：『皮、陸嘗有此作，因戲效其體二首。』四庫館臣止看《目録》及詩序，誤以爲詩僅一首。集中詩共分十目：風俗、古蹟、祠廟、冢墓、山水、泉石、園亭、雜賦、補遺。補遺之什共四篇，即《學道書院》《和靖書院》《文正書院》《鶴山書院》，題皆高啓《姑蘇雜詠》所未有。其餘諸題，依高啓之詠續作。同治《蘇州府志》卷一百三十九著録作《續姑蘇雜詠》一卷。周瑄刻集時，南老諸詠已有殘損，故《目録》注《芷秀藥華》《王敬伯》《吳鉤》《鬬鴨》《鶴媒歌》五題之詩俱闕。《牛宫詞》一首殘缺，僅存後四句。

南老諸詠，雖曰和詩，然詩體不類。高啓《雜詠》古今體咸備，南老續作僅五言古一體，末增《雙韻吳宫詞》二首。《自敘》云：『嘗讀高啓季迪《姑蘇褋詠》，凡一百三十六篇，古今諸體咸備，命意騁辭，如健鶻横空，如駿馬歷塊，如春園桃李，如秋汀蘋蓼，超逸不羣，而俊麗可喜，深得詩人之妙者。然於紀事考實，乃或遺焉，其於感發懲創之意，則未多見。《龍門》一詩末云：「我嘗謁真龍，天門謬通籍。何必吏區區，求爲李膺客。」而乃卒貽黨禍，其亦嘗客膺之門矣，何所行非所言耶？噫！天假之年，學日以充，真積力久，則奚止於是哉！余耄矣，日無所事，嘗因其題，各賦五言六韻，或志書有所未暇紀載者，間附一二，庶後之覽者，或有所採擇云。』高啓賦詩，命意騁辭，超逸俊麗，深得詩人之妙。南老與北郭諸子爲友，詩才情韻不逮『四傑』。雖然，紀事考實，感發懲創，猶有自得之言。如《真娘墓》云：『女郎善歌舞，日事繁華樂。死葬虎丘道，未忍甘冷落。香魂化蝶飛，每爲春風托。至今墳上花，猶能媚輕薄。紛紛遊冶兒，歡呼爲盤礴。幽幽短簿祠，誰來酹清酌？』《齊雲樓》云：『飛樓架寥泬，高與青雲齊。甍翬綺碧粲，欄橫河漢低。樓上梨春濃，樓外柳鶯啼。時逢四海清，白守曾詠題。併入一炬紅，梁燕失故棲。城頭訪遺址，春草綠以萋。』錢允治《姑蘇禨詠合刻序》論曰：『季迪爲國朝詞林第一，其詠超逸俊麗，見於正道所序。而正道純雅蒼古，仍見賞於盧兗州，所謂風騷之變，史斷之嚴，兩言盡之矣，詎俟後學抨彈耶？』孫作《序》則云：『予友周君正道亦吳人，安分不求，無欲自足，以懸車之暇，怡情典墳』，『凡郡志所載，足目所到，將遂湮微者，一寄之詠歌。積以歲月，得五言古詩若干首，可以備考索，可以興感慨，可以悅性情，非直風雲月露而已』，『寧不近於史乎！』

高啓盛年而歿，所詠有考據未實處。南老謂其紀事考實或遺焉，非詆之也。盧熊《後序》云：『昔吾友高季迪作《吳中禨詠》，嘗以示余，且曰：「子該洽好古，試爲我評之。聞子纂吳記，有古迹可命題者，幸并示我，續爲賦詠。」余因復季迪云：「舊志如吳郊臺、丁令威宅、祿里村、黃姑廟等題，皆無其實。破虜將軍孫堅及其夫人、其子桓王等墓，今人因郡記之譌，但以爲桓王，不知堅、策皆葬於此。朱翁子妻死郡舍後園，郭門有死亭灣之名。烏夜村在海鹽，而誤云在崑山。石季倫死洛陽，黃幡綽仕長安，固不當在此。乘魚非琴高，乃《列仙傳》吴子英事。諸如此類，及浮屠道家之説，多涉不經。其他古題云，尤可補襍詠之缺。」季迪躍然以喜，曰：「非子之言，吾幾踵其謬矣，幸詳述其故。」余暇日録吴事若干條，寘篋衍中，將以遺季迪，而季迪死矣。嗚呼！惜哉。余今年備員内書，夏五月，得鄉先生周正道甫之書，并詩一編』，『喜其警句瓌辭，層見疊出，篇後學校事實，尤有關於名教。反覆熟玩，病體爲之灑然。余惟宋楊備有絶句詠吴中事，僧文鑒有律詩詠洞庭事，亦各百篇，俱用七言體，淺近浮鄙，固無足傳。今周君之辭，純雅蒼古，凜乎史斷之嚴；高君之作，模擬景物，蔚乎風騷之變，視前人有間矣。』

掬清稿四卷、附録一卷　民國三年金嗣獻抄本（臨海博物館）

明張羽撰，明謝省編，民國金嗣獻重輯。羽初名汝輔，一名輔，字孝翊，號羽南，又號冲陽子，黄巖人。父思濟仕元爲浙江道元帥府都事。張羽十歲能屬文，侍父游宦四明，從吴志淳講究詩律，深爲同門推重。自四明歸，從黄中德、陳均疇受《書》《春秋》。好理數，於《周易參同契》及陳希夷、邵堯夫諸書，窮探深旨，自名其室曰月堀。宋濂爲作《月堀記》，稱其『蓋有道之士也』。永樂初，被薦入都纂修《永樂大典》。書成，例得授官，以母老力辭。未幾，被旨館食詞林，校讎書籍，復懇乞終養。歸而深衣幅巾，逍遥泉石，賦詠自適。鄉人見者呼張神仙。宣德五年六月二十七日歿於家，年八十五（吴節《羽南張先生墓誌銘》）。所著詩文甚富，曰《掬清稿》，永樂間毁於盜。其後諸孫蒐葺，僅得什之一二，台南謝省爲彙次成編，仍其舊名，藏於家。謝鐸修郡志，著録《掬清稿》，《赤城續編》又擇其詩之尤者二十三篇弁諸首。詩集未行世，覽者憾之。嘉靖間，曾孫沛偕姪楹、格、傑、啓、姪孫世蘊謀梓之，乞同邑王坊作《張羽南先生遺像贊》。刻本傳世極少，清季王棻修《黄巖志》，徧訪不得。民國初，金嗣獻偶從舊家敗篋中檢得舊抄本，係謝省所編，惟先絶句，次古風，敘次錯亂，又以王坊《像贊》爲序，乃重爲編次，並録宋濂《月堀記》、吳節《羽南張先生墓誌銘》、王坊《張羽南先生遺像贊》爲附録一卷。嗣獻字劍民，號諤軒，又號鶴仙，太平人。臨海宋世犖編刻《台州叢書》，黄巖王棻編刻《台州叢書續編》，楊晨編刻《續台州叢書》。嗣獻接續之，有《赤城遺書彙刊》之役，擇刻台州文獻十六種。

此爲金嗣獻重輯《掬清稿》四卷、附録一卷，民國三年金氏抄本，一册。無版匡、界格。每半葉十行，行二十二字。紙心上寫『掬清稿』，下寫『浙太平金氏鴻遠樓叢書』。各卷端題曰：『明黄巖張羽孝翊著，明太平謝省逸老編，太平後學金嗣獻重編。』集前有王舟瑶民國三年四月《序》及《掬清稿總目》。卷一爲五言古體九首、五言律詩一十七首；卷二爲七言律詩七十四首；卷三爲七言律詩七十八首（金嗣獻注：『缺十五首。』）；卷四爲七言律詩七十三首（金嗣獻注：『缺十七首。』）、五言絶句三十首、七言絶句十八首。其後爲附録一卷。嗣獻所得舊抄本，以王坊《像贊》爲序，此則移於附録。舊抄本先絶句，次古風，此重爲編次。卷一《雜言》一首，據《三台詩録》補。卷四末一首《題詹叔正扇面竹》，據《三台文獻》補。蓋新增二首，而謝省原編缺三十二首。舟瑶《序》云：『今存詩三百餘篇，題曰《掬清稿》。王尚賓坊贊其遺像，言是稿爲謝太守省所編，嘉靖間其曾孫等曾刊行。余求之多年不能得，張孝廉寅言其後人有藏本，因屬搜訪，亦竟未報。頃太平金諤軒嗣獻忽以舊鈔本寄示，且言謀重梓，余爲之狂喜。檢其日，都三百十首，與其墓誌所言篇數合。惟卷中佚去七言律三十二首，然《三台文獻録》所載《題詹叔正扇面竹》七絶一首，《三台詩録》所載《雜言》五古一首，而是本均無有，恐所佚不止是數。余屬謌軒據以補入，並坿録宋學士所撰《月堀記》、吴祭酒所撰《墓誌銘》，使人得以考見先生之學行。」

集中朱墨筆校改出嗣獻之手。卷一首葉眉端朱筆云：「『一太平後學金嗣獻重編』九字，宜高一格，末宜空二格。」紙心原下寫『浙太平金氏鴻遠樓叢書』，墨筆改作『赤城遺書彙刊』。集中校字多爲訂正誤字，規範寫法。如卷一《雜言》『譽之公卿間』句，朱筆眉批：「『間』字似當作『前』。然《三台詩録》作『間』，未敢遽改。」詩後小字注：「『是首據《三台詩録》補。』『是首』前朱筆校增一『案』字。」又如『丘』改作『邱』，『庭堦』改作『庭階』。殆此本用爲《赤城遺書彙刊》底本，校改以備排印。《赤城遺書彙刊》本《捫清稿》亦爲四卷、附録一卷，集末有嗣獻民國三年春《跋》。

明初有二張羽，另一人爲九江張羽，字來鳳，名入『吴中四傑』。繼有泰興張羽，字鳳舉，弘治丙辰進士，累官河南左布政使。著有《東田遺稿》二卷。清四庫館臣知九江、泰興張羽，不言有黄巖張羽。《四庫總目·東田遺稿提要》云：「相距不過百載，而襲前輩之姓名，殊不可解。然前張羽工詩，此張羽亦復工詩，豈有心仿效，有藺相如之慕歟？」三張羽皆工詩能文，所作並多散佚。《捫清稿》存詩近三百首，亦僅詩稿什之一二，文則闕如。

羽南爲吴志淳門人。志淳字主一，號雁山老人，無爲州人。元末歷官靖安、都昌主簿。紅巾軍起，徙家豫章，後居鄞縣東湖。入明不仕。所著《環碧軒集》《柳南漁隱集》不傳，《盛明百家詩後編》收《吴主一集》一卷。志淳詩稱一家，尚未足比張來儀，羽南更下一籌。吴節《墓誌銘》論羽南詩

『清新俊逸』。今觀集中詩，大抵逍遥泉石，清逸自得，惜少奇警之作。王舟瑶《掬清稿序》云：『其詩不假琱飾，自然沖澹，誠如吴氏所謂「下筆若不經意」者。惟七言律中，間有率爾酬應之作，汰之未淨耳。』

虞山人詩三卷、附虞勝伯先生詩集補遺一卷　清知不足齋抄本

（清勞格等校補）（國圖）

明虞堪撰。堪字克用，一字勝伯，號青城山樵，南宋丞相虞允文七世孫，家於長洲。元季隱居不仕，避兵笠澤，吴興施縉爲創義塾，延爲師。從叔祖虞集以詩文著稱，有《道園學古録類稿》行世。虞堪以其散逸者猶多，博訪遺稿，題曰《道園學古録類稿遺編》，乞序於黄溍、危素，鋟梓以傳。洪武中，爲雲南府學教授，卒於官。所著有《虞山人詩》，又名《鼓枻集》《希澹園詩集》。未見梓刻，傳世有抄本十餘種。《千頃堂書目》著録《鼓枻稿》一卷。《傳是樓書目》著録《鼓枻稿》，一本，抄本；《虞山人詩》三卷，一本，抄本。《八千卷樓書目》著録《鼓枻稿》一卷，抄本；《希澹園集》三卷，抄本。《皕宋樓藏書志》著録《希澹園集》三卷，也是園抄本；《虞山人詩》三卷，舊抄本；《鼓枻稿》一卷，舊抄本，汲古閣舊藏。四庫館採録編修汪如藻家藏本《希澹園詩集》三卷。《提要》云：『至正中隱居不仕』，『然堪至洪武中，竟起爲雲南府學教授，卒於官。蓋與仇遠入元事同一例。原本題曰「元虞堪」，非其實也』，『堪於允文爲七世孫，於集爲從孫』，『此集後有《自跋》，稱丁未歲冬至前一日。案：丁未爲元至正二

十七年，則皆元時所作，而入明以後篇什，遂不復見。相傳堪没後，所遺翰墨尚數篋，其子孫不讀書，漫置屋中，久而亡之，則其散佚者固亦多矣』，『世又有堪詩别本，題曰《鼓枻稿》者，與此集互相檢勘，其詩篇數多寡並同，惟前後編次稍異。或即堪之原本，或後人别題以行，均未可定。今附存其目於此，不復録焉。』

錢謙益《列朝詩集小傳》甲集前編卷八《虞廣文堪》：『堪字克用，一字勝伯，宋丞相雍公諸孫也，後家長洲。隱居不仕，家藏書甚富，手自編輯，尤重雍公遺文，雖千里外，必購得之乃已。好爲詩，兼能寫山水。洪武中，爲雲南府學教授，卒于官。子鏞，教授里中。孫湜始去儒。湜之子權，家益貧，盡斥賣先世故物，以供衣食。權死時，勝伯所藏詞翰無慮數篋，妻子以一魚罾裹置屋樑，久之，并其罾亡矣。吴中故世儒家，虞氏與南園俞氏爲最，兩家入本朝，至永樂中而微，至弘治初而絕，徵文獻者爲三嘆焉。』朱彝尊《明詩綜》卷十五《虞堪小傳》：『宋丞相雍公八世孫，家長洲。』《詩話》：『勝伯避兵笠澤，吴興施縉爲創義塾，延以爲師，趙郡蘇大年、會稽姜漸爲紀其事。又力購雍公遺文刊行，一時名士若遂昌鄭元祐、吴郡沈右、吕楨、王謙、周砥、鄒奕、豐城余詮、魏文彝、會稽韓友直、陶澤、高平范成、張緯、王廓、臨邛魏奎、河東王暇、薊丘聶鏞、大梁申屠衡、蜀王立中、黄夔咸賦詩美之。今雍公集終無傳，惜矣！《鼓枻集》中，《題松雪畫》一絶特工。』今按：國圖藏姚晏舊藏清抄本《鼓枻稿》集前録《明詩綜小傳》並《詩話》一則以代小傳，亦云『宋丞相雍公八世孫』。國圖藏知不足齋抄本《虞山人詩》集前有宋濂門人桑以時《敘》，云『吴中虞先生名堪，字勝伯，其先蜀郡人，宋丞相雍國忠肅公之七世孫』，『經瞿唐過余，示予所著《希澹園舊稿》。「希澹」，用邵子語，名讀書所也。屬余序。』稱虞堪爲虞允文七世孫，當可信。明人張昶《吳中人物志》卷七云：『虞堪字勝伯，宋丞相雍國忠肅公八世孫。』錢氏誤說，蓋亦有自。《四庫提要》稱『堪於允文爲七世孫』，未詳所據，或爲桑以時《敘》。《吳中人物志》亦述及虞堪搜訪允文遺稿事：『嘗搜訪先忠肅公文集於蜀中，世亂不果，一時名勝多爲詩文相其行。』王鏊纂正德《姑蘇志》卷五十四則稱其『雅重先世手澤，聞有雍公遺文，雖千里外，必購得之乃已。其從祖伯牛遺稿，亦堪所編，今刻吳中。』《列朝詩集小傳》『尤重雍公遺文，雖千里外，必購得之乃已』，採自《姑蘇志》。王鏊、錢謙益皆不言是否編刻允文遺稿，朱彝尊則明言購求刊行。允文有《虞雍公奏議》。孫能傳《内閣藏書目錄》著錄《丞相虞公奏議》二十三卷，六冊，全。黄虞稷《千頃堂書目》著錄《虞雍公奏議》二十三卷。其遺稿未見傳。《吳中人物志》謂虞堪搜訪允文遺稿不果，其說較朱氏所云購求刊行爲可信。桑以時《敘》不言虞堪訪求允文遺稿之事，而載訪求虞集遺稿及鋟梓之事，云：『從叔祖侍講文靖公』，『有《道園學古錄類稾》行于世。先生以叔祖之文散逸者多，乃復博訪遺稾，凡二十卷，名曰《道園學古錄類稾遺編》，嘗請吾鄉先生黄文獻公晉卿及臨川危公太樸爲之序，今已鋟梓大傳。』疑朱彝尊未細審蒐訪虞集遺稿、虞允文遺稿爲二事，淆而言之。

此爲《虞山人詩》三卷，清知不足齋抄本，勞格等校補，末附《虞勝伯先生詩集補遺》一卷，乃近人所增，共一冊。無版匡、界格。每半葉十行，行二十字。卷端不題撰者名氏。集前有桑以時《敘》及《虞山人詩目錄》。集後有虞堪至正二十七年冬至前一日《跋》。詩集按體編排，卷一爲古體雜言，卷二爲近體五言、絕句、六言，卷三爲近體七言、絕句。虞堪《跋》云：『予十年前自江右還吳下，罹時艱阻，不得遂遠道遊觀之志，竟栖跡林泉間，與山人野士處，頗放意詩酒，以銷鎔凡滓耳。而留連光景之嘆，多寓于詠歌，然即事寄情，罔校工拙，片言隻字，無可成編者。今年過海上，而從遊襄陽丘晉氏，乃裒拾予詩，得三百三十三首，釐爲三卷。』桑《敘》前有鮑以文《題記》：『《自識》云三百三十三首，今本只二百九十三首，凡缺四十首。予別有《鼓枻稾》，共四本，計詩三百廿一篇。此據趙本耳。』前有小字題云：『鮑以文先生書，映君識。』勞格《題識》云：『此長塘鮑氏知不足齋藏本，乙巳春仲，從吳山寶書堂收得，詩僅二百九十四首，與《自識》所云三百三十三首之數不符。戊申二月，陶鼎翁復以舊鈔本見示，多詩三十九首，因命小史映郎補足，并目錄八葉。鮑氏所藏《鼓枻稾》，今歸上元朱述之大令，他日當借校之。丹鉛生勞季言識。』其下小字云：『映郎錄得數首，旋以病輟，因命人補完，殊悼惜！』又附校簽云：『《虞山人詩》足本三卷，校。即《鼓枻稾》《希澹園詩》。』鮑氏知不足齋藏本收詩僅二百九十四首，勞格等據舊抄本補三十八首，距虞堪《跋》所言三百三十三首，尚少一首。集前《目錄》八葉，小史映郎所補。所補諸篇詩目，增於《目錄》眉端。此本後爲羅振玉所得，冊首有羅氏手書《題記》，云：『《虞山人詩》三卷，勞季言校補知不足齋鈔本。虞勝伯集有三本：一、《希澹園集》三卷，《四庫》著錄者是也。也是園亦有鈔本，後歸皕宋樓。二、《鼓枻稾》一卷，述古堂、也是園、孝慈堂、皕宋樓、善本書室並有之。三、《虞山人詩》三卷，即此本，皕宋樓亦有鈔本。三本編次不同，其實一也。此知不足齋鈔本，前有通介叟題字，曰「《自識》云三百三十三首，今本只二百九十三首，凡缺四十首。予別有《鼓枻稾》，共四本，計詩三百二十一篇」云云。又有勞季言《跋》，云「此長塘鮑氏知不足齋藏本……因命小史映郎補足，並目錄八葉」云云。今合計原本及補錄之數，正合勝伯《自識》篇數，在諸本中，殆推善本矣。卷耑有「王熙甫氏」、「學古堂印」、「天香書屋」、「笑傲烟霞」、「菊人蓮主」、「餘春館」、「仲氏六游」、「仲氏伯子」、「仲藝之印」、「六游」、「真畫軒」、「勞格」、「季言」等十三印，末有「仲藝印信」、「中山」、「銅井寄廬」三印。光緒己亥得之滬上醉六堂書肆。戊申二月重裝，距季言先生校補時，恰六十年也。』《中國古籍總目》著錄《虞山人詩》三卷，清抄本，國圖（清鮑廷博跋，清勞格校並跋）。即此本，著錄未盡善。

此本卷一《題柏子庭畫石草蒲》後，補《朝陽篇》《良苦吟，爲馬元尋母得見作》《咸林行，爲楊璽改葬乃祖作》等三首，勞格於《朝陽篇》葉下地脚注：『三首，依別本補。』《張商畫竹歌》一首後，補《踏車謠》一首，葉下地脚注：『依別本補。』葉眉注：『《明詩綜》十四。』卷三《書畊隱卷後》補《題季丙卿見示前輩陸子方先生義齋廉使所著乃伯父季吉甫傳并詩卷後》《丙卿還鄉里賣藥躬畊，予喜而賦詩爲別》《題贈筆生王純，與徑山愚菴及公同賦》《寄題先月樓》《夢綵堂》等五首。《人日》一首後，補《元夜》《春日漫興》六首、《早春述懷》《花下把酒》《春興》二首、《吳下口占》《越來溪》《過王季野妻施夫人墓，因懷季野》《昇公蘭若》《登天池山，發在公一笑》《爲在公賦石屋》《題渾淪菴》《寄湖州潘公穎》《寄王明仲》《贈筆生淵子敬》《贈墨客李慶源》《送達明善還嘉興》《遺陳生》《讀何水部詩集》《示陳起》《留客聽琴》《遺陳童子》《答鄭長卿見寄》等二十九首。《元夜》一首下葉脚注：『廿九首，鈔本補。』而外又補詩句及小字注若干。如卷一《贈星史汪清溪》一首不全，補『慣識魚鳥性』以下諸句。題下旁注：『已補。』又有校簽：『□首不全，可從別本補。在別本五十一頁。』卷三《寄王明仲寓杭》『黄鳥有時啼綠樹』句後補小字注：『明仲宅西柳陰與僕寓所門巷相接，每歲五月，有兩鶯來鳴，嘗謂曰信禽也。自明仲出，鶯果至，日鳴不輟，故及以報之。』『紅榴和雨落蒼苔』句下補小字注：『嘗以盆榴見遺，故云。』

集末附《虞勝伯先生詩集補遺》一卷，得《朝陽篇》《丙卿還鄉里賣藥躬耕，予喜而賦詩爲别》《寄題先月樓》《夢綵堂》《賦小瓶紅白梅花》三首（按：《虞山人詩》卷三爲四首，第一首已見於《鼓枻集》，故録其所未備三首）、《題普大雲梅花水仙》三首、《題日本僧所畫青山白雲》《題忻悦道所畫雲山招隱圖》《題陳昌言水月齋梅影圖》《牧心齋題壁》《題劉商觀弈圖》《題和靖處士觀梅圖》等十六首。其詩皆已見於《虞山人詩》，亦見於《希澹園詩集》，以《鼓枻集》所未載，故抄爲一卷。末有醒園識：『右五古一首，七律三首，七絶十二首，見《希澹園稿》，爲《鼓枻稿》所未載，因鈔存以補於後云。』醒園疑爲清末民初施肇曾字鹿珊，震澤人。未詳其所見《鼓枻稿》爲何本，别本《鼓枻稿》原載有《朝陽篇》。

虞堪身出故世儒家，能承先人之志。遭際亂世，栖遲山林，濩落偃蹇，鼓枻而歌，發爲窮愁悲涼之辭，以自攄性情，不計工拙。《鼓枻》云：『蘭枻鼓清流，獨悲江上秋。屈生常悃欵，漁父亦遲留。斑竹涵清淚，滄江没白鷗。釣竿斯可寓，隨意泊吾舟。』《静志居詩話》亟稱其《題松雪畫》一絶特工』。《題趙松雪畫》絶句原四首，見《虞山人詩》卷三，其一云：『江上晴天錦繡紋，丹崖紅樹思紛紜。毫端染得秋無際，猶是蒼梧幾片雲。』其二云：『王孫今代玉堂仙，自畫苕溪似輞川。如此青山紅樹底，那無十畝種瓜田。』其三云：『玉簫吹斷幾黄昏，南國風流竟莫論。帝子不悲秋色晚，墨痕何以著啼痕。』其四云：『竹色蕭蕭木葉齊，石邊芳草迴凄迷。斷猿落月愁何處，政在黄陵廟裏啼。』朱彝尊所稱道，即『王孫今代玉堂仙』一首，《明詩綜》選虞堪詩三首，此其一。《四庫提要》引此首，謂『深諷其出事二姓』。虞堪近體絶句，題畫爲多。古體題畫亦佳，《題王元章梅》一首尤生氣淋漓，詩云：『髯君畫梅若天造，冰雪肝腸屢傾倒。騎驢曾上燕南道，駡人不識梅花好。囊空無錢遂歸早，把酒對花心懆懆。夜半歌呼發酒狂，縱說花王被花惱。江南三月春風顛，柳絮梨花不堪掃。雪罷枝梢頗綴繁，那似山中惜懷抱。憶君誓不委露草，若欲尋之畏行潦。聞道闔門空讀書，十年不見今應老。羌笛吹時不下來，而今正合窮幽討。君不聞，咸平處士骨枯槁，白隺翩翩度瑶島。』正德《姑蘇志》稱其『爲詩清順則麗』，不盡然也。《四庫提要》論其『詩多題畫之作，又丁元末造，時有憂時感事之言。古體氣格頗高，近體亦音節諧婉，惟七言律詩，刻意欲效黄庭堅，而才力淺薄，終不相近。然大致婉約秀逸，頗饒情韻，無當時穠豔之習，亦可謂娟娟獨立矣』，庶或近之。

虞山人詩三卷、補遺一卷

民國間鉛印《殷禮在斯堂叢書》本

明虞堪撰。堪有《虞山人詩》，已著録清知不足齋抄本。此爲民國間鉛印《殷禮在斯堂叢書》本。《虞山人詩》三卷、《補遺》一卷。每半葉十六行，行二十四字。黑口，單魚尾，四周單闌。卷端不題撰者名氏。集前有桑以時《敘》及前三卷《目録》，卷三後有虞堪《跋》。《補遺》一卷前有《目録》。集末有羅振玉《跋》一則。《中國古籍總目》明別集卷未著録。

此本據清知不足齋抄本《虞山人詩》三卷梓行。前三卷與勞格未校補前篇目、次第同。《補遺》一卷，即古體雜言《朝陽篇》《良苦吟》《咸林行》《踏車謡》等四首，七言《題季吉甫傳及詩卷後》《季丙卿還鄉里》等五首，絶句《元夜》《春日漫興》六首等二十九首，共計三十八首，與勞格所補者篇目同。羅振玉《跋》與知不足齋抄本集前《題記》前段略同，後段頗異，蓋增述校刻始末：『卷一爲古體； 卷二爲五律、五絶及六言絶句； 卷三爲七律、七絶，總計二百九十四首，視原《跋》所云三百三十三首，少三十九首。往在京師，從友人假《希澹園集》，據補此集佚篇。復假得查初白先生寫本，手校文字異同於此本上。及在海東，得曹氏倦圃藏本《鼓枻稿》，復加校讐，知各本互有得失。諸本皆無序跋，惟此本有之。至此本卷一《贈星史汪清溪》五古脱十六韻三十二句，卷二《看帆》詩四首失序，《漫興》四首末失《元夜》一首。《鼓枻稿》則脱注甚多。又，《題柯參書竹》五絶二首，誤併爲一。又，查本與此本無大異同，曹本則多異字，今一一記注於下，復就《希澹園集》及《鼓枻稿》補此本佚詩，凡得三十八首，别爲《補遺》一卷，較原《跋》所稱三百三十三首者，但佚一篇耳。戊辰仲秋，因命兒子福葆校録付印，傳世虞集，殆以此爲善本矣。滬上近印《鼓枻稿》，亦不分卷、不分體，與倦圃本同，而編次又稍異，總得詩三百十有三首，則與曹本不殊也，並附記之。』

此本據查慎行抄本、曹溶舊藏本校勘，可備參酌。如卷一《桃花畫眉曲》『新柳拂蛾眉』句，『柳』字下注云：『曹本作「枝」。』『便是盧家窈窕娘』句，『盧』字下注云：『曹本作「蘇」。』『裁衣寄遠剪刀冷』句，篇末注云：『「寄遠」，一作「念遠」。』前二則，用他本校字。末一則校記，與知不足齋抄本同。《巖居高士圖歌次韻》一首，題下注：『曹本無「次韻」二字。』知不足齋抄本題作《巖居高士圖歌次韻》。《紅梅引次韻用發壺中老人一笑》一首，『用發』後注云：『二字，從曹本增。』知不足齋抄本題作《紅梅引次韻壺中老人一咲》。

虞山人詩三卷　清初抄本（静嘉堂文庫）

明虞堪撰。堪有《虞山人詩》，已著録清知不足齋抄本。此爲静嘉堂文庫藏清初抄本《虞山人詩》三卷，皕宋樓舊藏，二册。無版匡、界格。每半葉八行，行二十四字。封題『虞山人詩』。卷端不題撰者名氏。集前有桑以時《敘》及《目録》，集後有虞堪《跋》。桑《序》首葉鈐『歸安陸樹聲藏書之記』、『静嘉堂珍藏』二圖記。陸心源《皕宋樓藏書志》卷一百十一著録虞堪詩集三本：《鼓枻稿》一卷，舊抄本，汲古閣舊藏，並宋賓王題記、黄丕烈跋；《希澹園集》三卷，也是園抄本；《虞山人詩》三卷，舊抄本。此本即舊抄本《虞山人詩》三卷。集中詩『玄』字或缺末筆，或不避。《静嘉堂文庫漢籍分類目録》著録作寫本，《中國古籍總目》著録作抄本。

此本卷一爲古體雜言，共三十八首；卷二爲近體五言五十三首，絶句二十三首，六言十首；卷三爲近體七言九十二首，絶句一百十七首。通計三百三十三首，正合於虞堪《跋》所言之數，且無殘章斷篇，抄寫精工，遠較知不足齋抄本爲善。卷一《燮日堂爲於和仲賦》『於』不作『于』，甚確。《海上丹房聯句》詩後自記寫於詩題後，以爲詩序，末署『時强圉協洽九月望日，堪記』，則與知不足齋抄本同。

希澹園詩集三卷　《文淵閣四庫全書》本

明虞堪撰。堪有《虞山人詩》，已著録清知不足齋抄本。《四庫總目》著録汪如藻家藏本。此爲文淵閣《庫》本《希澹園詩集》三卷。『希澹』，用邵子語以名書室，又用以名集。《希澹園詩集》三卷，即《虞山人詩》三卷。集前有桑以時《希澹園詩集原序》，集後有虞堪《跋》。卷一爲古體雜言，起於《滄浪操》，止於《海上丹房聯句》；卷二爲近體五言、絶句，起於《鼓枻》，止於《題顧定之二篠》；卷三爲近體七言、絶句，起於《汗漫遊，與姚子静、錢公權、壁上人同賦》，止於《題和靖處士觀梅圖》。其序跋、分卷、次第與静嘉堂文庫藏清初抄本《虞山人詩》三卷不異，然此本有佚篇。卷二所收五言絶句《題朱叔仲所畫青山白雲横幅》一首以上篇目、次第不異，接下《題陸季弘畫碧桃花》一首云：『飛去三千里，開過幾劫春。此言誰解得，還汝日東人。』詩句實贈日本僧所作。自《陸季弘畫碧桃花》詩題以下，失《題章横塘畫諼花》《題舍弟坊畫竹》二詩及《戲爲日本僧題梅花》詩題。蓋所據底本缺半面，故誤合《題陸季弘畫碧桃》詩題與《戲爲日本僧題梅》詩句爲一首。《庫》本與清初抄本《虞山人詩》字句鮮異。如卷一《愛日堂爲於和仲賦》，别本多作『于和仲』，此二本皆不誤。同卷《海上丹房聯句》，此二本俱有詩前小序，别本多作詩後自記。卷二《周可久》，二本無注，别本或有『可久母没于兵』之注。

虞山人詩八卷　清抄本（臺圖）

明虞堪撰。堪有《虞山人詩》，已著錄清知不足齋抄本。此爲臺圖藏清抄本《虞山人詩》八卷，四册。有版匡，無界格。每半葉八行，行十八字。各卷端題曰：『玉屏山樵虞堪叔勝著。』集前有虞堪《虞山人詩序》及《目錄》，無桑以時《敘》。虞《序》即《虞山人詩》三卷本集末《自跋》。集中『丘』、『弘』字不避，卷一第一首《滄浪操》『玄』字不避，餘『玄』字缺末筆。鈐『干氏二十八宿研齋祕笈之印』、『恭綽』、『遐菴經眼』、『玉父』諸圖記。臺圖館目著錄作舊抄本，《中國古籍總目》著錄作清抄本。

集凡八卷，卷一爲古體雜言，起於《滄浪操》，止於《紅梅引次韻用發壺中老人一笑》；卷二爲古體雜言，起於《鶴瓢》，止於《海上丹房聯句》并序；卷三爲近體五言，起於《鼓枻》，止於《飛雲樓春夜會飲聯句》；卷四爲近體七言，起於《汀漫游，與姚子靜、錢公權、壁上人同賦詩》，止於《寄溉湖鄧高士》；卷五爲近體七言，起於《寄王仲明寓杭》并序，止於《施架閣池上夜飲聯句》；卷六爲五言絕句、六言絕句，起於《海岸圖》，止於《題顧定之所畫二篠》；卷七爲七言絕句，起於《西蜀》，止於《陳慎獨畫竹樹圖》；卷八爲七言絕句，起於《題倪元鎮竹樹圖》，終於《顥和靜處士觀梅圖》。其詩較靜嘉堂文庫藏清初抄本《虞山人詩》三卷本不加多，釐分卷帙則異：《虞山人詩》原卷一析爲前二卷，原卷一近體五言改爲卷三，五言絕句、六言絕句改爲卷六，原卷三近體七言析爲卷四、卷五，七言絕句析爲卷七、卷八。集中詩亦偶變易次第，如原卷二所收五言絕句自《滄波》起，下接《舊箏》《詠異石》《寓目》

《題醉李太白圖》《海岸圖》《題列子乘風便面》《題青山白雲四首》《題柯參書竹二首》《題倪元鎮竹樹》《題顧定之畫出墻竹》《題朱叔仲青山白雲》（按：《題朱叔仲青山白雲》以下諸五言絶句，二本次第同）。此本卷六收五言絶句首起《海岸圖》，下接《滄波》《舊箏》《詠異石》《寓目》《題醉李太白圖》《題朱叔仲畫青山白雲横軸》《題列子乘風便面》《題青山白雲四首》《題倪元鎮畫竹樹圖》《題顧定之畫出墻竹》。《題柯參書竹二首》其一云：『秋風來蒼梧，白月下九疑。不見湘夫人，一枝空淚垂。』其二云：『海上青琅玕，曾持天上看。蕭條風雨夜，誰拾鳳毛寒。』此本未收入五言絶句，誤以爲五律，編入卷三。蓋不惟變易次第，亦有編排譌誤。

鼓枻稿一卷　清康熙間抄本（汲古閣抄校）（静嘉堂文庫）

明虞堪撰。堪有《虞山人詩》，已著録清知不足齋抄本。此爲清康熙間抄本《鼓枻稿》一卷，汲古閣校藏，一册。無版匡、界格。每半葉十行，行二十字。封題『鼓枻稾』，小字題『明抄本，汲古閣藏書』。卷端題曰：『元虞堪叔勝。』集前無桑以時《敘》，集後無虞堪《跋》。卷端鈐『汲古閣』、『宋蔚如收藏印』、『歸安陸樹聲藏書之記』、『静嘉堂珍藏』四印，卷末鈐『汲古閣』、『校』。卷尾有宋賓王《題識》、黄丕烈《跋》。賓王《題識》云：『間嘗謂汲古所刻多譌字，惟鈔本獨善。此汲古閣鈔本也，不特底本異常，而筆畫皆得篆隸義。較書如埽落葉，旋掃旋有也。雍正丁未四月十一日較，宋賓王記。』丕烈《跋》云：『此香嚴書屋藏書也，予因罕祕，出重價收之。既而揚州藝古堂主人以舊鈔宋元人集數種，與余易書。茲《鼓枻藁》亦有之，分卷六，目録在每卷首。上有「西圃蔣氏手鈔」、「校本」長方印。取以勘此，遜此多矣。道光甲申新秋校，蕘夫。』集中詩『玄』字缺末筆，知寫於清康熙間。卷尾附《鼓枻藁目録》，字蹟别出一手。《讀醉樵遺徐允中書》題後多出《兵革後送周伯昂歸義興》《題顧定之二篠》《題定之竹》《題趙魏公出浴馬》《題諼花》《遺陳生》《題趙魏公揩癢馬》等七首之目。其目録悉同於國圖藏姚晏舊藏清初抄本。蓋後人迻録别本目録附於此本後。然此本實不缺以上七篇，七詩見於《題倪雲林畫》一首至《題李安忠猿鵲圖》一首間，序次爲《兵革後送周伯昂歸義興》《題趙松雪浴馬圖》《題顧定之畫二篠》《題諼花圖》《遺陳生士起》《題趙魏公揩癢馬》《題顧定之竹》。

陸心源《皕宋樓藏書志》著録虞堪詩集三本，其一爲《鼓枻稿》一卷，舊抄本，汲古閣舊藏，並宋賓王題記、黄丕烈跋。即此本，後流入東瀛。《静嘉堂文庫漢籍分類目録》著録《鼓枻稿》一卷，明寫本。《中國古籍總目》著録作《鼓枻稿》卷，明抄本，日本静嘉堂。胥有未確。臺灣傅斯年圖書館亦藏汲古閣抄本一部，《中國古籍總目》著録作《鼓枻稿》一卷，清初汲古閣抄本（雍正五年宋賓王朱筆題記）。今未及訪之。

此本收詩三百零八首，不合於虞堪《跋》所言三百三十三首之數。静嘉堂文庫藏清初抄本《虞山人詩》卷二收《題青山白雲四首》，其一云：『幽人臥春曉，四山雲氣迷。閉門花任落，叫殺護林雞。』其二云：『人家青樹合，僧寺白雲封。誰共詩翁住，夕陽聽晚鐘。』其三云：『我愛山中住，山中秋復春。白雲長罨戶，來往斷無人（注：一作獨樵人）。』其四云：『窅窅一帶山，沉沉萬株樹。著我静者心，獨得看雲趣。』此本收《題青山白雲二首》，即前二首，『人家青樹合』一首眉批曰：『一本脱此首。』又收《題雲山圖手卷》，即『窅窅一帶山』一首。又收《題朱叔仲畫青山白雲横軸》二首，第二首即『我愛山中住』一首，『愛』作『在』，眉批曰：『一本脱此首。』《殷禮在斯堂叢書》本卷二收《題青山白雲四首》，其三『愛』字後注：『曹本作「在」。』其四『窅窅一帶山』一首注：『曹本作《題雲山圖手卷》。』曹本，謂曹溶舊藏本。《庫》本《希澹園詩集》卷二亦録《題青山白雲四首》。

此本編集諸體間雜，細辨集中詩，略可見行蹤次第。如《次韻堅公秋懷》《中秋夜與堅上人東樓看月》《答陳孟章省元》《用先叔祖韻壽雀齋薛真人》《贈瀞天鏡講師》《次王原吉韻贈石林上人》《九日與雀𡍼真人飲堅上人東樓次韻》《宿堅公房，詠高麗石瑠璃》《海上丹房聯句》諸詩連抄，俱避兵練水所作。《贈瀞天鏡講師》詩序云：『予渡練川，寓于大報國圓通寺。』《海上丹房聯句》詩後《自記》有『予與東海生俱僑練水』，『時彊圉協洽九月月望，堪記』云云。彊圉協洽，謂至正二十七年丁未。知不足齋抄本卷一末篇即此首，詩序即詩後《自記》，末云：『强圉協洽九月望日，堪記。』《庫》本《希澹園詩集》同。

其篇題、字句與知不足齋抄本時異。第一首七言古《巖居高士圖歌》，知不足齋抄本《虞山人詩》收於卷一《桃花畫眉曲》後，題作《巖居高士圖歌次韻》。『西來雪嶺消不乾』句之『消不乾』，朱筆眉批曰：『一作「不曾乾」。』知不足齋本則作『雪不乾』。知不足齋本《人日》一首後，缺《元夜》等詩二十九首，勞格據别鈔本補之，其中《吴下口占》《越來溪》《過王季野妻施夫人墓，因懷季野》《昇公蘭若》《登天池山，發在公一笑》《爲在公賦石屋》《題渾淪菴》諸首連抄，所補與《庫》本《希澹園詩集》同。此本原有《吴下口占》諸篇，《昇公蘭若》《登天池山，留發在公一咲》《題渾淪菴》《吴下口占》《越來溪》

《過王季野妻施夫人墓》諸首連抄，詩題之異亦可見之。此本《題吳江孫氏先小隱湖樓》，知不足齋本卷二題作《題吳江孫氏小隱湖樓》，此本與姚晏舊藏清初抄本《鼓枻稿》同，知不足齋抄本與《庫》本《希澹園詩集》同。

鼓枻稿一卷　清初抄本（國圖）

明虞堪撰。堪有《虞山人詩》，已著錄清知不足齋抄本。此爲清初抄本《鼓枻稿》一卷，吳興姚晏舊藏，一冊。無版匡、界格。每半葉八行，行十七字。封題『鼓枻稾』。卷端題曰：『元虞堪叔勝父著。』卷末題『虞山人詩集終』。集前有《目錄》，無桑以旹《敘》，集後無虞堪《跋》。目錄首葉鈐『姚晏』、『姚氏藏書』二圖記。目錄前有《題記》一首，抄錄《明詩綜》所載虞堪小傳及《詩話》語以代小傳，末署：『己亥孟春，閲《靜志居詩話》，偶題簡端數語，以代小傳。』鈐『孝光手印』圖記。集中『丘』字不避，『玄』字間闕末筆，『弦』、『鉉』不缺末筆。當爲清初抄本，寫時與汲古閣抄校本相近。《中國古籍總目》未著錄此本。

此本篇目與靜嘉堂文庫藏汲古閣抄校本同，次第偶異。汲古閣本《讀饒介之遺徐允中書》下接《海岸圖》《畫雀篇，爲陳叔介賦》《題竹樹圖，送陳君玉歸呂城》而卷終。此本《讀饒介之遺徐允中書》下接《兵革後送周伯昂歸義興》《題趙松雪出浴馬圖》《題顧定之所畫二篠》《題諼花圖》《遺陳生士起》《題趙魏公指癢馬》《題顧定之竹》《海岸圖》《畫鶴篇，爲陳叔介賦》《題竹樹圖，送陳君立歸呂城》而卷終。

《兵革後送周伯昂歸義興》《題趙松雪出浴馬圖》《題顧定之所畫二篠》《題謖花圖》《遺陳生士起》《題趙魏公指癢馬》《題顧定之竹》等七首，汲古閣本寫於《題倪雲林畫》一首至《題李安忠猿鵲圖》一首間，此本《題倪雲林畫》下徑接《題李安忠猿鵲圖》。靜嘉堂文庫藏清初抄本《虞山人詩》卷二收《題青山白雲四首》，此本所收《題雲山圖》（『窅窅一帶山』一首）即其一，《題青山白雲》即『幽人臥春曉』一首、『人家青樹合』一首（按：二者合抄爲一首，未確），其詩題、篇次與汲古閣本同。由是知此本與汲古閣校抄本同出一祖本，而次第稍異。

此本時有闕字留白。如第一篇《巖居高士圖歌》『西來雪嶺不□乾』句，『不□乾』，汲古閣本作『消不乾』，他本或作『不曾乾』、『雪不乾』。據以推之，所闕蓋爲一『曾』字。《賦王明仲分菊》『幾時簾幕秋香□』句，『秋香□』，汲古閣本《用韻賦王明仲分菊》作『秋香滿』，知不足齋抄本卷三《次韻賦王明仲分菊》亦作『秋香滿』。《愛日堂爲于仲和賦》『嬰□拙舞將驩娛』句，『嬰□』，汲古閣本《愛日堂爲于仲和賦》作『嬰啼』，知不足齋抄本卷一《愛日堂爲于和仲賦》亦作『嬰啼』。《庫》本《希澹園詩集》卷一《愛日堂爲於和仲賦》並作『嬰啼』（按：『于和仲』，陳基《馬千戶遺愛詩序》《愛日堂記》言及之，《四部叢刊三編》景明鈔本《夷白齋稿》皆作『於和仲』，光緒《石門縣志》卷十《遺文》收錄陳基《馬千戶遺愛詩序》亦作『於和仲』。松陵於和仲事蹟，見《愛日堂記》，當以『於』字爲正，《庫》本不誤）。

對勘汲古閣校抄本、知不足齋抄本，此本抄寫未精，多有脫訛。如《題陸季畫竹》二首其二『修修雙玉倚空清』，『季』後脫一『弘』字，『修修』，汲古閣校抄本、知不足齋抄本等作『翛翛』是。《海上丹房聯句》詩後自記末署『時强圉協洽九九月望，堪記』，『九九月望』，當作『九月月望』。

鼓枻稿一卷　舊抄本（國圖）

明虞堪撰。堪有《虞山人詩》，已著録清知不足齋抄本。此爲國圖藏舊抄本《鼓枻稿》一卷，結一廬舊藏，二冊。無版匡、界格。每半葉九行，行二十一字。卷端題曰：『元虞堪叔勝父著。』卷尾末行題『虞山人詩』。集前無桑以時《敘》及《目録》，集後無虞堪《跋》。卷端鈐『結一廬藏書印』、『臣澂私印』、『子清』、『雪莊』、『張氏珍藏』五圖記。曾爲朱學勤、朱澂父子舊藏。集中『丘』、『弘』字不避，『玄』字偶闕末筆，『鉉』字不缺筆，寫時蓋稍早於姚晏舊藏清初抄本、汲古閣校抄本。《中國古籍總目》未著録。

此本篇目、序次與姚晏舊藏清初抄本同，然不似其多闕字、脱訛，亦一精抄本也。《愛日堂爲于仲和賦》『于』字不譌作『於』，《海上丹房聯句》無詩序，詩後未録自記，蓋所據底本已然。

鼓枻稿不分卷　《涵芬樓祕笈》本（上海書店）

明虞堪撰。堪有《虞山人詩》，已著録清知不足齋抄本。此爲《涵芬樓祕笈》本《鼓枻稿》一卷。每半葉十行，行二十　字。黑口，單魚尾，四周雙闌。卷端不署撰者名氏。集前無序、目録。集末有孫毓修民國八年《鼓枻稿跋》，云：『右《鼓枻稿》不分卷，明虞堪撰。堪字克用，一字勝伯，道園從孫也。

流寓長洲，而仍往來於蜀，自稱西蜀書生。洪武中，爲雲南府學教授，卒於官。堪集別稱《希澹園詩》，《四庫》著録者是也。此題《鼓枻藁》者，《四庫》附存其目。兩本相較，篇數並同，惟前後編次稍有不同耳。其詩多元時所作，入明以篇什無聞。相傳堪没後，所遺翰墨尚數篋，其子孫不讀書，漫置屋中，久而亡之，故所傳至此。《鼓枻稿》有分六卷者，有分二卷者，又有題《虞山人詩》者，蓋其集久無刊本，鈔帙流傳，各以意爲之，遂多歧異耳。今所據本，殊多誤字，借本對校，亦未能盡如落葉之盡埽也。己未閏月，無錫孫毓修跋。」

排印本起於《自題萬壑松風圖歌，贈天台朱秉中梅花巢》《自畫山居圖歌，贈宜春朱隱君地理專門》《朱叔仲山水引，爲鄒生作》諸篇，末數篇爲《題竹樹圖，送陳君立歸呂城》《巖居高士圖歌》《自畫關山旅行圖，因製畫山曲》。如孫氏《跋》所言，其序次頗異於《庫》本《希澹園詩》。取《虞山人詩》《鼓枻稿》他本以校，其序次亦全異，暫未詳孫氏所據何本也。文淵閣《庫》本《希澹園詩》以底本殘半葉，《題陸季弘畫碧桃花》有題無句，《戲爲日本僧題梅花》有句無題，中失《題章横塘畫諼花》《題舍弟坊畫竹》二詩，此本不缺四詩（《戲爲日本僧立恒中題梅花》《題章横堂蘐花》《題陸季弘碧桃花》《題舍弟仿墨竹》）。孫氏以所據底本多誤字，借本校之，然校記省録，未便於參酌。《愛日堂爲于仲和賦》一首，『於仲和』猶誤作『于仲和』。《題舍弟仿墨竹》一首，『仿』爲『坊』字之誤，則未詳所據底本已然，抑或排印之誤。《中國古籍總目》明別集卷未著録此本。

鼓枻稿四卷（殘）　清抄本（北大）

明虞堪撰。堪有《虞山人詩》，已著録清知不足齋抄本。此爲北大圖書館藏清抄本《鼓枻稿》四卷，一册。無版匡、界格。每半葉十行，行二十字。各卷端題曰：『元虞堪叔勝著。』集前有《目録》，無桑以時《敘》，集後無虞堪《跋》。『丘』、『弘』不避，『玄』字大都不避，《題吴江春曉圖，贈張伯奇南歸》《題陸季弘畫碧桃花》詩中『玄』字則缺末筆。《中國古籍總目》著録《鼓枻稿》四卷本爲一條：清抄本，北大；　抄本（佚名校），臺圖。

此本卷一起《巖居高士圖歌》，止於《陳湖》一首；　卷二起《題嘉興水西寺》，止於《題宋端孝公主桂花詩便面》；　卷三起《次韻山居六詠》，止於《飛雲樓聯句》；　卷四起《池上聯句送公穎》，止於《畫鶴篇，爲陳叔介賦》。《酬施雅山處士》以上篇目、序次，悉與姚晏舊藏清初抄本《鼓枻稿》一卷同。按《目録》，《酬施雅山處士》一首注云：『以下缺。』《目録》僅録十九題。臺圖藏《鼓枻稿》四卷，字蹟與此本同，集前《目録》完整，對勘知共二十七題，檢集中詩，尚多出《趙松雪出浴馬》一首，《目録》所無。復檢姚晏舊藏本，《題朱澤民書釣圖》以下，共二十八題，與臺圖藏四卷本同（按：即《酬施雅山處士》《題季丙卿見示前輩陸子芳先生義齋廉使所著乃伯父季吉甫傳并詩》《看帆四首》《題吴江孫氏先小隱湖樓》（《庫》本作《題吴江孫氏小隱湖樓》）《悼堅上人》《題江山臺觀圖》《爲立上人題雲山欲雨手卷》《題佛圖澄應趙故實手卷》《題朱叔仲山水手卷》《題盛子昭臨吴興公溪山釣圖》《題倪雲林畫》《題李安忠猿鶴圖》《題月夜汎湖詩卷》《題王叔明所畫巖居羅漢》《分題賦得任公釣臺，送王允剛歸義興》《雨中過同川，訪王性中齋居，寓宿話舊因賦》《次韻答性中二首》《讀醉樵遺徐允中書》《兵革後送周伯昂歸義興》《題趙松雪出浴馬圖》《題顧定之所畫二篠》《題湲花圖》《遺陳生士起》《題趙魏公揩癢馬》《題顧定之竹》《海岸圖》《畫鶴篇，爲陳叔介賦》《題竹樹圖，送陳君立歸呂城》等二十八題，詩共三十二首）。

此本分卷無甚體例，止取其便耳，不似《虞山人詩》八卷本猶有合併編裁。所謂《鼓枻稿》一卷本、三卷本、四卷本及《虞山人詩》八卷本，大抵同一祖本，分卷略異耳。其篇目多寡不均，亦由所據底本或完或缺，訂補與否，而有所别。各本傳抄，文字亦略異。即如此本，《愛日堂爲于仲和賦》，『于』字未確。《海上丹房聯句》詩後附自記（葉有殘損），而非錄爲詩序。集中詩偶有闕字，未臆補（如《答鄭長卿以書貽》有闕字）。集前有近人徐鈞手書《題記》：『第四卷有「先叔祖太史文靖公」之語，蓋虞道園從孫也。所與游如倪雲林、王元章輩，皆一時名士。詩亦深穩，無叫囂氣，確是元人一派。此冊爲汪閬園所藏，世無刻本。癸亥秋九，予於上海得之，擬借《元詩選》閱看，未知有此一家否。同治癸酉季冬十有一日，曉霞重裝，復讀一過。』（徐鈞，字曉霞，號愛日館主人，桐鄉人。）

鼓枻稿四卷　　清抄本（臺圖）

明虞堪撰。堪有《虞山人詩》，已著錄清知不足齋抄本。此爲臺圖藏清抄本《鼓枻稿》四卷，二冊。無版匡、界格。每半葉十行，行二十字。各卷端題曰：『元虞堪叔勝著。』集前有《目錄》，無桑以時《敘》，集後無虞堪《跋》。卷一首葉鈐『鐵琴銅劍樓』圖記。『丘』、『弘』不避，『玄』字避。此本與北大藏清抄本字蹟同出一手，此更爲精工，蓋後寫之本。《中國古籍總目》著録《鼓枻稿》四卷本爲一條：清抄本，北大；抄本（佚名校），臺圖。

此本卷一起於《巖居高士圖歌》，止於《陳湖》；卷二起於《題嘉興水西寺》，止於《題宋端孝公主梓花詩便面》；卷三起於《次韻山居六詠》，止於《飛雲樓聯句》；卷四起於《池上聯句送公穎》，終於《題竹樹圖》。北大藏清抄本卷四全《題朱澤民書釣圖》一首止，以下《酬施雅山處士》等二十八題缺（按：集前《目録》存十九題）。此本首尾完整，第《目録》遺《題趙松雪出浴馬圖》一題。集中偶有朱筆校字，闕字大都與北大藏清抄本同，不妄臆補。

鼓枻稿六卷　清初呂無黨抄本（臺圖）

明虞堪撰。堪有《虞山人詩》，已著録清知不足齋抄本。此爲清初呂無黨抄本《鼓枻稿》六卷，一冊。無版匡、界格。每半葉十行，行二十一字。各卷端題曰：「元虞堪叔勝著。」集前有《目録》，無桑以時《敘》，集後無虞堪《跋》。《目録》首葉鈐「莚圃收藏」、「克文之福」、「寒雲主人」、「瑞軒」、「竹居」、「南陽講習堂」、「龍鶼館」、「寒雲」、「德啓借觀」諸圖記。卷一首葉鈐「世異印信」、「德啓」、「如意」、「瑞軒」諸圖記。集末葉鈐「二琴趣齋」、「高氏校閱精鈔善本印」、「莚圃收藏」圖記。集後有「寒雲主人」袁克文民國五年冬手跋《呂無黨手寫鼓枻稿》，墨滓浸損，不可全識，有「無黨名葆中，晚邨子」，「予審其字極秀正，決非書胥可辦。及檢視「留」字，皆書作「畱」，「榴」、「溜」諸字又不缺，始知爲無黨手鈔無疑』云云。集中『玄』字不避，『鉉』、『絃』字亦無缺筆，知寫時早於清吴氏四古堂抄本、汲古閣校抄本及結一廬舊藏舊抄本。

此本雖釐爲六卷，然篇目、次序大抵同於姚晏舊藏清初抄本一卷、結一廬藏舊抄本一卷。卷一起於《巖居高士圖歌》，止於《送張士皋歸閩》；卷二起於《送張伯奇還花溪舊隱》，止於《題陸季弘畫碧桃花》；卷三起於《王明仲遊海雲蘭若，折錦帶花貯瓶中，索賦絕句》，止於《石屋爲壞菴在上人賦》；卷四起於《午日訪沈元圭，席上次黄舜臣韻》，止於《答鄭長卿以書見貽》；卷五起於《留客聽琹》，止於《九日與隺齋真人飲于堅上人東樓次韻》；卷六起於《宿堅公房，詠高麗石琉璃》，終於《題竹樹圖，送陳君玉歸吕城》。静嘉堂文庫藏清初抄本《虞山人詩》卷二收《題青山白雲四首》，汲古堂抄校本、姚晏舊藏本、結一廬藏本皆收《題青山白雲二首》(『幽人臥春曉』一首、『人家青樹合』一首)，『窅窅一帶山』一首另題作《題雲山圖手卷》。此本録《題雲山圖手卷》一首，而《題青山白雲》僅得『幽人臥春曉』一首。

吕氏抄寫極工，此本爲虞堪詩集鈔中之精本。集中詩題、字句偶異於姚晏舊藏本、結一廬舊藏本。如卷一《自畫關山旅行圖》，姚晏舊藏本、結一廬舊藏本及皕宋樓舊藏清初抄本均題作《自畫關山旅行圖，因製畫山曲》。此本以『君不見，杜甫悲歌一世豪，南奔北走何其勞，南奔北走何其勞』結篇，上舉三本多出末一句『許身稷契愚且高』。又如卷六《海上丹房聯句》無序記，結一廬舊藏本亦無，姚晏舊藏本有之。諸本間異同若是。集中偶有闕字，不妄補。如卷一《巖居高士圖歌》『西來雪嶺□不乾』，闕字留白。卷五《愛日堂爲於仲和賦》，他本多誤作『于仲和』，此本不誤。衡之諸本，《鼓枻稿》六卷本，當以此抄最精。

鼓枻稿六卷、補遺一卷　清吴氏四古堂抄本（清吴允嘉校補，鄧邦述校並題記）（國圖）

明虞堪撰。堪有《虞山人詩》，已著録清知不足齋抄本。此爲《鼓枻稿》六卷、《補遺》一卷，清吴氏四古堂抄本，清吴允嘉校補，鄧邦述校並題記，一册。有版匡，無界格。每半葉十行，行二十二字。白口，單魚尾，四周單闌。版心上寫「鼓枻藁」，下寫「四古堂」，中標卷數。各卷端題曰：「元虞堪伯勝。」卷一題署下有小字注：「《傳》作『勝伯』。」集前無桑以時《敘》及目録，有《小傳》，集後無虞堪《跋》。《小傳》採正德《姑蘇志》及《列朝詩集》小傳二則。集前有鄧邦述手書《題記》，云：「此鈔本甚舊，且有朱、墨兩校筆。後《補遺》五葉，乃另一人所書，即墨校之主人也。字尤雅好，鈔紙有篆文『四古堂』三字，亦不知爲何人。要之，爲鈔中之精本固無疑耳。癸亥正月，羣碧居士。」今按：「四古堂」爲清人吴允嘉書堂名。允嘉字志上，號石倉，錢塘人。能詩文，家富藏書，精於校讎，丹鉛點勘，晨書暝寫。著有《四古堂文鈔》《甑山詩集》《石倉存稿》等集。鄧氏《題記》葉鈐「羣碧廔」、「鈔本」、「校本」、「羣碧校讀」四印。卷一首葉鈐「長樂鄭振鐸西諦藏本」、「九峰舊廬珍藏書畫之記」印，集末鈐「遂翔經眼」、「長樂鄭氏藏書之印」，知曾經王綬珊、朱遂翔、鄭振鐸庋藏。集中「玄」字多避諱校改，如改「玄真子」爲「元真子」，「玄洲」爲「元洲」，然《成都使君王季野席上次韻，奉呈檜巢、初菴、雲林、玄素、子素諸公》一首「玄」字未改。

此本分卷、篇目、敘次大抵不異於清初呂無黨抄本，蓋以底本訛脱多有，遂輯其脱者爲《補遺》一卷。由是知非據呂無黨抄本寫録。如卷二亦起《送張伯寄還花溪舊隱》，止於《題陸季弘畫碧桃花》，然卷中有佚篇《南城祚真精舍寓宿，呈熙、哲二公》，遂補於該卷末。《鼓枻藳補遺》一卷，依次録《次韻答公權見遺之句》《成都使君王季野席上次韻，奉呈檜巢、初菴、雲林、玄素、子素諸公》《贈筆生施廷用》《愛日堂爲于仲和賦》《山居圖》《李龍眠畫馬》《讀饒介之遺徐允中書》《瞻雲操》《飛雲樓春夜會飲聯句》《施架閣池上夜飲聯句》等十首。補遺諸篇，均已見呂無黨抄本，亦見姚晏舊藏一卷本、結一廬舊藏一卷本。如卷五《愛日堂爲于仲和賦》一首，校云：『此處有訛誤。』眉批：『此將《愛日堂》與《山居圖》古風二章誤併爲一，今各補録于後。』呂無黨抄本、姚晏舊藏本、結一廬舊藏本《愛日堂爲于仲和賦》一首篇句完整，其後接《山居圖》《李龍眠畫馬》《飛雲樓春夜會飲聯句》《施架閣池上夜飲聯句》諸篇，皆此本卷五所無。此本或誤合兩首爲一首，或失而未録，故校者合輯於後，而實無新輯逸篇。

又，呂無黨抄本《題青山白雲》題下僅存『幽人臥春曉』一首，此本《題青山白雲圖》亦録此一首，眉端補曰：『其二：「人家青樹合，僧樹白雲封。誰共詩翁坐，夕陽聽曉鐘。」』汲古閣抄校本、姚晏舊藏本、結一廬舊藏本《題青山白雲圖》一題皆收此二首，然『人家青樹合』一首，『僧樹』作『僧寺』，『詩翁坐』作『詩翁住』，『聽曉鐘』作『聽晚鐘』。

此本詩題、字句與他本時異。如卷一《自畫關山旅行圖》，呂無黨抄本同，姚晏舊藏本、結一廬舊藏本均題作《自畫關山旅行圖，因製畫山曲》，皕宋樓舊藏清初抄本《虞山人詩》卷一詩題亦然。此篇末云：『君不見，杜甫悲歌一世豪，南奔北走何其勞。南奔北走何其勞，許身稷契愚且勞。』『勞』字旁校作『高』。眉批曰：『原校「高」字未協，宜再校。』呂無黨抄本無『許身稷契愚且勞』一句，姚晏舊藏、結一廬舊藏、皕宋樓舊藏清初抄本均作『高』。卷一末一首《送張士皋歸閩》，呂無黨抄本同，姚晏舊藏本、結一廬舊藏本題作《送張士皋歸閩中》。卷二《寄徐生并柬愚谷上人》結句云：『西林有禪老，夜詰好論心。』『詰』字旁校作『話』。眉批：『一本結句云：「文殊應在座，摩詰好論心。」』姚晏舊藏本、結一廬舊藏本題作《寄徐生，兼柬廉愚谷上人》，結句云：『文殊應在座，摩詰好論心。』卷二《寄王明仲寓杭》二首，其一無詩句注，姚晏舊藏本同，結一廬舊藏本有注。同卷《贈周可久》一首，詩題下無注。姚晏舊藏本詩題注：『可久母没于兵。』結一廬舊藏本『可久母歿于兵』六字，爲詩末小字雙行注。卷二《題文殊院壁》，下接《昭明寺暹上人房次韻題壁》，眉批：『此處失《南城祚真精舍》一律，補于卷末。』姚晏舊藏本、結一廬舊藏本《題文殊院壁》後俱有《南城祚真精舍寓宿，呈熙、哲二公》一首。卷三《寄徐生》下接《山中有懷江上故人》，眉批：『此處失《山家書壁》一首，補于卷末。』又勾删，蓋《山中有懷江上故人》後原有《山家書壁》一首。《山有懷江上故人》一首，姚晏舊藏本、結一廬舊藏本題作《山中獨夜有懷江上故人》。諸本間異同若是。此本訛誤時見，如《送張伯寄還花溪舊隱》，『張伯寄』當作『張伯奇』；又如《九月與崔齋真人飲于堅上人東樓次韻》，『九月』當作『九日』。雖經冉校，究未若結一廬舊藏本精善。鄧邦述許其爲『鈔中之精本』，今衡以諸本，未之稱也。

鼓枻稿六卷、補遺一卷　清光緒三十年李盛鐸抄本（國圖）

明虞堪撰。堪有《虞山人詩》，已著錄清知不足齋抄本。此爲清光緒三十年李盛鐸抄本《鼓枻稿》六卷、《補遺》一卷，一册。無版匡、界格。每半葉十行，行二十二字。封題『鼓枻藁』，小字題『六卷、補遺一卷，明虞堪撰。光緒甲辰季冬鈔藏，椒微記』。各卷端題曰：『元虞堪伯勝。』卷一撰者名氏下小字注：『《傳》作「勝伯」。』集前無桑以時《敘》及目錄，集後無虞堪《跋》。封葉鈐『李盛鐸印』，内封鈐『山西省提法使司印』、『山西等處承宣布政使司之印』。卷一首葉鈐『木犀軒藏書』、『李盛鐸家藏文苑』、『茶微手錄』三印。集末題『光緒甲辰九月錄於京師寓廬，椒微記』，鈐『李盛鐸印』、『李滂』、『少微』三印。李滂字少微，盛鐸子也。

此本據清吴氏四古堂抄本《鼓枻稿》六卷、《補遺》一卷寫錄。集前無《小傳》二則。四古堂抄本有朱、墨兩校筆，此本酌取之，罕錄校語。如四古堂抄本卷一《自畫關山旅行圖》結句『許身稷契愚且勞』，『勞』旁校作『高』，眉批：『原校「高」字未協，宜再校。』此本徑作『高』。卷二《寄徐生并柬愚谷上人》結句『西林有禪老，夜詰好論心』，『詰』旁校作『話』，眉批：『一本結句云：「文殊應在座，摩詰好論心。」』此本徑作『話』。至於校語偶涉佚篇者，則錄之。如《題青山白雲圖》，四古堂抄本眉端補『人家青樹合，僧樹白雲封。誰共詩翁坐，夕陽聽曉鐘』一首，此本據以抄於葉眉，字句亦與汲古閣校抄本等異，前已辨之。四古堂抄本訛字，此本多未校改。如卷二《送張伯寄還花溪舊隱》，『張伯奇』猶作

『張伯寄』。《補遺》末一葉殘損，《施架閣池上夜飲聯句》『乘興放船來笠澤』句以下字句不全，此本摹勒殘畫，蓋別無校本可參。四古堂抄本尚存，更有呂無黨抄本佳甚，此本無甚可觀。《中國古籍總目》合此本與四古堂抄本著録爲一條。

鼓枻稿六卷、補遺一卷　清末德化李氏木犀軒抄本（北大）

明虞堪撰。堪有《虞山人詩》，已著録清知不足齋抄本。此爲清末德化李氏木犀軒抄本《鼓枻稿》六卷、《補遺》一卷，一册。有版匡、界格。每半葉十行，行二十二字。白口，單魚尾，左右雙闌。版心下標『木犀軒鈔本』。各卷端題曰：『元虞堪伯勝。』卷一撰者名氏下小字注：『《傳》作「勝伯」。』集前無桑以時《敘》及日録，集後無虞堪《跋》。前已著録國圖藏清光緒三十年李盛鐸抄本《鼓枻稿》六卷、《補遺》一卷，此亦李盛鐸手録本，所據底本亦爲清吳氏四古堂抄本《鼓枻稿》六卷、《補遺》一卷，分卷、篇題、次第、字句與光緒三十年抄本鮮異，蓋録以存副。《中國古籍總目》著録光緒三十年李盛鐸抄本，而遺此本。

吳氏四古堂抄本有朱、墨校筆，光緒三十年抄本酌取之，罕抄校語，有佚篇則寫於葉眉。如《題青山白雲圖》題下僅『幽人臥春曉』一首，遂録四古堂眉批，葉眉增『人家青樹合』一首。此本《題青山白雲圖》則未增補。又，此本《題青山白雲圖》下接六言絶句《盤門》一首，首句『南□廟前雙柏』。汲古閣抄校本作『爲雨廟前霜柏』（眉批曰：『「爲」，一作「南」。』）、呂無黨抄本作『南□廟前霜柏』，姚晏舊藏本、結一盧舊藏本皆作『南雨廟前霜柏』，吳氏四古堂抄本作『南□廟前霜柏』，光緒三十年李盛鐸抄本作『南□廟前雙柏』。復檢靜嘉堂文庫藏清初抄本《虞山人詩》及《庫》本《希澹園詩集》，並作『南雨廟前霜柏』。諸本間之異同，由此可概見矣。

武事一綱三目不分卷　民國間章梫抄本（浙圖）

明葉兑撰。兑一名可，又名遂初，字良仲，寧海人。祖得象登紹定鄉榜，宋亡屢辭徵辟。葉兑通諸經，兼及天文、地理、卜筮，尤精於《易》，以經濟自負。朱元璋定寧越，規取張士誠、方國珍。至正十九年，兑至婺州走謁李文忠，不遇歸。二十二年，因李文忠之薦至金陵，進言取天下大計，上《武事一綱三目》。朱元璋奇之，欲留用。畏方國珍得聞，有滅門禍，力以母老辭歸。後數歲，削平天下，規模次第略如所言。徵辟歲至，皆不就。嘗植梅四種於軒前，自號四梅先生。又號留根子。據其《丙寅歲八十初度，自壽三首》，生於元大德十一年。復據《紆岸葉氏宗譜》之《葉兑傳》，歿於洪武二十二年，得年八十三（按：民國《台州府志》沿康熙志稱『年八十卒』，未確。近人包賚撰《四梅先生簡譜》雖甚粗，可參看）。《明史》本傳贊曰：『葉兑於天下大計，籌之審矣，亦能抗節肥遯，其高致均非人所易及。』潘耒《書纂修五朝史傳後》云：『葉兑規天下事如指掌，顧不肯一爲世用，所謂振奇之士，非耶？』羅惇衍《集義軒咏史詩鈔》卷五十有詩云：『葉公佐命共知幾，不羨維楨得白衣』，『天授雄才需國士，功成身退世間稀。』

《千頃堂書目》卷三十著錄《武事綱目》一卷。是書蓋未單刻行，民國前抄本不多見。今傳光緒

《紆岸葉氏族譜》本、民國間章梫抄本《四梅軒集》，民國十五年孫成達抄本《四梅軒集》、民國三十七年包賚校抄本《四梅軒集》並錄之。此爲民國間章梫抄本，别紙附《四梅軒集》後。無版匡、界格。每半葉八行，行十七至二十字不等。章梫封題『葉四梅先生武事一綱三目策』，又題曰：『要件，當有清寫本，須檢。八十一叟記。』卷端題曰：『元至正壬寅，四梅公上明太祖高皇帝書及武事一綱三目策。』所抄《四梅軒集》内復收《武事一綱三目》及上書，細作校勘，校簽云：『題應作《上皇帝書》。元至正至於金陵。』孫成達抄本《四梅軒集》卷上第一篇即此，題作《一綱三目上皇帝書》，題下注云：『元至正壬寅，先生上此書。時明太祖方稱吳國公，至戊申，乃即位金陵，稱皇帝。』包賚抄本《四梅軒集》卷一第一篇亦即此，題作《一綱三目上皇帝書》，題下注云：『《紆岸葉氏宗譜》作「元至正壬寅，四梅公上太祖高皇帝書及武事一綱三目策」。賚按：應題「上朱國公書，附獻一綱三目策」。題下注「元至正二十二年壬寅」，或用干支紀年之意，僅注「壬寅」二字亦可。』孫成達抄《四梅軒集》，據於《紆岸葉氏宗譜》錄葉兑書及《一綱三目策》，章梫、包賚抄錄亦據於《宗譜》。

焦竑《國朝獻徵錄》引《赤城論諫錄》：『元末仰窺天運有歸，乃以布衣獻太祖高皇帝《武事一綱三目》，策言取天下大計。』此說爲萬斯同《明史》、張廷玉等《明史》本傳所採。崇禎《寧海縣志》卷七云：『兑度其無能爲，深自晦匿，閒行金陵，謁太祖皇帝丁戌馬間，獻《武事一綱三目》。』康熙《寧海縣志》云：『宋濂見其書，稱服不已，會謁告歸，與兑同舟，得讀其所爲文十餘篇，謂兑曰：「僕好古文，凡天下士大夫名能文者，皆得與上下議論。先生居鄉郡，文字不在諸君後，獨見遺耶？」遂與定交。既歸，益斂跡不出。』按葉兑《上浙江左承李公書》『今方欲趨彼進謁，而所居去金陵二千餘里，無錢爲行宿之資，兼以遠方之人，不克自進。雖有進言之心，而無進言之機』，『故特奔謁左右，而冒進所上國公之書併《武事一綱三目》之策，以累於執事』，獻書非親至金陵，而由李文忠上達。朱元璋覽書及《武事一綱三目》，奇其言，徵至金陵。與宋濂同舟歸，故《上宋景濂學士書》云：『茲遇真主，奉承天運，戡定禍亂。聖人作而萬物睹，於是擔簦負笈，不憚千里之遠，走赴建業，上書獻取天下之策。聖上偉之。某畏方氏得聞之，必有滅門之禍，力以母老辭歸。聖上俞允，閤下適請歸寧，賜命與之偕旋，由是遂獲見先生於館下。』

萬斯同《明史》本傳云：『太祖已定寧越，規取張士誠、方國珍，而察罕兵勢甚盛，發使至金陵，兌乃獻書。』《明史》沿之云：『元末知天運有歸，以布衣獻書太祖，列一綱三目，言天下大計。時太祖已定寧越，規取張士誠、方國珍，而察罕兵勢甚盛，遣使至金陵招太祖，故兌於三者籌之爲詳。』王頌蔚《明史考證攟逸》卷五《葉兌傳》『而察罕兵勢甚盛，遣使至金陵招太祖』一條云：『按《本紀》，太祖以元至正二十一年通使察罕。次年六月，察罕始報書，留使者不遣。至十二月，其子擴廓帖木兒始以書歸使者，未嘗有遣使相招事。此因元順帝是年曾遣尚書張昶航海來招，遂誤移於察罕耳。』今觀《武事一綱三目》『今一定之規模，宜北絕李察罕之招誘，南併張九四之僭據，督方國珍之歸順，取閩越之土地，即建康以定都，拓江廣以自資。進則越兩淮、覬中原而取天下，退則保全方面而自守』，『兌僻在遠方，竊聞李氏妄自尊大，致書于國公，如曹操之招孫權者，此言雖未知虛實，敢效魯肅獻國家之大計』，頌蔚之辯，徒增誤說。

四梅軒集不分卷　民國間章梫綠格抄本（浙圖）

明葉兑撰。兑有《武事一綱三目》，已著録。此爲其《四梅軒集》不分卷，民國間章梫綠格抄本，一册。每半葉十行，行二十二字。卷端不題撰者名氏。集前有章梫題『四梅集鈔本』，注云：『無刻本，最宜先刻。』章氏蓄志刊刻寧海先賢之集，此其一也，惜未刻行。集前採《明史》本傳，題作《葉兑傳》。集無目録，前文後詩。文依次爲封事一篇，書三篇，表一篇，記八篇，傳一篇，賦一篇。第一篇《武事一綱三目》作於元末，其中稱朱元璋爲『閣下』。書第一篇《上浙江左丞李公書》注云：『名文忠，封曹國公。時太祖初定浙江，命公守之。』表僅得一篇，題作《擬進大明鐃歌吹曲表》，作於洪武改元後，鼓吹曲十二章則編入詩。詩依次收長短句十二首、七言古詩九首、五言古詩十五首、七律十一首。章氏雖事校讐，然理校爲多，蓋苦於無他本可參。

葉兑隱於里中，植梅四種於軒前，取以自號，並以名集。黄虞稷《千頃堂書目》、萬斯同《明史》及崇禎《寧海縣志》卷九皆著録是集，無卷數。光緒《寧海縣志》卷十五：『《赤城志》云：今俞主事穩家有鈔本。』《赤城志》謂謝鐸《赤城續志》。民國《台州府志》卷七十七：『是集弘治《志》云俞主事穩家有鈔本，《千頃堂書目》、康熙《府志》、雍正《通志》俱著録，今佚。』集未刻，僅有抄本傳世，今佚之説未確。包賚《校四梅集後》稱李洣知寧海縣事，留心典籍，蒐得《四梅軒集》四卷，末附《明史》本傳，『同時抄閲』者有章梫、孫成達。李洣字佩秋，衡陽人。民國十四年官寧海令。《四梅軒集》今存民國抄本三種：民國間章梫綠格抄本，民國十五年孫成達抄本，民國三十七年包賚抄本。《中國古籍總目》均未著録。

崇禎《寧海縣志》卷七載：宋濂金陵謁告歸，與葉兑同舟，得讀其文十餘篇，曰：『僕好古文，凡天下士大夫名能文辭者，皆得相與上下議論。先生居鄉郡，文字贍蔚，不在諸君後，而獨見遺耶？』遂與定交。葉兑文章傳世雖少，然觀其議論縱横，文風暢肆，不遜於金華胡翰、蘇伯衡諸子。其詩亦縱横跌宕，氣宇不凡，肖其爲人。今存七律多詠梅之作，四梅七律八首可與《四梅軒記》同讀，奇氣逼人，近於劉基，意亦不以詩人自居也。

四梅軒集二卷　民國十五年孫成達抄本（浙圖）

明葉兑撰。兑有《四梅軒集》，已著録民國間章梫綠格抄本。此爲《四梅軒集》二卷，民國十五年孫成達抄本，一册。無版匡、界格。每半葉七行，行二十一至二十三字不等。卷端不題撰者名氏。封題『四梅軒集』，并記云：『中元丙寅仲冬抄本。』按包賚《校四梅集後》，孫成達抄本亦據於寧邑令李洣訪得《四梅軒集》四卷。此本篇目與章梫抄本同，末爲《明史》本傳。集中文字未經校改，故較章梫抄本更近李洣訪本原貌。封葉簽附孫成達手書『此孫成達手鈔本，中有誤處，未經校出』，『有此底本，大雅不難訂正。書存寧海，恐終遺失，祇奉於有德者，當能保永久，發寧海光也。甲戌，孫成達拜上。』甲戌，民國二十三年。成達字旌九，寧海人。少篤志於學，清亡後，以遺逸終。與同邑章梫交篤，梫作有《父屋謡，爲孫旌九處士作》。寧海胡攜謙刊《遜志齋集》，成達與校事，並輯《續拾遺》一卷。又以寧邑羅適、胡三省、舒岳祥，《宋史》無傳，乃著《寧海三賢傳》一卷，末附岳祥門人劉莊孫傳。

四梅軒集四卷、補遺一卷、附録一卷　民國三十七年包賚抄本（北大）

明葉兑撰。兑有《四梅軒集》，已著録民國間章梫緑格抄本。此爲《四梅軒集》四卷、補遺一卷、附録一卷，民國三十七年包賚抄本。無版匡、界格。每半葉八行，行二十字。各卷端題曰：『寧海葉兑著，三門包賚校。』此本據孫成達抄本重作編校，釐爲四卷。集前有葉見泰（字夷仲）洪武十三年撰《四梅先生傳》、《明史》本傳及《目録》，見泰《傳》、《目録》乃新增，《明史》本傳原附集末。卷一爲書，收《一綱三目上皇帝書》《武事一綱三目策》《上江浙左丞李文忠公書》《上陳顯道書》《與宋景濂學士書》。卷二爲記、敘、傳，收《四梅軒記》《翠竹圖記》《萬松軒記》《先大父文集敘》《送家姪廷振赴京序》《送宋仲珩序》《樓原英詩文卷敘》《臨海墨崖虞氏初仿浦江鄭氏行義之門銘序》《麻軻仲壽藏詩序》《送海游税課局大使柏庭黄公序》《樓原佐傳》。卷三爲賦、曲、七言古詩，收《白原山人賦》一篇，《皇明鐃歌鼓吹曲十二章》一題，《玉溪行》《喜雨歌》《雹》《打麥翁》《偕高士題玉溪石菖蒲韻》《又用前韻》《戲呈王松巖先生》《借歸家詞韻》《又借前韻》等七言古九首。卷四爲五言古詩、七言律詩，收《枯木行》《送宋仲珩》《贄見胡景雲》《贄見陳顯道三章》《過釣臺》《與陳國善選詩》《舟中贈宋景濂學士》《與胡叔輝二章》《訪郭秉心明府三章》等五言古十四首，《玉梅二首》《金梅二首》《蠟梅二首》《緋梅二首》《慨懷》

《至朔日同》（按：章梫抄本作『同日』）《題盧畊南詩屋》等七言律詩十一首。其篇題、分合、序次與章梫抄本略異，然無新增。《補遺》一卷，得《贄見夏允中》《丙寅歲八十初度，自壽三首》《丁卯初度自壽》等五首，均採自《紆岸葉氏宗譜》。附録一卷，收《近峯記》一則、《西園褉記》一則、《葉氏宗譜》本傳一則、屠隆《徵君良仲詠》、包賚民國三十六年撰《四梅先生簡譜》。末有包賚《校四梅軒集後》。

包賚既得孫成達贈抄本，復得鮑楚銘借諸家宗譜之助，故能藉《紆岸葉氏宗譜》《樓氏宗譜》等書詳作校補。如《上浙江左丞李文忠公書》題下注云：『《葉譜》作《上浙江左丞相李公書》。注云：「名文忠，封曹國公。」賚按：「《明史·李文忠傳》：元至正二十二年，拜浙東行省左丞。」』《上陳顯道書》題下注云：『《葉譜》題下有「婺之東陽人。爲方國珍奉辭納」等十二字。「納」下當敓「欵」字。賚按：顯道字如晦，好學明經，旁通天文、地理、律曆、兵機。元季兵起，悉散家財，團結義旅，以禦鄉井，據險守要，寇不敢侵。戊戌，明太祖下婺城，顯道上謁，陳濟世安民之畧。上悅，留置左右。見《浙江通志》。』其校勘多有可觀，較孫、章抄本爲善。包賚爲三門人，著有《清呂晚村先生留良年譜》等書。

永嘉先生集十二卷　明烏絲欄抄本（臺圖）

明張著撰。著字則明，號永嘉子，學者稱永嘉先生，溫州平陽人。元至正間，遊學常熟，道梗不歸，邑大夫慕其學，舉爲州學訓導，遂家焉。未幾，轉淮安路學教授。見天下大亂，棄官。洪武三年初科，以《易經》舉鄉薦，未及會試，即家授陝西膚施知縣。三年秩滿，考績當陞，邑人詣闕請留。逾年陞臨江府同知，病殁於官，得年六十，歸葬海虞。著有《易經精義》《長安唱和集》《永嘉集》。《明史》未爲立傳。《四庫總目》亦未著録其集。《長安唱和集》乃知膚施公暇與同年金文徵、黄廷玉唱和之集，與《易經精義》俱不傳（按：康熙《常熟縣志》、同治《蘇州府志》、張金吾《愛日精廬藏書志》、孫詒讓《温州經籍志》存《長安唱和集》之目）。《永嘉集》未刻，今存抄本十一卷，凡詩九卷，文三卷，乃張著子規與弟矩所編。規字運生，有學行，能世其家學。

此爲明烏絲欄抄本，二册。每半葉十行，行二十字。黑口，四黑魚尾，四周雙闌。封題「張則明集」，又題「小嫏嬛福地珍藏祕本」。卷一卷端題曰：「胤子規同弟矩敬集，大理寺左寺正嚴本校正。」集前有常熟吴訥宣德二年《序》，泰和王直宣德三年《序》，廬陵周㮚永樂六年《永嘉先生傳》及《目録》。上册爲卷一至七卷，下册爲八至十一卷。前九卷詩，五言古詩、七言古詩、長短句、歌行類、五言排律、五言律詩、七言律詩、七言絶句、集句各一卷；後三卷文，記類、序類、雜著各一卷。吴訥《序》云：「予生後，弗克親接緒論，蚤歲即交先生胤子規運生，得睹遺藁，而私淑之」，「先生之殁，運生始垂髫，迨今年踰六袠，隱居教授子孫，詵詵世守先業。故訥重其請，輒忘固陋，僭序卷端。」王直《序》應嚴本之請所作。嚴本字志道，江陰人。永樂十一年，以布衣薦授刑部主事。洪熙初，遷大理左寺正。著有《律疑解略》《刑統賦輯義》。按王直《序》，張著平生詩文甚富，經亂多不存，其子規收拾散軼之餘，得若干篇，皆姑蘇時所作。

此本寫時甚早，抄録精工，有朱筆校字，惜未詳出何人之手。鈐「停雲館珍藏」、「文嘉」、「休承」、「張子和珍藏書畫圖記」、「蕘友張燮」、「江南昭文張燮子和小嫏嬛福地藏書記」、「平生減產爲收書，三十年來萬卷餘。寄語兒孫勤雒誦，莫令棄擲飽蟫魚。蕘友氏識』、『小嫏嬛福地』、『小嫏嬛福地張氏收藏』、『小嫏嬛清閟張氏收藏』、『芷圃收藏』諸圖記。長洲文林宅在德慶橋西北，内有停雲館，子徵明居之。徵明子彭字壽承，號三橋，官國子博士；嘉字休承，號文水，官嘉和州學正，並工書能詩。是集曾爲徵明停雲館舊藏，後歸文嘉，故有『停雲館珍藏』、『文嘉』、『休承』印。從文氏流出，輾轉歸虞山張燮。燮字子和，號蕘友，常熟人。乾隆五十八年進士，累官紹台兵備道。精鑒藏，家富藏書。長孫蓉鏡字芙川，一字伯元，能承祖業，多聚珍稀之本。此本復從小嫏嬛福地流出，歸南潯藏家張鈞衡、乃熊父子，『芷圃收藏』即乃熊印。其流傳原委如是。《澹生堂書目》《千頃堂書目》《傳是樓書目》皆未著録《永嘉先生集》。錢謙益、朱彝尊亦未見之，《列朝詩集》甲集卷十九選《秋興》等詩六首，《明詩綜》卷十四僅録《秋興》一首。陳田聽詩齋藏抄本十二卷，《明詩紀事》選詩二十一首，按云：『《列朝詩集》《明詩綜》稱則明永嘉人。余藏《永嘉集》十二卷，首有廬陵周榘《永嘉先生傳》，云則明自號永嘉子，人稱永嘉先生，世居温之平陽，至正間遊學至姑蘇之琴川，兵梗弗克歸，遂占籍焉。牧齋、竹垞蓋未見斯集，故誤稱永嘉人也。則明知膚施，以吏事見稱。公暇與同年金文徵、黄廷玉唱和，有《長安唱和詩集》流播於時。《永嘉》一集，雅健麗則，諸體並工，亦明初詩家罕見之笈也。』張金吾家嘗藏抄本十二卷，《愛日精廬藏書志》三十四云：『從韻溪兄藏書抄本傳録。』常熟張定球號韻溪，即張燮子，蓉鏡之父。《愛日精廬藏書志》著録《永嘉先生集》云：『明初吾邑有三張先生，俱以行誼重鄉里。先生爲北張，止菴先生爲東張，金吾十四世祖觀復先生則南張也。先生自平陽來虞，即主吾家，與觀復先生爲道義交。所著有《易經精義》《永嘉集》《長安倡和集》等書，今惟《永嘉集》存。凡詩九卷，文三卷，合十二卷，先生子規字運生所編也。夫「維桑與梓，必恭敬止」，矧一代名賢，兼與吾祖相周旋者乎！讀其文，思其人，先生之英爽，吾祖之精靈，不啻恍惚遇之。』孫詒讓未見其集，《溫州經籍志》止據《愛日精廬藏書志》著錄《永嘉集》十二卷。

吳訥《序》謂元至正間，張著與鄭東（季明）、鄭采（季亮）避地居常熟，海虞文學稱盛。迨洪武初，二鄭既沒，張著與邑人鄒立誠（九思）、黃著（昭夫）、唐溥（彥博）諸子以科舉振起。其說可信。又論張著學本《六經》，兼通子史，『理明氣昌』，『爲文紆徐曲折，或約或豐，而動合矩度。至其發于聲詩，亦克備兼衆體』，『或雅贍而舂容，或流麗而俊逸，賦景寫情，曲盡其妙』。士直《序》云：『予謂先生之學，將以行之也，不幸少不得行，於是託於文章以自見。使先生早遇聖明，以所學施於用，其功業有以及人，則文章未必如是之美也』，『先生之詩，取法唐人，皆清遠有思致。所爲古文，必本於經傳，其義正，其辭確，蓋鑿鑿乎有用之言也。』今觀集中詩，取法於唐，《西征》百韻及《松崖逸人歌》《和李克敏即事》諸篇，雅健麗則，不乏豪氣；《長相思，代宋伯子憶故妻作》《竹枝歌》五首、《江南曲》《鶯鶯待月》諸篇，清新而婉。《次金別駕春懷八韻十六首》《秋興八韻十六首，黃中部、金別駕用杜少陵韻賦成，索余效顰云》，才情殊衆。雖不足比『吳中四傑』，要亦虞山明詩風雅開山。其文言潔意豐，頗見東浙士人博通經史而文章優長，如周棨《永嘉先生傳》所論『紆徐汗漫，有關鍵，有工致，終篇無窘束態』。

臺圖館目著錄此本作舊抄本。《中國古籍總目》著錄《永嘉先生集》十二卷，清黑格抄本，臺圖。即此本，當作明烏絲欄抄本。又著錄張著《張教授詩》一卷，《元詩選》本（康熙刻，嘉慶、光緒增修）。此爲張著同名之元人，字仲明，襄陵人。官潞城簿，以親老歸，累辟不就。至元二十二年，薦授平陽路儒學教授，二十九年卒，年六十九。學者稱蒙溪先生。著有《蒙溪集》十二卷、《詩學淵源》二十卷。王惲爲作墓碑。《元詩選》癸集上收《張教授著二首》。《總目》誤以爲明人。

永嘉先生集十二卷　明抄本（臺北故博）

明張著撰。著有《永嘉先生集》，前已著錄明烏絲欄抄本。此爲明抄本十二卷，四册。無版匡、界格。每半葉九行，行二十字。卷一卷端題曰：『胤子規同弟矩敬集，大理寺左寺正嚴本校正。』餘不題。集前有吴訥《序》、王直《序》、周棨《永嘉先生傳》及《總目》。所收詩文同於明烏絲欄抄本。吴訥《序》缺前半葉，且多闕字。無明清藏家鈐印。今藏臺北故博，《原國立北平圖書館甲庫善本叢書》影印。王重民《中國善本書提要》著錄作『鈔本（九行二十字）』，云：『此本鈔寫頗工，蓋明末清初寫本也（吴訥《序》缺首葉，疑原或有鈔者印記）。』《中國古籍總目》未著錄。臺圖藏膠片，館目作舊抄本。《甲庫善本叢書》稱『據舊抄本影印』。集中不避清諱，『校』字亦不避，當爲明抄本。吴訥《序》闕字，大都可據明烏絲欄抄本補，明烏絲欄抄本闕字，此本亦闕。王直《序》闕字，二本則可互參。『自少研□經史』，二本皆闕一字。此本『文章未必如是之美』句前闕一字，明烏絲欄本作『則』。『則先生之賢可知矣』，烏絲欄本作『則□□□可知矣』，闕三字。此本亦抄寫精工，頗可珍也。

永嘉先生集十二卷　《敬鄉樓叢書》本

明張著撰。著有《永嘉先生集》，前已著録明烏絲欄抄本。此爲《敬鄉樓叢書》本十二卷，民國二十年永嘉黄氏鉛印行世。《永嘉先生集》十二卷，《中國古籍總目》著録二種，其一爲臺圖藏清黑格抄本，其一爲國圖藏清抄本。前者當作明烏絲欄抄本。此二本及臺北故博藏明抄本外，以余所知，尚有溫州市圖書館藏永嘉黄氏敬鄉樓抄本、浙圖藏清抄本及《敬鄉樓叢書》本。

此本首爲周楘《永嘉先生傳》，繼列吴訥、王直二《序》及《總目》。吴訥《序》「亦克備兼衆體」下闕四字，同於明烏絲欄抄本；「屬爲序引。嗚呼！先生之□□□敢。憶昔讀書田里」數句，明烏絲欄本作「屬爲序引。嗚呼！□□□敢。憶昔讀書田里」。明抄本原作「屬爲序。憶昔讀書田里」，旁校於「屬爲序」後增「引。嗚呼！先生之□□□敢」一行。王直《序》「則文章未必如是之美」，同於明烏絲欄抄本、清抄本，明抄本闕一「則」字。卷九收集句六首，明烏絲欄抄本於各首末小字附列作者，明抄本、清抄本則移作者於各句之下，此本沿之。王直《序》「自少研□經史」一句，明抄二本皆闕一字，此本與清抄本竝作「窮」字，其意雖通，未詳何據。此本隨文时增校記。如卷二《送碧泉時道士住持吴興玄妙觀》題下小字注云：「按：『時』，《明詩紀事》作『石』。」卷八《題陸子善便面》「誰向輞川烟雨後」，篇末小字注云：「『後』，《明詩紀事》作『外』。」又取總集拾掇遺篇，按體附於卷末。卷三末補《送嘉定王尹移守松江》一首，題汴云：「《東甌詩存》十五。」詩云：「屠白羊，酧紅酒，共禱神祠留太守。太守今年遷大州，除書已下誰能留？兩州相去無百里，失君應愁得君喜。安得如君數十人，一時盡福東南民。』卷七末補《初夏舒懷，寄林彥祥》一首，題注云：『《東甌詩存》十五。』詩云：『坐閱詩書日幾行，鶯花老去意相忘。林塘過雨綠陰潤，窗戶含風白袷涼。試買江魚沽濁酒，暫教童子學行觴。孤懷如此誰能慰，深愛梁谿居士狂。』卷十補遺《江陰重修公署記》，題注云：『《慎江文徵》二十五。』惜篇有殘闕，文後按云：『是篇疑採之江陰舊志，而今志不載。惟《職官表》同知理熙下注云：「見《重修公署記》。」則正據此文「前同知是州」句。似前志本有之，續修者以文缺刪之耳。』

王徵士詩八卷　舊抄本（臺圖）

明王沂撰。沂字子與，號竹亭，泰和人。父以道，嘗客遊淮汴間，李道復薦之仁宗潛邸。仁宗即位，欲官之，以親老辭。王沂幼聞張軾『義利』說，即心慕之。及長，益刻苦自勵，從鄉先生楊升雲、安成、彭復初學《易》，習舉業，好性命之學。至正十三年，江西行省參政全普庵撒里分省贛州，設科取士，遂以《易》領鄉薦。授福建行省照磨，不赴。尋授亞中大夫吉安路治中，亦不受。十八年夏，江西陷沒，堅隱不出。洪武三年，應聘校文廣東。明年，台臣薦爲諸王說書。至京，上書論事，更授福建鹽運副使，以老懇辭，賜歸。所居竹亭，在城西龍灣之上，有竹數百竿，日寄傲其中，詩文自娛，揚扢風雅，獎掖後進。洪武十六年六月二十七日卒，年六十七（梁潛《竹亭王先生行狀》，《泊菴集》卷八）。永樂四年，門人蕭翬輯刻王沂與其弟王佑詩爲《二妙集》十三卷，收王沂《王徵士詩》八卷、王佑《王子啓詩》五卷（按：即《長江萬里稿》五卷）。按烏斯道洪武十年秋《王徵士詩集序》：『今其門人蕭翬字鵬漢，將鋟梓以傳諸永久，來請序於首簡。余喜樂爲之序。』蕭翬謀刻已久，永樂初始竣事。梁潛《竹亭王先生行狀》：『惜所作之富，而其稿多不存。近所傳《二妙集》者，先生沒後，出於門人蕭翬之所收輯，直十百中一二耳』，『所謂《二妙集》者，御史君與先生所作皆在也。其文曰《竹亭退稿》者，猶若干卷，藏於家。』陳田《明詩紀事》甲籤卷十六云：『集名《徵君集》，一名《竹亭遺稿》。』其文集名《竹亭退稿》，久佚。《王徵士詩》八卷，永樂四年刻本、萬曆六年重刻本極罕見。余所見者爲寫本：臺圖藏舊抄本二種、《宛委別藏》本（抄本、影印本）。靜嘉堂文庫藏寫本，尚未及見。《中國古籍總目》著錄入元別集卷，僅載《宛委別藏》本。

臺圖藏舊抄本《二妙詩集》，二冊。上冊爲《王徵士詩》八卷，下冊爲王佑《王子啓詩》五卷，其前各有目錄。無版匡、界格。每半葉十行，行二十字。寫者非出一人之手。《王徵士詩》各卷端首行曰『二妙詩集上卷之某』，次行曰：『徵士王子與著，門人蕭翬編次，八世孫淵、洛、淘、渙、淶重刊。』集前首爲《一妙詩集上目錄》，以下依錄景泰四年十一月三日誥命一道，梁潛永樂四年長至日《二妙王先生詩集序》、蕭鵬舉永樂四年八月既望《二妙王先生詩跋》、胡行簡《王徵士詩集序》、烏斯道《王徵士詩集序》、彭鏞洪武十年《干徵士詩集序》、宋濂洪武六年正月既望《王君子與文集序》、廖謙洪武六年秋《王子與詩文集序》、楊士奇《跋竹亭王先生詩》、梁潛《竹亭王先生行狀》、楊士奇《王竹亭先生墓誌銘》、胡廣《明故徵士竹亭王先生墓表》、黃淮《贈通議大夫禮部左侍郎兼翰林侍讀學士竹亭王公神道碑》、鄒緝《竹亭王先生傳》、《大明一統誌·傳》《江西通志·傳》《吉安府志·傳》《泰和縣志·傳》《廣東聘主考書》、以及廖謙《贈王君子與赴廣東考士序》、高延《春林歸隱圖詩》、劉崧《送王子與徵士南歸》。此本據明萬曆重刻本寫錄。蕭鵬舉《二妙王先生詩跋》後有王淵等撰《題識》：『茲集舊本，歲久剝蝕，苦不便覽。淵等懼其將泯而無傳也，乃謀重壽諸梓。以戊寅七月始事，凡三越月而畢工焉。二府君詩頗富，茲刻外，尚有《竹亭退藁》《啓翁鳳岡稿》，所著詩皆不下千餘首。今刻中不敢選增，蓋悉從舊本也。續而梓之，謹候來者。工告成，庸書此識歲月云。萬曆戊寅九月晦日，八世孫淵等謹識。』胡廣《明故徵士竹亭王先生墓表》等文，撰時晚於永樂四年，蓋萬曆重刻時新增。王氏家藏子與《竹亭退稿》、子啓《鳳岡稿》二種，收詩甚富，王淵等仍《二妙集》舊選，未敢遽增之。然《王徵士詩》收詩實多於永樂刊本。臺圖另藏舊抄《二妙詩集》本，有勞權手校，據永樂刊本詳作對勘，校出七律四首、七絕四首，皆永樂刊本所無。八首又非抄本新增，乃萬曆刊本所有（詳見下條考訂）。此本目錄首葉鈐吳城『吳城』、『敦復』、許宗彥『德清許氏陔華堂藏書記』、王禮培『禮培私印』、『掃塵齋積書記』等圖記五。集中不避清諱，第未能遽斷其爲明抄，抑或清初抄本。

是集按體編排，卷一爲四言古詩；卷二爲五言古詩；卷三爲古樂府；卷四爲七言古詩；卷五爲五言律詩、五言排律；卷六爲七言律詩；卷七爲五言絕句；卷八爲七言絕句。卷二《寄友》一首不完，對勘他本，缺『頹波逝何極，砥柱懼不任。因風送征鴈，引睇孤雲岑』四句。其下闕《由竹垻望錦川，桃李春色如畫，有懷陳邑令》一首、《豺狼被野，民害方殷，我思古人，終夕永感》一首、《遊靈山尋沙監邑隱所》一首、《寓吉安林塘，避桃林兵警，感賦六首》其一前四句『汎舟水東偏，擇地林塘口。稍紓兵革難，少待旬日久』。

王沂與弟王佑俱能詩，與劉崧、劉永之、楊士弘、萬石、辛敬、彭鏞、陳謨諸子更唱疊和，商證雅道，儼然江右派名家，後世稱『王氏二妙』。自紅巾軍渡江，江右騷然，子與輾轉避難。《九月十一日，鄰寇逼境，倉皇南渡感賦》紀賦喪亂，筆調近杜陵詩史。《寓吉安林塘，避桃林兵警，感賦六首》轉述遯世之情，含不盡之哀。明興，子與欲爲『古之逸民』。《幽居同劉韶賦》云：『春泥門巷雨聲多，潤浹荒畦露淺莎。石砌落梅疏暎竹，鑑池流水細通河。坐深還愛青氈舊，老至其如白髮何？海内太平忻有象，詩成聊復醉時歌。』所作平澹簡遠，肖其爲人。阮元《四庫未收書提要》卷三《王徵士詩集八卷提要》云：『沂詩于古體多沖淡瑩潔，近體則典麗鏗鏘，宜其凌跨一時矣。』

元明兩朝，名王沂而以詩文著者三人，子與外，其一人爲襄陰王沂，字師魯，延祐間進士，授應奉翰林文字，至順間遷翰林編修，累官禮部尚書，著《伊濱集》；又一人爲武進王沂，字希曾，南京吏部尚書王俱子，成化間進士，弘治中以右副都御史巡撫保定諸府。顧嗣立《元詩選二集》云：『元人名相同者如劉肅、張經、張樞、王沂、王思誠、張守中、葉顒、伯顏、達溥化、月魯，字相同者如張仲疇、李伯宗、吳養浩、俞子中。此類不可枚舉，而詩篇遂多淆亂。當時載籍散亡，未經訂正，見聞互異，正史尚多滲漏，而山經地志更不足道也。』子與、師魯名同，詩篇遂多淆亂。《四庫全書》收師魯《伊濱集》二十四卷，錄詩十二卷，乃館臣據《永樂大典》裒掇成編，因未明同名之異，以至多誤收子與詩。今人楊鐮撰文《元詩文獻辨僞》，謂《伊濱集》早佚，《永樂大典》輯本與《王徵士詩集》大而重合，誤收子與詩一百十五首。今檢《伊濱集》之詩並見於《王徵士詩》者，計一百十八首，列其目如下：《短歌行》《和溪釣者圖》《由竹壩望錦川，桃李春色如畫，有懷陳邑令》《鼓吹入朝曲》《九日同樂大成諸公小集》《秋日道中雜詠三首》《聞吳侯去疾重理快閣賦柬》《雨後同廖以善廣文看山》《鄒吉泰拉諸公遊珠林，訪子高進士，予以事牽，賦以爲後會張本》《野田花戲答友人》《門有車馬客》（見於《王徵士詩集》卷三，本古樂府，《伊濱集》編入五言古詩）《哀三良》（見於《王徵士詩集》卷二，詩前有小序，《伊濱集》無）《哀嚴陵生文炳》《同劉文原仙客坐瑞芝亭》《九月十一日，鄰寇逼境，倉皇南渡感賦》《覽古》《内白齋》《賦得攜手共行樂別嚴元》《贈羅仲矩重之金陵》《有感》（見於《王徵士詩集》卷二，題作《豺狼被野，民害方殷，我思古人，終夕永感》）《題胡濟川嵇康牀琴圖》《寓吉安林塘，避桃林兵警，感賦六首》《題劉憲副爲蕭鵬舉寫雨竹圖》《出城南餞羅與敬東歸》《還家》《有持靈龜貺予，賦此以謝》《隱賦贈胡道翁》（見於《王徵士詩集》卷二，題作《小隱賦贈胡道翁》）《遊靈山，尋沙監邑隱所》《望南屏山，同呂仲鉉、仲實作》（今按：《浙江通志》卷二百七十二《藝文十四》録此詩，題作《望南屏山》，署藍仁作，亦誤）《白泉歌》（見於《王徵士詩集》卷四，題作《前白泉歌》）《寒食行，次進士吳莘樂韻》（見於《王徵士詩集》卷四，題作《寒食行，次進士吳莘樂》）《送祝平遠》《戰城南，餞友人從師西征》《濠梁小立，同宋有庸賦》《爲施淳民題臨本郭熙山水歌》《題真妃玉笛圖》《題劉彦昭杏林春曉圖》（見於《王徵士詩集》卷六，爲七言律詩，《伊濱集》編入七言古詩）、《送上清張叔大鍊師東還》《老胡賣藥歌》《春江釣者》（見於《王徵士詩集》卷四，題作《春江靜釣》）《壬寅紀異，同劉以和賦》《由東綿虎坳至浪川，望石人嶺，阻雨留宿田家》《生日，次楊自樗姑夫》（見於《王徵士詩集》卷五，題作《始生日，次楊白樗姑夫》）《峽山次陳心吾》《廖子謙廣文席上次韻》《旦日口占》《題彭叔介負郭茅屋圖》《幽居》（見於《王徵士詩集》卷五，題作《開窓》）《同劉槎翁、蕭朋起、朋漢西華望月》（見於《王徵士詩集》卷五，「朋起」、「朋漢」乃「鵬起」、「鵬漢」之誤）《題嚴塄玄齡松軒讀書圖》《由東湖入鄱陽，出大孤》《夜次荻港》《旦日詠山茶》《小莊道中》《幽居次夏伯黃》（見於《王徵士詩集》卷五，題作《幽居次夏伯寅》）《送客》《遊青原山，次隆太古、謝子方二首》《大孤山次鍾舉善韻》（見於《王徵士詩集》卷五，題作《大孤山次鍾舉善》）《壽胡琴所，并酬春日見寄，時寓居王宅（二首）》《過鄱陽湖》《答清江劉仲脩》《次仲弟子啓僉憲過洞庭湖》《晨興聞賜妃入廣次心吾》《寄題士子穀望親樓，樓與牛山相對》《寄王顏隱士》（見於《王徵士詩集》卷六，題作《寄王希顏隱士》）《過彭澤縣》《寄題曹新淦赤壁圖》《贈采詩熊思齊還清江》《百丈山賦贈廖自强之清江》《送媚弟劉子彦應辟》《華隱者圖》（注云：「貳令陳君舉善爲鵬舉而作，余與子高、自立二公留止山房，同推隱者之意而賦詩焉。」今按：見於《王徵士詩集》卷六，題作《第華隱者圖，貳令陳君舉善爲鵬舉而作，余與子高、自立（注云：二公留止山房）同推隱者之意而賦詩焉》）《江閣秋風，爲表弟曾性道賦》《追輓烈婦謝夫人》（見於《王徵士詩集》卷六，題作《追挽烈婦謝夫人，夫人爲東陽吴德基之内，庭碩之母》）《登姥山二首》（見於《王徵士詩集》卷六，題作《登老姥山二首》）《試院柬顔仲偉、胡居敬、陳心吾、解開先、高允憲諸公》《幽居同劉韶賦》《哭次兒仲孚》《送謝子良驛丞之京》《小孤山》《柬伯兄子教授》（見於《王徵士詩集》卷六，題作《柬伯兄子所教授》）《同孫景賢登陳霸先高城》《越王臺》（見於《王徵士詩集》卷六，題作《登粤王臺》）《詠天妃廟馬援銅鼓》《題光孝寺》《冬日同李仲善登慈恩塔》（見於《王徵士詩集》卷五，題作《冬日同吕仲善登平川塔》，「李仲善」乃「吕仲善」之誤）《坐青華瑞芝亭》《雜興（二首）》《虎峯》（見於《王徵士詩集》卷七，題作《詠虎鼻峰》）《墨竹爲蕭生鵬漢題（一首）》《墨竹爲劉生以傳題（二首）》《槎翁墨梅爲劉生以傳題》《石湖》《小孤山書所見》《題楊元仁所藏畫竹》《黄堂東夜詞二首，呈全子仁大參（二首）》（見於《王徵士詩集》卷八，題作《黄堂冬夜詞二首，呈全子仁大參》，「東」乃「冬」字之誤）《登李太白捉月之亭，訪温嶠燃犀之所，覽草廬吴先生蛾眉亭記、宋漕使韓南澗及學士歐陽圭齋樂府、李溉之長歌，慨然有賦（二首）》（見於《王徵士詩集》卷八，題作《登李白捉月之亭，訪温嶠燃犀之所，覽草廬吴先生娥眉亭記、宋漕使韓南澗、元學士歐陽圭齋樂府、李溉之長歌，慨然有賦》）《浦口雜咏，次劉吟所》《與劉志善談詩》《舟泊荻港》（見於《王徵士詩集》卷八，題作《荻港》）《枕上聞布穀》《金人射獵圖》《仙源秋曉》《次西湖，東萬初首座》（見於《王徵士詩集》卷八，題作《次西湖，東一萬初首座》）《題觀泉圖》（見於《王徵士詩集》卷一《四言古詩》，題作《題虎泉圖》，《伊濱集》編入卷二十一《題跋》）。《王徵士詩集》未收，而可確知《伊濱集》誤收子與之詩，又有二首：《和吕仲實過故宅》《題吕仲實嶺南詩藁》。其可存疑者尚有四首：《看山抵玉笥山下，遇雨不能歸，淹留信宿，偶成長句》《馬伏波廟》《心遠亭》《又題心遠亭詩，和孫老人韻，先君視之曰花陰不若易作花帷，以對萍盖爲工，盖予初言花陰三面合故也，鄉邦盜賊徧野，傍城丘墟，回想心遠，何勝悵然》。而外，《王徵士詩集》卷八收七言律詩《第華隱者圖》，乃子與爲蕭翀所作，同時題詠者有子與友劉崧、楊自立，故《第華隱者圖》詩後附劉、楊二詩，分題作《劉子高賦》《楊自立賦》。《伊濱集》亦收劉、楊之作，分題《爲劉子高賦》《爲楊子立賦》，誤以爲師魯爲劉崧、楊自立所作。

四庫館臣未見明刊《二妙集》及舊抄本數種，且疏於考訂，致有此誤，乃至將《題觀泉圖》四言古編入題跋，淆亂已極。明人曹學佺嘗見《二妙集》，《石倉歷代詩選》卷三百四十七附王沂詩二十二首，皆子與所作。清人錢熙彦編《元詩選・補遺》，據《庫》本選録《伊濱集》，未詳其誤收子與詩，亦多誤。又，據劉基《王師魯尚書文集序》：『《尚書王公師魯文集》二十有八卷，公卒之四年，浙西廉訪司僉事王君宗禮、經歷王公威可訪而輯之，版行於世。』師魯集初刻於至正間，爲二十八卷。

《庫》本既誤收子與詩，《四庫總目・伊濱集提要》亦不免訛誤，云：『《宋》《遼》《金》三史成於至正五年，而書前列修史諸臣，有「總裁官、中大夫、禮部尚書王沂」之名，則是時已位至列卿。其後遷轉，遂不可考，疑即致仕以去。然集中《壬寅紀異》詩有「壬寅仲春天雨雹，南平城中盡驚愕。自從兵革十年來，澒洞風塵亙沙漠」之句，又《鄰寇逼境，倉皇南渡》詩有「鄰邑舉烽燧，長驅寇南平。中宵始聞警，挈家遂遠行」之句，又有《寓吉安林塘，避桃林兵警》詩。壬寅爲至正二十二年，正中原盜起之時，距沂登第已五十載，尚轉側兵戈間，計其年亦當過七十矣。』所述胥誤。《壬寅紀異，同劉以和賦》《九月十一日，鄰寇逼境，倉皇南渡感賦》《寓吉安林塘，避桃林兵警，感賦六首》，皆見《王徵士詩集》，乃至正中江西兵亂之際，子與奔走亂離所作，與師魯無涉。

又，《永樂大典》卷九百：『王沂《伊濱集》：《與劉志喜談詩》：「風氣開時習俗移，文章千變亦如之。當時不是毛韓輩，雅頌寥寥說向誰？」』詩實子與所作，《大典》誤以爲師魯詩。蓋纂修者衆，同名王沂著作當時已有淆亂。

王徵士詩八卷　舊抄本（清勞權手校並跋）（臺圖）

明王沂撰。沂有《王徵士詩》，已著錄臺圖藏舊抄《二妙詩集》本。此爲臺圖藏舊抄《王氏二妙詩集》本又一種，清人勞權手校並跋。集亦八卷，合《王子啓詩》五卷，共爲《王氏二妙詩集》十三卷，五冊。無版匡、界格。每半葉十行，行二十字。卷端首行曰『二妙詩集上卷之某』，次行曰：『徵士王子與著，門人蕭翬編次，八世孫淵、洛、淘、渙、淶重刊。』此本鈐『勞權之印』、『權』、『玄冰室珍藏記』、『湘潭袁氏滄州藏書』、『蟫盦』諸圖記。集中收詩與臺圖藏另一舊抄《二妙詩集》本無異，亦源出明萬曆刊本《二妙詩集》，但兩本間仍有二異：

一者，此本集前依錄胡行簡《王徵士詩集序》、烏斯道《王徵士詩集序》、彭鏞《王徵士詩集序》、楊士奇《王竹亭先生墓誌銘》、胡廣《明故徵士竹亭王先生墓表》、黄淮《贈通議大夫禮部左侍郎兼翰林侍讀學士竹亭王公神道碑》、鄒緝《竹亭王先生傳》《大明一統誌・傳》《江西通志・傳》《吉安府志・傳》《泰和縣志・傳》《廣東聘主考書》，以及廖謙《贈王君子與赴廣東考士序》、高延《春林歸隱圖詩》、劉崧《送王子與徵士南歸》。宋濂《王君子與文集序》、廖謙《王君子與詩文集序》及八卷《目錄》。子與詩八卷後附景泰四年誥命一道。《二妙詩集》後又依錄楊士奇《跋啓翁先生詩》（此本《跋》不署撰者，檢臺圖藏另一舊抄《二妙集》本《王子啓詩》集前錄此跋，署楊士奇。士奇《東里續集》卷十九亦收此文）、蕭鵬舉《二妙王先生詩跋》、王淵等撰《題識》、梁潛《二妙先生詩集序》、梁潛《竹亭王先生行狀》。

二者，此本抄寫出一人之手，勞權手校並跋。勞氏《跋》云：『《二妙集》，永樂間蕭翬編次梓行，梁泊菴爲之序，爲子與《徵士詩》八卷、子啓《長江萬里集》□卷。萬曆中，八世孫淵等重刊』，『予初得永樂本《徵士詩》，係文瑞樓舊藏。尋借得璜川吳氏傳錄萬曆本。以舊刻勘對，則重刻本七律七絕多出七首，而七律少《第華隱者圖》附刻二首』，『重刻時尚見槀本，有所更定耳。咸豐己未六月二十一日，丹鉛精舍記。』勞氏於跋前又增補半葉，錄《千頃堂書目》著錄王沂、王佑之集條目。此本校記甚詳，所據之本即永樂刊本。如卷六《棣華隱者圖，貳令陳君舉善爲鵬舉而作，余與子高、自立二公留止山房，同推隱者之意而賦詩焉》云：『原上春風語鵲鴒，溪南新結棣華亭。堆床書卷聞鐘起，破的詩歌按節聽。幽澗自多流水操，好山長送入簾青。知君已熟淮王趣，招隱何人敢扣扃。』永樂刊本詩後附劉崧、楊自立同時所作二詩，分題『劉子高賦』、『楊自立賦』。此本無。勞權墨筆校云：『永樂刊本後附劉子高、楊自立二首，今補録卷末。』卷六末據永樂刊本補二首，葉脚小字注云：『此二首，原附《第華隱者圖》後，依永樂刊本補。』又，詩題及詩句中兩『棣』字，勞權依永樂刊本，標校『第』字，朱筆校云：『永樂刊本「第」字，係修改，後同。』臺圖另藏舊抄《二妙詩集》本，亦不附劉崧、楊自立二詩，『棣華』不作『第華』。《庫》本《伊濱集》誤以王沂、劉崧、楊自立三詩爲元人王沂所作。卷六《雨中次楊公平韻》《訪隱酬楊公平》二詩，勞權墨筆校云：『此下兩首，永樂刊本並無。』前詩云：『新年膏雨及春纖，坐閱新詩晚近簷。闕下故人雲外隔，里中才士日來添。歌成白雪皆能和，賦得長楊底用占。最愛一門稱作手，莫愁辛苦爲誰甜。』後詩題注云：『時公平醉臥陳壘高墩。』詩云：『雨漲春江水未渾，拏舟訪隱郭南村。驚人秀句工傳誦，傾座清談出討論。懽劇更嬉陳帝壘，醉眠如在謝公墩。楊王自昔多文采，況是風流好弟昆。』同卷《太子賓客李公行素求賢四方，姓名誤玷，悵然有作》詩云：『春回光嶽慶雲浮，天使徵賢徧九州。大國纂承叨正統，明廷制作待前脩。箕山祇許巢由隱，漢網兼將綺角收。慚愧不才非俊彦，姓名焉敢累旁求。』勞氏墨筆校云：『永樂刊本無。』同卷末一首《寄盩厔主簿退密弟》詩云：『昭代崇文又一時，姓名俱徹九重知。金陵派系推蕃衍，盩厔烝黎頌設施。唐世舊京餘勝槩，晉賢遺墨在穹碑。西河輸粟人歸日，竚待題封寄所思。』勞氏墨筆校云：『永樂刊本無。』卷八絕句末四首，勞氏墨筆校云：『此下四首，永樂刊本並無。』其詩爲《題杜工部行春圖》：『春滿關河萬馬馳，大唐梁棟不堪支。先生驢背尋春日，莫是開元最盛時。』《題牧兒横笛圖》：『烏度疎林落照時，跨牛元是牧牛兒。笛中翻得清平調，吹向傍人未必知。』《題逸馬圖》：『烟雲四跡淨風埃，秋苑沙明逸俊才。應是從官羣扈蹕，柳林飛放恰歸來。』《雨晴望匡山》：『綠樹疎疎錦樹班，雨晴隨意望匡山。子瑤一别三千歲，不向雲間寄大還。』以上八詩，亦並見於臺圖另藏《二妙詩集》本，位置、文字不異。《庫》本《伊濱集》不收。勞權《跋》云『重刻本七律七絶多出七首』，誤記八首爲七首耳。由是知萬曆重刻本與永樂初刊本收詩之異。勞權手校甚細，異體字亦詳爲標出。今永樂刊本難睹，賴此可推知永樂刊本舊貌。

又，臺圖另藏舊抄本卷二缺《寄友》一首末四句、《由竹垻望錦川，桃李春色如畫，有懷陳邑令》全首、《豺狼被野，民害方殷，我思古人，終夕永感》全首、《遊靈山尋沙監邑隱所》全首、《寓吉安林塘，避桃林兵警，感賦六首》其一前四句。此本亦然，勞權據永樂刊本補完，計三半葉。

王徵士詩八卷　清影抄《宛委别藏》本

明王沂撰。沂有《王徵士詩》，已著録臺圖藏舊抄《二妙詩集》本兩種。此爲清影抄《宛委别藏》本《王徵士詩》八卷。每半葉十一行，行二十字。白口，無魚尾，左右雙闌。各卷端題曰：『門人蕭翬編次。』首葉摹『嘉慶御覽之寶』印。集前有烏斯道、彭鏞二《序》，無目録。集後附梁潛《竹亭王先生行狀》、楊士奇《王竹亭先生墓誌銘》、胡廣《故徵士竹亭王先生墓表》。又有黄丕烈嘉慶十二年十二月十一日《題識》、葉昌熾光緒十一年初夏《題識》。黄氏《題識》鈐『黄丕烈印』、『蕘圃』圖記，葉氏《題識》後鈐『頌魯眼福』、『海寧陳琰有年氏曾觀』圖記。黄氏《題識》云：『五癡族人出舊藏本求售，雖鈔補更甚，而目録却可證余本之影鈔非妄作者。想當日武陵宗族以蓄書爲尚，或互相借鈔，彼此得成完書。

其未可更動者，因兩本紙色不純，彼係棉紙，此係竹帋故也。今幸併入余手，重加校對，亦亦樂事。用書數語于此先得之本云。』葉氏《題識》云：『此爲士居舊藏，今歸海寧查氏。』五癡，即顧階升之子應昌，字殿舍，號桐井，以行第五，自號五癡，承父之遺書而增益之。與丕烈爲友。黄氏謂從五癡族人得舊藏本以證此本。《叢書集成三編》據以影印。民國二十四年上海商務印書館影印《宛委别藏》本《王徵士詩》，與此本略有不同（按：依據臺北故博藏本），無黄丕烈、葉昌熾二《題跋》，集前有烏斯道、彭鏞二《序》及《王徵士詩目錄》。

此本源出永樂刊本《二妙詩集》，與臺圖藏舊抄本兩種源於萬曆重刊本不同。勞權曾得永樂刊本，用以校舊抄本，《目錄》後識云：『永樂刊本廿二行，廿字。』此本每葉亦廿二行，行廿字。卷一《題虎泉圖》，舊抄本皆題作《題觀泉圖》。卷六《第華陳者圖》詩後附劉崧、楊自立二詩，分題『劉子高賦』、『楊自立賦』。舊抄本二種，『第華』作『棣華』，且不附劉、楊二詩。舊抄本卷六《雨中次楊公平韻》《訪隱酬楊公平》《太子賓客李公行素求賢四方，姓名誤玷，悵然有作》《寄盩厔主簿退密弟》等七律四首，卷八《題杜工部行春圖》《題牧兒横笛圖》《題逸馬圖》《雨晴望匡山》等七絶四首，此本無之，同於永樂刊本。

王子啓詩五卷　舊抄本（臺圖）

明王佑撰。佑字子啓，號竹深，晚號啓翁，泰和人，王沂之弟。早知以古人爲歸，不同流俗。初從鄉貢進士曹隨治《毛詩》。遭世亂，避跡平川山中，力學不輟，兄弟自爲師友。稍出遊南昌，與辛敬、萬石、曠達、楊士弘、劉永之、練高輩爲詩友，聲譽日聞（楊士奇《王先生傳》，《東里文集》卷二十二）。洪武元年冬，李行素奉旨搜訪隱逸，王佑被薦。洪武三年，試吏部。五月，授監察御史（楊士奇《跋王子啓詩》，《東里續集》卷十九）。除廣西僉事，分按郡縣，吏民悚然。操執剛正，風裁整肅，數論事及糾劾百僚，無所避忌，朱元璋嘉之。明師初平蜀，王佑遷知崇慶州。崇慶兵革凋弊之後，王佑究心吏治，民困稍蘇，以政尚嚴厲，征科不苛，坐重斂罷（陳謨《書王僉憲事蹟後》，《海桑集》卷九），謫戍和州屯所。洪武十三年四月，役滿還里。劉崧《大赦後一日出京城，聞崇慶王太守子啓自和州屯所，攜其佳兒南歸，喜而有作》云：『故人舊謫和陽戍，五月初聞罷種田。誰使南山歌石爛，天教合浦得珠還。榮華過眼青雲後，事業傷心白髮前。我亦南歸尋舊約，正須美酒送流年。』（《槎翁詩集》卷六）率衆講學，揚扢風雅，從者衆。楊士奇丱角以姻家子恒得侍教，《跋王子啓詩》云：『其持身之嚴，自少至老如一日。治國事如家事，必誠必盡。性疾惡，嘗曰：「育嘉穀者，必拔稂莠。」故在官持法不少貸，所至去淫祠。爲人修潔凝重，小人望見之，率畏縮引避。喜接引後學，雖臨之以莊，而詞氣溫裕，無不樂親之。每戒學者必務正學，爲正人。』（《東里續集》卷十九）年六十六歿於家。

王佑中歲以前所著詩文，毁於兵火，晚存《鳳岡稿》《長江萬里稿》。蕭翬編《二妙詩集》十三卷，收《王子啓詩》五卷，即《長江萬里稿》。萬曆間，王淵等重刻《二妙詩集》，雖見《鳳岡稿》存詩不下千首，然刻集仍於永樂舊本。王淵等撰《題識》云：『二府君詩頗富，茲刻外，尚有《竹亭退藁》《啓翁鳳岡稿》，所著詩皆不下千餘首。今刻中不敢選增，蓋悉從舊本也。續而梓之，謹候來者。』《千頃堂書目》

著録王佑《長江稿》五卷，即《王子啓詩》五卷。《二妙詩集》永樂刊本、萬曆重刊本皆罕見，臺圖藏舊抄本二種。《王徵士詩》又有《宛委别藏》本，而《王子啓詩》，余則僅見舊抄《二妙詩集》本。胡玉縉嘗見歸安陸氏舊藏《二妙集》本《王子啓詩》四卷，《四庫未收書目提要續編》云：『《王子啓詩》四卷，明王佑撰。佑字子啓，泰和人，沂之弟也。洪武庚戌，以教官徵授監察御史，歷廣西按察副使、崇慶州知州。沂詩，阮元《揅經室外集》已著録。是編乃《二妙集》本，爲歸安陸氏所藏。前有梁潛《序》，稱「二先生當至正間，嘗以舉子貢有司，不偶，乃肆力於詩。同里蕭翼鵬漢，嘗從徵士游，乃取而刊之，又刊御史詩三百餘首，題曰《二妙集》」云云。阮氏《提要》亦引梁潛語，而獨不載佑詩，殆所見本偶闕也。潛又稱「二先生詩，質而不俚，華而不媚」，今案佑詩，不及沂之舂容雅潔，典麗鏗鏘，而意境清新，亦非凡響，允宜淩跨一時。因沂詩阮氏已録，爲别而出之，不入總集焉。』《二妙詩集》收佑詩本五卷，胡氏所見僅四卷，或有殘闕耶？《靜嘉堂文庫漢籍分類目録》著録《二妙詩集》二卷、首二卷，明王沂、王佑撰，蕭翬編，寫本。疑或即胡氏所見之本，以王沂、王佑詩各爲一卷，以各集前附録爲二卷，著録當未確。《中國古籍總目》元别集卷、明别集卷皆未著録王佑之集。

此爲吴城、許宗彦、王禮培等舊藏舊抄《二妙詩集》本五卷，編於《王徵士詩》八卷後，抄寫别出他手。各卷端首行題曰『二妙詩集下卷之某』，次行題曰：『太守王子啓著，門人蕭翬編次，八世孫淵、洛、淘、涣、涑重刊。』集前有《二妙詩集下録目》、洪武三年敕命一道、洪武五年敕命一道、楊士奇《王先生傳》、《江西通志》本傳、《吉安府志》本傳、楊士奇《跋啓翁王先生詩》、戴可《送王子啓孝廉還泰和詩序》、胡秉正《送王子啓序》、陳謨《贈王孝廉序》、劉崧《南園灌隱説》、陳謨《書王僉憲事蹟後》、劉霖

《王子啓畫像贊》。是集收詩按體編排，卷一爲五言古詩；卷二爲七言古詩；卷三爲五言律詩、五言排律；卷四爲七言律詩；卷五爲七言絕句。未收樂府、五言絕句。《鳳岡稿》不傳，佑詩傳者僅此耳。

王佑狀貌魁梧，氣岸高邁，爲人修潔凝重，與兄沂相異。兄弟唱酬不倦，賦詠各稟性情。王沂之詩，烏斯道《序》評云：『四言詩春容閑雅，如陶淵明；五言詩沖澹瑩潔，如魏晉齊梁；七言宮詞情景悠遠，如王建；七言律詩、歌行等篇，典麗鏗鏘，則莫非方軌盛唐諸君子也。』彭鏞《序》論其五言迥出流輩，『瑩如冬冰，清如秋露，馥如春蘭，潤如夏篿』，又云：『至如歌行，有天驥之馳驟，無寒蜩之悲鳴。而律絕之佳者，若秋水芙蓉，映照初日，清麗無塵。』鄒仲熙云：『先生之詩，平澹簡遠，如玄酒在尊，而自有至味，非世俗誇靡相尚者可企及也。』王佑之詩，梁潛評云：『所爲詩沉雄雅淡，質而不俚，華而不媚。』《二妙集》選沂詩，多取平澹簡遠之篇；選佑詩，多取沉雄跌宕之作。佑詩如卷四七律《奉寄大兄子與十四首》其四云：『兄弟年踰五十霜，別離已久鬢毛蒼。辭官闕下歸休早，招隱山中咲詠長。江晚鵁鶄空急難，天高鴻雁只孤翔。聖恩寬大留殘喘，晚歲還山共草堂。』其七云：『妻子三年別故鄉，灘江千里遡灘長。豆籩稍肅承先廟，機杼常勤習洞房。得罪倉皇趨上國，全家留滯向殊方。秋風如發東流棹，遠道扶持在姪湘。』《歸州哀屈宋故宅》云：『楚王臺枕亂山頭，千載金輿此幸游。宋玉多情曾有賦，屈原既放不勝愁。霸圖泯沒行宮廢，文物流傳故宅留。萬里扁舟尋舊跡，浩歌激烈楚天秋。』蓋與劉崧皆好杜調。朱彝尊《靜志居詩話》評云：『王氏二妙，子啓詩遠遜子與。』今觀佑詩，雖比沂詩不如，『遠遜』云云，則未盡然。

王子啓詩五卷　舊抄本（清勞權手校並跋）（臺圖）

明王佑撰。佑有《王子啓詩》五卷，已著錄臺圖藏舊抄《二妙詩集》本一種。此爲臺圖另藏舊抄《二妙詩集》本，清勞權手校並跋。詩亦五卷，編於《王徵士詩》八卷後，合爲《王氏二妙詩集》。各卷端首行題曰『二妙詩集下卷之某』，次行題曰：『太守王子啓著，門人蕭翬編次，八世孫淵、洛、淘、涣、涞重刊。』集前無目錄，依錄洪武三年敕命一道、洪武五年敕命一道、楊士奇《王先生傳》、《江西通志》本傳、《吉安府志》本傳、劉霖《王子啓畫像贊》、劉崧《南園灌隱説》、戴可《送王子啓孝廉還泰和詩序》、胡秉正《送王子啓序》、陳謨《贈王孝廉序》、陳謨《書王僉憲事蹟後》。集後附楊士奇《跋啓翁王先生詩》一篇。集中收詩，與臺圖别藏舊抄本不異，然二本各有殘闕之字，正可互爲校補。勞權所得永樂刊本《二妙集》僅《王徵士詩》八卷，以《王子啓詩》無他本可參，故手校甚少。

正固先生詩集一卷、文集一卷、首一卷、附坦行先生自誌一卷

清抄本（靜嘉堂文庫）

明蕭岐撰。《坦行先生自誌》，明蕭遵撰。岐字尚仁，泰和人，世居縣西柳溪里。生於元泰定二年，甫四歲失母，五歲而父方平入廣官書記，客死海上。岐零丁孤苦，祖與道教之讀書爲文。試場屋，不

偶，棄去。性端重，通羣經。洪武十五年，詔舉賢良，有司强起之。入都首陳十便書，勸說審察誣告謀叛、禁止實封、免池塘之稅、依律科斷、考核生員等。召見，授潭王府左長史。以年老堅辭，忤旨，謫教雲南楚雄府。既就道，朱元璋念忠言在耳，且憫其老，追留京師，朔望一入覲。居歲餘，授平涼儒學訓導。洪武二十七年，乞歸。二十九年六月卒於家，年七十二。齋名正固，門人以爲私謚。輯有《五經四書要義》。生平詩文甚富，初有《正固稿》，在京有《京華稿》，入平涼有《歸來稿》（周是修《正固蕭先生行述》），湖廣校士有《鄂渚稿》。《千頃堂書目》卷十七著錄《正固先生集》一卷。雍正《江西通志》卷七十七《人物十二》云：『蕭岐應有集，惜今不傳。』

清康熙間，蕭伯升編《蕭氏世集》，鏤板以行，收《正固先生詩集》一卷、《文集》一卷。熊文舉《正固蕭先生集序》云：『先生代有喆人。孫晅大宗伯，名位顯赫。裔孫太常士瑋，身致雲霄，韻留冰雪。嗣子伯升暇以先生遺集示余，讀之再四，而歎先正之風徽猶存於簡冊，而盛世之崇儒重道，不遺於幽仄也。』四庫館採錄山東巡撫採進《蕭氏世集》（無卷數）。《四庫總目》錄入存目，《提要》云：『國朝蕭伯升編。伯升字孟昉，泰和人。是集皆錄其先世詩文，曰《正固先生集》，詩文各一卷，蕭岐撰。岐字尚仁，洪武初以賢良徵，授潭府左長史，改平涼訓導。自顔其齋曰正固。一曰《坦行自誌》，岐子遵撰。遵字用道，號坦行，以明經薦，授靖江王府長史。永樂間，謫宣府鷂兒嶺巡檢。有《仕學齋集》，散佚不存，獨存其《自誌》所載陳靖江王八啟及《四門箴》一篇。曰《雪崖詩集》，蕭晅撰。晅字仰善，號雪崖。宣德丁未進士，官南京禮部尚書。前有伯升《自序》，稱與吏部郎中蕭士瑋《春浮園集》並士瑋弟士琦《陶庵雜記》《牘雋》諸書同時合刻，爲《蕭氏世集》。今士瑋、士琦之書各有別本，而此帙之内均不載，未知何故也。』蕭岐之集，《中國古籍總目》著録二種：一爲《正固先生詩集》一卷、《文集》一卷、首一卷、《坦行先生自誌》一卷，明蕭岐撰，清蕭伯升編，《坦行先生自誌》，明蕭用道撰，《蕭氏世集》本（康熙刻），社科院文學所；《正固詩集》一卷、《文集》一卷，明蕭岐撰，抄本，日本靜嘉堂。

此爲靜嘉堂藏清抄本《正固先生詩集》一卷、《文集》一卷、首一卷，附《坦行先生自誌》一卷，一册。無版匡、界格。每半葉八行，行十八字。《詩集》《文集》卷前各有目録，卷端皆題曰：『明西昌蕭尚仁。』集前一卷，依録熊文舉《正固蕭先生集序》、李元鼎《讀蕭氏世集序》、洪武十五年徵辟敕諭一道、《三華老人自贊》、施閏章《蕭正固先生傳》（子用道附）、解縉《正固先生傳》、周是修《正固先生蕭君行述》並附施男《題識》、高遜志《正固先生蕭君墓誌銘》並附李貫《題識》、徐旭《題識》、楊士奇《正固先生哀辭》、梁潛《正固先生哀辭》、鍾亮《正固先生哀辭》。詩一卷，得五言古一首、七言古二首、五言律四首、七言律十九首、七言絶五首。文一卷，得序十二篇、記三篇、銘二篇、墓表一篇、書二篇、傳三篇、箴二篇、哀辭三篇、跋四篇。抄寫工整，據《蕭氏世集》本寫録，非蕭岐《正固稿》原集。所收詩文皆不能多，文舉《序》云：『著述雖富，兵火之餘，僅存若干篇。』鈐『歸安陸樹聲藏書之記』，原爲歸安陸氏藏書。

蕭岐文章平實，不喜譏諷，常曰：『吾爲文不能譏諷人，片言惟因物賦形，欲移甲置乙，必不可也。』（周是修《正固先生蕭君行述》）詩則清曠而有陶韻。文舉《序》稱『所爲詩直亮沖融』。如《五老峰》云：『峨峨五老人，乃在匡廬山。不知幾歲年，俯仰俱蒼顔。端居烟霞表，下視滄波間。羣峰列諸孫，秀者如雙鬟。嗟予未佚老，愧爾長清閒。正面色逾好，側見景不慳。因看瀑布泉，忽憶東林關。相期巢雲松，鼓枻當南還。』《臘月發平涼，留别諸友》云：『自古瓜期亦有期，疾行非速久非遲。春風一載諸侯客，夜雨孤燈弟子師。造物小兒真戲我，斯文大用果爲誰？餘生已遂歸田計，多謝初筵酒一巵。』蕭岐祖父與道，號靜安，隱逸不仕，嘗帖其門曰：『一溪活水，五柳高風。』治園亭池墅自娱。岐幼育於祖，習文受詩，所作清曠而不乏陶韻，信有來自。明興，江右爲一代文區，其間布衣居多（胡直《三才子傳》）。洪武末，老成凋零。岐儼然後學矜式。門人周是修撰《行述》云：『其閎辭碩德，或仕或隱，無不赫赫然，著稱當世。而俛仰二十年間，若陳先生心吾、廖先生子謙、歐陽臨淄令銘、王先生子與并其弟御史佑、劉司業崧并其弟子彦、楊吏部自立、蕭學録子所，皆相繼物故。吁！可悲也。所幸憖遺以棟斯文，使後學有所依歸者，惟正固先生獨在。然如晨星，如霜冰，如魯之靈光，蓋一人焉耳。』（按：《庫》本《芻蕘集》卷四亦收此文，較此爲略）楊士奇《正固先生哀辭》序云：『自正固先生沒，而吾邑之學者無所定於趣向，無所質於疑惑，無所資於故實，無所得於效法，貿貿焉，倀倀焉，如瞽行中夜，無所問道也。故皆傷悼，不能自已焉。』（《東里文集》卷二十四）

浦舍人集六卷　　舊抄本（國圖）

明浦源撰。源字長源，號東海生，無錫人。工詩善畫。洪武中，薦授晉府引禮舍人。《明史·林鴻傳》附載其事蹟：『晉府引禮舍人浦源，字長源，無錫人也。慕鴻名，逾嶺訪之。造其門，二玄請誦所作，曰：「吾家詩也。」鴻延之入社。』採自朱彝尊明史館所作《林鴻傳》附《浦源傳》。錢謙益《列朝詩集小傳》已先言之：『閩閩人林子羽老於詩學，欲往訪之而無由。以收買書籍至閩。子羽方與其鄉人鄭宣、黄玄輩結社，長源謁之，衆請所作，初誦數首，皆未應，至「雲邊路繞巴山色，樹裏河流漢水聲」，驚嘆曰：「吾家詩也。」子羽遂邀入社，因辟所居舍之，日與唱酬。』此説源自李東陽《懷麓堂詩話》：「國初諸詩人結社爲詩，浦長源請入社，衆請所作。初誦數首，皆未應，至『雲邊路繞巴山色，樹裏河流漢水聲』，並加賞歎，遂納之。」東陽未言國初諸詩人何指，都穆《南濠詩話》卷上詳述之。徐𤊹重輯《浦舍人集》六卷，崇禎十三年《題辭》沿述前辭。諸家胥誤信傳聞。浦源授舍人約在洪武九年，與林鴻定交京師在十年至十一年間。林鴻歸里偕門人唱和，浦源入閩，未見其盛況，故《林子羽園亭，分得峰字》有『城南多勝概，找來却未逢』之嘆。其是否嘗見黄玄，亦自成疑。『雲邊路繞巴山色，樹裏河流漢水聲』出浦源七律《送人之荆門》，與林鴻無涉。浦源與林鴻本京師舊友，所謂入閩，林鴻不知其何人，投詩相見甚歡云云，乃杜撰故事。世人信之不疑，顧起綸採入《國雅品》，謝肇淛採入《小草齋詩話》，錢謙益採入《列朝詩集》，朱彝尊採入《林鴻傳》，《明史》因之，周亮工《閩小記》、吴景旭《歷代詩話》亦信傳之。

浦源有《浦舍人集》，《千頃堂書目》著録作十卷。十卷本未見有傳。俞憲编《盛明百家詩》，亦未得覽全编。今傳數種：《浦舍人集》六卷，國圖藏舊抄本，上圖藏明崇禎十三年陳文煬刻本（存卷一至四）；《浦舍人詩集》四卷、附録一卷，民國間鉛印《錫山先哲叢刊》本；《浦舍人詩》一卷，《盛明百家詩》本。《中國古籍總目》分著録作三條，後二條無誤，前一條作：《浦舍人集》六卷、詩四卷，明浦源撰，明徐𤊹輯，明崇禎十三年陳文煬刻本，上海（存卷一至四）；清抄本（無詩），國圖。蓋未悉此即詩集，上圖藏者爲殘本，國圖藏本不闕，且爲舊抄本。

此爲舊抄本六卷，每半葉八行，行十八字。有版匡，無界格。白口，四周單欄，無魚尾。各卷端題曰：『無錫浦源長源著，後學三山徐𤊹輯録，婁東陳文煬較梓。』集前有徐𤊹《題辭》，無目録。徐氏《題辭》云：『舍人所著詩多軼弗傳。嘉靖中，俞是堂先生選刻《盛明百家詩》，亦云：吾鄉舊有浦集，久而湮廢，遍索烏有，頃乃得墨本于故家，僅四十首，以備鄉先輩一代故實。是浦詩在昔時同鄉，已自難覓，矧今日乎？𤊹輯諸選，併先輩雜抄，共百五十首，視俞本已增其三矣。淘沙揀金，業自見寶，正不必連篇累牘也。偶與子潛談及前輩騷雅風流，欣然付諸剞劂，遂簡以授之。崇禎庚辰歲閏正月望日，三山後學徐𤊹興公撰。』

是集收詩，按體編排。卷一爲五言古，得《江上别》《秋夜懷陳生》《宿大夢巖次郭真韻》《林子羽園亭，分得峰字》《游瑞龍院》等五首；卷二爲七言古，得《送王濟民歸盤谷》《將進酒》《一笑軒》《結交行》《贈别沈較書》等五首；卷三爲五言律，得《游甘露寺》《送師戸侯鎮六安》《移居》《秋江送别馬明府歸田》《秀野軒》《春日旅懷》《過星軺館》《和干先生》《春夜聞雁》《送丘上舍之邊》《懷何士信謫西河》《贈張潁州》等十二首；卷四爲五言排律，僅《晉陽海會》一首；卷五爲七言律詩，得《送賈文學入京》《寄袁二》《贈徐御史》《送荆南師戸侯移鎮六安》《阻風清河縣》《送包鶴洲歸湖上》《送楊先歸潁上》《送人之荆門》《挽高季迪》《送人還鄉》《秋日憶荆南》《送王二歸山中》《林七員外園亭夜集，得河字》《送高驛丞朝京》《西城晚眺》《次張天覺五臺偈》《贈趙王孫》《重居寺雨後，次初上人韻》《别謝秀才》《宿道上人山房》《瓊妃墓》《贈别故人》《懷友》《馬秀才先歸和之》《贈王鍊師》《到西山感舊》《送顧克善回絳州》《送陳憲副任廣東》《過華秀才隱居》《曉起徒行》《寄友人》《登清源山》《鳳仙花》《九口書懷，次賈廣文韻》《雪樵》《悼潘處士》《西游道中》《送荆南師戶侯移鎮六合》《再過秦郵》《送友入京》《次張南宮韻》《送日本僧北遊五臺山》《登晉陽城樓》《和朱彥昇秋夜聽雨》《和王達善秋夜聞笛》《題郭維久臥雪軒》《送郭友南征》《和余上人韻》《寄張處士》《賦得長橋送許主簿朝京》《送蔡典樂還吳興遷葬》《趙景晉解官還鄉，賦此送之》《題竹居》《送僧東游，兼簡南屏主者》《客中送里人還家》《虎丘懷舊》《過岳王墳》《寫懷贈張光弼》《懷楊文學分教青州次韻》《留别沈較書次韻》《鍾山春霽圖》《次王較書韻》《秋日感懷》《錢塘十詠》《懷父母兄弟和韻》等七十四首。卷六爲七言絶句，末附五言絶句一首，得七絶《寄熙上人》《趙仲穆青山白雲圖》《并州寒食》《過張生舊館》《題趙昌所畫御屏牡丹》《客舍中秋不見月》《送友人》《題峴山圖》《柳花》《墨竹》《寄友》《秋夜聞角》《竹枝詞》《題碧梧山石圖》《懷南湖周、包二山人》《酬干秀才》《題畫》《題畫馬》《題仙山春晝圖》《汾上旅懷》《過湖舟中望寺》《晚過張林山》《題青山白雲圖》《除夕客懷》《題明妃出塞圖》《題石竹》《吳歌，和干先生》五首、又五首、《紅葉美人圖》《二喬圖》《爲姚秀才題方崖雨竹圖》《春日出南郊》《和張德機四絶，寄李文達》四首、《答丁翰學》《即事次韻》《梨花鵪鶉》《枇杷山鳥》《登鴻山》等四十九首，五絶《冰泉雲壑》一首，通計一百四十七首。七言排律、六言絶句、四言古、樂府未見。

浦源爲倪瓚入室弟子，弱冠之歲，北郭社事已衰，猶得與高啓諸子相往還。洪武初，與林鴻論詩，林鴻《呈浦舍人》有『性僻共耽詩句險』之句。後世閩人標舉閩派，推許林鴻爲開山，喜言浦源投詩謁見之傳聞。曹學佺、錢謙益選明詩，乃至附浦源於林鴻後。於詩法言，浦源與林鴻確爲相近，然其學唐非僅爲林鴻鼓動。觀其所作，古體簡淨自然，近體清逸神秀，頗近於倪瓚、高啓。王世貞《藝苑卮言》稱明人七律『至李、何始暢然』，此前有一二佳者，如浦源『雲邊』句等。又稱浦源、林鴻『如小乘法中作論師，生天則可，成佛甚遠』。抑之稍過。《靜志居詩話》卷四稱浦源『詩雖與子羽同調，然才不逮林，當與二玄伯仲』。今以論之，浦源才調不及林鴻，然在周玄、黄玄之上。

浦舍人詩集四卷、附錄一卷　民國間鉛印《錫山先哲叢刊》本（北大）

明浦源撰。源有《浦舍人集》，已著錄舊抄本。此爲《浦舍人詩集》四卷、附錄一卷，民國間鉛印《錫山先哲叢刊》本。每半葉十一行，行二十五字。白口，單魚尾，左右雙闌。各卷端題曰：『無錫浦源長原甫著。』集前有原《序》一篇，無目錄。原《序》即舊抄本徐𤊹崇禎十三年《題辭》。卷一爲五言古詩、七言古詩，得五言古四首、七言古五首，僅較舊抄本少五言古《游瑞龍院》一首。卷二爲五言律詩、五言排律，得五律十二首、五言排律一首，即舊抄本卷三、卷四所收詩十三首。卷三爲七言律詩，得七十四首，即舊抄本卷五之詩。卷四爲七言絕句四十九首，末附五言絕句《冰泉雲壑》一首，即舊抄本卷六之詩。《游瑞龍院》詩云：『我豈好聲利，躍馬塵土間。浮生倏能幾，不得一日閒。經過莆陽郡，悵望城西山。山中有靜者，木石同古顏。我今來訪之，偶然得追攀。花雨濕樵逕，松風冷禪關。徘徊清晝永，興盡始云還。』弘治《八閩通志》卷八十四《詞翰》錄國朝浦源《遊瑞龍院》，詩中『悵望』作『恨望』，其餘字句悉與舊抄本同。《浦舍人詩集》四卷收詩較舊抄本僅少《遊瑞龍院》一首，未詳何故，疑所據底本殘損。

附録一卷，收丁福保民國十二年撰《浦舍人傳》及所輯《浦舍人事蹟彙録》。丁氏《傳》稱浦源「後以洪武十二年己未出使秦中，二月八日，當渡淮河，風濤大作，左右皆勸停留。舍人叱之曰：『君命也，敢少留乎？』至中流，風濤益急，乃疾聲大呼曰：『負君命矣。』遂覆舟死於王事，距生於元至正四年甲申八月五日，得年僅三十有六」。張慧劍《明清江蘇文人年表》亦稱浦源洪武十二年出使陜西，落水死，年三十六。錢謙益《列朝詩集小傳》有「長源卒時，年纔三十有六」之説。今未詳所據。按今人茅子良《安國舊藏〈石鼓文〉三種鑒藏流傳考略》「上有浦源『丙寅新秋，東海生源記』」云云，丙寅爲洪武十九年。浦源卒年，尚俟考證。丁氏《傳》又稱：「所惜者，吾邑俞是堂先生在嘉靖間選刻《盛明百家詩》，僅得舍人詩四十二首，余家藏徐興公所編《舍人詩集》，亦不過百五十首，知其集外之軼詩尚多也。曾見浦象泰所作《東海生佚記》，有舍人所繪《竹石圖》，《題辭》：『斜日照深林，回飇激殘雨。寂莫寢齋中，坐對幽人語。不是澹忘機，何由此容與。』今集中已軼，吾安能得所謂《東海生集》者一讀之！」論曰：舍人詩深得中晚唐人風致，而李于鱗稱其詞采秀潤，嫌其氣格聲響不足。王弇州則貶之曰：長源如小乘法師，生天則易，成佛尚遥。蓋王、李二家，皆以盛唐律之耳，豈知其變而得正乎？故附論及之，俾讀舍人之詩者，勿以王、李之持論爲定評也。」所言時可採。

資治通鑑綱目集覽鐫誤三卷、附綱目考異辨疑五條　朝鮮刻本（日本内閣文庫）

明瞿佑撰。佑字宗吉，號存齋，錢塘人。洪武中歷仟仁和、臨安、宜陽教職。建文二年，遷國子助教。永樂元年，陞周府右長史，六年下錦衣衛獄，十三年謫戍保安。洪熙元年，以英國公張輔奏請召還，留居西府，教讀家塾。宣德三年，由吏部尚書蹇義奏請，恩賜年老還鄉。宣德八年卒，年八十七。著有《資治通鑑綱目集覽鐫誤》《春秋貫珠》《詩經正葩》《閱史管見》《陳氏葬說》《存齋遺稿》《詠物詩》《樂全詩集》《樂府遺音》《剪燈新話》《歸田詩話》《香臺集》等集，編選《鼓吹續音》。少從父寓鄞，學《詩》於王厚孫。《歸田詩話》卷下《退朝口號》云：『少日在四明，從王叔載先生學《詩》。』元季西湖唱和甚盛，高朋雲集，楊維禎往來吳越，居湖上之日多。瞿佑親炙於維禎，爲所歎賞，有瞿氏『千里駒』之譽。以小說《剪燈新話》爲今人所重，學問鮮有道及，亦類維禎僅以詩人爲後世稱及。所著《春秋貫珠》《詩經正葩》《閱史管見》不存，《資治通鑑綱目集覽鐫誤》三卷、附《綱目考異辨疑五條》尚存，庶可窺其得深寧續傳。

《中國古籍總目》著錄明永樂八年刻本，今藏上海圖書館，每半葉十一行，行二十二字。黑口，雙魚尾，四周雙闌。集末有趙琦美手書題跋。此爲日本内閣文庫藏朝鮮刻本，二册。每半葉十行，行十八字。白口，雙魚尾，四周雙闌。卷端不題撰者名氏。集前有二序及《目錄》。前序僅存首葉，其下闕。後序乃瞿佑自撰，末署『永樂八年歲在庚寅冬十月初吉，錢塘瞿佑謹書』。《總目》所謂永樂八年刻本，蓋據瞿佑《自序》。是年佑在獄中，其後謫保安，刻集當在洪熙元年召還後，非永樂八年刻本明矣。此本前序云：『永樂間，瞿長史宗吉、陳贊善伯載俱博學多才，相友善，推重一時。宗吉嘗鐫定王氏《綱目集覽》之誤，時在非所，偶得其書讀之，有字句誤者，事意誤者，義理誤者，有大關係或輕小者，各標注其上，無他書參考，僅記憶耳目所聞見者，據事理而裁正焉耳。乖謬尚多，欲盡而未能，乃錄之自隨，得二百一十有六條，俟加詳焉始入梓，補各卷之末，此宗吉志也。久之，竟謫遺塞外，愈無書可畢此志。既而見伯載已梓行其《正誤》，曰：「吾志成矣。吾老友所謂先得其所同然者矣，吾奚以爲？」欲併其前所錄者棄之。暹請爲家曰：「作謀，《古文尚書》『在治忽』，而《夏紀》則曰『來始滑』。史事錯繆不經至此，既有待以正之，而況《集覽》挾己見而妄爲之附益，則何恠其繆誤之多。」蓋公在洪武、永樂間，與贊善公並以博學善紀憶聞，而公制作尤富，宜其鐫正繆誤有待也。雖然，《朱子綱目》因司馬《資治通鑑》而作，《治鑑》行而《春秋》之義顯。二公鐫正，亦因王氏《集覽》而作。」暹即瞿佑猶子瞿暹，謀鋟梓《鐫誤》諸集。按『暹請爲家曰』云云，此序蓋瞿暹所撰。今人喬光輝《瞿佑〈資治通鑑綱目集覽鐫誤〉考述》據程敏政《樂府遺音序》『其於先生遺文若《興觀集》，若《詠物詩》，若《剪燈新話》《集覽鐫誤》俱已刊行』云云，謂是書梓刻當在宣德八年瞿佑歿後，天順七年《樂府遺音》刊行之前。今按：瞿暹既請梓於瞿佑，初刻果暹所爲，刻時不必在佑歿後。

瞿佑《自序》云：『望江王氏之著《集覽》也，自謂積二十年，七易稿而後成，其用心蓋亦勤矣。讀《鑑》者爭先快睹，視猶指南，共珍惜而尊信之。予自幼閱《分注》，遇有疑難，試出是編以考焉，則亦缺然無所稽載也。竊意所志者不過地理之沿革，官制之變更，音訓之異同，句讀之斷續而已，遂高閣束之，未暇偏覽也。不料殘齡，久拘囹圄，長晝默坐，無所用心。適都督袁公賚《綱目》一部，乃建寧新版就，於《分注》下附刊《集覽》者，因得以備觀焉，則荒辭猥注，層見錯出，地理不分南北，官制不辨古今，音訓謬於理，而句讀不成文，甚則違道背義而肆爲臆說者有之。蓋鄙者自爲一書，雖有舛誤，人未易見。今附錄於後，隨事證驗，玭璺瞭然，始不可得而掩矣。輒不自揆，每事以片楮錄之，久而盈篋。公因命標注於卷上，遂不獲辭。既而仍存其舊稿，凡二百一十六條，析爲上、中、下三卷。第以患難中別無書籍可考，而新版又多脱略，乏善本校正，爲可恨耳。』《資治通鑑綱目集覽》五十九卷，元人王幼學所撰。瞿佑作《鐫誤》，始於永樂中下獄之際。

浙人好治史，自吕祖謙爲始，研討《通鑑》遂爲浙派專門之學，胡三省、王應麟皆其著者。瞿佑學傳深寧一脈，其治《通鑑》亦有承繼。是書卷上七十三條，卷中七十七條，卷下六十六條，末附《綱目考異辨疑五條》，凡二百二十一條。明刻本有趙琦美萬曆三十五年五月手《跋》云：『望江王氏，特一不通文理之村學究耳，讀數行書，便思搦管著述，何異蜣螂自寶其糞丸耶！瞿氏宗吉爲之鐫誤，大快人意，然亦何足與辯也。宗吉氏亦大類與盲人鬬明，跛人鬬捷矣。張浙門氏原本，録於白門官舍。』瞿佑以爲《集覽》以易讀附《分注》流行，訛誤不得不辯。如下卷第一條『高墌』：『唐高祖武德元年，唐秦王世民與秦主戰於高墌。《分注》：「薛舉進逼高墌，秦王世民深溝高壘，不與戰。會得瘧疾，長史劉文靖欲曜武以威之。舉潛師掩其後，遂拔高墌。」《集覽》：「高墌，城名，在今大都路霸州保定縣是。墌，之石反。」按：是時唐據長安，薛舉據隴西，則高墌當在秦隴之間，安得爲霸州保定縣乎？』顧祖禹《讀史方輿紀要》卷四謂高墌在陝西長武縣北五里，其説可信。瞿佑所疑甚是，苦無書考證。又如『此郜鼎之類』一條：『唐太宗貞觀十八年，高麗遣使入貢，却之。《分注》：「蓋蘇文貢白金，褚遂良曰：『此郜鼎之類，不可受也。』上從之。」《集覽》：「此郜鼎之類，謂此白金如郜鼎，皆以不義取之之物。《左傳・桓二年春》『宋以郜大鼎賂公。夏四月取郜大鼎於宋，納於太廟，非禮也』，注：『郜鼎，郜國所造器，宋滅郜取之。』《公羊傳》：『取郜大鼎於宋。』此取之宋，其謂之郜鼎何？宋始以不義取之，故謂之郜鼎。何休云：『宋以不義取之，故之曰郜鼎。如以義應得，則當言取宋大鼎。』」按：蓋蘇文弑其王建武，恐中國見討，故以白金來貢。《春秋》宋華督弑其君與夷，恐鄰國見討，故以郜鼎賂魯。事正相類，故褚遂良援以爲比。今不明言宋督弑君之事，而泛引冗說，不知何見。』《集覽》泛引，不得其解。《鐫誤》正其導引之誤。諸如此類，皆是集發明，可爲讀史之助。

樂全詩集一卷、附東遊詩一卷、樂全續集一卷　日本寫本（日本内閣文庫）

明瞿佑撰。佑有《資治通鑑綱目集覽鐫誤》，已著録。其詩有《興觀集》《順承稿》《存齋遺稿》《樂全稿》《詠物詩》《香臺集》諸集。田汝成《西湖遊覽志餘》卷二十一稱嘗親睹《存齋集》《存齋詩》，或即《存齋遺稿》。今傳僅《樂全》《詠物》《香臺》三種。

此爲《樂全詩集》一卷，附《東遊詩》一卷、《樂全續集》一卷（即《千頃堂書目》卷十八、《明史·藝文志》所著録《存齋樂全集》三卷），日本寫本，一冊。有版匡，無界格。每半葉十行，行二十字。各卷端不題撰者名氏。封題『樂全詩集』。集前有翰林侍講劉鉉正統九年五月既望《瞿先生樂全稿序》、瞿佑宣德三年十月《樂全詩序》，無目録。《樂全詩集》得諸體詩一百二十首，計四言四首、五言絶句十二首、七言絶句四十九首、六言五首、五言律詩二十首、七言律詩十五首、五言長律一首、五言古詩十首、七言古詩三首、長短句一首。《東遊詩》得諸體詩五十首，計五言律詩十八首、七言律詩四首、五言古詩三首、七言古體三首、五言絶句六首、七言絶句十三首、六言三首。《樂全續集》得諸體詩八十首，計五言律詩十四首、七言律詩二十一首、五言古體三首、七言古體四首、五言絕句四首、七言絕句二十八首、六言六首。

集名『樂全』，自倖老而放歸，免死異鄉，樂得天全也。劉鉉《序》云：『晚謫塞外，雖在窮約，著述益多。太師英國張公慕其聲，奏乞主其家塾。居三載，得南歸，自北京過金陵以至吳，又自吳抵杭，途中弔古問俗，閲時序風景之良，睹山川人物之勝，寓古今成廢之感，一託於詩，與夫題詠倡和，合諸體共若干首。其稿曰《樂全》，皆隨事命意，形容切實，思致不凡，音節通暢，使誦者愛之，猶味膾炙於口，不自知其不能舍也。庶幾平易淳厚，而無鄙疎之失者乎！今先生之猶子四，迪、迎、暹、遡，共圖鋟梓，託予友徐君以道徵序。予曩得識先生，聞其所以號存齋者，收其放心之謂。今曰樂全，勉以保全名行爲樂』，『又知其平生所作甚多，皆藏於其子訓導達處，今鋟梓者特其餘耳。若得衆作與今萃而爲一，又得人爲之采選，則有可傳而追配於昔人者，豈特一二哉！』瞿佑《序》云：『《樂全稿》者，自金臺抵金陵，水路紀行所作也。鼂以洪熙乙巳冬，蒙太師英國張公奏請，自關外召還，即留居西府。今及三載，又蒙少師吏部尚書蹇公奏准，恩賜年老還鄉。太師仍以家艦送至南京，自九月十一日起程，至十月十五日抵武定橋長子進舍。歷燕趙之郊，經齊魯之境，過徐揚二州，遡長淮，逾大江，凡三千七百餘里。舟中無事，覽景興懷，臨風弔古，飯餘酒後，技癢不能自抑，輒形諸吟詠，大小長短，積至一百二十首，皆率口而出，姸媸錯雜，未經鍛鍊。因其先後次第，不復删改，彙成編帙，藏之于家，時出觀覽，以追想舊遊之跡，用以自遣也。噫！予去鄉三十五載，抛家亦二十一載矣。今以餘生，歸見親黨，優遊暮景，以享治平之樂，爵至五品，壽逾八袠，不虧其體，不辱其親，俯仰兩間，自謂無愧，庶幾得爲鄉里之全人，未審識者許之否。姑以《樂全》題稾以自朂，抑亦衛武公求箴警之意也。』時年已八十二。《自序》爲《樂全詩集》作。里居復有蘇州、松江故地重遊，編爲《東遊詩》一卷。《自跋》云：『次子達自松庠遣孫瑛來取，遂與孫婿劉琳以四月廿六日登舟，風雨所阻，於五月初十日方到。沿途紀行，得古今詩共五十首餘，附吟卷以記歲月。』宣德五年依子瞿達寓松江，三月暫返杭，五月歸松江，往返詩編爲《樂全續集》一卷。《自跋》云：『宣德五年三月初一日，自松庠登舟回杭，師生留別，艤舟超果寺。初三日始解纜趍程，初八日抵北關，初九日入城，至薦橋舊居從弟宗傅家安歇。十九日過湖，詣南山，祭先壟。四月十五日，余生昌以舟來取，遂於五月初六日辭别諸親友，出城至夾城巷甥施敬家相留，於初九日與孫琛、孫婿劉琳同舟，至十二日仍回松庠次子達舍。往還得詩共大小八十首，錄附行卷，以見吟趣云。』

瞿佑少有詩才，楊維禎至杭，每過瞿佑叔祖士衡家，嘗以《香奩八題》見示，瞿佑依體賦八首，維禎歎許，淩雲翰、張光弼、錢思復亦折輩與之交。雲翰一日過訪士衡不遇，以所和范成大《田園雜興》留寄。瞿佑數日盡和之，雲翰覽之大驚，爲作序，繼以梅詞《霜天曉角》百首、柳詞《柳梢青》百首屬和。瞿氏年逾八十，猶吟哦不輟，《樂全稿》存三年詩，亦云富矣。綜觀其詩，凡有數變：初沿鐵崖之派，流麗奥衍；入明稍變，清麗哀怨；及罹難下獄，謫戍塞外，多悲憤之音；晚而入關，率口而出，平易切實。前後不變者，不避俚俗耳。朱彝尊未睹前後之集，但目之鐵崖餘派，牛鬼蛇神之不若，甚失平允。《樂全稿》大都紀遊之作，弔古問俗，隨事命意，寓寫感慨。如《東遊詩》之《過蘇州三首》其一云：『白蓮橋下暫停舟，垂柳陰陰拂水流。舞榭歌樓俱寂寞，滿大梅雨過蘇州。』其二云：『桂老花殘歲月催，秋香無復舊亭臺。傷心烏鵲橋頭水，猶望閶門北岸來。』其三云：『昔年曾赴玉京遊，榮辱相乘喜又憂。投老歸來情性在，轉頭三十六春秋。』《泖湖》云：『昔在前元末，乾坤入戰圖。揮戈思指日，傳檄欲存吴。事往山河在，人亡歲月徂。至今垂白叟，猶説謝家湖（注：「國兵圍姑蘇，上洋人錢鶴皋起兵援張氏，巨姓號泖湖謝亦預焉。事敗，皆破滅。」）。』誦者愛之。

香臺集三卷　明藍格抄本（臺北故博）

明瞿佑撰，明徐伯齡注。佑有《資治通鑑綱目集覽鐫誤》，已著録。其《香臺集》三卷，一名《妙集吟堂詩話》，《千頃堂書目》《明史·藝文志》皆著録三卷。此爲明藍格抄本，一册。每半葉十行，行二十二至二十六字不等。各卷端不題撰者名氏。集前有目録，無序跋。卷上、卷中、卷下各收詩四十首，共得絶句一百二十首。是集原三百首之多，明人徐伯齡歷時三月作注，《蟫精雋》卷四《吕城懷古》云：『予讀先生《香臺集》，惜其引據奇僻，而無釋之者，後學病焉。菊莊乃命予宜爲之注，承命三閲月，而書始成。是以益仰先生博雅之才，爲不可量也。』卷十五《香臺集序》又云：『先正瞿存齋先生宗吉嘗詠女故事三百絶，名《香臺集》。前百首爲《香臺百詠》，次百首名《續詠》，又百首爲《新詠》，引用深僻，諷刺切實，讀者不能遍考，每遇事而病焉。予嘗爲菊莊先生言之，先生乃命爲之訓詁。因不揣僭妄，承命考注，閲三月而稿成，凡所引書千有餘種。』此本雖各附徐伯齡注，然不復三百首之舊。

是集卷上諸篇爲《嫦娥奔月》《神女行雲》《龍女傳書》《綵鸞寫韻》《麻姑鱗脯》《織女牛夫》《秦女吹簫》《湘靈鼓瑟》《王母仙桃》《后土璚花》《洛神淩波》《昭君出塞》《花妖惑主》《毛女成仙》《則天游春》《上官應制》《飛燕掌舞》《壽陽梅粧》《昭儀春浴》《太真春睡》《阿嬌金屋》《武靈白華》《玉兒步蓮》

《樂昌破鏡》《瑯琊通史》《獨孤誤君》《昇平訴夫》《劉后峇父》《麗華出井》《戚姬臨池》《徐妃半粧》《王后掩面》《新婦傳璽》《才人請巾》《馮媛當熊》《班姬辭輦》《齊后破環》《趙姬藏鈎》《褒姒不笑》《西施含顰》。卷中諸篇爲《虞姬請劍》《孫妹握刀》《太穆挾讎》《平陽起义》《太平爭碹》《安樂鬭草》《韋后雙陸》《良娣樗蒲》《惠妃先亡》《同昌早逝》《唐兒薦寢》《陳氏更衣》《弟妃承恩》《嫂后享富》《宸妃誕聖》《溫成換粧》《雪兒調歌》《杳娘拆字》《乳母回顧》《侍兒私奔》《璚璚玉箏》《師師檀板》《崔鶯待月》《賈女竊香》《敞婦畫眉》《冀妻墮髻》《家姬奉主》《官妓侍僧》《孟姜哭城》《浣紗抱石》《綠珠墜樓》《碧玉赴井》《孟光舉案》《文君當壚》《南郡憐嬌》《導妻妬寵》《党婢茶鼎》《孫妾肉盤》《謝女解圍》《檜妻決獄》。卷下諸篇爲《朝雲誦偈》《琴操參禪》《盼盼燕樓》《端端雲嶺》《弱蘭官驛》《小卿茶船》《柳氏重歸》《玉簫再合》《紅線仙俠》《錦襠業緣》《小玉嚙冤》《無雙諧約》《李娃念舊》《韓氏題情》《崔娼寫真》《許妻傳淚》《綘桃留待》《柳枝放歸》《小姨續婚》《侍妾同渡》《市嫗擲果》《鄰女投梭》《舊桃呈詩》《春鶯囀曲》《月梅寫帕》《月英留鞋》《薛濤綵箋》《蘇蕙錦字》《崔妻虎變》《任氏狐妖》《紅拂宵征》《紅綃夜怨》《月仙古渡》《秀英東牆》《韋娘新粧》《秋娘舊價》《心兒字意》《秀香仙才》《花蕋宮詞》《易安樂府》。抄本多有誤字。目錄《上郎應制》，正集作《上官應制》是；《同昌早遊》，正集作《同昌早逝》是；正集《嫂居亨福》，目錄作《嫂后亨福》是。目錄《冀妻墮髻》，止集作《冀妻墜髻》；《綠珠墜樓》，正集作《綠珠墮樓》。他如目錄『馮媛』誤作『馮綬』，『褒姒』誤作『褒妙』，『錦襠』誤作『錦鐺』，『官妓』誤作『官奴』，抄寫頗粗。今南圖藏有《妙集吟堂詩話》三卷，明初刻本，《中華再造善本》據以影印。抄本即源於明初刻本，間有字句之異，此不贅列。

瞿佑香臺諸詠，成於早歲，踵鐵崖香奩之風，時能警策。其謂閨閣之事亦大，女子亦可入史，多可歌可泣者，或遺之不錄，或傳之失實，或論之失偏。當紀之以詩，以傳其事，近于詠史，或辯之以道，以正謬訛，近於說理。諸詠甄別善惡，以爲勸懲，猶有風雅遺意。《百川書志》卷五史部著錄《香臺集》三卷云：『纂言紀事，得百一十題。事關閨閣，辭切勸懲，仍以本事附於題後，旁注繫於詩下，資人吟詠之趣，而廣見聞之方，庶幾詠史之作也。』張天錫《香臺集序》云：『男女居室，天地之大義也。歸之正者天，不歸者非天，歸不正者亦非天。或正以勸也，或不正以誡也，或正而不正以警終也，或不正而正以謹始也。或無而有念不可罔也，或虛而妖亦不可不正也。』瞿佑論詩重善於用事，詩有故實，即如元人仇遠所云『近世習唐詩者，以不用事爲第一格。少陵無一字無來處，衆人固不識也。若不用事之云，正以文不讀書之過耳』（《山村遺稿》卷一）。香臺諸篇，各有本事，一首或用數事。故伯齡嘆云『引用深僻』、『讀者不能遍考』。察瞿氏之意，不在倡以學爲詩，而在去虛浮、黜無關痛癢，合於所謂詩家必識大體、精於用意。《香臺集》卷上所詠神女、后妃、女官、寵姬，多涉宮闈政事。卷中所詠侍姬、公主、妃嬪、優伶、才女、賢妻、妒婦亦然。卷下所詠娼妓、才媛，多涉風流韻事，傳情寫豔。諸凡女子世情百態、三教九流，畢集於此。本事典故，或非正史、信史，然每詠一人一事，乃至一篇一句，不無來歷。如《師師檀板》云：『千金一曲擅歌場，曾把新腔動帝王。老大可憐人事改，縷衣檀板過湖湘。』寓寫興亡。又如《西施含顰》云：『捧心妖態照如愁，長使東鄰欲效尤。豈是預知亡國禍，含情終日在眉頭。』用事繁複，以見構深致遠之意。

朱彝尊不屑『鐵崖體』，並斥瞿佑諸子。《靜志居詩話》云：『明初詩家，以楊廉夫爲祭酒。廉夫見同調，綴以評語，不曰牛鬼，則曰狐精。此王常宗論文即以狐比廉夫也。宗吉幼爲廉夫所賞，拾其唾餘，演爲流派，劉士亨、馬浩瀾輩爭效之。譬諸畫仕女者，肌體癡肥，形神猥俗，曾牛鬼、狐精之不若矣。其稍有風骨者，如「射虎何年隨李廣，聞雞中夜舞劉琨」，「蹈海莫追天下士，折腰難事里中兒」，庶與淩彥翀、李宗表相近。」『射虎何年隨李廣』數句，録自瞿佑《館舍書事》：『過却春光獨掩門，澆愁漫有酒盈樽。孤燈聽雨心多感，一劍横秋氣尚存。射虎何年隨李廣，聞雞中夜舞劉琨。平生家國縈懷抱，濕盡青衫總淚痕。』《七修類稿》卷三十二《瞿宗吉》則稱『讀此，亦知先生也』。《香臺集》外，朱彝尊未覽瞿佑他集，持論不免於褊狹。徐泰《詩談》論瞿詩『組織工麗，其溫飛卿之流乎？但新聲與雅樂恐難並奏也』。工麗清豔，爲瞿佑中歲前好尚。中歲後，漸遠於鐵崖之風。《歸田詩話》卷下《廉夫詩格》云：『皆言宴賞遊樂之意，亦其平日性格所好也。』可見其意矣。

《中國古籍總目》僅著録上圖藏《新雕古今名姝香臺集》三卷一種，明萬曆十五年三衢葉氏如山堂刻本。刻本每半葉九行，行二十字。白口，四周單闌。版心上鐫『香臺集』，下鐫『如山堂梓』。集前有朱應柱萬曆丁亥撰《序》。

瞿宗吉詠物一卷　日本文政八年刻本（日本早稻田大學圖書館）

明瞿佑撰。佑有《資治通鑑綱目集覽鐫誤》，已著録。詠物爲詩家一體，瞿佑深好之。《歸田詩話》卷下《賣花聲》《詠鐵笛》《詠炭詩》《楊妃襪》諸條專談宋、元詩家詠物。楊維禎詠物甚多，然瞿佑尤推尊元人謝宗可《百詠詩》，早年效作百首。謫戍保安，原稿逸失，追憶舊章，得全者四十首。宣德三年南返至金陵，於鄉友董以誠處得舊作三十首。後在松江續製三十首，以足百篇之數（瞿佑宣德四年《詠物新題詩序》）。後人合瞿佑、謝宗可、朱之蕃三家詠物爲《詠物詩》六卷。《千頃堂書目》著録《謝宗可、瞿佑、朱之蕃詠物詩》六卷，又著録《存齋詠物詩》一卷。此爲日本文政八年刻本一卷，與《謝宗可詠物》一卷、《張木威詠物》一卷合爲《三家詠物詩》一册。每半葉十行，行二十字。黑口，單魚尾，左右雙闌。卷前各題撰者名氏。牌記曰：『謝宗可、瞿宗吉、張木威，三家詠物，老山菅原、梅屋松井、詩禪梁三先生校閲。』集前《詠物詩總目》曰《元金陵謝宗可集》一百六首，《明錢塘瞿佑宗吉集》一百首，《清嘉興張劭博山集》（一字木威）一百二十五首。《瞿宗吉詠物》卷端題曰：『明瞿佑宗吉著。』集前有翰林修撰張益正統九年夏《序》、瞿佑宣德四年八月《自序》。原無目録，序前目録半葉，爲手書所補。集末有佚名手書瞿佑《題自選皷吹續音後》詩一首：『騷選亡來雅道窮，尚於律體見遺風。半生莫售穿楊技，十載曾加刻楮功。此去未應無伯樂，後來當復有揚雄。吟窓既味韋編絶，舉世宗唐恐未公。』

此本依於康熙間刻《三家詠物詩》本，然二本亦有不同。康熙刊本第九十九首《雪塵》『夜坐頻』以下殘闕，注云：『以下缺十八字，爲後人所補，今仍其缺。』和刻本不闕，詩云：『朔風刮地捲寒埃，非霰非霜旋作堆。密灑漁蓑粘玉屑，亂隨馬足散銀杯。曉粧都棄香奩粉，夜坐頻挑鐵筯灰。世上熱官那識此，東華爭踏軟紅回。』『夜坐頻』以下十八字，《佩文齋詠物詩選》卷十四所收瞿佑《雪塵》同。康熙刊本《霜信》全首缺，和刻本不缺，詩云：『碧瓦凝寒菊露浮，江楓葉赤水痕收。故人有橘題書後，驛使無梅寄隴頭。僧報平安來竹院，雁傳消息過蘋洲。相期月落烏啼夜，看鬬嬋娟百尺樓。』臺圖藏清初抄本《瞿宗吉詠物詩》卷，《雪塵》『夜坐頻』以下亦缺十八字，清人陳陸坤補之，與和刻本有數句之合。《霜信》全首缺，陸坤補之，字句悉異。和刻本未注明缺補之況，其究爲何人所補，未詳。

又，和刻本偶有誤字，如《茶鐺》『若教移對舒丹杓』句，『舒丹杓』當作『舒州杓』，語本李白《襄陽歌》：『舒州杓，力士鐺，李白與爾同死生。』清康熙刻《三家詠物詩》本、清初抄本、《武林往哲遺著》本皆不誤。

張益《序》云：『詠物者，詩家之一體也。然不徒以模寫形色爲工，而實以比類托興是尚。若昔李義山之詠錦瑟，鄭谷之詠鷓鴣，謝學士之詠胡蝶，馮海粟之詠梅花，世皆膾炙其句。近時擅能詠物之名于吟壇者，則有金陵謝宗可。予嘗讀其詩矣，蓋工於模寫，而有得於比興之旨者焉。其多至於百數十首，每欲效之，有所未遑。錢唐瞿先生宗吉，問學該博，識趣超邁，而肆力於詩文。當其少時，酷愛宗可所作，因別立新題，亦賦百首，冀在與宗可托衡，以攀李、鄭、謝、馮之逸駕也。一篇纔出，人已傳誦』，『詠物之稿以其早出而傳久也，莫能全備，且多舛誤。先生晚就歸田，輒自正其舛而補其缺，百篇復全。先終壽考，其子四人，皆克繼美。今所存者，惟德高以校官致仕，居于杭。曰德啓、德恭、德宣、德潤者，先生之弟宗尹子也，富而好禮。宗尹嘗欲壽先生詩文于梓，不果。今德啓兄弟篤承父志，先以《詠物》百篇鏤板行世，他將次第以成之，德啓請言爲敘。惟先生之詩所長，不專在於一體。觀其少作，已能若此，得非世之所謂奇才也歟！德啓兄弟克板行之，不特先志是承，誠足使先生之奇才得見之于永世焉。』瞿佑《自序》云：『少日見謝宗可《詠物詩》，愛之，因效其體，亦擬百篇。其已詠者，不重出也。大抵詠物之作，拘於題則固執不通，有粘皮帶骨之陋；遠於題則空踈不切，有捕風繫影之失。故自昔名家，鮮有此作。被謫以來，原稾久已失去，留滯山後，追憶舊章，得其全者四十首，書附《吟稾》，以備遺忘，且以應答士友之知而求索者。及回南京，又于鄉友董以識處得其所傳三十首（今按：「識」字誤，當作「誠」）。今至淞江，居閑事簡，復續三十首，以足百篇之數。才踈語拙，不可追配前人，藏之家塾，以資吟覽，庶不忘少日之勤苦用心爾。倘有見者，幸勿以前所言二病爲誚也。』

詠物非易，《歸田詩話》卷下《賣花聲》云：『謝宗可《百詠詩》，世多傳誦，除《走馬燈》《蓮葉舟》《混堂》《睡燕》數篇外，難得全首佳者。向見丘彦能誦其《賣花聲》一首，《百詠》中不載，詩云：「春光叫盡費千金，紫豔紅香藉好音。幾處喚回游冶夢，誰家不動惜芳心。韻傳楊柳門庭晚，響徹秋千院落深。忽被捲簾人喚住，蝶蜂隨擔過牆陰。」』瞿佑及謝宗可詠物擅場，亦皆不免爲人所譏。田汝成《西湖遊覽志餘》卷二十一云：『詠物之作，拘於題則粘皮帶骨，遠於題則捉影捕風。謝宗可、瞿宗吉各有詠物詩百首，其可取者亦鮮矣。』所歎賞瞿佑詠物不過《熨衣斗》《玉簪花》寥寥數篇。瞿佑詠物佳者，《白燕》《鬼蝴蜨》可稱道。《白燕》云：『脱却烏衣絕點瑕，銀屏珠箔舊生涯。玉京老去粧初改，王樹歸來鬢已華。避雨有時沾柳絮，夢雲何處認梨花？飛瓊不向瑤臺去，却入尋常百姓家。』《鬼蝴蜨》云：『飛鳥曾聞載鬼車，粉香何事亦隨邪？傷生不惜身投火，抵死猶將命乞花。望帝精靈枝上血，韓憑魂魄墓前沙。一般有恨難消滅，夢裏相逢更可嗟。』二首切於體物，新奇意深。

明詠物詩一卷　清康熙間賀光烈刻《三家詠物詩》本（佚名圈點）（國圖）

明瞿佑撰。佑有《資治通鑑綱目集覽鐫誤》，已著録。其《詠物詩》一卷，前已著録和刻本一種。此爲國圖藏清康熙間賀光烈刻《三家詠物詩》本《明詠物詩》一卷，與謝宗可《元詠物詩》一卷、清張劭《今詠物詩》一卷合爲一册，即和刻本所據底本，然二本又略不同。此本每半葉十一行，行二十一字。黑口，雙魚尾，左右雙闌。卷前各題撰者名氏。鐫題：『三家詠物詩。』是集由賀光烈編刻，集前有賀氏康熙五十三年《序》一篇及《詠物總目》。《總目》注云：『先編成集三家，歷朝選本次出。』三家曰《謝集》一百六首，《瞿集》一百首，《張集》一百二十五首。《明詠物詩》卷端題曰：『錢唐瞿佑宗吉。』集前僅瞿佑《自序》一篇，無張益《序》，亦無目録。詩百首，與他本略異。第三十六首《線香》題下注云：『此詩見蘇老泉集。』詩云：『搗麝篩檀入範模，潤分薇露合雞蘇。一絲吐出青烟細，半炷燒成玉筯麤。道士每占經次第，佳人惟驗繡工夫。軒窗几席隨宜用，不待高擎鵲尾爐。』和刻本、清初抄本、《武林往哲遺書》本皆無題下注。檢宋人陳思《兩宋名賢小集》卷七十七《老泉集》收此詩，題作《香》。此本第九十九首《雪塵》『夜坐頻』以下殘闕，注云：『以下缺十八字，爲後人所補，今仍其缺。』第一百首《霜信》注云：『全首缺。』

又，賀光烈《序》爲三家詠物作，云：『詠物家傳神爲上，傳形爲下，運思罔象，求諸無何有之鄉，躍然以出，故其指趣遠，光采深。唐人近得三昧，間多嘽緩之調。宋元以下，其細已甚乏鼓鐘之音。謝宗可元人也，獨以空靈駘蕩擅勝一時。瞿宗吉間代爭場，托意多而取致寡，軒輊有分，亦其亞也。余盱衡往作，折肱久之』，『頃從名山搜得二家舊本，中多根、銀之譌，力爲核正，補其缺亡，乃甲乙而合之。會吾木威師復視以百二十五首，機軸各分，鼎足可埒，遂合訂之，爲《三家詠物詩》。』金埴《不下帶編》卷六云：『嘉興賀光烈刊《三家詠物詩》一册，元人謝宗可、明人瞿佑各七律百首，今人則嘉興張劭博山（注：又字木威）百二十五首。謝詩載《元詩選》，無論已。瞿詩佳者不多，而張詩空靈駘蕩，與謝爭雄。茲爲句圖於左。』光烈字經三，桐鄉人，居秀水。雍正四年舉人。考授中書，卒於官。爲諸生時，閲張履祥遺書，慨然曰：『爲學不當如是乎？』與弟光焻相砥礪，發憤窮經史，尤研治《三禮》，恥於空言，而於天文律吕、賦役算術等，靡不探究。著書十餘種（見光緒《嘉興府志》卷五十三《秀水文苑》）。

瞿宗吉詠物詩一卷　清初抄本（清郭佩蘭校）（臺圖）

明瞿佑撰。佑有《資治通鑑綱目集覽鐫誤》，已著録。其《詠物詩》一卷，前已著録清康熙間刻本、和刻本各一種。此爲臺圖藏《瞿宗吉詠物詩》一卷，清郭佩蘭校定，與《謝宗可詠物詩》一卷合爲一册。無版匡、界格。每半葉九行，行二十字。無序跋，有目録。卷端題曰：『吴門郭佩蘭章宜較定，陳陸坤白筆參閲，婿王荀咸中同訂。』鈐『蘭繞堂藏書章』圖記。集後接抄《謝宗可詠物詩》一卷，卷端題曰：『吴門郭佩蘭章宜較定，陳陸坤白筆參閲，吴林息園同訂。』

此本收詩百首，第九十九首《雪塵》題下注云：『「頻」字下缺十八字，白筆補足。』詩云：『朔風刮地捲寒埃，非霰非霜旋作堆。峃灑漁蓑粘玉屑，亂隨馬足散銀盃。曉粧都棄香奩粉，夜坐頻飜鐵箸灰。曾詠撒鹽差足擬，不如柳絮更多才。』第一百首《霜信》題下注云：『全首缺，白筆補。』詩云：『共怪宵來透枕涼，鴛鴦新瓦白凝香。黄花籬落菊秋夜，紅葉峰頭樹夕陽。宫女忽驚珠殿冷，邊人始恨玉關長。銀塘月上如冰雪，方見青娥別樣粧。』陳陸坤所補《雪塵》『頻』下十八字，與和刻本有『鐵箸灰』三字之合，餘則迴異。所補《霜信》全首，與和刻本悉異。集中詩句時有校改，如《荷風》第七句『飄飄香袖空中舉』，『香』字圈抹，改『翹』字，詩題注云：『第七句「香」易「翹」。』蓋第四句『散作西湖水面香』已有一『香』字，嫌其重複。《寄生草》第七句『教坊樂府多新製』，『多』字圈抹，改『留』字，詩題注云：『第七句「多」字可易「留」。』蓋第四句『應愛梢頭雨露多』已有一『多』字。《斑竹》第一句『斑資合受管城封』，『合』字圈抹，改『應』字。詩題注云：『首句「合」字可易「應」。』蓋第五句『生花自合來仙鳳』又有一『合』字。《金魚》第七句『池中有此稱三寶』，『三』字圈抹，改『奇』字，詩題注云：『第七句「三」字重，擬易「奇」字。』蓋第四句『聚似三春濯錦舒』已有一『三』字。《骰子》第七句『却憶咸陽客舍裏』，『裏』字圈抹，改『日』字，詩題注云：『「裏」字重，第七句擬易「日」。』蓋以首句『摴蒱局裏任提撕』已有一『裏』字。按卷端題署，校定者爲郭佩蘭、陳陸坤、王荀二人參訂。佩蘭字章宜，吳縣人。順治十四年恩貢。精於醫，復能詩。著有《類經纂注》《四診指南》《本草匯》《痧瘵至言》諸書。王荀一名申荀，字咸中，吳縣人。舊家吳市，有亭臺池館之勝，去而弗居，搆數椽於堯峰之麓，曰石塢山房，日與汪琬掃葉烹茗，嘯歌宴息。及汪琬應召入都，復從之，追隨不少倦，亦一時名士。

詠物詩一卷　《武林往哲遺著》本

明瞿佑撰。佑有《資治通鑑綱目集覽鐫誤》，已著録。其《詠物詩》一卷，前已著録清康熙間刻本、和刻本等。此爲《武林往哲遺著》本。每半葉十一行，行二十一字。白口，單魚尾，左右雙闌。卷端題曰：『錢塘瞿佑宗吉。』牌記曰：『光緒丙申秋月，詠物詩，武進莊淦書。』又曰：『錢塘丁氏重梓。』集前止瞿佑《自序》一篇，無目録。收詩亦百詩，第九十九首《雪塵》『夜坐頻』以下殘闕，第一百首《霜信》注云：『全首缺。』與清康熙間刻《三家詠物詩》本《明詠物詩》一卷同，蓋此本即據於康熙刊本也。然康熙刊本《綫香》一首題下注宋人蘇老泉詩，此則不注。

歸田詩話三卷　明成化間刻本（民國董康批校）（國圖）

明瞿佑撰。佑有《資治通鑑綱目集覽鐫誤》，已著録。其《歸田詩話》，傳世有明刻本、明藍格抄本、明末毛晉抄本、清初抄本、《龍威祕書》本、《知不足齋叢書》本等數種。此爲國圖藏《歸田詩話》三卷，明成化間刻本，民國董康朱墨筆批校，二冊。每半葉十一行，行二十二字。黑口，雙魚尾，四周雙闌。各卷端題曰：『錢塘瞿佑宗吉著。』集前有瞿佑洪熙元年中秋日《自序》及《目録》。鈐『曾在董氏誦芬室中』、『無悔齋藏』諸圖記，知曾爲董康、趙鈁舊藏。集末鈐『毗陵董康審定』圖記。

明詩話之興，《歸田詩話》爲其先聲。『歸田』乃自題名，成化間初刻。弘治間，錢塘令胡道讀《歸田詩話》，以『歸田』之名易起爭端，不若用其存齋自號名集，遂爲易名《存齋詩話》，盧陵陳敘重刻之。丁丙《善本書室藏書志》卷三十九著錄成化刻本《歸田詩話》三卷，云：『前有洪熙乙巳佑《自序》，云：平日耳所聞，目所見，簡編所紀載，師友所說論，恐久而併失，因筆錄其有關於詩道者，得百二十條，析爲三卷，目曰《歸田詩話》。昔歐陽公致仕後，著《歸田錄》，敘在朝舊事。今予老與農圃爲徒，亦竊歸田之號，地位雖殊，而心事則無異也。又有成化二年八十翁錢塘木訥《序》，云：同鄉宗吉瞿先生蚤以明經薦，筮仕於仁和、臨安、宜陽三邑庠，陞國子助教、藩府長史。無何，居閒寓金臺，太師英國張公延爲西賓，甚加禮貌。先生不以夷險易心，暇日評古人篇什，目曰《歸田詩話》。其姪德恭、德宣、德潤共圖鋟梓，持示爲序。並莆田柯潛《序》。後弘治中，盧陵陳敘刻之，易名《存齋詩話》。此則成化初刊也，有萬曆十八年二月江陰貢大化朱筆題字，及古潭州袁氏臥雪廬收藏印。』此本有瞿佑《自序》，而無木訥、柯潛二《序》。《自序》云：『予久羈山後，心倦神疲，舊學荒蕪，不復經理，每閑居默坐，追念少日篤於吟事。在鄉里，侍尊長，游湖山。及勝冠以來，結朋儔，入場屋。迨尸教席，登仕途，至履患難，謫塞垣。少而壯，壯而老，日邁月征，鬖鬖晚境，而呻吟佔畢，猶不能輟。平日耳有所聞，目有所見，及簡編之所紀載，師友之所談論，尚歷歷胸臆間，十已忘其五六。恐久而併失之也，因筆錄其有關於詩道者，得百有二十條，析爲上、中、下三卷，目曰《歸田詩話》。置几案間，時加披覽，宛然如見長上而接師友，聆其訓誨之勤，而受其勸勉之益也，不覺忻然而喜，喜極而悲，悲而掩卷墮淚者屢矣。昔歐陽文忠公致仕後，著《歸田錄》，敘在朝舊事，謂追想玉堂，如在天上。今予老與農圃爲徒，亦竊歸田之號，雖若偕妄，然輟耕壠上，箕踞桑陰，與涼竹簟之暑風，曝茅簷之晴日，以求一息之快，地位雖殊，而心事則無異也。』木訥、柯潛二《序》見於他本。木氏《序》云：『凡百二十條，而析爲上、中、下三卷，目曰《歸田詩話錄》，先生自述其事，弁諸首。一日，其姪德恭暨弟德宣、德潤圖鋟梓，持以示余。展玩再四，不能釋手』，『余恨生晚，不得侍函丈，以聆其緒論爲慊，姑書是於先生《自序》之次。』柯氏《序》云：『瞿存齋公著《歸田詩話》三卷，蓋述其師友之所言論，宦遊四方之所習聞，而有關於詩道者，自序其端，藏之於家久矣。其姪德恭、德宣、德潤共謀刻梓以傳，德恭之子中書舍人廷用求余一言志之。』

（明末毛晉抄本）

四庫館採錄兩淮馬裕家藏本，列《歸田詩話》三卷入存目，《提要》云：『佑永樂中以作詩事繫獄，戍保安，至洪熙乙巳始赦歸。據所《自序》，援歐陽修《歸田錄》爲例，則似成於放還後。而末一條敘塞垣事，稱「尚留滯於此，未得解脫」，又似戍所之語，殆創稿於保安，歸乃成帙歟』，『此書所見頗淺。其以「搥碎黃鶴樓」作李白語；以王建《望夫石》詩爲陳克；譏張耒《中興碑》「玉環妖血無人掃」句，謂楊妃縊死，未嘗濺血，是忘《哀江頭》「血污遊魂」句也，於考證亦疏。而猶及見楊維禎、丁鶴年諸人，故所記前輩遺文，時有可採焉。』

今按：是書作於謫戍保安之際。永樂十九年正月，瞿佑於保安城南寓舍作《重校剪燈新話後序》，歷述生平著述，治經有《春秋貫珠》《春秋捷音》《正葩掇英》《誠意齋課稿》；閱史有《管見摘編》《集覽鐫誤》；作詩有《鼓吹續音》《風木遺音》等；填詞有《餘清曲譜》《天機雲錦》；纂言記事有《遊藝錄》《剪燈錄》《大藏搜奇》《學海遺珠》諸集，未言詩話之作，其時尚未成編歟？朱文藻《歸田詩話跋》云：『洪熙乙巳赦還。此《歸田詩話》三卷，蓋還鄉以後所作也。』黄虞稷《千頃堂書目》卷十八注云：『洪熙乙巳，赦還。』皆未詳瞿佑宣德三年始還錢塘。郎瑛詢瞿氏後人，知其事，《七修類稿》卷三十三《瞿宗吉》：『太師英國張公輔起以教讀家塾，晚回錢塘，以疾卒。』館臣未見《樂全詩集》，疑瞿佑《景行錄序》所載不可信。《四庫總目·景行録提要》：『復有明瞿佑《序》，稱宣德戊申侍太師英國公坐，因問經史中警句可資觀覽而切于修省者，謹寫一編，拜獻以供清暇之一顧。末題「門下士瞿佑手録，時年八十有二」。詞亦庸劣，佑似不應至此。考成化丙戌，木訥作佑《歸田詩話序》，雖有「太師英國張公延爲西席」之語，然佑《自序》作于洪熙乙巳，稱老與農圃爲徒，亦竊歸田之號，又稱輟耕隴上，箕踞桑陰，則洪熙時已返江南矣，安得宣德戊申尚作客張輔家哉！』

瞿佑晚作詩話之趣，《自序》述之詳矣。追憶舊日聞見及師友談論，暮年自娱，時寓深意，覽所紀詩過數則可覘之。故胡道《存齋詩話小序》謂大略近於『野史』，取觀『可資多識』。此一百二十則，皆有關詩道。柯潛《序》云：『余觀卷中所載，如謂陸秀夫殉國，家鉉翁持節，汪水雲賜還，實足以媿姦臣，壯義士，豈獨娱戲風月，以資人之笑談而已哉！』木訥《序》云：『觀諸録中所載，先生誦少陵詩，則有識大體之稱；誦太白詩，則有大胸次之美；誦唐人《采蓮》詩，則美其用意之妙；誦晦菴《感興詩》，知其闢異端之害；誦東野詩，而服前人窮苦終身之論；誦晏元獻詩，則歎斯人富貴氣象之豪。及見前人林景熙詠陸秀夫詩，而知表殉國之忠；詠家鉉翁詩，而知表持身之節。以至録自己《香奩八詠》之詩，和他人《竹枝》之作，并雜述之類無遺。非先生以誠而得古人作詩之要，蘊蓄之久，安能記之詳而評之當哉！』瞿佑論詩承方回之説，重於識大體，廣胸次，措意精微，善於用事，力反『詩盛於唐、壞以爲於宋』之説。早年嘗取宋、金、元之詩，編選《鼓吹續音》十二卷，自題有『舉世宗唐恐未公』之句，以爲詩必有識見，不喜無關痛癢，宋、金、元之詩存三朝之史，『其人可重，其事可紀』。又謂詩道不在詩法、字法、句法，而在於意，不遠於興觀群怨。孫緒《沙溪集》卷十三《無用閒談》云：『其他如《香臺集》《存齋詩話》之類，皆鄙俚語言，無足爲道。然則學術識見，瞿不逮李遠甚。世競優瞿而劣李，其異於矮人觀場者無幾。』謂瞿佑識見在李昌祺下。《四庫提要》摘《詩話》疏於考證數則，論其『所見頗淺』，並皆蹈於以偏概全。

存齋詩話不分卷　　明藍格抄本（佚名批校）（國圖）

明瞿佑撰。佑有《資治通鑑綱目集覽鐫誤》，已著録。其《歸田詩話》三卷，前已著録明成化間刻本。此爲國圖藏《存齋詩話》不分卷，明藍格抄本，佚名批校，一册。每半葉十行，每則首行二十五字，次行以下二十四字。白口，無魚尾，四周雙闌。卷端題曰：『錢塘瞿佑著。』無序跋、目録。成化本收一百二十條，此本僅七十七條。卷上《相如琴臺》一則下接《浯溪中興碑》，較成化本少《詩能解患》《因詩見罪》二則；《淮西碑》一則下接《五言警句》，少《陸渾山火》《示兒詩》二則；《五言警句》一則下接《昭君詞》，少《東野詩囚》《尖山險諢》《顧況勉樂天》三則；《樂天晚年》一則下接《詠芭蕉》，少《鶯鶯傳》《夢得多感慨》《先入言爲主》《還珠吟》《華清宫》等五則。《溫公挽詞》一則下接《東坡傲世》，成化本《溫公挽詞》爲卷一末一則，卷二《東坡傲世》前尚有《廬山瀑布》《與李之儀簡》二則。卷尾至《年老還鄉》止，無《塞垣風景》一則。蓋此爲節删之本，非底本殘缺也。抄寫多譌字，雖經校改，其誤猶多。而佚名校改又無善本可參，故有未備。評語止得一條，即《吳敬夫父子》一則眉批曰：『詩亦不俗。』

歸田詩話三卷　明末毛晉抄本（國圖）

明瞿佑撰。佑有《資治通鑑綱目集覽鐫誤》，已著録。其《歸田詩話》三卷，前已著録明成化間刻本。此爲國圖藏明末毛晉抄本，一册。無版匡、界格。每半葉十一行，行二十二字。各卷端題曰：『錢唐瞿佑宗吉著。』集前有胡道弘治十三年冬《序》、柯潛成化三年夏《序》、木訥成化二年十月《序》及《目録》，無瞿佑《自序》。集末有盧陵陳敘弘治十四年《跋》。胡道《序》云：『錢唐存齋瞿先生宗吉在國初時，著《詩話》三卷，大略似野史，有抑揚可法之旨，非汗漫無稽之詞。久成全梓，或取而觀之，可資多識。特其名號近于訂頑砭愚，起爭端之謂，不若直謂之《存齋詩話》也。昔范文正見片文隻字，有關世道，不忍輕棄，況此其全編乎？予不敏，敢以正于詩壇君子。弘治庚申冬，賜進士知錢塘縣事安成胡道識。』陳敘《跋》云：『胡友濟時令錢唐，公餘閱宗吉瞿先生《歸田詩話》，易之曰《存齋詩話》，以存齋先生舊號也。予過揚州，道便見之，因憶始潘安仁，終謝玄暉者，鍾嶸詩話也；始石曼卿，終郭公甫者，張芸叟詩話也。分三卷而始終者，今見茲編，不能不有係于世故。昔楊大年輩詩皆宗李義山，號西崑體。景祐、慶曆後，歐公矯之，而專以氣爲主。是編其亦主于氣耶？』

國圖館目著録作清曹炎抄本，周叔弢跋，周一良抄補。《中國古籍總目》著録國圖藏《歸田詩話》

三卷，清曹炎抄本（周叔弢跋，周一良抄補）。今按：此本卷上首葉鈐『綠窗人靜』、『樂天知命』、『每愛奇書手自鈔』、『自莊嚴堪』等四印，卷中首葉鈐『綠窗人靜』、『世事看來忙不得』、『江上數峰青』等三印，卷下首葉鈐『知足者常樂』、『閉門無事鉏花』二印。『綠窗人靜』、『每愛奇書手自鈔』爲毛晉藏書印。復對勘毛氏手蹟，知此本毛晉手錄。清人江以周有『樂天知命』藏書印，未詳此本所鈐，是否即其圖記。近人周暹字叔弢，『自莊嚴堪』爲其圖記。集前胡《序》葉又鈐『金元功藏書記』，知曾爲清人金元功舊藏。

此本一百二十則，篇題字句與成化刊本鮮異。抄寫精良，第偶有誤脱。如《樂天晚年》『晚』字，《目錄》誤作『曉』。柯潛《序》『汪水雲賜』後脱一『還』字，木訥《序》『誦太白詩，則有大胸』後脱一『次』字。

唐愚士詩不分卷　明藍格抄本（臺圖）

明唐之淳撰。之淳字愚士，以字行，號臥遊居士，唐肅子，山陰人。早有文才，從錢宰問業，與韓宜可皆其高弟子。李景隆延以教其子。方孝孺薦之朝，建文二年授翰林院侍讀，與孝孺同領書局，明年卒於官。據申屠衡《息耒集序》『予憶與丹崖會吳，初締文字之交，俱少壯可喜。時之淳方十餘歲。』唐肅歿時，之淳年約二十餘。其十餘齡時，嘗親炙北郭諸子。至建文三年卒，年約五十餘。所著《萍居稿》等集不傳，今傳《唐愚士詩》《會稽懷古詩》。

此爲明藍格抄本《唐愚士詩》不分卷，一册。每半葉九行，行二十一字。白口，無魚尾，四周單闌。無序跋，卷端不題撰者名氏。集中詩文相雜。賦得《續蒼蠅賦》一篇，文《寓寧軒記》《榆菴記》《徐子方槙軒記》《王克仁記》《贈段鎮撫詩序》《南澗書屋詩序》《題趙文敏公書韋蘇州詩後》《題張從禮掩骼埋胔卷》《張從禮傳》《東軒記》《游塗山記》《書趙吳興書畫後》《懋公輔文集序》《山居八事詩序》《一齋銘》（有序）諸篇。《贈段鎮撫詩序》末署「洪武二十年秋九月既望，會稽唐志淳序」。蓋集中僅收洪武二十一、二十一年所作詩文，按時先後編排。《戊辰藁》有題名，疑此前一歲作當題《丁卯藁》。

此本封題「唐愚士詩（卷之一至卷之四）」，爲後世批校。卷端題「唐愚士詩」，批校補「卷一」二字。其前空葉，標曰「欽定」，又標示「唐愚士詩卷一」空頂格抄寫，第一篇《出京師述懷》空三格抄寫，詩注「丁卯」云云，注明「小字勻寫」。復檢覈集中批校語，及「分校羅萬選」等題記，知爲《四庫》底本，館臣據以重定《唐愚士詩》四卷。《江蘇採輯遺書目錄》載：「《唐愚士集》，會稽唐之淳著。按：此集詩文雜著，不分卷帙，抄本。」據以又知此本乃江蘇採進四庫館者。《四庫全書》收錄《唐愚士詩》四卷，即以此本爲底本。

《四庫總目》著録《唐愚士詩》二卷，附《會稽懷古詩》一卷，云：「徐禎卿《翦勝野聞》載明太祖以布囊貯之淳，夜越宫牆入便殿，點竄十王册文一事。其事荒誕不經，殆委巷小人因之淳文思敏捷，造是妄語。張芹《遺忠録》稱：『洪武中有薦之者，謝不就，曹國公李景隆俾其子師焉。征行四方皆與俱，歷燕、薊、秦，周覽前代遺蹟，援筆而賦，淩轢一時。』考《明史·李文忠傳》，景隆以洪武十九年襲封曹國公，不載其北征事。惟《馮勝傳》載洪武二十年與傅友德、藍玉、趙庸等北征，常茂、李景隆、鄧鎮皆從。

是年歲在丁卯，與集中《寓寧軒記》所載洪武丁卯相合，當即其時也。是集僅其丁卯、戊辰二年所作，似非完本。又詩文相間成編，而總題曰「詩」，亦非體例，疑當日雜錄手稿，存此一帙，後人因鈔傳之故，編次叢雜如此歟？其詩雖未經簡汰，金礫竝存，而氣格質實，無元季纖穠之習。其塞外諸作，山川物產，尤足以資考核。《會稽懷古詩》一卷，乃其少作』，『以舊本所有，姑亦並存焉。』《文淵閣四庫全書》本《唐愚士詩》至《戊辰藁》末一首《歲暮奉呈公相》止，實未錄《會稽懷古詩》一卷。《四庫》本重釐四卷，此本有墨筆標注分卷，校改之處及抄寫格式，具見葉眉。校改大都有據，亦有不當改者。

《中國古籍總目》未著錄此本。王重民《中國善本書提要》著錄此本作《唐愚士詩》不分卷，明鈔本，按云：『此爲《四庫全書》底本，首葉鈐「翰林院印」滿漢文大方印，而佚去點收戳記，據《總目》知爲江蘇巡撫所採進者。原不分卷，館臣校書，始分四卷，《總目》誤作二卷，《庫》本實四卷，正與此本相符也。卷内有：「嘉靖乙未進士夷齋沈瀚私印」、「黃復之印」、「張焦之印」等印記。』今按：《總目》作二卷，亦自有因。蓋明藍格抄本雖未分卷，而實二年之作，每歲成一集，以此計之，合於二卷之數。《八千卷樓書目》卷十六集部著錄《唐愚士詩》二卷、附《會稽懷古詩》一卷，注云：『抄本，舊抄懷古詩本。』亦以《唐愚士詩》爲二卷。四卷之分乃後點定，館臣疏於修改，致有異說。《文淵閣四庫全書》本《唐愚士詩提要》作『《唐愚士詩》一卷、附《會稽懷古詩》一卷』，猶是改之未定。《文津閣四庫全書》本《唐愚士詩提要》作『《唐愚士詩》四卷』，已爲改正。

之淳早承父教，得吳中派諸大家陶熏，早能詩文。父卒之明年，扶柩歸葬赤土山。在臨濠求父遺文，雖荒郵敗壁、高崖斷石，靡不蒐訪抄錄，時時伏讀，聲淚淒咽，聞者爲之掩涕。其詩意實調苦，時有奇氣。如《韓信城》云：『雉堞平來事已休，淡烟芳草一荒丘。蒯生不作忠君計，呂氏方爲少主憂。烹犬有時應自喜，縛雞無力豈長謀。泗河兩岸離離石，留與行人繫晚舟。』《客睡》云：『客睡渾無寐，歸心況入秋。月色圓又缺，行色去仍留。多病非關酒，長吟不破愁。家書空寫徧，無計達南州。』《題衍斯道詩卷後》二首其一云：『二十年來老輩稀，白頭僧見說當時。西風落葉前朝寺，讀遍燕山一卷詩。』其兩年之集已有四百餘首，不傳者多矣。詩文隨作隨錄，遭時多艱，以早歿未及細爲收拾，旋復大都散佚，良可嘆也。

唐愚士詩四卷　《文淵閣四庫全書》本

明唐之淳撰。之淳有《唐愚士詩》，已著錄明藍格抄本。此爲《文淵閣四庫全書》本四卷。明藍格抄本即當時江蘇巡撫進呈四庫館者，《庫》本據以寫錄。明藍格抄本原不分卷，館臣校書始分四卷。《庫》本分卷，從於館臣校明抄本所標示。卷一起於《出京師述懷》，止於《六月望寓寧軒對月》。卷二起於《憶吳越風景》，止於《十月二十一日夜，次甲馬營，遇我公使還，遂登舟陪至東昌，行三百里餘，公出示頤庵先生及公弟松軒見寄詩，喜賡其韻，詩凡四首，其一以識邂逅之遇，其三以答頤庵、松軒金臺同寓之情云，後四日，安山湖舟中記》四首。卷三起於《安山驛》，止於《發鳳陽，途中呈徐公子》。卷四起於《奉和公相池河驛中留示之韻》，止於《歲暮奉呈公相》。全抄明藍格抄本，一篇不遺，次第不改，詩文夾雜如故。然文字頗多改易，大都從明藍格抄本館臣所校，亦有新作改易。如卷一《徐州黃樓》，館臣眉批謂『城廓』不必泥古，可改作『城郭』。《庫》本從之。同卷《奉和春日汴河即事之韻》，館臣改『停棹』作『停橈』，改『横熟』作『横槊』，《庫》本從之。同卷《通州抵三河縣，道上與李、喬二公子聯句》，館臣校云：『「喬」，作「高」，上文可據。』上文即其上一首《留别頤庵先生及李、徐、袁、高四公子，分韻得朝字》。所改甚是，《庫》本從之。卷二《立秋日》『歲月悠已悠』，館臣校云：『「悠已悠」，作「忽已悠」。』《庫》本從之。《宿松亭關，有懷軒公子》，館臣校云：『松軒。下文《送松軒公子之大寧》可據。』《庫》本題作《宿松亭關，有懷松軒公子》。《殘菊聯句三十韻》『並擢子孿雙』，館臣校云：『「孿雙」，作「雙孿」。』《庫》本作『雙孿』。卷三《道中懷故鄉諸友》『此身老老蓬□改，遠道歸來何日閑』，館臣校云：『「老老」，作「老去」。』《庫》本作：『此身老去星霜改，遠道歸來歲月閒。』不惟改『老老』作『老去』，又改『蓬□改』作『星霜改』，『何日閑』作『歲月閒』。卷四《訪不遇》，館臣未校，《庫》本改作《訪友不遇》。《賦乾坤一草亭》，館臣未校，《庫》本改作《賦得乾坤一草亭》。七言歌行『嶧陽之山看孤桐』一首，詩題僅一『答』字，館臣未校，《庫》本改作《答友人》。篇中『俄然□我古作者』句，《庫》本補一『謂』字，『隣壁鷄啼人曉□』，《庫》本補一『春』字。《庫》本與明藍格抄本之異，由此可見大端。

《四庫總目》著録《唐愚士詩》二卷、附《會稽懷古詩》一卷。王重民《中國善本書提要》謂『《總目》誤作二卷，《庫》本實四卷』。《總目》著録確與《庫》本不合，然屬改易未盡，非誤書。《文淵閣四庫全書》本《唐愚士詩》集前《提要》，則云：『臣等謹案：《唐愚士詩》一卷，附《會稽懷古詩》一卷，明唐之淳撰。』其餘文字與上引《四庫總目・唐愚士詩提要》大抵同。《文津閣四庫全書》本《唐愚士詩提要》云：『臣等謹案：《唐愚士詩》四卷，明唐之淳撰。』自『之淳字愚士，亦以字行』至『其塞外諸作，山川物產，尤有足資考核者焉』，文字鮮異。然其下無『《會稽懷古詩》一卷』以下一段文字。按《文淵閣四庫全書》本《提要》，《唐愚士詩》後原擬附《會稽懷古詩》一卷，然未收錄。

唐愚士詩四卷　清末抄本（静嘉堂文庫）

明唐之淳撰。之淳有《唐愚士詩》，已著錄明藍格抄本。此爲静嘉堂文庫藏清末抄本四卷，末附《會稽懷古詩》一卷，共二册。無版框、界行。每半葉十行，行二十一字。各卷端題曰：『明唐之淳撰。』集前録《四庫提要》一則，無序跋。《静嘉堂文庫漢籍分類目録》《中國古籍總目》均著録作『抄本』。集中『寧』、『淳』字避諱（《大寧雜詩》『寧』寫作『甯』，唐之淳寫作『唐之湻』），知爲清末抄本。《四庫提要》首葉鈐『歸安陸樹聲藏書之記』圖記。

此本據《庫》本寫録，與《文淵閣四庫全書》本文字略有小異，然非抄者改易，蓋緣諸《庫》本之間亦有小異。卷一《徐州黄樓》『城郭』不寫作『城廓』。《奉和春日汴河即事之韻》『停橈』不寫作『停棹』，『横槊』不寫作『横愬』。《通州抵三河縣，道上與李、高二公子聯句》，『高』不寫作『喬』。《文淵閣》本末二句後，增標小字『唐』，爲明藍格抄本所無，此本亦無。卷二《立秋日》『忽已悠』不作『悠已悠』。《宿松亭關有懷松軒公子》『松軒公子』不作『軒公子』。卷四七言歌行『嶧陽之山看孤桐』一首，『俄然謂我古作者』句第三字不闕，『隣壁鶏啼人曉春』句末字不闕。以上皆與《文淵閣四庫全書》本同，而與明藍格抄本異。卷二《道中懷故鄉諸友》『此身老去蓬窗改』，明藍格抄本作『此身老老蓬□改』，《文淵閣四庫全書》本作『此身老去星霜改』。卷四《訪不遇》，明藍格抄本同，《文淵閣四庫全書》本改作《訪友不遇》。《賦乾坤一草亭》，明藍格抄本同，《文淵閣四庫全書》本改作《賦得乾坤一草亭》。七言歌行『嶧陽之山看孤桐』一首，詩題僅存一『答』字，明藍格抄本同，《文淵閣四庫全書》本改作《答友人》。此本集前《四庫提要》有『臣等謹案：《唐愚士詩》二卷、附《會稽懷古詩》一卷，明唐之淳撰』云云。

又，《中國古籍總目》著錄《唐愚士詩》，析爲三條：其一爲《四庫全書》本四卷；其一爲靜嘉堂文庫藏抄本《唐愚士詩》四卷、《會稽懷古詩》一卷，即此本；其一爲南京圖書館藏清抄本《唐愚士詩》不分卷。遺收臺圖藏明藍格抄本一種。南圖藏本，余尚不及訪之。

會稽懷古詩一卷　清末抄本（靜嘉堂文庫）

明唐之淳撰，明戴冠撰。之淳有《唐愚士詩》，前已著錄。此爲其《會稽懷古詩》，並收明人戴冠和詩。《百川書志》著錄《會稽懷古詩》一卷云：『皇明山陰唐澤著，長洲戴冠韻。止三十題，凡六十首，各有小序。』《澹生堂藏書目》著錄云：『《會稽懷古詩》二卷，一冊，唐之淳。』《千頃堂書目》卷八著錄唐澤《會稽懷古詩》一卷、戴冠《和會稽懷古詩》一卷。萬斯同《明史》著錄唐之淳《會稽懷古詩》二卷。丁仁《八千卷樓書目》著錄《唐愚士詩》二卷，附《會稽懷古詩》一卷，注云：『抄本，舊抄懷古詩本。』丁丙《善本書室藏書志》卷三十五著錄《會稽懷古詩》一卷（舊寫本，鳴野山房藏書），山陰唐之淳著，長洲戴冠次韻，云：『冠嘗秉鐸於越。前有之淳《自識》云：「余性好遊，故凡山川祠宇之在吾郡者，靡不極其幽遐，以自放於荒忽偉奇之境。間於暇日萃諸嘗遊之所，各爲一詩，詩凡三十首，不足以著揚鄉土奇勝之萬一。然於君臣父子之際，事一物之微，寓美刺焉，將俟續郡乘者之去取云爾。時洪武辛酉十月。」又，紫霞子《序》，同郡翁好古《序》，天台王俊華《序》，天順五年山陰張博士習《後識》。而弘治庚申戴冠《序》云「《會稽懷古詩》，惜余冷官，未及翻刻。歲己未，河南杜侯宏以名進士來尹山陰，優於治邑，就余問郡中文獻。予以此對，侯即欣然命工鋟刻」云云。後有題云：「嘉慶庚午，山陰沈復燦搜輯明以前鄉賢詩，得是集於同邑杜孝廉煦家，因假歸影摹一本，以廣其傳。」有「鳴野山房」一印。』

《會稽懷古詩》傳世明刻本，王重民嘗見之。《中國善本書提要》著錄《會稽懷古詩》一卷，一冊，明刻本，九行二十字。云：『原題：「山陰唐之淳著，長洲戴冠次韻。」按《四庫總目》，附是集於《唐愚士詩》後，而《文津閣》本實無其書。此本似爲原刻，卷内有「景德龕主」印記。國會圖書館藏《景德龕叢書》二十種，鈔校極精，蓋擬付印而未果。余久欲知其人，惜此本亦無姓氏印記，然由此可知其爲一藏書家也。紫霞子《序》，翁好古《序》，王俊華《序》。』《四庫總目》著錄《唐愚士詩》二卷、附《會稽懷古詩》一卷，云：『《會稽懷古詩》一卷，乃其少作。凡五言古詩三十首，題下各有小序，仿阮閲、曾極、張堯同之例。其中如舜廟不取地志耕象之説，禹廟不取禹穴藏書之説，皆爲有識。此卷本於集外别行，然篇頁寥寥，今綴於集後。末附長洲戴冠和詩三十首，大抵湊泊成篇，不及之淳原唱。以舊本所有，姑亦並存焉。』文津閣本、文淵閣本《唐愚士詩》皆未收《會稽懷古詩》一卷。按《八千卷樓書目》，《唐愚士詩》舊抄本原附《會稽懷古詩》一卷。江蘇巡撫呈進四庫館者已然，故有附收之説。今臺圖藏明藍格抄本，即《四庫》底本，未見《會稽懷古詩》一卷，未詳其本尚存天壤否。

此爲靜嘉堂文庫藏清末抄本《會稽懷古詩》一卷，原附《唐愚士詩》四卷後，合爲二册。無版框、界格。每半葉十行，行二十字。卷端題曰：『山陰唐之淳著，長洲戴冠次韻。』集前有紫霞子《會稽懷古詩序》、戴冠弘治十三年正月《會稽懷古詩序》、佚名《序》，卷末有佚名《序》、王俊華《會稽懷古詩序》、張習天順五年三月十九日《題會稽懷古詩後》、戴冠刻集所作《音釋》。裝葉顛倒，誤將集前序裝於後，而集前紫霞子、戴冠二《序》亦有倒葉。其佚名序二首，一爲會稽翁好古所作，一爲唐之淳《自識》。翁好古與『越中二肅』謝肅、唐肅交好。謝肅作有《送翁好古之廣州府教授序》，云：『洪武八年夏，中書以廣州府缺教授，署會稽翁好古氏往補其處。既道過鄉郡，遭所生父之喪，不果行。明年秋，將之官。』（《密庵文稿》庚卷）此本序前有『道光丙戌刊，會稽懷古詩集，山陰杜氏藏板』之摹葉。丁丙所著録者，即山陰沈復燦影摹同邑杜煦家藏舊抄本。按摹葉，杜氏嘗於道光六年梓刻《會稽懷古詩集》，此本即據杜氏刻本寫録。集末《音釋》釋十六字，云：『集中多作古字，易之則失其原本之意，不易又恐人有誤改金根之失，冠故別爲音釋如右。』

之淳《會稽懷古詩》三十首詩題爲《帝舜廟》《帝禹廟》《越句踐廟》《范蠡祠》《苧羅山》《鑄浦》《秦望山》《項羽廟》《嚴子陵墓》《曹孝女祠》《劉寵祠》《梅山》《柯亭》《東山》《蘭亭》《賀知章宅》《吴越王廟》《宋攢宫》《杜衍墓》《唐將軍廟》《蔡孝子祠》《朱孝女祠》《南鎮廟》《鏡湖》《四明山》《沃洲山》《剡溪》《雲門寺》《若耶溪》《湘湖》。各題下有一小序。戴冠次韻附之淳各首後。如苧羅山之詠，之淳小序云：『山有二，一在諸暨縣南五里。《十道志》云：句踐索美女以獻吴王，得之諸暨苧羅山賣薪女西施，山下有浣紗石。一在蕭山縣南三十里，上有西子廟。』詩云：『岧岧溪上山，溪水清見石。草木耀人目，花葉有五色。中有浣紗人，窈窕世鮮匹。越人幸見求，將我至吴國。館娃爲我居，長洲爲我域。片言千乘輕，一笑萬金直。當時同浣者，還顧鵬鱣隔。越土日以辟，吴步日以蹐。君王徙甬東，玉貌亦淪寂。夏訓戒色荒，厲階詩所斥。褒升宜臼廢，已進比干黜。忠胥會有靈，應爲茲山惜。』戴冠次韻詩云：『溪上西施祠，溪中浣紗石。山靈欲亡吴，生此妖冶色。地非塗莘里，人本褒妲匹。誓雪吴君恥，甘心事仇國。笑劍傾吴城，女戒蹙疆域。褰衣畏零露，屬鏤腸遺直。歌舞樂已酣，忠諫路遥隔。一朶宫花開，三千水犀蹐。吴越兩丘土，木落山寂寂。伯業盡爲沼，何用遠封斥。事大孟軻取，善戰春秋黜。世變山依然，徒令後人惜。』『事大』，抄本誤作『事火』。『徒令』，抄本誤作『後令』。之淳原作，戴冠次韻，並質實有味，難分高下。萬曆間，張元忭纂修《紹興府志》，嘗自《會稽懷古詩》採入唐、戴詠苧羅山二詩、詠唐將軍廟二詩（分見萬曆《紹興府志》卷四《山川志一》、卷十九《祠祀志一》）。總觀唐、戴三十首，之淳雖早年所作，才情優於戴氏，戴氏之作亦可誦讀。先是洪武初年，高啓自京師歸，有《姑蘇雜詠》之集，周元老次韻亦成一集，皆刻行。之淳《會稽懷古詩》，與《姑蘇雜詠》有相類者，詩才則未若也。

戴冠字章甫，長洲人。生而穎異，篤學過人。學通經史，兼及諸子百家、山經地志、陰陽曆律及稗官小説。久困諸生，八試皆絀。弘治四年，始以年資貢試禮部。選授紹興府儒學訓導。正德七年正月二十一日卒，年七十一。著有《讀史類聚》《通鑑綱目集覽精約》《經學啟蒙》《奇字音釋》《禮記辨疑》《氣候集解》《濯纓文集》等書。文徵明作《戴先生傳》，稱其『爲文必以古人爲師，汪洋澄湛，奮迅陵轢，而議論高遠，務出人意。詩尤清麗，多寓諷刺』（《甫田集》卷二十七）。

會稽懷古詩一卷　清末抄本（美國國會圖書館）

明唐之淳撰，明戴冠撰。之淳有《唐愚士詩》，前已著録。其《會稽懷古詩》，前已著録清末抄本。此亦清末抄本，並收明人戴冠和詩，一冊。無版框、界格。每半葉九行，行二十一字。卷端題曰：「明唐志淳著，戴冠次韻。」無序跋、目録。集中「玄」、「淳」諸字避，蓋爲清末抄本。此本收之淳詩三十首，各題下有小序，戴冠次韻則附之淳各首後，與静嘉堂文庫藏清末抄本詩題、序次不異。抄寫誤字不免，如之淳《苧羅山》「亦貌亦淪寂」，前一「亦」字當作「玉」。戴冠和韻「地非塗萃里」，「萃」當作「莘」。静嘉堂藏本附戴冠次韻，「事大孟軻取」、「徒令後人惜」二句，「事大」誤作「事火」，「徒令」誤作「後令」，此本則不誤。

觀樂生詩集五卷、附録一卷　明成化四年鄞縣茅仲清重刻本（臺北故博）

明許繼撰。繼字士修，寧海人。世業儒不仕，少好學，精確篤志，沛然而樂，不以家貧自沮。學於鄉先生王璞（璞字藴德，洪武三年爲本邑訓導，以賢良薦授燕府紀善，方孝孺稱其世之醇儒），璞奇其才，妻以女弟。又與璞弟琦論學相知。喜賦詩，能文辭。隱所在寧海清泉山中，名宜耕軒，璞爲作《宜耕軒記》。居常曰：「吾於天得可樂者五：天朗潔時，纖滓不敢留，與我心類，可樂也；日之初升，月之方霽時，吾樂之；

霞之舒歛，雲之變化，吾取之以爲文樂之。吾於地，樂海之深博浩漫，淵之澄瑩，樂山之秀拔而遠者。是皆可輔吾志，發吾氣，吾文得以汪洋不竭，峻而不險，肆而不汚者，此也。』（方孝孺《觀樂生傳》）乃取青天、白雲、初日、霽月、丹霞、滄海、遠山、澄淵並古書，作九詩，名《觀樂九詠》，謂『觀九者而樂，莫如我也』，自號觀樂生。九章傳至京師，見者嘆賞，以爲不愧古人。士修益不自足，刻意經學，至染疾嘔血。洪武中，薦授本縣訓導。洪武十七年正月十六日卒，年三十七。而立之年與孝孺定交，相推挹。《送方希直應聘赴京》云：『陋學窺千載，古今極寥寥。奇才不世出，先哲何其遙。方子間氣英，孤鳳翔九霄。經史歛胸臆，蚤歲能充饒。深造入玄閟，精研味腴膏。發爲五色文，光焰千丈高。吐辭信雄筆，江河勢滔滔。』孝孺爲作《觀樂生傳》。迨其死，撰《祭文》云：『我自識子，于今七年。每見輒驚，常異於前。愛子敬子，謂子可望。爲哲爲賢，以淑吾黨。命不可信，道不可期。不俟大成，而中奪之。』繼撰《許士修墓銘》云『余取友二十年，所交海内知名之士甚衆，考其所存，莫有類吾士修者。蓋其操志勇，自守介，所期者遠，而務踐乎事；所造者深，而心欿焉如未有得。』所著多不傳，傳者僅《觀樂生詩集》五卷，《四庫總目》未著錄。集由王琦、林昇編錄，士修門人王晅、王暕洪武間爲購工刻於家。按方孝孺《題許士修詩集後》，林昇行六七千里至漢中問學，言『許君卒，嘉猷爲集所爲詩，晅、暕爲購刻工刻于家以傳』。復按《許士修墓銘》，是集刻成於洪武二十二年至二十六年間。

初刻久佚，今存刻本一種、清抄本二種。此爲明成化四年鄞縣茅仲清重刻本，正集五卷，附錄一卷（《原國立北平圖書館甲庫善本叢書》影印，稱『據明王晅、王暕刻本影印』，未確）。每半葉十行，行二十字。大黑口，雙魚尾，四周雙闌。卷一卷端題曰：『寧川許繼士脩撰。』餘卷端不題。卷五末葉刻『四明茅仲清刊』。卷一至卷四爲古詩，卷五爲律詩。附録收王璞《宜耕軒記》《祭文》、方孝孺《觀樂生傳》《許士修墓銘》《祭文》、王琦《觀樂生傳》，末爲孝孺《題許士修詩集後》。《觀樂生傳》『雲之變化』，塗去『化』字，蓋以前爲『變』字也。《題許士修詩集後》一篇，共二葉，每半葉九行，行十六字，版心作『後序』。或沿洪武刻本，或後來補刊，今難詳何以異於前也。

王琦《觀樂生傳》云：『下筆爲文，雲興而泉涌。閲數年，復自嘆曰：「文不易爲，易爲之文，非古人之文。吾觀今之號能文者，多取古人陳詞，從而紉綴之耳。吾不爲也。」匿所爲文，一不以示人。著《述志賦》以道志。』此殆許繼文不傳之由，今並《述志賦》亦不可見。是集律詩僅一卷，計七十一首。其固然長於古詩，律詩恐明初散佚已多。是集流傳未廣。俞憲編《盛明百家詩》，嘗覽之，選録《許士修集》一卷，題云：『今年秋，淵兒還自南都，攜其集以歸，刻示來學。隆慶戊辰，錫山俞憲識。』曹學佺頗賞士修詩，《石倉歷代詩選》選録五十四首。《觀樂九詠》之《白雲》《霽月》《遠山》三首在録，題作《山齋雜詠》，既未參酌茅氏刊本，亦未依於俞憲編《許士修集》，未詳所據。《列朝詩集》甲集卷十七《許訓導繼》選詩三十首。

士修抱志卓犖，讀書養親，身躬稼穡之事，不爲空文，而精研經學，賦詠好古風。五言古託意高遠，峻潔意渾，擲地有聲，信乎貧而能工，窮而能致。王琦《觀樂生傳》云：『暇日作五言詩，以達其情，清麗靖深，温密閒遠，得陶柳氏之精。造鍊磨治，若不深致意，至其功妙，雖良治於器，莫是過也。』以爲《觀樂九詠》『詞簡而味長，識者以爲知道』。孝孺《許士修墓銘》云『其詩多道其所樂，言暢而旨深，非近世詩人所及也』，以爲『其高妙處，有魏晉人格韻』。《觀樂生詩集序》又云：『其所得之深醇虚明，同乎前而合乎後者，衆人知尊之而不能識之。予雖識其所存，而未足究其所窮也。間嘗因其詩而求其所自致，温厚和平，歸乎至理，而清雅俊潔，出乎天趣。詞脩而不浮，意凝而不窒。程邵之所存，陶謝之所達，沛乎其兩得之。』《三台詩話》云：『許士修繼詩，淸雅俊逸，出乎天趣，言暢旨深，高妙處有魏晉人風格。大抵明初吾郡詩，二許爲最。伯旅學杜，氣勢雄偉；士修近陶，意趣安恬。同時雖名手輩出，終莫能及。』其説能洞内理，抉精要。陳田《明詩紀事》甲籤卷一十八選詩十首，按云：『惜年三十七而卒，未見其止。集中五言，趨步陶謝，胸次既高，非徒摹擬。』明初寧海能詩文者不下十家。若王璲《王紀善集》、王琦《操縵稿》、郭濬《郭太學遺稿》、王俊華《瞻雲集》、顧田《耕雲集》、鄭好仁《武昌集》、方湜《約軒稿》無存，傳者僅許繼《觀樂生詩集》、葉兌《四梅軒集》、方孝孺《遜志齋集》三家耳，皆可寶也。

觀樂生詩集五卷、附錄一卷　舊抄本（臺圖）

明許繼撰。繼有《觀樂生詩集》，前已著錄明成化刻本。此爲舊抄本五卷、附錄一卷。無版匡、界格。每半葉十二行，行二十二字。各卷端不題撰者名氏。鈐『四明盧氏抱經樓藏書印』、『吳興劉氏嘉業堂藏書記』，曾爲抱經樓、嘉業堂遞藏。集中『玄』、『弘』、『丘』字不避，當爲舊抄本。《中國古籍總目》著錄作『清抄本（佚名校）』，臺圖』，未盡確。集前無目錄，有方孝孺《觀樂生詩集序》一篇。集後無孝孺《題許士修詩集後》。孝孺《序》末署時『洪武癸亥秋九月』，即洪武十六年，明年正月，許繼病歿。

《題後》十年後所作，末署『漢中府儒學教授方孝孺希直題』。附録一卷，文字殘缺甚，猶可辨其爲王璞《宜耕軒記》、方孝孺《觀樂生傳》、王琦《觀樂生傳》、方孝孺《許士脩墓銘》《祭文》、王璞《祭文》。篇目、次第與茅氏刊本同。批校不知出何人之手，附録尾葉批校有『從方先生全集補足之』云云。此本不惟因所據底本殘損，多闕文空格，字句亦與茅氏刊本小異。如卷五《次韻答□□和尚》二首，其一末句云『更從何處覓朱顏』，茅氏刊本題作《次韻答獨庵和尚》，『覓朱顏』作『覓先天』。《紀夢》三首有序，茅氏刊本刻字爲行草，殆修補所增，其一『絳□□雪照晴虚』，缺字爲墨塊，此本不缺，作『雲含』。卷四《秋月爲雲所掩》一首，茅氏刊本有墨釘四處，共缺四字，此本不缺，四字依次爲『浮』、『淨』、『照』、『欝』。同卷《雨望》一首，茅氏刊本『□雨警涼秋』句缺一字，此本不缺，作『風』字。此本缺字雖多，然無妄補。疑所據底本爲洪武初刻，正可與茅氏刊本互爲校勘也。

觀樂生詩集五卷、附録一卷　清抄本（臨海博物館）

明許繼撰。繼有《觀樂生詩集》，前已著録明成化刻本、舊抄本。此爲清抄本五卷、附録一卷，二册。《中國古籍總目》未著録。無版匡、界格。每半葉十行，行二十字。各卷端不題撰者名氏。各册有項士元封題『觀樂生詩集』。集中『玄』、『弘』字缺筆，知抄時爲晚。集前有方孝孺《觀樂生詩集序》，集末無《題許士修詩集後》。抄本多闕字，闕處與舊抄本大都鮮異，而與茅氏刊本不同。如卷四《秋月爲雲所掩》，茅氏刊本缺四字，此本不缺，與舊抄本同。《雨望》一首，茅氏刊本『□雨警涼秋』句缺一字，此本與舊抄本不缺，俱作『風』。《紀夢》一首亦然。由是知此本蓋據舊抄本寫録。成化刊本傳世稀有，二抄本亦俱可珍。

南山黄先生家傳集五十六卷　明藍格抄本（臺圖）

明黄潤玉撰。潤玉字孟清，鄞縣人。永樂改元，命徙閭右實北京。其父當行，潤玉詣官請代，曰：『父去日益老，兒去日益長。』踰年抵京，受廛北城外，傾貲給徭賦，墾圃鬻蔬爲生，人不堪劬瘁，顧獨安之。稍隙，輒肆力於學。補郡庠生。永樂十八年京闈鄉試，擢《禮經》魁，授建昌府學訓導。丁父憂。改訓南昌府學，蔚有聲績。用薦拜行在交阯道監察御史，出按湖廣。正統二年，詔推舉提學官，以楊士奇薦，授廣西按察司提學僉事。至則屏浮薄，獎俊賢。丁母憂，服闋，改湖廣按察司布政使。連黜墨官一人，被誣奏不諳刑律，左遷和州含山知縣。天順元年，乞老致仕，閑居簡出，日惟玩味經義無厭。樂郡南金峩諸峰峻秀，自號南山，學者稱南山先生。成化十三年卒，年八十九。性剛介，所稱許者，李時勉、薛瑄、楊範數人而已。顧炎武、黄宗羲、萬斯同、湯斌皆重其學。著有《儀禮戴記附注》五卷、《經書補注》五卷（一作四卷）、《經譜》一卷、《庸學通旨》二卷、《考定深衣古制》一卷、《海涵萬象録》三卷（一作四卷）、《寧波簡要志》七卷、《四明文獻志》一卷、《列仙傳》二卷、《道德經注解》二卷及《陰符經注》《孫子兵法注》《參同契綱領》《南山録》《南山稿》等書，藏於家。萬斯同《明史》本傳云：『潤玉偉貌豐髯，莊重嚴毅，見者畏之若神。其爲學知行並進，以程朱爲宗。嘗曰：「明理務在讀書，制行要當謹獨。」

自少迄耄，好學不怠。以朱子嘗欲編《禮記》附《儀禮》，乃分《儀禮》爲四卷，而以《禮記》比類附之，不類者附諸卷末。以五禮獨缺軍禮，乃取《周官·大田禮》補之，而以《禮記》載田事者附焉，皆爲之注釋，總曰《儀禮戴記附注》。以《小學》《四書》諸經注家或遺或誤，乃撰《經書補注》。以《大學》《中庸》詞旨淵奥，乃撰《學庸通旨》。以鄭氏注《深衣》不合，乃撰《考定深衣古制》。又注《道德》《陰符》二經及《孫子》兵書。其所自撰則曰《南山稿》，並行于世。』子黄隆、孫黄溥、曾孫黄巽皆知名。四明黄氏自潤玉至黄巽，『高風偉節，巍然爲四明之望焉』（雍正《寧波府志》卷十九《名臣》）。

《南山稿》未刻。《千頃堂書目》《續文獻通考》皆著録，無卷數。湯斌《擬明史稿》稱曰《南山詩文稿》。今傳世有明藍格抄本、民國四明張氏約園抄本《南山黄先生家傳集》五十六卷。約園抄本所據即明藍格抄本。

此爲明藍格抄本，六册。每半葉十行，行二十至二十四字不等。各卷端不題撰者名氏。曾爲四明抱經樓、吴興嘉業堂舊藏，鈐『四明盧氏抱經樓藏書印』、『劉承幹字貞一號翰怡』、『吴興劉氏嘉業堂藏書印』諸圖記。是集由黄溥重編而成，《目録》後有黄溥正德十二年四月《題識》，按『右《南山文集》，《目録》校定六十卷，此第五次編謄之數也』云云，是集初由潤玉裁例、撰序，時在景泰元年。題曰《家傳集》，蓋嘆黄氏先世之作不傳，深望於嗣續者。天順六年第二次編集，計詩十卷，文二十卷。成化五年第三次編集，詩、文各增十卷，按禮、樂、射、御、書、數六字分幖其帙，一帙爲人竊去，黄溥記憶以補之。第四次編集在黄溥官蕪湖訓導之際，計欲壽梓，詳加謄校，取章奏僅存之稿，益於所竊之帙，比前頗增，刊刻未果。第五次編集，又取經書補注、《含山縣志》録本附末集，總定爲六十卷，時正德十二年也。黃氏數世，無力籌刻。此本集前有文徵明嘉靖二十二年《待漏像贊》，當是嘉靖後編定之集。黃溥《題識》云：『然開卷遺像并記、贊、牒文等俱在。』今遺像不知失於何時，贊、牒諸文亦未詳全否。集中存張錫成化十七年《贊》、羅璟成化七年《贊》、丘濬《贊》、李堂《鄉賢祀贊》，彭韶弘治元年《哀詞》并序，《入祀鄉賢祠牒文》，文徵明《待漏像贊》，及潤玉景泰元年三月《自序》。目錄計三十頁。正集五十六卷，卷一爲辭、賦；卷二至卷二十爲諸體詩，按體分卷；卷二十一爲詩餘；卷二十二至卷二十四爲圖，《深衣古制》《中庸圖》等在焉；卷二十五至卷二十六爲雜著；卷二十七至卷二十八爲贊；卷二十九爲銘、箴、規；卷三十爲題辭；卷三十一至卷三十八爲序；卷三十九至卷四十三爲記；卷四十四爲說、字說；卷四十五爲題跋；卷四十六爲書簡；卷四十七至五十一爲墓表、壙誌、墓誌銘、行狀、祭文；卷五十二至卷五十四爲奏稿；卷五十五爲雜文；卷五十六爲傳、帖對，傳共四篇，缺二。集中其他亡佚存目之篇，皆注『藁亡』。第五次編集，黃溥曾取經書補注、《含山縣志》附于末集，此本未見。

潤玉家世貧寒，年十五代父徙戶京畿，備歷艱辛，早慧好學，幸不泯於衆。《自序》云：『且念吾幼時，吾父命學詩對于遯翁全先生』，『吾之幸識理趣於稚年者，皆吾遯翁先生之教也。奈祚薄役繁，曝寒喪業，甫成童，分籍京畿，間有思親悼己，發爲聲歌者，固無足觀。偶題《洪氏清逸軒》「竹鎖芸牕塵不到，苔封花徑客稀來」之句，縣尹孫公理見而喜，遂成吾出身之媒。』緣詩得脱困厄，終身不忘出身之媒，所作甚富。其時臺閣體日盛，潤玉不忘本色，賦詠厭棄雕琢、藻繢，語極質樸，乃至俚實。其好學深思，《明儒學案》卷四十五《僉憲黃南山先生潤玉》云：『先生之學，以知行爲兩輪。嘗曰：「學聖人一分，便是一分好人。」又曰：「明理務在讀書，制行要當謹獨。」蓋守先儒之矩矱，而不失者也。』潤玉喜以談學爲詩，《大學十一詠》《中庸二十四詠》《天順辛巳夏避暑草堂之東廂，因閲文公先生訓蒙絶句，乃續二十三首，以識所見云》皆是。所賦既多，嫌於冗贅，然佳作亦不乏。其爲文，理致淵永，質樸有實。盛明詩文爲臺閣時風所移，其特立獨行者，潤玉堪稱一家。

南山黄先生家傳集五十六卷　民國四明張氏約園抄本（浙圖）

明黄潤玉撰。潤玉《南山黄先生家傳集》，已著録明藍格抄本。此爲民國四明張氏約園抄本，十册。用《四明叢書》格紙抄寫，每半葉十行，行二十一字。白口，單魚尾，四周單闌。版心上鐫『四明叢書』，下鐫『約園抄本』。封題『黄南山家傳集』。據明藍格抄本寫録，卷首、篇目、次第不異，然删擡寫欵式。轉抄訛誤，校於葉眉。其於明抄本訛誤，時亦校改。如明抄本《目録》後黄溥《題識》『而復此編謄之由于《目録》之末』，約園抄本於『復』字後增一『有』字，眉校改作『誌』。卷一《雲陽佳趣賦》『穴焉爲袖兮，則白雲吞吐』，約園抄本改『袖』作『岫』，『雲』作『石』，眉批復改『石』作『雲』。此本偶附校簽，注明待查字句。此本未掇拾佚作，補闕篇，校字未必有確據，然略可備參酌。